TO SLEEP
IN A SEA OF STARS

Christopher Paolini

Translated by Shinobu Horikawa

星命体

下

星の海に眠る

クリストファー・パオリーニ
堀川志野舞・訳

静山社

星命体

下

星の海に眠る

「星命体」これまでのあらすじ

西暦2257年。宇宙生物学者のキラは調査中の衛星で、謎の異生物に寄生された。その異生物を手に入れようとするエイリアンの襲撃から逃げのびたキラは、掟破りの宇宙船〈ウォールフィッシュ〉号に助けられる。ジェリーと呼ばれる異星人と人類のあいだには、宇宙戦争が勃発していた。寄生生物・ソフトブレイドの能力により、キラはこの戦争に勝利するために、宇宙を制する〈蒼き杖〉が必要であることを知る。そして、クセある乗組員たちとともに、約60光年先の惑星をめざすことにした。キラは自身の体を覆った生物を、次第にコントロールできるようになる。しかし、たどり着いた惑星では、ナイトメアという新たなエイリアンとの抗争が待っていた。キラは、この不気味な異星人を生み出したのは、自分の責任であることに気がつく。そしてキラと乗組員は、これまで宇宙で犯してきた違反行為により、ＵＭＣ（連合軍事司令部）に捕まってしまう。

星命体
(下)
星の海に眠る

目次

フラクタルバース・ノベル

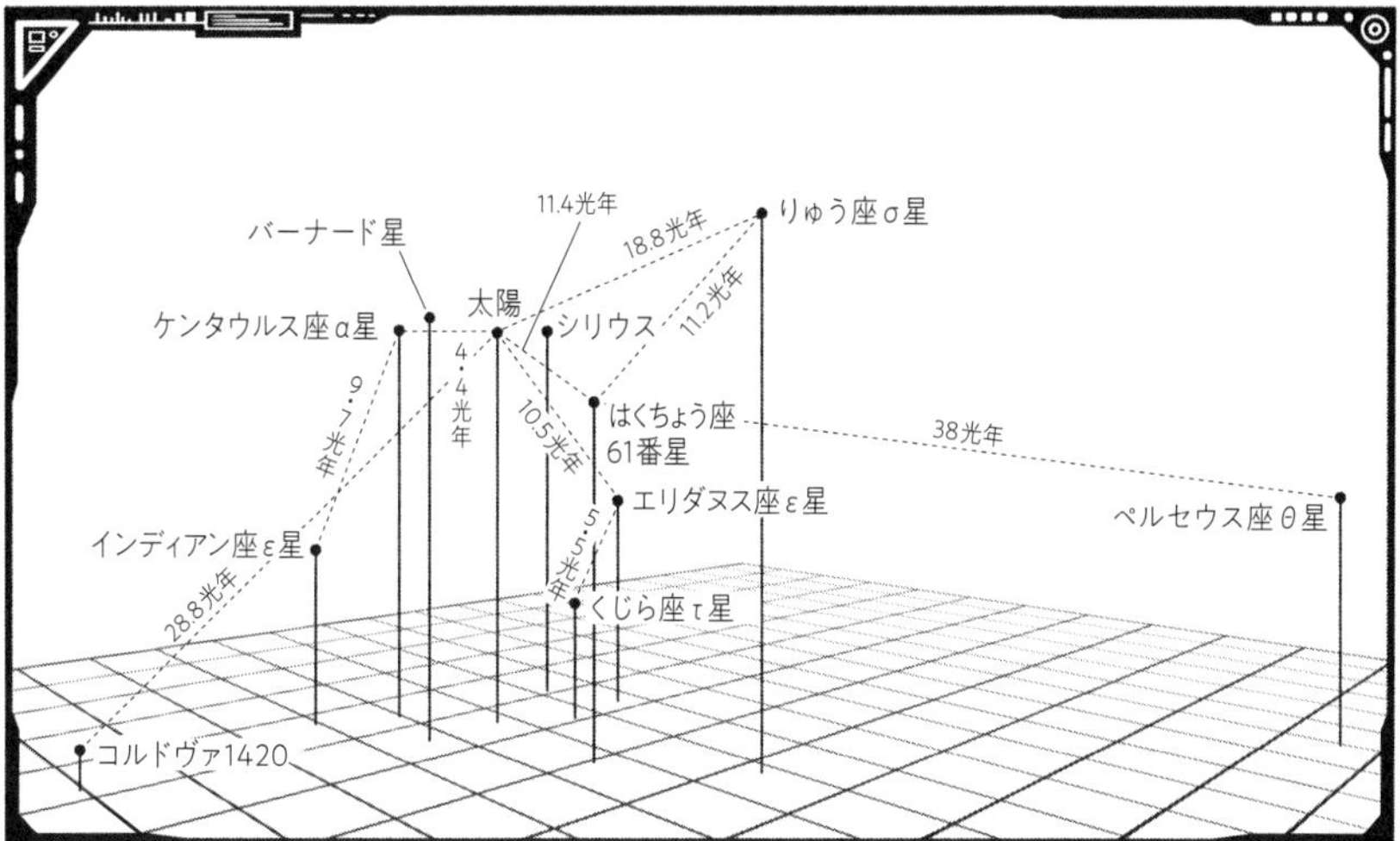

〈星間連盟〉

- 太陽
- ケンタウルス座α星
  - ・スチュワートの世界
- エリダヌス座ε星
  - ・アイドーロン
- インディアン座ε星
  - ・ウェイランド
- りゅう座σ星
  - ・アドラステイア
- ペルセウス座θ星
  - ・タロスVII
- はくちょう座61番星
  - ・ルスラーン

〈非連盟星〉

- コルドヴァ1420
- くじら座τ星
  - ・シン-ザー

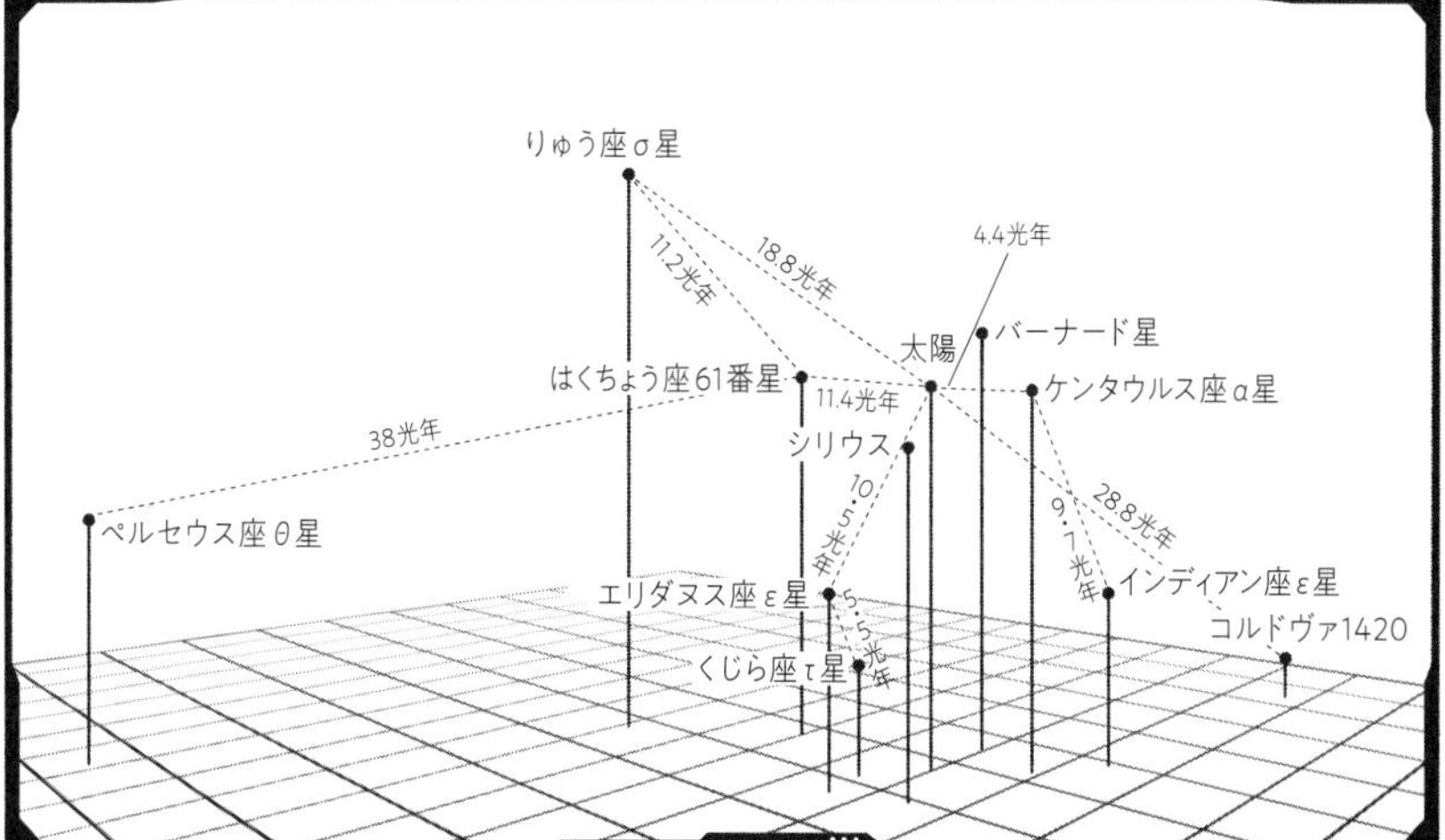

第4部
フィデリタティス
〔忠誠〕

F i d e l i t a t i s

Escape!

第3章 脱出《だっしゅつ》！

1

心を決めて、キラはドアへ向かった。

選択肢《せんたくし》はふたつしかない。爆発《ばくはつ》を無効にするか、白熱して溶《と》けた鉛玉《なまりだま》のかたまりにならずに済むよう、電流の経路を切り替《か》えてドアを破る方法を見つけるか。

地面が振動《しんどう》した。

何をするにしても、急がないと。

無効化のほうが安全そうだけれど、無効にする方法がわからない。ドアのスロットから何本か巻きひげを通すことができたとしても、ドアの向こう側で何をしているかは見えないだろう。見えないまま手探りしていたら、きっと自分を吹《ふ》き飛ばすはめになる。

オーケー。じゃあ電流の経路切り替《か》えしかない。ゼノは感電から守ってくれるだろう。つまり、身体の導電経路に電流を流すことができる。となると理論上は、ドアをあけても電流を途切《とぎ》れさせない電線みたいなものを形成できるはず。そうでしょう? 違《ちが》っていたら、死ぬことになる。

一瞬《いっしゅん》、明かりが暗くなった。

どっちみち死ぬかもしれない。

スーツで顔を覆《おお》い、多面体の外側の表面に埋《う》め込《こ》まれた電線を観察する。六本の線がドアを横切っている。迂回《うかい》させなければならないのはそれらの線だ。

キラは少し時間を取り、自分の意図をできる限り詳細《しょうさい》かつ明瞭《めいりょう》に視覚化した。さらに重要なこととして、失敗したらどうなるのか、そして自分はどうしたいのかをソフト・ブレイドに認識させようとした。アランなら「ドカンといくぞ」と言うところだ。

「ドカンとはいかせない」キラはつぶやいた。「今回はね」

キラはソフト・ブレイドを解き放ち、自由に動くよう命じた。

黒く細いワイヤーの束が胸から飛び出して外へと伸《の》びていき、ドアの両側から電線の起点となっている部分を探り当てた。さらに追加のワイヤーがドアを横切っていき、それぞれが目的の電線との接点を繋《つな》ごうとする。

ゼノが微細《びさい》な鋭《するど》い先端《せんたん》を羽目板に通して、導線のほうへと壁《かべ》のなかを掘《ほ》り進めていくのが感じ取れた。

と、身体が揺《ゆ》さぶられるほど監房《かんぼう》が激しく振動《しんどう》し、キラは息をのんだ。あとほんの数ミクロン掘《ほ》り進めれば……接触《せっしょく》！　青白く輝《かがや》く電流が、それまでの通り道からソフト・ブレイドが敷設《ふせつ》したワイヤーへと移った。その周りでは、磁力の半透明《はんとうめい》の環《わ》も同様に移動し、新たな平衡《へいこう》状態を求めて乱れ、再編成していく。爆発《ばくはつ》は免《まぬが》れないと覚悟《かくご》して、キラはその場に固まった。が、爆発《ばくはつ》は起きず、少しだけ緊《きん》張《ちょう》を解いた。

待って、とソフト・ブレイドに命じ、ワイヤーのあいだに手を伸《の》ばす。ロック機構に指を当て、ドアのなかへスーツを押《お》し込《こ》む。金属がかん高い音を立て、粘着物《ねんちゃくぶつ》を引き剥《は》がすような音と共に、密閉されていたドアに隙間《すきま》ができた。

サイレンの金属的な震《ふる》える響《ひび》きがドアの隙間《すきま》から漏《も》れ聞こえてくる。眠《ねむ》っているタイガーモールを起こさないように気をつけながら撫《な》でている気分で、キラはドアをゆっくり外に押《お》した。

ドアはキーッといって抗議《こうぎ》したが、確かに開いた。

キラは笑いそうになった。ドカンといかなかったのだ。

キラは足を踏《ふ》み出した。戸口をくぐるとき、周りでワイヤーがねじれて電流が曲がったけれど、途切《とぎ》れはしなかった。

自由だ！

コンコースは派手な悪夢に成り果てていた。非常灯が壁《かべ》を赤く彩《いろど》り、床《ゆか》と天井にずらりと黄色の矢印が光っている。矢印は回転方向《スピンワード》を指していて、たどっていけばいちばん近いストーム・シェルターに着くはずだ。

さて、どうしよう？

「動くな！」と男の声がした。「両手を頭の上に！」

振《ふ》り返ると、キラの右側に九メートル以上離《はな》れたところにある一本の柱のそばに、パワードスーツのふたりの兵士が立っている。ひとりはブラスター銃《じゅう》を、もうひとりはスラッグスローワーを構えている。ふたりの背後では、四台のドローンが地面から飛び立ち、ブーンと音を立てながら頭上に浮《う》かんでいる。

「五つ数えるあいだに従わなければ、頭を撃《う》ち抜《ぬ》くぞ！」ブラスター銃《じゅう》を構えているほうの兵士が叫《さけ》んだ。

キラは両手を上げ、監房《かんぼう》から一歩離《はな》れた。戸口を横切ってスーツが形成したバイパス回路とは、二本の細い巻きひげでまだ繋《つな》がっている。

兵士たちは身をこわばらせた。ブーンという音が大きくなったかと思うと、ドローンが飛び出してキラの周りに陣取《じんど》り、大きな円を描《えが》く。

キラはもう一歩踏《ふ》み出した。

バン！

金属の弾丸《だんがん》がキラの前の床《ゆか》で潰《つぶ》れ、散弾《さんだん》が当たって左のふくらはぎをつねられるような痛みが走った。

「おい、はったりを言ってるんじゃないんだ！　風穴を開けられたいか！　さっさと床《ゆか》に伏《ふ》せろ！　こっちは本気で――」

「ばか言わないで」キラはぴしゃりと言い返す。「わたしを撃《う》てやしないはずよ。もし撃《う》ったら、シュタール大佐とどれだけ揉《も》めることになるかわかってる？　わたしをここに送り届けるために、ＵＭＣは大勢の善良な人々を失ったんだから」

「ごちゃごちゃうるさい。あんたが逃《に》げようとしたら止めるようにと命令を受けてるんだ、たとえあんたを殺すことになったとしてもな。さあ、おとなしく床《ゆか》に伏《ふ》せろ！」

「わかった。わかったって」

キラは頭のなかで計算した。監房《かんぼう》からの距離《きょり》はたった一メートル半ほどしかない。これで充分《じゅうぶん》だといいんだけど……。

キラはひざまずこうとしているみたいに身をかがめると、抱《かか》え込《こ》みの姿勢を取って前方に転がった。そして転がりながら、監房《かんぼう》からワイヤーを引き抜《ぬ》いて身体に戻《もど》す。

白熱した閃光《せんこう》に目がくらみ、雷鳴《らいめい》のような爆音《ばくおん》をもろに食らって、歯根に響《ひび》くのを感じた。

2

スーツがなければ、その爆風《ばくふう》でキラはコンコースの中間点まで吹《ふ》き飛ばされていただろう。けれど実際は、ツナミに流されずしがみついているフジツボみたいに、ゼノがキラをデッキにしっかり固定していた。キラは息が詰《つ》まるほどの熱さに包まれた——ソフト・ブレイドでさえ完全に防ぐことができないほど強烈《きょうれつ》な熱さに。

やがて冷えた空気が吹《ふ》きつけて、視界が晴れていく。

キラは呆然《ぼうぜん》としながら立ち上がった。

爆発《ばくはつ》は床《ゆか》を数メートル断裂《だんれつ》させ、粉砕《ふんさい》された床《ゆか》、配線、管、それに正体不明の機械の破片のクレーターを残していた。クレーターの中央内部には、多面体を形作っていた、溶《と》けかけてゆがんだ金属のかたまりと複合材が見える。

爆発《ばくはつ》の中心の周りに大きな円を描《えが》くように、爆弾《ばくだん》の破片が天井や床《ゆか》に降り注いでいた。成形爆薬《ばくやく》の外包のぎざぎざした破片のひとつが、キラの頭からほんの数センチ先のデッキに食い込《こ》んでいる。

ここまで大きな爆発《ばくはつ》になるとは予想していなかった。UMCはソフト・ブレイドに逃《に》げられるのをなにがなんでも阻止《そし》したいらしい。殺すだけではなく、跡形《あとかた》もなく消し去ることを意図した爆薬《ばくやく》量だ。

イタリを捜《さが》さないと。

脇《わき》のほうで、ふたりの海兵隊員が床《ゆか》に大の字に倒《たお》れていた。ひとりはどちらが上なのかわからないみたいに、あてもなく腕《うで》を動かしている。もうひとりは両手両足を床《ゆか》につくと、ブラスター銃《じゅう》のところまで這《は》っていこうとしている。

ドローン三台が壊《こわ》れて床《ゆか》に落ちていた。四台目は不格好な角度に傾《かたむ》きながら浮《う》かんでいて、羽根が気まぐれな動作で回転している。

キラはゼノが手の先に形成した刃《は》でドローンを刺《さ》した。惨《みじ》めなかん高い泣き声と共にプロペラの回転が止まり、破壊《はかい》されたマシンは床《ゆか》に叩《たた》きつけられた。

次にキラはコンコースを全力疾走《しっそう》していき、ブラスター銃《じゅう》に手を伸《の》ばしている海兵隊員にタックルした。海兵隊員がうつぶせに倒《たお》れる。キラは反応する隙《すき》を与《あた》えず、相手のパワードスーツの接合部にソフト・ブレイドを押《お》し込《こ》んで電力線を断ち切り、動けなくした。そのパワードスーツの重さは一トンあったが（実際はそれ以上だ）、キラは海兵隊員の身体をひっくり返し、フェイスプレートに手のひらを当ててもぎ取った。

「――返事をしろ、ちくしょう！」海兵隊員は叫《さけ》んだ。それから口をぎゅっと閉ざすと、怒《いか》りに見せかけた恐怖《きょうふ》をもってキラをにらんだ。その目はグリーンで、トリッグと同じぐらい若そうに見える。だからなんだということもないけれど。

そう。通信できないというわけね。それはこっちにとって有利だ。それでもキラは少しだけ躊躇《ちゅうちょ》した。衝動《しょうどう》的に脱獄《だつごく》したものの、いまになって置かれている状況《じょうきょう》の現実がのしかかってきている。宇宙ステーションに隠《かく》れる場所などどこにもない。常に存在するカメラは避《さ》けようがない。ＵＭＣはこちらの動きを逐一《ちくいち》追うことができるだろう。通信が使えないとはいっても、この海兵隊員にイタリのことを尋《たず》ねれば、どこに行こうとしているのかすぐに知られてしまうことになる。

海兵隊員はキラのためらいに気づいた。「どうした？」とせせら笑う。「何を待ってやがるんだ？　さっさとやれよ」

彼《かれ》はわたしに殺されるものと思ってる。そう気づくと、どうにも納得できず、弁明《べんめい》したくなった。

足下で基地がぐらりと傾《かたむ》き、緊急《きんきゅう》事態を告げる耳ざわりな圧力警報が遠くで鳴り響《ひび》いている。

「ばかね、聞いて。わたしはあなたたちを助けようとしてるの」

「ああ、そうだろうよ」

「黙《だま》って人の話を聞きなさい。わたしたちは攻撃《こうげき》を受けてる。敵はナイトメアかもしれない。ジェリーかもしれない。それはどうでもいい。どっちだとしても、爆破《ばくは》されたらゲームオーバーなんだから。ぜんぶおしまい。わかる？」

「ほざけ」海兵隊員はキラの顔に唾《つば》を吐《は》いた。「あのクソ野郎《やろう》どもを石器時代に蹴《け》り返してやろうとクライン提督《ていとく》が第七艦隊《かんたい》を率いて出発したところだ。やつらは当然の報いを受けることになる」

「わかってないわね。わたしと一緒《いっしょ》に〈ウォールフィッシュ〉号で来たジェリーは――あなたたちが閉じ込《こ》めてるジェリーは――和平のためにここまで来たのよ。和、平。そのジェリーが死んだら、ほかのジェリーたちはどう受け止めると思う？　首、相はどう受け止めると思う？」いまや海兵隊員もためらうような表情を浮《う》かべている。「あのジェリーが吹《ふ》き飛ばされたら、第七艦隊《かんたい》が何をしても無意味になる。わかってる？　この状況《じょうきょう》がいつまで続くことになると思ってるの？」

キラの質問に句読点を打つかのように、オルステッドがさらに大きく揺《ゆ》れ、周囲のすべてが回転した。

キラは吐《は》き気を催《もよお》し、こみ上げる胆汁《たんじゅう》を飲み込《こ》んだ。「あのジェリーをここから連れ出さないと」

海兵隊員はしばし目をぎゅっとつぶっていた。やがて首を振《ふ》り――苦痛を感じているような顔をして――口を開く。「くそったれ。生物学的封《ふう》じ込《こ》め実験室。ジェリーはそこに連れていかれた。生物学的封《ふう》じ込《こ》め実験室だ」

「場所は――」

「このデッキだ。らせん状に回った上階。水耕栽培《さいばい》室の近くにある」

「〈ウォールフィッシュ〉号のクルーはどこにいる？」

「待機房《ぼう》。同じセクションの。行けばすぐわかるはずだ」

キラは海兵隊員を押《お》し戻《もど》し、立ち上がった。「オーケー。あなたは正しい選択《せんたく》をした」

海兵隊員はまた唾《つば》を吐《は》いたが、今回は床《ゆか》に吐《は》いた。「俺《おれ》たちを敵に売ったら、この手で殺してやるからな」

「でしょうね」そう言いながら、キラはもう歩き出していた。パワードスーツから抜《ぬ》け出すのに最低でも三十分はかかるだろうから、この海兵隊員のことは心配しなくていい。だけど、もうひとりの海兵隊員は動きはじめている。キラは駆《か》け寄り、相手のヘルメットのてっぺんをつかむと、背中の覆《おお》いを引きあけてパワードスーツの冷却《れいきゃく》装置をもぎ取った。パワードスーツは溶《と》けるのを防ぐため、即座《そくざ》に機能を停止した。

これでどう。追いかけられるものなら追いかけてみなさい!

キラはふたりをあとに残し、黄色い矢印が指している方向に逆らって、ぐるりと回りながら上へ向かって走りだした。わたしを隠《かく》して、とソフト・ブレイドに命じる。さらさらと絹のような柔《やわ》らかな音が肌《はだ》に伝わっていき、見下ろすと、身体がガラスになったみたいに透《す》けて見えた。

それでもサーモグラフィは感知するだろうけど、この基地の内部カメラが全領域を把握《はあく》しているとは思えない。いずれにしても、UMCがこんな状態のわたしを見つけるのは困難なはずだ。崩壊《ほうかい》した監房《かんぼう》を兵士たちが調べに来るまで、どれだけの時間があるだろう?そう長くはない、とキラは思った。時間はかからないはずだ、たとえオルステッド・ステーションが襲撃《しゅうげき》を受けていても。

コンコースの出口を抜《ぬ》けると、長い通路があった。無人だ。人々は隠《かく》れているか、救急治療《ちりょう》の手伝いをしているか、襲撃者《しゅうげきしゃ》と戦っているかだ。理由がなんであれ、キラにとってはありがたかった。海兵隊員の一団と戦うなんてごめんだ。結局のところ、彼《かれ》らは味方なのだから。あるいは、味方であるはずなのだから。

キラは動く歩道を時々よけながら、通路を走った。走ったほうが速かった。そのあいだじゅう、水耕栽培《さいばい》室の場所を示していそうな壁《かべ》の文字を確認していた。普通《ふつう》なら道案内はオーバーレイで事足りるが、法律上、どんな船も基地も緊急《きんきゅう》事態に備えて明確に示された標識を備えておく必要がある。

これは間違《まちが》いなく緊急《きんきゅう》事態と呼べる状況《じょうきょう》ね、とキラは思った。けれど、法的な必要条件を満たしているのかいないのか、標識の文字は小さくぼんやりしていて読みづらく、おかげで解読するためにしょっちゅう速度を落とさなければならなかった。

いまいる通路と別の連絡《れんらく》通路が交差している場所で、水の流れが上下しながら無限記号の三分の二をさかのぼっている噴水《ふんすい》の周りをゆっくり走った。些細《ささい》なことではあったが、キラはその光景になんだか魅了《みりょう》された。重力（あるいは重力の出現）が本来ならばどう働くものなのか、コリオリ効果【訳注：回転座標系にある移動する物体に垂直方向に働く見かけの力のこと】によって感覚がいつも混乱してしまう。ハブリングで育っていれば、何も不思議に思わないのだろう。オルステッドのように小さなハブリングなら、なおのこと。

五百メートル近く走り、あの海兵隊員は嘘《うそ》をついていたのだ、引き返したほうがいいだろうか、と思いはじめた頃《ころ》、近くの角に薄《うす》い緑色で記された二行の文字列が目に留まった。

上の行にはこう書かれている：水耕栽培室《さいばい》　７Ｇ
下の行にはこう書かれている：待機房《ぼう》　16Ｇ
通路の反対側には、また別の文字がある：生物学的封《ふう》じ込《こ》め・汚染除去《おせん》　21Ｇ
そっちの方向に進んだ先には、セキュリティ・チェックポイントらしきものが見える。装甲《そうこう》した扉《とびら》と一対のモニターで側面を固めた、閉ざされたドアがある。そこにはエクソをフル装備したふたりの海兵隊員がいて、ドアの外を見張っている。基地が襲撃《しゅうげき》を受けているというのに、彼《かれ》らは持ち場を離《はな》れていなかった。ドアの奥《おく》にはさらに兵士たちが待ち受けているとしても不思議ではない。
キラは計算した。ふたりの海兵隊員に充分《じゅうぶん》な距離《きょり》まで近づいて、エクソの機能を停止させることはできるかもしれないけれど、その先で遭遇《そうぐう》する相手には手こずるだろう。それにイタリを逃《に》がせば、すぐにＵＭＣのほかの連中にも居場所を知られてしまうはずだ。
まいった。こちらが攻撃《こうげき》を仕掛《しか》けたら、そのあとは何が起きるか予想もつかない。あれよという間に手のつけられないことになり、そして……そして大勢の人が命を落とすことになるかもしれない。
デッキにかすかな振動《しんどう》が走った。何をするにしても、いますぐやらなければ。ぐずぐずしてたら、この基地自体が手のつけられないことになりかねない。

キラはうなり、生物学的封《ふう》じ込《こ》め実験室に背を向けた。ああもう。助けがないと無理。みんなと一緒《いっしょ》なら、解決策を見つけられるかもしれない。もしかしたら。〈ウォールフィッシュ〉号のクルーを解放できれば、力を貸してもらえるだろう。

耳のなかがドクドクいうのを聞きながら、キラは待機房《ぼう》に通じる脇《わき》の通路を急いだ。封《ふう》じ込《こ》め実験室と同じぐらい待機房《ぼう》の警備も厳重だったら、どうすればいいのかわからない。ソフト・ブレイドを解き放ちたいという誘惑《ゆうわく》は強かったが、失敗するのはもう懲《こ》り懲《ご》りだ。ナイトメアを生み出すことになってしまったあんな失敗は、何があっても二度とくり返すわけにはいかない。銀河系が破滅《はめつ》してしまう。

壁《かべ》の文字に従って進み、そっくりの通路をいくつか通り抜《ぬ》けていく。

さらに角を曲がったところで、ふたりの人の姿が見えた。ひとりは男性、ひとりは女性で、通路の半ばほどにある気密扉《とびら》の横にひざまずき、こじあけた壁《かべ》のハッチ扉《とびら》に手首まで突《つ》っ込《こ》んで、ちらちら揺《ゆ》れ動く光線に顔を照らされている。ふたりはシャツもズボンも身に着けておらず、くすんだ灰色のパンツ一枚という格好だ。その肌《はだ》は真っ白で、顔以外の全身が微光《びこう》を発する青いタトゥーで覆《おお》い尽《つ》くされている。タトゥーの線は回路のような模様を描《えが》いていて、キラはアドラステイアの台座で見た図案を連想した。

服を着ていないせいで、そのふたりがエントロピストのヴェーラとジョラスだとすぐには気づかなかった。

キラの姿は見えないままで、物音も聞こえないぐらい離《はな》れているというのに、エントロピストは存在を感知した。キラのいるほうへ少しも目をくれずに、ジョラスが言う。「ああ、プリズナー・ナヴァレス――」

「――合流できたのですね。そうなることを――」

「――願っていました」

エントロピストが壁《かべ》のなかの何かをひねると、気密扉《とびら》が開いてがらんとした待機房《ぼう》が見えた。

そこからファルコーニが出てきて言う。「やれやれ、待ちくたびれたぞ」

3

透明《とうめい》だったキラが姿を見せると、ファルコーニは気づいた。「来たか。きみを捜《さが》して回らなきゃならないかと心配してたんだ」

「大丈夫《だいじょうぶ》」キラは駆《か》け寄った。エントロピストは隣《となり》のドアに取りかかっている。

「きみも監禁《かんきん》されてたのか？」ファルコーニは訊《き》いた。

キラは顎《あご》をぐいと引いた。「わかるでしょ」

「こっそり逃《に》げ出したわけじゃないんだろう？」

「それは無理」

ファルコーニは歯をむき出した。「まずいな。さっさと行動しないと」

「あなたたちはどうやって逃《に》げ出したの？」キラはエントロピストに質問した。

ヴェーラが張り詰《つ》めた高い声で短く笑う。「彼《かれ》らは決まってローブさえ奪《うば》えば――」

「――それで充分《じゅうぶん》だと思っています。私たちは色とりどりの衣服を超《こ》えた存在なのですよ、プリズナー」

ファルコーニがうなった。「俺《おれ》たちにとっては幸いだ」そしてキラに向かって言う。「基地を攻撃《こうげき》してるやつに心当たりは？」

知らないと答えようとして、はたと考え込《こ》んだ。ジェリーの船が近くにいるとき、いつも感じるあの衝動《しょうどう》を微塵《みじん》も感じていない。ということは……。「間違《まちが》いなくナイトメアだと思う」

「すばらしい。急いで行動しなきゃならない理由がまた増えたわけだ。大混乱に乗じて出発しよう」

「本気なの？」

ファルコーニはすぐにキラの言葉の意味を理解した。もし脱走《だっそう》すれば、ファルコーニとクルーたちの恩赦《おんしゃ》は無効になってしまう。それにルスラーンの地方自治体とは違《ちが》って、UMCは惑星《わくせい》の境界など関係なく追跡《ついせき》してくるはずだ。シン‐ザーや宇宙の辺境にあるいくつかの小さな自由保有地は例外になるかもしれないが、〈ウォールフィッシュ〉号のクルーは既知《きち》の全宇宙空間における逃亡者《とうぼうしゃ》になるだろう。

「ああ、本気も本気だ」それを聞いて、キラは仲間意識に心がポッと温まるのを感じた。ひとりぼっちにならずに済むのだ。

「ヴェーラ。ジョラス。まだグレゴロヴィッチとの回線は繋《つな》がらないのか？」

エントロピストたちは首を振《ふ》った。彼《かれ》らは次の気密扉《とびら》の横にある壁《かべ》の配線をまだいじっている。「この基地のシステムへのアクセスは制限されていて――」

「――これだけの壁《かべ》を通して〈ウォールフィッシュ〉号と通信できるほど強力な送信機がありません」

「くそっ」ファルコーニは吐《は》き捨てた。

「警備はどこ？」キラは尋《たず》ねた。待機房《ぼう》には海兵隊員の一個分隊が配備されているものと思っていたのに。

ファルコーニはエントロピストたちのほうへ顎《あご》をしゃくった。「さあな。時間稼《かせ》ぎできるよう、あのふたりが監視《かんし》カメラを操作した。基地の管理官がまた俺《おれ》たちに目を向けるまで、五分ぐらいある」

ハッチ扉《とびら》の内部から注意をそらさず、ヴェーラが人差し指を立ててみせた。「もしかしたら、基地のセンサーをごまかして――」

「――もっと時間を稼《かせ》げるかもしれません」ジョラスが言った。

ファルコーニはまたうなった。「できそうなことは試してみてくれ……そのむかつくドアはあけられないのか？」

「やっているところです、キャプテン」ふたりは答えた。

「わたしにやらせて」キラは右手を上げ、ソフト・ブレイドが形作っている指のレプリカを刃《は》と大釘《おおくぎ》に変えさせた。

「気をつけろよ。壁《かべ》に圧力線か高圧線があるかもしれない」ファルコーニが警告する。

「その心配は――」

「――ないはずです」そう言って、エントロピストは脇《わき》によけた。

やっと何かできることを喜びながら、キラは前に進み出た。金属にこぶしを叩《たた》きつけ、ソフト・ブレイドを外へ向かわせる。ソフト・ブレイドは壁《かべ》の表面に広がって、ドアを閉ざしている仕組みの奥深《おくふか》くを巻きひげで探っていく。やがてキラが引っ張ると、かん高い音を立ててスライド錠《じょう》が折れ、油をさした溝《みぞ》の上をすっと滑《すべ》ってドアが開いた。なかは狭《せま》い待機房《ぼう》だった。いまにも戦おうとしているみたいに、スパローが寝台《しんだい》の前に半ば身をかがめて立っている。「神よ《トゥール》」キラを見て、スパローは言った。「あんたが味方でよかったよ」

ファルコーニがパチンと指を鳴らす。「防御線《ぼうぎょせん》の監視《かんし》を、急げ」

「了解《りょうかい》」スパローは監房《かんぼう》から飛び出した。そして通路を急いで進んでいき、角の向こうを覗《のぞ》き込《こ》む。

「あっちのドアも!」ファルコーニは別の気密扉《とびら》を指さしながらキラに言った。キラは二番目のドアのところへ行き、最初と同じように引きあけた。なかで座っていたファジョンが立ち上がる。「戦いだ!」マシン・ボスはニヤリとした。

「戦いね」キラも言った。

「次はこれを!」ファルコーニが指示する。

新たなドアが新たな軋《きし》みと共に開き、ニールセンが現れた。彼女《かのじょ》はキラにすばやくうなずくと、ファルコーニの傍《かたわ》らに立った。

最後の最後に、ヴィシャルの監房《かんぼう》を破った。医師は憔悴《しょうすい》しているようだったが、キラにほほえんでみせた。「なんと嬉《うれ》しいことだ」監房《かんぼう》から出てニールセンたちの姿を見ると、その顔にさらに安堵《あんど》が広がった。

ファルコーニはエントロピストたちのところに戻《もど》った。「まだ見つからないのか?」

沈黙《ちんもく》が続き、キラはもどかしさに叫《さけ》びたくなった。

ジョラスが言う。「不確かですが、どうやら――」

「――トリッグは停滞状態《ステイシス》のまま〈ウォールフィッシュ〉号に残されているようです」

「ファルコーニ」キラは声を低くして言った。「ジェリーを救出しないと。イタリをここから連れ出せなければ、何もかも意味がなくなるかもしれない」

ファルコーニは氷のような目で探るようにキラを見つめている。まったくと言っていいほど感情が読み取れなかったが、本当は彼《かれ》も――自分と同じように――案じているのがキラにはわかった。案じるあまり、パニックになる余地もないのだ。

「本当か?」ファルコーニはひどく冷静な声で訊《き》いた。

「本当よ」

その返事を聞いたあと、ファルコーニのなかでスイッチが切り替《か》わったのが見て取れた。表情が険しくなり、目には恐《おそ》ろしい輝《かがや》きが宿っている。「スパロー」

「イエッサー」

「ジェリーを脱獄《だつごく》させたあと、どうにかしてこの金属のかたまりから飛び立たなきゃならん。選択肢《せんたくし》をくれ」

一瞬《いっしゅん》、スパローは言い返そうとするようなそぶりを見せた。けれどファルコーニと同じく、異論は脇《わき》に置いておいて、目の前の問題だけに集中することにしたらしい。

「封《ふう》じ込《こ》め実験室への送電を停止させてみるのは？」ニールセンが近づいてきて言った。

スパローは首を振《ふ》る。「うまくいかないだろうね。バックアップの動力があるから」

スパローは話しながらひざまずき、右脚《みぎあし》のズボンの裾《すそ》をまくった。そして脛《すね》の部分の皮膚《ひ》に指を突《つ》き立てると、戸惑《とまど》うキラの前で皮膚《ひふ》をめくり、その下にある骨のなかにはめ込《こ》まれた小さな仕切りを露《あら》わにした。「準備しておくに越《こ》したことはないってこと」キラの視線に気づいて言う。

スパローはその仕切りのなかから、非金属素材でできたガラス質の細く薄《うす》い刃《は》のナイフと、手袋《てぶくろ》のように手にかぶせた黒い金網《かなあみ》と、多肉質に見えるほど柔《やわ》らかそうな三つの小さなビー玉を取り出した。

「どういうことか説明してもらうぞ」スパローの脛《すね》を身振《みぶ》りで示しながらファルコーニが言う。

「いつかね」スパローは同意し、仕切りを覆《おお》い隠《かく》して立ち上がった。「でも今日じゃない」

そしてキラに尋《たず》ねる。「封《ふう》じ込《こ》め実験室のほうには何があった？」キラはセキュリティ・

チェックポイントと、外に配備されているふたりの海兵隊員について話した。スパローの顔にかすかな笑みがよぎる。「そう、じゃあこうしよう」彼女《かのじょ》は指をパチッと鳴らし、こっちに来るようヴェーラを手招いた。「そこのエントロピスト、あたしが合図したら、海兵隊員から見えるところまで歩いていってほしいんだけど」

「それは――」

「とにかくやって。キラ――」

「わたしは身を隠《かく》せる」キラはすぐさま言い、透明《とうめい》になれることを説明した。

スパローはとがった顎《あご》をぐいと動かした。「それなら好都合だ。警備のふたりはあたしが片付ける。あんたは誰《だれ》か来たら飛びかかれるようにしといて。わかった?」

「わかった」

「よし。じゃあ急ごう」

4

中央通路に面した廊下《ろうか》にスパローとふたりで隠《かく》れながら、キラは透明《とうめい》な姿に戻《もど》った。

「やるもんだね」スパローは小声でささやいた。

ふたりの前方では、ヴェーラが通路の交差したところを横切り、生物学的封《ふう》じ込《こ》め実験室へと向かっていく。このエントロピストはグラディエントローブをまとっているときよりもグラマーに見え、青白い肌《はだ》を覆《おお》うタトゥーのせいでより一層セクシーに見える。その姿にはすっかり心を乱され――それは認めざるを得ない――、その点こそが重要だった。

「行くよ」スパローが言い、海兵隊員の視界に入らないよう飛び出していって脇《わき》に寄る。キラは反対側に分かれ、ふたりはヴェーラの側面を固め、封《ふう》じ込《こ》め実験室へ続く通路の両脇《わき》に陣取《じんど》った。

ヴェーラが戸口に着くのと同時に、海兵隊員たちは彼女《かのじょ》に気づいた。パワードスーツで振《ふ》り返る重々しい足音と、ひとりがいかにも困惑《こんわく》した声で言うのが聞こえてくる。「おい、あんた！　いったい――」

海兵隊員は最後まで言えなかった。スパローが角から手を伸《の》ばし、例のビー玉を三つ海兵隊員たちのほうへ投げたのだ。ジジジッ！　と立て続けに音がして、海兵隊員は空中のビー玉をエクソで撃《う》った。

それが間違《まちが》いだった。

三度の閃光《せんこう》が通路を照らし、あたりに煙《けむり》が充満《じゅうまん》していく。キラはソフト・ブレイドに高められた視力で、紫色《むらさきいろ》の電磁エネルギーがゆらいでいるのを見た。どうなっちゃってるの？

スパローはぐずぐずしなかった。角から駆《か》け出していって、煙《けむり》のなかに姿を消す。すると金属の軋《きし》む音がして、少し間があってから、機能を停止したエクソが床《ゆか》に倒《たお》れる重く鈍《にぶ》い衝撃音《しょうげきおん》が大きく二度響《ひび》いた。

キラは半歩後ろに続いた。赤外線モードに視界を切り替《か》えると、封《ふう》じ込《こ》め実験室のドアが開くのが見えた。パワードスーツの別の海兵隊員が出てきて、ブラスター銃《じゅう》を発射しようと構える。彼《かれ》だか彼女《かのじょ》だかの背後で、さらに三人の海兵隊員が慌《あわ》てて机の後ろに身を隠《かく》そうとしている。

軍用エクソのセンサーを搭載《とうさい》していても、戸口に立つ海兵隊員は近づいてくるキラの姿がまったく見えていなかった。キラはパワードスーツに体当たりし、ソフト・ブレイドから百本もの繊維《せんい》を飛び出させてマシンに潜《もぐ》り込《こ》ませていく。そしてあっという間に弱点を見つけ、エクソの機能を停止させた。

パワードスーツが固定され、海兵隊員は倒《たお》れはじめた。キラは彼《かれ》らを脇《わき》に寄せ、封《ふう》じ込《こ》め実験室に飛び込《こ》むと、肩《かた》からぐるっと回って立ち上がる。なかにいる海兵隊員は誰《だれ》ひとりとしてキラの正確な位置を三角法で測定することができなかったが、それでもさっきまでキラがいた場所を狙《ねら》ってやみくもに発射するのをやめなかった。

遅《おそ》すぎる。レーザーブラストが横にある椅子《いす》の背を焦《こ》がして穴をあけたが、キラはもう動き出していて、部屋の向こうに巻きひげを伸《の》ばし、海兵隊員それぞれに引っかけた。

殺さないで、とキラはソフト・ブレイドに言い聞かせ、聞き入れてくれることに一縷《いちる》の望みをかけた。

心臓が何拍《はく》かしたのちに、残りの海兵隊員たちも床《ゆか》に倒《たお》れた。パワードスーツの重みでテーブルが潰《つぶ》れ、棚《たな》が壊《こわ》れ、デッキがくぼんだ。

「全員片付いた？」スパローが顔を覗《のぞ》かせて尋《たず》ねる。

キラは透明《とうめい》だった姿を現して、うなずいた。部屋をさらに奥《おく》へ進むと新たなドアがあり、その先には目を見張るほど大きな汚染《おせん》除去室があった。そこを通り抜《ぬ》けると三つ目の気密扉《とびら》があり、その向こうはイタリが閉じ込《こ》められている隔離《かくり》室のはずだとキラは思った。

「掩護《えんご》をお願い」キラは頼《たの》んだ。

「ラジャー」

海兵隊員からアクセスコードを聞き出すことも可能だったかもしれないが、時間を無駄《むだ》にしても仕方がない。キラは突進《とっしん》し、両腕《りょううで》を伸《の》ばしてソフト・ブレイドに汚染《おせん》除去室のドアを破らせた。

部屋の反対側に、気密扉《とびら》の窓を通してイタリの姿が見えた。ジェリーは死んだ蜘蛛《くも》の足みたいに巻いた触手《しょくしゅ》の上に座っている。
キラの全身に安堵《あんど》が駆《か》け巡《めぐ》った。とにかく目的の場所にたどり着くことはできたのだ。
気密扉《とびら》に身体を押《お》し当てると、ふたたびソフト・ブレイドを解放し、メカニズムを探らせてドアを破る。
カチッ。錠《じょう》がはずれた。ゼノと共に押《お》したり引いたりして、キラはドアを開いた。
ジェリーが触手《しょくしゅ》を広げ、問いかけるような香りが漂《ただよ》ってくる。
《こちらイタリ：アイディーリス？》
《こちらキラ：本当に平和を望むなら、ここを離《はな》れないと》
《こちらイタリ：ここにいる二形態たちは敵なのか？》
《こちらキラ：違《ちが》う、ただ彼《かれ》らはわかってないだけ。お願いだから、彼《かれ》らを殺さないで。でも自分も殺されないようにして》
《こちらイタリ：望みのままに、アイディーリス》
キラがみんなと合流するため封《ふう》じ込《こ》め実験室を出ていくと、触手《しょくしゅ》を引きずって枯葉《かれは》のような音を立てながらイタリもあとに続いた。
「問題ないか？」煙《けむり》のなかからキラ、スパロー、イタリが出てくるのを見て、ファルコーニが訊《き》いた。ヴェーラは封《ふう》じ込《こ》め実験室のどこかで上着を見つけ、それに身を包んでいる。

「うん。いつだってオッパイは効果てきめんだ。みんなコロッといくんだから」スパローが答えた。

「早くここから出ていきましょう」キラは促《うなが》した。

オルステッドがゴトゴト揺《ゆ》れ、ヴィシャルが言う。「神よわれらを守りたまえ」

「ヴェーラ！　ジョラス！」ファルコーニが呼びかける。

「なんでしょう？」

「グレゴロヴィッチとは相変わらず音信不通なのか？」

「なんの連絡《れんらく》もありません」

「通信妨害《ぼうがい》か？」

「いいえ。ロックダウンされています」

「グレゴロヴィッチは荒《あ》れ狂《くる》って戦うだろうね」ファジョンが言った。

「いいぞ。願ったりかなったりだ」ファルコーニはみんなに向き直って話した。「よし。これから主通路を進むぞ。誰《だれ》か現れたら、右によけて身を隠《かく》せ。人質に取られるなよ。キラ、すべての敵の攻撃《こうげき》にはきみに対応してもらう。俺《おれ》たちは誰《だれ》も武器を持ってないからな」

「勝手に決めつけないで」スパローが言い、右手をかかげてみせた。握《にぎ》っているガラス質の短剣《たんけん》がキラリと光る。

キラは倒《たお》れている海兵隊員たちを示した。「彼《かれ》らの——」

「無駄《むだ》だ」とファルコーニは言った。「そいつらの武器はロックされてる。民間人にはUMCの武器は使えない。権限が与《あた》えられない限り。おしゃべりはここまでだ。さあ——」

ズシンと鈍《にぶ》い音がして、交差路の周りにある気密扉《とびら》が閉まっていき、キラが通ってきたほうを除くすべての通路が封鎖《ふうさ》された。パワードスーツが近づいてくるとどろきが聞こえ、ブラスター銃《じゅう》やレールガン、大口径タレットを抱《かか》えた二十人以上の海兵隊員が小走りでやってくるのが見えた。スズメバチみたいなドローンの小さな雲を率いている。

「止まれ！　動くな！」増幅《ぞうふく》された声が叫《さけ》んだ。

5

ジェリーも含《ふく》めキラたちは封《ふう》じ込《こ》め実験室へと通じる廊下《ろうか》へ退却《たいきゃく》し、戸口の角に身を隠《かく》した。

声がまた響《ひび》いてくる。「ナヴァレス、きみがそのジェリーを助けようとしているのはわかってる。ラレット兵卒からすべて聞いた」

ラレットというのは崩壊《ほうかい》させた監房《かんぼう》の外で話した海兵隊員のことだろう。「あのバカ」とキラはつぶやいた。

「誰《だれ》もなんの案もなければ、運の尽《つ》きだな」厳しい顔でファルコーニが言う。

白熱した天井に埋《う》め込《こ》まれたスピーカーから、アラーム音にも負けない大声でシュタールが呼びかけてきた。「キラ、こんなことはしたくないはずだ。争ったところで誰《だれ》のためにもならない、特にきみたちのためには。抵抗《ていこう》をやめて、監房《かんぼう》に戻《もど》るようジェリーに伝えれば、誰《だれ》も――」

またもやデッキが揺《ゆ》れて足下で回転した。

キラは躊躇《ちゅうちょ》しなかった。なんとかしないと。

通路に飛び込《こ》み、胸と脚《あし》から多数の矢柄《やがら》をくり出す。矢は前方と下方に向かっていき、デッキのさまざまな箇所《かしょ》を突《つ》き刺《さ》した。

コントロールを失わないこと。コントロールを――。

銃弾《じゅうだん》が頭をかすめて飛んでいった。耳鳴りがして、心臓の真上の肋骨《ろっこつ》にいくつも穴をあけられたような感覚を覚える。キラは矢を内側に引っ張り、デッキの大きなかたまりを引き剝《は》がした。

キラの命令に従って、ソフト・ブレイドは剝《は》がしたデッキを一か所に集め、鱗《うろこ》みたいに重ねていくと、キラの前に高さのあるくさび形の盾《たて》を形成した。

レーザー銃《じゅう》が発射されるジジジ！　という怒《いか》れる音がコンコースじゅうに響《ひび》きわたり、指ほどの大きさの穴――周辺が白熱し、溶《と》けた金属をしたたらせている――が盾《たて》の一面を埋《う》め尽《つ》くす。

キラは一歩前へ踏《ふ》み出し、ソフト・ブレイドと共に盾《たて》を動かした。進みながら、スーツを使ってさらに手を伸《の》ばし、新たなデッキのかけらをつかんで盾《たて》に追加し、分厚くして横幅《はば》も広げていく。

「一緒《いっしょ》に来て！」キラが声をあげると、クルーとジェリーは急いでついてきた。

「すぐ後ろにいる！」ファルコーニが叫《さけ》んだ。

金属的な音を立てながら銃弾《じゅうだん》が頭上を飛んでいき、爆発《ばくはつ》が盾《たて》を揺《ゆ》らし、キラは全身に衝《しょう》撃《げき》を受け止めた。

「手榴弾《しゅりゅうだん》！」スパローが怒鳴《どな》って知らせた。

《こちらイタリ：アイディーリス、何か私にできることは？》

《こちらキラ：避《さ》けられるなら誰《だれ》も殺さないで、それとわたしの前に出ないようにして》

一対のドローンが盾《たて》の端《はし》を回り込《こ》んで現れた。キラは鋭《するど》いふた突《つ》きでドローンを仕留め、ゆっくりと前進を続けていく。床《ゆか》は曲がった桁《けた》と露出《ろしゅつ》した管のぼろぼろの惨状《さんじょう》になっている。足場を保つのも困難だ。

「とにかくターミナルまで連れていってくれ！」ファルコーニが言う。

キラはほとんど注意を払《はら》わずうなずいた。前方に何があるのか見えなくても、スーツを使ってデッキや壁板《かべいた》、ベンチ——みんなを守るのに利用できそうなものを片っ端《ぱし》からもぎ取りつづけていく。スーツがどれだけの重さまで動かせて支えられるのかわからなかったが、その答えを見つけ出すつもりだった。

また手榴弾《しゅりゅうだん》が盾《たて》に命中した。キラはほとんど何も感じなかった。

スーツの触手《しょくしゅ》の何本かが、長くてなめらかで温かいもの（とても温かく、焼けるように熱いほどだ。じかに触《さわ》っていたら、皮膚《ひふ》が焦《こ》げて穴があいていただろう）に触《ふ》れた——レーザータレットの一機だ。キラはそれも盾《たて》の山に加えることにして、武器を床《ゆか》からもぎ取ってふたつのベンチの隙間《すきま》に押《お》し込《こ》んだ。

「またドローンが！」ヴィシャルが声をあげる。

ヴィシャルが最後まで言わないうちに、キラは盾《たて》と天井、遠くの壁《かべ》のあいだに支柱を縦横に渡《わた》して網《あみ》（一部は金属、一部はスーツそのものでできている）をつくりあげた。そのバリアの数か所から、衝突《しょうとつ》するドローンの感触《かんしょく》と音が伝わってきた。引っかかったプロペラの音が大きくなっている。

手榴弾《しゅりゅうだん》が網《あみ》に穴をひとつあけ、キラはたじろいだ。

「まずい！」ファルコーニが叫《さけ》んだ。

ドローンが穴のほうへと向きを変える。一台がすばやく穴をくぐり抜《ぬ》けると、イタリがタイミングを見計らって触手《しょくしゅ》を振《ふ》り動かし、そのドローンを空中から叩《たた》き落とした。残りのドローンが穴を通過してクルーに狙《ねら》いを定める前に、キラは空中でドローンを捕《と》らえて——ハエを食べるカエルみたいに——押《お》しつぶした。

一台残らず。

スーツのサイズが大きくなり、金属や炭素など、この基地の構築物から得た必要とするすべてのものによって強化されていくのをキラは感じていた。腕《うで》も脚《あし》も太くなったようで、全身にパワーがみなぎっていく。かたい岩をも掻《か》き分けて進めそうだ。

銃撃音《じゅうげきおん》がやみ、キラの前にいる海兵隊員たちは撃《う》つのをやめてコンコースを引き返しはじめた。重い足音がすばやいリズムを刻んでいる。

キラは歯をむき出した。そう、戦っても無駄《むだ》だと気づいたわけね。よかった。あとは、みんなを無事に〈ウォールフィッシュ〉号まで連れていくことさえできれば——。

と、キラは前方で気密扉《とびら》が閉まるのを、目にするのではなく、音で知った。さらにその先にあるドアも、コンコースのずっと向こうまで次々と閉じていく。

「やられた！　閉じ込《こ》められたわ」ニールセンが叫《さけ》ぶ。

「わたしのそばを離《はな》れないで！」キラは指示した。

前進を続けると、やがて気密扉《とびら》に盾《たて》がぶつかるのを感じた。ドア自体は非常に大きくて重く、許容できる時間内に押《お》し分けて進むことはできそうにないが、ドア枠《わく》はそうでもない。キラとソフト・ブレイドは大した時間もかけずにドアを向こう側に倒《たお》し、耳を聾《ろう》するばかりの衝突音《しょうとつおん》をデッキに響《ひび》かせた。

通路を十メートル進むと、次の防爆扉《ぼうばくとびら》が行く手を阻《はば》んだ。

キラは同じ手順をくり返し、二番目のドアも一番目の例に倣《なら》った。そして三番目も……四番目も。

向かう先にあるドアはすべて閉ざされているようだ。それでも進むことはできたけれど、時間がかかりすぎる。「ＵＭＣは時間を稼《かせ》ごうとしてるらしいな」ファルコーニがキラに言った。

キラはうめいた。「きっとターミナルでは素敵な歓迎会《かんげいかい》の準備をしてるんでしょうね」

壁《かべ》のそばでシューッという大きな音がした。キラはハッとして、うなじがぞわぞわするのを感じた。空気が送り出されているのか、あるいは何かが送り込まれているのだろうか？

「ガスだ！」ファルコーニが叫《さけ》び、シャツの襟《えり》で口と鼻を覆《おお》う。ほかのみんなもそうした。

布が顔に貼《は》りつき、フィルターの役割を果たしている。エントロピストたちが手を使った神秘的な動作を行うと、タトゥーの線がするりと顔へ移動して、口と鼻を覆《おお》う繊細《せんさい》な薄膜《うすまく》を形作った。

キラは感心した。最高レベルのナノテクノロジーだ。

コンコースの最後の一画――ターミナルに隣接《りんせつ》した部分――を破るのと同時に、キラは自分が築いたバリアに銃弾《じゅうだん》、レーザーブラスト、レールガンの投射物、爆発物《ばくはつぶつ》による猛攻《もうこう》撃《げき》を受けているのがわかった。衝撃《しょうげき》に背中が揺《ゆ》さぶられたが、肩《かた》をぐっと入れて慎重《しんちょう》な足取りで前へ進んでいく。

コンコースのその区画を三分の一ほど進んだところで、ファルコーニがキラの肩《かた》を叩《たた》いた。「右だ！　右に行け！」そう言ってターミナルの入り口を指している。

そっちの方向へじりじりと進みはじめると、足下の管が揺《ゆ》れ、雪崩《なだれ》が迫《せま》っているような音がして、海兵隊員が突撃《とつげき》して来た。

キラは一秒とかからず準備して、床《ゆか》の桁《けた》を何本か上に向けてねじり、盾《たて》の内側を支えて後ろに滑《すべ》り落ちるのを防いだ。

「来るわよ！」キラは叫《さけ》んだ。

盾《たて》は分厚かったが、パワードスーツの兵士たちから体当たりを受けると曲がった。キーキーとぞっとするような音を立てて、兵士たちは盾《たて》の部品をもぎ取りはじめた。

「そっちがその気なら」キラは歯をむき出してつぶやいた。

何百本という髪《かみ》の毛みたいな繊維《せんい》を操り、盾《たて》のかたまりのあいだを通し、ありとあらゆる小さな隙間《すきま》や裂《さ》け目や割れ目を通り抜《ぬ》けさせ、見えないままに這《は》いまわらせていき、兵士たちのパワードスーツのなめらかな外殻《がいかく》を探り当てる。それから前にもやったことをした。パワードスーツの継《つ》ぎ目や接合部に繊維《せんい》を送り込《こ》み、手当たり次第ワイヤーや冷却管《れいきゃくかん》を切断していく。ただし、熱くなった肉体の感触《かんしょく》があったときだけは踏《ふ》みとどまった。

踏《ふ》みとどまるのはひと苦労だったが、ソフト・ブレイドはキラの意思に従い、肉体の境界を尊重した。おかげでキラの自信は高まった。

盾《たて》の向こう側でキーキーいう音がやみ、巨人《きょじん》が倒《たお》れるのにふさわしい音を立てて、兵士たちはくずおれた。

「殺したの?」突然《とつぜん》の静寂《せいじゃく》のなかで、ニールセンの声はやけに大きく響《ひび》いた。

キラは唇《くちびる》を舐《な》めた。「いいえ」しゃべると変な感じがした。自分自身の肉体よりも、盾《たて》のほうが大きな部分を占《し》めているみたいだ。一平方センチメートル単位で盾《たて》の隅々《すみずみ》まで感覚がある。圧倒《あっとう》的な情報量。シップ・マインドはこういう経験をしているのだろうか?

自らを盾《たて》から切り離《はな》そうとしたとき、コンコースの反対側、キラたちの前方からさらにブーツの音が響《ひび》いてきた。

キラが反応する間もなく、足下の小さな非常灯だけを残して明かりがちらついて消え、デッキが波打って、キラとイタリ以外はみんなよろめいて倒《たお》れた。

ぐしゃっと金属が押《お》しつぶされる音がコンコースに響《ひび》きわたり、新たにやって来た海兵隊員のさらに向こう、主通路をずっと行った先にあるデッキに、すじのある船体の黒い矢が穴をあけた。圧力警報が鳴り響《ひび》き、侵入《しんにゅう》してきた宇宙船の側面の裂《さ》け目から、這《は》いまわる何十というナイトメアがぞろぞろ押《お》し寄せてきている。

海兵隊員がグロテスクな侵略者《しんりゃくしゃ》と交戦してレーザー銃《じゅう》を発射する鋭《するど》い電撃音《でんげきおん》と、回転するマシンガンのガタガタいう重い音があたりを満たす。

「くそっ《シバル》！」ファジョンがわめいた。

キラは雄叫《おたけ》びをあげて盾《たて》を前に押《お》していき、パワードスーツの機能を停止させた兵士たちの脱力《だつりょく》した重い身体を掻《か》き分けて進んだ。キラの正体に気づいたら、ナイトメアはこぞって集まってくるだろう。キラは半ば小走りで進みながら盾《たて》を押《お》していき、少しのあいだ材料をつけ加えるのをやめて、逃《に》げることだけを考えた。

振《ふ》り返り、ファルコーニたちを回り込《こ》むように盾《たて》を回転させ、コンコースの出口とその奥《おく》にあるターミナル側に自分の背中を向ける。それから一歩ずつ後退していくと、やがて盾《たて》の縁《へり》が戸口の両脇《わき》にぶつかった。

キラはすばやく動き、盾《たて》を自分のほうに引いて崩《くず》れさせ、中身の詰《つ》まったふたにして戸口をふさいだ。撚《よ》り合わせた金属を使って、それを床《ゆか》や天井、壁《かべ》に固定し、実質的に切断しない限り取り除けないようにする。

ファルコーニがキラの肩《かた》を叩《たた》き、叫《さけ》ぶ。「そのへんにしとけ！」

盾《たて》の向こう側で手榴弾《しゅりゅうだん》が爆発《ばくはつ》し、ターミナルに爆音《ばくおん》がとどろいた。次の瞬間《しゅんかん》、ガンガンとくぐもった音を立てながら、海兵隊員たちが盾《たて》を叩《たた》きはじめた。

盾《たて》は持ちこたえるだろうが、そう長くはもたない。

盾《たて》からスーツを離《はな》すと、キラは小さくなった気がして、いつもの自分の大きさに戻《もど》ったように感じた。

反対を向くと、ほかのみんなはもう小さなターミナルを横切って、リニアモーターカーのドアをこじあけようとしている。

天井から男の声が聞こえてきた。「私はウド・グラマティクス、この基地のステーションマスターだ。抵抗《ていこう》をやめれば無事を保証しよう。これが最後の警告だ。外には二十人の強力な兵士が――」

話はまだ続いていたが、キラは無視した。リニアモーターカーのところへ走っていくと、ファルコーニが話しているところだった。「使えそうか?」

「照明以外はすべての動力が断たれてる」ファジョンが答えた。

「じゃあ出発できないってこと?」ニールセンが訊《き》く。

ファジョンはうなった。「こんな状態だと。リニアは動かない」

「ドッキングリングに入るほかの方法があるはずだ」とヴィシャル。

「どんな方法?」スパローが言う。「この場所はものすごい速さで動いてるんだから、ただ飛び移ればいいって話じゃない。キラやジェリーはやり遂《と》げられるかもしれないけど、あとのみんなは血まみれになるだろうね。どん詰《づ》まりもいいとこだ」

盾《たて》の向こう側では銃撃《じゅうげき》が続いている。鈍《にぶ》い衝突音《しょうとつおん》とそれに続いて抑《おさ》えた爆発音《ばくはつおん》が響《ひび》き、海兵隊員がナイトメアを撃退《げきたい》しようとしている。あくまでキラの想像ではあるが。

「だろうな」ファルコーニが乾《かわ》いた口調で言い、ファジョンを振《ふ》り返る。「きみはエンジニアだろう。何か案は?」それからエントロピストたちに目を向けた。「おたくらはどうだ?」

ヴェーラとジョラスは両手を広げ、どうすることもできないと身振《みぶ》りで示した。「機械学は――」

「――私たちの専門ではありません」

「ふざけたことを言うな。ここから向こうまで死なずに行く方法があるはずだ」

マシン・ボスは眉《まゆ》をひそめた。「もちろんある、時間と材料が充分《じゅうぶん》あれば」

またコンコースから衝撃音《しょうげきおん》が響《ひび》いてきた。

「そこまでのツキはない。なあ、何かあるだろう。どんなに突拍子《とっぴょうし》のないことでもかまわない。創造力を働かせるんだ、ミズ・ソン。そのためにきみを雇《やと》ったんだぞ」

ファジョンはますます眉間《みけん》にしわを寄せ、しばし黙《だま》っていた。そのうちに「アイゴ」*1とつぶやくと、リニアモーターカーのなかに駆《か》け込《こ》んだ。床《ゆか》に両手を走らせ、いくつかの箇《か》所《しょ》をコンコンとこぶしで叩《たた》いていく。そしてキラを手招いた。「ここ。ここの床《ゆか》を開いて」そう言って、床《ゆか》の上に正方形を描《えが》く。「慎重《しんちょう》に。いちばん上の層だけを剝《は》がして。下のものはどれも傷つけたらいけない」

「わかった」

キラは人差し指で正方形をなぞり、灰色の複合材に爪《つめ》の先端《せんたん》で切り込《こ》みを入れた。それからもっと力を込《こ》めて同じ動作をくり返し、指からダイヤモンドのような刃《は》を伸《の》ばして床《ゆか》材《ざい》の深さ一センチメートルほどを切った。そして正方形をつかむと――ヤモリパッドを使うように手のひらにくっつけて――、切れ込《こ》み線に沿ってクラッカーを割るみたいにして、床《ゆか》から引き剝《は》がす。

ファジョンは床《ゆか》に手足をついて穴を覗《のぞ》き込《こ》み、なかに収められた装置のワイヤーと端子《たんし》群を観察した。それらがどんな役割を担っているのかキラには見当もつかなかったけれど、ファジョンは自分が目にしているものがなんなのか理解しているようだ。

ターミナルの外から聞こえてくる衝撃音《しょうげきおん》は激しくなってきていた。キラはちらりと盾《たて》を振《ふ》り返った。盾《たて》は内側にへこんできている。補強しないと、あと一分ほどしかもたないだろう。

ファジョンが喉《のど》の奥《おく》を鳴らして立ち上がる。「リニアを動かすことはできるけど、動力が必要だ」

「そこを――」ファルコーニが言いかけた。

「無理。これは動力がなければ、ただの役立たずな岩のかたまり。どうすることもできない」ファジョンは答えた。

キラはジェリーを見やった。《こちらキラ：このマシンを直せない？》

《こちらイタリ：使えるエネルギー源がない》

「パワードスーツはどう？　それでなんとかできない？」ニールセンが訊《き》く。

ファジョンは首を振《ふ》った。「動力は充分《じゅうぶん》だけど、互換性《ごかんせい》がない」

「レーザータレットを使うのは？」キラは尋《たず》ねた。

マシン・ボスはためらったあとでうなずいた。「使えるかもしれない。コンデンサをセットできれば――」

キラは最後まで聞かなかった。リニアモーターカーから飛び出して、間に合わせの障壁《しょうへき》のところへ駆《か》け戻《もど》っていく。その前に着いたとき、衝撃音《しょうげきおん》がやみ、キラは不安になったけれど、不満なわけではなかった。

スーツを十数本の触手《しょくしゅ》にして伸《の》ばし、鉄くずの圧縮された栓《せん》を探っていき、かたまりのなかに埋《う》もれさせたタレットを捜《さが》した。見つかるまでそう時間はかからなかった。なめらかな硬《かた》い金属のかたまり、発砲《はっぽう》されたあとでまだ温かい。キラは大急ぎで行動し、身をかがめて盾《たて》を押《お》すと、ちょうどタレットを引っ張り出せるだけの大きさのトンネルをつくった――そうするあいだもずっと、完全に構築された盾《たて》の状態を維持《いじ》して、隙間《すきま》なく組み上げた表面を崩《くず》さないように奮闘《ふんとう》しながら。

「頼《たの》む、急いでくれ！」ファルコーニが叫《さけ》んだ。

「急いでないとでも思ってるの？」キラは言い返した。

タレットがはずれ、キラは両手でつかんだ。生きた爆弾《ばくだん》みたいにタレットをそっと抱《かか》えながら、リニアモーターカーへ駆《か》け戻《もど》り、ファジョンに手渡《てわた》す。

スパローはガラスのようなナイフで腿《もも》を軽く叩《たた》きながら、あたりを見回した。と、キラの腕《うで》をつかみ、何歩か離《はな》れたところへ引っ張っていく。

「なんなの？」キラは尋《たず》ねた。

スパローは緊張《きんちょう》で張り詰《つ》めた低い声で言う。「あのテカテカ頭のやつらは天井か壁《かべ》を爆《ばく》破《は》して突入《とつにゅう》するつもりだ。間違《まちが》いない。何か砦《とりで》みたいなものでもつくっておかないと、あたしたちは死ぬことになる」

「任せて」

スパローはうなずき、リニアモーターカーへ引き返していった。ファジョンがタレットを分解するのをヴィシャルが手伝っている。

「みんなさがってて！」キラは小さなターミナルに向き合うと、コンコースでしたようにソフト・ブレイドから何十本という触手《しょくしゅ》を伸《の》ばし、必要なことをさせた。ゼノが床《ゆか》や壁《かべ》、天井を引き剝《は》がしはじめ、騒音《そうおん》が耳をつんざいた。キラは部品を近くにたぐり寄せ、リニアモーターカーのドッキングポートの前を囲むドームをすばやく組み上げていく。

部品のかたまりが潰《つぶ》れながら収まっていくにつれ、キラはまたもや自分が大きくなっていくのを感じた。うっとりするような感覚だ。キラはその感覚に疑念を抱《いだ》いていた――自分自身とソフト・ブレイドに疑念を抱《いだ》いていた――けれど、もっともっとという誘惑《ゆうわく》は抗《あらが》いがたく、ゼノとスムーズに連携《れんけい》できていることがキラの自信を後押《あとお》しした。

キラが引き剝《は》がしたパネルのひとつには、インターコムのスピーカーが内蔵されていたらしい。火花が散り、ステーションマスターの声が途切《とぎ》れたから。

一メートルずつターミナルを剝《は》がし、オルステッド・ステーションの基礎《きそ》をなす骨組みを露出《ろしゅつ》していく。腐食《ふしょく》しないよう陽極酸化処理を施《ほどこ》し、軽量化させるため穴をあけた、交差した桁《けた》。

ほどなくドームの内側しか見えなくなったが、それでもキラは構築を続けた。暗闇《くらやみ》に包まれ、リニアのなかからヴィシャルが呼びかけてくる。「ミズ・ナヴァレス、これじゃあ作業がしづらい！」

「こうするか、撃《う》たれるかよ！」キラは叫《さけ》び返した。

爆発《ばくはつ》がターミナルを揺《ゆ》らした。

「そろそろ時間切れだ」ファルコーニが言う。

「急いでやってる」ファジョンが返事した。

キラはさらに自分を伸《の》ばし、これ以上は届かないという限界まで伸《の》ばしたつもりでも、まだ遠くまで届くことがわかった。意識が薄《うす》れ、拡大していく領域に押《お》し広げられ、取り込《こ》まれる情報量に混乱してくる。ここに圧力と削《けず》り跡《あと》、そこに管、上下のワイヤー、放電のムズムズする感じ、熱さと冷たさ。ソフト・ブレイドの無数の異なる部分から無数の異なる感触《かんしょく》が伝わってきた。それらが一斉《いっせい》にのたくり、広がり、ますます激しい感覚となって押《お》し寄せてくる。

手に余る。すべてを見渡《みわた》すことも保持することもできない。ところどころ管理しきれない部分があり、管理できない部分はソフト・ブレイドが独自に反応し、強い意志をもって突《つ》き進んでいく。キラは思考が断片的になっていくのを感じながら、まず一か所に、次に別の箇所《かしょ》に、さらに別の箇所《かしょ》に、と集中しようとし、そのたびごとにスーツを従わせてすばやく引き戻《もど》そうとした。が、キラが専心しているあいだにも、スーツはほかの場所へ群がり、発達し……築き……生成《せい》しつづけていく。

キラはソフト・ブレイドの拡大していく存在のなかに溺《おぼ》れ、消えていった。キラのなかにパニックの火花が散ったが、その火花はあまりにも弱々しく、スーツを抑制《よくせい》することはできなかった。ついに解放されて自らの目的を追求できることへの喜びがソフト・ブレイドから伝わってくる。目の前にパッといくつかの場面が見えて……黄色い野原で花が歌う……思い出を……金属のうろこを樹皮とする木のような生長物……キラはますます混乱し、ほとんど……まだら模様の口からかん高い吠《ほ》え声を発している、長い毛の生えた生き物の群れ……集中することができない。

一瞬《いっしゅん》だけ我に返り、キラは状況《じょうきょう》を把握《はあく》して恐怖《きょうふ》に襲《おそ》われた。わたしは何をしていたの？

自分のものではない耳で、キラは破滅《はめつ》そのものの音を聞いた。ターミナルの外側に武装した兵士たちが行進してくる規則的な足音。不快で、鋭《するど》く刺《さ》すような、動揺《どうよう》してつかみかかってくるいくつかの仮足。ぎょっとして、彼女《かのじょ》/それは引っ込《こ》む。

相手は、彼女《かのじょ》/それを攻撃《こうげき》するつもりだろうか？

彼女《かのじょ》/それがつかんだ手のなかで壁《かべ》と梁《はり》と支柱がぐしゃりと潰《つぶ》れ、盾《たて》の周りで基地が瓦《が》解《かい》していく。デッキが崩《くず》れたが、構わない。かたまりをもっと増やすだけだ。もっと金属を、もっと鉱物を、もっと、もっと、もっと。彼女《かのじょ》/それのなかに飢《う》えが生じていた。世界を食らい尽《つ》くそうとする、とどまるところを知らない飢《い》えが。

「キラ！」

その声はトンネルの向こう側から聞こえてくるようだった。それが誰《だれ》であれ、彼女《かのじょ》/それは相手が誰《だれ》かわからなかった。あるいは、彼女《かのじょ》/それは気にしていなかったのかもしれない。彼女《かのじょ》/それの注意を求めるもっと重要なものがあった。

「キラ！」離《はな》れたところで、彼女《かのじょ》/それに誰《だれ》かの手が触《ふ》れ、揺《ゆ》さぶられて引っ張られるのを感じた。当然のことながら、どれも彼女《かのじょ》/それを動かすことはできなかった。彼女《かのじょ》/彼《かれ》らを繋《つな》いでいる繊維《せんい》の紐《ひも》はあまりにも頑丈《がんじょう》だ。「キラ！」彼女《かのじょ》/それの顔に痛みが走ったが、ひどくかすかで遠く、たやすく無視できるものだった。

ふたたび痛みがあった。そして三度目も。

彼女《かのじょ》／それのある部分に怒《いか》りが湧《わ》き上がってきた。彼女《かのじょ》／それは、上の目と下の目とまだ肉体でできている目を使い、あらゆる方向から内部を覗《のぞ》き込《こ》む。すると、彼女《かのじょ》の横に立ち、赤い顔をして怒鳴《どな》っている男が見えた。

彼《かれ》は彼女《かのじょ》の顔を平手打ちした。

それは一瞬《いっしゅん》キラを正気に戻《もど》すのに充分《じゅうぶん》な衝撃《しょうげき》だった。キラはあえぎ、ファルコーニは言った。「しっかりしろ！　みんなを殺す気か！」

キラはソフト・ブレイドの沼《ぬま》にふたたび引きずり込《こ》まれていくのを感じていた。

「もう一度ひっぱたいて」

ファルコーニは躊躇《ちゅうちょ》したあと、ひっぱたいた。

視界が赤くチカチカしたが、鮮烈《せんれつ》な頬《ほほ》の痛みによってソフト・ブレイドの外にあるものに意識が向けられ、自分自身に焦点《しょうてん》を合わせる助けになった。苦しい戦いだった。バラバラになった思考を集めて元に戻《もど》そうとするのは、いくつもの手につかまれているプールから脱出《だっしゅつ》しようとしているみたいだった――それぞれの手はスーツの繊維《せんい》で、どれも異常に力が強い。

恐怖《きょうふ》はキラが必要としている刺激《しげき》を与《あた》えた。脈拍《みゃくはく》が上昇《じょうしょう》し、意識を失う寸前だ。けれど失神はせず、キラは徐々《じょじょ》に自分の内部に引きこもることができた。それと同時に、この周囲の壁《かべ》や部屋からソフト・ブレイドを呼び戻《もど》した。初めのうち、ソフト・ブレイドは抵抗《ていこう》した。その壮大《そうだい》な設計を諦《あきら》めて、すでに組み込《こ》んでいたものを明け渡《わた》すのを嫌《いや》がった。

それでも最終的には従った。ソフト・ブレイドは跳《は》ね返ってきて、収縮しながらキラの身体の形に戻《もど》った。必要以上の量がある。キラがそう考えると、スーツの素材の一部がしぼんで塵《ちり》となり、なんの役にも立たないものをあとに残した。

ファルコーニがまた手を上げかけた。

「待って」とキラが言うと、ファルコーニは待った。

聴覚《ちょうかく》がまともに戻《もど》りつつある。ほかのすべての警報をかき消して、圧力警報と空気の逃《に》げていくヒューヒューヒューいう音が遠くで鳴り響《ひび》いているのに気づいた。

「何があった?」ファルコーニが訊《き》く。キラはまだ自分を完全には取り戻《もど》せた感じがせず、首を振《ふ》った。「きみはこの基地に穴をあけて、俺《おれ》たちを宇宙に放り出すところだったんだぞ」

キラは目を上げ、ひるんだ——崩《くず》れた天井と何層かの壊《こわ》れたデッキのあいだから、真上に黒く細い裂《さ》け目が見えている。その隙間《すきま》を星が回転して通り過ぎていく。目がくらむようなスピードで回転している、ひび割れた星座の万華鏡《まんげきょう》だ。

「コントロールできなくなったの。ごめん」キラは咳《せ》き込《こ》んだ。

ドームの外側で何かがガランと鳴った。

「ファジョン！　ここから出ないと。本気で言ってるんだ！」ファルコーニは叫《さけ》んだ。

「アイゴ！　急かさないで！」

ファルコーニはキラに向き直った。「動けそうか？」

「たぶん」侵入《しんにゅう》してくるソフト・ブレイドの存在はまだキラのなかをせわしなく這《は》いまわっていたが、それでも自分というものを強く保つことができた。

ガランという音の出どころから、密集したブロートーチが立てるようなシューシューパチパチいう音が聞こえてくる。ドームの内側の一部が鈍《にぶ》い赤色に光りはじめ、それが黄色になり、ほとんど間を置かずに、そのあたりの温度が高くなるのをキラは感じた。

「あれは？」ニールセンが訊《き》いた。

「くそ！　あのばか野郎《やろう》ども、サーマルランス【訳注：高温で金属等を熔断する工具】を使ってる！」スパローが言う。

「熱で死んでしまうぞ！」とヴィシャル。

ファルコーニが身振《みぶ》りで示す。「みんなリニアに乗るんだ！」

「わたしなら阻止《そし》できる！」考えるとふたたび恐怖《きょうふ》に満たされたが、キラは声を上げた。

力を入れるのは一か所だけに集中して、ソフト・ブレイドが暴れまわらないようにすれば……。キラは話しているうちにもドームのなかの床《ゆか》を引き剝《は》がしはじめ、熱く光っている場所にかぶせていく。かぶせた部分は赤く柔《やわ》らかくなり、煙《けむり》が横から噴《ふ》き出した。

「もうよせ。行くぞ！」ファルコーニが叫《さけ》ぶ。

「いいからドアを閉めて。少しでも時間を稼《かせ》ぐから」

「いい加減にしてリニアに乗れ！　これは命令だ」

《こちらイタリ：アイディーリス、出発しなければ》ジェリーはもうリニアの先頭車両に身体を押《お》し込《こ》み、両脇《わき》に触手《しょくしゅ》を押《お》しつけている。

「いや！　わたしには彼《かれ》らを食い止めることができる。出発の準備ができたら教えて――」

ファルコーニがキラの両肩《かた》をつかみ、自分のほうを向かせた。「おい！　誰《だれ》も置いていくつもりはない。行くぞ！」強烈《きょうれつ》な光に照らされて、彼《かれ》の青い目は燃え上がる太陽みたいに輝《かがや》いて見える。

それでキラは折れた。ドームから手を引き、ファルコーニに連れていかれるままにリニアに乗り込《こ》んだ。スパローとニールセンがリニアのドアを押《お》して閉じる。カチッという大きな音と共にドアがロックされた。

「死にたいのか？」キラの耳元でファルコーニが怒鳴《どな》る。「きみは無敵じゃないんだぞ」

「わかってる、でも——」

「黙《だま》れ。ファジョン、もう行けるか？」

「もう少し、キャプテン、もう少しで……」

リニアの外では、サーマルランスの炎《ほのお》がドームの厚みを完全に貫《つらぬ》いて、燃え盛る中心部から白熱した金属のしぶきが上がっている。しぶきは下へ移動していき、兵士ひとり分ぐらいの開口部の一辺をゆっくりと切り開いていく。

「見ちゃだめ！　明るすぎる。網膜《もうまく》が焼けるよ」スパローが言った。

「ファジョン？」

「できた！」キラたちは一斉《いっせい》にマシン・ボスのほうを向いた。ファジョンの足のあいだに分解されたタレットが置かれている。パワーパックはこじあけられ、そこから伸《の》びたワイヤーはリニアの車台を占《し》めている装置に繋《つな》がれている。

「聞いて」ファジョンはパワーパックをコンコンと叩《たた》いた。「これは破損してる。起動させたら、溶《と》けて爆発《ばくはつ》するかもしれない」

「一か八かやってみよう」ファルコーニが言う。

「それだけじゃない」

「いまは講義なんてしてる場合か」

「聞いて！　アイシ！」ファジョンの目はサーマルランスの燃えるような光を受けて輝《かがや》いている。「電磁石に給電するよう接続することはできた。これでリニアを持ち上げることはできるけど、それだけだ。方向制御《せいぎょ》にアクセスすることはできない。だから前にも後ろにも進めない」

「じゃあどうやって――」ニールセンが言いかける。

「キラ、あんたにやってもらうことがある。人数分の椅子《いす》をもぎ取って、あそことあそこの窓を叩《たた》き割ってほしい」ファジョンはリニアの両側を指さした。「あたしが回路を開いたら、そのスーツを使ってリニアを前に引っ張ってもらう、そしたらこれはメインチューブを惰性《だせい》で進むことになる。スーパーキャパシタの充電《じゅうでん》で浮《う》かせておけるのは四十三秒だけだ。このリニアは相対速度時速二五〇キロメートルほどでドッキングリングへ向かう。衝突《しょうとつ》する前にそのスピードをできるだけ落とす必要がある。どうやるかというと、窓から椅子《いす》を突《つ》き出して、トンネルの壁《かべ》に押《お》し当てる。これでブレーキ代わりになるはず。わかった？」

みんなと一緒《いっしょ》にキラもうなずいた。外では、サーマルランスが床《ゆか》まで到達《とうたつ》し、溶《と》けた金属の噴流《ふんりゅう》が一瞬《いっしゅん》だけ消えた。それから、滴《しただ》っている切れ目の頂部にふたたび現れて、今度は水平に切断しはじめる。

「力いっぱい押《お》すこと。全力を振《ふ》り絞《しぼ》って。じゃなきゃ衝突《しょうとつ》して死ぬ」ファジョンは念を押《お》した。

キラは手近な椅子《いす》をつかむと、ピーンとうつろな音を立ててジンバルで支えた台座からねじ取った。続く三つの椅子《いす》も同じような音を立てた。すばやく香りのやり取りをして、キラがこれからの計画をイタリに説明すると、ジェリーもひと組の椅子《いす》に肢《あし》を巻きつけてつかんだ。

「こいつはヤバすぎる計画だよ、お姉《オンニ》ちゃん」スパローが言う。

ファジョンはうめいた。「うまくいくって、お嬢《じょう》ちゃん。見てな」

「目を保護して」キラはソフト・ブレイドをさっと振《ふ》り動かして、リニアモーターカーの両側の窓を割った。

二枚貝の殻《から》の一枚みたいなドームの内部から、溶鉱炉《ようこうろ》の熱さが襲《おそ》いかかってくる。ファルコーニ、ニールセン、ヴィシャル、エントロピストたちは床《ゆか》に伏《ふ》せ、ファルコーニが叫《さけ》んだ。「ちくしょう！」

サーマルランスが下向きに二本目の切り込《こ》みを入れはじめる。

「行くよ」ファジョンが合図する。「起動まで三、二、一」

キラの足下で床《ゆか》が数センチ持ち上がる。そしてわずかに傾《かたむ》いたあと、安定した。

キラは両腕《りょううで》を上げると、割れた窓から外の壁《かべ》へと、指先から数本の粘着性《ねんちゃくせい》のロープをくり出した。ゼノは意図を理解して蜘蛛《くも》の糸みたいにくっつき、キラはそれを引いた。

リニアの車体は重かったが、どうやら摩擦《まさつ》もなく前方へ滑《すべ》り出した。さっと小さくかすめる音を立てて、駅の端《はし》の封鎖箇所《ふうさかしょ》を通過すると、下に傾《かたむ》いてドッキングリングの内面の暗く迫《せま》りくるトンネルのなかへと突進《とっしん》していく。

風がヒューヒューいって通り過ぎていく。マスクがなければ、激しく吹《ふ》きつける風を受けて、見るのも聞くのも困難だっただろう。おまけに寒いはずだったけれど――これまたスーツのおかげで――実際の寒さはわからなかった。

キラははずした椅子《いす》のひとつをすくい上げ、すぐそばの窓から突《つ》き出した。キーッというぞっとする音が風を切り裂《さ》き、火花による彗星《すいせい》の尾《お》がトンネルの内側に沿って流れていく。ソフト・ブレイドの力を借りていても、衝撃《しょうげき》で椅子《いす》が手から離《はな》れそうになったが、キラは歯を食いしばって握《にぎ》った手に力を込《こ》め、しっかりつかんだままでいた。

前方でイタリも同じことをしていた。背後ではみんながよろよろと立ち上がる気配が感じ取れた。ニールセン、ファルコーニ、ヴィシャル、スパロー、エントロピストたちもトンネルの壁《かべ》に椅子《いす》を押《お》し当てると、キーッという音がさらにひどくなった。リニアの車体が削岩機《ジャックハンマー》みたいに揺《ゆ》れてガタガタ鳴っている。

キラは秒数を数えておこうとしたけれど、あまりに騒々《そうぞう》しく、風に気を散らされた。減速していない気がする。キラがさらに体重をかけると、手のなかの椅子《いす》は生き物みたいにのたくった。

すでに椅子《いす》の脚《あし》と座面の半分がトンネルですり減らされている。じきにつかむものが何もなくなるだろう。

ゆっくりと――あまりにもゆっくりと――身体が軽くなっていくのを感じ、足裏が滑《すべ》りはじめる。キラはスーツで身体を床《ゆか》にくっつけると、糸を投げてみんなも固定し、椅子《いす》を押《お》しながら身体が流されていかないようにした。

キーッという音が弱まり、火花の旗が短く太くなり、すぐにそれらはまっすぐ飛んで返ってくるのではなく精巧《せいこう》な模様の渦《うず》を描《えが》き出した。

うまくいきそうだとキラが思いはじめた矢先に、電磁石が停止した。

椅子《いす》の音をかき消すほどのかん高く鋭《するど》い騒音《そうおん》を響《ひび》かせて、車体は外側のレールに激突《げきとつ》した。カプセルは跳《は》ね上がり、引っ張ったタフィーみたいに天井がねじれて裂《さ》けた。触手《しょくしゅ》をバタバタさせながらイタリがフロントガラスから投げ出され、後方からは稲妻《いなずま》みたいにまぶしい電光がひらめき、リニアの車内に煙《けむり》がもくもくと渦巻《うずま》いている。

小さくなっていく金属音と共に、リニアは滑《すべ》りながら停止した。

6

重力の感覚がなくなるのと同時に胃が飛び出そうになったが、今回に限っては胃のなかのものはせり上がってこなかった。それがキラはありがたかった。いまは吐《は》き気なんて構っていられない。爆発《ばくはつ》、サーマルランス、リニアモーターカーの衝突《しょうとつ》……一日で経験するには充分《じゅうぶん》すぎる。スーツがあろうとなかろうと、全身がボロボロになっている感じがする。

イタリ！　あのジェリーは生きてる？　イタリがいなければ、やろうとしているすべてのことが無駄《むだ》になってしまう。

無重力下でありながらもキラはぎこちなく動き、押《お》さえていたリニアとクルーを放した。ファルコーニはこめかみの切り傷から血を流している。彼《かれ》は手のひらの付け根を傷口に押《お》し当て、声をかけた。「みんな無事か？」

ヴィシャルがうめいて答える。「いまので寿命《じゅみょう》が数年縮まったようだが、無事だよ」

「だね」スパローが言う。「同じく」

ニールセンが髪《かみ》の毛からガラスの破片を払《はら》い落とすと、水晶《すいしょう》の塵《ちり》でできた小さな雲みたいに、破片は前方へと漂《ただよ》い流されて割れたフロントガラスから出ていった。「ちょっとだけ動揺《どうよう》してます、キャプテン」

「同感」ヴェーラとジョラスが言う。男性のエントロピストは裸《はだか》の肋骨《ろっこつ》のところに血で汚《よご》れた擦《す》り傷が並んでいて、見た目は痛々《いたいた》しいけれど重傷ではなさそうだった。

キラは大破したリニアモーターカーの前へ移動し、外を覗《のぞ》いた。数メートル前方でレールにしがみついているイタリの姿がある。ジェリーの触手《しょくしゅ》のなかでも大きめの一本の根元付近にひどそうな傷があり、オレンジ色の膿漿《のうしょう》がにじみ出ている。

《こちらキラ：大丈夫《だいじょうぶ》？　動けそう？》

《こちらイタリ：心配は無用だ、アイディーリス。この形態はかなりの損傷に耐《た》えられる》

そう話すうちにも、ジェリーの背甲《はいこう》から骨ばった腕《うで》の一本が伸《の》ばされ、はさみを使って傷ついた触手《しょくしゅ》を切り取りはじめるのを見て、キラはぎょっとした。

「どうなってんの！」キラのもとに来たスパローが声を上げる。

エイリアンは驚《おどろ》くほどの速さで触手《しょくしゅ》を切り落とした。触手《しょくしゅ》はオレンジ色のしずくでできた雲のなかに放棄《ほうき》され、宙を漂《ただよ》っていく。イタリの背甲《はいこう》に残されたむき出しの切断部は大きかったものの、出血はもう止まっていた。

ファジョンが咳《せ》き込《こ》み、油だらけの水の底から上昇《じょうしょう》してくる船みたいに、煙《けむり》のかたまりのなかから浮遊《ふゆう》してきた。そして取っ手を握《にぎ》り、前面の向こうを指さす。「次のリニアの停車駅はすぐそこだ」

キラが先頭を切り、フロントガラスに残っているぎざぎざのガラスをスーツで払《はら》いのけた。そしてリニアから離《はな》れると、ひとり、またひとりと、みんなも残骸《ざんがい》から脱出《だっしゅつ》していく。ファジョンが最後だ。彼女《かのじょ》はフロントガラスの枠《わく》に身体を通すのもやっとだったが、苦労しながらもどうにか通り抜《ぬ》けた。

壁《かべ》の整備用グリップを利用しながら、黒く反響《はんきょう》するトンネルをこそこそ進んでいくと、やがて数メートル先に明かりが点くのが見えた。

キラはホッとして、光のほうへ向かっていった。宙に浮《う》きながら駅へ近づいていくと、壁《かべ》に取りつけられた二枚の自動ドアが開き、向こう側のホールに入ることができた。

そこでキラたちは立ち止まり、再編成して方向を確認した。

「ここはどこ?」キラはヴィシャルの右腕《みぎうで》にひどい切り傷があり、ファジョンの両手が火傷《やけど》で水膨《みずぶく》れになっているのに気づいた。耐《た》えがたい痛みのはずなのに、マシン・ボスは見事に痛みを隠《かく》している。

「目的地からふた駅過ぎてる」ニールセンが言い、ぐるぐると下を指さした（みんなはもう回転していなかったけれど）。

ニールセンを先頭にして、一同はオルステッドのドッキングリングの見捨てられた廊下《ろうか》を通り抜《ぬ》けはじめた。

ときどき、ボットに遭遇《そうぐう》した。壁《かべ》のソケットから充電《じゅうでん》しているものや、レールの上を走り回っているもの、圧縮空気を噴《ふ》き出してジェットで飛び回っているものもいて、この基地を機能させるのに必要な無数の仕事をせっせとこなしている。どのマシンもキラたちに少しの関心も示していないようだったが、それぞれがひとつ残らずキラたちの居場所と行動を記録しているのはわかっていた。

外側のデッキは重工業が占有《せんゆう》していた。ナイトメアの襲撃《しゅうげき》を受けているさなかであっても、精製装置はガタガタと低い音をとどろかせながら必要不可欠な稼働《かどう》を続けている。水を構成要素に分解している燃料加工所。役立つ材料が溢《あふ》れんばかりに詰《つ》めこまれた収納庫。それにもちろん、オルステッドの居住者ばかりか、多くのUMCNの大型艦隊《かんたい》のニーズに応えるのに充分《じゅうぶん》な量の薬からマシンガンまであらゆるものを製造している、多数の巨大《きょだい》な無重力工場も。

からっぽの基地の地下にもぞっとした。何もないのに警報はいまも鳴り響《ひび》き、光っている矢印（メインエリアのものより小さく光も弱い）がいちばん近いストーム・シェルターの方向を指している。けれど、いまはどんなシェルターもキラを守れはしない。それだけは確かなこととして受け入れている。安全でいられる唯一《ゆいいつ》の頼《たの》みの綱《つな》は孤立《こりつ》した深宇宙だけで、そこであってもナイトメアやジェリーに見つかるかもしれなかった。

一同はすばやく移動し、ほんの数分後にはファルコーニが「ここだ」と言い、へりのほうへ通じる通路を指さした。

そこはオルステッドに到着《とうちゃく》したときに通ったのと同じ通路だった。

キラは期待感を募《つの》らせながら、カーブした通路を蹴《け》って進んでいく。この基地でさまざまな経験をしたあとで、〈ウォールフィッシュ〉号に戻《もど》るのはわが家に帰るような感じがした。

ローディングドックに通じる気密扉《とびら》が開き、奥《おく》にあるエアロックの向こうに見えたのは……

暗闇《くらやみ》。

からっぽ。

そして距離《きょり》にして一キロメートルほど先だろうか、姿勢制御《せいぎょ》スラスタの白い煙《けむり》に駆《か》り立てられて、みるみる小さくなっていく〈ウォールフィッシュ〉号が見えた。

7

ファルコーニが叫《さけ》んだ。単語でもフレーズでもなく、怒《いか》りと喪失《そうしつ》だけが表れた、ありのままの叫《さけ》び。その叫《さけ》びを聞きながら、キラは絶望に打ちひしがれ、心がくじけるのを感じた。キラはマスクが顔から剝《は》がれるのに任せた。

敗北したのだ。ここまでやったのに、結局は——。

ファルコーニがエアロックのほうへジャンプした。ぎこちなく着地し、フーッという声を発して息を切らしながらも、エアロックの隣《となり》にある横木をつかんだままでいる。そして窓のほうへ身体を引き寄せると、サファイアのくさびに顔を押《お》しつけて〈ウォールフィッシュ〉号を見送った。

キラは目をそむけた。見ていられなかった。私事に立ち入っているようで、こんな彼《かれ》を見るのは気まずかった。ファルコーニの悲嘆《ひたん》はあまりにむき出しで、あまりに絶望的だ。

「ハッ！」ファルコーニがつぶやいた。「やった！　いいぞ！　ぎりぎり間に合った」そしてみんなを振《ふ》り返ると、邪悪《じゃあく》な表情でニヤリと笑った。

「キャプテン？」ニールセンが宙に浮《う》かびながらファルコーニのもとに近づいていく。

ファルコーニは窓の外を指さした。驚《おどろ》いたことに、〈ウォールフィッシュ〉号は速度を落とし、進路を逆戻《ぎゃくもど》りしてエアロックに引き返してきている。

「どうしてそんなことが？」ファジョンが低い声で言う。

ファルコーニは血で汚《よご》れたこめかみを叩《たた》いた。「オーバーレイを通じて視覚信号を直接送った。船の受動型センサーが機能している限り、そして範囲《はんい》内にあって見通し線がさえぎられない限り、妨害《ぼうがい》されることはない。無線通信や超光速《FTL》放送とは違《ちが》って」

「それはかなり条件が限られるな、キャプテン」ヴィシャルが言った。

ファルコーニはクックッと笑った。「ああ、だがうまくいった。〈ウォールフィッシュ〉号を盗《ぬす》まれそうになった場合に備えて、制御《せいぎょ》停止システムをセットアップしておいたんだ。俺の船は誰《だれ》にもハイジャックさせない」

「そのことをわたしたちに黙《だま》っていたのね？」ニールセンは本気で気分を害しているようだ。一方、キラは感心していた。

ファルコーニは浮《う》かれた態度を改めた。「俺《おれ》がどんなやつかわかっているだろう、オードリー。常に出口がどこにあるか知っている。常にとっておきの切り札がある」

「ふうん」ニールセンは納得していない様子だ。

「どれ、手を見せて」ヴィシャルがファジョンのところに行って声をかける。ファジョンはおとなしく診察《しんさつ》させた。「ふむ、そこまでひどくはない。大部分がⅡ度の火傷《やけど》だ。瘢痕《はんこん》が残らないようスプレーをあげよう」

「あと鎮痛剤《ちんつうざい》もよろしく」ファジョンは頼《たの》んだ。

ヴィシャルは穏《おだ》やかに笑った。「もちろんだとも、鎮痛剤《ちんつうざい》も」

〈ウォールフィッシュ〉号が到着《とうちゃく》するまで大して時間はかからなかった。窓のなかに船が大きく現れると、ヴェーラはもっとよく見ようとしてエアロックの中央にあるハンドルをつかんだ。

「ああああっ！」彼女《かのじょ》の悲鳴はゴボゴボと息を詰《つ》まらせたことで途絶《とだ》えた。ヴェーラは背中をほぼ半分までそらし、手足を小刻みに痙攣《けいれん》させながら全身を硬直《こうちょく》させた。不気味に口をあけて顔をゆがめ、歯を食いしばっている。

ジョラスはエアロックに少しも近づいていないのに、ヴェーラと同じく悲鳴をあげ、同じように身をよじっていた。

「彼女《かのじょ》に触《さわ》ったらだめ！」ファジョンが叫《さけ》んだ。

キラは聞かなかった。スーツが守ってくれるとわかっていたから。

何本かの触手《しょくしゅ》でヴェーラの腰《こし》に輪をくくるのと同時に、自らの身体を近くの壁《かべ》にくっつける。それから痙攣《けいれん》しているエントロピストの身体を引っ張ってドアから引き離《はな》そうとした。すんなりとはいかなかった。ヴェーラの手は異常な力でハンドルを握《にぎ》りしめている。手が離《はな》れたとき、ヴェーラの手の筋肉が断裂《だんれつ》していないといいんだけど、とキラは思った。指がドアから離《はな》れたとたんに、ヴェーラの身体から力が抜《ぬ》け、ジョラスのわめき声もやんだが、言語に絶する恐怖《きょうふ》を味わった者の表情はそのままだ。

「誰《だれ》か彼女《かのじょ》をつかまえておいて！」ニールセンが言う。

壁際《かべぎわ》にいたヴィシャルが飛び出してきて、ヴェーラの上着の袖《そで》をつまんだ。エントロピストの身体を片手で抱《だ》き、あいているほうの手でまぶたをめくる。そのあとヴェーラの口をあけさせて、喉《のど》の奥《おく》を覗《のぞ》き込《こ》んだ。「死にはしないが、医務室に連れていかないと」

ジョラスがうめいた。両手で頭を抱《かか》えていて、怖《こわ》いぐらいに肌《はだ》が青白くなっている。

「どれぐらいひどいんだ？」ファルコーニが訊《き》いた。

医師は心配そうな顔を向けた。「キャプテン、それはなんとも。心臓に気をつけておかないと。衝撃《しょうげき》でインプラントが燃え尽《つ》きたかもしれない。まだわからないが。ハードリブートが必要だ」

ジョラスはいまではブツブツと独り言をつぶやいている。キラにはひと言も理解できなかった。

「卑劣《ひれつ》なやり口ね」ニールセンが言う。

「連中はパニックになってる。どんな手を使ってでも、あたしたちを引きとめようとしてるんだ」スパローが言い、基地の中心部に向けて中指を突《つ》き立ててみせた。「自分たちのケツに電気を流しな！　わかったか⁉」

「わたしのせいね」キラは自分の顔を示した。「マスクをつけたままにしておくべきだった。そうすれば電流が見えたはずなのに」

「きみのせいじゃない。自分を責めるなよ」ファルコーニはそう言うと、ジョラスのほうへ近づいていく。「なあ。ヴェーラは死なない、いいな？　落ち着けよ、大丈夫《だいじょうぶ》だ」

「あなたはわかっていない」ジョラスは息も絶え絶えに言う。

「説明してくれ」

「彼女《かのじょ》は――私は――われわれは――」ジョラスは両手を揉《も》み合わせ、そのため身体が宙を押《お》し流されていく。ファルコーニが彼《かれ》をつかまえ、その場にとどめた。「われわれなどはない！　私たちもない！　私もない！　すべてが消えた。消えた、消えた、消えた、ああ！」ジョラスはまた意味をなさないとりとめのない言葉を発しはじめている。

ファルコーニはジョラスを揺《ゆ》さぶった。「しっかりしろ！　船はすぐそこにある」そう伝えても、何も変わらなかった。

「集合精神《ハイブマインド》が壊《こわ》れてる」ファジョンが話した。

「だったら？　彼《かれ》が彼《かれ》であることに変わりはないだろう？」

「それは――」

ヴェーラがゼイゼイ言って目を覚まし、いきなり飛び起きたせいで身体が回転した。次の瞬間《しゅんかん》、彼女《かのじょ》はこめかみを押《お》さえて悲鳴をあげはじめた。その声を聞いて、ジョラスは胎《たい》児《じ》のように体を丸めてすすり泣いている。

「なんてことだ。今度はいかれた二人組の世話をしなきゃならないとはな。勘弁《かんべん》してくれ」ファルコーニがぼやく。

ひらひら落ちる羽根のようにそっと、〈ウォールフィッシュ〉号は速度を落としてエアロックの外に停まった。カチャカチャと連続する音を立ててドッキングクランプが作動し、船首を固定している。

ファルコーニが身振《みぶ》りで示す。「キラ。頼《たの》めるか？」

医師がエントロピストたちをなだめようとしているあいだに、キラはふたたびマスクで顔を覆《おお》った。エアロックのドアを流れている電流が、青みがかった光の太い棒みたいに見える。まるで稲妻《いなずま》の一部がドアのハンドルに封《ふう》じ込《こ》められたみたいだ。電流の棒はあまりに太くまぶしくて、ヴェーラが即死《そくし》しなかったのが不思議なぐらいだ。

ひと組の巻きひげを伸《の》ばし、ドアに沈《しず》めて――監房《かんぼう》でやったように――ソフト・ブレイドの給電ケーブルを通して電流の経路を切り替《か》える。

「もう大丈夫《だいじょうぶ》」キラは言った。

「すばらしい」そう言いながらもファルコーニはまだ警戒《けいかい》している様子で、エアロックの制御《せいぎょ》装置に手を伸《の》ばす。電流は流れず、ファルコーニは肩《かた》の力を抜《ぬ》いてすばやく解除した。

ビーッという音が鳴り、コントロールパネルの上部に緑色のライトが点灯する。空気が抜《ぬ》ける音と共に、ドアが開いた。

それからキラは手を離《はな》し、ソフト・ブレイドを引っ込《こ》めて電流をもとの経路に戻《もど》した。

「ハンドルには触《さわ》らないようにね。まだ熱いから」キラはイタリにも同じことをくり返した。

ファルコーニが先頭を切った。〈ウォールフィッシュ〉号の船首に向かい、暗証番号のボタンを押《お》すと、船のほうのエアロックが開く。キラたちもあとに続いた。ヴィシャルは片手にヴェーラを抱《かか》え、ジョラスのほうも自力ではまともに動けなかったのでファジョンが手を貸した。しんがりを務めたのはイタリで、このジェリーはウナギのようにするりとエアロックをくぐり抜《ぬ》けた。

キラの脳裏にある考えが浮《う》かんだ。恐《おそ》ろしく、ひねくれた考えが。ＵＭＣがこの瞬間《しゅんかん》を狙《ねら》ってドッキングクランプを爆破《ばくは》し、キラたちを宇宙に放り出したら？　これまでに連盟と軍がしてきたすべてのことを思えば、それぐらいのことをしても不思議ではない。

けれどエアロックは密閉されたままで、イタリの触手《しょくしゅ》の残り数センチメートルもすべて〈ウォールフィッシュ〉号のなかに入ると、ニールセンが船のドアを閉めた。

「サヨナラ、オルステッド」ファルコーニはつぶやくと、〈ウォールフィッシュ〉号の中央シャフトへ向かった。

船は死んだようになっていた。見捨てられたように。ほとんどの明かりが消え、凍《こご》えそうな寒さだ。けれど懐《なつ》かしいにおいがして、その懐《なつ》かしさにキラはホッとした。

「モルヴェン。点火作業を開始して発進準備を。あと、さっさと暖房《だんぼう》を入れてくれ」ファルコーニが命じる。

疑似知能が返事する。「サー、安全手順の特記によると――」

「安全手順を無効化」ファルコーニは長ったらしい承認番号を唱えた。

「安全手順を無効化しました。打ち上げ準備開始」

ファルコーニはファジョンに伝える。「ここから出発する前にグレゴロヴィッチを再接続できないかやってみてくれ」

「イエッサー」マシン・ボスはジョラスをスパローに託《たく》し、通路を進んで船の奥《おく》へと向かっていった。

「では、こちらへ」ヴィシャルも同じ方向へヴェーラを引っ張っていく。「医務室へ行こう。きみもだ、ジョラス」

無能力になったエントロピストたちをスパローと医師に任せて、キラとニールセン、ファルコーニは管理室に向かった。イタリもあとからついてきたが、誰《だれ》ひとり、船長さえも文句を言わなかった。

管理室に入ると、ファルコーニはうんざりしたような声を発した。何十という細々《こまごま》した物が空中に散乱している。ペン、カップふたつ、お皿、いくつかのQドライブ*2、その他さまざまなガラクタが。UMCは引き出しや戸棚《とだな》、ごみ箱も片っ端《ぱし》から引っ掻《か》き回して、しかもあまり慎重《しんちょう》に扱《あつか》わなかったようだ。

「こいつを片付けてくれ」ファルコーニはメインコンソールに移動した。

キラはソフト・ブレイドで網《あみ》をつくり、宙に浮《う》いている物の掃除《そうじ》をはじめた。イタリは気密扉《とびら》のそばから動かず、身体に触手《しょくしゅ》をぎゅっと巻きつけている。

ファルコーニがコンソールの下のいくつかのボタンを押《お》すと、キラたちの周囲の照明が明るくなり、機器類の電源が入った。部屋の中央でホロディスプレイが起動する。

「よし。また完全にアクセスできるようになったぞ」ファルコーニがホロディスプレイの端《はし》に並んだボタンを押《お》すと、ディスプレイ画面が切り替《か》わり、近くにあるすべての船の位置と進路が記されたオルステッド・ステーション周辺の地図が映し出された。赤くチカチカしている四つの点は敵船のしるしだ。目下ナイトメアはガニメデのカーブの周りでUMCの軍勢と小競り合いをしている。五つ目の点はオルステッドの内側のリングに定着したナイトメアの船を示している。

キラは基地にいるホーズ中尉《ちゅうい》やほかの海兵隊員たちの無事を祈《いの》った。UMCと連盟に従っているとはいえ、彼《かれ》らは善良な人々だ。

「基地を攻撃《こうげき》して通り過ぎていったみたいね」ニールセンが言った。

「また戻《もど》ってくるだろう」ファルコーニはきっぱりと確信をもって言った。彼《かれ》は目をキョロキョロさせて、オーバーレイに示されているものを確認している。そして吠《ほ》えるような鋭《するど》い笑い声を発した。「いやはや、こいつは……」

「信じられないわ」とニールセン。

キラは教えてもらうしかなかった。「どうしたの?」

「UMCは本当にこの船の燃料を補給したんだ。信じられるか?」

「〈フィッシュ〉を乗っ取って、補給品の輸送船として使うつもりだったのかもしれないわね」ニールセンが話した。

ファルコーニはうなった。「榴弾砲《ハウイッツァー》まで残してあるぞ。親切なことだな」

そのときインターコムがカチッといって、グレゴロヴィッチの特徴《とくちょう》的な声が響《ひび》いた。

「おやおや、お忙《いそが》しかったようで、可愛いおちびさんたち。フーム。スズメバチの巣を蹴《け》り上げたようだな。まあ、どうしたらいいか考えてみよう。そうとも。ヒッヒッヒ……。ところでチャーミングな寄生者たち、核融合炉《かくゆうごうろ》を再点火しておいたよ。どういたしまして」船の後部からブーンと低い音が聞こえてくる。

「グレゴロヴィッチ、吸気流量制限装置《リストリクター》をはずしてくれ」ファルコーニは命じた。

シップ・マインド側にごくわずかな間があった。「本当にいいのかね、キャプテン、おお、わがキャプテン？」

「ああ、本気だ。はずしてくれ」

「私は仕えるしかない」グレゴロヴィッチは看過できない忍《しの》び笑いを漏《も》らした。

キラは手近な椅子《いす》に座ってシートベルトを締《し》めながら、シップ・マインドを心配せずにはいられなかった。ＵＭＣはグレゴロヴィッチを閉じ込《こ》めていて、それはつまりキラたちがオルステッドに着いて以来、彼《かれ》はほぼ完全に感覚を遮断《しゃだん》された状態にあったということだ。誰《だれ》にとっても好ましくない状況《じょうきょう》だが、シップ・マインドほどの頭能には特に害があり、過去の経験を考えるとグレゴロヴィッチにとっては二倍にまずいことだった。

「リストリクターって？」キラはファルコーニに尋《たず》ねた。

「話せば長い。核融合炉《かくゆうごうろ》には推力特性を変える空気吸入調節弁があって、ごくわずかに効率を悪くしてあるんだ。それをはずせば、バン！　まるで違《ちが》う船みたいになる」

「なのにバグハントではははずさなかったわけ？」キラはあきれていた。

「あのときはやっても無駄《むだ》だっただろう。不充分《ふじゅうぶん》だったのは確かだ。数百分の一パーセントの違《ちが》いについて話してるんだからな」

「それで隠《かく》れることはできな――」

ファルコーニはもどかしそうなそぶりを見せた。「グレゴロヴィッチはこの船の登録情報を送信するすべてのコンピューターにウイルスを仕込《しこ》んでいる。それによって別の船の名前、別の飛行経路、リストリクターなしの核融合炉《かくゆうごうろ》に一致《いっち》するエンジンスペックの第二の登録情報が入力されることになる。コンピューターの記録上では、発進するのは〈ウォールフィッシュ〉号じゃない。ごまかせるのはせいぜい数分かもしれないが、いまは利用できるものはなんでも利用しておかないと」

「巧妙《こうみょう》な手口ね」

「残念ながら、これは一回しか使えない仕掛《しか》けなの。ドックに入って新たにインストールするまでは」ニールセンが話した。

「で、いまこの船はどんな名前で飛んでるの？」キラは訊《き》いた。

「〈フィンガーピッグ〉号」ファルコーニが答えた。

「ほんとに豚《ぶた》が好きなのねえ」

「豚《ぶた》は賢《かしこ》い動物だぞ。豚《ぶた》といえば……グレゴロヴィッチ、動物たちはどこにいる?」

「おおキャプテン、彼《かれ》らはまたもや毛皮で覆《おお》われた氷のかたまりになっている。UMCは餌《えさ》をやったり掃除《そうじ》をしたりと面倒《めんどう》なことに対処するよりも、クライオに戻《もど》すことに決めた」

「そりゃまた思慮《しりょ》深いことで」

〈ウォールフィッシュ〉号が振動《しんどう》してドッキングリングから切り離《はな》され、飛行警報が鳴った直後に姿勢制御《せいぎょ》スラスタが作動し、船はオルステッド・ステーションから突《つ》き放された。

「今日はオルステッドにたっぷり放射能を浴びせることになるな。だが当然の報いだろう」ファルコーニは言った。

「倍返しだね」スパローが戸口にいるイタリの脇《わき》をすり抜《ぬ》けて入ってくると、自分の席に収まった。ジェリーは床《ゆか》に身体を突《つ》っ張って、来るべき噴射《ふんしゃ》に備えている。

ホロディスプレイにヴィシャルの顔が映し出された。「医務室では出発準備ができているよ、キャプテン。ファジョンもここにいる」

「了解《りょうかい》。グレゴロヴィッチ、ここはおさらばだ!」

「いいぞ、キャプテン。〝ここはおさらば〟に取りかかろう」

高まる轟音《ごうおん》と共に、〈ウォールフィッシュ〉号のメインロケットはキラの身体を座席に叩《たた》きつけ、船はオルステッド・ステーションから勢いよく飛び去った。その推力にキラは思わず笑い声を漏《も》らしたが、音の海にかき消された。本当にやり遂《と》げたのだ。訳がわからないぐらいだった。これで第七艦隊《かんたい》が平和の可能性を潰《つぶ》すのを阻止《そし》できるかもしれない。

と、鐘《かね》のような音が鳴り、高揚感《こうようかん》が凍《こお》りつく。

コンタクトレンズがあればいいのにと思いながら、キラは苦労して首をひねってディスプレイを覗《のぞ》いた。ホロディスプレイが土星の映像に切り替《か》わり、このガス惑星《わくせい》のそばに赤い点の雲霞《うんか》のごとき大軍が現れた。

さらに十四艘《そう》のナイトメアの船が超光速《ちょうこうそく》航行を終えたところだった。

Necessity II

第4章　必然 II

1

デッキに触手《しょくしゅ》を突《つ》っ張りながら、イタリがディスプレイに近づいた。「キラ」ファルコーニが警戒《けいかい》する口調で言う。

「大丈夫《だいじょうぶ》よ」それが正しいことを願いながら、キラは答えた。

ニールセンがホロディスプレイをズームアウトさせ、そのとき初めてキラはソルに何が起きているのか理解した。オルステッド周辺のナイトメアと、土星のそばにいる十四艘《そう》の船に加えて、さらに何十というナイトメアが太陽系に侵入《しんにゅう》している。火星に急行している船。海王星の防衛網《ぼうえいもう》を攻撃《こうげき》している船。さらに多くは地球と金星を目指している。

木星付近にある衛星からナイトメアの船の一艘《そう》へと、ホロディスプレイにひと筋のまばゆい光線が走った。その船は光のフレアのなかに消えた。明るい光線は何度も外へとくり出され、そのたびに新たな侵入者《しんにゅうしゃ》の船が爆発《ばくはつ》した。

「あれは？」キラは問いかけた。

「あれは……なんだろう」オーバーレイを確認しながら、スパローが眉をひそめる。

グレゴロヴィッチがクックッと笑う。「私には説明できる。ああ、できるとも。連盟は

ソーラーレーザーを建造した。水星のそばのエナジーファームで太陽光を集め、惑星系《わくせい》一帯のレシーバーにビームで移送している。ほとんどの場合、そのエネルギーは発電のためだけに使われている。だが外部から侵入《しんにゅう》を受けたようなときは、そう、ご覧のとおりだ。尻《しり》のでかいレーザーでエネルギーを発射すれば、立派な殺人光線のできあがりというわけ。そうともさ」

「やるもんだな」とファルコーニ。

スパローがニヤリとする。「うん。惑星《わくせい》系内にレシーバーがあるおかげで、光の遅《おく》れを減らすことができる。悪くない」

「この船は誰《だれ》かに追跡《ついせき》されてる？」キラは尋《たず》ねた。

「いまのところは誰《だれ》にも、私の可愛い子たち。偽造《ぎぞう》証明がまだ通用している」とグレゴロヴィッチが答えた。

「で、〈フィンガーピッグ〉ってなんなのよ?」キラは尋《たず》ねた。

「よくぞ言ってくれたわ!」ニールセンが憤慨《ふんがい》した口調で言い、ファルコーニに身振《みぶ》りで伝えた。「ね?」

ファルコーニは口の端《はし》をゆがめた。「豚《ぶた》である指のことさ」

「それか指である豚《ぶた》か」とスパロー。

ホロディスプレイのなかでヴィシャルが眉《まゆ》を上げた。「私が聞いた話では、豚肉《ぶたにく》のホットドッグを指すスラングのはずだが」そう言って通信を終了《しゅうりょう》し、医師の顔は消えた。

「じゃあわたしたちは空飛ぶホットドッグに乗ってるってこと?」キラは言った。

ファルコーニは面白くもなさそうに笑った。「かもな」

スパローが鼻を鳴らす。「海兵隊では違《ちが》うことに使われてた表現だけどね」

「どういう意味で使ってたの?」キラは訊《き》いた。

「もうちょっと大人になったら教えてあげる」

「無駄話《むだばなし》はそこまでだ」ファルコーニが座ったまま身をひねり、キラのほうを見る。「何か俺《おれ》たちのあずかり知らぬことが起きているんじゃないのか? だからジェリーを救うべきだとそんなに躍起《やっき》になっているんだろう」

キラははっと身を固くした。いましなければいけないことに比べたら、脱出《だっしゅつ》することのほうがたやすかった。「ＵＭＣがどうすることに決めたか、話は聞いてる？」

「いや」

「何も」

「これっぽっちも聞いてない」

「……そう」キラは覚悟《かくご》を決めるのに少し時間を取ったが、口を開く前にディスプレイから場違《ばちが》いに陽気なしゃべり声が聞こえてきた。

グレゴロヴィッチが言う。「オルステッド・ステーションが全チャンネルでメッセージを放送している。シュタール大佐だ。きみに宛《あ》てたメッセージのようだぞ、おお、釘《くぎ》だらけの者よ」

「流してくれ。何を言うつもりなのか、聞くだけ聞いてみても損はしないだろう」ファルコーニは言った。

「それはどうだか」スパローがもごもごつぶやく。

ホロディスプレイが太陽系の映像からシュタールの姿に切り替《か》わった。大佐は追い詰《つ》められた様子で息を切らしていて、左の頬骨《ほおぼね》の上には血で汚《よご》れたすり傷ができている。

「ミズ・ナヴァレス。これを聞いていたら、頼《たの》むから戻《もど》ってきてほしい。そのゼノは連盟にとってあまりにも重要な存在だ。きみはあまりにも重要な存在だ。何をするつもりか知らないが、絶対に無駄《むだ》だ。むしろ状況《じょうきょう》を悪化させることになるだろう。きみが死に、敵がゼノを掌握《しょうあく》したら、人類は全滅《ぜんめつ》することになりかねない。良心にかけてそんなことは望まないだろう、ナヴァレス。決して。きみが望んだ状況《じょうきょう》ではないのはわかっているが、頼《たの》む――人類の生存のために――戻《もど》ってきてくれ。きみも〈ウォールフィッシュ〉号のクルーもこれ以上の罪に問われることはないと保証する。誓《ちか》って本当だ」

そこで放送は終了《しゅうりょう》し、ホロディスプレイは太陽系の映像に戻《もど》った。

キラは自分に向けられているみんなの視線の重みを感じ取っていた。イタリまでもが、背甲《はいこう》に丸く連なったボタンのような多数の小さな目で見つめている。

「どうする？　あとはきみ次第だ。俺《おれ》たちは戻《もど》るつもりはないが、きみが戻《もど》りたいなら、フライにならずにエアロックから飛び出せるだけのあいだエンジンを切っておくが。UMCは喜んできみを迎《むか》えに来るだろう」ファルコーニは言った。

「いいえ。このまま行く」キラはそう答えたあと、イタリも含《ふく》めみんなに対して、首相が〈ノット・オブ・マインズ〉を裏切り、集まっているジェリーの艦隊《かんたい》を攻撃《こうげき》すると決断したことについて話し聞かせた。

スパローがうんざりしたような声を漏《も》らす。「軍で何より嫌《いや》だったのはそういうとこ。ばかげた政治ってやつだ」

ジェリーの皮膚《ひふ》が緑と紫《むらさき》にかき乱れた。苦悩《くのう》しているように触手《しょくしゅ》をくねらせている。
《こちらイタリ：こちらとそちらのあいだに〈ノット〉が結ばれないのであれば、私たち皆《みな》がコラプテッドに泳ぎ越《こ》えられることになる》

キラが通訳すると、ファルコーニは言った。「どうするつもりなんだ？」

キラはイタリを見た。「UMCのハンター・シーカーが着く前に、イタリが〈ノット・オブ・マインズ〉に警告できないかと思って」

キラはその考えをジェリーにくり返して伝え、さらに続けた。《こちらキラ：私たちの送信機《トランスミッター》を使って〈ノット・オブ・マインズ〉に警告できる？》

《こちらイタリ：できない。あなたがたの遠香《ファーセント》では遅《おそ》すぎる。〈ノット・オブ・マインズ〉を救うには、合流地点に警告が届いたころには手遅《ておく》れになっているだろう……。あなたがたのコンクラーベが送り込《こ》んでいる第七艦隊《セブンス・ショール》も、単独では偉大《いだい》なるクタインを倒《たお》せない。彼《かれ》らにはわれわれの助けが必要であり、われわれが指揮を執《と》って〈アームズ〉を正しい方向へ導くことが必要だ。〈ノット・オブ・マインズ〉なしでは、あなたがたのショールは滅《ほろ》び、同じことがわれわれ皆《みな》に言える》

計画が崩《くず》れていくのを感じ、キラは絶望して取り乱しはじめた。きっと方法はあるはずよ！《こちらキラ：第七艦隊《セブンス・ショール》のあとを追って泳いでいけば、合流地点に充分《じゅうぶん》近づいて〈ノ

ット・オブ・マインズ〉に警告するのに間に合いそう？》

ジェリーの肢《あし》にパッと深紅が広がり、肯定《こうてい》の近香《ニアセント》があたりに充満《じゅうまん》する。《こちらイタリ：可能だ》

それだけでは、ジェリーと連盟のあいだにあるさらに大きな問題の解決にはならない。けれど、それらは〈ウォールフィッシュ〉号のクルーの手に余る問題だ。

キラは感情を声に出さないよう最大限に気を配りながら、ファルコーニたちに通訳した。いつもよりずっと抑《おさ》えた口調でスパローが言う。「あんたが言ってるのは、敵地にまっすぐ飛び込《こ》むってことだよ。アイシ。敵のジェリーやナイトメアに捕《つか》まったら……」

「わかってる」

「シュタールの話には一理ある。間違《まちが》った相手にゼノを渡《わた》すわけにはいかないわ。申し訳ないけど、キラ、それは事実よ」ニールセンが話した。

「だからって何もせずじっとしているわけにもいかない」

スパローが顔をごしごしこすった。「連盟からするとあたしたちはもう犯罪者なわけだけど、これは反逆罪だ。敵のほう助は、いまでもほぼ全域で死刑《しけい》が科せられる」

ファルコーニが身を乗り出し、インターコムを繋《つな》いだ。「ファジョン、ヴィシャル、大至急、管理室に来てくれ」

「イエッサー」

「いいとも、すぐに向かうよ、キャプテン」

苦悶《くもん》にキラの胃はよじれそうだった。問題はソフト・ブレイドだ。いつもそう、大昔までさかのぼったときでも。ソフト・ブレイドのせいで、何百万という――何十億とまではいかなくても――人間とジェリーが共に命を落としてきた。ソフト・ブレイドのせいで、ナイトメアは銀河に病をまき散らし、ほかのあらゆる生命体を壊滅《かいめつ》させようとしている。

とはいえ、完全にそれが事実だとは言い切れない。ナイトメアのことで責めを負うべきはゼノだけじゃない。あの貪欲《どんよく》なモーを生み出したことでは、自分も一役買っていた。キラの恐怖《きょうふ》、無分別な暴力が、さまざまな星に対してあまりに多くの苦痛を解き放つことになったのだ。

キラはうめき、両手で顔を覆《おお》い、心と同じぐらい痛くなるまで頭皮に指を突《つ》き立てた。ゼノは混乱しているようだ。襲撃《しゅうげき》に備えているみたいに、身体の周りで厚みを増して硬《かた》くなっているのが感じ取れる。

ソフト・ブレイドを除去することさえできれば、物事はもっと簡単に運ぶだろう。その場合、選択肢《せんたくし》はもっと増える。〈ノット・オブ・マインズ〉は何世紀にもわたってゼノを守ってきた。今回も守れるはずだ。

キラの喉《のど》からまたうめき声が漏《も》れ出てきた。ソフト・ブレイドの存在がなければ、アランはいまでも生きていて、ほかの大勢の人々も生きていただろう。キラが望んでいるのは——ソフト・ブレイドに寄生された当初からずっと望んでいるのは——自由になることだけだ。自由に！

キラはシートベルトをはずし、椅子《いす》から降りて立ち上がった。2・5Gの重力を受けながら立ち上がった。まっすぐ立っておけるようスーツが支えていたが、腕《うで》が鉛《なまり》のように重く、膝《ひざ》と足の裏がずきずきしてきた。

どうでもよかった。

「キラ——」ニールセンが言いかけた。

キラは叫《さけ》んだ。アランの死を初めて悟《さと》ったときみたいに叫《さけ》んだ。キラは叫《さけ》び、両手を広げてソフト・ブレイドと訓練しているあいだに身につけたすべてを利用して——超光速《FTL》で過ごした長く暗い月日のあいだに苦労して手に入れた技術の限りを尽《つ》くして——自分からゼノを突《つ》き放そうとした。怒《いか》りと悲しみと失望のすべてを、ただひとつの望みに注ぎ込《こ》んだ。

ゼノは飛び出した。キラの心の暴力に反応して共振《きょうしん》し、大釘《おおくぎ》や波立つ膜《まく》をあらゆる方向に伸《の》ばした。が、それもある程度までだ。ほかのみんなを脅《おびや》かすことがないよう、キラはゼノを心のなかで抑《おさ》えつけ、制御《せいぎょ》していた。だとしても、リスクを伴《ともな》う行為《こうい》だった。

突出《とっしゅつ》した部分とのあいだに空洞《くうどう》ができ、スーツが薄《うす》くなって収縮し、むき出しになった肌《はだ》に風が当たるのを感じた——風は冷たく乾《かわ》いていて、じかに受ける感触《かんしょく》に衝撃《しょうげき》を受ける。むき出しになった部分が広がり、身体がジンジンしてくる。黒いギザギザの真ん中にできた、青白い裸《はだか》の島。

戸口でイタリがあとずさりし、背甲《はいこう》をかばおうとするみたいに触手《しょくしゅ》を上げている。さらに押《お》しつづけ、ゼノを取り外そうと強いていると、やがてキラの身体と繋《つな》がっているのは腱《けん》のように細長い数本だけになった。わずか数本の繊維《せんい》だけだ。

そこに意識を集中し、引き離《はな》そうと念じた。離《はな》れるようにと怒《いか》りをぶつけた。離《はな》れるようにと駆《か》り立てた。離《はな》れるようにと命じた。

キラの目の前で腱《けん》のような繊維《せんい》がのたくったが、離《はな》れようとはしなかった。ソフト・ブレイドの抵抗《ていこう》を心に感じた。次第に遠ざかってはいくものの、そこまでだ。もう少しで離《はな》れられるのに、それを受け入れるつもりはないようだ。

キラは怒《おこ》り、さらに必死の努力を続けた。そうこうするうちに目の前がちらつき、視界の端《はし》が暗くなってくる。一瞬《いっしゅん》、気を失うのではないかと思った。それでもキラは立ったままでいたが、ソフト・ブレイドは逆らうのをやめない。キラはソフト・ブレイドから奇妙《きみょう》な思考を受け取った。曖昧《あいまい》でほとんど理解できない考えが、心の奥底《おくそこ》から意識の上層部へと徐々《じょじょ》に入《こ》り込んできている。たとえば、こんな——裂《さ》けていないものの製造は正常でない賢明《けんめい》な鋳造《ちゅうぞう》になるべきではなかった。または、こんな——時間の平衡《へいこう》が失われていた。なおもグラスパーは数多《あまた》の食物に飢《う》え、揺《ゆ》りかごはひとつも閉じられていなかった。さしあたっては、製作物に持ちこたえさせるしかなかった。

言葉は奇妙《きみょう》であっても、要点は充分《じゅうぶん》はっきりしていた。

キラは吠《ほ》え、一切制御《せいぎょ》せず、残っている力を振《ふ》り絞《しぼ》ってソフト・ブレイドにぶつかっていった。ソフト・ブレイドを追い払《はら》おうとする最後の試み。解放されて失ったものを取り戻《もど》す最後のチャンス。

けれどソフト・ブレイドは揺《ゆ》るがなかった。キラに感情移入して、その苦境に少しでも同情し、抵抗《ていこう》することを悔《く》やんでいたとしても、キラにはわからなかった。伝わってきたのは確固たる意志と、製作物が変わらずあり続けることへの満足感だけだ。

アランの死を悟《さと》ってから初めて、キラは諦《あきら》めた。この宇宙には自分ではコントロールできないことが山ほどあって、これもそのひとつらしい。

涙《なみだ》にむせびながら、キラは戦うのをやめて手と膝《ひざ》をついてくずおれた。さらさら落ちる砂のように、ゼノがふたたびキラの身体をするりと覆《おお》うと、顔だけを残して全身から風の冷たさがなくなった。いまでも床《ゆか》の感触《かんしょく》はあり、背中のくぼみをくすぐる船内の空気の流れを感じることはできたけれど、ソフト・ブレイドという人工皮膚《ひふ》を通した感覚でしかない。そして不快感はすべて消し去られ、刺《さ》すような冷たさも膝《ひざ》の下に当たる隆起《りゅうき》の鋭《するど》さも取り除かれ、すべてが温かく快適だ。

キラはぎゅっと目を閉じ、目の端《はし》から涙《なみだ》が流れ落ちるのを感じ、息を切らした。

「天の父よ」戸口でヴィシャルが言う。医師はよろよろと近づいてきて、キラに片手を回した。「ミズ・キラ、大丈夫《だいじょうぶ》かね？」

「ええ。大丈夫《だいじょうぶ》」キラは喉《のど》を詰《つ》まらせながら、言葉を無理やり押《お》し出した。負けたのだ。全力を尽《つ》くしたのに、それでも足りなかった。いまや残されているのは必然だけだ。イナーレはそう表現していたが、ぴったりだ。まさに言い得て妙《みょう》、黒いワイヤーでぐるぐる巻きに拘束《こうそく》されているみたいに……。

「本当に？」ファルコーニが問いかける。

そっちを見ないでうなずくと、手の甲《こう》に涙《なみだ》が落ちた。冷たくない。温かくもない。ただ濡《ぬ》れただけ。「ええ」キラは震《ふる》える息を吸い込《こ》んだ。「本当よ」

2

キラが立ち上がって席に戻《もど》ったとき、どっしりした足取りでファジョンがドアをくぐった。高い推力をものともしていないようだ。噴射《ふんしゃ》によってシン‐ザーの重力よりも強い力がかかっているはずなのに、マシン・ボスはいとも自然に動いている。

「そのゼノからは逃《に》げられないようだな」ファルコーニが口にした。

キラはすぐには答えなかった。大丈夫《だいじょうぶ》だとイタリを安心させるのに忙《いそが》しかったのだ。

「そうみたいね」

「失礼だが、キャプテン。何が問題になっているのかな？　行き先を決めるんじゃないのかね？」ヴィシャルが訊《き》く。

「そうだ」ファルコーニは迷いのない厳しい口調で答えた。そして医師とファジョンのために簡潔な言葉で状況《じょうきょう》をざっと伝えたあとで言う。「知りたいのは〈ウォールフィッシュ〉号はまた長距離《ちょうきょり》飛行ができる状態にあるのかということだ」

「キャプテン――」ニールセンが口を開いた。

ファルコーニは鋭《するど》い身振《みぶ》りで話をさえぎった。「選択肢《せんたくし》の確認をしようとしているだけだ」そしてファジョンに顎《あご》をしゃくってみせる。「どうなんだ？」

少しのあいだマシン・ボスは下唇《したくちびる》を嚙《か》んでいた。「そうだね、管は流す必要があるし、核融合炉《かくゆうごうろ》もマルコフ・ドライブも調べないと……水、酸素、食料はまだ充分《じゅうぶん》な量があるけど、長期の飛行になるなら補給しておいたほうがいい。うーん」ファジョンはまた唇《くちびる》を嚙《か》んだ。

「可能そうか？　往復のＦＴＬ飛行で三か月間。余裕《よゆう》を見て、三週間はクライオに入っていないとして」ファルコーニは尋《たず》ねた。

ファジョンは頭をうなずかせた。「可能だけど勧《すす》めはしない」

ファルコーニは吹《ふ》き出した。「ここ数年に俺《おれ》たちがしてきたことの大半は、〝勧《すす》めはしない〟のカテゴリーに分類されることだったじゃないか」そしてキラを見つめ返す。「問題は、やるべきか？」

「やってもなんの利益もない」スパローが身を乗り出し、膝《ひざ》に肘《ひじ》を乗せながら言った。

「そうだな。利益はない」ファルコーニは認めた。

ニールセンが言う。「わたしたちは殺される可能性が高い。殺されなかったとしても――」

「――反逆罪で処刑《しょけい》される」ファルコーニはズボンの継《つ》ぎ当てをいじった。「ああ、俺《おれ》の読みも同じだ」

「だったら、ほかにどうするつもりなの？」キラは静かな口調で問いかけた。ここは慎重《しんちょう》にならないと。強く押《お》しすぎたら失敗してしまうだろう。

初めは誰《だれ》も返事をしなかった。しばらくしてニールセンが答えた。「どこか連盟の外のちゃんとした医療施設《いりょうしせつ》にトリッグを連れていくとか」

「でも、あなたの家族はいまもこのソルにいるんでしょう？」一等航海士の沈黙《ちんもく》は、返事として充分《じゅうぶん》だった。「それにあなたの家族もそうよね、ヴィシャル？」

「ああ」医師は答えた。

キラはみんなの顔に視線をさまよわせた。「みんな大事に思ってる人がいる。だけど誰《だれ》ひとり安全じゃない。ただ隠《かく》れているわけにはいかないでしょう……そんなことはできない」

ファジョンがもごもご言って同意し、ファルコーニは握《にぎ》り合わせた手を見下ろしている。

「偽《いつわ》りの希望の誘惑《ゆうわく》に気をつけたまえ。誘惑《ゆうわく》に屈《くっ》せず、ほかで検証するがいい」グレゴロヴィッチがささやいた。

「黙《だま》って」とニールセン。

ファルコーニは顔を天井に向け、顎《あご》の下を掻《か》いた。無精ひげに爪《つめ》が擦《かす》れる音が驚《おどろ》くほど大きく響《ひび》く。「イタリに訊《き》いてみてくれないか。俺《おれ》たちが〈ノット・オブ・マインズ〉に警告したら、ジェリーと人間のあいだに和平のチャンスはまだあるだろうか？」

キラが質問をくり返すと、ジェリーは答えた。《こちらイタリ：ある。だが〈ノット〉が断たれたら、残酷《ざんこく》で強大なクタインはこのさざなみが終わるまで、すべてを損ねるまで私たちを支配することになるだろう》

ファルコーニはまたうめいた。「ふーむ。そうだろうと思ったよ」彼《かれ》は椅子《いす》とシートベルトの許す限りキラのほうを振《ふ》り返った。「行くつもりか？」

ふたたび危険を冒《おか》して未知の世界へ踏《ふ》み出すことを思うと怖《こわ》かったけれど、キラはうなずいた。「そのつもり」

ファルコーニは室内を見回し、クルーひとりひとりの顔を見回した。「どうだ？　意見は？」

スパローが渋面《じゅうめん》をつくった。「あんな目に遭《あ》わされたあとで、ＵＭＣを助けるのは気に入らないけど……いいよ。それがどうした。やってやろうじゃない」

ヴィシャルがため息をつき、片手を上げた。「この戦争が続くと思うと気に入らない。戦争を終わらせるのにできることがあるなら、やるべきだと思う」

「彼女《かのじょ》の行くところにあたしは行く」ファジョンがスパローの肩《かた》に手を置いた。

ニールセンが何度かまばたきをしたが、その目に涙《なみだ》が浮《う》かんでいることにキラはすぐには気づかなかった。一等航海士は鼻をすすり、うなずいた。「わたしも賛成に一票」

「エントロピストたちは？」キラは尋《たず》ねた。

「決断できる状態にない。だが訊《き》いてみよう」オーバーレイに視線を移し、ファルコーニの目がうつろになる。彼《かれ》は唇《くちびる》をピクピクさせて声を出さずに文を読み、管理室はしんと静まり返る。

エントロピストたちのインプラントは焼けてしまったため、医務室のスクリーンを通して通信しているのだろう。キラはそのタイミングを利用して、イタリに最新の会話の内容を伝えた。絶えず行ったり来たりする通訳を続けることに疲《つか》れはじめている。同時に中央ディスプレイのホログラムも確認した――追いかけてきている船はひとつも見当たらず安心したが、ナイトメアは近くにあるソーラーレーザー用のレシーバー／エミッターを破壊《はかい》していた。

「オーケー。ヴェーラは話せないが、ジョラスは賛成だと。決まりだ」ファルコーニはもう一度みんなの顔をまじまじ見つめた。「みんな同じ考えってことでいいな？……じゃあ、よし。意見が一致《いっち》した。グレゴロヴィッチ、チェッターが知らせてきた合流地点に進路を設定してくれ」

シップ・マインドは鼻を鳴らした。彼《かれ》が発するにしては驚《おどろ》くほど普通《ふつう》の音だ。そして言った。「私のことを忘れていないか？　私の投票は数に入らないのか？」

「もちろん入るさ」ファルコーニはいらだっている。「じゃあ、きみの賛否を教えてくれ」

「私の賛否？」グレゴロヴィッチの声には不安定な棘《とげ》があった。「いやはや、よくぞ訊《き》いてくれた。私は〝ノー〟に一票」

ファルコーニは目をぐるっと回した。「そんなふうに思っているなら残念だが、もう決まったことだ、グレゴロヴィッチ。七対一の多数決で。進路を設定して、ここから脱出《だっしゅつ》させてくれ」

「それはできない」

「な、なんだって？」

「だめだ。そのつもりはない。まだわからないのか、おおキャプテン、厳格なわがキャプテン、不必要なわがキャプテン？」グレゴロヴィッチはクスクスげらげら笑いつづけ、やがて異様な笑い声を〈ウォールフィッシュ〉号の通路という通路に響《ひび》きわたらせた。

キラのなかに冷たい恐怖《きょうふ》が忍《しの》び込《こ》んできていた。このシップ・マインドはいつも少し不安定なようではあったが、いまや完全に正気を失っていて、キラたちの行く末は彼《かれ》の意のままなのだ。

3

「グレゴロヴィッチ――」ニールセンが口を開こうとした。

「反対する」シップ・マインドは笑うのをやめてささやいた。「強硬《きょうこう》に反対する。きみたちをそこへ連れていくつもりはない――断じてない――、それに何を言おうと何をしようと、私の気を変えさせることはできない。髪《かみ》を整え頭をポンポン、サテンのリボンで飾《かざ》り立て、丸い柿《かき》の実をたらふく食わせても。私の考えは覆《くつがえ》らず、後戻《あともど》りせず、取り消されず、あるいは決定を撤回《てっかい》することはない」

《こちらイタリ：何が問題なのか？》キラが説明すると、ジェリーは不気味な緑色になった。《こちらイタリ：この船の形態は隠《かく》れた潮流なみに危険だ》

ファルコーニが罵《ののし》る。「どうしたっていうんだ、グレゴロヴィッチ？　こんなばかな真似をしている暇《ひま》はないぞ。直接の命令を出しているんだ。くそ忌々《いまいま》しい進路を変えろ」

「決してしない。決してしないほうがいい」

船長は目の前のコンソールを叩《たた》いた。「ふざけるな。バグハントへ出発したときは反対しなかったのに、いまになって反抗《はんこう》するつもりなのか？」

「そのときの危険予想は確実ではなかった。有効な情報に基づいて計算されたリスクは、無理のない許容範囲《はんい》に収まっていた。混迷する戦争のただなかに突《つ》っ込《こ》んでいこうとはしていなかったからな。だがいまは許すつもりはない。そうだ、決して」シップ・マインドの話は我慢《がまん》ならないほど独りよがりに聞こえた。

「どうして？　何をそんなに恐《おそ》れているの？」ニールセンが問いかける。

シップ・マインドの錯乱《さくらん》したくすくす笑いが再開した。「この宇宙は回転しながらばらばらになりつつある。破損点まで回転させられた風車。暗闇《くらやみ》と空虚《くうきょ》、それでもなお重要なものは何か？　友人の温かさ、人の優しさのもたらす光。トリッグは死に瀕《ひん》して横たわり、氷の墓で凍《こお》りついている、私はこのクルーたちをこれ以上引き裂《さ》かせはしない。ああ、そうはさせない。第七艦隊《かんたい》がこそこそ動いて問題を引き起こそうとしているなかで、ナイトメアとジェリーの戦闘《せんとう》の真ん中に飛び込《こ》んでいけば、われわれのもとに船の形をした破滅《はめつ》がもたらされることになるだろう——情けや憐《あわ》れみ、人間的な思いやりのかけらもない無慈悲《じひ》な運命の憤《いきどお》りとして、われわれの上に降りかかってくるのだ」

「きみの懸念《けねん》は心に留めておこう」ファルコーニは言う。「さあ、この船の進路を変えるんだ」

「それはできない、キャプテン」

「できないんじゃなく、やらないんだろう」

グレゴロヴィッチは低い声で長々とまた笑った。「無力さは生まれつき決まっているのか、はたまた育ってきた環境《かんきょう》で決まるのか？　ポテイトと言ってもポタートと言っても、大した違《ちが》いはない」

ファルコーニはニールセンを見やり、キラは彼《かれ》の表情に警戒《けいかい》の色を見て取った。「キラの話を聞いていただろう。俺《おれ》たちが〈ノット・オブ・マインズ〉に警告しなければ、ジェリーと和平を結ぶ唯一《ゆいいつ》のチャンスを失うことになり、ナイトメアを倒《たお》す唯一《ゆいいつ》のチャンスも失うことになるかもしれない。それでいいのか？」

グレゴロヴィッチはまたもや長く低い笑い声を響《ひび》かせた。「不動の力と抵抗《ていこう》できないものが出会うとき、因果関係は混同される。公算は計算資源を超越《ちょうえつ》する。統計的変数の制約はなくなる」

「不可抗力《ふかこうりょく》と不動のもののことを言ってるのね」ニールセンが指摘《してき》した。

「私は常に言うつもりのことを言っている」

「でもそうじゃない？」

スパローが喉《のど》を鳴らす。「これからどうなるかわからないってことを、もったいぶったやり方で認めてるだけみたいだね」

「ああ！　だが、それこそが重要な点だ。どうなるかは誰《だれ》にもわからない、そして私はまさに不明確なことからきみたちを守ろうとしているのだ、コガラの小鳥たちよ。ああ、そうだとも」

「もういい、きみの反抗的《はんこう》な態度にはうんざりだ。こんなことはしたくないが、ほかに選択肢《せんたくし》がない。アクセスコード4‐6‐6‐9‐くそくらえ。承認：ファルコーニ‐アルファ‐ブラボー‐ブラボー‐ウイスキー‐タンゴ」

「悪いが、キャプテン。それでうまくいくとでも？　私をこのシステムから追い出すことはできない。〈ウォールフィッシュ〉号は私のものだ、きみのものである以上にな。わが肉体の一部であり、すべてがばかげている。機嫌《きげん》よく敗北を認めるがいい。この船はケンタウルス座α星に向かい、そこも危険が大きすぎるとなれば、宇宙植民地のはずれに安全な避難《ひなん》場所を探すのだ、エイリアンも捜《さが》し求める触手《しょくしゅ》も邪魔《じゃま》する理由のない場所を。そうだ、そうしよう」

グレゴロヴィッチが話しているあいだに、ファルコーニはファジョンを指さし、音を立てずに指をパチンとやった。マシン・ボスはうなずくと、シートベルトをはずして管理室のドアへとすばやい足取りで移動する。

ドアはスパローの目の前で閉まり、ガチャッと音を立てて施錠《せじょう》された。

「ミズ・ソン」シップ・マインドが歌うように言う。「ミズ・ソン、なんの真似だ？　きみの手口も策略もお見通しだよ。私の裏をかこうとしたって、そうはいかない。千年かけて策をめぐらしても、私を出し抜《ぬ》くことなどできないのだ、ミズ・ソン、ミズ・ソン――きみのメロディは自明の理だ。恥《は》ずべき目的は棄《す》てたまえ。きみのモチーフに驚《おどろ》きはない、少しの驚《おどろ》きもない……」

「急げ。コンソールだ。うまくすれば――」ファルコーニが言った。

ファジョンはくるっと回って、ホロテーブルの横にある制御《せいぎょ》装置の下のアクセスパネルへと急ぐ。

「じゃあ、わたしは？」マシン・ボスが何をするつもりなのかキラにはわからなかったけれど、グレゴロヴィッチの気をそらしておいたほうがよさそうに思えた。「わたしをここに閉じ込《こ》めておくことはできない。こんなことをやめないと、あなたを収納しているケースを割って、電源ケーブルをすべて引き裂《さ》いてやる」

ファジョンがアクセスパネルに触《さわ》ると、火花が降り注いだ。彼女《かのじょ》は短く鋭《するど》い叫《さけ》び声をあげ、腕《うで》をさっと引くと、痛そうに手首をつかんだ。

「この野郎《やろう》！」スパローがわめく。

「やってみろ」シップ・マインドはささやき、〈ウォールフィッシュ〉号がガタガタと揺《ゆ》れる。「ああ、やってみるがいい。だが、無駄《むだ》だ。何も変わらない。オートパイロットをセットしてある、何をしようと解除はできない、たとえメインフレームを消去して再構築しようとしても――」

ファジョンの顔に暗い表情が宿り、むき出した歯のあいだからシーッと鋭《するど》い音が漏《も》れる。彼女《かのじょ》はベルトのポーチから一枚のぼろきれを取り出すと、包帯をした手に巻きつけて指を覆《おお》う。そしてもう一度アクセスパネルに手を伸《の》ばした。

「わたしが――」キラが言いかけたときには、マシン・ボスはもうパネルをあけて中身を引っ掻《か》き回していた。

「ソン」グレゴロヴィッチが優しくささやくように言う。「どうするつもりなんだ、美しいソン？　私の根は深く植えつけられている。私を掘《ほ》り出すことはできないよ、ここでも、そこでも、千台のボットの千本のレーザーを使っても。〈ウォールフィッシュ〉号のなかで、私は全知であり、どこにでも存在する。唯一無二《ゆいいつむに》の存在であり、その言葉であり、その意志であり、その道である。この無意味で哀《あわ》れな迎合《げいごう》をやめて、おとなしく――」

ファジョンがコンソールの下の何かをぐいっと引っ張ると、照明がちらつき、スピーカーから大音量の雑音が響《ひび》き――グレゴロヴィッチの話をさえぎり――壁《かべ》に並んだインジケーターの半分が暗くなった。

「間違《まちが》ってる」マシン・ボスはつぶやいた。

4

呆然《ぼうぜん》とした静寂《せいじゃく》の瞬間《しゅんかん》があとに続いた。

「くそっ。大丈夫《だいじょうぶ》？」スパローが尋《たず》ねる。

ファジョンはうなった。「心配ない」

「何をしたんだ？」ファルコーニが詰問《きつもん》した。その質問には、グレゴロヴィッチへの怒《いか》りが聞き取れたが、マシン・ボスがシップ・マインドを、あるいは〈ウォールフィッシュ〉号を傷つけたかもしれないことに対する怒《いか》りも含《ふく》まれていた。

「グレゴロヴィッチをコンピューターから排除《はいじょ》した」ファジョンは立ち上がりながら答えた。怪我《けが》をした手をさすり、顔をしかめる。

「ど、どうやって？」ファルコーニは訊《き》いた。キラもそこが気になっていた。グレゴロヴィッチは嘘《うそ》をついてはいなかった。シップ・マインドは〈ウォールフィッシュ〉号のようなマシンの構造に綿密に統合されていて、彼《かれ》らを取り出すことは、生きている身体から鼓動《こどう》を続けたままの心臓を取り出すこと（しかも患者《かんじゃ》を死なせることなく）ぐらい難しい。

ファジョンは腕《うで》を下ろした。「グレゴロヴィッチはすごく賢《かしこ》いけど、彼《かれ》でさえも〈ウォールフィッシュ〉号についてわかっていないことはある。グレゴロヴィッチは回路を知っている。あたしはその回路がなかを通っている管を知っている。アイシ。それだ」彼女《かのじょ》は頭を振《ふ》った。「グレゴロヴィッチと繋《つな》がっているすべての送電線には、電圧異常に備えて機械で操作するブレーカーが備わっている。この管理室かストーム・シェルターで作動させられるようになってる」ファジョンは肩《かた》をすくめる。「単純なこと」

ニールセンが問いかける。「じゃあ、彼《かれ》は完全に切り離《はな》されてるの？　暗闇《くらやみ》のなか、ひとりぼっちで？」

「完全にじゃない。ケースに組み込《こ》まれたコンピューターがある。そこに保管されているものは見ることができる」

「それはよかった」とヴィシャル。

「でも誰《だれ》とも接触《せっしょく》できないの？」ニールセンは訊《き》いた。

ファジョンは首を振《ふ》っている。「無線はない。有線もない」が、続けて言う。「彼《かれ》と話したいなら、ケースの外に接続すれば話すことができるけど、注意しないと。外部システムに少しでもアクセスしたら、グレゴロヴィッチはまた〈ウォールフィッシュ〉号を制御《せいぎょ》できることになるから」

「そんな状態、グレゴロヴィッチは絶対に喜んでないだろうね」とスパロー。

キラも同意見だった。グレゴロヴィッチは怒《いか》りくるっているはずだ。ふたたび栄養バスに閉じ込《こ》められて、外の世界に触《ふ》れる手立てがないなんて、悪夢だろう。キラは想像して身震《みぶる》いした。

「グレゴロヴィッチが喜ぼうがなんだろうが、どうでもいい」ファルコーニは髪《かみ》を撫《な》でつけた。「いまやるべきことは、爆破《ばくは》される前にソルから脱出《だっしゅつ》することだ。新しい進路をセットできるか？」

「イエス、サー」

「じゃあやってくれ。でたらめに進むコースを新たに組むんだ。ジャンプ三回でいいだろう」

ファジョンは席に戻《もど》り、オーバーレイに集中した。一分後、自由落下の警報が響《ひび》き、エンジンが停止し、押《お》しつぶすような重みが消えた。

〈ウォールフィッシュ〉号が方向を変えるあいだ、ソフト・ブレイドはキラの身体を椅子《いす》の背にくっつけたままにしていた。当然のようにゼノはそうした。ゼノは本当に協調的だ。キラの安全と幸福を気遣《きづか》っている。キラが本当に望んでいることだけは例外だが。かつての憎《にく》しみがまたよみがえってきて、切開した腫《は》れものから酸っぱい毒が膿《うみ》になって出てくる。けれど、それは無用な憎《にく》しみだ。弱々しく効力のない憎《にく》しみだ。キラにはどうすることも——ひとつとして何も——できないのだから。グレゴロヴィッチが自らの精神という牢獄《ろうごく》から自分を救出できないのと同じで。

「FTLにジャンプできるまでどれぐらいかかる？」キラは尋《たず》ねた。

「三十分。そこのジェリーが加えた改修がまだ活きてるから。いつもより速くジャンプできる」ファジョンは答えた。

《こちらイタリ：アイディーリス？》イタリの質問に対し、キラが現状について最新情報を伝えると、ジェリーの触手《しょくしゅ》から病的な緑色が薄《うす》れ、普段《ふだん》の健康的なオレンジ色に戻《もど》った。

「そいつはまさに光のショーだね」スパローがエイリアンを身振《みぶ》りで示して言う。「そんなにカラフルだなんて、いままで気づかなかった」

キラはジェリーの存在をクルーがすっかり受け入れていることに感心した。それを言うなら、キラ自身もジェリーを受け入れている。

〈ウォールフィッシュ〉号は回転を終え、推力が戻《もど》りキラの身体はデッキに押《お》しつけられた——船は太陽系のマルコフ・リミットに沿って異なる地点へ向かっていく。

5

三十分間を費やして、クルーはFTLに向けて〈ウォールフィッシュ〉号の準備をし、自分たちもまたコールドスリープに入るのに備えた。クライオのたびに身体に負担がかかるから、理想を言えば冬眠《とうみん》状態から回復するのにもっと長い時間をかけるべきだった。それでも年間の限度はまだ充分《じゅうぶん》下回っている。三か月間、月に二回までがラプサン社の商業制限だったが、一般《いっぱん》市民や軍人はしばしばその限度を遥《はる》かに超《こ》えていることをキラは知っていた。身体への影響《えいきょう》はもちろんあるのだが。

出発前にひとつ朗報があった。ヴィシャルが満面の笑みを浮《う》かべて管理室に駆《か》け込《こ》んできた。「聞いてくれ！　叔父《おじ》から連絡《れんらく》があった。ありがたや、母と姉たちは月《ルナ》にいる」そう言って、十字を切った。「叔父《おじ》が母たちの安全を守ると約束してくれたんだ。叔父《おじ》は月《ルナ》のとても深いところに埋《う》まったシェルターを持っている。必要なだけ叔父《おじ》のところにいさせてもらえるそうだ。助かった！」

「それはすばらしい知らせだな、ヴィシャル」ファルコーニはヴィシャルの肩《かた》をぎゅっとつかんだ。「本当に」そしてみんなが医師にお祝いの言葉をかけた。

キラはできるときは自室でちょっとひと息つくようにしていた。太陽系のライブ映像を開き、緑と青の小さな点、地球にズームした。

地球。人類にとって先祖からの故郷。生命に溢《あふ》れた惑星《わくせい》、そしてほとんどの異星《ゼノスフィア》で見られるものより遥《はる》かに進化した多細胞《たさいぼう》の複合生物が大半を占《し》めている。進化的な達成度で地球に近いといえばアイドーロンぐらいだが、アイドーロンには意識を備えた種はひとつとして存在しなかった。

キラは多様性に富んだ地球のバイオームを研究してきた。宇宙生物学者ならみんなそうだ。そしていつの日か実際に訪れてみたいとずっと願っていた。だけどいちばん近づけたのでもオルステッド・ステーション止まりで、地球に降り立つことはこの先もなさそうだ。

地球の光景はどこか現実のものとは思えなかった。ほんの三百年前までは、全人類がたったひとつの泥《どろ》の球体の上で生きて死んでいったとは。その人たちはみんなあの星に閉じ込《こ》められていて、キラや大勢の人々がしているように星のあいだに飛び出していくことはできなかったのだ。

地球という言葉までもが、いま見ているあの惑星《わくせい》に由来するものだ。それに月という言葉も、きわめて近くに浮《う》かんでいるあの青白い球体が起源となっている（どちらも銀線のように明るいオービタルリング[*3]で囲まれている）。

この地球。

この月。

唯一無二《ゆいいつむに》の、原始のもの。

いつしかキラは珍《めずら》しく感極まり、震《ふる》える息を吸い込《こ》んだ。「さようなら」とささやいたけれど、誰《だれ》に、あるいは何に話しかけているのか、自分でもわからなかった。

それからディスプレイを閉じ、クルーたちのもとへ戻《もど》った。ほどなくしてジャンプの警報が響《ひび》き、太陽、地球、木星、ガニメデ、侵略《しんりゃく》するナイトメア、そして溢《あふ》れかえる大多数の人類を残して、〈ウォールフィッシュ〉号はＦＴＬに移行した。

ガニメデ：オルステッド・ステーション

退場Ⅳ

Exeunt Ⅳ

1

太陽系を出て三度目のジャンプをする頃《ころ》には、ファルコーニとファジョン、それにもちろんキラを除いた全員がクライオに入っていた。イタリまでもが睡眠《すいみん》状態に入り、左舷《さげん》の貨物室のなかで繭《まゆ》に包まれている（もはやジェリーをエアロックに閉じ込《こ》めておく理由はないとファルコーニは判断していた）。

この旅の最後のひと飛びに乗り出す前に、〈ウォールフィッシュ〉号が冷えるのを恒星《こうせい》間空間で待っているあいだ、キラはギャレーへ行き、温め直した食事パック三食分と、グラス四杯《はい》の水と、砂糖《さとう》漬《づ》けのベリルナッツ[*4]丸一袋《ふくろ》をささっとたいらげた。無重力下での食事にはまったくそそられないけれど、オルステッドでゼノが奮闘《ふんとう》したおかげでお腹がぺこぺこだった。

食事中、グレゴロヴィッチのことを考えずにいられなかった。シップ・マインドはいまも〈ウォールフィッシュ〉号のコンピューターシステムから締《し》め出されたままで、墓のような収納ケースのなかにひとりぼっちでいる。いくつかの理由から、そのことを思うとキラは落ち着かなくなったけれど、主な理由は彼《かれ》に共感するからだ。暗闇《くらやみ》のなかにひとりぼっちでいるのがどんな気分か、キラにはわかっていて――〈ワルキューレ〉号に乗って過ごした時間に、いやというほど思い知らされていた――、そのことがグレゴロヴィッチにどんな影響《えいきょう》を及《およ》ぼすか心配だった。見捨てられ、孤立《こりつ》させられるというのは、最悪の敵にさえ味わわせたくない運命だ。ナイトメアにさえも。死のほうがよっぽどマシな終わりだ。

それに……認めるまでには時間がかかったけれど、グレゴロヴィッチは友だちになっていた。あるいは、キラとシップ・マインドがなれる限り最も友だちに近い関係に。FTLのあいだにふたりでしてきた会話はキラの心を落ち着かせてくれて、いまみたいな苦境に置かれたグレゴロヴィッチを見るのはいやだった。

管理室に戻《もど》ると、キラはファルコーニの腕《うで》を軽く叩《たた》いて注意を引いた。「ねえ。グレゴロヴィッチをどうするつもり？」

ファルコーニはため息をつき、目に反射していたオーバーレイからの光が消えた。

「何ができるっていうんだ？　こっちが話をしようとしても、グレゴロヴィッチはわけのわからないことばかり言って」ファルコーニはこめかみをさすった。「現時点でできることといったら、彼《かれ》をクライオに入れることしかない」

「そのあとは？　ずっと氷漬《づ》けにしておくつもり？」

「かもな。こんなことになって、どうすればグレゴロヴィッチを信用できるのか」

「だったら、彼《かれ》を――」

ファルコーニの顔つきがキラの口をつぐませた。「酌量《しゃくりょう》すべき事情がなければ、命令を拒絶《きょぜつ》したシップ・マインドがどうなるか知ってるか？」

「引退させられる？」

「そのとおり」ファルコーニは顎《あご》をぐいと引いた。「シップ・マインドは船から引き離《はな》され、飛行資格をはく奪《だつ》される。あっさりと。民間船であっても。なぜだと思う？」

もう答えの予想はついていて、キラは唇《くちびる》をすぼめた。「あまりにも危険すぎるから」

ファルコーニは頭の周りで人差し指をくるくる回しながら、船内の周囲を示している。「たとえ〈ウォールフィッシュ〉号みたいに小型のものであっても、どんな宇宙船も事実上、空飛ぶ爆弾《ばくだん》だ。もしも誰《だれ》かが――そうだな、例えば仮に、精神が錯乱《さくらん》したシップ・マインドが――貨物船や巡洋艦《じゅんようかん》を惑星《わくせい》に着陸させようとしたらどうなるか、想像したことがあるか?」

キラは故郷の惑星《わくせい》系の衛星のひとつであるオーログで起きた事故を思い出し、顔をしかめた。そのクレーターはいまでも肉眼で見ることができる。「少しもいいことはない」

「少しもいいことはない」

「それだけのことがわかっているのに、グレゴロヴィッチを船に乗せたままで落ち着いていられるの?」キラはファルコーニに好奇《こうき》の目を向けた。「とんでもないリスクに思えるけど」

「確かにそうだった。いまでもそうだ。だがグレゴロヴィッチには家が必要だったし、助け合えると思った。いまのいままで、彼《かれ》が俺《おれ》たちや〈ウォールフィッシュ〉号にとって脅《きょう》威《い》になるとは一度も思わされたことがなかった」ファルコーニは髪《かみ》を掻《か》きむしった。「くそ。なぜなんだ」

「グレゴロヴィッチのアクセス権を通信と亜《あ》光速航行に限定することはできない?」

「うまくいかないだろう。シップ・マインドがシステムの一部に入れば、残りのシステムから締《し》め出すことはほとんど不可能だ。シップ・マインドはあまりに賢《かしこ》く、コンピューターと一体化している。素手でウナギをつかもうとするようなものだ。遅《おそ》かれ早かれ、すり抜《ぬ》けてしまう」

キラは腕《うで》をさすりながら考えていた。まずい状況《じょうきょう》だ。グレゴロヴィッチに対する個人的な心配は別として、彼《かれ》が舵《かじ》を取っていない船で敵地に乗り込《こ》むのは気が進まなかった。

「彼《かれ》と話をしてみてもいい？」キラは天井のほうを示した。

「実際は、彼《かれ》がいるのは――」ファルコーニは床《ゆか》のほうを指さした。「だが、なぜだ？いや、話すのは一向にかまわないんだが、それでどうにかなるとは思えない」

「どうにもならないかもしれないけど、彼《かれ》のことが心配なの。落ち着きを取り戻《もど》せるよう、力になれるかもしれない。彼《かれ》とはＦＴＬのあいだにかなりの時間をおしゃべりして過ごしてきたから」

ファルコーニは肩《かた》をすくめた。「試してみるのはいいが、やはりどうにかなるとは思えない。グレゴロヴィッチは尋常《じんじょう》じゃない感じだった」

「どうして？」キラの懸念《けねん》が高まった。

ファルコーニは顎《あご》をぽりぽり掻《か》いた。「とにかく……変だった。つまり、彼《かれ》は前から変わってたが、今回のはそれだけじゃ済まない。本当にどこか問題がありそうだった」そう言って首を振《ふ》る。「正直言って、グレゴロヴィッチがどれだけ冷静であろうとなかろうと関係ない。一回限りの出来事だったと俺《おれ》を納得させられない限り、彼《かれ》に〈ウォールフィッシュ〉号を制御《せいぎょ》させる気はない。それに納得させられるとは思えない。取り返しのつかないこともある」

キラはファルコーニをまじまじ見つめた。「誰《だれ》でも過ちを犯すものよ、サルヴォ」

「そして過ちには結果が伴《ともな》う」

「……そうね、それにジェリーたちのもとにたどり着いたとき、グレゴロヴィッチが必要になるかもしれない。モルヴェンでも悪くはないけど、彼女《かのじょ》は疑似知能に過ぎない。トラブルに遭遇《そうぐう》したら、彼女《かのじょ》では大して役に立たないでしょう」

「ああ、だろうな」

キラはファルコーニの肩《かた》に手を置いた。「それに、あなたが言ったのよ。グレゴロヴィッチもトリッグと同じで仲間のひとりだって。本気でこんなにあっさりと彼《かれ》に見切りをつけるつもりなの？」

ファルコーニは顎《あご》の筋肉を収縮させながら、かなり長いあいだキラを見つめていた。そして最後の最後には折れた。「わかった。グレゴロヴィッチと話すといい。あいつが脳と呼ぶコンクリートのかたまりに分別ってものを教え込《こ》めるかやってみてくれ。ファジョンに会いにいけ。どこへ行って何をすればいいか、彼女《かのじょ》が教えてくれる」

「ありがとう」

「うーん。とにかくメインフレームにアクセスだけはさせるんじゃないぞ」

キラはその場をあとにして、ファジョンを捜《さが》しにいった。マシン・ボスはエンジニアリングルームにいた。キラが望みを伝えたとき、ファジョンは驚《おどろ》いていないようだった。

「こっち」と言って、また管理室のあるほうへと連れていく。

〈ウォールフィッシュ〉号の通路は暗く寒く、不気味に静まり返っている。冷やされた空気が吹《ふ》きつけている隔壁《かくへき》には結露《けつろ》ができ、船内を浮《う》かびながら進むキラとファジョンの前には苦悶《くもん》する亡霊《ぼうれい》のような影《かげ》が伸《の》びている。

管理室のひとつ下の階、船の中心近くに、キラが前にも通りかかったことがあるもののあまり気にしたことがない施錠《せじょう》されたドアがあった。クローゼットかサーバールームみたいだ。

ある意味、正しかった。

ファジョンがドアをあけると、一メートル足らずのところにもうひとつドアがあった。

「ちょっとしたエアロックみたいな役目がある。船の残りの場所に穴があいた場合に備えて」

「なるほどね」

二番目のドアが開く。その先には小さくて暑い部屋があった。送風機がせわしなく回転し、クリスマスライトのようなインジケーターが壁《かべ》にずらりと並び、明るい光の点はそれぞれスイッチやトグルスイッチやダイヤルを示している。部屋の中央には、巨大《きょだい》で重々しい神経の棺《ひつぎ》が置かれている。キラのベッドの二倍の幅《はば》と長さがあり、高さはキラの胸の真ん中ぐらいの金属の建造物で、堂々《どうどう》たる存在感があり、まるで近寄ろうとする者に警告して追い払《はら》うべくデザインされているようだ――「後悔《こうかい》したくなければ、手を出すな」と言うかのように。取りつけ部品は黒に近い暗い色で、片面にホロスクリーンと、さまざまな気体と液体のレベルを示す緑色のバーが並んでいる。

キラはゲームや映像のなかで棺《ひつぎ》を見たことはあったけれど、実際に近づいたことは一度もなかった。この装置は〈ウォールフィッシュ〉号の配管と動力に繋《つな》がっているが、もし切り離《はな》されたとしても、内部電源の効率次第で数か月間、ことによると数年間もグレゴロヴィッチを問題なく生かしておけるはずだった。それは人工の頭蓋《ずがい》であり、人工の身体でもあり、非常に頑丈《がんじょう》につくられているため、ほとんどの船が粉々《こなごな》になるようなスピードと圧力での再突入《さいとつにゅう》にも耐《た》えうるほどだ。このケースの耐久性《たいきゅうせい》は伝説的だった。母船が破壊《はかい》されたあとでも棺《ひつぎ》（となかのシップ・マインド）だけが無傷だったという例は数知れない。

この金属とサファイアの板のなかに脳が隠《かく》されていると思うと不思議だ。しかもただの脳じゃない。普通《ふつう》より大きく――ずっと大きく――より広がっているのだ。灰色の物体でできたしわのある蝶々《ちょうちょう》の羽が、グレゴロヴィッチの意識のもともとの台座であるクルミ型の芯《しん》を取り囲み、いまや巨大《きょだい》なサイズに発達している。そのさまを頭のなかに思い描《えが》くと落ち着かなくなり、不合理な想像のなかで、装甲《そうこう》されたケースも生きているかのように感じずにはいられなかった。生きていてキラを見つめているみたいに。ファジョンがグレゴロヴィッチのセンサーのすべてを無効にしたとわかっていても。

マシン・ボスはポケットを探って有線ヘッドホンを取り出し、キラに渡《わた》した。「ここに差せばいい。話すあいだはヘッドホンを耳に当てておいて。グレゴロヴィッチが音声を流せるようにすると、システムに侵入《しんにゅう》されかねない」

「本当に？」信じがたい話だ。

「本当に。どんな種類のインプットでも充分《じゅうぶん》なんだ」

キラは棺《ひつぎ》の脇《わき》にヘッドホンジャックを見つけ、プラグを差し込《こ》み、何がどうなるのかもわからず話しかけた。「もしもし？」

マシン・ボスはうめいた。「これ」そしてジャックの横のスイッチをはじく。

荒《あ》れ狂《くる》うわめき声が耳をつんざいた。キラはたじろぎ、あわててボリュームを下げた。わめき声は小さくなっていき、不規則なつぶやきの連発になった――終わりもほとんど息《いき》継《つ》ぎもない言葉、グレゴロヴィッチの脳裏を駆《か》け巡《めぐ》っているあらゆる思考に声を与《あた》えた意識の流れのおしゃべり。そのつぶやきは層を成していた。ひとりごとをまくしたてているクローンの群衆だ。彼《かれ》の意識の絶え間ない電光石火の進行に遅《おく》れずについていける舌などひとつもないのだから。

外で待ってるから、とファジョンが口の動きだけで伝え、出ていった。

「……もしもし？」自分は何をしているのかと思いながら、キラは口にした。

つぶやきがやむことはなかったけれど遠のいて、ひとつの声——キラが知っている声——が前に出てきて話す。「もしもし⁉　やあ、可愛い子、愛しい人、陽気なお嬢《じょう》ちゃん。いい気味だと勝ち誇《ほこ》りにきたのか、ミズ・ナヴァレス？　私の不幸を指さし、つつき、嘲笑《あざわら》いに？　私の——」

「え？　まさか、そんなわけないでしょ」

キラの耳に笑い声が響《ひび》いた。割れたガラスのような鋭《するど》い笑い声で、うなじがゾクッとする。グレゴロヴィッチの合成された声には奇妙《きみょう》な響《ひび》きがあり、ゆがんだ震《ふる》えのせいで母音が聞き取りづらく、声の大きさには波があり、ブチブチ途《と》切《ぎ》れるラジオ放送みたいに不規則な間があった。「じゃあ、なんだ？　良心の呵責《かしゃく》をやわらげるためか？　こうなったのはきみのせいだ、おお不安に苛《さいな》まれた肉袋《ミートバッグ》よ。きみの選択《せんたく》だ。きみの責任だ。きみがつくったこの監獄《かんごく》、どこもかしこも——」

「〈ウォールフィッシュ〉号をハイジャックしようとしたのはあなたよ、わたしじゃなくて」キラが口を挟《はさ》まなければ、シップ・マインドはいつまでも話をやめそうになかった。

「でも、口論しにきたわけじゃない」

「アハハハ！　だったら、なんだ？　だが何度でも言おう。きみはとろい、とろすぎる。その頭は泥《どろ》のようで、その舌は曇《くも》った鉛《なまり》のようで、その――」

「わたしの頭は問題ない」キラはぴしゃりと言う。「こっちはあなたと違《ちが》って、考えてからしゃべってるだけよ」

「ほっほう！　本性を現したか。右舷《うげん》の海賊《かいぞく》。髑髏《どくろ》マークをつけて、困っている友をグサリと刺《さ》す準備はできている、オーハハハ、岩礁《がんしょう》の上に閉鎖《へいさ》された灯台があり、守り人はひとりぼっちで溺《おぼ》れ死に、〝マルコム、マルコム、マルコム〟と彼《かれ》は泣き、孤独《こどく》に同情したヤスデが叫《さけ》ぶ」

キラは心配でたまらなくなった。ファルコーニの言ったとおりだ。このシップ・マインドはどこかおかしい、そしてそれは〈ノット・オブ・マインズ〉に協力することへの意見の不一致《ふいっち》というレベルをはるかに超《こ》えている。もっと優しくしないと。「違《ちが》う。出発前にあなたの様子を見にきたの」

グレゴロヴィッチはキャッキャッと笑った。「きみの罪悪感は透明《とうめい》なアルミニウムぐらい明らかだ、ああそうだとも。そうだ、そうだ。私の様子だって？……」グレゴロヴィッチの言葉の嘔吐《おうと》に歓迎《かんげい》すべき間があり、遠くで聞こえているつぶやきまでもが減少し、そのあと彼《かれ》の口調は落ち着いたものになっていく——思いがけず正常に似た状態に戻《もど》っていた。

「ずっと昔に自然の無常性が私を三月ウサギのような狂気《きょうき》へと駆《か》り立てた、気づかなかったのか？」

「礼儀《れいぎ》から言わなかったのよ」

「まったく、きみの配慮《はいりょ》と思いやりは比類ない」

その調子。キラはかすかな笑みを浮《う》かべた。とはいえ彼《かれ》の正気らしきものは脆《もろ》く、どこまで踏《ふ》み込《こ》んでよいものだろうかと気になった。「ねえ、大丈夫《だいじょうぶ》？」

クスクスとせせら笑いが漏《も》れたが、グレゴロヴィッチはすぐに笑いを抑《おさ》えた。「私か？　ああ、ダイジョーーーブだとも、きっとな。絶好調で、人一倍の快適さだ。ひとりぼっちでここに座り、よい考えと未来の偉業《いぎょう》への期待に専心するさ、そうしよう、そうしよう、そうしよう」

つまり大丈夫《だいじょうぶ》じゃないってことね。キラは唇《くちびる》を舐《な》めた。「なぜあんなことをしたの？　ファルコーニがあっさり船を乗っ取らせるはずがないとわかっていたはずよ。なのにどうして？」

バックグラウンドのコーラスが高まった。「どう説明したものか？　説明するべきか？　いまさらどうなる、行動が果たされ、結果が目前に迫《せま》っているというときに？　ヒッヒッヒ。だが、こうだ。私はかつてクルーと船を失い、暗闇《くらやみ》の終わりまでじっと過ごした。あんなことに二度と耐《た》えるつもりはないし、耐《た》えられない、もう決して。いっそ甘《あま》い忘却《ぼうきゃく》を与《あた》えてくれ——太古からの終わりである死を。それぞれがボルツマンのパラドックスであり、それぞれが悪夢の苦悩《くのう》である、孤立《こりつ》した魂《たましい》がさまよいしぼんでいく寒々《さむざむ》しい崖《がけ》へと追放される運命のほうが、遥《はる》かに望ましい。何を考えようと、問題ではない、何が問題だろうと、何も考えない、そして四月の残酷《ざんこく》きわまりない縮図である孤立《こりつ》と——」

騒々《そうぞう》しい雑音が言葉をさえぎり、グレゴロヴィッチの声はかき消されたが、キラはもう音量を落として聞こえなくしていた。グレゴロヴィッチはまたブツブツしゃべりつづけていた。言っていることの意味はたぶんわかったけれど、心配なのはそこじゃない。二、三時間隔離《かくり》されただけで、グレゴロヴィッチがここまで不安定になるはずがなかった。ほかに原因があるはずだ。シップ・マインドにそこまで強い影響《えいきょう》を与《あた》えられたものとは、いったいなんだろう？　これといって思い浮《う》かばない。

もしかしたら、もっと穏《おだ》やかな方向へ会話を進めていけば、グレゴロヴィッチの精神状態を落ち着かせて、根本的な問題を明らかにできるかもしれない。もしかしたら。

「グレゴロヴィッチ……グレゴロヴィッチ、聞こえる？　そこにいるなら返事をして。どうしたっていうの？」

少しして、シップ・マインドは遠くから小さな声で返事をした。「キラ……あまり気分がよくないんだ。私は……何もかもが間違《まちが》った方向に向かっている」

キラは話がもっとよく聞こえるように、ヘッドホンを耳に強く押《お》しあてた。「何が原因か教えてくれる？」

かすかな笑い声が次第に大きくなっていく。「おや、今度は告白と共有モードか？　ふうん？　そういうことなのか？」またもや不安にさせるかん高い笑い。「私がシップ・マインドになろうと決めた理由を話したことはあったかな、おお好奇心旺盛《こうきしんおうせい》な者よ？」

話題を変えるのはいやだったけれど、彼《かれ》を動揺《どうよう》させたくない。グレゴロヴィッチが話をしようとする限り、こちらは話を聞くつもりだった。「いいえ、聞いたことがない」キラは答えた。

シップ・マインドは鼻を鳴らす。「なぜって、当時はいい考えに思えたから、そぉぉぉれが理由だ。ああ、抑《おさ》えのきかない若さゆえの愚行《ぐこう》……。わかるだろう（きみには見えない、だがわかる、ああそうだ）、私の身体はいささかぼろぼろになっていた。手足を何本かと、重要な臓器もいくらか失っていて、とてつもない量の血と糞便《ふんべん》が道路を汚《よご》したと聞いている。黒い石を背景にした黒いリボン、赤、赤、赤、色褪《いろあ》せた痛みの覗《のぞ》く空。生きていくための選択肢《せんたくし》は、新しい身体が育つまでのあいだインストールされるか、シップ・マインドになるか、それしかなかった。そして私は傲慢《ごうまん》と無知により、未知に挑《いど》むことを決断した」

「取り返しがつかないとわかっていても？　そのことで悩《なや》まなかったの？」キラは訊《き》いた

そばから後悔《こうかい》した。これ以上グレゴロヴィッチを錯乱《さくらん》させたくないのに。ホッとしたことに、彼《かれ》はおとなしく受け入れた。

「当時はいまほど賢《かしこ》くなかった。ああ、そうだ、そうだ、そうだ。なくして寂《さび》しくなると思ったのは、熱いしぶき、甘《あま》く柔《やわ》らかく風味のよい誘惑《ゆうわく》的なひとさじ、密着し深く感じる肉体の交わりがもたらす喜びだけで、そう、いずれについても私は推論した、そう推論した、VRが充分《じゅうぶん》すぎるほどの代用になるだろうと。ビットとバイト、二進法のくり返し、電子に飢《う》えて溶《と》けている理想の影《かげ》、飢《う》えている、飢《う》えている……私は間違《まちが》っていたのか私が間《ま》違《ちが》っていたのか？　違《ちが》う違《ちが》う違う、私はいつでも概念《がいねん》を利用し、自らの好みに訴《うった》える肉欲の喜びにふけることができた」

キラは興味をそそられた。「でも、どうして？」せいいっぱいなだめるような口調で言う。「シップ・マインドになるのは、なんのため？」

グレゴロヴィッチは笑い、その声には尊大さがあった。「純粋《じゅんすい》なスリルのためだ、決まっている。かつての自分より大きな存在になり、ちっぽけな肉体という牢獄《ろうごく》に縛《しば》られない巨人《きょじん》として星をまたぎ越《こ》えるために」

「そうは言っても、簡単な変化ではないはずよ。さっきまで人生はある方向へ進んでいたのに、それがパッと一転して、事故によってまったく別の方向に向かうことになるなんて」キラはグレゴロヴィッチのことというより自分のことを考えていた。「誰《だれ》が事故だと言った？」

キラは目をぱちくりさせた。

「何が真実でもかまいはしない、どうでもいい。私はすでにシップ・マインドに志願しようと考えていた。急な分解は危険な決断を早めたに過ぎない。ある人々には、ほかの人々よりも自然に変化が訪れるものだ。単調であることは退屈《たいくつ》であり、加えて古代の人々が喜んで指摘《してき》したように、ありうることやあるべきことへの期待は人間の不満の最もありふれた原因だ。期待は失望をもたらし、失望は怒《いか》りと恨《うら》みをもたらす。そう、その皮肉には気づいている、実に愉快《ゆかい》な皮肉には、だが自覚は愚《おろ》かさを防ぐものにはならない、ニヤニヤしているわが寄生者よ。ひび割れた鎧《よろい》がいいところだ」話せば話すほど、グレゴロヴィッチは穏《おだ》やかになり、正気を取り戻《もど》していくようだ。

彼《かれ》に話を続けさせるのよ。「やり直せるとしたら、それでも同じ選択《せんたく》をする?」

「シップ・マインドになることに関しては、イエスだ。ほかの選択肢《せんたくし》については、そうでもない。手足の指にモンゴル弓」

キラは顔をしかめた。言葉選びを間違《まちが》えている。「昔のことで、失って寂《さび》しいものはある? 〝身体があった頃《ころ》のことで〟って言おうとしたけど、〈ウォールフィッシュ〉号があなたの身体なんでしょう」

キラに耳にうつろなため息が響《ひび》く。「自由。失って寂《さび》しいものはそれだ。自由」

「どういうこと?」

「既知《きち》の宇宙はすべてが——あるいは過去のことかもしれないが——私の思うままだ。私は光をも追い越《こ》すことができる。ガス惑星《わくせい》のガス体に飛び込《こ》んだり、アイドーロンのオーロラを浴びたりすることができ、そうしてきた。だがきみが言ったように、おお鋭《するど》い小さな悩《なや》みの種よ、〈ウォールフィッシュ〉号は私の身体であり、私が取り去られるようなときが来るまで(そんなときが来るのだとしたら)、私の身体でありつづけるだろう。ドックに入ると、きみたちは自由に〈ウォールフィッシュ〉号を離《はな》れて行きたいところへ行く。だが、私は違《ちが》う。カメラやセンサーを通して遠くから加わることはできても、〈ウォールフィッシュ〉号に縛《しば》られたままで、それは遠隔《えんかく》操作できる構造物があったとしても同じことが言えるだろう。それだけは失ったことが寂《さび》しい。制限されずに動ける自由、独自に移動する自由、騒《さわ》ぎも面倒《めんどう》もなく……。スチュワートの世界には、自分のために高さ十メートルのメカニックの身体を建造したシップ・マインドがいて、いまでは惑星《わくせい》の人の住まない場所をさすらい、人ひとり分ぐらいの長さの絵筆を使って山脈の景色を描《えが》いて過ごしていると聞いたことがある。私もいつの日かそんな身体を手に入れたいものだ。心からそう望んでいるが、いまのところ実現の可能性は低そうだ」

グレゴロヴィッチは話を続ける。「シップ・マインドになる前の、過去の自分にアドバイスできるとしたら、いまあるものをあるうちに存分に楽しめと伝えるだろう。人は自分の手からすり抜《ぬ》けてしまうまで、そのものの価値を認めないことがあまりに多い」

「時にはそうやって学ぶしかないこともある」キラは自分の言葉にハッとして考え込《こ》んだ。

「そのようだな。われらが種の暗愚《あんぐ》な悲劇だ」

「それでも、未来を無視したり、後悔《こうかい》に溺《おぼ》れたりすることは、同じぐらいためにならないかもしれない」

「確かに。重要なのは挑戦《ちょうせん》することであり、挑戦《ちょうせん》することによって自分を進歩させることだ。さもなければ、われわれは木から降りてこなかったのと同じようなものだ。だが、中心が漂《ただよ》い流されているときに、めそめそと物思いにふけっても無駄《むだ》だ、糸紡《つむ》ぎと野性の花と関節がすっかり外れた時代。私には執筆《しっぴつ》すべき回顧録《かいころく》があり、一掃《いっそう》すべきデータベースがあり、再配列すべきサブルーチンがあり、デザインすべきテロップがあり、習得すべき鏡占《うらな》いがあり、正方形の積み重ね波がひとつあるいは分割できない火花教えて教えて教えて――」

グレゴロヴィッチは心の溝《みぞ》にはまり込《こ》んだようで、〝教えて、教えて〟というフレーズがさまざまな音量でキラの耳にくり返されている。キラはいらだち、顔をしかめた。すごくうまくいっていたのに、グレゴロヴィッチは精神を集中しつづけられないようだ。

「グレゴロヴィッチ……」それから、意図したよりもっと鋭《するど》い口調で呼びかける。「グレゴロヴィッチ!」

支離滅裂《しりめつれつ》なとめどないおしゃべりに歓迎《かんげい》すべき間があり、ほとんど聞こえないぐらいかすかな声がした。「キラ、何かがおかしい。まったくおかしぃぃぃ」

「できたら――」

わめき声のコーラスがふたたび最大音量で響《ひび》いてきて、キラはたじろいでヘッドホンのボリュームを戻《もど》した。

ノイズの激流の真ん中から、あまりにも穏《おだ》やかであまりにも洗練された口調でグレゴロヴィッチが言うのが聞こえた。「来るべき眠《ねむ》りに追い風が吹《ふ》くように、わが懐柔《かいじゅう》的な聴罪《ちょうざい》司祭よ。その沸《わ》き立つ脾臓《ひぞう》が、眠《ねむ》りによってやわらげられんことを。次に出会うときは、きっと礼儀《れいぎ》正しくきみに礼を言うよ。そうだ。絶対に。それに厄介《やっかい》な期待を避《さ》けるのを忘れずに」

「ありがとう。やってみる」キラはグレゴロヴィッチに調子を合わせようとした。「無限の宇宙の女王ってわけね？　でも、あなたは――」

不協和音のなかから、かん高い笑い声。「われわれは皆《みな》、己の狂気《きょうき》の王と女王だ。問題はどう統治するかということだけ。もう行きたまえ――私を秩序《ちつじょ》に残し、数えるべき原子、輪で結ぶべき毒性等量、問うべき因果関係、優柔不断《ゆうじゅうふだん》の母体のなかのすべて、ぐるぐる回って超光速《ちょうこうそく》の逸脱《いつだつ》が苛《さいな》む横道にそれる台地というものの時空のかたまりの変形の及《およ》ばない光子のように曲がっている現実がめちゃくちゃだと受け取られてアハハハ」

2

キラはヘッドホンをはずし、床《ゆか》をにらんだ。顔をしかめ、眉間《みけん》にしわを寄せる。

無重力下で慎重《しんちょう》に動きながら、外に引き返すとファジョンが待っていた。「あれはどんな様子だった？」マシン・ボスは訊《き》いた。

キラはヘッドホンを返した。「よくない。彼《かれ》は……」グレゴロヴィッチのふるまいを説明する方法を必死に探す。「彼《かれ》はまともじゃなかった。何かがおかしいのよ、ファジョン。本当にひどくおかしい。グレゴロヴィッチは話すのをやめられなくて、なかなか筋の通った文章を繋《つな》げられないみたいで」

いまではマシン・ボスも顔をしかめている。「アイシ。ヴィシャルがまだ起きてればよかったのに。あたしがいじるのはマシンであって、ぐちゃぐちゃの脳じゃない」

「機械的な問題という可能性は？」キラは尋《たず》ねた。「わたしたちがオルステッドにいたときに、グレゴロヴィッチに何かあったということはない？ それか、あなたが彼《かれ》をメインフレームから切り離《はな》したときに？」

ファジョンはキラをにらみつけた。「あれは回路遮断器《しゃだんき》だった。問題なんて起こすはずがない」けれどファジョンはポケットにヘッドホンをしまうあいだも顔をしかめたままだった。「ここにいて」と唐突《とうとつ》に言う。「確認しておきたいことがある」

マシン・ボスは背中を向け、キックして廊下《ろうか》を進んでいき、曲がった。

キラは我慢《がまん》強く待った。グレゴロヴィッチとの会話について考えずにはいられない。寒くもないのにぶるっと身を震《ふる》わせ、自分の身体を抱《だ》く。グレゴロヴィッチの状態が見たとおりに悪かったら……本当にクライオに入れておくしか選択《せんたく》の余地がないかもしれない。

錯乱《さくらん》したシップ・マインドなど悪夢だ。

この銀河にはさまざまな異なるタイプの悪夢があるものだ、とキラは思った。小さいものもあれば大きいものもあるけれど、何より最悪なのは、自分が共に生きている悪夢だ。ファルコーニにグレゴロヴィッチのことを話したかったけれど、じっとファジョンを待ちつづけた。

三十分近く過ぎたころ、マシン・ボスがふたたび姿を見せた。その手は油に汚《よご》れ、しわの寄った袖《そで》には新たな焦《こ》げ跡《あと》ができ、キラの不安を少しもやわらげてくれない苦悩《くのう》の表情を浮《う》かべている。

「何か見つかった？」キラは訊《き》いた。

ファジョンは小さな黒い物を掲《かか》げてみせた。指を二本並べた大きさの長方形の箱。「これ」嫌悪《けんお》のこもる声で言う。「フン！　グレゴロヴィッチの棺《ひつぎ》に繋《つな》がっている回線にこれが締《し》めつけられてた」ファジョンは首を振《ふ》った。「ばかだ。ブレーカーを落としたとき、管理室の照明があんなふうに乱れて、何かがおかしいとわかってたのに」

「それはなんなの？」キラは近づいた。

「インピーダンス・ブロック。信号が回線に流れるのを防ぐ。きっとグレゴロヴィッチを逃《に》がさないためにＵＭＣが取りつけたんだ。〈ウォールフィッシュ〉号に戻《もど》ってきたとき、点検で見つかっていなかった」ファジョンはまた首を振《ふ》る。「ブレーカーを落としたとき、これが箱のなかにサージをもたらし、急増した電流がグレゴロヴィッチに流れ込《こ》んだ」

キラは息をのんだ。「どういうこと？」

ファジョンはため息をつき、しばし目をそらした。「サージはグレゴロヴィッチに繋《つな》がっている細いワイヤーを焼いた。導線は彼《かれ》のニューロンに正しく繋《つな》がってなくて、それらのニューロンは、アイシ！　誤った神経インパルスを発してる」

「彼《かれ》は苦痛を感じてる？」

マシン・ボスは肩《かた》をすくめた。「わからない。でもコンピューターによると、破損した導線の多くが彼《かれ》の視覚皮質と言語処理領域に繋《つな》がっているから、グレゴロヴィッチは存在しないものを見たり聞いたりしているかもしれない。ああもう」ファジョンはその小さな箱を振《ふ》る。「この件はヴィシャルに助けてもらわないと。あたしにはグレゴロヴィッチは治せない」

無力感がキラのともづなを解く。「じゃあ待つしかないのね」それは質問ではなかった。

ファジョンはうなずいた。「あたしたちにできる最善のことは、グレゴロヴィッチをクライオに入れることだ。到着《とうちゃく》したらヴィシャルに診《み》てもらえるけど、ヴィシャルでもグレゴロヴィッチを治せるとは思えない」

「ファルコーニに伝えておいたほうがいい？　彼《かれ》に会いに行くけど」

「うん、伝えて。あたしはグレゴロヴィッチを凍《こお》らせておきたい。早ければ早いほどいい。そのあとあたしもクライオに入る」

「わかった、伝えておく」キラはファジョンの肩《かた》に手を置いた。「それと、ありがとう。とにかくこれで理由がわかったわ」

マシン・ボスはうめいた。「わかったからって、なんになる？　ああ、めちゃくちゃだ。めちゃくちゃだよ」

ふたりは別れ、マシン・ボスはシップ・マインドをとどめている部屋に入り、キラは管理室に戻《もど》った。そこにファルコーニの姿はなく、いまでは機能を停止した水耕栽培《さいばい》室にもいなかった。

いささか困惑《こんわく》しながら、キラは船長の部屋を探した。こんなときに自分の部屋にいるなんて、彼《かれ》らしくないけど、でも……。

「どうぞ」ドアをノックすると、返事があった。

気密扉《とびら》が軋《きし》みを立て、キラはなかに入った。ファルコーニは宙に浮《う》いて流されるのを防ぐため、ストラップで身体を椅子《いす》に固定してデスクの前に座っている。片手に飲み物のパウチ袋《ぶくろ》を持って、中身を吸っている。

と、キラはデスクの奥《おく》に押《お》しやられたオリーブの木の盆栽《ぼんさい》に目を留めた。葉がぼろぼろになって、枝の大半は折れ、幹は鉢《はち》の側面に傾《かたむ》き、根の周りの土は引っくり返されたみたいだ。鉢《はち》の上を覆《おお》い幹を囲んでいる透明《とうめい》なプラスチックの蓋《ふた》の下で、小さな茂《しげ》みが解き放たれて浮《う》かんでいる。

その木のありさまに、キラは不意をつかれた。ファルコーニがその植物をどれだけ大切にしていたか知っていたから。

「それで？　どうだった？」ファルコーニは尋《たず》ねた。

キラは壁《かべ》に身体を固定してから詳細《しょうさい》を報告しはじめた。

キラが話を続けるうちに、ファルコーニの表情がどんどん曇《くも》っていく。「ちくしょう。くそったれＵＭＣめ。わざわざ事をややこしくしやがって。ろくでもないことばかり……」ファルコーニは片手を引いて顔に当て、船体の向こうのどこかにある想像上の一点をにらんだ。キラは彼《かれ》がこれほど怒《おこ》っているか疲《つか》れているところを見た覚えがなかった。

「もっと早く自分の直感を信じるべきだった。グレゴロヴィッチはすっかり壊《こわ》れちまってる」

「彼《かれ》は壊《こわ》れてない。グレゴロヴィッチ自身はどこもおかしくないのよ。問題は彼《かれ》に繋《つな》がっていた装置で」

ファルコーニは鼻を鳴らした。「解釈《かいしゃく》の問題だな。グレゴロヴィッチは機能していない。つまり壊《こわ》れてるってことだ。それに関して俺《おれ》にできることも何もない。そこが何よりも最悪だ。グレッグが本当に助けを必要としてるっていうこのときに……」そう言って首を振《ふ》る。

「彼《かれ》はあなたにとってすごく大事な存在なのね？」

ホイルをカサカサいわせて、ファルコーニはパウチからひと口飲んだ。キラの視線を避《さ》けている。「ほかのクルーたちに聞けばわかると思うが、グレゴロヴィッチは多くの時間を費やして俺《おれ》たちひとりひとりと話をしてきた。みんなが集まってるときは発言の多いほうじゃなかったが、俺《おれ》たちが必要とするときはいつも、そこにいてくれた。それに何度もかなりの窮地《きゅうち》から救ってくれたんだ」

キラは床《ゆか》に足をつけて、ソフト・ブレイドに固定させた。「ファジョンの話だと、ヴィシャルには彼《かれ》を治せないかもって」

「そうだな」ファルコーニは息を吐《は》きだした。「シップ・マインドのインプラントを治療《ちりょう》するのは難しい。この船のメディボットもその技量はないし……まいった《トゥール》。俺《おれ》たちが見つけたときでさえ、グレッグはここまでひどい状態じゃなかった」

「ジェリーと戦闘《せんとう》になったらどうするつもり？」

「選べるなら、死《し》に物狂《ものぐる》いで逃《に》げる。〈ウォールフィッシュ〉号は戦艦《せんかん》じゃないからな」

ファルコーニはキラに指を向けた。「なんにしても、グレゴロヴィッチのしたことは変わらないが。彼《かれ》が反抗《はんこう》したのはインピーダンス・ブロックのせいじゃない」

「……そうね。たぶん」

ファルコーニは頭を振《ふ》った。「大ばか者のシップ・マインドめ。俺《おれ》たちを失うことを恐《おそ》れるあまり崖《がけ》から飛び降りて、おかげで自分はこのありさまだ……俺たち、俺たちはこのありさまだ」

「つまり、彼《かれ》ぐらい大きな脳があっても、間違《まちが》いを犯す可能性はあるんだってことの証明よね」

「うーん。グレゴロヴィッチが間違《まちが》っていると仮定すればな。だが彼《かれ》は正しいのかもしれない」

キラは頭を傾《かたむ》けた。「本気でそう思ってるなら、どうして〈ノット・オブ・マインズ〉に警告しに行こうとしてるの？」

「危険を冒《おか》すだけの価値があると思うから」

もう話題を変えたほうがよさそうだとキラは思った。オリーブの木を示して質問する。

「何があったの？」

ファルコーニは唇《くちびる》をゆがめてうなった。「それもUMCのせいだ。何を探してたんだか知らないが、連中はステイシス・ボックスをこじあけてそいつを放り出した。ここを片付けるのにかなりの時間を取られたよ」

「その木は回復する？」キラが扱《あつか》ったことのない種類の木だ。

「どうかな」ファルコーニは枝を撫《な》でたが、これ以上傷つけるのを恐《おそ》れているみたいに、すぐにやめた。「この可哀想《かわいそう》なやつはほとんど一日じゅう土から掘《ほ》り出されたままで、気温は下がって、水もなく、葉も落とされて……」ファルコーニはパウチを差し出す。「飲むか？」

キラはパウチを受け取り、ストローに口をつけた。安酒の刺激《しげき》に口内が熱くなって、咳《せ》き込《こ》みそうになる。

「いけるだろ？」キラの反応を見てファルコーニが言う。

「そうね」キラは咳《せ》き込《こ》んだ。もう一口がぶりと飲んでから、パウチを返す。

ファルコーニは銀色のプラスチックを軽く叩《たた》いた。「これからクライオに入ることを思うと賢明《けんめい》とは言えないかもしれないが、知ったこっちゃない、だろ？」

「ほんと、知ったことじゃないわ」

ファルコーニもひと口飲み、長いため息を漏《も》らすと、頭を後ろに倒《たお》して、推力を受けていたら天井に該当《がいとう》するほうを見つめている。「クレイジーな世の中だな、キラ。クレイジーだ。まったく、数ある船のなかからよりによってきみの船を見つけるとは」

「ごめん。わたしも不本意だった」

ファルコーニはパウチをキラのほうへ押《お》しやった。キラはパウチが空中を漂《ただよ》ってくるのを見つめ、つかみ取った。安酒をまたひと口、それはまた喉《のど》を焼きながら流れ落ちていく。

「きみのせいじゃない」ファルコーニは言った。

「ほんとのところ、わたしのせいだって気がしてる」キラは静かに言う。

「違《ちが》う」ファルコーニはキラが高い弧《こ》を描《えが》いて投げ返したパウチをキャッチした。「たとえきみを救出していなかったとしても、結局はこの戦争と向き合うことになったんだ」

「そうね、でも――」

「でもも何もない。ジェリーが俺《おれ》たちをいつまでも放っておいたと思うか？　きみがアドラステイアでスーツを見つけたことは、やつらにとって侵略《しんりゃく》の口実に過ぎない」

少しのあいだキラはそのことについて考えた。「かもしれない。だけどナイトメアは？」

「ああ、それは……」ファルコーニは頭を振《ふ》った。もう酔《よ》いが回ってきているようだ。

「よくあるクソみたいなことだ。いくら慎重《しんちょう》に備えていても、いつだって予想もしなかったことに打ちのめされる。そんなことばかりだ。いつもどおり一日を過ごしていたら、バン！　どこからともなく小惑星《しょうわくせい》がやってきて、人生をめちゃくちゃにする。そんな宇宙でどうやって生きていけばいい？」

それは答えを求めていない質問だったけれど、それでもキラは答えた。「ほどほどに警《けい》戒《かい》して、可能性に振《ふ》り回されて気が変にならないようにすればいい」

「グレゴロヴィッチみたいに」

「グレゴロヴィッチみたいに」キラは同意した。「サルヴォ、人はみんな賭《か》けをするしかない。それが人生の本質よ。ほかに採りうる唯一《ゆいいつ》の道はさっさと清算することだけど、それは諦《あきら》めることに過ぎない」

「ふーむ」ファルコーニはよくそうするように、眉《まゆ》の下からキラを窺《うかが》った。船に訪れた夜の薄明《うすあ》かりに照らされて、アイスブルーの目は半ば閉じ淡《あわ》い色味に見えている。「オルステッドでソフト・ブレイドはきみから離《はな》れようとしていたみたいだったな」

キラは落ち着かなくなって、もぞもぞした。「まあ、ちょっとね」

「何か心配すべきことはあるか？」

キラは気まずくなるほど長いこと返事をしなかった。「あるかもしれない」ハムストリングスを収縮させて、デッキに身体を降ろし、座った姿勢で固定する。「自由にすればするほど、ゼノは食べて食べて食べたがる」

ファルコーニの視線が鋭《するど》くなる。「なんのために?」

「わからない。繁殖《はんしょく》しているゼノの記憶《きおく》は見たことがないけど――」

「けど、そのことをきみに隠《かく》しているのかもしれない」

キラはファルコーニのほうに指を傾《かたむ》けた。彼《かれ》はまたパウチを勧《すす》め、キラは受け取った。

「わたしに飲ませるのは、せっかくのアルコールを無駄《むだ》にするようなものよ。どうしたって酔《よ》えないんだから、ソフト・ブレイドに干渉《かんしょう》されるせいで」

「そんなことは気にするな……このゼノは最後の審判《しんぱん》の日に導くナノ兵器か何かだと思うか?」

「それだけの力はあると思うけど、必ずしもそのためにつくられたとも思えない」キラはふさわしい言葉をなかなか見つけられずにいた。「このスーツは邪悪《じゃあく》な感じがしないの。わかる? 怒《いか》りや残虐《ざんぎゃく》さを感じないのよ」

ファルコーニは片方の眉《まゆ》を上げた。「マシンならそうだろう」

「そうなんだけど、何も感じないわけじゃなくて。説明するのは難しいけど、完全にマシンというわけじゃないんだと思う」キラは別の表現で説明できないか考えようとした。「リニアモーターカーの周りの盾《たて》を支えていたとき、たくさんの細い巻きひげを壁《かべ》のなかに伸《の》ばしてたけど。感覚が伝わってきて、ソフト・ブレイドは破壊《はかい》を望んでいるとは思えなかった。築きたがっているみたいだった」

「築くって何を？」ファルコーニは穏《おだ》やかな声で訊《き》いた。

「……何かを、あるいは何もかもを。わたしにもわからない」重苦しい静寂《せいじゃく》によって会話が途切《とぎ》れた。「そうだ、伝えるのを忘れてた、グレゴロヴィッチをクライオに入れたら、ファジョンもすぐクライオに入るって」

「じゃあ、残るはきみと俺《おれ》だけか」ファルコーニは乾杯《かんぱい》するみたいにパウチを掲《かか》げてみせた。

キラは小さくほほ笑んだ。「そうね。あとモルヴェン」

「ふん。彼女《かのじょ》は数のうちに入らない」

その言葉に句読点を打つみたいに、ＦＴＬアラートが割り込《こ》んで――遠くに聞こえるかん高い響《ひび》きと共に――〈ウォールフィッシュ〉号はマルコフ・ドライブを作動させ、通常空間から旅立った。

「さあ出発だ」ファルコーニは受け入れがたいというように首を振《ふ》った。

気づけばキラは、ぼろぼろになった盆栽《ぼんさい》をまた見つめている。「この樹齢《じゅれい》は？」

「約三百年だ、信じられるか？」

「嘘《うそ》！」

「本当だよ。二〇〇〇年になる前の地球のものでね。輸送の仕事をした報酬の一部としてある男から受け取った。どれほど貴重なものなのか、そいつはわかってなかったんだ」

「三百年……」考えられないほどの歳月《さいげつ》だ。人類が宇宙空間で暮らすようになった歴史よりも古くからこの木は存在しているのだ。火星や金星のコロニーより古く、地球低軌道《きどう》の外にあるどのハブリングや有人の研究基地よりも前から存在している。

「ああ」ファルコーニは考え込《こ》むような表情を浮《う》かべた。「あの高圧的な悪党どもはその木を引っこ抜《ぬ》かなきゃいられなかった。ここをスキャンするだけでよさそうなものを」

「うーん」オルステッドでソフト・ブレイドから伝わってきた感覚について、キラはまだ考えていた――そのときのことと、ソフト・ブレイドがつくられた、あるいは生まれた目的について。無数の糸のような巻きひげが基地の部材に入り込《こ》み、触《ふ》れ、裂《さ》き、構築し、理解していったあの感じが忘れられずにいる。

　ソフト・ブレイドはただの武器じゃない。それだけは確かだ。その確信からあることを思いつき、はたと考え込《こ》む。うまくいくかはわからないけれど、それができれば自分自身やゼノに対する嫌悪《けんお》をやわらげられるかもしれない。そうすれば、ソフト・ブレイドを破壊《かい》のための道具ではないものとして捉《とら》える確かな理由が得られるだろう。

「ちょっと試してみたいんだけど、いい？」キラは傷んだ木に手を伸《の》ばす。

「何を？」ファルコーニは警戒《けいかい》している。

「わからないけど……試させて。お願い」

ファルコーニはパウチの縁《ふち》をいじりながら考えている。「わかった。いいだろう。だが、あまり無茶はするなよ。〈ウォールフィッシュ〉号の船体はとっくに穴だらけなんだからな」

「とにかく信用してよ」

キラは床《ゆか》から身体を離《はな》し、壁《かべ》に沿って這《は》い進み、デスクまで行く。デスクに着くと、鉢《はち》を引き寄せて、両手を木の幹に当てる。手のひらに触《ふ》れる樹皮はざらざらしていて、刈《か》った草の上を漂《ただよ》ってくる海辺の空気、新鮮《しんせん》な緑の香りがする。

ファルコーニが話しかけてくる。「そこにただじっとしてるつもりなのか、それとも――」

「シーッ」

キラは意識を集中し、ひとつのことだけを考え、ひとつの方向だけを示して導き、ソフト・ブレイドを木のなかに潜《もぐ》り込《こ》ませていく。癒《い》やして。樹皮が軋《きし》みを立てて裂《さ》け、黒く細い糸が木の表面を取り囲む。キラは植物の内部構造、樹皮の層（内皮と外皮）、年輪、心材のかたい核《かく》、細い枝の一本一本、裏が銀色のもろい葉の一枚一枚がついている部分を感じた。

「おい」ファルコーニが立ち上がりかける。

「待って」キラは制し、求めていることをスーツが叶《かな》えてくれるのを願った。

オリーブの木の全体で、折れた枝が本来の場所に戻《もど》り、持ち上がったりまっすぐになったりして、堂々《どうどう》とした姿で起立した。幹から樹液がしみ出して、刈《か》ったばかりの草の香りが強くなる。くしゃくしゃだった葉が平らになり、あいていた穴が閉じ、葉が落ちていたところには新たな葉が芽を出してぐんぐん伸《の》びていく――新しい命に輝《かがや》く銀色の短剣《たんけん》のように。

しばらくすると変化のスピードが遅《おそ》くなって止まり、キラは木の損傷が修復されたことに満足した。ソフト・ブレイドはまだ続けることができた――続けたがっていた――けれど、それでは癒やすことから育てることへと方向が変わってしまい、それは欲張りで愚《おろ》かな行為《こうい》に思われた。運命へのあさはかな挑戦《ちょうせん》だ。

だからキラはスーツを呼び戻《もど》した。

「できた」キラは両手を持ち上げた。木は前と同じように無傷で元気な姿で立っている。エネルギーのオーラを発散させているようだ。生まれ変わってピカピカに磨《みが》かれて。

キラは驚嘆《きょうたん》し、圧倒《あっとう》された。ゼノの能力に。自分の能力に。わたしは生き物を癒《い》やしたのだ——（ある種の）肉体をつくり直し、痛みの代わりに慰《なぐさ》めを与《あた》え、破壊《はかい》の代わりに創造した。自然と笑いが漏《も》れた。まるで推力が半分かそれ以下になったみたいに、肩《かた》の荷が下りた感じがした。

これは才能だ。可能性に満ちた貴重な能力。その力があれば、ウェイランドに大いに貢《こう》献《けん》できたはずだ。コロニーの庭園に。その力があれば、父親が〈真夜中の星座〉を育てるのを助けられたはずだし、アドラステイアでは、あの岩だらけの衛星の表層に緑を広げる助けになれただろう。

生命、何よりも大事なもの。勝利の喜びと感謝の気持ちに涙《なみだ》が浮《う》かんできて、キラは幸せを感じながらほほ笑んだ。

同様の驚《おどろ》きがファルコーニの表情を優しいものにしている。「どうしてそんなことができるようになったんだ？」信じられないみたいに、彼《かれ》は指先で葉に触《ふ》れた。

「怖《こわ》がってばかりいるのをやめたの」

「ありがとう」ファルコーニがそんなに真剣《しんけん》な口調で言うのを、キラは初めて聞いた。

「ん……どういたしまして」

するとファルコーニは身を乗り出し、キラの顔を両手で包んで——何が起きているのか理解できずにいるうちに——キスをした。

彼《かれ》のキスの味はアランとは違《ちが》った。もっとしょっぱくて、唇《くちびる》の周りの肌《はだ》に無精ひげの鋭《するど》い先端《せんたん》がこすれるのを感じた。

キラはショックを受けて固まり、どう反応すればいいのかわからずにいた。ソフト・ブレイドは腕《うで》と胸の周りに鈍《にぶ》い釘《くぎ》を突《つ》き出したけれど、キラと同じく、進めるのでも引っ込《こ》めるのでもなく、その状態のまま止まっている。

ファルコーニが唇《くちびる》を離《はな》すと、キラは必死に落ち着きを取り戻《もど》そうとした。心臓がバクバクして、室内の温度が一気に上がったみたいだ。「いまのは何?」自分でいやになるほどのかすれた声が出た。

「悪かった」ファルコーニはどことなく照れくさそうにしている。そんな態度の彼《かれ》は見慣れなかった。「つい興奮したみたいだ」

「ふうん」キラは思わず唇《くちびる》を舐《な》め、そんなことをした自分を罵《ののし》った。何やってるのよ。

ファルコーニの顔に意味ありげな笑みがよぎる。「普段《ふだん》はクルーや乗客に言い寄るようなことはしないいんだが。職業倫理《りんり》に反するからな。仕事に差し支える」

キラの鼓動《こどう》はますます激しくなっている。「そうなのね」

「ああ、そうだ……」ファルコーニはパウチから残りの酒を飲み干した。「まだ友だちだよな?」

「わたしたち、友だちだったの？」キラは挑《いど》むような口調で言い、頭を傾《かたむ》ける。

ファルコーニは熟考するように、しばしキラを見つめていた。「銃撃《じゅうげき》のさなかに信用して背中を預けられる相手であれば、友だちだ。少なくとも俺《おれ》に言わせれば、そう、きみは友だちだ。きみの意見が違《ちが》わなければ」

「そうね」キラもファルコーニと同じだけ間を置いてから言った。「わたしたちは友だちよ」

ファルコーニの目に鋭《するど》い光が戻《もど》った。「じゃあ、すっきりしてよかった。改めて謝るよ。酔《よ》いが回ってたんだ。こんなことは二度と起きないと約束する」

「それは……よかった。わかったわ」

「こいつをステイシスに入れたほうがよさそうだ」ファルコーニは盆栽《ぼんさい》に手を伸《の》ばす。「それが済んだら、〈ウォールフィッシュ〉号の温度を上げすぎる前に、俺《おれ》もクライオに入らないとな。きみはどうするつもりだ？」

「いつもどおりよ」とキラは答えた。「もしかまわなければ、今回は自分の部屋にこもっておこうかと思うけど」

ファルコーニはうなずいた。「星辺《スターサイド》で会おう、キラ」

「またね、サルヴォ」

3

キラは自室に戻《もど》ると、濡《ぬ》れタオルで洗顔し、シンクの前に浮《う》かんだまま鏡のなかの自分を見つめていた。自分からキスしたわけじゃなくても、後ろめたさを感じている。ほかの男性に見向きをしたことなんて一度もなかった——そういうふうには——アランと付き合っているあいだは。ファルコーニの突然《とつぜん》の積極的な行動は、キラにしてみれば青天の霹靂《へきれき》だった。おかげで自分が将来どうするつもりなのかを考えさせられた。将来というものがあるのであれば。

最悪なのは、キスが心地よかったことだ。

アラン……アランが死んでから九か月以上が過ぎた。冬眠《とうみん》状態で過ごした時間を考えると、キラにとっては違《ちが》っていても、残りの宇宙にとってはそれが現実だ。信じがたい事実だった。

そもそもわたしはファルコーニを好きなの？　そのことについて、しばらく考えてみる必要があった。最終的に、好きなんだろうと思った。ファルコーニはがっしりしていて、黒い髪《かみ》に浅黒い肌《はだ》で、毛深いタイプとしての魅力《みりょく》があった。だけどそれ自体にはなんの意味もない。キラは誰《だれ》かと深い関係を築けるような状態にはなく、まして船長が相手だなんてありえない。そんなの面倒《めんどう》なことになるのが目に見えている。

自分勝手ではあるけれど、この気まずい状況《じょうきょう》をグレゴロヴィッチに見られずにすんでよかった。見られていたら、あの独特のおかしなやり方で延々《えんえん》からかわれていただろう。

もう一度ファルコーニと話をして、ふたりのあいだにそれ以上のことは何も起こらないとはっきりさせておいたほうがいいのかもしれない。それにしても、ソフト・ブレイドがキラを守るために見当違《けんとうちが》いの衝動《しょうどう》から過剰《かじょう》に反応しなかったのは、彼《かれ》にしてみれば本当にラッキーだった……。ファルコーニはとんでもなく勇敢《ゆうかん》なのか、とんでもなくばかなのか、そのどちらかだ。

「よくやったわね」キラはソフト・ブレイドを見下ろしながらささやいた。ほんの一瞬《いっしゅん》、ゼノから誇《ほこ》らしさが伝わってきたような気がした。けれど、それはつかの間の出来事で、キラの空想の産物だったとしてもおかしくない。

「モルヴェン。ファルコーニはまだクライオに入ってない？」キラは問いかけた。

「いいえ、ミズ・ナヴァレス。船長はたったいま最初の注射を打ったところです。もう連《れん》絡《らく》を取ることはできません」疑似知能は答えた。

キラは不満の声を発した。仕方ない。彼《かれ》ともう一度話す必要はないのかもしれないし、もし必要なら、目的地に着いてからいつでも話せるはずだ。

この船はチェッターの仲間のジェリーが指定した合流地点まで、ずっと飛んでいくわけではなかった。いくらか距離《きょり》のある場所でFTLから出て、〈ノット・オブ・マインズ〉が奇襲《きしゅう》をかけられてしまう前に警告を送れるぐらいまで近づくことになっている。そうすることで、人類とジェリーのあいだで行われている現在の戦争よりもさらに破滅《はめつ》的な大惨《だいさん》事《じ》になるのを防げるかもしれない。そして名誉《めいよ》と使命の要求が満たされたら、人々の住む宇宙へ戻《もど》ることができる。

とはいえ、キラはイタリが仲間たちの元に戻《もど》りたがるだろうとうすうす感づいていた。そのときは、ある種のミーティングが必要になりそうだ。

「それがわたしたち」ベッドのほうへ移動しながら、つぶやいた。「ていのいいシャトルサービス」キラは祖父が——父方の——よく言っていたことを思い出した。「……キラ、人生の意味とはな、A地点からB地点にものを動かすということだ。ただそれだけなんだよ。われわれが本当にしているのは、それだけのことだ」

「でも、おしゃべりをするときは？」キラは完全には理解できずに問いかけた。

「このなかにあるアイデアを動かしているだけだな」祖父はキラのおでこをトントンと叩《たた》いた。「現実の世界へと」

キラは決して忘れなかった。祖父がキラの頭の外にあるすべてのものを現実の世界と説明していたことも、決して忘れなかった。それからというもの、祖父の言っていたことは真実なのか違《ちが》うのか、ずっと考えつづけていた。人の頭のなかにあることには、実際どれだけの現実が含《ふく》まれているのだろう？……夢を見たとき、その夢はまぼろしに過ぎないのか、それとも真実が含《ふく》まれているのか？

その問題に関して、グレゴロヴィッチには何か意見があるかもしれない。

ソフト・ブレイドの網《あみ》をつくって身体をマットレスに固定しながら、あの盆栽《ぼんさい》のことばかり考えていた。思い出すと笑顔になる。生命。あまりに長く宇宙船や宇宙ステーション、岩だらけの寒々《さむざむ》しい小惑星《しょうわくせい》で過ごしてきたので、生き物を育てる喜びを忘れかけていた。

キラは治癒《ちゆ》の過程でソフト・ブレイドから伝わってきた感覚のひとつひとつを思い出した。そして、それをオルステッドで経験した同様の感覚と比較《ひかく》する。そこには調べてみるだけの価値がありそうだと思ったのだ。FTL飛行中、キラはいつものようにゼノをコントロールする訓練をし、細かいところまで管理しなくても望んだことをうまく実行してもらえるよう、この有機体とのコミュニケーションをもっと円滑《えんかつ》にするため取り組んでいくつもりだ。けれど何よりも、ソフト・ブレイドから感じる衝動《しょうどう》——以前は途《と》切れ途《と》切れでしかなかったのが、いまではもっと強く感じている——、構築し創造することへの衝動《しょうどう》について探っていきたいと思っていた。

キラは興味を搔《か》き立てられ、初めてゼノと一緒《いっしょ》に何かをしたいと思えた。

だから、61シグニ（はくちょう座61番星）以来どの飛行でもしてきたように週一回アラームをセットして、またもソフト・ブレイドと取り組みはじめた。

それは不思議な経験だった。キラはオルステッドの二の舞《まい》にならないよう、ソフト・ブレイドに〈ウォールフィッシュ〉号を決して傷つけさせないつもりだったが、それと同時に、実験してみたいと思っていた。しっかりコントロールしたやり方で、あらゆる制限を解放して、ソフト・ブレイドが明らかに望んでいることをさせてみたい。

まずはベッドの脇《わき》にある取っ手から始めた。これなら、この船になくても困らないものだ。もしゼノが破壊《はかい》しても、ファジョンが代わりのものをすぐにプリントできるだろう。ただしファルコーニはあまり喜ばないかもしれないけど……。

行きなさい、とキラは心のなかでささやいた。

手のひらから黒く柔《やわ》らかな繊維《せんい》が伸《の》びて探っていく。それらは複合材でできた取っ手と融合《ゆうごう》し、キラはふたたび何かをつくることへの病みつきになるような心地よい感覚を味わった。なんなのかはわからない、でもその感覚は満ち足りた気分にさせ、難しい問題を解決したときによく味わってきた喜びを思い出させた。

キラがため息を漏《も》らすと、その息は冷えた空気のなかで絡《から》みつく青白い亡霊《ぼうれい》になった。

ソフト・ブレイドの繊維《せんい》が取っ手を完全に覆《おお》い尽《つ》くし、完成したという感覚と――それ以上に――取っ手から離《はな》れて船体のさらに奥深《おくふか》くへ手を伸《の》ばしたいという欲望を感じ取る。どんな細工をしたのか早く見たいと思いながら、キラはゼノを制して引き戻《もど》した。

キラは見たけれど、理解できなかった。

円筒形《えんとうけい》の曲がった取っ手があった場所にキラが見たものは……何かだった。細胞《さいぼう》組織や複雑な彫刻《ちょうこく》を思わせる、模様のついたある長さの物質で、細分された三角形の連続する模様で埋《う》め尽《つ》くされている。その表面はわずかに金属的で、緑色を帯びた輝《かがや》きがあり、三角形の内側にほのかな黄緑色の小さな丸いこぶが収まっている。

キラは姿を変えた取っ手に手を触《ふ》れた。温かい。

驚異《きょうい》の念に圧倒《あっとう》され、表面に描《えが》かれた模様をなぞる。ソフト・ブレイドがつくったものがなんであれ、キラはそれを美しいと思い、その物質はどういうわけか生きているのだという感覚が伝わってきた。あるいは、生命の可能性を有している。

キラはもっとやってみたかった。だけどわかっている、これは――これは――慎重《しんちょう》に扱《あつか》う必要がある。ゼノがやたらと突《つ》き刺《さ》したがる、あの致命《ちめい》的な大釘《おおくぎ》よりも。生命というものは何よりも危険な存在だ。

それでも、ソフト・ブレイドの創造的な制作を導くかコントロールするかできないものかとつい考えてしまう。モーにできるなら、わたしにできないことがあるだろうか？　だめだめ、気をつけないと。どの連盟星でも（それにシン－ザーでも）生物戦争が禁止されているのには理由がある。でも、武器をつくろうとしているわけじゃない。モーがやったみたいに、自分のために戦うしもべをつくろうとしているわけでもない。

こんなふうに、とキラはベッドの横にある手すりをつかみ、アイドーロン原産のお気に入りの植物、オロスシダ[*5]のらせん状の形を思い描《えが》いた。

初めのうち、ゼノは反応しなかった。が、諦《あきら》めかけたそのとき、ゼノはキラの手から手すりの上をするする進みはじめた。まるで魔法《まほう》を使ったみたいに、手すりからオロスシダの繊細《せんさい》な葉柄《ようへい》が生えていく。形も中身も不完全なレプリカではあったけれど、それと認識できるもので、ソフト・ブレイドを引っ込《こ》めたときには、葉からふわりと香気が漂《ただよ》ってきた。

この植物はただの彫刻《ちょうこく》ではない。本物の生物だ。有機体で、それゆえ貴重なものだ。

キラはわれ知らず衝撃《しょうげき》を受け、小さくあえいだ。シダのひとつひとつに手を触《ふ》れると、涙《なみだ》で視界がにじんでいく。まばたきをして涙《なみだ》をこらえながら、泣き笑いした。両親にこれを見せてあげたかった……アランに見せてあげたかった……。

いまのところは、それ以上大がかりなことを試そうとするのは無謀《むぼう》だとわかっていた。

自分が成し遂《と》げたことに満足していた。自分たちが成し遂《と》げたことに。

未来が不確かであるにもかかわらず、キラは長らく持つことのできなかった希望の兆しを感じた。ソフト・ブレイドはただの破壊《はかい》のための力ではない。まだわからないけれど、その能力を利用する方法さえ理解できれば、ゼノはモーを止められるかもしれない。そんな確信がキラのなかで大きくなっている。

キラは身体が軽くなるのを感じた（それは無重力のせいじゃない）。笑みを浮《う》かべ、このあとの長い眠《ねむ》りの準備をするあいだも、そのほほ笑みは消えずに残っていた。夢を見るかもしれない、とキラは思い、周りに人がいるときよりも大きな声で長々と笑った。まるでしらふじゃないみたいに。

キラはまだ思案しながら目を閉じると、リラックスして休み、寒さと暗闇《くらやみ》から自分を守ってくれるよう、ソフト・ブレイドに念じた。そして間もなく――これまでにないほどあっという間に――意識が薄《うす》れ、眠《ねむ》りの柔《やわ》らかな羽に包まれた。

4

週に一度、キラは目を覚ましてソフト・ブレイドと訓練をした。今回は飛行中ずっと自分の部屋のなかで過ごした。ゼノと訓練するのに、ウエイトを持ち上げたり、ほかのやり方で身体に負荷をかけたりする必要はなかった。もうこれ以上は。

週に一回、そのたびにキラはソフト・ブレイドを船室内に広がらせて、さらに構築し成長させた。時には口出しすることもあったけれど、ほとんどにおいてはゼノのやりたいようにやらせ、キラはますます驚《おどろ》きを募《つの》らせながら見守っていた。ある程度の制限は設けていた——デスクの上のディスプレイには触《さわ》らせないとか——けれど、部屋のなかにあるほかのものはすべてゼノの自由にさせた。

週に一度だけ。訓練していないときは、キラは静かにじっと浮《う》かびながら、死に似た眠《ねむ》りのなかに身を休めた。すべてが冷たくて灰色で、ずっと離《はな》れたところから聞こえてくるみたいに音が漏《も》れてきていた。

どこでもないその曖昧《あいまい》な状態のなかで、キラはある夢を見た。

彼女《かのじょ》は自分が——本当の自分が、スーツを剝《は》ぎ取られ、生まれたままの姿で——真っ暗《くら》闇《やみ》のなかに立っているのを見た。初め、その虚空《こくう》にいるのは彼女《かのじょ》だけで、時間というものが生まれる前の時間に存在しているかのようだった。

やがて彼女《かのじょ》の前に多数の青い線が花開いた。蔓《つる》が伸《の》びるみたいに渦《うず》を巻いたフラクタルの網目《あみめ》模様。その線は彼女《かのじょ》を中心にして交差する形のドームを形成した。どこまでもくり返される曲線と山型でできた殻《から》――虚空《こくう》の各地点における詳細《しょうさい》な宇宙。彼女《かのじょ》にはわかっていた、なぜだかわかっていた、自分が見ているのはソフト・ブレイドの本当の姿だと。彼女《かのじょ》は手を伸《の》ばし、線の一本に触《ふ》れた。電気を帯びた冷たさが流れ込《こ》んできて、その瞬間《しゅんかん》、それぞれが惑星《わくせい》、種《しゅ》、文明を持つ、千の星が生まれて死ぬのを彼女《かのじょ》は見た。

息をのむことができたなら、そうしていただろう。

彼女《かのじょ》はその線から手を離《はな》し、あとずさりした。驚異《きょうい》に圧倒《あっとう》され、自分がちっぽけでつまらないものに感じられた。フラクタルの線は絹が滑《すべ》るような音を立てて位置を変えたりひっくり返ったりし続けたが、それ以上は近づくことも明るくなることもなかった。彼女《かのじょ》は座って眺《なが》め、頭上で輝《かがや》いている母体からは、慎重《しんちょう》に守られているという感じが伝わってきた。

それでも彼女《かのじょ》は少しも安心できなかった。というのも、網目《あみめ》模様の外に感じ取っていたから――大昔の本能が働いているかのように――のしかかる脅威《きょうい》を。周囲の暗闇《くらやみ》のなかで、尽《つ》きることのない飢《う》えが癌《がん》のようにむしばみ、それと共に、自然をゆがめることが結果としてまっすぐな直角を生じさせることになった。ソフト・ブレイドがなければ、彼女《かのじょ》はその脅威《きょうい》の前に無防備にさらされ、なすすべもなかっただろう。

彼女《かのじょ》は恐怖《きょうふ》に打ちのめされ、うずくまった。フラクタルのドームは虚空《こくう》のなかでちらちら揺《ゆ》れているキャンドルで、敵意ある風に四方から脅《おど》かされているみたいだった。脅威《きょうい》の中心は彼女《かのじょ》——彼女《かのじょ》とソフト・ブレイド——だとわかっていて、その敵意に満ちた切望はあまりに大きく、あまりにすべてを包み込《こ》み、あまりに残酷《ざんこく》で異質のもので、それを前にして彼女《かのじょ》は無力さを感じていた。自分は取るに足らない存在だった。希望がなかった。

こうして彼女《かのじょ》はひとりぼっちでおびえながらじっとしていて。破滅《はめつ》が迫《せま》っているという感覚はあまりに強く、どんな変化でも——死そのものでさえも——ありがたい救いになりそうだった。

第5部
マリグニターテム
〔悪性〕

M a l i g n i t a t e m

そして小枝を曲げれば、それは育つ。

——マリオン・ティンズリー

第1章 到着《とうちゃく》

A r r i v a l

1

キラは目を覚ました。

最初はどこにいるのかわからなかった。暗闇《くらやみ》に包まれ、その闇《やみ》はあまりに深く、目を開いても閉じても何も変わらない。非常灯があったはずの場所には、インクのような暗闇《くらやみ》が広がっているだけだ。通常のFTL飛行中よりも空気が暖かく——湿度《しつど》も高い——、子宮のような空間にはそよ風ひとつ吹《ふ》いていない。

「モルヴェン、照明を明るくして」長期にわたる無活動のせいでまだ朦朧《もうろう》としながら、つぶやいた。静まり返った空気のなかで、その声は妙《みょう》にくぐもって聞こえた。

あたりを照らす明かりは点かず、疑似知能からはなんの反応もない。

キラはいらだち、別のことを試した。明かりを、とソフト・ブレイドに伝える。ゼノが役に立つのかわからなかったけれど、試してみるだけの価値はある。

柔《やわ》らかな緑色の照明が周囲の様子に形を与《あた》え、キラは満足した。いまも自分の船室のなかにいる、でも部屋はソルを出発したときとは似ても似つかない状態になっている。黒い有機物の肋材《ろくざい》が壁《かべ》に並び、繊維《せんい》の交差織りでできたマットが床《ゆか》と天井を覆《おお》っている。生まれたばかりの明かりは、部屋の角に沿って這《は》い上がっているねじれた蔓《つる》に吊《つ》るされた、脈動する果実のような球体が発生源だ。その蔓《つる》には葉がついていて、葉のなかにはオロスシダの形がくり返され、華麗《かれい》なロココ様式の凝《こ》った装飾《そうしょく》が精巧《せいこう》に施《ほどこ》されている。そしてどれも――蔓《つる》、球体、肋材《ろくざい》、マット――が小さな織地模様で埋《う》め尽《つ》くされている。まるで何かに取りつかれたアーティストが、隅々《すみずみ》まで余すところなくフラクタル図形で装飾《そうしょく》するのだと決意したかのように。

キラは驚嘆《きょうたん》して眺《なが》めた。わ、た、し、がこれをやったのだ。わたしとソフト・ブレイドが。戦ったり殺したりするより、このほうが遥《はる》かにいい。

努力の成果は目に見えるだけではなく、身体の一部が伸《の》びたみたいに感じることもできた。とはいえ、スーツ自体と植物のような創作物の素材に違《ちが》いはあった。その創作物はもっと遠く感じられ、ソフト・ブレイドの実際の繊維《せんい》と同じようにそれらを動かしたり操ったりすることはできないのだとわかった。それらはある意味、キラとゼノから独立していた。その植物はしっかり栄養さえ摂《と》れていれば、キラたちがいなくても生き続けられる自立した生命体なのだ。

植物のことを度外視しても、この飛行中にソフト・ブレイドは成長していた。キラの身体を覆《おお》うのに必要な分よりもずっと多くの物質を生産していた。どうするべきだろう？ オルステッドで不必要な巻きひげにしたように、ゼノにこの物質を片付けさせようかとも思ったものの、つくりあげたものを壊《こわ》すのはいやだった。それに近い将来――考えたくはないけど、可能性がないとは言い切れない――このかたまりが必要になるかもしれないのに、手放してしまうのは得策ではないかもしれない。

だけど、余分な物質を船室に残しておけるだろうか？ 確かめる方法はひとつしかない。

ベッドに固定している筋交いになったソフト・ブレイドをはずそうとして、キラは自分の身体を見下ろした。右手が――バグハントで失ったほうの手が――マットレスのなかに吸い込《こ》まれて、ベッドの端《はし》から端《はし》まで伸《の》びて壁《かべ》を覆《おお》っているもつれた糸の網《あみ》のなかに溶《と》け込《こ》んでいる。

一瞬《いっしゅん》、パニックの波に襲《おそ》われ、ゼノは乱れてさざ波を立て、先のとがった釘《くぎ》をずらりと突《つ》き出した。

だめ！　そう思うと釘《くぎ》は引っ込《こ》み、キラは呼吸を落ち着かせた。

まずは消えた手を改めて形成することに集中する。もつれた糸がねじれ、するするとベッドに戻《もど》ってくると、ふたたびキラの手首、手のひら、指を形作っていく。そのあと、ベッドから解放するようソフト・ブレイドに念じた。

粘着物《ねんちゃく》が剝《は》がれる音と共に、身体が自由になる。驚《おどろ》いたことに、壁《かべ》の黒い植物との物理的なつながりは完全に断ち切られ、それでいてもそれらが自分の一部として感じられる。ソフト・ブレイドの一部と自分自身を意識的に切り離《はな》すことができたのは初めてだ。

ゼノはキラの身体を覆《おお》ってさえいれば別にかまわないようだ。

励《はげ》みになる進歩だった。

まだ少し方向感覚を失ったまま、キラは壁《かべ》伝いにドアがあるはずのところまで進んでいった。近づくにつれ、ゼノの意識とキラ自身の意図によって、輝《かがや》く黒い物質はすべるようなかすかな音を立てながら引っ込《こ》んでいく。

その下に目的の気密扉《とびら》があった。

ドアが開き、外の廊下《ろうか》の壁《かべ》がいままでどおり茶色の羽目板で覆《おお》われているのを見て、キラはホッとした。ソフト・ブレイドを抑《おさ》えておこうと努力した成果があったのだ。ゼノは船のほかの場所には広がっていなかった。

キラは振《ふ》り返り、「待ってなさい」とペットにでも言うように伝えた。それから廊《ろう》下《か》に出ていった。室内の黒い繊維《せんい》はそのまま居残っている。実験として、気密扉《とびら》を閉めてみた。ドアの向こう側に残っているゼノの感覚がいまも伝わってくる。それにドアを閉めても、ゼノはついてこようとしなかった。

ソフト・ブレイドのさまざまなパーツはどうやって伝達しているのだろうかと不思議に思った。無線？　FTL通信？　何か別の方法？　どこまで離《はな》れても問題ないのだろう？　その信号を妨害《ぼうがい》されることはあり得る？　その点が戦闘《せんとう》中に問題になるかもしれない。気をつけておかないと。

でもいまのところは、あの生長物を部屋のなかに残していっても問題はなさそうだ。必要になったら、念じるだけで残りのゼノをそばに呼び寄せることができるだろう。願わくは〈ウォールフィッシュ〉号を傷つけずに。

キラはニヤリとした。あの部屋の様子を知ったら、ファルコーニはいい顔をしないだろう。ファジョンも、それにまともな状態に戻《もど》ることがあれば、グレゴロヴィッチだって。

〈ウォールフィッシュ〉号は目的地に着いたのだろうけど、それにしては船内がやけに静かだ。キラはオーバーレイを立ち上げようとしたが、前回の二度のFTL飛行でもそうだったように、ソフト・ブレイドがコンタクトレンズを吸収してしまっていた。正確にはいつかわからないけれど、夢うつつの冬眠《とうみん》状態にあったどこかの時点で吸収したに違《ちが》いない。キラはいらだち、つぶやいた。「いつになったら学習するのよ？」

　クルーの様子を確かめるためストーム・シェルターに向かいかけたとき、インターコムがザーザーいって、頭のそばにあるスピーカーからファルコーニの声が聞こえてきた。

「キラ、起きたら管理室に来てくれ」その声は苦しそうで、本当に苦しそうで、まるで吐《は》いた直後みたいだった。

　キラはギャレーに寄ってチェルのパウチを温めてから、船の前方に向かった。

　管理室の気密扉《とびら》がキーッと抵抗《ていこう》の音を立てて開き、ファルコーニがホロディスプレイから目を上げた。肌《はだ》がぞっとするほど青白く、白目が黄色っぽくなり、凍《こご》えかけているみたいに震《ふる》えて歯をガチガチ鳴らしている。どれも典型的なクライオ酔《よ》いの症状《しょうじょう》だ。

「大変《トゥール》」キラは壁《かべ》を蹴《け》ってファルコーニの元へ近づいていった。「ほら、わたしよりこれが必要でしょう」そしてチェルのパウチをファルコーニの手に押《お》しつける。

「悪いな」ファルコーニは食いしばった歯の隙間《すきま》から押《お》し出すように言った。

「有害反応が出たみたいね？」

　ファルコーニは頭をうなずかせた。「ああ。ここ何回かのジャンプで、ますますひどくなってきてる。使っている薬品が身体に合わないみたいだ。この件については……」彼《かれ》は激しく身を震《ふる》わせ、歯がカタカタ鳴った。「……ドクと話し合ってみないと」

「どうやって戻《もど》るつもり？」キラは壁《かべ》沿いの緊急《きんきゅう》ステーションのひとつに行き、蓄熱《ちくねつ》毛布をつかんでファルコーニのところへ持っていった。

キラが肩《かた》を毛布で包むあいだ、ファルコーニは逆らわずじっとしていた。「死にはしないだろう」自虐《じぎゃく》的な笑いをにじませながら言う。

「きっとそうね」キラはそっけなく返すと、空っぽの部屋を見回した。「ほかのみんなは？」

「どうせまたクライオに戻《もど》ることになるなら、起こしても仕方ない」ファルコーニは毛布をきつく巻きつけた。「必要以上にこんな目に遭《あ》わせる理由がないからな」

キラはファルコーニの隣《となり》の席に座り、シートベルトを締《し》めた。「もう警告は送ったの？」

ファルコーニは首を振《ふ》った。「イタリを待ってる。インターコムのブザーで呼び出しておいた。じきに来るはずだ」ファルコーニはキラを横目でちらりとうかがった。「そっちはどうだ？　何も問題ないか？」

「問題ない。だけど、知らせておくことがあって……」キラは自分とソフト・ブレイドがしたことについて話した。

ファルコーニは怒《いか》りのまじった声を上げた。「本当に俺《おれ》の船を解体しはじめなきゃならなかったのか?」

「うん、そうなの。ごめん。でも、ほんのちょっとだけだから」

ファルコーニはうめいた。「まったく。〈ウォールフィッシュ〉号の残りの部分を壊《こわ》される心配はないのか?」

「大丈夫《だいじょうぶ》。わたしの身に何か起きない限りは。たとえ何か起きたとしても、船には何もないと思うけど」

ファルコーニは首をかしげた。「じゃあ、きみが死んだらソフト・ブレイドはどうなる?」

「それは……わからない。アドラステイアのときみたいに、休止状態に戻《もど》るんじゃないかな。それか、誰《だれ》か別の相手と結びつこうとするか」

「ふーむ。どっちであっても、少しも驚《おどろ》くようなことじゃないな」ファルコーニはもうひと口チェルを飲むと、キラに返した。頰《ほほ》の青白さが薄《うす》れはじめ、もっと健康的な顔色になっている。

ファルコーニの予想どおり、イタリはほどなく管理室にやって来た。冬眠《とうみん》用の繭《まゆ》の一部が、何本もある肢《あし》にまとわりついたままだ。ジェリーがオルステッドからの脱出《だっしゅつ》時に切り落とした触手《しょくしゅ》の大部分が再生しているのを見て、キラは感心した(とはいえ、ほかの触手《しょくしゅ》に比べるとまだ短くて細かったけれど）。
《こちらイタリ：水の動きは？》
キラは正しく適切な返事をした。《こちらキラ：水は静止している……。〈ノット・オブ・マインズ〉に〈遠香《ファーセント》〉の警告を送る準備はできているわ》
《こちらイタリ：ならば時間の正しさを無駄《むだ》にするのはやめましょう》

2

信号を発信するのは、キラが思っていたよりも手間がかかった。キラはイタリに〈ウォールフィッシュ〉号のＦＴＬ通信の仕組みを教えなければならず、ジェリーはキラに――ひどく苦労して何度も発言を撤回《てっかい》しながら――〈ノット・オブ・マインズ〉が気づくだけではなく警告を理解できるようなやり方で、メッセージを暗号化して放送する方法を説明しなければならなかった。香りを信号に変換《へんかん》するジェリーのマシンがないため、〈ノット・オブ・マインズ〉が苦労をいとわず翻訳《ほんやく》してくれることを期待しながら、キラはイタリの言葉を――そもそも言葉という表現が正しければだが――英語に翻訳《ほんやく》するしかなかった。

数時間かかった末に警告は発信され、ファルコーニが言った。「よし、送ったぞ」

「あとは待つしかない」キラは言った。

指定された合流地点――ジェリーが艦隊《かんたい》を築いている矮星《わいせい》、コルドバ[*6]-1420からは数日以内の飛行で着く距離《きょり》だ――に警告が届くまで半日かかり、返事を受け取るまでにさらに半日かかるだろう。「UMCのハンターが通信を傍受《ぼうじゅ》する可能性はある？」キラは尋《たず》ねた。

「ああ、可能性はある、だが文字どおり天文学的な確率だ」とファルコーニは答えた。

3

その日の残りは、キラはファルコーニを手伝って〈ウォールフィッシュ〉号の隅々《すみずみ》まで診断《しんだん》し、船を円滑《えんかつ》に機能させるのに必要なシステムを点検して過ごした。宇宙空間での生存を可能にする小さかったり小さくもなかったりする多数の仕事に加えて、エアダクトのフィルターを掃除《そうじ》し、送水管を流し、核融合炉《かくゆうごうろ》を試験燃焼し、コンピューターを再起動させ、外部センサーを交換《こうかん》する必要があった。

　手伝ってくれとファルコーニに頼《たの》まれたわけではなかったけれど、キラはやるべき仕事があるのに何もしないでじっとしているタイプじゃなかった。それに、ファルコーニがまだクライオの後遺症《こういしょう》に苦しんでいるのもわかっていた。キラ自身は有害反応が出たのは一度しかなく、ラプサン社の仕事で二度目の飛行中のことだった。クライオ・チューブに障害が出たせいで、鎮静剤《ちんせいざい》の投与量《とうよりょう》が少し多くなってしまったのだ。そんな些細《ささい》な違《ちが》いでも、任務中ずっと胃が空っぽになるまで吐《は》きつづけて、バスルームから出られなくなったほどだ。あれは最悪だった。

だからファルコーニが苦しんでいることに同情していた。彼《かれ》の場合、ただの鎮静剤《ちんせいざい》の副作用にしてはひどすぎるみたいだけど。心底具合が悪そうに見える。クライオ酔《よ》いはそのうち治るものだ――それはわかっている――けれど、ファルコーニは大して回復する間もなく連盟星に引き返すことになるかもしれない。それをキラは心配していた。

通常のメンテナンスが必要だったことを除けば、〈ウォールフィッシュ〉号は概《おおむ》ね良好な状態だった。最も大きな修理が必要だったのは左舷《さげん》の貨物室の高圧密閉の欠陥《けっかん》だったが、それも簡単に対処できた。

作業しているあいだずっと、キラは部屋に残してきたもの――ソフト・ブレイドが壁《かべ》に築いた黒い鎧《よろい》の存在をまだ感じることができていた。ファルコーニを連れていき、自分とゼノが築いたものを見せることさえした。彼《かれ》はあたりを見わたすのに充分《じゅうぶん》なだけ部屋のなかに頭を突《つ》っ込《こ》んでいて、やがて頭を引っ込《こ》めた。「ない」とファルコーニは言った。「気を悪くしないでほしいが、キラ、こいつはないな」

「別に気にしないけど」キラは笑みを浮《う》かべながら返した。あのキスのことはいまも忘れていなかったけれど、いまその話を持ち出す理由はなかった。どのみち、ファルコーニはそういう会話をできるような状態じゃない。

静かな夕方が訪れたあと、キラとファルコーニは夜を過ごすためそれぞれの部屋に（イタリは貨物室に）引き上げた。いまやキラの部屋は黒い内皮に覆《おお》われているせいで重々しく不気味な感じがした。けれど、安心も――それがあるおかげで――できて、蔓《つる》と花が重苦しさを軽減するのに一役買っていた。通気孔《つうきこう》がふさがってしまわないか心配だったけど、ソフト・ブレイドはキラが充分《じゅうぶん》な酸素を吸えるよう確実に取り計らっているはずだ。

「ただいま」キラはささやき、うねになった壁《かべ》に手を走らせていく。

寒さにしわを寄せる皮膚《ひふ》みたいに、壁《かべ》がかすかに震《ふる》えた。キラは思いがけず誇《ほこ》らしさを覚え、小さな笑みを浮《う》かべた。この部屋は自分のもの、自分だけのものだ。ほとんどがソフト・ブレイドの働きではあっても、この生長物が自分の一部であることに変わりはない。肉体ではなくても、自分の心が生み出したものなのだ。

そしてキラは長い眠《ねむ》りのなかで見た夢を思い出した。「わたしを守ろうとしてくれていたのね？」さっきよりも少しだけ大きな声で言う。

部屋のなかの緑がかった明かりが反応して脈打ったように見えたけれど、ひどくかすかだったので、確信は持てなかった。キラは少しくつろいだ気分になり、ベッドに移動すると身体を固定して眠《ねむ》りに落ちた。

4

翌朝遅《おそ》く、FTLを外れてから二十四時間以上が経過したあと、キラとファルコーニはギャレーに集まって〈ノット・オブ・マインズ〉から来ると思われる返事を待っていた。イタリも加わり、ふたつあるテーブルのひとつの上に陣取《じんど》った。ジェリーは背甲《はいこう》から広げた摑《つか》むことのできる小さな腕《うで》をつかって、身体をその場に固定している。

ファルコーニはオーバーレイに没頭《ぼっとう》し、キラはテーブルに内蔵されたホロディスプレイでビデオ――ソルを出発する前に〈ウォールフィッシュ〉号が受信したニュース放送のひとつ――を観ている。あまり面白い映像ではなかったため、数分後には切って、部屋の向こうにいるジェリーの観察を始めた。

いまは黒っぽい秋色をしたイタリの触手《しょくしゅ》に濃淡《のうたん》の変化はないが、感情が昂《たかぶ》れば変化するはずだった。ジェリーに感情があるばかりか、それが自分にとってまったく異質なものでもないことに、キラは興味をそそられた。もしかしたら、ソフト・ブレイドがグラスパーと一緒《いっしょ》だった時期があるおかげで、ジェリーの感情を理解しやすいのかもしれない。

グラスパー……ゼノが頭のなかに入り込《こ》んだごくわずかなあいだにも、それは別の時代の目的によってキラの思考を曇《くも》らせた。かつてはそのことがキラを悩《なや》ませた。いまでは判断しようとせずにその事実を認めて受け入れている。受け継《つ》がれた記憶《きおく》をどれほど強く感じていても、物事の価値を決めるのはゼノではなく自分だ。

ジェリーからは絶えず香りが発せられて、あたりに充満《じゅうまん》している。そのときは香りが弱くなっていて――遠い雑音のような、〝自分はここにいる〟という通常の香りだけで――、たまにスパイシーでちょっと不快な、興味に駆《か》られた香りが急に加わってまき散らされていた。

ジェリーは何をしているのだろう。独自のインプラントを備えているのだろうか、あるいは単に考えたり思い出したりしているだけなのだろうか。

《こちらキラ：イタリ、あなたのショールのことを教えて》

《こちらイタリ：どのショールのことか、アイディーリス？ 孵化《ふか》の？ 同形態の？〈アーム〉の？ さまざまな種類のショールがある。こういうことをアイディーリスから聞いていないのか？》

ジェリーの質問は自分自身の反芻《はんすう》も同然で、キラはしばし考え込《こ》んだ。《こちらキラ：聞いているけど、濁《にご》った水を通しているから。ねえ、どこで孵化《ふか》したの？　どうやって育てられたの？》

《こちらイタリ：私はハイ・ルファー*7の浜《はま》のそばにある孵化《ふか》プール*8で孵《かえ》った。光と食料が豊富な暖かいところだ。第三形態まで成長したとき、現在のこの形態を与《あた》えられ、それ以来この姿で務めている》

《こちらキラ：自分で形態を選ぶことはできなかったの？》

ジェリーから困惑《こんわく》の香りが漂《ただよ》ってくる。《こちらイタリ：なんのために自分で選ぶ？どんな選択《せんたく》がある？》

《こちらキラ：わたしが言いたいのは……あなたは何をしたいと望んでいた？》

困惑《こんわく》が深まった。《こちらイタリ：なぜそんなことが問題に？　この形態は自分の〈アーム〉に仕えるのに最適だ。それ以外に何があるというのか？》

《こちらキラ：自分自身の望みというものはひとつもないの？》

《こちらイタリ：あるに決まっている。自分の〈アーム〉とウラナウイ全体のために仕えることだ》

《こちらキラ：だけど、そのためにはどうするのがいちばんいいか、自分なりの考えはあ

るでしょう？　あなただって、この……さざ波の流れについて、すべてのウラナウイに同意はしていないんだから》

ジェリーの肢《あし》にさっと柔《やわ》らかな色が流れた。《こちらイタリ：同じ問題に対して数々の解決策があるが、目標そのものは変わらない》

キラは別の方針でやってみることにした。《こちらキラ：もしも仕える必要がないとしたら、あなたは何をする？〈アームズ〉が存在せず、どう過ごすべきか誰《だれ》にも言われないとしたら？》

《こちらイタリ：そのときは、わが種族の再建に取りかかることになるだろう。形態を変えて、われらの力が戻《もど》るまで、いついかなるときも卵を産みつづけるだろう》

キラはもどかしさのこもる小さな声を漏《も》らしたが、それはファルコーニが気づくぐらいの声だった。「あれと話してるのか？」彼《かれ》は尋《たず》ね、イタリのほうに顎《あご》をしゃくった。

「そうなんだけど、らちが明かなくて」

「きっと向こうも同じ気持ちだろう」

キラはうなった。ファルコーニは間違《まちが》っていない。コミュニケーションを取ろうとしている相手はエイリアンなのだ。よその街の人間、ましてやよその惑星から来た人間が相手でも、会話を成立させるのは不可能に近いことがある。エイリアンを相手にして、すんなりいくはずがない。それでも試さずにはいられなかった。今後、定期的にジェリーたちと取引することになるのなら、彼《かれ》らにとって何が重要なのか、ある程度は理解しておきたい（ソフト・ブレイドの記憶《きおく》だけではなく）。

《こちらキラ：この質問に答えて。何もする必要がないときは、何をしているの？　四六時中、働きつづけているはずがないでしょう。どんな生物でもそれは無理よ》

《こちらイタリ：私は休んでいる。将来の行動について熟考している。〈消え失せし者〉の行いを称《たた》えている。機会があれば、泳いでいる》

《こちらキラ：遊ぶことはある？》

《こちらイタリ：遊びは第一形態と第二形態のすることだ》

ジェリーには妙《みょう》に想像力が欠けていて、キラは不思議だった。人間と違《ちが》って夢に駆《か》り立てられるということがなさそうなのに、ジェリーはどうやって恒星《こうせい》間文明を築くことができたのだろう？　〈消え失せし者〉から手に入れたテクノロジーも、そこまで役立ったはずがない。それとも、そこまで役立ったのだろうか？……

キラは人間本位の判断をしないよう自分を戒《いまし》めた。なにしろ、ソフト・ブレイドが結びついていたジェリー——ショール・リーダー・ンマリル——は、当時数々の自発的行動を見せていたのだから。わたしはイタリとの言語あるいは文化的な違《ちが》いを理解できていないのかもしれない。
《こちらキラ：イタリ、ウラナウイは何を求めているの？》
《こちらイタリ：生きること、食べること、友好的なあらゆる水に広がること。その点では、私たちはあなたがたと同じだ、二形態》
《こちらキラ：じゃあ、ウラナウイとはいったい何者なの？　あなたたちの本質の核心《かくしん》は？》
《こちらイタリ：私たちは私たちだ》
《こちらキラ：アイディーリスはあなたたちをグラスパーと呼んでいる。どうしてそんなふうに思ってるのかしら？》
ジェリーは触手《しょくしゅ》を擦《す》り合わせた。《こちらイタリ：〈消え失せし者〉が残した神聖な遺物をわれわれが集めてきたからだ。摑《つか》めるものはしっかり摑《グラスプ》んで離《はな》さないからだ。それぞれの〈アーム〉が最善と思うことをするからだ》
《こちらキラ：〈消え失せし者〉はあなたたちのホームワールドにいたんでしょう？》
《こちらイタリ：そうだ。陸地と深海平原《アビッサル・プレイン》の奥深《おくふか》くで彼《かれ》らの製作物を見つけた》
《こちらキラ：つまり、あなたたちの星には固い陸地があるということね？》
《こちらイタリ：いくらかは、だがそう多くはない》

《こちらキラ：〈消え失せし者〉の製作物を見つける前、ウラナウイのテクノロジーはどの程度のものだった？》

《こちらイタリ：われわれは海のなかの熱せられた孔《あな》によって金属を嗅《か》ぎ取る方法を習得していたが、水中で生活しているため理解を超《こ》えていることが数多《あまた》あった。ひとえに〈消え失せし者〉の恩寵《おんちょう》によって、境界の水深を超越《ちょうえつ》して広がることができたのだ》

《こちらキラ：なるほどね》

キラはジェリーに質問を続け、その種《しゅ》と文明について可能な限り理解しようとしたが、混乱してしまうことがあまりに多く残されたままで、大した進歩はなかった。イタリと話せば話すほど、ふたつの種《しゅ》がどれだけ違《ちが》うかということにますます気づかされた――そしてその違《ちが》いは、すでに大きな差がある身体的な違《ちが》いを遥《はる》かに超越《ちょうえつ》していた。

船の時間で真夜中が近づいていて、ファルコーニがそろそろ休もうとギャレーを片付けているとき、ある音が響《ひび》いてモルヴェンが言った。「キャプテン、着信があります」

5

キラの背中をピリピリと電流が這《は》いおりていく。これから何が起きるのか、これでわかるかもしれない――どこへ行き、何をするのかが。

「画面を」ファルコーニは簡潔に言った。そしてタオルで手を拭《ふ》き、キラが宙に浮《う》かんで座っているテーブルのところへ身体を押《お》しやって移動する。

内蔵のホロディスプレイが起動し、チェッター――前と同じスキンスーツを身に着けている――の肩《かた》から上が映し出された。少佐がバグハントの戦いを生き延びたことを確認し、キラは安堵《あんど》した。

チェッターが口を開く。「キャプテン・ファルコーニ、ナヴァレス、あなたたちからのメッセージを確かに受け取りました。感謝します。さもなければ、とてつもなくまずいことになっていたでしょう――現状もあまりよくありませんが。事情が変わったということで、会って話し合わなければなりません」キラが予想したとおりだった。「くり返します。会わなければなりません。長距離《ちょうきょり》通信では不充分《ふじゅうぶん》です。安全ではないし、こんなふうではまともな会話ができません。ルフェットが以下の座標を提案し、それを私が最善を尽《つ》くして標準記法に変換《へんかん》しました。皆《みな》の安全のため、このメッセージには返事をしないように。私たちは指定の場所に赴《おもむ》き、そちらがこのメッセージを受信してからきっかり四十二時間後まで待ちます。それまでに〈ウォールフィッシュ〉号が到着《とうちゃく》しなければ、あなたたちには――厳密に言えばキラ、あなたには――もうこの試みを支援《しえん》する気がないのだとみなすことになり、〈ノット・オブ・マインズ〉はしかるべき対処《たいしょ》を取るだろうとルフェットは言っています」チェッターは険しい表情を少しも崩《くず》していなかったが、その声には懇願《こんがん》するような調子が込《こ》められていた。「キラ、これがどれほど重要かは、どれだけ強調しても言い足りない。お願いだから来てほしい。あなたもよ、ファルコーニ。人類にはいま、見つけられるだけの味方が必要です……通信終わり」

「向こうはこの船が〈フィンガーピッグ〉号っていう名前で飛んでいることを知らないのよね」キラはホロディスプレイを身振《みぶ》りで示した。そのことにふと気づいたのだ。

「知らない。いいところに気づいたな。応答装置を戻《もど》しておこう。船を間違《まちが》えられたせいで爆破《ばくは》されたら、たまったもんじゃないからな」

「じゃあ、行くのね?」

「ちょっと待て。座標を確認しておきたい。そのあいだに、そこのくねくねしたお友だちに最新情報を伝えておいてくれ」

イタリはずいぶん落ち着かない様子だった。触手《しょくしゅ》は赤と青になり、さっきまで浮《う》かんでいたテーブルの上を這《は》いまわり、人間がそわそわとエネルギーを持て余すように、格子を何度も握《にぎ》り直している。

キラが事情を説明すると、ジェリーは言った。《こちらイタリ:〈ノット・オブ・マイン

ズ〉に会う、そうだな？　そうだな？》

ジェリーがくり返すのを聞き、キラはヴィシャルを連想して思わずほほ笑んだ。

《こちらキラ：そうね、たぶん》

「よし。彼《かれ》らはコルドバ－１４２０の近くで会いたがっているようだ。すぐにでもここを発てば、約二十八時間で指定の場所に着くはずだ」

「ＦＴＬ飛行で？」

「当然だろう」

「ちょっと聞いてみただけ。……間に合うかどうかは、かなりきわどいところでしょう？」

ファルコーニは肩《かた》をすくめた。「信号でたった十二時間の距離《きょり》だ、ギリギリってわけでもない」

「あなたはクライオに戻《もど》る必要が？」

「いや、だがほかのクルーたちはこのまま起こさずにおいて、船をできるだけ冷やしておかないとな。それをイタリに伝えてくれるか？」

キラは伝えた。そして〈ウォールフィッシュ〉号は目下疾走《しっそう》している恒星《こうせい》間空間の空っぽの一区画から飛び立つ準備を始めた――基準点となるものが近くにひとつもないせいで、船は少しも動いていないかのように思われた。

船がしっかり冷えると、マルコフ・ドライブがおなじみのかん高い金属音を響《ひび》かせながらふたたび作動して、〈ウォールフィッシュ〉号はＦＴＬに突入《とつにゅう》した。

6

寒く静かな暗闇《くらやみ》のなかで二十八時間が経過した。キラとファルコーニはその大半をそれぞれの部屋で別々に過ごし、余分な熱を排出《はいしゅつ》しないよう、無理のない範囲《はんい》でなるべくじっとしていた。同じくイタリも貨物室に引きこもり、油断せず静かに過ごしていた。

キラは何度か食事のときにギャレーでファルコーニに会った。ふたりは声を潜《ひそ》めて話し、キラは若い頃《ころ》に学校の友だちと夜遅《よるおそ》くゆっくりおしゃべりしていたときみたいな気分になった。

食事を終えると、スクラッチ・セブンをやった。何度もゲームし、ファルコーニが勝つこともあればキラが勝つこともあった。前とは違《ちが》って、今回は質問を賭《か》けることはせず、ミールパックの包み紙を折りたたんだトークンを賭《か》けた。

最後のゲーム中に、キラは沈黙《ちんもく》を破って問いかけた。「サルヴォ……どうして〈ウォールフィッシュ〉号を買ったの？」

「ん？」

「つまりね、なんで故郷を離《はな》れたいと思ったの？　どうしてこうなったの？」

ファルコーニはカードの上から青い目でキラを見つめている。「きみはなぜ宇宙生物学者になった？　なぜウェイランドを離《はな》れたんだ？」

「探検して、宇宙を見たかったから」キラは浮《う》かない顔で首を振《ふ》った。「予想もしなかったことになっちゃったけど……。でも、あなたがファルジアズ・ランディングを去ったのは、なんだかほかに理由がありそうな気がして」

ファルコーニはデッキに積まれた山札を一枚めくった。クラブの6。手札にそれを加えると、キラのカードは……合計で7が四組になる。「たとえ自分が望んだとしても、故郷にいられなくなることもある」

「故郷を離《はな》れたくなかったの？」

ファルコーニは蓄熱《ちくねつ》毛布の下で小さく肩《かた》をすくめた。「情勢が悪かった。選択肢《せんたくし》はほとんどなかったんだ。あそこで起きた暴動のことを覚えてるか？」

「ええ」

「あの会社はあらゆる方法で人々を欺《あざむ》いて、受け取れるはずの給付金を支給しなかった。疾病《しっぺい》。労災補償《ほしょう》。何もかも。ついに限界に達して……誰《だれ》もが自分の支持する側をはっきりさせなきゃならなくなった」

キラは少しずつ事情を理解していった。「あなたは損害査定人だったのよね?」

サルヴォはうなずいたけれど、どこか不本意な様子だった。「人がどんなふうにして騙《だま》し取られるのか、そうやって俺《おれ》は理解していったんだ。抗議《こうぎ》が始まると、俺《おれ》は何もしないで傍観《ぼうかん》していることはできなかった。わかるか、その人々は俺《おれ》が共に育った人たちだったんだぞ。友人。家族」

「そのあと、どうしたの?」

「そのあとは……」彼《かれ》はカードをおろし、人差し指の先で両側のこめかみをさすった。「そのあと、俺《おれ》はそのまま居残ることに耐《た》えられなくなった。許されないことを言い、行動を取ってしまったんだからな。だから仕事に身を入れて、数年かけて金を貯め、〈ウォールフィッシュ〉号を買った」

「逃《に》げるために?」

「違《ちが》う、自由になるために。奴隷《どれい》として甘《あま》やかされるより、自分の責任でもがいて失敗するほうがいい」

心からの確信に満ちたその声を聞いて、キラはうなじがぞくりとするのを感じた。好きだと思った。「じゃあ、あなたにもちゃんと主義があるわけね」軽く冷やかすような口調で言う。

サルヴォはおかしそうに笑った。「気をつけろ。イメージが悪くなるから、誰《だれ》にも言うなよ」

「絶対に言わない」キラはカードを置いた。「待ってて。すぐ戻《もど》る」

サルヴォに不思議そうな顔で見つめられながら、キラはギャレーから出ていった。急いで部屋に戻《もど》り、ソフト・ブレイドの生体細胞《さいぼう》でできたブランケットの下からコンサーティーナを取ると、ギャレーに引き返していく。

コンサーティーナを見ると、サルヴォはうなった。「今度はなんだ？　ポルカでも聴《き》かせようっていうのか？」

「黙《だま》って」キラは緊張《きんちょう》を隠《かく》そうとぶっきらぼうな返事をした。「指使いをぜんぶ思い出せるかわからないけど……」

キラは初めて弾《ひ》けるようになった曲のひとつ、『サマン・サハリ』[*9]をファルコーニに演奏した。メロディの美しい、長くゆったりした歌だ。物憂《ものう》い音楽があたりに響《ひび》くと、キラはウェイランドの温室を思い出し、あのかぐわしい香りと花粉を運ぶ虫のざわめきを思い出した。家族や故郷、いまとなっては失われた多くのものを思い出した。

われ知らず涙《なみだ》が溢《あふ》れた。キラは演奏を終えると、しばらくじっと動かずにコンサーティーナを見下ろしていた。

「キラ」見上げると、真剣《しんけん》な顔をしたファルコーニが見つめていた。彼《かれ》の目も涙《なみだ》で光っている。「すばらしかった」そう言って、ファルコーニはキラの手に自分の手を重ねた。

キラはうなずいて鼻をすすり、ちょっと笑った。「ありがとう。ぜんぜん弾《ひ》けなかったらどうしようかと心配だったけど」

「そんなことはまったくなかった」

「それじゃあ……」キラは咳払《せきばら》いし、少し後ろ髪《がみ》をひかれながらも手を離《はな》した。「今夜はこれでお開きにしたほうがよさそうね。明日は忙《いそが》しくなりそうだし」

「そうだな、このへんにしておこう」

「……おやすみ、サルヴォ」

「おやすみ、キラ。演奏してくれて本当にありがとう」

「どういたしまして」

7

貨物室にいるイタリの様子を見にいったあと、〈ウォールフィッシュ〉号の中央シャフトをのぼっているとき、ジャンプのアラートが響《ひび》き、ごくわずかではあるが確かに船の位置が変わるのを感じた。キラは時間を確認した。１５０１銀河標準時《GTS》。

頭上からファルコーニの声が響《ひび》いてくる。「着いたぞ。いるのは俺《おれ》たちだけじゃない」

N e c e s s i t y Ⅲ

第2章 必然 Ⅲ

1

〈ウォールフィッシュ〉号はFTLから出て、ある褐色矮星《かっしょくわいせい》のそばに来ていた。月も惑星《わくせい》もない、暗いマゼンタ色の球体。コルドバ－1420の太陽圏外《けんがい》の虚空《こくう》に佇《たたず》み、銀河核《かく》を周回する孤独《こどく》な放浪者《ほうろうしゃ》。静寂《せいじゃく》のなかを永遠に回転しつづけている。

褐色矮星《かっしょくわいせい》の赤道付近に二十一の白い小点が浮《う》かんでいる。〈ノット・オブ・マインズ〉の船で、コルドバ－1420から向けられるどんなFTL望遠鏡からも、恒星《こうせい》になりそこねた星が隠《かく》してくれるような位置に陣取《じんど》っている。

〈ウォールフィッシュ〉号のマルコフ・ドライブが静かになると、ファルコーニはほかのクルーたちを目覚めさせる処置を開始した（グレゴロヴィッチは例外として）。〈ウォールフィッシュ〉号が〈ノット・オブ・マインズ〉の速度に追いつくまで四時間はかかるだろう。クルーが解凍《かいとう》されて、身体を機能させるのに必要な食料や水分を摂《と》るには、充分《じゅうぶん》すぎるほどの時間だ。

「あなたたちがここまで来てから話しましょう」〈ウォールフィッシュ〉号の呼びかけに答えて、チェッターが言った。「キラ、あなたは通訳を介《かい》さず、ジェリーとコミュニケーションが取れるのだから、直接あなたが話したほうがスムーズにいくでしょう」

通信を終えると、キラはギャレーに行き、ばらばらにやってくるクルーを迎《むか》えた。みんながみんな調子が悪そうだ。「今回も生き延びたよ」スパローがタオルで顔を拭《ふ》きながら言う。「やったね」

ニールセンはファルコーニよりもさらに具合が悪そうだったけれど、クライオ酔《よ》いの症《しょう》状《じょう》はひとつも見られなかった。身体をひきつらせ、痛みを感じているように唇《くちびる》をぎゅっと噛《か》みしめている。以前から苦しめられてきた痛みがぶり返しているのだろう、とキラは思った。

「何かいるものはある?」気の毒になって、キラは尋《たず》ねた。

「いいえ、でもありがとう」

そこにエントロピストたちも加わった。替《か》えのグラディエントローブをまとい、互《たが》いの身体に腕《うで》を回して、憔悴《しょうすい》した表情を浮《う》かべながら、ふらふらと入ってきた。それでも、ともかく冷静で気は確かなようで、その点では回復していた。クライオに入っていたことで、ハイブマインドが壊《こわ》れたことへのショックがやわらいだようだ。けれど、ふたりは決してお互《たが》いから一メートルと離《はな》れず、肉体的な接触《せっしょく》が、失われた精神的な繋《つな》がりの代わりになるとでもいうように、常に触《ふ》れ合っていた。

キラはみんなを手伝って食事を温めて配膳《はいぜん》し、冬眠《とうみん》からスムーズに回復できるよう、できることはなんでもした。キラがそうしているあいだ、ヴィシャルはニールセンのそばに座り、彼女《かのじょ》に腕《うで》を回して静かな声で話しかけていた。何を言っているにしても、その言葉は一等航海士の苦痛をやわらげたようだ。ニールセンは絶えずうなずき、身体の緊張《きんちょう》がいくらかほぐれていた。


食事と飲み物の用意ができて全員が席に着くと、ファルコーニが立ち上がって話す。

「きみたちに知らせておくことがある」そしてグレゴロヴィッチの状況《じょうきょう》について手短に説明した。

「なんて恐《おそ》ろしい」ニールセンは身震《みぶる》いした。

「グレゴロヴィッチを解凍《かいとう》するつもり?」スパローが尋《たず》ねる。

ファルコーニは首を振《ふ》った。「〈ノット・オブ・マインズ〉との話し合いの結果が出るまでは。結局は何もせず連盟星に引き返すことになるかもしれない。だが、ファジョンにグレゴロヴィッチをクライオから出してもらうことになったら、ドク、ただちに彼《かれ》を診《み》てもらいたい」

「もちろんだとも。彼《かれ》のためにできることはなんでもするつもりだ」とヴィシャルは答えた。

「そう言ってもらえて安心したよ、ドク」

2

四時間後、まだ少しぐったりしてはいるものの全員が目覚めた状態で、〈ウォールフィッシュ〉号はジェリーの旗艦《きかん》とドッキングした。丸くなった船首に十余りの銃眼《じゅうがん》が環状《かんじょう》に並んだ、きらめく巨大《きょだい》な球体。

クルーと一緒《いっしょ》に、キラもエアロックに急いだ。エントロピストたちだけがギャレーに残り、ホロディスプレイの前で背中を丸めながら温かい飲み物をちびちび飲んでいる。「私たちはここから――」

「――ここから見ておきます」と彼《かれ》らは言った。

キラはこの面談に警戒心《けいかいしん》を抱《いだ》きながらも、早くけりをつけたいと心から望んでいた。そうすればなんらかの形で、この先どうなるのか把握《はあく》できるだろう。いまはさっぱり先が見えない。連盟星に戻《もど》るとなったら、身を隠《かく》すことになるのだろうか？　UMCに身柄《みがら》を引き渡《わた》す？　どこかの監房《かんぼう》に閉じ込《こ》められることなく、ジェリーやナイトメアと戦う方法を見つける？　ウェイランドに戻《もど》り、家族を捜《さが》して守ろうとするかもしれない……。確実なことが何もないのはいいやな感じだった。いやでたまらなかった。

ファルコーニも同じような不安と戦っているのがキラにはわかった。褐色矮星《かっしょくわいせい》に着いてからというもの、いつになく無口で、キラがそのことを尋《たず》ねると、彼《かれ》は首を振《ふ》って答えた。

「考え事をしてるだけだ。この件が片付くといいな」

本当にそうだ。

〈ウォールフィッシュ〉号がガタガタ揺《ゆ》れて、ふたつの船が連結する。外側のエアロックが開き、その向こうで膜《まく》が収縮して、真珠《しんじゅ》層のようなジェリーの船の入り口が現れた。扉《とびら》が回転し、ジェリーの船へと通じる長さ三メートルのトンネルが姿を見せる。

ジェリーの船のなかで待っていたのはチェッターと、こちらへ漂《ただよ》ってきた香りから、触手《しょくしゅ》で身を飾《かざ》ったルフェットだとキラにはすぐにわかった。

「乗船許可を、キャプテン？」チェッターが言う。

「乗船を許可する」とファルコーニ。

チェッターとルフェットは浮《う》かびながら入ってきて、エアロックの前の部屋に身を落ち着けた。《こちらルフェット：こんにちは、アイディーリス》

「また会えてうれしいよ、少佐。バグハントではずいぶん危ないことになっちまったな。おたくらが生き延びられるかわからなかった」ほかのクルーたちと同様、ファルコーニも武装していて、ブラスターのグリップから決してその手を遠ざけようとしない。

「きわどいところだった」とチェッター。

ニールセンが口を開く。「あれはどうなったの——キラ、なんて言ったかしら——そう、シーカーは？」古来の脅威《きょうい》の名前を聞いただけで、背中がぞくりとする。キラ自身もそのことが気になっていた。

チェッターは嫌悪《けんお》の表情をちらりとよぎらせた。「私たちが殺す前にバグハントから逃《に》げてしまった」

「いまはどこに？」キラは訊《き》いた。

少佐は小さく肩《かた》をすくめた。「どこかで星のあいだを彷徨《さまよ》っているはずよ。申し訳ないけど。それ以上のことは言えない。あとを追っている時間はなかったから」

そうでなければよかったのにと思いながら、キラは顔をしかめた。シーカーが星のあいだに解き放たれ、どんな残酷《ざんこく》なことでもやると決めたら自由に遂行《すいこう》できる——創造主である〈消え失せし者〉に監視《かんし》されることもなく——と考えただけでぞっとした。けれどキラにはどうすることもできず、できることがあったとしても、もっと差し迫《せま》った問題がある。

「そいつは最高にクソな知らせだね」キラの気分を表したような口調でスパローが言う。

ファルコーニは顎《あご》を上げた。「どうして直接会う必要があったんだ、少佐？　通信じゃ言えないほど重要なこととは？」

ファルコーニの質問を理解しているはずはないのに、ジェリーが答えた。《こちらルフェット：流れがわれわれに逆らっている、アイディーリス。いまでさえ、あなたがたの〈アーム〉のショールが、近隣《きんりん》の星の周りに結集したわれわれの部隊を攻撃《こうげき》しようと準備している。攻撃《こうげき》は間違《まち》いなく失敗に終わるが、それでも双方《そうほう》が多大な損害を被《こうむ》ることになる。空っぽの海に血が流れ、われわれが分かつ悲しみはコラプテッドの利得となる。この潮流の向きを変えなければ、アイディーリス》ひたむきに懇願《こんがん》する香りがあたりに充満《じゅうまん》した。背後でイタリが触手《しょくしゅ》を擦《す》り合わせ、発酵《はっこう》したような黄色になっている。

チェッターはジェリーのほうへ頭を傾《かたむ》けてみせた。「いまルフェットがキラにいくらか状況《じょうきょう》を説明したところです。あなたたちが思っているより事態はまずいことになっている。私たちが介入《かいにゅう》しなければ、第七艦隊《かんたい》は破壊《はかい》され、人間とジェリーのあいだの和平への希望はすべて潰《つい》えてしまう」
「でも連盟はあなたを殺そうとした」ニールセンが指摘《してき》する。
少佐は少しもひるまなかった。「状況《じょうきょう》を考えれば、理にかなった選択《せんたく》だったわ。賛成はしないけど、戦術的な見地からすれば、ある程度は納得できた。納得できないのは、第七艦隊《かんたい》を失うことよ。あれはUMCが保有するいまでも有効な最大の艦隊《かんたい》です。第七艦隊《かんたい》がなければ、連盟はますます不利な立場に追い込《こ》まれる。一度でも本格的な攻撃《こうげき》を仕掛《しか》けられたら、こちらの軍勢はジェリーとコラプテッドに壊滅《かいめつ》させられてしまうでしょう」
「それで、どうしようと思っているの？　何か考えでもなければ、こうして話し合っていないはずよ」キラは言った。
チェッターはうなずき、ジェリーが答える。《こちらルフェット：そのとおりだ、アイディーリス。底知れぬ淵《ふち》に決死の飛び込《こ》みをするような計画だが、それよりほかは残されていない》
《こちらキラ：わたしの使う別の言葉がわかるの？》
肯定《こうてい》の〈近香《ニアセント》〉がした。《こちらルフェット：あなたの同形態のチェッターが身に着けているマシンが変換《へんかん》してくれている》
少佐はまだ話を続けていた。「残念ながら、〈ノット・オブ・マインズ〉を殲滅《せんめつ》するという首相の決断によって、私たちの最初の計画はだめになった。最高速度だと、第七艦《かんたい》隊は数時間以内にコルドバ－1420に到着《とうちゃく》する。到着《とうちゃく》したら銃火《じゅうか》を浴び、彼《かれ》らを救うのは困難になるでしょう。そうなったら、人間とジェリーが和平を築く方法を見つけるのは危うくなる。とても危うくなる」

キラはファルコーニを見た。「第七艦《かんたい》隊がコルドバに着く前にメッセージを送ることはできない？　警告できない？　チェッター、あなたなら軍のチャンネルを使って連絡《れんらく》を取る方法を知っているはずよ」

「やってみる価値はある」とファルコーニは言った。「だが――」

「うまくいかないでしょう」とチェッター。「第七艦《かんたい》隊の正確な位置がわからない。クラインが賢明《けんめい》なら、そして実際彼《かれ》は賢明《けんめい》よ、地球から直線経路では艦《かん》隊《たい》を率いてこないかと。まっすぐ来たらあまりにもジェリーの船に遭遇《そうぐう》しやすいでしょうから」

「FTLセンサーで位置を特定できないの？」キラは訊《き》いた。

チェッターは少しも面白くなさそうな笑みを向けた。「やってみたけど、第七艦《かんたい》隊は現れていない。理由はさっぱりわからないわ。敵のジェリーたちも絶対に見つけていない。見つけていれば〈ノット・オブ・マインズ〉のもとに情報が届いているはずよ」

キラはシュタール大佐が言っていたことを思い出した。「オルステッド・ステーションでわたしの事情聴取《ちょうしゅ》をした将校が、第七艦隊《かんたい》がジェリーに見つかるのを防ぐ方法があると話してた」

「そうなの？」チェッターは考え込《こ》むような表情で言う。「そういえば、私が捕《と》らえられる前のことだけど、ＦＴＬ飛行中の船を隠《かく》す実験的な技術に関する噂《うわさ》が研究課から流れていたわね。稼働《かどう》中のどんな探査システムも中断させる短距離《たんきょり》信号――基本的にホワイトノイズ――を発生させることが関係していた。彼《かれ》が言っていたのはそのことかもしれない」

チェッターは身体を震《ふる》わせた。「それはどうでもいい。問題は、私たちにはＦＴＬ飛行中の第七艦隊《かんたい》を見つけられないし、亜《あ》光速に戻《もど》ったとたんにジェリーが通信を妨害《ぼうがい》するということ。第七艦隊《かんたい》に届くのが間に合うほど高速の信号だったら、干渉《かんしょう》を受けずに済むほど強力なはずがない。おまけに、そもそも彼《かれ》らが私たちの話を聞こうとするかも怪《あや》しいものよ」

キラはもどかしさを感じはじめていた。「だったら、なんの話をしているの？　飛んでいって第七艦隊《かんたい》と共に戦うつもり？　そういうこと？」

「まったく違《ちが》うわ」とチェッターは答えた。

ファルコーニが手を挙げて割って入った。「ちょっと待った。チェッター、最初の計画ってのはどういうものだったんだ？　そこがずっとはっきりしていなかったが。ここからケンタウルス座α星まで、ジェリーは俺《おれ》たちよりも速く飛び、火力も勝っている。連中のトップを始末するのに、なぜ俺《おれ》たちの助けを必要としていた？　邪魔《じゃま》になるだけに思えるが」

「そのことを話そうとしていたところよ」チェッターはスキンスーツの指の部分を引っ張って、手の甲《こう》のしわを伸《の》ばした。「計画とは――ついでに言うと、いまもその計画は生きてる――私たちの船のひとつを〈ノット・オブ・マインズ〉に護送させて、ジェリーの防衛線を越《こ》えるというものよ。〈ノット〉は連盟を襲撃《しゅうげき》中に船を捕獲《ほかく》し、その船には貴重な情報があると話す。ひとたび防衛線を越《こ》えたら、〈ノット〉は攻撃《こうげき》目標を確認し、私たちは指導部を爆破《ばくは》する。それだけのこと」

「なんだ、そんなこと」スパローが嘲《あざけ》る。

「そんなに簡単なことか。夕食までには片付くな」ヴィシャルがうつろな笑い声をあげた。

ジェリーの肢《あし》にさざ波が走る。《こちらルフェット：あなたの助けが必要だ、アイディーリス……強く偉大《いだい》なクタインを殺すのに力を貸してほしい》そしてジェリーの身体の調子が悪くなったかのように、吐《は》き気、痛み、パニックの入り混じったにおいがキラの鼻孔《びこう》を塞《ふさ》いだ。

キラはジェリーの言葉に動揺《どうよう》を隠《かく》せなかった。《こちらキラ：クタインがここにいる

の？》
《こちらルフェット：いかにも、アイディーリス。四つのさざ波と無数のサイクルが経過してきたなかで初めて、巨大《きょだい》な恐《おそ》るべきクタインはあなたがたの惑星《わくせい》の侵略《しんりゃく》とコラプテッドの壊滅《かいめつ》を監督《かんとく》するために、その数多《あまた》の肢《あし》を引き抜《ぬ》いた。わが古《いにしえ》の暴君を倒《たお》すには、これが最大にして唯一《ゆいいつ》のチャンスなのだ》
「キラ？」ファルコーニはピリピリした口調になっている。その手がブラスター銃《じゅう》のグリップに引き寄せられた。
「大丈夫《だいじょうぶ》。ただ……待って」キラは頭をフル回転させている。《こちらキラ：あなたたちが連盟の助けを求めていたのは、だからなの？　唯一無二《ゆいいつむに》のクタインを殺すため？》
肯定《こうてい》の〈近香《ニアセント》〉。《こちらルフェット：もちろんだ、アイディーリス。ほかに何を望むというのか？》
キラはチェッターに視線を移した。「彼《かれ》らが話しているクタインのことを知ってたの？」
少佐は眉《まゆ》をひそめた。「前に名前を聞いたことがあるから、そうね。大して重要だとは思わなかったけど」
信じられない思いで、キラは吹《ふ》き出した。「大して重要じゃない……勘弁《トゥール》してよ」
ファルコーニが心配そうに一瞥《いちべつ》をくれた。「どうした？」

「わたし——」キラは首を振《ふ》った。考えるのよ！「いいわ。ちょっと待ってて」そしてふたたびジェリーに話しかける。《こちらキラ：まだわからないんだけど。どうして自分たちでクタインを殺さないの？　あなたたちにはわたしたちより立派な船があるし、警戒《けいかい》されずにクタインの近くまで泳ぐことができるのに。どうしてまだクタインを殺してないの？　わたしたちが……》責任を負わせるということに対するジェリーの概念《がいねん》が思い浮《う》かばず、代わりにこう締《し》めくくる。《実行したことにしたいの？》

《こちらルフェット：違《ちが》う、アイディーリス。あなたがたの助けが必要なのは、自分たちではできないからだ。サンダリングが起きたあと、そして失敗に終わったンマリルの反乱のあとで、賢明《けんめい》で抜《ぬ》け目ないクタインは、われらが偉大《いだい》なるクタインを傷つけることをもくろむことも実現することもないよう、すべてのウラナウイを、われわれツフェアのことまでもつくりかえたのだ》

《こちらキラ：あなたたちがクタインを傷つけることは物理的に不可能だという意味？》

《こちらルフェット：まさにそれが問題だ、アイディーリス。実行しようとすれば、病によって動けなくなる。巨大《きょだい》で強力なクタインに危害を加えることを考えただけでも、計り知れないほどの苦痛がもたらされる》

キラは眉間《みけん》に深いしわを寄せた。つまりジェリーは奴隷《どれい》になるよう遺伝子を改変されたというわけ？　考えるとむかむかした。遺伝子によって頭を下げるよう縛《しば》りつけられるなんて許しがたい。〈ノット・オブ・マインズ〉の意図がいまではもっと理解できるけれど、その全体像は気に入らなかった。

「人間の船が必要ね」キラはチェッターを見て言った。

少佐の表情がわずかにやわらぐ。「それに計画を進行するどこかの段階で、文字どおり、あるいは比喩《ひゆ》的に、引金を引く人間が」

キラのなかに恐怖《きょうふ》が広がっていく。「〈ウォールフィッシュ〉号は巡洋艦《じゅんようかん》じゃないし、間《ま》違《ちが》いなく戦艦《せんかん》でもない。ジェリーに破壊《はかい》されてしまう。そんなこと――」

「落ち着くんだ」ファルコーニが口をはさんだ。「キラ、頼《たの》むから事情を説明してくれ。俺《おれ》たちみんなが、においで会話できるわけじゃないんだからな」背後でクルーたちが不安そうにしている。無理もなかった。

キラは頭を撫《な》でつけ、考えを整理しようとした。「そうね、そうよね……」それからルフェットから聞いたことを伝え、話し終えると、キラ自身にとっても曖昧《あいまい》だったいくつかの点をチェッターが説明し、確認した。

ファルコーニは頭を振《ふ》った。「はっきりさせておきたい。おたくらは俺《おれ》たちをジェリーの艦隊《かんたい》の中心部に送り込《こ》ませようとしている。そして、このクタインというやつを乗せている船を攻撃《こうげき》させようと――」

「〈打ちのめされた教皇《バタード・ハイエロファント》〉号」チェッターが補足した。

「名前なんか知ったことか。おたくらは俺《おれ》たちにこの船を襲撃《しゅうげき》させようとしているが、その後すぐコルドバに配置されているジェリーの船がひとつ残らず俺《おれ》たちにすさまじい業火を浴びせてくるはずで、こっちには勝ち目なんてないってことだ。これっぽっちもな」

チェッターはファルコーニの反応に動じていないようだ。「あなたたちが〈バタード・ハイエロファント〉号にカサバ榴弾砲《ハウイッツァー》を発射したら、〈ノット・オブ・マインズ〉は全力で〈ウォールフィッシュ〉号を守ると約束しています。守ることができると強く確信しているようよ」

ファルコーニは嘲笑《あざわら》った。「ほざけ。銃撃《じゅうげき》が始まったら何ひとつ保証なんてできないことは、あんただって俺《おれ》と同じぐらいよくわかってるはずだ」

「人生に保証を求めているのなら、大いに失望することになるでしょうね」無重力下では意味のない行為《こうい》だが、チェッターは背筋を伸《の》ばした。「クタインが死んでしまえば、〈ノット・オブ・マインズ〉は――」

「待って」キラは嫌《いや》なことにふと思い至った。「〈転移の巣〉は？」

チェッターの顔に困惑《こんわく》の表情がよぎった。「なんですって？」

「ああ。なんのことだ?」ファルコーニも訊《き》く。

キラは愕然《がくぜん》とした。「バグハントからの道中にイタリとした会話について、わたしが書いた報告書を読んでないの?」

ファルコーニは口を開きかけたが、首を振《ふ》った。「それは——しまったな。見落としていたようだ。いろんなことがありすぎて」

「グレゴロヴィッチからも聞かなかった?」

「上がってきてない」

チェッターが指をパチンと鳴らす。「ナヴァレス、詳《くわ》しく教えて」

それでキラは〈転移の巣〉について知っていることを説明した。

「クソ信じられない」とファルコーニ。

スパローが板ガムを口に放り込《こ》む。「ジェリーは生き返ることができるってわけ?」

「ある意味で」

「ちょっと話を整理させてもらうよ。あたしたちがジェリーを撃《う》っても、やつらはまたバーシング・ポッドからひょこっと出てきて、元気はつらつで何があったか全部知ってるってこと? 自分がどこでどうやって殺されたかとか?」

「ほとんどは」

「キリストも顔負けだ」

キラはチェッターを振《ふ》り返った。「ジェリーから聞かなかった?」

少佐は自分に腹を立てている様子で首を振《ふ》った。「聞いてないわ。正しい質問をしなかったせいでしょうけど、でも……それなら多くの説明がつく」

ファルコーニは気もそぞろに、ブラスターのグリップをトントンと叩《たた》いている。「ちくしょう。ジェリーが自分たちのコピーを残しておけるのなら、どうすればこのクタインを殺せるっていうんだ?　つまり永遠に息の根を止めるってことだが」ファルコーニはキラを見やった。「それがきみの疑問だな?」

キラはうなずいた。

理解の〈近香《ニアセント》〉が溢《あふ》れ、キラはこのジェリーが話をずっと聞いていることを思い出した。

《こちらルフェット:あなたの懸念《けねん》はもっともだ、アイディーリス、だがこの場合、それは杞憂《きゆう》だ》

《こちらキラ:どうして?》

《こちらルフェット:強く偉大《いだい》なクタインのパターンの複製は存在しないからだ》

「どうしてそんなことに?」キラが通訳すると、ニールセンが問いかけた。キラ自身も疑問に思っていた。

《こちらルフェット：サンダリングが起きてからのサイクルのなかで、クタインはとどまることを知らず暴食にふけって空腹を満たし、ウラナウイの肉体の正常な大きさの範囲《はんい》をすっかり超《こ》えてしまった。この無節操な行いによって、高慢《こうまん》で狡猾《こうかつ》なクタインは〈転移の巣〉を使うことができなくなっている。〈転移の巣〉はクタインのパターンをコピーできるほど大きく建造することはできない。それほどの大きさだと流れが押《お》しとどめられない》

スパローがガムをパチンと割った。「つまりクタインは太っちょってことか。了解《りょうかい》」

《こちらルフェット：二形態よ、クタインの力を侮《あなど》らないほうがいい。ウラナウイのなかでも無類のものであり、〈アームズ〉のなかでも敵うものはない。だからこそ恐《おそ》るべき偉《い》大《だい》なクタインは自らが支配権を握《にぎ》ることに満足するに至ったのだ》

スパローは軽蔑《けいべつ》的な声を発した。

《こちらキラ：確認だけど、わたしたちがクタインを殺したら、それで終わりになるの？クタインは真の死を遂《と》げることに？》

苦悩《くのう》の〈近香《ニアセント》〉、そしてジェリーはさっと病的な色になった。《こちらルフェット：そのとおりだ、アイディーリス》

キラが通訳を終えると、チェッターが口を開く。「話の続きに戻《もど》るけど……クタインが死んだら、〈ノット・オブ・マインズ〉はコルドバの船の監督権《かんとくけん》を得ることができる。そうすればキャプテン、あなたの大切な船を吹《ふ》き飛ばされる心配はいらなくなるわ」

ファルコーニはうなった。「俺たちが吹《ふ》き飛ばされることのほうが心配だけどな」

チェッターはいらだちに顔をゆがめた。「頭を働かせなさい。あなたたちは〈ウォールフィッシュ〉号に乗る必要はないのよ。疑似知能が船を着陸させればいい。あなたたちはジェリーの船に乗って、クタインが死んだあとは、ジェリーがあなたたち皆《みな》を連盟星まで運んでいく」

ファジョンが咳払《せきばら》いした。「グレゴロヴィッチ」

「ああ。その問題がある」ファルコーニはチェッターに視線を戻《もど》した。「気づいてないかもしれないが、この船にはシップ・マインドが乗ってる」

少佐は目を見開いた。「なんですって?」

「話せば長い。だが彼《かれ》はここにいて、でかくて、彼《かれ》を船から降ろすにはBデッキの半分を解体しなきゃならない。それにはドックで作業して最短でも二日はかかる」

チェッターの自制にひびが入った。「それは……望ましくない」少佐は頭痛と戦っているみたいに目の端《はし》にしわを寄せ、鼻筋をつまんだ。「グレゴロヴィッチは〈ウォールフィッシュ〉号をひとりで操縦することに同意しますか?」天井のほうを見ながら言う。「シップ・マインド、この件についてあなたにも意見があるでしょう」

「彼《かれ》には聞こえない」ファルコーニがぶっきらぼうに言った。「これも話せば長い」

「ちょっと話を戻《もど》すけど。〈バタード・ハイエロファント〉号を破壊《はかい》するのが目的なら、第七艦隊《かんたい》に言えば済む話じゃない？　クライン提督《ていとく》は頑固《がんこ》だけど、ばかじゃないんだからさ」スパローが問いかけた。

チェッターは顎《あご》を鋭《するど》く動かした。「ジェリーは第七艦隊《かんたい》を〈ハイエロファント〉に少しも近づかせないはずよ。近づけたとしても、〈ハイエロファント〉はクタインを乗せてこの恒星系《こうせいけい》から飛び去るだけで、ジェリーの駆動《くどう》装置に遅《おく》れずについていける船は連盟にはひとつもない」それは事実で、みんながわかっていた。「なんにせよ、クライン提督《ていとく》が現時点で私の言うことをどれだけ聞き入れようとするか、あなたは楽観しすぎているんじゃないかしらね」

《こちらルフェット：強制力の働きによって、ウラナウイは強く偉大《いだい》なクタインを全力で守ろうとするだろう。信じてほしい、アイディーリス、それが真実だ。すべてのウラナウイの命を犠牲《ぎせい》にするとしても、そういうことになる》

〝強制力〟という言葉を聞いて、キラは背中がぞわぞわするのを感じた。ジェリーが味わっている感覚が、〈消え失せし者〉の太古の召還《しょうかん》に応えようとソフト・ブレイドを駆《か》り立てた、あの焦《こ》がれるような痛みにどこか似ているものだとすれば……彼《かれ》らにとってクタインを退陣《たいじん》させることがなぜそれほどまでに難しいのか、キラには理解できた。

「この件について、わたしたちだけで話し合いたい」キラはチェッターに伝えた。確認のためファルコーニを見やると、彼《かれ》は頭を傾《かたむ》けて同意を示した。

「もちろんです」

クルーたちと一緒《いっしょ》に、キラはエアロックの手前の部屋を出て廊下《ろうか》に戻《もど》った。イタリはその場に残っている。

気密扉《とびら》が音を立てて閉まると、ファルコーニが口を開く。「グレゴロヴィッチは〈ウォールフィッシュ〉号を操縦できるような状態じゃない。たとえできたとしても、自殺行為《こうい》の任務に彼《かれ》を送り出すなんて冗談《じょうだん》じゃないぞ」

「だけど、自殺行為《こうい》かしら？　本当に？」ニールセンが問いかける。

ファルコーニはせせら笑った。「こんないかれた計画を、まさか名案だと思ってるなんて言わないだろうな」

一等航海士はおだんごにした髪《かみ》から垂れたひと房《ふさ》の髪《かみ》を撫《な》でつけた。まだいくらか痛みと戦っているみたいだが、目つきも声もはっきりしている。「私はただ、宇宙は広いと言っているだけよ。〈ウォールフィッシュ〉号がクタインを殺すことに成功したら、ジェリーはすぐには反撃《はんげき》できないでしょう。その隙《すき》を利用して、〈ノット・オブ・マインズ〉はジェリーが船を攻撃《こうげき》するのを防ぐことができる」

ファルコーニがスパローに向かって言う。「戦術に関してはきみの専門だと思っていたが」そしてまたニールセンのほうを向く。「いま話しているのは、ジェリーのなかでも最大で最悪のやつについてだ。イカの王だか女王だかなんだか知らないが。おそらく〈バタード・ハイエロファント〉号は護衛船にぐるっと囲まれているだろう。〈ウォールフィッシュ〉号が射撃《しゃげき》を始めたとたんに――」

「ドカーン」とファジョン。

「そういうことだ。宇宙は広いが、ジェリーはすばやく、とんでもない長距離砲《ちょうきょりほう》を備えている」

キラは発言した。「コルドバがどういう状況《じょうきょう》になるかはわからない。なんとも言えないのよ。〈バタード・ハイエロファント〉号はジェリーの艦隊《かんたい》の半分に囲まれているかもしれないし、単独でいるかもしれない。そのときになってみないと、知りようがないわ」

「最悪を想定しておこう」スパローが言った。

「オーケー、じゃあ囲まれていた場合ね。第七艦隊《かんたい》が〈ハイエロファント〉を破壊《はかい》できる見込《みこ》みはどれだけあると思う?」誰《だれ》も返事をせず、キラはクルーひとりひとりの顔を見つめていった。キラはもう心を決めていた。人間でもジェリーでも、すべてを食い尽《つ》くすモーから生き延びる希望が少しでもあるのなら、ふたつの種族が力を合わせるしかない。

ヴィシャルが話す。「私が思うに、ここには重要なふたつの疑問があるんじゃないかな」

「その疑問とは？」ファルコーニは敬意を示して尋《たず》ねた。

医師は先端《せんたん》が丸くなった長い指の腹を擦《す》り合わせた。「疑問その一、第七艦隊《かんたい》を失ってもいいのか？　答え、だめだと思う。疑問その二、人間とジェリーの和平にどれほどの価値が？　答え、いま全宇宙においてこれ以上に大切なものはない。そう、私はそういうふうに見ている」

「ドク、きみには驚《おどろ》かされるよ」ファルコーニは静かにつぶやいた。影《かげ》になった目の奥《おく》で、ファルコーニが猛烈《もうれつ》なスピードで頭を回転させているのがキラにはわかった。

ヴィシャルはうなずいた。「時には予測不能というのもいいもんだ」

「なんだか平和の対価は何も得られない気がするんだけど」スパローは赤く塗《ぬ》られた爪《つめ》のひとつで鼻を掻《か》いた。「唯一《ゆいいつ》の報いは血であがなわれることになる」

「俺《おれ》もそうなることを恐《おそ》れてる」とファルコーニは言い、キラはそれが本心からの言葉だと思った。彼《かれ》は恐《おそ》れている。ものわかった人なら誰《だれ》でもそうだろう。キラも恐《おそ》れていた、この船の誰《だれ》よりもソフト・ブレイドによって遥《はる》かに守られているのに。

みんなが話しているあいだ、ニールセンはうつむいて床《ゆか》を見つめていた。いま、彼女《かのじょ》は低い声でつぶやいた。「助けるべきよ。助けなきゃ」

「そうする理由は？」ファルコーニの口調にばかにしているようなところはなかった。真《しん》剣《けん》な質問だった。

「ぜひ聞かせてほしい、ミズ・オードリー」ヴィシャルが優しく促《うなが》す。ファーストネームで呼んでいる、とキラは気づいた。

ニールセンは感情を押《お》し殺すように唇《くちびる》を引き結んだ。「私たちには道徳的義務がある」

ファルコーニの眉《まゆ》が生え際に向かって上がる。「道徳的義務だって？　そいつはまた恐《おそ》ろしく高尚《こうしょう》な言葉だな」いつもの辛辣《しんらつ》な調子がわずかに戻《もど》りつつあった。

「連盟に対して。人類全体に対して」ニールセンはエアロックを指さした。「ジェリーに対して」

スパローが疑うような声をあげる。「あの、くそったれどもに？」

「彼《かれ》らに対しても。彼《かれ》らがエイリアンでも関係ない。誰《だれ》であっても、生まれる前にDNAをめちゃくちゃにされたというだけで、決まった生き方を強いられるべきじゃない。誰《だれ》であっても」

「だからってやつらのために死ぬ義務があるなんてことにはならない」

「そうね。でも、だからって見過ごしていいことにもならない」

ファルコーニは銃《じゅう》の台尻《だいじり》をいじった。「はっきりさせておこう。スパローは正しい。俺《おれ》たちにはなんの義務もない。俺《おれ》たちの誰《だれ》にも。チェッターや〈ノット・オブ・マインズ〉の言うことは、何もする必要はない」

「義務はないが、一般《いっぱん》的な良識の範囲《はんい》内で必然的に決まっていることはある」ヴィシャルは自分の足を見つめていて、また口を開いたときには、その声は遠く聞こえた。「私は夜は眠《ねむ》って、悪い夢を見たくないよ、キャプテン」

「俺《おれ》は眠《ねむ》りたいよ、そのためには生きてないと」ファルコーニは言い返し、ため息をついた。彼《かれ》もまた決断を下したかのように、その表情に変化が見られた。「ファジョン、グレゴロヴィッチを解凍《かいとう》してくれ。彼抜《かれぬ》きで話し合うことはできない」

マシン・ボスは反対しようとしているみたいに口を開いたけれど、音を立てて唇《くちびる》を閉じ、うなった。そして遠い目になり、オーバーレイに集中する。

「キャプテン。出発前にグレゴロヴィッチと話したでしょう。彼《かれ》がどんな様子かわかってるはずよ。こうすることになんの意味が？」キラは問いかけた。

「彼《かれ》はクルーの一員だ。それに完全におかしくなってるわけじゃなかった。きみが自分でそう言ったんだ。きみの言っていることがまだわかっていたと。正気を失いかけているとしても、話してみるべきだ。彼《かれ》の命もかかっているんだからな。それに、このなかの誰《だれ》かが医務室で寝込《ねこ》んでいたとしても、そうするだろう」

ファルコーニは間違《まちが》っていない。「わかった。彼《かれ》を目覚めさせるのにどれだけかかる？」

キラは訊《き》いた。

「十分、十五分ってとこか」ファルコーニは気密扉《とびら》のところへ行ってドアをあけると、向こう側で待っているチェッターとジェリーに声をかけた。「これから十五分かかる。シップ・マインドをクライオから出さなきゃならないんだ」

遅《おく》れることにチェッターは見るからに不満そうだったけれど、こう言っただけだった。

「やるべきことをやって。私たちは待っておきます」

ファルコーニは軽く敬礼してみせて、ドアを閉めた。

3

それからの十分間は無言の予想のなかで過ぎていった。チェッターとルフェットから聞いたすべてのことについて、みんなが必死に考えているのがキラにはわかった。それを言うなら、キラも同じだった。もしファルコーニがこの計画に同意したら――グレゴロヴィッチがなんと言おうと関係なく――、キラたちはジェリーの船のひとつに乗せられる可能性が高く、自分たちの船もなく、〈ノット・オブ・マインズ〉の決めるがままに飛行することになるのだ。想像すると気が進まなかった。だからといって、第七艦隊《かんたい》が破壊《はかい》されるのも、人間とジェリーの戦いが続くのも、どちらの種族もナイトメアに蹂躙《じゅうりん》されることになるのも、気が進まない。

十五分近くが経過して、ファルコーニが口を開く。「ファジョン？　どうなってる？」

インターコムを通してマシン・ボスの声が響《ひび》いてきた。「グレゴロヴィッチは起きたけど、なんの反応も返ってこない」

「状況《じょうきょう》を説明したのか？」

「アイシ。もちろん。チェッターとジェリーとの会話の記録を見せた」

「なのに返事がない？」

「ない」

「返事ができないのか、それともしないのか？」

短い間のあとでファジョンは答えた。「わからない、キャプテン」

「まいったな。そっちに行く」ファルコーニはデッキからブーツを引きはがし、近くの手すりまでキックして宙を進むと、急いでストーム・シェルターへ向かった。

ファルコーニが不在になり、廊下《ろうか》は気まずい静寂《せいじゃく》に包まれた。「まったく愉快《ゆかい》だね」とスパローが言う。

ニールセンはほほ笑んだけれど、どこか悲しそうだ。「退職後の人生をこんなふうに過ごすことになるなんて、想像していなかったわ」

「あんたもあたしもね、マーム」

それほど経たずに、不安そうな表情を浮《う》かべてファルコーニが廊下《ろうか》を急いで戻《もど》ってきた。

「それで?」答えは聞くまでもなかったが、キラは尋《たず》ねた。

船長はデッキにまた足をつけてヤモリパッドで固定しながら、首を振《ふ》っている。「理解できることはひとつもなかった。症状《しょうじょう》が悪化してる。ヴィシャル、これが済んだらすぐ彼《かれ》を診《み》てほしい。その前に決断しなきゃならない。どうにかして。この場で、いますぐに」

みんながそう思っているはずだとキラが確信していることを、誰《だれ》も口にするつもりがないようだった。ついにキラは率先して――根拠《こんきょ》のない自信と共に――言った。「わたしは賛成」

「具体的に何に賛成?」スパローが訊《き》く。

「チェッターと〈ノット・オブ・マインズ〉に協力することに。ジェリーのリーダー、クタインを殺すことに」やった。言ってしまった。その言葉は不快なにおいみたいに居残った。

やがてファジョンが低く響《ひび》く声で言った。「グレゴロヴィッチはどうなる？　〈ウォールフィッシュ〉号に置き去りにするつもり？」

「それはいやだ」とヴィシャル。

ファルコーニが首を振《ふ》り、キラの心は沈《しず》んだ。「だめだ。俺《おれ》はこの船のキャプテンだ。グレゴロヴィッチを――それを言うならきみたちの誰《だれ》のことも――こんな任務にたったひとりで送り出すつもりは断じてない。俺《おれ》の死後十二日が経つまでは、そんなことはさせない」

「じゃあ――」キラは言った。

「これは俺《おれ》の船だ」ファルコーニはくり返した。その冷たい青い瞳《ひとみ》に奇妙《きみょう》な輝《かがや》きが宿っている。長年にわたって、キラが大勢の男たちの顔に浮《う》かぶのを見てきた表情だ。たいていは何か危険なことをする直前に。「俺《おれ》はグレゴロヴィッチと一緒《いっしょ》に行く。それしか道はない」

「サルヴォ――」ニールセンが言いかけた。

「説得しようったって無駄《むだ》だぞ、オードリー、だから最初からやめておけ」

スパローはしかめ面になり、繊細《せんさい》な顔だちにしわが寄っている。「あーあ、マジか……。

ＵＭＣＮに入隊したとき、あたしは内外のあらゆる脅威《きょうい》から連盟星を守ると誓《ちか》った。いくら金を積まれたって軍には戻《もど》らないけど、でもまあ、あの誓《ちか》いを立てたときは本気で言ってたはずだし、いまでも本気でそう思ってるみたい。ＵＭＣが独善的なろくでなしの集まりでもね」

「きみは行かせない。きみたちの誰《だれ》も」ファルコーニは言った。

「悪いけど、キャプテン。行かないことを自分たちで選べるなら、行くことも選べるはずだよ。重大な意思表示ができるのはキャプテンだけじゃないんだ。それに背後を警戒《けいかい》しておく人間が必要になるだろうしね」

するとファジョンがスパローの丸い肩《かた》に手をのせた。「彼女《かのじょ》の行くところにあたしも行く。それに船が壊《こわ》れたら、誰《だれ》が修理する？」

「わたしも頭数に入れて、サルヴォ」とニールセン。

ファルコーニはひとりひとりの顔を見たが、キラは彼《かれ》が苦しそうな表情を浮《う》かべていることに驚《おどろ》いた。「この船を飛ばすのに全員は必要ない。行きたがるなんて大馬鹿だ。〈ウォールフィッシュ〉号が撃破《げきは》されたら、命を無駄《むだ》にするだけだぞ」

「違《ちが》う」静かな口調でニールセンが言う。「無駄《むだ》にはならないわ、だって仲間と一緒《いっしょ》にいて、大事なことの手助けをするんだから」

ヴィシャルが頭をうなずかせた。「私を追い払《はら》おうったってそうはいかないぞ、キャプテン。たとえ私の死後十二日が経っていても」

ファルコーニは自分の言葉がそっくり返ってきたことに気づいていないようだ。「きみは？」とキラに訊《き》く。

答えはもう準備できていた。「決まってるでしょ。もしもまずい事態になったら、対処するのはわたしのほうが得意、んん、適任なんだから」

「問題は常に起きる」ファルコーニは暗い声で言う。「あとはどうやって起きるかってことだけだ。この船のマルコフ・ドライブが破損したら、ソフト・ブレイドでさえきみを守れないことはわかってるのか？」

「わかってる」その覚悟《かくご》はもうできていた。いまそのことにおびえていたって、なんにもならない。「エントロピストはどうするの？」

「チェッターと一緒《いっしょ》に行くことを望むなら、好きにすればいい。そうじゃないなら、ついてきてこの空の旅を満喫《まんきつ》すればいい」

「それにトリッグは？」とニールセン。「彼《かれ》は――」

「――〈ウォールフィッシュ〉号から降ろすべきだな。ああ、それがいい。少なくとも、チェッターが連盟星に連れ帰ってくれるかもしれない。何か異議のある者は？　ないか？

よし」ファルコーニは深々と息を吸い込《こ》み、声を立てて笑って首を振《ふ》る。「まいった。本当にやるんだな。みんな本気か？　撤回《てっかい》するなら最後のチャンスだ」

全員が同意の言葉をつぶやいた。「いいだろう。ジェリーを殺しに行こうぜ」

4

さらに話し合いを続けたあとで、ルフェット側からの誠意の表れでもあり、改造したマルコフ・ドライブに何か問題が起きたときに助けられるようにということもあり、さしあたってイタリは〈ウォールフィッシュ〉号に残るということで両者が合意した。同じくエントロピストたちも〈ウォールフィッシュ〉号に残ることを決めた。

彼《かれ》らはこう言っていた。「どうして断れるというのでしょう――」

「――このような歴史における決定的な瞬間《しゅんかん》に――」

「――力になれることを」

ハイブマインドが壊《こわ》れていては、このふたりが本当のところどれだけ力になれるのかはわからなかったけれど、嬉《うれ》しい言葉だった。

ファジョンとスパローはストーム・シェルターに行き、トリッグのクライオ・チューブをエアロックまで運んできた。少佐にチューブを引き渡《わた》すとき、ファルコーニは言った。

「トリッグの身に何かあったら、あんたの責任だからな」

「わが子のように彼《かれ》を守るわ」とチェッターは言った。

ファルコーニは態度をやわらげて、チューブの氷に覆《おお》われたビュープレートを軽く叩《たた》いた。ほかのクルーたちも挨拶《あいさつ》しに来て──キラもだ──、そのあとチェッターはチューブを運んで真珠層《しんじゅ》のトンネルを通り抜《ぬ》け、その先にあるジェリーの船に入っていった。

〈ノット・オブ・マインズ〉の旗艦《きかん》がエアロックから切り離《はな》されるとすぐに、ファルコーニは振《ふ》り返って言った。「さあ準備だ。ニールセン、一緒《いっしょ》に管理室に来てくれ。ファジョン、エンジニアリングルームへ。スパロー、武器庫をあけて何もかも使えるようにしておくんだ。念のため」

「イエッサー」

「了解《りょうかい》」

「みんな起きたままでコルドバまでもちそうなの?」キラは尋《たず》ねた。

ファルコーニはうめいた。「ここはサタンのケツの穴なみに暑くなるが、ああ、行けるはずだ」

「クライオに戻《もど》るよりはマシ」出ていきながらスパローが軽口をたたく。

「まったくだ」とファルコーニは言った。

5

ファルコーニがこれから暑くなると言ったときは、大げさに言っているのだと思っていた。キラが愕然《がくぜん》としたことに、それは誇張《こちょう》ではなかった。〈ウォールフィッシュ〉号はコルドバ－1420から半日間のFTL飛行を続け、全員が――グレゴロヴィッチも含《ふく》め――クライオから出ていて、船のシステムをすべて稼働《かどう》させた状態で、そこから発せられる熱エネルギーを排出《はいしゅつ》するすべもなく、〈ウォールフィッシュ〉号のなかはたちまち温室になった。

ソフト・ブレイドのおかげでいくらかしのげたものの、頬《ほほ》と額が焼けるように熱くなっているのがわかった。ヒリヒリする熱がどんどん溜《た》まっていく。汗《あせ》が細流となって目にしたたり落ち、キラは鬱陶《うっとう》しくなってついには眉《まゆ》の上にゼノの庇《ひさし》をつけた。

「それさあ」スパローが無作法にキラをまっすぐ指さして言う。「めっちゃキモいよ、キラ」

「なによ、便利なんだからね」キラは湿《しめ》った布で頬《ほほ》を押《お》さえた。

恒星《こうせい》飛行や恒星《こうせい》間飛行をするのに半日間というのは、無いに等しいほど短いものだ。けれど、呼吸をするたびに息苦しくなり、壁《かべ》が不快なほど熱く、何をしても状況《じょうきょう》を悪化させるだけという、うだるように暑い金属の箱に閉じ込《こ》められて過ごすには長い時間だった。それにレーザーかミサイルで蒸発させられる確率が平均以上の場所に到着《とうちゃく》するのを待っているとなれば、なおさら長く感じられる。

キラが頼《たの》むと、ヴィシャルはグレゴロヴィッチの診察《しんさつ》前に新しいコンタクトレンズのセットをくれた。キラはそれを持って自分の部屋に引っ込《こ》んだ。みんなが〈ウォールフィッシュ〉号のあちこちに散らばることで熱を分散させることができ、どこかひとつの部屋の生命維持《いじ》システムに負荷がかかりすぎるのも避《さ》けられる。

「こんなの〈ウォールフィッシュ〉号にとってよくない」とファジョンは言っていた。

「わかってる。だが、数時間なら乗り切れるだろう」とファルコーニは答えた。

キラは読書したりゲームしたりすることで、自分たちの置かれている状況《じょうきょう》から必死に現実逃避《とうひ》しようとした。だけど、ついグレゴロヴィッチのことを考えてしまい――ヴィシャルからの報告がないまま時間が過ぎれば過ぎるほど、どんどん心配になってきた――、コルドバへの恐怖《きょうふ》が意識に割り込《こ》みつづけた。強く偉大《いだい》なクタインの存在。傲慢《ごうまん》におごり高ぶり、容赦《ようしゃ》ない力に守られ、太った巨大《きょだい》なヒキガエルみたいに待ち構えている。〈ウォールフィッシュ〉号と〈ノット・オブ・マインズ〉が恒星系《こうせい》に到着《とうちゃく》したときにクライン提督《ていとく》が示しそうな反応。この危険な冒険《ぼうけん》すべての不確かな結果……。

ひとつとして答えは明らかにならなかったが、キラは読書しながらそれらの不安について じっくり考えつづけていた。この状況《じょうきょう》はどんな馴染《なじ》みあるものからもひどくかけ離《はな》れていて、導いてくれるただひとつの灯台は自己の感覚だけだ。けれど、ソフト・ブレイドがああいうやり方でキラの身体を伸《の》ばすようになって、最近ではキラの自我はいくぶん弱くなってきている。

ふたたびキラは部屋のなかを覆《おお》っている黒い殻《から》の存在を感じた。自身の肉体の一部であって……そうではないもの。それは奇妙《きみょう》な感覚だった。

キラは身体を震《ふる》わせ、強いて意識をオーバーレイに戻《もど》した……。

6

四時間近くが過ぎてから、インターコムがカチッと鳴ってファルコーニの声がした。

「みんな、聞いてくれ。たったいまヴィシャルから現状報告があった」

キラは早く聞きたくて、部屋のなかで耳をそばだてた。

「ひと言で言ってしまえば、グレッグの状態はかなり悪いということだ。インピーダンス・ブロックからのサージのせいで、神経回路網《かいろもう》全体が損傷を受けていた。導線のかなりの部分が焼き切れていたばかりか、感電したニューロンが死んでいくにつれてコンピューターとグレッグの脳の接続が弱まりつづけている」

ざわざわと気遣《きづか》う声が重なり合って聞こえてくる。「彼《かれ》は死ぬの？」スパローが彼女《かのじょ》らしいストレートな物言いで尋《たず》ねた。

「明日、船ごと爆破《ばくは》されない限りは死なない。これがグレッグに一生の問題をもたらすのか、脳細胞《のうさいぼう》をさらにいくらか失うことになるだけなのか、ヴィシャルにもわからないそうだ。いまのところ判断しようがなく、ドクはグレッグを医務室に運び込《こ》んでスキャンすることもできない。はっきり言っていたのは、グレッグはたぶん極度の知覚の歪《ゆが》みに苦しんでいるのだろうということだ。別の言い方をすれば、幻覚《げんかく》だ。だからヴィシャルはグレッグを鎮静《ちんせい》させたままにして、治療《ちりょう》を続けていくことになっている」

「アイシ」ファジョンがつぶやく。いつになく感情的な声だ。「あたしのせいだ。先に線を調べずにブレーカーを落とすべきじゃなかったのに」

ファルコーニは鼻を鳴らした。「いや、きみのせいじゃないぞ、ソン。ブロックがあるなんてわかるはずがなかったし、グレッグはほかに選択肢《せんたくし》を与《あた》えていなかったんだからな、あの強情っぱりめ。こうなったのはUMCの責任で、ほかの誰《だれ》のせいでもない。そのことで自分を責めるな」

「ノーサー」

「よし。何か変化があれば全員に知らせる」そしてインターコムはカチリと切れた。

ソフト・ブレイドが育てた蔓《つる》からぶらさがっている果実のような球体の緑色の光だけに照らされた暗い部屋のなかで、キラは自分の身体を抱《だ》きしめた。グレゴロヴィッチはコルドバに行くことを望まず失敗を犯した。彼《かれ》はまだ正しいことをしようとしている。こんな目に遭《あ》うべきじゃないのに。自らの精神の狂気《きょうき》にひとりぼっちで囚《とら》われて、何が現実かもわからず、仲間のクルーに見捨てられたとさえ思っているかもしれない。そんなことは考えるのも嫌《いや》だった。想像するだけで恐《おそ》ろしい。

わたしが……わたしが助けてあげられたらいいのに。

キラはソフト・ブレイドがつくってくれた腕《うで》を見下ろした。わたしにできなくても、ゼノならできるかもしれない。でもだめ、そんなの無茶だ。腕《うで》（あるいは木）と脳には天と地ほどの差があり、グレゴロヴィッチのことで失敗したらさらにまずい問題を引き起こすことになりかねない。

キラはその考えを頭から追い払《はら》った。

7

イタリがマルコフ・ドライブの性能を強化したおかげで、〈ウォールフィッシュ〉号はコルドバの重力にジェリーと同じぐらい深く飛び込《こ》むことができた。

船はFTL飛行をはずれ、〈ノット・オブ・マインズ〉が事前に指定した場所、小さなガス惑星《わくせい》の周りをまわる軌道上《きどうじょう》の、あばたのある衛星の近くに出た。マルコフ・ドライブが停止したとたんに、キラ、エントロピスト、クルー（ヴィシャル以外）は、自発的に引きこもっていた部屋を出て、管理室に集合した。

部屋に詰《つ》めかけると、キラは〈ウォールフィッシュ〉号の外からの映像を観察した。衛星が視界の一部を覆《おお》い隠《かく》しているが、周りを囲んでいる〈ノット・オブ・マインズ〉、すぐそばにぼうっと姿を現している紫色《むらさきいろ》のガス惑星《わくせい》、数時間分の銀河核方向《コアワード》、第七艦隊《かんたい》の位置を示す密集した小点が確認できる。

UMCの船は多数あった――相当な数だ――けれど、恒星系《こうせい》の奥深《おくふか》くに見えたものにキラは息をのみ、ファジョンは「シバル」とつぶやいた。見たところ無意識のうちに、マシン・ボスはスパローを励《はげ》まそうとするかのように、肩《かた》に手を当ててさすっていた。スパローはまばたきもしない。

オレンジ色のK型星の横にある小さな岩石惑星《わくせい》をジェリーの船の群れが取り囲んでいる。それに船だけじゃない。静止した建築用地。輝《かがや》く広大な太陽熱収集器の広場。あらゆる形や大きさの衛星。UMCNのコルベット艦《かん》なみの大きさの防衛レーザー。惑星《わくせい》の傷だらけの地表から材料をすばやく簡単に運ぶための、四つのオービタルリングとふたつの〈豆の木《ビーンスターク》〉。

ジェリーはこの岩石惑星《わくせい》を露天掘《ろてんぼ》りしていた。地殻《ちかく》から大量の材料を採掘《さいくつ》していて、宇宙からでもその痕《あと》が見えるほどだ——その縁《ふち》の影《かげ》によってくっきりと浮《う》き彫《ぼ》りになった、長方形に掘削《くっさく》された穴の狂気《きょうき》のパッチワーク。

すべてのジェリーの船が戦闘《せんとう》用ではないにしても、少なくとも第七艦隊《かんたい》の二倍の数だ。そのなかでも最大の船が——あれが〈バタード・ハイエロファント〉号だろう——造船所に横づけになっている。惑星《わくせい》の重力井戸のなかで溺《おぼ》れている太りすぎたクジラ。ジェリーの船の例に漏《も》れず、真珠《しんじゅ》のように真っ白で、銃眼《じゅうがん》が環状《かんじょう》に並び、その小さなスラスタ調整装置からもわかるように、人類のどんな船よりも機動性が遥《はる》かに優れている。いくつかの船がすぐそばに浮《う》かんでいたが、儀仗《ぎじょう》隊というよりは工作艦《かん》のようだ。

「なんてこと《トゥール》」ニールセンが言う。「どうして第七艦隊《かんたい》は引き返さないの？　勝ち目なんて少しもないのに」

「物理的な問題だ」ファルコーニが苦々しげに言う。「減速する頃《ころ》には、第七艦隊《かんたい》はジェリーの射程内に入ることになる」

スパローが続ける。「それに逃《に》げようとすれば、ジェリーにとっては捕《つか》まえやすくなる。大きな軍勢と恒星《こうせい》間空間では戦いたくない。戦術的な利点がひとつもないからね。少なくともここなら惑星《わくせい》や衛星があるから、ジェリーと交戦しながら機動的飛行にそういうものを利用できる」

「それにしたって……」とニールセン。

「ラジエーターの拡張」モルヴェンがアナウンスする。

「やっとか」みんなと同じく、スパローも汗《あせ》びっしょりになっている。

ファルコーニが席にすべり込《こ》むと、メイン・ホロディスプレイにチェッターの姿が現れた。背後には珊瑚《さんご》みたいな構造物で占《し》められた青く照らされた部屋と、カーブした隔壁《かくへき》を這《は》いまわっているジェリーが見える。「キャプテン、〈ウォールフィッシュ〉号に何か問題は？」

「こっちは異常なしだ」

少佐は満足そうだ。「ルフェットの話では、ジェリーの防衛網《ぼうえいもう》をくぐり抜《ぬ》けられるとのこと。ここからはそちらの船を連れて〈バタード・ハイエロファント〉号を追跡《ついせき》します」

「運に恵《めぐ》まれてるみたいね」キラは旗艦《きかん》を身振《みぶ》りで示した。「そこまで厳重に護られているないみたい」

「うん、船に搭載《とうさい》してるミサイル、ブラスター、レールガンだけだ」とスパロー。

チェッターは首を振《ふ》った。「近づいてみないことには、確かな状況《じょうきょう》はわからない。ジェリーは第七艦隊《かんたい》に反応して船を動かすはずよ。もう配置を変えつつあるのが見えるでしょう。〈ハイエロファント〉を取り囲まないでくれることを願うしかない」

「指を交差させて幸運を祈《いの》ろう」ファルコーニが言った。

「足の指もね」とスパロー。

少佐は少しのあいだカメラから視線をはずした。「準備が整いました。噴《ふん》射《しゃ》準備……噴《ふん》射《しゃ》」

スラスト警報が鳴り響《ひび》き、身体に重さがかかるのを感じてキラは安堵《あんど》のため息をついた。

船の外では、〈ノット・オブ・マインズ〉が〈ウォールフィッシュ〉号と速度を合わせ、その周りでジェリーの船が箱型の編隊を組んでいるはずだ。計画ではそういうことになっている。

ファルコーニが言う。「繋《つな》いだままにしてくれ。第七艦隊《かんたい》に連絡《れんらく》を取る」

「了解《りょうかい》」

「モルヴェン、第七艦隊《かんたい》に繋《つな》いでくれ。タイトビーム伝送だけで。キラ・ナヴァレスがここにいて、クライン提督《ていとく》と話がしたいと伝えるんだ」

「少々《しょうしょう》お待ちください」疑似知能は答えた。

「ともかく銃撃《じゅうげき》は始まってなかったね」スパローが言った。

「パーティーに遅《おく》れたくなかったからな」とファルコーニ。

大して待つこともなく返事があった。着信信号が明滅《めいめつ》し、モルヴェンが告げる。「サー、UMCSの〈不屈部隊《アンリレンティング・フォース》〉が呼びかけてきています」

「スクリーンに繋《つな》いでくれ」

チェッターの顔の隣《となり》に、戦艦《せんかん》の司令部とおぼしき場所がライブ配信された。前方中央にクライン提督《ていとく》が背筋を伸《の》ばして座っている。えらが張っていて、なで肩《がた》、五分刈《が》り、左胸に四列の略綬《りゃくじゅ》が留められている。UMCNの生え抜《ぬ》きのご多分に漏《も》れず真っ黒に宇宙焼けしているが、人並外れた焼け方なので、完全に消えることはないだろうとキラは思った。

「ファルコーニ！　ナヴァレス！　いったいぜんたいここで何をしている？」

キラには提督《ていとく》のアクセントがどこのものか特定できなかったが、地球のどこかではないかと思った。

「サー、わかりませんか？　俺《おれ》たちは騎兵隊《きへいたい》ですよ」ファルコーニが気取った様子でニヤリと笑うのを見て、キラは誇《ほこ》らしく思うのと同時にひっぱたいてやりたくなった。

提督《ていとく》の顔が赤くなる。「騎兵隊《きへいたい》だと⁉　おい、最後に聞いた話だと、きみたちはオルステッド・ステーションに収監《しゅうかん》されているということだったんだがな。どういうわけか連盟はきみたちを解放したようだが、きみが船と呼んでいるその錆《さび》のかたまりをここに来させるつもりなど毛頭なかっただろうに」

ファルコーニは〈ウォールフィッシュ〉号の言われようにいくらかムッとしたようだ。キラは自分たちが逃《に》げたことについてUMCが第七艦隊《かんたい》に伝えられずにいたことのほうに興味があった。きっと第七艦隊《かんたい》は飛行を公にしていなかったのだろう。あるいは、キラたちが発ってからソルはひどい状況《じょうきょう》になっていたのか。

提督《ていとく》の話は終わっていなかった。「その上、ジェリーの船と一緒《いっしょ》にいるということは、〈ノット・オブ・マインズ〉がこちらに近づかないよう警告したんだな。私のハンター・シーカーは、掩護《えんご》できるはずだったのに、どことも知れないケツの周りをさまよってるというわけか」提督《ていとく》がホロディスプレイから人差し指を突《つ》き出し、キラはたじろいだ。「そいつは反逆罪だぞ、キャプテン。きみも同罪だ、ナヴァレス。きみら全員が」

ホロディスプレイの周りで、キラとクルーは目くばせを交わした。「あたしたちは反逆者じゃありません」スパローが傷ついた口調で言う。「サー」

「わたしたちは助けるために来たんです」キラは静かに話した。「この戦いを生き延びる勝算を少しでも求めるなら、ましてやこの戦争で勝利を収めたいなら、わたしたちの話を聞くべきです」

「そうか」クラインは少しも納得していないようだ。

「イエッサー。お願いします」

提督《ていとく》の視線がホロディスプレイの横の一点に移り、カメラの外で誰《だれ》かが話しかけているのだろうとキラは直感した。やがて提督《ていとく》は断固とした厳しい視線をこちらに戻《もど》した。「ナヴァレス、きみたちが敵の戦闘員《せんとういん》ではないことを私に納得させるチャンスを一度だけ与《あた》えよう。悔《く》いのないようにな」

キラは提督《ていとく》の言葉をそのまま受け入れた。キラは速やかにはっきりと、そしてできるだけ率直に話した。それでいて、心の底にある必死な思いは少しも隠《かく》そうともしなかった。それも大切なことだった。

立派なもので、提督《ていとく》は口を挟《はさ》まずに耳を傾《かたむ》けていた。キラの話が終わるころには、提督《ていとく》はすっかり表情を曇《くも》らせていた。「そいつはとんでもない話だぞ、ナヴァレス。私に本気で信じろと？」

返事をしたのはチェッターだった。「サー、私たちを信じる必要はありません。ただ、どうか――」

「きみの言う私たちとは誰《だれ》のことだ、少佐？　最後に確認したとき、きみはまだ制服を着たＵＭＣの一員だったはずだが。きみが応ずる相手はジェリーではない。きみが応ずる相手は直属の上官で、いまはこの私だ」

ホロディスプレイのなかで、チェッターが身をこわばらせた。「サー、イエッサー。そのことは承知しています、サー。ただ質問に答えようとしただけです」チェッターが誰《だれ》かを権威《けんい》ある相手として扱《あつか》っているのを見るのは新鮮《しんせん》だった。

クラインは腕組《うでぐ》みした。「話を続けろ」

「サー。言いましたように、私たちを信じてもらう必要はありません。私たちはあなたの助けを求めているのではなく、命令を無視してほしいと望んでいるのでもありません。私たちがここを通るあいだ、砲撃《ほうげき》を中断してほしいだけです。それから、私たちがクタインを殺したら、直後に〈ノット・オブ・マインズ〉を攻撃《こうげき》しないで頂きたい。彼《かれ》らがジェリーの指揮を執《と》り、攻撃《こうげき》をやめさせるチャンスを与《あた》えてほしいのです。提督《ていとく》、私たちは一撃《いちげき》で人間とジェリーの戦いを終わらせることができます。危険を冒《おか》すだけの価値はあります」

「本当にこのクタインを殺せると思っているのか？」クラインは尋《たず》ねた。

ファルコーニがうなずいた。「勝算は充分《じゅうぶん》あるかと。そうじゃなきゃ、やってみようとはしませんよ」

提督《ていとく》はうめいた。「私が命じられたのは、ジェリーの艦隊《かんたい》である〈ノット・オブ・マインズ〉とジェリーの現指導部を排除《はいじょ》することで、艦隊《かんたい》と指導部のどちらも第一目的だ」クラインは逆立った眉毛《まゆげ》の下からキラたちをぎろりと見た。「きみたちがクタインを殺し、〈ノット〉が残ったジェリーたちを掌握《しょうあく》することができたとしたら……そう、そのときは〈ノット〉がジェリーの新しい指導部になるわけだ。そうなったら、彼《かれ》らはもう〈ノット〉ではないということになる。それはジェリーの艦隊《かんたい》の脅威《きょうい》を制圧することにもなる……いささか勝手な解釈《かいしゃく》ではあるが、首相にそう説いてみることはできそうだ」

キラはみんなの緊張《きんちょう》がわずかに解けるのを感じた。

「感謝します、サー。決して後悔《こうかい》させません」チェッターは言った。

クラインは曖昧《あいまい》な声を発した。「本当のところ、〈ノット・オブ・マインズ〉を追跡《ついせき》するというのはそもそも戦略的に大間違《まちが》いで、そう思っていたのは私だけではなくてな……。きみたちがこれを成功させれば、大勢の善良な男女の命を救うことになるだろう」

と、クラインの目つきが鋭《するど》くなる。「少佐、きみについてだが。この計画が無事に成し遂《と》げられたら、ただちに第七艦隊《かんたい》に報告するように。これは命令だ。ジェリーの支配者を始末することはきみのスムーズな復帰に大いに役立つはずだが、いずれにしても情報部は詳細《しょうさい》な報告を求めることになるだろう。そのあたりはきみもわかっているな。そのあとで、きみの処遇《しょぐう》をどうするか考えよう」

「イエス、サー。承知しました」少佐はそう答えたけれど、キラが見たところ、その見通しがあまり嬉《うれ》しくなさそうだった。

「よろしい」クラインは周りの司令部に注意を戻《もど》し、言った。「通信はここまでだ。あとほんの七時間足らずでジェリーと交戦することになる。連中はこっちがどうにか耐《た》えられるか耐《た》えられないかの攻撃《こうげき》を仕掛《しか》けてくるだろうが、〈バタード・ハイエロファント〉号から注意をそらせるようやってみよう。あとはきみたち次第だ。何か計画に変更《へんこう》があれば、こちらのシップ・マインドのアレテイアに知らせてくれ。幸運と安全な飛行を」そしてキラが驚《おどろ》いたことに、提督《ていとく》は敬礼してみせた。「ナヴァレス。キャプテン・ファルコーニ」

Integratum

第3章 一体化

1

「うまく……いったわね」ニールセンが言った。

スパローが舌打ちする。「ああ言うよりほかはないだろうよ」

「到着《とうちゃく》予定時刻は？」キラは尋《たず》ねた。

ファルコーニはホロディスプレイを見やった。「こっちは艦隊《かんたい》より少し遅《おく》れているから……〈バタード・ハイエロファント〉号の射程圏内《けんない》に入るまで、多少の誤差はあるにしても七時間というところだな」

「それは」ヴェーラが口を開く。「ジェリーが前もって〈ハイエロファント〉を移動させないと想定した場合ですね？」ヴェーラが話しているあいだ、ジョラスは無言で口だけ動かして彼女《かのじょ》の言葉を真似をしていた。

いまではディスプレイの大部分をチェッターの顔が占《し》めている。少佐は言った。「移動はさせないはずよ。クタインに嗅《か》いでもらいたい情報が〈ウォールフィッシュ〉号にある、とルフェットがはっきり示しておいたから」

「嗅《か》いでもらう?」ファジョンが鼻にしわを寄せた。

「ルフェットはそう表現していたわ」

七時間。決して長い時間ではなく、そのあと生きるか死ぬかがはっきりする。どんな運命であれ、逃《のが》れることはできない。これまでもそうだった。

ファルコーニはキラの考えていることに気づいたようだ。チェッターとの通信を終えると、彼《かれ》は言った。「長い一日だったし、きみたちも俺《おれ》と同じなら、この暑さのせいで、絞《しぼ》ったあとの濡《ぬ》れ雑巾《ぞうきん》みたいな気分だろう」

クルーから二、三の同意の声があがる。

「よし。みんな食事を取って少し休憩《きゅうけい》してくれ。眠《ねむ》れそうなら眠《ねむ》って、眠《ねむ》れなければ、あとでドクに強壮剤《きょうそうざい》をもらうといい。睡眠《すいみん》を取るのに越《こ》したことはないが。〈ハイエロファント〉に着いたときにはシャキッとしておかないとな。接触《せっしょく》の一時間前には全員が管理室に戻《もど》ってくるように。ああ、スキンスーツのフル装備で。万が一に備えて」

2

万が一に備えて。そのフレーズがキラの耳のなかに響《ひび》きつづけている。これまでにもよくあったように、もしもまずいほうに事が運んだら、そのとき何ができるだろう？　ジェリーの船からのたった一撃《いちげき》で、〈ウォールフィッシュ〉号の機能を停止させるか破壊《はかい》するには充分《じゅうぶん》だろう……。想像するに耐《た》えないことだけど、つい考えずにはいられない。宇宙飛行につきものの災難に対しては、準備が最大の防御《ぼうぎょ》になるけれど、結果を決める役者が個人ではなく宇宙船となれば、備える機会は限られている。

キラはファジョンを手伝って船内の点検作業をした。そのあとギャレーで休憩《きゅうけい》を取った。ヴィシャル以外のみんながもう来ていて、近くのテーブルを囲んでがつがつ食べている。

キラは食料を取ってきて、ニールセンの隣《となり》に腰《こし》かけた。一等航海士は会釈《えしゃく》して話しかけてきた。「思ってるんだけど……家族に宛《あ》てたメッセージを記録して、チェッターと第七艦隊《かんたい》にも託《たく》しておこうかと。万が一に備えて」

万が一に備えて。「いい考えね。わたしもそうしようかな」

ほかのみんなみたいにキラも食べ、ほかのみんなみたいにキラもしゃべった。主な話題は、〈バタード・ハイエロファント〉号をカサバ榴弾砲《ハウイッツァー》でどうやって破壊《はかい》するのがいちばんかについての予想と――気づかれずに一発以上発射するのは無理そうだ――、それに加えて、そのあとに確実に起きる混乱を生き延びるにはどうするのがいちばんかということだった。

全員の意見が一致《いっち》したのは、〈ウォールフィッシュ〉号の全体的な操作をグレゴロヴィッチが監督《かんとく》できないのは、大いに不利になるということだ。たいていのシップ・マインドと同じく、レーザーやカサバ榴弾砲《ハウイッツァー》を操作するのも、ブラスターとミサイルの両方への対策を講じるのも、サイバー戦争に対抗《たいこう》するのも、グレゴロヴィッチが責任を負っていた。さらに戦闘中《せんとう》の〈ウォールフィッシュ〉号の操作の監督《かんとく》も担い、戦略に加えてデルタVの徹底《てってい》した数字の計算も同様に重要だった。

疑似知能のモルヴェンにも充分《じゅうぶん》な能力はあるが、こうした多くのプログラムと同じく、人間の――あるいは人間に由来する――知能にはない限界があった。「疑似知能は想像力が欠如《けつじょ》してる」とスパローは言った。「それが事実だよ。この船が無防備だとは言わないけど、理想的とは言えない」

「操作効率にどの程度の落ち込《こ》みが見られると思う?」ファルコーニが訊《き》いた。

スパローのむき出しの肩《かた》が上下した。「こっちが聞きたいね。グレゴロヴィッチを乗せる前のことを振《ふ》り返ってみればいい。UMCの計算だと、十四から二十八パーセント程度の差があることになってる。それに――」

「そんなに？」ニールセンが訊《き》き返す。

返事をしたのはファジョンだ。「グレゴロヴィッチは船内のあらゆるシステムのバランスを見ていて、あたしたちひとりひとりに合うよう調整もしている」

スパローがすばやく顎《あご》を引いた。「そう、それとあたしが言おうとしてたのは、戦略、兵站《へいたん》――要はあらゆる種類の創造的な問題解決――に関しては、シップ・マインドはすべての人も物も圧倒《あっとう》するってこと。数値化できるような能力じゃないけど、UMCの計算だと、シップ・マインドはその点でどんな普通《ふつう》の人間よりも、ましてや疑似知能よりも、最低でも桁違《けたちが》いに優れているって話」

ジョラスが発言する。「けれど、それは彼《かれ》らが――」そこで躊躇《ちゅうちょ》し、ヴェーラが言葉を締《し》めくくるのを待っていた。言うべきことがわからないらしく、彼女《かのじょ》が首を振《ふ》ると、ジョラスは狼狽《ろうばい》しながら続けた。「その、彼《かれ》らが機能している場合に限られる」

「まったくそのとおりだな」とファルコーニ。「俺《おれ》たちみんなに言えることだ」

キラはこの状況《じょうきょう》について考えながら、食べ物をつついていた。もしもわたしが……だめ。やっぱり無謀《むぼう》すぎる。そしてコルドバ周辺のジェリーの艦隊《かんたい》を思い描《えが》いた。この状況《じょうきょう》では、無謀《むぼう》すぎることとなんてひとつもないのかもしれない。

ヴィシャルが戸口に姿を見せると、ギャレーの会話がぴたりと止まった。医師はへとへとに疲《つか》れ切っているようだ。

「どうだ？」ファルコーニが尋《たず》ねた。

ヴィシャルは首を振《ふ》り、人差し指を立てた。ひと言も話さずにギャレーの奥《おく》に進んでいき、インスタントコーヒーのパウチを取ると、それを飲み干し、そのあとでようやく船長の前に戻《もど》ってきた。

「そんなにひどいのか？」ファルコーニは言った。

ニールセンが身を乗り出す。「グレゴロヴィッチの様子は？」

ヴィシャルはため息をつき、両手を擦《す》り合わせた。「インプラントの損傷が激しすぎて私には直せない。破損した導線を取りはずすことも交換《こうかん》することもできない。それにニューロンが死んだものを特定することもできない。まだワイヤーが機能している彼《かれ》の脳の別の部分に別のルートで信号を送ろうとしたが、機能している部分が足りないのか、あるいは受け取っている混乱した知覚情報のせいで、グレゴロヴィッチは信号を見分けられないようだった」

「グレゴロヴィッチはまだ鎮静《ちんせい》状態にしてあるのか？」ファルコーニが質問した。

「ああ」

「でも、このままで彼《かれ》は大丈夫《だいじょうぶ》なの？」ニールセンが尋《たず》ねる。

スパローが座ったまま姿勢を変えた。「そうだよ、障害が残ることになったりしないわけ？」

「いや」ヴィシャルはゆっくり慎重《しんちょう》に答えた。「しかし、ちゃんとした施設《しせつ》に連れていかないと。接続が低下しつづけていく。一日以内にグレゴロヴィッチは内部コンピューターから完全に切断されるかもしれない。彼《かれ》は完全に孤立《こりつ》してしまうことになる」

「くそ」とスパローが吐《は》き捨てる。

ファルコーニはエントロピストを振《ふ》り返った。「きみたちが力になれることはなさそうだな？」

ふたりは首を振《ふ》った。「ああ、ありません」とヴェーラ。「インプラントはとても繊細《せんさい》なものなので――」

「――普通《ふつう》の大きさの神経回路網《かいろもう》でも治療《ちりょう》する気にはなれません、いわんや――」

「――シップ・マインドのものなど」エントロピストたちはスムーズにやり取りできたことに得意げな顔だ。

ファルコーニはしかめ面になった。「そうじゃないかと思ったよ。ドク、まだグレッグをクライオに入れることは可能なんだろ？」

「イエス、サー」

「だったら、そうしたほうがいい。そのほうが安全だろう」

キラはお皿にフォークを打ちつけた。みんながキラのほうを見た。「じゃあ」言葉を選びながら言う。「はっきりしておきたいんだけど。グレゴロヴィッチの問題は脳に繋《つな》がっているワイヤーだけ、それで合ってる？」

「いーや、グレッグが抱《かか》えている問題はそんなもんじゃないよ」スパローが軽口をたたいた。

ヴィシャルは辛抱《しんぼう》強い表情を浮《う》かべて答える。「そのとおりだ、ミズ・キラ」

「大量の組織の損傷とかはない？」

ヴィシャルは明らかにグレゴロヴィッチのもとへ戻《もど》りたがっていて、ドアへと向かいはじめていた。そして戸口で立ち止まった。「そうだな。損傷はいくつかのワイヤーの先端《せんたん》の失われたニューロンだけだが、彼《かれ》ほどの大きさのシップ・マインドにとっては無視できない損失だ」

「なるほど」キラはまたフォークを打ちつけた。

ファルコーニの顔に警戒《けいかい》するような表情が浮《う》かんだ。「キラ」と警告するような口調で呼びかけてくる。「何を考えてる？」

キラはすこし間を置いてから答えた。「考えてるんだけど……ソフト・ブレイドを使ってグレゴロヴィッチを助けられるかもしれない」

ギャレーのみんなが口々《くちぐち》に騒《さわ》ぎ立てた。「説明させて！」キラが言うと、みんなは黙《だま》った。「シグニではアカウェに同じことをできた。ソフト・ブレイドをグレゴロヴィッチの神経に接続して、ただし今回は彼《かれ》の神経回路網《かいろもう》のなかの線を補強するのに繋《つな》ぐの」

スパローがかん高い口笛を長々と吹《ふ》く。「トゥール。本気でやれると思ってるわけ？」

「ええ、本気。でもなんの保証もできないけど」キラはファルコーニに視線を戻《もど》す。「あなたの盆栽《ぼんさい》を回復させたのを見たでしょう。わたしの部屋に何をしたかも。ソフト・ブレイドはただの武器じゃない。できることがもっとたくさんある」

ファルコーニは顎《あご》の脇《わき》を掻《か》いた。「グレッグは植物じゃない、人間だ。そこには大きな違《ちが》いがある」

するとニールセンが口を開く。「ソフト・ブレイドにできるからといっても、キラ、あなたはできるの？」

その質問はキラの頭のなかにこだました。ゼノと結合してからというもの、自分にしょっちゅう問いかけてきたことだ。わたしはコントロールできるの？　わたしは責任あるやり方で使えるの？　わたしはそのどちらかを実現できるほど自分を抑《おさ》えられるの？　痛みと訓練に費やした長い月日から生まれた答えが自分のなかに湧《わ》き上がってくるのを感じながら、キラは背中を硬直《こうちょく》させて顎《あご》を上げた。「できるわ。どれだけうまくいくかはわからないけど――最初にインストールされたときみたいに、グレゴロヴィッチはインプラントに再順応する必要があるだろうけど――もう一度彼《かれ》を接続し直せると思う」

ファジョンが腕組《うでぐ》みした。「自分が何をしているのかわからないなら、誰《だれ》かの頭のなかをかきまわそうとするべきじゃない。彼《かれ》はマシンじゃないんだ」

「そうだよ。ぐちゃぐちゃのマッシュにしちゃったらどうすんの？　グレッグの記憶《きおく》を完全におかしくしちゃったら？」とスパロー。

「脳のほとんどの部分には触《さわ》るつもりはないわ、触《さわ》るのはコンピューターに繋《つな》がってるインターフェースだけ」

「それだって確かには言えないでしょう」ニールセンが冷静に言う。

「ほとんど確かだけど。ねえ、やるだけの価値がないなら、それまでのことよ」キラは両手を広げた。「試してみてもいいって言ってるだけ」そして船長を見やる。「あとはあなた次第」

ファルコーニは激しいリズムで脚《あし》をコツコツ叩《たた》いている。「ドク、いやに静かだな。きみの意見は？」

ドアのそばで、ヴィシャルは指の長い手を同じく長い顔に走らせた。

「私にどう答えろと、キャプテン？　きみの船の医師として、お勧《すす》めはできない。あまりにリスクが高すぎる。唯一《ゆいいつ》の無理のない処置は、グレゴロヴィッチを連盟の適切な医療施《いりょうし》設《せつ》に連れていくことだ」

「それはすぐには実現しなさそうだ、ドク。たとえ俺《おれ》たちがこれを生きて切り抜《ぬ》けられたとしても、連盟星に戻《もど》ったときに向こうがどういう状況《じょうきょう》になっているかは知りようがない」

ヴィシャルはうなずいた。「それは承知しているが、キャプテン」

ファルコーニはしかめ面になった。少しのあいだ、彼《かれ》は黙《だま》ってキラに目を向けて、魂《たましい》のなかまで覗《のぞ》き込《こ》むみたいにじっと見つめていた。キラも視線を合わせ、一度もまばたきをせず、決して目をそらさずにいた。

やがてファルコーニは言った。「わかった。やってくれ」

「キャプテン、私は主治医として正式に異議を唱えざるを得ない。この処置がもたらす結果に深刻な懸念《けねん》を抱《いだ》いている」ヴィシャルは言った。

「異議は記録しておこう、だがここでは却下《きゃっか》せざるを得ない、ドク」

ヴィシャルは驚《おどろ》いていないようだ。

「キャプテン」ニールセンが激しい口調で言う。「キラはグレゴロヴィッチを死なせてしまいかねない」

ファルコーニは彼女《かのじょ》のほうを向いた。「俺《おれ》たちはジェリーの艦隊《かんたい》のなかにまっすぐ突《つ》っ込《こ》んでいこうとしてるんだぞ。それが優先だ」

「サルヴォ――」

「オードリー、オードリー」ファルコーニは歯をむき出して話した。「俺《おれ》のクルーのひとりが行動不能になっていて、そのことが船も残りのクルーも危険にさらしている。これは輸送飛行じゃない。取ったり回収したりなんていう仕事とはまったく違《ちが》う。生きるか死ぬかの任務だ。逃《に》げる余地なんて一ミリもない。へまをしたら、それでおしまいだ。グレゴロヴィッチは必要不可欠だが、いまは誰《だれ》のためにもなっていない。俺《おれ》は彼《かれ》のキャプテンで、彼《かれ》は自分で決断できないから、俺《おれ》が代わりに決めるしかない」

ニールセンは席を立ってギャレーを横切っていき、ファルコーニの前に立った。「じゃあ彼《かれ》がまた命令に従おうとしなかったら？　そのことを忘れたの？」

ふたりのあいだにピリピリした空気が広がっていく。「グレッグと俺《おれ》で話し合う」ファルコーニは言葉を押《お》し出すように言った。「徹底的《てってい》に話し合ってみるよ、嘘《うそ》じゃない。俺《おれ》たちのと同じで、彼《かれ》の命もここにかかってるんだ。力になれるなら、彼《かれ》は力になろうとす

「わかったわ、あまり時間がないからな」


るだろう。それだけは確かだ」

一瞬《いっしゅん》、ニールセンは譲《ゆず》らなそうに見えた。が、ため息をついて折れた。「わかったわ、キャプテン。こうするのがベストだとあなたが本気で信じているのなら……」

「本気だ」そしてファルコーニはキラに注意を戻《もど》した。「急いだほうがいい。あまり時間がないからな」

キラはうなずき、立ち上がった。

「それと、キラ?」ファルコーニは厳しい目でキラを見た。「気をつけろよ」

「もちろん」

ファルコーニは満足したようにうなずき返した。「ファジョン、ヴィシャル、彼女《かのじょ》と一緒《いっしょ》に行くんだ。グレゴロヴィッチから目を離《はな》すな。無事を確認してくれ」

「サー」

「イエッサー」

3

医師とマシン・ボスをすぐ後ろに従えて、キラは管理室から走り、グレゴロヴィッチの棺《ひつぎ》を納めている密閉された部屋のあるデッキまでおりていった。向かいながら、アドレナリンが上昇《じょうしょう》し、肌《はだ》がチクチクしているのを感じた。

本気でこんなことをする気なの？　ああ、もう。ファルコーニの言ったとおりだ。失敗は許されない。突然《とつぜん》のしかかってきた責任の重さに、キラはちょっと立ち止まって自分の選択《せんたく》を疑問に思った。ううん、できるはず。とにかく必ずゼノと協調して取り組まないと。ゼノが主導権を握《にぎ》ってグレゴロヴィッチの脳を好き勝手につくり変えはじめるなんてことだけは絶対に避《さ》けたい。

棺《ひつぎ》の前で、ファジョンは前に使ったのと同じ有線のヘッドホンをキラに手渡《てわた》した。ヴィシャルが言う。「ミズ・キラ、キャプテンに命令を受けたが、グレゴロヴィッチが少しでも危険だと判断したら、私はストップをかけるから、そのときはやめてもらうよ」

「わかった」ひとたびグレゴロヴィッチの治療《ちりょう》を始めてしまったら、医師が何をしたところでキラとソフト・ブレイドを止めることはできないだろうと思ったけれど、医師の判断を尊重するつもりだった。何があろうと、グレゴロヴィッチを傷つけたくはない。

ヴィシャルはうなずいた。「よろしい。私はグレゴロヴィッチのバイタルサインを測定しておこう。もしどれかひとつでも危険なところまで低下したら、きみに知らせるよ」

ファジョンが言う。「あたしはグレゴロヴィッチのインプラントを測定しておく。いまの数値は……42パーセント稼働《かどう》」

「わかった」キラは棺《ひつぎ》の横に腰《こし》をおろした。「ソフト・ブレイドのアクセスポートが必要なんだけど」

「ここ」ファジョンが棺《ひつぎ》の片端《かたはし》を指さす。

キラは耳にヘッドホンをかぶせた。「まずはグレゴロヴィッチと話してみる。相談できないか一応確かめておきたいから」

ヴィシャルは首を振《ふ》った。「試すのはいいが、ミズ・キラ、さっき私は彼《かれ》と話せなかった。状況《じょうきょう》は改善していないだろう」

「それでもやるだけやってみたいの」

ヘッドホンのプラグを差したとたんに、くり返される轟音《ごうおん》が耳を満たした。轟音《ごうおん》のなかに言葉の断片が聞こえた気がした――容赦《ようしゃ》ない嵐《あらし》のなかに消えた叫《さけ》びが。キラはシップ・マインドに呼びかけたが、もし聞こえていたとしても、キラにはわからなかったし、もし返事をしていたとしても、轟音《ごうおん》がその返事をかき消していた。

一分ほど試したあと、キラはヘッドホンをはずした。「残念」とヴィシャルとファジョンに言う。

ソフト・ブレイドから試しに一本目の巻きひげを伸《の》ばし、アクセスポートに差し込《こ》む。

慎重《しんちょう》に――それがいまソフト・ブレイドに与《あた》える指示だ。慎重《しんちょう》に、傷つけないように。

初めは金属と電気しか感じなかった。そのうちにグレゴロヴィッチを包んでいる栄養バスの感じがあり、金属に取って代わりむき出しの脳が触《ふ》れた。ゆっくりと、この上なくゆっくりと、キラは接続部を探した。物質と意識のあいだにある隙間《すきま》の架《か》け橋――脳から精神への入り口を。

巻きひげをさらに細分させ、密生したモノフィラメント糸を形成した。一本一本が神経のように細く繊細《せんさい》だ。その糸は棺《ひつぎ》のなかを探っていき、ついにキラが探しているものを発見した――灰色のしわの奥深《おくふか》くへ入り込《こ》んでインプラントの物理的構造を形成している、グレゴロヴィッチの巨大《きょだい》な脳を覆《おお》うワイヤーの大網膜《もうまく》を。

キラは巻きひげを細いワイヤーの一本一本に絡《から》め、それをたどって内部へ進んでいく。いくつかは樹状突起《じゅじょうとっき》に行き着き、非生物と生物が融合《ゆうごう》するところを示していた。さらに多くは、溶《と》けた金属のビーズか死んでしぼんだニューロンに行き着いた。

そっと、この上なくそっと、キラは損傷した接続を修復しはじめた。溶《と》けた導線については、先端《せんたん》のビーズを撫《な》でつけて伸《の》ばし、目的の樹状突起《じゅじょうとっき》ときちんと接続させた。死んだニューロンで止まっている導線については、ワイヤーを近くの健康な樹状突起《じゅじょうとっき》に付け直し、極微量《びりょう》のワイヤーをグレゴロヴィッチの脳の組織に移していく。

それぞれのワイヤーを繋《つな》ぎ直すとき、少量の電流が流れるたびに、キラは一瞬《いっしゅん》の衝撃《しょうげき》を感じ取った。満足のいく鋭《するど》い感覚で、舌に銅の味をかすかに残した。時には、頭のなかがむずむずするみたいに、ニューロンからの幻《まぼろし》の感覚を感知するようなこともあった。

顕微鏡《けんびきょう》がなければ見えないような微細《びさい》な作業でありながらも、ワイヤーを接続するのは割と簡単だった。簡単にはいかないのは、その作業量の多さだ。無数のワイヤーが存在し、それぞれを確認しなければならない。数分が過ぎると、(言わば)手作業でやっていたら何日もかかりそうだと気づいた。そんな余裕《よゆう》などないのに。

諦《あきら》めるつもりはなく、となるとチャンスはひとつしかなかった。失敗しないことへのはかない望みを抱《いだ》きながら、頭のなかにゴールを定めて——溶《と》けたワイヤーを伸《の》ばし、近くのニューロンに繋《つな》ぐ——それをソフト・ブレイドに必死に印象付けた。そして予想もつかない反応をするかもしれない野生動物を放すように、慎重《しんちょう》にゼノの抑制《よくせい》を解く。

お願いよ、とキラは思った。

ソフト・ブレイドは従った。原子的な薄膜《うすまく》になってワイヤーの上を滑《すべ》り、細胞《さいぼう》をかき分け、ワイヤーを樹状突起《じゅじょうとっき》に付け直していく。

キラの肉体(それに部屋のなかの生長物も)に対する感覚が薄《うす》れていく。意識の隅々《すみずみ》までもが、ゼノが操っている無数のモノフィラメントに細分されている。離《はな》れたところで、ファジョンが言っているのが聞こえてきた。「45パーセント！……47……48……」

キラはその声を遮断《しゃだん》し、目の前の作業に集中しつづけた。ワイヤー、伸《の》ばす、取りつける。

無数のワイヤーが繋《つな》がっていき、キラは熱く冷たいうずきが頭にどっと押《お》し寄せるのを感じた。パチパチと小さな爆発《ばくはつ》が起こり、そのたびに拡張する感覚があった。

その感覚は蓄積《ちくせき》し、どんどん加速していく。やがて――

頭のなかにカーテンが引かれ、目の前に広大な景色が開け、キラはそのなかにある〝存在〟を感じた。ソフト・ブレイドあっての経験でなければ、圧倒《あっとう》的で耐《た》えがたかっただろう――あらゆる方向から巨大《きょだい》な重さがのしかかっている。

キラはあえぎ、退こうとしたが、身動きが取れない。

ヴィシャルとファジョンが驚《おどろ》き慌《あわ》てて騒《さわ》いでいて、ひどく遠くにいるみたいに医師の声がした。「ミズ・キラ！　やめるんだ！　何をしているか知らないが、彼《かれ》の神経伝達を乱――」

その声は小さくなって消えていき、キラが気づいているのは周囲に広がる無限の空間だけだ。「グレゴロヴィッチ」と呼びかけたけれど、なんの返事も返ってこない。声をはっきり出そうとしながら、さらに強く呼びかける。「グレゴロヴィッチ！　聞こえる？」

遥《はる》か上のほうに遠い思考が渦巻《うずま》いている——大きすぎて全体を把握《はあく》できない、手の届かない入道雲。と、雷《かみなり》が落ちて——

周囲で船がガタガタと音を立て、外で星が回転した。左の側面から炎《ほのお》が噴《ふ》き出した。メインジェネレーターの近くにメテオロイドが衝突《しょうとつ》する……。

閃光《せんこう》。悲鳴。空をわたる咆哮《ほうこう》。下を見ると、炎《ほのお》と煙《けむり》に苛《さいな》まれた風景が迫《せま》ってくる。速すぎる。速度を落とせない。緊急時《きんきゅうじ》用のパラシュートは開かなかった。

思い出せない時間を過ごした暗闇《くらやみ》。存在しつづけていることへの信じられない思いと感謝の念。船は爆発《ばくはつ》したはずだった。爆発《ばくはつ》してもおかしくなかった。爆発《ばくはつ》したほうがよかったかもしれない。七人のクルーがまだ生きている、二十八人中七人が。

そのあとには、苦悶《くもん》の日々がのろのろ続いた。彼女《かのじょ》は空腹と飢《う》えに苦しみ、やがて皆《みな》は死んだ。そして彼女《かのじょ》は死を超《こ》える苦しみを味わった——孤立《こりつ》を。絶対的な完全なる孤独《こどく》。無限の宇宙の女王、クルミの殻《から》に閉じ込《こ》められて、叫《さけ》んで叫《さけ》んで叫《さけ》びたくなるような夢に苦しめられている……

その記憶《きおく》が新たに始まり、コンピューターが論理ループにはまってくり返し、抜《ぬ》け出すことができず、再起動もできない。「あなたはひとりじゃない」キラは嵐《あらし》に向かって叫《さけ》んだけれど、大地や海や宇宙全体の注意を引こうとしているようなものだった。その〝存在〟は彼女《かのじょ》にまったく気づかなかった。

もう一度彼女《かのじょ》は挑戦《ちょうせん》した。もう一度彼女《かのじょ》は失敗した。言葉の代わりに、感情を試してみた。慰《なぐさ》め、交流、同情、結束、それに——すべての根底にある——切迫感《せっぱくかん》。

どれもなんの変化ももたらさなかった、少なくともキラが気づくような変化は何も。

彼女《かのじょ》はもう一度呼びかけたけれど、やっぱりシップ・マインドは気づかなかった、あるいは気づいていながら返事を拒《こば》んでいたのか。そしていまにも雨を降らせそうな入道雲は居残っていた。さらに二度グレゴロヴィッチに接触《せっしょく》しようとして、同じ結果になった。

彼女《かのじょ》は叫《さけ》びたくなった。ほかにできることは何もなかった。シップ・マインドがどこに自らを葬《ほうむ》っているにしても、彼女《かのじょ》にもソフト・ブレイドにも届かなかった。

そして時間が——時間がなくなってきていた。

ついにソフト・ブレイドは作業をやめ、キラはしぶしぶながらスーツの巻きひげをグレゴロヴィッチの脳の最奥《さいおう》から解放し、慎重《しんちょう》に引き抜《ぬ》いた。接触《せっしょく》が途絶《とだ》えるとキラの頭のなかのカーテンが閉まり、〝存在〟も消え、キラと一緒《いっしょ》にいるのはふたたびエイリアンの友であるソフト・ブレイドだけになった。

……

4

キラはふらつきながら目をあけた。めまいがして、冷たい金属の棺《ひつぎ》で身体を支える。「何があったんだ、ミズ・キラ？」ヴィシャルが近づいてきた。その後ろではファジョンが心配そうに見ている。「起こそうとしたんだが、何をしても無駄《むだ》だった」

追い出されたような気分で、キラは舌を湿《しめ》らせた。「グレゴロヴィッチは？」しゃがれ声で尋《たず》ねる。

マシン・ボスが答えた。「測定値は正常に戻《もど》ってる」

ホッとして、キラはうなずいた。棺《ひつぎ》から身体を離《はな》しながら言う。「インプラントは直した。確認できると思う。でも、ものすごく奇妙《きみょう》なことが起きて……」

「なんだね、ミズ・キラ？」ヴィシャルは眉根《まゆね》を寄せて前かがみになっている。

キラは言葉を見つけようとした。「ソフト・ブレイドがわたしの脳と彼《かれ》の脳を繋《つな》いだの」

ヴィシャルは目を見開いた。「まさか。神経系を直接繋《つな》いだのか⁉」

キラはもう一度うなずいた。「わたしはそんなつもりはなかった。ゼノがやったのよ。しばらくのあいだ、わたしたちは……ふたりのあいだに……」

「ハイブマインド?」ファジョンが訊《き》く。

「そう。エントロピストたちみたいに」

ヴィシャルはキラに手を貸して立ち上がらせようとしながら舌打ちした。「シップ・マインドとハイブマインドを形成するのは、増強していない人間にとって非常に危険なことだぞ、ミズ・キラ」

「わかってる。増強していてよかった」キラは自嘲《じちょう》気味に言った。腕《うで》の繊維《せんい》をトントンと叩《たた》いて、なんのことかはっきり示す。

ファジョンが言う。「彼《かれ》と話はできた?」

キラはあの記憶《きおく》に悩《なや》まされ、顔をしかめた。「いいえ。話そうとしたけど、シップ・マインドは……」

「普通《ふつう》じゃない」ファジョンが言葉を補った。

「そう。わかってはいたけど、どれほど普通《ふつう》じゃないか、ちゃんとは理解してなかった」

キラはヘッドホンを返した。「ごめんなさい。彼《かれ》に届かなかった」

ヴィシャルはファジョンからヘッドホンを取った。「きみはできるだけのことをしたんだ、ミズ・キラ」

本当にそうだろうか? キラは疑問だった。

すると医師はまた棺《ひつぎ》にヘッドホンのプラグを差した。キラとファジョンの問いかけるような顔を見て、ヴィシャルは説明する。「もっと普通《ふつう》のやり方でグレゴロヴィッチと話してみるよ、うん？　いまなら意思の疎通《そつう》ができるかもしれない」

「まだ彼《かれ》をこの船から切り離《はな》したままにしておくの？」答えは予想がついていたけれど、キラは尋《たず》ねた。

ファジョンが肯定《こうてい》する声を発した。「彼《かれ》が〈ウォールフィッシュ〉号の脅威《きょうい》にならないとわかるまでは、このままにしておく」

ヴィシャルが何度かグレゴロヴィッチに接触《せっしょく》を試みるあいだ、キラとファジョンは待っていた。一分ほど同じ言葉をくり返したあとで、医師は棺《ひつぎ》からプラグを抜《ぬ》いてため息をついた。「それとわかるような反応はやはりない」

キラはがっかりした。「ファルコーニに伝えておく」

ヴィシャルは片手を上げた。「ちょっと待ってくれ、ミズ・キラ。いくつか検査をしてみることが有用かと思う。検査してみるまでは、グレゴロヴィッチがどんな状態にあるのか確信が持てない。さあ、ふたりともシッシッ。場所をあけてもらおう」

「わかったわ」とキラは答えた。

キラとファジョンは狭《せま》い部屋から出ていき、医師が検査を終えるまで外の廊下《ろうか》で待っていた。

キラはまださっき経験したことで頭がぐるぐるしていた。まるで裏返しにされたような気分だ。じっと立っていられず、キラが廊下《ろうか》を行ったり来たりしているあいだ、ファジョンは壁《かべ》に背中をもたれてうずくまり、腕組《うでぐ》みをして顎《あご》を引っ込《こ》めている。

「どうすればあんなことができるんだか」キラは言った。

「誰《だれ》が？」

「グレゴロヴィッチ。あまりに多くのことが頭のなかにあって。よくあれをすべて処理できるものよ、しかもわたしたちと会話までしながら」

ファジョンはゆっくり肩《かた》をすくめた。「シップ・マインドは奇妙《きみょう》なところに楽しみを見つけるんだ」

「そうでしょうね」キラはうろうろするのをやめて、ファジョンの隣《となり》にしゃがみ込《こ》んだ。マシン・ボスは無表情のままでキラを見下ろした。キラは両手を擦《す》り合わせ、ソルでグレゴロヴィッチが言っていたこと、なかでも風景を描《えが》くシップ・マインドをどんなに羨《うらや》んでいたかについて考えていた。「すべてが片付いたら、あなたはどうするつもり？　シン-ザーに戻《もど》るの？」

「家族に必要とされれば、あたしは助ける。でも、もうシン-ザーでは暮らさない。そのときは過ぎた」

キラはシン‐ザーのそばにあるエントロピストの本部への避難《ひなん》を提案されたことを思い出した。あのトークンはいまでも部屋のデスクに置いてあり、ソフト・ブレイドの生長物で覆《おお》われている。「シン‐ザーはどんなところ？」

「場所による。大きな惑星《わくせい》だから」

「あなたが育ったところは？」

「いろんな場所で暮らした」ファジョンは組んだ腕《うで》を見下ろしている。少しすると、彼女《かのじょ》は言った。「うちの家族は山脈のそばの丘《おか》に移住した。ああ、その山はすごく高くて、すごく綺麗《きれい》だった」

「小惑星《しょうわくせい》はそれほど問題にならなかった？　くじら座τ星に関するドキュメンタリーを観たけど、例えばソルに比べると、あの惑星《わくせい》系はずっと多くの岩石が飛び回ってるって話だった」

ファジョンは頭を振《ふ》る。「岩の奥深《おくふか》くにシェルターがあった。でも使ったのは一度だけ、ひどい嵐《あらし》が来たときだ。小惑星《しょうわくせい》の大半はシン‐ザーに近づく前に防衛部隊に破壊《はかい》される」彼女《かのじょ》は腕《うで》の上からキラを見た。「だからシン‐ザーの軍は優秀《ゆうしゅう》なんだ。いやというほど射《しゃ》撃《げき》の練習をしてて、標的をはずせば死ぬ」

「シン-ザーの空気は呼吸に適してるのよね？」

「地球標準の人間は追加の酸素が必要」マシン・ボスは自分の胸骨の上を叩《たた》いた。「あたしたちの肺がこんなに大きいのはなぜだと思う？　二百年以内に、あんたたちみたいな細い人間でも足りるぐらい酸素が増える。でもいまのところは、ちゃんと呼吸するには大きな胸がないと」

「ノバ・エナジウムに行ったことは？」

「見たことはある。入ったことはない」

「そう……エントロピストをどう思う？」

「とても賢《かしこ》く、とても教養があるけど、干渉《かんしょう》すべきじゃないことに干渉《かんしょう》する」ファジョンは組んでいた腕《うで》を解き、膝《ひざ》の上に垂らした。「あたしたちが連盟に加入したらシン-ザーを去るって、エントロピストはいつも言ってる。シン-ザーが連盟に加入してない理由のひとつがそれ。あの人たちはたくさんお金を持ってきてくれるし、政府に大勢の友だちがいて、あの人たちの発見のおかげであたしたちの船はUMCより勝ってる」

「ふうん」キラはしゃがんでいるせいで膝《ひざ》が痛くなってきていた。「育った故郷が懐《なつ》かしい？」

ファジョンは片手のこぶしで床《ゆか》を叩《たた》いた。「まったく、どれだけ質問するんだか。おせっかいだね！」

「ごめん」気まずくなって、キラはヴィシャルのいる部屋を振《ふ》り向いた。

ファジョンは韓国語《かんこくご》で何やらブツブツつぶやいた。そして静かな声で話す。「うん、懐《なつ》かしいよ。問題はうちの家族があたしをよく思ってないことで、あたしが好きな相手を家族は好きじゃないってこと」

「でも、あなたの仕送りを受け取ってるんでしょう」

ファジョンの耳の先が赤くなる。「家族だから。助けるのはあたしの義務だ。それがわからない？　本気で……」

自分が恥《は》ずかしくなって、キラは答えた。「わかるわ」

マシン・ボスは顔をそむけた。「家族が望むことはできなかったけど、あたしは自分にできることをしてる。いつかは変わるかもしれない。それまでは……そう思われても仕方ない」

廊下《ろうか》のずっと先から、スパローが言った。「あんたはそんな扱《あつか》いを受けるべきじゃない」

そしてふたりがしゃがんでいるところまで歩いてくると、ファジョンの肩《かた》に手を置いた。

マシン・ボスは態度をやわらげ、スパローの腰《こし》に頭をもたせかける。小柄《こがら》なショートヘアの女性はファジョンを見下ろしてほほ笑み、頭のてっぺんにキスをした。「こら。そんなふうに顔をしかめたままだと、アジュンマになっちゃうよ」*10

ファジョンは喉《のど》の奥《おく》で耳ざわりな音を立てたけれど、肩《かた》の力を抜《ぬ》いて、目の端《はし》にしわを寄せている。「じゃじゃ馬」愛おしそうな口調で言った。

そのとき、ヴィシャルがシップ・マインドの部屋から出てきた。医師は廊下《ろうか》の真ん中に三人がいるのを見て驚《おどろ》いたようだ。

「で？　予後はどうなの、ドク？」スパローが訊《き》く。

ヴィシャルはお手上げだという身《み》振《ぶ》りをした。「予後は待って祈《いの》るしかない、ミズ・スパロー。グレゴロヴィッチは健康なようだが、インプラントの変化に適応するまで時間がかかりそうだ」

「どれぐらいの時間？」ファジョンが質問した。

「なんとも言えないな」

キラも確信が持てなかった。グレゴロヴィッチの精神状態が改善しなかったら、インプラントが機能しようとしまいと関係ないだろう。「キャプテンに伝えても？」

「ああ、お願いするよ。私からもあとで検査結果の詳細《しょうさい》とあわせて報告書を送っておく」

みんなはその場から去っていったが、キラは残ってファルコーニと通信した。現状を報告するのにそれほど時間はかからなかった。

報告を終えると、キラは言った。「大して力になれなくて残念よ。頑張《がんば》ったんだけど、グレゴロヴィッチと通じ合えるよう必死に頑張《がんば》ったんだけど……」

「とにかくやるだけのことはやったんだ」

「そうね」

「そうしてもらえてよかったと思ってるよ。さあ、少しは休め。あまり時間はないぞ」

「そうする。おやすみ、サルヴォ」

「おやすみ、キラ」

キラは落胆《らくたん》しながら部屋へと戻《もど》っていった。ファルコーニの言うとおりだ。あまり時間はない。いまからだと六時間眠《ねむ》れればいいとこだ。朝になったら確実に薬が必要になるだろう。〈バタード・ハイエロファント〉号を攻撃《こうげき》するときに、ふらふらになっているわけにはいかない。

カチリと冷たい音を立てて部屋のドアが閉まる。その音が胸に響《ひび》き、急速に迫《せま》りくる必然の運命を実感させられる。

こらからやろうとしていることについて考えないようにしたけれど、無理な話だった。わたしは兵士になりたいと望んだことは一度もなかったのに、いまはこのありさまだ。戦《せん》闘《とう》の中心に飛び込《こ》んで、最大のジェリーを襲撃《しゅうげき》しようとしている……。

「こんなわたしを見せてあげたかった」両親のことを考えながらつぶやく。ふたりは誇《ほこ》りに思うだろう。わからないけど、そうであることを願った。殺すことは良しとしなくても、キラとクルーがみんなを守ろうとしていることは認めてくれるだろう。何よりもそのことに価値があると思うはずだ。

アランも認めてくれただろう。

キラは身を震《ふる》わせた。

キラの命令に従って、ソフト・ブレイドはデスクと椅子《いす》のところを片付けた。キラは座り、ディスプレイをタップしてオンにすると、録画を始めた。

「ママ、パパ。イサー。これからコルドバ－1420でジェリーを攻撃《こうげき》することになってるの。話せば長いんだけど、万が一うまくいかなかった場合に備えて、このメッセージを送っておきたくて。前に送ったメッセージが届いたかわからないから、そのコピーも一緒《いっしょ》に送るね」

短く明快な文章で、キラは不幸な結果に終わった太陽系への訪問と、いま〈ノット・オブ・マインズ〉に協力することになった理由を説明した。

最後にこう締《し》めくくった。「くり返すけど、ここでは何が起きるかわからない。これを無事に切り抜《ぬ》けられたとしても、UMCはわたしを連れ戻《もど》そうとするはず。どっちにしても、すぐにはウェイランドに帰れそうにない……ごめんね。みんな愛してる。できそうなら、またメッセージを送ってみるけど、しばらくは無理かもしれない。無事を祈《いの》ってる。じゃあね」そして唇《くちびる》に指を触《ふ》れ、その指をカメラに押《お》し当てた。

録画を終えて、悲しみの吐息《といき》をひとつつく。しゃっくりのような音を立てて息を吸い込《こ》むと、胸に痛みのげんこつができ、残らずそれを吐《は》き出した。

落ち着くのはいいことだ。落ち着くのは必要なことだ。落ち着かなければ。

モルヴェンに頼《たの》んでそのメッセージを第七艦隊《かんたい》に転送させると、ディスプレイを閉じてシンクに向かう。顔に冷たい水を浴びせ、まばたきをくり返し、頬《ほほ》をしずくが流れ落ちるのに任せた。それからしわくちゃになったジャンプスーツを脱《ぬ》ぎ、ソフト・ブレイドに明かりを落とすよう念じ、ベッドにかけてあるすり切れたブランケットの下にもぐり込《こ》んだ。

オーバーレイを開いて、この恒星《こうせい》系全体で何が起きているか確かめようとしないでおくのは、必死の努力が必要だった。見てしまったら、絶対に眠《ねむ》れなくなるとわかっていた。

だから暗闇《くらやみ》のなかにとどまり、呼吸をゆっくりと保って筋肉をゆるめながら、マットレスを通り抜《ぬ》けて床《ゆか》へと沈《しず》み込《こ》んでいくところを想像する……。

こういうことをすべてやってみても、いつまでも眠《ねむ》りは訪れてくれなかった。言葉も思考も迫《せま》りくる危険を消すことはできず、それゆえに、安全だという嘘《うそ》を肉体は認めようとしなかった――緊張《きんちょう》を緩《ゆる》めようとせず、あたりを取り巻く影《かげ》のなかに潜《ひそ》んでいるに違《ちが》いないと直感が言い張っている牙《きば》のある怪物《かいぶつ》を見張っておくことしか考えさせてくれなかった。数時間後には死ぬかもしれない。全員が。終了《フィニート》。おしまい《カプット》。完全に終わり。生き返りはなし。やり直しはきかない。死。

アドレナリンが溢《あふ》れ出し、心臓が削岩機《さくがんき》のように鼓動《こどう》を打ちはじめた。どんな安酒よりも効果がある。キラはあえぎ、がばっと起き上がると、胸を押《お》さえた。深く傷ついたうめき声を漏《も》らし、背中を曲げて、息をしようともがく。

周りでは、部屋の壁《かべ》から芽を出した、針のように鋭《するど》い無数の棘《とげ》が、闇《やみ》のなかでささやいている。

どうでもよかった。どれも重要ではなく、ただ胃のなかに氷水が溜《た》まり、痛みが心臓を刺《さ》しているだけだ。

死。死ぬ覚悟《かくご》はできていない。いまはまだ。まだまだずっと先まで。それどころか、いつまでも決して。だけど逃《のが》れようがない。明日が連れてくるものからは逃《のが》れようがない……。

「うあああ！」

キラはおびえていた、かつてないほどおびえていた。なお悪いことに、この状況《じょうきょう》はどうしたって変えられないとわかっている。〈ウォールフィッシュ〉号のみんなは破滅《はめつ》へとまっすぐ突《つ》っ込《こ》んでいく直行ロケットに縛《しば》りつけられていて、ブラスターをつかんでこめかみに押《お》し当て、引金を引いて、忘却《ぼうきゃく》への短い飛行を選ぶのでなければ、途中《とちゅう》で降りることはできない。

グレゴロヴィッチの暗い夢が心に影響《えいきょう》しているのだろうか？　キラにはわからなかった。どうでもいい。何もかもどうでもいい――本当に――目の前に大きく口をあけている恐《おそ》ろしい穴のほかは。

これ以上じっとしていられなくなり、ベッドの縁《ふち》から脚《あし》をおろした。グレゴロヴィッチがいてくれて、メッセージをやり取りできればよかったのに。彼《かれ》ならわかってくれただろう。

身震《みぶる》いして、光を発する部屋の隅《すみ》のノジュールを作動させるようソフト・ブレイドに伝えた。ほのかな緑色の明かりが密集した空間を照らす。

キラは充分《じゅうぶん》な酸素を吸い込《こ》もうと、空気を求めてあえいだ。考えちゃだめ。考えちゃだめ。考えちゃ……。気をそらそうと、室内に視線をさまよわせる。

デスクの表面にある引っ掻《か》き跡《あと》に目が留まった。初めてソフト・ブレイドを身体から引き剝《は》がそうとしたときについた傷。あれは、そう、〈ウォールフィッシュ〉号に乗って二日目のことだった？　それとも三日目？

どうでもよかった。

顔から冷たい汗《あせ》が噴《ふ》き出した。外からの暖かさではどうにもできない寒気を覚え、自分の身体を抱《だ》きしめる。

ひとりでいたくない、いまは。誰《だれ》かの顔を見たい、声を聞きたい、そばにその存在を感じることで安心したい、ちっぽけな意識をこの虚空《こくう》と向き合わせているのは自分だけじゃないことを確かめたい。論理や哲学《てつがく》の問題ではなく――〈ノット・オブ・マインズ〉に協力することで、自分たちが正しいことをしているのはわかっている――むしろ動物的な本能の問題だ。論理ではあまりに遠くへ連れていかれるだけだ。煌々《こうこう》と燃え盛っているもうひとつの炎《ほのお》を見つけることが、闇《やみ》からの救いになるときもある。

心臓がいまにも勢いよく胸から飛び出しそうな気分のまま、キラはパッと立ち上がり、ロッカーからジャンプスーツを取り出した。着替《きが》えるあいだ、手が震《ふる》えていた。

さてと。これでよし。

さがって、とソフト・ブレイドに命じる。部屋じゅうの突出物《とっしゅつぶつ》が震《ふる》えて数センチメートルさがったが、それだけだった。

別にかまわなかった。ドアへと向かうとき、周りの棘《とげ》は引っ込《こ》んでいき、それで充分《じゅうぶん》だった。

キラは覚悟《かくご》を決めた足取りで廊下《ろうか》をずんずん進んでいった。こうして動き出したからには、ぐずぐずしたくない。止まるなんて絶対にいやだ。一歩進むごとに、崖《がけ》っぷちでぐらぐらしているような感じがした。

中央シャフトを一つ上の階にあがってCデッキに行く。ぼんやり照らされた廊下《ろうか》はひどく静かで、少しも音を立てたくなかった。まるでこの船に乗っているのは自分だけで、周りにあるのは無限の空間で、ただひとつの生命を押《お》しつぶそうとしているみたいだ。

ファルコーニの部屋のドアに着くと安心した。

安心は長続きしなかった。廊下《ろうか》の向こうのほうからカチッという音が聞こえ、安心感はパニックにかき消された。飛び上がって振《ふ》り返ると、部屋のドアをあけているニールセンの姿が見えた。

けれど、彼女《かのじょ》の部屋のドアじゃない。ヴィシャルの部屋だ。

洗ったばかりだというみたいに髪《かみ》が濡《ぬ》れていて、ホイルで包んだ軽食とマグカップふたつとお茶のポットを載《の》せたトレイを抱《かか》えている。ニールセンはキラの姿を目にして止まった——止まってじっと見つめた。

一等航海士の目のなかに、キラは見覚えのあるものをちらりと見た。もしかしたら同じような要求。同じような恐《おそ》れ。それに共感も。

キラがどう反応したものか迷っているうちに、ニールセンはちょっとうなずいて、部屋のなかに姿を消した。まだドキドキがおさまらずにいながらも、面白がる気持ちもあった。ヴィシャルとニールセン。あら、あら。考えてみると、そんなに意外なことでもなさそうだ。

キラは一瞬《いっしゅん》ためらったあと、手を上げてファルコーニの部屋のドアをすばやく三回ノックした。眠《ねむ》っていないといいんだけど。

「あいてるよ」

彼《かれ》の声を聞いても、鼓動《こどう》は少しも落ち着きはしなかった。ホイールを回し、ドアを押《お》しあける。

黄色い明りが廊下《ろうか》に溢《あふ》れ出た。部屋のなかで、ファルコーニはひとつしかない椅子《いす》に腰《こし》かけて、足（まだブーツを履《は》いたままだ）をデスクに乗せて足首を交差させている。ベストを脱《ぬ》いで袖《そで》をまくり上げていて、前腕《ぜんわん》の傷痕《きずあと》がむき出しになっている。ファルコーニの視線がオーバーレイからキラの顔に移った。「きみも眠《ねむ》れないんだろ？」

キラは頭を振《ふ》った。「入っても……？」

「ご自由に」彼《かれ》は足をおろして、椅子《いす》に座ったまま身体をすべらせた。

キラは部屋に入り、ドアを閉めた。ファルコーニは片方の眉《まゆ》を上げたけれど、反対はしなかった。前かがみになり、膝《ひざ》に肘《ひじ》を載《の》せる。「当てようか。明日が心配なんだな？」

「そう」

「そのことを話したいか？」

「別に」

ファルコーニは理解をもってうなずいた。

「ただ……わたしは……」キラは顔をしかめて首を振《ふ》った。

「一杯《いっぱい》どうだ？」ファルコーニはデスクの上の棚《たな》に手を伸《の》ばした。「このへんに金星のスコッチがひと瓶《びん》あるはずだ。数年前にポーカーで勝ち取ったんだよ。ちょっと待ってく——」

キラは二歩前に進み出て、両手で彼《かれ》の顔を挟《はさ》むと、唇《くちびる》にキスをした。激しく。

ファルコーニは硬直《こうちょく》したけれど、身を離《はな》しはしなかった。

近づくと彼《かれ》はいいにおいがした。温かいムスクの香り。大きな唇《くちびる》。かたい頬《ほほ》。ピリッとした味がして、いつも伸《の》びている無精ひげはチクチクした馴染《なじ》みない感触《かんしょく》だ。

キラは唇《くちびる》を離《はな》し、彼《かれ》を見た。これまでにないほど鼓動《こどう》が早鐘《はやがね》を打ち、全身が熱くなったり冷たくなったりしている。ファルコーニはアランじゃない、アランとは少しも似ていない、でも彼《かれ》でいい。いまこのひとときは、彼《かれ》でいい。

キラは震《ふる》えを抑《おさ》えようとしたけれど、うまくいかなかった。

ファルコーニが息を漏《も》らす。耳が赤くなり、呆然《ぼうぜん》としているようにも見える。「キラ……何をしてるんだ？」

「キスして」

「そいつはまずいんじゃないか」

キラはファルコーニに顔を近づけて、目を合わせる勇気はなく、唇《くちびる》だけを見つめている。「いまはひとりでいたくないの、サルヴォ。どうしても、ひとりはいや」

ファルコーニは唇《くちびる》を舐《な》めた。その姿勢に変化が現れた。肩《かた》の力が抜《ぬ》けて、胸が広がる。「俺《おれ》もだ」彼《かれ》は低い声で認めた。

キラはまた身を震《ふる》わせた。「だったら、黙《だま》ってキスして」

彼《かれ》の腕《うで》が腰《こし》に回され、そばに引き寄せられると、キラは背中がうずくのを感じた。そして彼《かれ》はキスをした。反対の手でうなじをつかまれ、しばらくのあいだキラは溢《あふ》れ出す激しく抗《あらが》いがたい感覚のことしか頭になくなった。触《ふ》れ合う手と腕《うで》、唇《くちびる》と舌、肌《はだ》と肌《はだ》。

恐怖《きょうふ》を忘れさせるには足りなかった。けれど、パニックと不安を野性的なエネルギーに変えるには充分《じゅうぶん》で、それでどうにかなった。

驚《おどろ》いたことに、ファルコーニはキラの胸の真ん中に手を当てて、唇《くちびる》をかわしながらキラを後ろに押《お》した。

「なんなの?」キラはうなるように言った。

「これはどうだ?」ファルコーニはソフト・ブレイドに覆《おお》われた胸を軽く叩《たた》いた。

「言ったでしょ。肌《はだ》と同じ感覚だって」

「じゃあ、これは?」さらに手が下がる。

「同じよ」

ファルコーニはニヤリとした。危険な笑みだった。

その顔を見て、キラのなかの炎《ほのお》がますます掻《か》き立てられた。うめき声をあげて彼《かれ》の背中に指を突《つ》き立て、前のめりになって耳を噛《か》む。

じれったさに激しく駆《か》り立てられて、ファルコーニはキラのジャンプスーツの前を開き、キラも同じ激しさで応え、身体を揺《ゆ》すってそれを脱《ぬ》ぐ。ソフト・ブレイドを見てその気をなくさないか不安だったけれど、ファルコーニは過去のどの恋人《こいびと》にも負けないほど夢中になって貪《むさぼ》るように愛撫《あいぶ》し、ソフト・ブレイドの手触《てざわ》りに本物の肌《はだ》ほどそそられていなかったとしても、うまくそのことを隠《かく》していた。最初の数分が過ぎると、キラは心配するのをやめて、リラックスして彼《かれ》の愛撫《あいぶ》を楽しんだ。

ソフト・ブレイドはというと、ふたりの営みにどう反応したものかわからないようだったが、キラはいくらか平静を取り戻《もど》した瞬間《しゅんかん》に、邪魔《じゃま》をしないようにと（はっきりと）印象付けた。安心したことに、ソフト・ブレイドは言うことを聞いてくれた。

キラもファルコーニも夜が終われば何が待ち受けているのかわかっていて、共通の熱望に煽《あお》られて、なりふりかまわず急き立てられるように共に動いた。肌《はだ》の隅々《すみずみ》まで、筋肉の丸みも骨の隆起《りゅうき》も余すところなく熱烈《ねつれつ》に求めた。お互《たが》いの身体から搾《しぼ》り取れるだけの感覚をくまなく搾《しぼ》り取ったが、それは快楽のためというよりも、密接な繋《つな》がりへの切望を満たすためだった。その感覚はキラから未来を追い払《はら》い、いまこの瞬間《しゅんかん》に没入《ぼつにゅう》させ、生きていると感じさせた。

ふたりはできることはすべてやったが、ソフト・ブレイドのせいで、望んでいるすべてのことはできずにいた。手と指、口と舌を使ってお互《たが》いを満足させていたものの、それでもまだ足りなかった。ファルコーニは文句を言わなかったけれど、焦《じ》れているのがキラにはわかった。キラも焦《じ》れていた。もっと欲しかった。

「待って」キラは胸毛のもつれたファルコーニの胸に手を当てた。彼《かれ》は問いかけるような表情で身を引いた。

キラは自分のなかに意識を向けて、脚《あし》のあいだに集中し、意志の力を集めてソフト・ブレイドをその最も深い部分から退かせた。むき出しになった肌《はだ》に風が触《ふ》れ、息をあえがせ歯を食いしばる。

ファルコーニはゆがんだ笑みを浮《う》かべながらキラを見下ろした。

「どう？」緊張《きんちょう》に張りつめた声で言う。スーツを制御《せいぎょ》するのは楽なことではないけれど、この状態を維持《いじ》することはできる。キラは片方の眉《まゆ》を上げた。「どれぐらい勇気がある？」

結果としては、彼《かれ》はとても勇気があった。

本当に勇敢《ゆうかん》だった。

5

キラはブランケットを腰《こし》の周りに引き寄せて、壁《かべ》に背中をもたせかけて座っていた。隣《となり》ではファルコーニがうつぶせになり、こっちに顔を向けながら、左腕《ひだりうで》をキラの膝《ひざ》の上にかけている。その重みには温かさと安らぎが感じられた。

「なあ、俺《おれ》は普段《ふだん》はクルーや乗客とは寝《ね》ない。一応言っておくが」ファルコーニはぼそぼそと言った。

「わたしも普段《ふだん》は乗っている船のキャプテンを誘惑《ゆうわく》しない」

「フーム。誘惑《ゆうわく》してもらえて嬉《うれ》しいね……」

キラはほほ笑み、軽く頭皮を掻《か》きながらファルコーニの髪《かみ》を指で梳《す》いた。彼《かれ》は満足そうな声を発し、身をすり寄せた。

「わたしもよ、サルヴォ」キラはそっとつぶやいた。

返事はなく、ファルコーニは眠《ねむ》りに落ちていて、すぐに深い寝息《ねいき》を立てはじめた。

キラはファルコーニの背中と肩《かた》の筋肉をじっと見つめていた。休んでいると柔《やわ》らかそうに見えるけれど、それぞれを隔《へだ》てる線やくぼみの跡《あと》がいまでも見て取れ、こちらの動きに逆らって彼《かれ》が動いているときに、筋肉がどんなふうにこぶになって隆起《りゅうき》して、くっきりと際立っていたかを思い出せた。

キラは下腹部に手をすべらせた。妊娠《にんしん》することはありうるだろうか？　自分のなかで子どもが育っていくことをソフト・ブレイドが許容するとは思えない。それでも気になった。頭を壁《かべ》にもたせかけた。長い吐息《といき》が漏《も》れる。不安をよそに、心は満たされていた。幸せではない——幸せを感じるには悲惨《ひさん》すぎる状況《じょうきょう》だ——けれど、悲しくもなかった。

〈バタード・ハイエロファント〉号に着くまで、五時間ほどしか残されていない。キラはフライトの中間点を過ぎるまで起きたままでいた。自由落下の警告音が響《ひび》き、〈ウォールフィッシュ〉号が推力を回復する前にひっくり返って方向転換《ほうこうてんかん》するあいだ、キラはソフト・ブレイドでファルコーニと自分の身体を固定した。

推力が回復するとファルコーニは何かわけのわからないことをつぶやいたが、正真正銘《しょうめい》の宇宙族《スペーサー》らしく、一連の手順が進行するあいだも眠《ねむ》ったままだった。

やがてキラはブランケットの奥《おく》にもぐり込《こ》み、彼《かれ》の隣《となり》に身を横たえて目を閉じた。

そしてとうとうキラも眠《ねむ》りに落ちた。

6

キラは夢を見たが、その夢は自分のものではなかった。

重ね重ねのひび。前へ、後ろへ、どちらか見分けられない。休眠《きゅうみん》している姿の彼女《かのじょ》は二度、揺《ゆ》りかごにおさめられた。二度、彼女《かのじょ》は目覚め、目覚めたとき、最初に彼女《かのじょ》をそこに休ませた者の気配はどこにもなかった。

初めて目覚めたときは、グラスパーが待ち構えていた。彼女《かのじょ》はありとあらゆる形態の彼《かれ》らと戦った。深海や冷たい宇宙、船や基地やとうに忘れ去られた衛星の上で、何千となく戦った。大小、無数の戦闘《せんとう》。勝つこともあった。負けることもあった。それは重要ではなかった。

彼女《かのじょ》はグラスパーと戦ったが、彼女《かのじょ》自身もグラスパーと結びついていた。グラスパーは同じ種族同士で戦っていて、彼女《かのじょ》にとっては結びついている肉体が正しかった。殺したいとは少しも思っていなかったけれど、星のあいだを渡《わた》りながら刺《さ》し、切り刻み、撃《う》った。そして肉体が修復できないほど傷ついたときは、別の者が取って代わり、さらに別の者に替《か》わり、それぞれと結びつくたびに、彼女《かのじょ》が仕える側は入れ替《か》わるのが常で、行ったり来たり、ぐるぐる回っていた。

彼女《かのじょ》にはどうでもいいことだった。グラスパーは彼女《かのじょ》を創ったものとはぜんぜん違《ちが》う。喧嘩《けんか》っ早い成り上がり者で、傲慢《ごうまん》で愚《おろ》かだ。グラスパーはひどい使い方で彼女《かのじょ》を使った、彼女《かのじょ》が何者なのか知らなかったから。それでも彼女《かのじょ》はせいいっぱい務めを果たした。彼女《かのじょ》はそういう性質だった。

そしてグラスパーが死んだとき、彼《かれ》らにとっての死を迎《むか》えたとき、彼女《かのじょ》は彼《かれ》らの終わりに対していくらかの満足感を味わった。彼《かれ》らは知っておくべきだった。盗《ぬす》むのは間違《まちが》ったことで、干渉《かんしょう》するのは間違《まちが》いだった。彼《かれ》らが取ったのは彼《かれ》らのためのものではなかった。

そのあとショール・リーダーのンマリルの肉体と、クタインの勝利に終わった〈ノット・オブ・マインズ〉の不幸な反乱があった。ンマリルが肉体を休眠《きゅうみん》させて彼女《かのじょ》はふたたび揺《ゆ》りかごに置かれ、彼女《かのじょ》はまだひび割れのために眠《ねむ》った。

二度目に目覚めたとき、相手は新たな形態だった。古い形態。奇妙《きみょう》な形態。肉体と肉体が結びつき、肉体からは血が流れた。この組み合わせは不完全だった。彼女《かのじょ》は学び、調整し、適応した。それには時間がかかった。失敗が忍《しの》び込《こ》んだ。修復する必要があった。寒さのせいで彼女《かのじょ》は鈍《にぶ》り、遅《おそ》くなり、やがて調和した対《つい》に結末がついた。

彼女《かのじょ》が現れたとき、そこには困難があった。苦痛に満ちていた。騒々《そうぞう》しい音と光があり、彼女《かのじょ》が肉体を守ろうとしても、その試みはだめになった。それから悲しみ、その目覚めにおいて彼女《かのじょ》はふたたび死をもたらした原因となっていて、悲しみと共に、ある感覚……責任感。謝罪さえも。

……

火花。分離《ぶんり》、なぜか彼女《かのじょ》はわかっていた、それはもっと前の頃《ころ》、もっと前の時代、最初の者たちが去る前だった。彼女《かのじょ》は銀河である星の渦巻《うずまき》を見つめ——不規則に広がっている螺旋《らせん》のあいだに——無数の小惑星《しょうわくせい》、流星、衛星、惑星《わくせい》、それに大空を埋《う》めるそのほかの天の肉体を見つめた。大半は不毛の地だった。数少ないいくつかは小さく原始的な有機体に満ちていた。なかでも最も希少なのは、生命がより複雑な形態に進化した場所だった。それらはきわめて貴重な宝であり、不滅《ふめつ》の虚空《こくう》の真ん中で動きと温かさに脈打つ庭が輝《かがや》いていた。

彼女《かのじょ》はこれを見つめ、彼女《かのじょ》の神聖な目的を知った——からっぽの世界を動き回り、実を結ばない土にうねを立てること、そして未来の生長物の胚芽《はいが》をそこに植えること。生命の広がりほど大切なことはなく、いつの日か星のあいだで彼《かれ》らに加わるものを育てることほど大切なことはなかったから。先に来た者として、育み守ることは彼《かれ》らの責任であり、義務であり、喜びだった。それを感謝する意識を持たなければ、存在は無意味だった——朽《く》ち果てて忘れ去られる見捨てられた墓。

その目的に導かれ、駆《か》り立てられ、励《はげ》まされて、彼女《かのじょ》は荒《あ》れ果てた広がりへと航行していった。そこに触《ふ》れて、彼女《かのじょ》はものを育て、ものを動かし、ものを考えることを生み出した。彼女《かのじょ》は裸《はだか》の岩でできた惑星《わくせい》が葉をつけている植物の広がりによってまだらになり、輝《かがや》きだすのを見た。緑と赤の草木（行き渡《わた》っている星の色合いによる）のきらめき。深く潜《もぐ》り込《こ》んでいる根。伸《の》ばされている筋肉。原始の沈黙《ちんもく》を破る歌と話。

そして彼女《かのじょ》はある声を聞いた、その声は言葉をひとつも使わなかったが。

「すばらしい？」

そして彼女《かのじょ》は答えた、「すばらしい」と。

時に戦闘《せんとう》はそのパターンを壊《こわ》した。けれど彼《かれ》らは違《ちが》っていた。彼女《かのじょ》は違《ちが》っていた。彼女《かのじょ》も彼女《かのじょ》の敵もグラスパーではなかった。彼女《かのじょ》の行動には正義があり、ほかの者に尽《つ》くしているという感覚があり、戦闘《せんとう》は激しくも短かった。

それから彼女《かのじょ》は星雲のなかを飛翔《ひしょう》し、つかの間、ねじれた宇宙の断片を見つめた。周囲の気体をゆがめることによってねじれているのだと見てわかった。その断片から、彼女《かのじょ》はねじれた感覚、完全な誤りという感覚を味わい、その意味を知っていたから恐《おそ》ろしくなった。混沌《こんとん》。悪。飢《う》え。最初のものさえ持たなかった力と怪物《かいぶつ》のように巨大《きょだい》な知能がひとつになった……。

彼女《かのじょ》は勢いよく進んで星と惑星《わくせい》を通過し、古い大昔の記憶《きおく》を通り抜《ぬ》け、やがてまたもや、かつてそうしたことがあるように、直立した岩の表面に刻まれたフラクタル図形の前に浮《う》かんでいた。前と同じように、図形は移り変わり、彼女《かのじょ》には追えないやり方でねじれたり回ったりしながら、その図形の縁《へり》に沿って力の線が閃《ひらめ》き、輝《かがや》いていた。

そのたくさんの意味と共に、ソフト・ブレイドという名前が頭のなかに押《お》し寄せてきた。重なり合うイメージ、連想に次ぐ連想。そのあいだじゅう、視界に焼きついたオーバーレイみたいに、フラクタル図形が目の前にとどまっていた。

情報の氾濫《はんらん》はループして続き、止まることなくくり返された。溢《あふ》れる全体のなかに、彼女《かのじょ》はソフト・ブレイドと訳したひと続きの場面を見て思い出した。いまでもしっくりくるように思えるが、もはやそれが適切だとは思えなかった。これだけのことを知ったあとでは。

彼女《かのじょ》は別のイメージ、別の連想に集中し、彼《かれ》らの繋《つな》がりをたどろうとした。そうするうちに、かつては形がなく曖昧《あいまい》に見えていたある構造が明らかになりはじめた。最終的な結果についてなんの概念《がいねん》も持たないまま立体パズルを組み立てているような感じだった。

その名前の詳細《しょうさい》は逸《そ》れていったが、一片ずつ次第に、彼女《かのじょ》はより大きなテーマをつかんでいった。それは明るく透《す》き通った混じり気のない線でできた水晶《すいしょう》の建物のように、彼女《かのじょ》の頭のなかで合体した。その形が見えてくると、にわかに理解した。

その本当の名前は、ソフト・ブレイドという言葉が意味するよりも偉大《いだい》で、遥《はる》かに偉大《いだい》だったため、彼女《かのじょ》は畏怖《いふ》の念に打たれた。この生命体にはある目的があり、その目的は想像を絶するほどの複雑なもので――彼女《かのじょ》が確かに言えるのは――重要なものだった。矛盾《むじゅん》しているように思えるが、その目的、その複雑さは、ページや段落ではなくたった一語に要約できた。その言葉とは――

種《シード》。*11

畏怖《いふ》に驚《おどろ》きが加わり、喜びも加わった。この生命体は武器ではなかった。もっと正確に言えば、それだけの目的のためにつくられたものではなかった。それは生命の源だった。たくさんの命の。創造の炎《ほのお》のなかに惑星《わくせい》を丸ごと浸《ひた》せる火花。

そして彼女《かのじょ》は幸せだった。だって、これ以上に美しいものなどあるだろうか？

7

「うーん」

手で肩《かた》を揺《ゆ》さぶられた。「キラ。起きろ」

「なあ、キラ。時間だ。そろそろ着くぞ」

目をあけると、涙《なみだ》が頬《ほほ》を伝い落ちた。種《シード》。それを知ったことでキラは圧倒《あっとう》された。すべての記憶《きおく》に圧倒《あっとう》された。〈いと高き方〉。ゆがんだ宇宙の恐《おそ》ろしい断片。果てることのなさそうな戦い。アランとチームメイトの死に対しスーツが謝っていたこと。

種《シード》。キラはついに理解した。どうして想像できただろう？ ひどく間違《まちが》ったやり方でゼノを使ってしまったことを思うと、罪悪感に打ちのめされた――恐怖《きょうふ》と怒《いか》りに導かれ、モーのようなぞっとする恐《おそ》ろしい怪物《かいぶつ》を生み出してしまったことを思うと。悲劇なのは、いまふたたびゼノを戦いに連れていくということだ。ゼノの真の性質に照らしてみると、忌《い》まわしく感じられるほどだ。

「おい。どうしたんだ？」ファルコーニは肘《ひじ》をついて身体を起こし、キラに身を寄せた。

キラは手の付け根で目から涙《なみだ》を拭《ぬぐ》った。「なんでもない。ただの夢」そう答えて鼻をすする。ひどく弱々しい声になってしまったのがいやだった。

「本当に大丈夫《だいじょうぶ》なのか？」

「大丈夫《だいじょうぶ》。強く偉大《いだい》なクタインを殺しにいきましょう」

Ferro Comitante

第4章 剣を携えて《フェロー・コミタンテ》

1

黒い宇宙を背景にした、輝《かがや》く光の一点となって、〈バタード・ハイエロファント〉号が〈ウォールフィッシュ〉号の前に浮《う》かんでいた。

このジェリーの船はキラが見てきたどんな船よりも大きい。UMCの戦艦《せんかん》を端《はし》から端《はし》まで七艘《そう》並べたのと同じ長さで、ほとんど同じぐらい幅《はば》もあり、わずかに卵形を帯びている。その大きさは——それ以上に大きいとまでは言わなくても——オルステッド・ステーションのような建造物に匹敵《ひってき》したが、オルステッドとは違《ちが》って完全に機動的な飛行をさせることができた。

〈バタード・ハイエロファント〉号の前に小型の船が三艘《そう》配置されているのを見て、キラは狼狽《ろうばい》した。人間の船が脅威《きょうい》になりうる距離《きょり》まで近づいたときに備えて、リーダーを護るために準備している追加の火力。

〈ハイエロファント〉とその護衛船までの距離《きょり》はたった七千数百キロメートルだったが、そんな比較的《ひかくてき》近い距離《きょり》（惑星《わくせい》間飛行の基準からすれば手の届きそうな距離《きょり》だ）にあっても、この巨大《きょだい》な船は拡大せずに見たら光の点に過ぎない。

「まあ悪くもないか」スパローが言った。

「ちっともよくもないけどな」とファルコーニ。

貨物室で大丈夫《だいじょうぶ》だと言い張ったイタリを除いて、全員が〈ウォールフィッシュ〉号のストーム・シェルターに集まっていた。みんなあまり元気そうではなかったけれど、なかでもジョラスとヴェーラは疲《つか》れきっているようで、ひどくやつれて見えた。いつもなら一分の隙《すき》もないローブにしわが寄り、そわそわした様子はウェイランドのハイストーンにいたコンピューターおたくを連想させた。とはいえ彼《かれ》らは油断なく警戒《けいかい》していて、鋭《するど》い観察力で興味をもって発言のすべてに耳を傾《かたむ》けていた。

何を身に着けるかという話になったとき――キラは例外としてクルーはいつもの服装からスキンスーツに着替《きが》えていた――エントロピストたちはこう言った。「私たちはこのままで――」

「――充分《じゅうぶん》な装備ができています、ありがとう」そんなわけでニールセンは肩《かた》をすくめ、ふたりに差し出していたスーツを棚《たな》にしまった。

面白いことに、一等航海士とヴィシャルはシェルターの反対側にいたけれど、ふたりのあいだで秘密のほほ笑みが交わされ、メールを書いているみたいにしょっちゅう唇《くちびる》をかすかに動かしていることにキラは気づいた。

ディスプレイの右上の端《はし》にチェッターの顔が映し出された。その背後では、来るべき事態に備えてジェリーが準備に奔走《ほんそう》している。カーブした壁《かべ》のそばにトリッグのクライオ・チューブが見えていて、いくつかの奇妙《きみょう》なブラケットで固定されている。「キャプテン・ファルコーニ」チェッターが挨拶《あいさつ》した。その目の下には濃《こ》いくまができていて、少佐は睡《すい》眠薬《みんやく》も刺激剤《しげきざい》も手に入れることができないのだとキラは思い至った。

「少佐」

「クルーの準備を。もうすぐ射程圏内《けんない》に入ります」

「こっちの心配は無用だ。準備はできてる。接近したら、〈ノット〉がこの船をちゃんと掩護《えんご》するようにしておいてくれよ」ファルコーニは言った。

少佐はうなずいた。「〈ノット〉は全力を尽《つ》くすはずです」

「ジェリーからの許可はまだ生きてるのか？」

チェッターは冷酷《れいこく》な笑みに顔をゆがめた。「こちらが撃《う》たなければ、彼《かれ》らは撃《う》ってきていたでしょう。現状のまま、技術者たちがコンピューターで調べられるように、彼《かれ》らはこの船が〈ウォールフィッシュ〉号を〈ハイエロファント〉まで連れていくことを想定しています」

キラは腕《うで》をさすった。もう始まっているのだ。こうなったら後戻《あともど》りはできない。必然の運命に対する感覚が血管のなかで凝固《ぎょうこ》した。ほかのクルーたちも同じ認識を持っているようだ。

「了解《りょうかい》」とファルコーニ。

チェッターは小さくうなずいた。「こちらの合図を待っていて。通信終わり」チェッターはホロディスプレイから消えた。

「いよいよだな」ファルコーニが言う。

キラはファジョンに渡《わた》されたイヤホンを押《お》し込《こ》み——外れないように固定して——オーバーレイで戦闘《せんとう》の進行状況《じょうきょう》を確認した。ジェリーに近づくにつれて第七艦隊《かんたい》はばらばらに散らばり、エイリアンが露天掘《ろてんぼ》りをしている岩石惑星《わくせい》の上や周りから引きつけて、一対の小さな月へとおびき寄せていく。UMCはその惑星《わくせい》にR1と名前をつけ、月をr2とr3と呼んでいた。優雅《ゆうが》からはほど遠い名前だが、戦略と航行の目的には役立った。

煙《けむり》とチャフの雲がUMCの船の大半を覆《おお》い隠《かく》していた（少なくとも可視光線の下では。赤外線でははっきり見えている）。UMCの地点防空レーザーが向かってくるミサイルを撃破《げきは》すると、煙《けむり》のなかで閃光《せんこう》がひらめいた。宇宙船とは違《ちが》い、ジェリーのミサイルはUMCのものに比べてさほど速くも機動的でもなかったので、第七艦隊《かんたい》はその大半を破壊《はかい》するか機能を停止させることができていた。

大半は、だがすべてではなく、レーザーが加熱するにつれて次第に多くのミサイルがすり抜《ぬ》けていくようになった。

射撃《しゃげき》は長く行われていたわけではないが、すでに三艘《そう》のUMCの巡洋艦《じゅんようかん》が使用不能になっていた。一艘《そう》は破壊《はかい》され、二艘《そう》は行動不能になってどうすることもできず漂《ただよ》っている。その二艘《そう》にジェリーの群れが乗り込《こ》もうとしていたが、クライン提督《ていとく》の部隊はエイリアンを妨害《ぼうがい》し、進行不能になった船に近づけないようにしていた。

ジェリーのほうは、正確な数字を知るのは難しいが、キラが見たところUMCは少なく見積もっても四艘《そう》は破壊《はかい》し、加えて相当数を損傷させているようだ。ジェリーの艦隊《かんたい》に深刻な打撃《だげき》を与《あた》えるには足りなくても、第一波を遅《おく》らせるには充分《じゅうぶん》だった。

キラが見ているあいだにも、二艘《そう》のUMCの船のどちらもエンジン部分に発射体が命中した。ロケットエンジンが音を立てて停止し、巡洋艦《じゅんようかん》は無力に宙返りしながら離《はな》れていく。

第七艦隊《かんたい》の最前線の近くで、一艘《そう》のジェリーの船が人間だったら誰《だれ》でも倒《たお》れてしまうようなスピードと角度でジグザグに飛行した。六艘《そう》の第七艦隊《かんたい》の主力艦《しゅりょくかん》がその船に向けてメインレーザーを発射し、深紅色の線で刺《さ》し貫《つらぬ》いた。ジェリーの船の照明が消え、拡大しつづける螺旋《らせん》を描《えが》く熱湯を噴霧《ふんむ》しながら、船はくるくる宙返りした。

「やった」とキラはつぶやいた。

どういうわけかたった一艘《そう》で月のr2のそばに行き着いていた巨大《きょだい》な戦艦《せんかん》があり、二艘《そう》のジェリーの船がそこへ急行するのを見て、キラは手のひらに爪《つめ》を食い込《こ》ませた。戦艦《せんかん》とジェリーの船のあいだでレーザーが明滅《めいめつ》し、どちらの側も何発かミサイルを発射した。

前触《まえぶ》れもなく、戦艦《せんかん》のミサイルのひとつから白熱した大釘《おおくぎ》が発射され、九千キロメートル近い距離《きょり》を一秒と経たずに進んだ。ブロートーチが発泡《はっぽう》スチロールを吹《ふ》き飛ばすみたいに、その大釘《おおくぎ》は飛んでくるミサイルを跡形《あとかた》もなく消し去り、近いほうのジェリーの船の半分を蒸発させた。

損傷を受けたジェリーの船は空気を排出《はいしゅつ》しながら独楽《こま》みたいにくるくる回っていたが、やがて船自体の爆発《ばくはつ》のなかに消え、対消滅《ついしょうめつ》する反物質《アンチマター》があっという間に消散する人工太陽をつくりだしていた。

残っているほうのジェリーの船はらせん状に飛行して戦艦《せんかん》から遠ざかっていく。残りふたつあるUMCのミサイルから二本目の大釘《おおくぎ》が飛び出した——過熱したプラズマの白熱した槍《やり》が。それははずれたが、最後のミサイルからの三本目の大釘《おおくぎ》ははずさなかった。

ホロディスプレイのなかのエイリアンの船が核《かく》の火球に取って代わられた。

「いまの見た？」キラは問いかけた。

ファジョンがうなる。「カサバ榴弾砲《ハウイッツァー》」

「グレゴロヴィッチに何か変化は？」キラはヴィシャルとファジョンを見やりながら尋《たず》ねた。ふたりとも首を振《ふ》り、医師が答える。「残念だが、変化はない。彼《かれ》のバイタルサインは昨日と同じだ」

キラは驚《おどろ》かなかった——もしもグレゴロヴィッチが回復していたら、絶え間なく口をはさんでいるだろうから——けれど、がっかりした。ソフト・ブレイドを使ったことで……シードを使って彼《かれ》の精神に接触《せっしょく》したことで事態を悪化させていないことを、キラはもう一度願った。

ホロディスプレイにチェッターがふたたび現れた。「時間よ。これ以上近づくと、〈バタード・ハイエロファント〉号を警護している船に怪《あや》しまれる。発射準備を」

「了解《りょうかい》」ファルコーニが言う。「スパロー」

「任せて」〈ウォールフィッシュ〉号のどこからかズシンとうつろな音が響《ひび》いてきた。

「榴弾砲装塡《ハウイッツァーそうてん》。ミサイル発射筒《はっしゃとう》開放。発射準備よし」

ファルコーニはうなずいた。「いいぞ。チェッター、聞こえたか?」

「ええ。〈ノット・オブ・マインズ〉は最終位置へ移動中。標的の最新データ送信。ゴーサインまで待機」

「待機する」

R1の反対側で、UMCの巡洋艦《じゅんようかん》が揺《ゆ》らめく光のなかに消えた。キラは顔をしかめ、名前を確認した。〈ホクレア〉号。

ヴィシャルが言う。「ああ、哀《あわ》れな魂《たましい》よ。安らかに眠《ねむ》らんことを」

ストーム・シェルターは静けさに包まれ、一同は緊張《きんちょう》して汗《あせ》をかきながら待っている。ファルコーニが近づいてきて、キラの腰《こし》のくぼみに控《ひか》えめに手を当てた。その手のぬくもりを感じ、キラはわずかに身体をもたせかけた。心を乱すように、ファルコーニの指がゼノに覆《おお》われた肌《はだ》をそっと搔《か》く。

キラのオーバーレイに一文が表示される。〈緊張《きんちょう》してるか?――ファルコーニ〉

キラは声を出さずに返事した。〈みんなそうでしょ――キラ〉

〈無事に乗り切れたら、話し合わないとな。――ファルコーニ〉

〈必要ある?――キラ〉

ファルコーニの唇《くちびる》の端《はし》が引きつった。〈必要はない。だけど俺《おれ》は話したい。——ファルコーニ〉

〈わかった。——キラ〉

ニールセンが長いことふたりを見つめていて、この一等航海士は何を考えているのだろうかとキラは気になった。挑戦《ちょうせん》的な気分になって、キラは顎《あご》を上げた。

そのとき、チェッターの声が割り込《こ》んできた。「発射開始。くり返す、発射開始。〈ウォールフィッシュ〉号、点火を」

スパローがけたたましく笑い、ドシンと大きな音が船内に反響《はんきょう》した。「イカフライが食べたい人は？」

2

〈ウォールフィッシュ〉号は〈バタード・ハイエロファント〉号に向かって、尾《お》部を先にして減速していた。それはつまり核《かく》の死をもたらす荒《あ》れ狂《くる》うたいまつ、〈ウォールフィッシュ〉号の核融合炉《かくゆうごうろ》が、おおよそ標的の方向に向けられているということだ。

これにはふたつの利点があった。ひとつ目は、ジェリーの旗艦《きかん》や護衛船が発射してくるかもしれないレーザーやミサイルに対し、核融合炉《かくゆうごうろ》の排《はい》ガスが〈ウォールフィッシュ〉号を守る助けになるということだ。ふたつ目は、核融合炉《かくゆうごうろ》から放射されているエネルギーの量、熱エネルギーと電磁エネルギーが、こちらに向けられた大抵《たいてい》のセンサーに大きな負荷をかけることだ。核融合《かくゆうごう》反応はどんな星の表面よりも熱く、まぶしくもある——銀河で最もまぶしい閃光《せんこう》なのだ。

そんなわけで、たったいまスパローが〈ウォールフィッシュ〉号の船尾《せんび》のミサイル発射《はっしゃ》筒《とう》（左舷《さげん》側）から解放したカサバ榴弾砲《ハウイッツァー》は、核融合炉《かくゆうごうろ》の青みがかった白熱光の横でほとんど見えないはずだった。さらに榴弾砲《ハウイッツァー》のロケットは停止して冷えており、現状では無動力なので、不必要な注意を引くであろう噴射《ふんしゃ》を必要とせずに、減速している〈ウォールフィッシュ〉号を通り越《こ》して進みつづけるだろう。

「発射十四秒前」スパローがカウントダウンを始める。それがカサバ榴弾砲《ハウイッツァー》がシャドウシールドの後ろを通過し、〈ウォールフィッシュ〉号から安全（そうな）距離《きょり》まで離《はな》れてから、爆発《ばくはつ》して〈バタード・ハイエロファント〉号を急襲《きゅうしゅう》する核《かく》エネルギーのビームを送るのに必要なだけの時間だった。

爆発《ばくはつ》は正気の人間であれば誰《だれ》もが落ち着いていられないほど相当の近さで起きることになっていて、キラはみんなが——グレゴロヴィッチは別として——間違《まちが》いなく正気だと思いたかった。核融合炉《かくゆうごうろ》の危険極まる副産物から保護しているのと同じように、シャドウシールドは最悪の放射能からキラたちを守ってくれるはずだ。同じく、ストーム・シェルターも。最大のリスクは榴散弾《りゅうさんだん》だろう。もし爆発《ばくはつ》によって榴弾砲《ハウイッツァー》の外被《がいひ》の破片が〈ウォールフィッシュ〉号に飛んできたら、ティッシュペーパーを貫通《かんつう》する銃弾《じゅうだん》みたいに船体を貫通《かんつう》するだろう。

「十秒前」

ファジョンが唇《くちびる》をめくって、軽蔑《けいべつ》するようなシーッという音を歯の隙間《すきま》から押《お》し出した。「一年分の放射能を浴びるときが来たみたいだね」壁《かべ》のそばでは、ふたりのエントロピストが手を取り合って身体を揺《ゆ》らしながら座っている。

「五秒前、四――」

「まずいわ！　敵が向きを変えようとしている！」チェッターが叫《さけ》んだ。

「――三――」

「変更《へんこう》は間に合わない！」ファルコーニが言った。

「――二――」

「照準を――」

「――一――」

姿勢制御《せいぎょ》スラスタの働きによって〈ウォールフィッシュ〉号は激しい力を受けて現在の軌道《きどう》からそらされ、キラの首はグキッと横に曲がった。それから船の加速度が最低でも2Gに高まり、キラは急激に加わった力と格闘《かくとう》しながら顔をゆがめた。

それから一秒と経たずに〈ウォールフィッシュ〉号は振動《しんどう》し、船内のあちこちからピシッという音やバンという音が聞こえた。

ディスプレイでは、燃え盛る光の大釘《おおくぎ》が〈バタード・ハイエロファント〉号めがけて勢いよく進んでいる。ジェリーの船はすでに半ばまで回転していたため、駆動《くどう》装置が視界から隠《かく》れていた。船はまだ回転を続けながら〈ウォールフィッシュ〉号から遠ざかろうとしている。

「ちくしょう」ファルコーニがつぶやいた。

プラズマの炎《ほのお》が光を放ちながら〈バタード・ハイエロファント〉号へ向かっていくのを、キラは恐《おそ》れおののきながら見入っている。ルフェットと〈ノット・オブ・マインズ〉は、〈ハイエロファント〉のマルコフ・ドライブの正確な位置を教えてくれていた。マルコフ・ドライブに命中させて、なかにある反物質《アンチマター》の閉じ込《こ》めを破ることが、あの船を破壊《はかい》する最大のチャンスだった。そうでなければ、カサバ榴弾砲《ハウイッツァー》でクタインを殺せる保証はどこにもない。

イタリが説明していたように、同形態のもっと小さなジェリーでさえも熱と放射線に耐《た》えられるよう強化されていて、UMCがその発見に愕然《がくぜん》としたように、ジェリーを殺すのはとてつもなく難しかった。クタインほど大きなジェリー——いまの形態がどうであれ——は遥《はる》かに強靭《きょうじん》だろう。スパローに言わせれば、人間というよりは菌《きん》を殺そうとするようなものだ。

エイリアンの船の膨《ふく》れた中央部に並んだ孔《あな》から黒い煙《けむり》が立ちのぼる。どこまでも広がっていく墨《すみ》のなかに身を隠《かく》す、脅《おど》かされたイカのようだ。けれど、榴弾砲《ハウイッツァー》の指向性爆薬《ばくやく》を防ぐのには役に立たないはずだ。防げるものなど皆無《かいむ》に等しい。

その槍《やり》は〈ハイエロファント〉の胴《どう》に命中した。気化させられた船体の半球体が外に向かって爆発《ばくはつ》し、水がたちまち蒸気になり、煙霧《えんむ》が漂《ただよ》う。

視界が晴れると、スパローがうめいた。

核《かく》電荷は〈バタード・ハイエロファント〉号に〈ウォールフィッシュ〉号と同じぐらいの大きさのくぼみを刻んでいた。船のメインドライブは機能を停止したようだ——噴射口《ふんしゃこう》から推進剤《ざい》がほとばしり、点火できずにいる——が、船の大部分は無傷のままだ。〈ハイエロファント〉のそばにいる三艘《そう》が攻撃《こうげき》を仕掛《しか》けてくるのと同時に、三艘《そう》に向けて〈ノット・オブ・マインズ〉もレーザーとミサイルを発射した。〈ウォールフィッシュ〉号は防御《ぼうぎょ》の煙《けむり》を放出し、闇《やみ》のなかに船を隠《かく》した。ディスプレイが赤外線に切り替《か》わる。

「もう一発、榴弾砲《ハウイッツァー》を発射しろ」ファルコーニが命じた。

「残りは二発しかない」とスパロー。

「わかってる。いいから撃《う》て」

「アイアイ、サー」

船内にまた重く鈍《にぶ》い音が響《ひび》き渡《わた》ったあと、カサバ榴弾砲《ハウイッツァー》が〈ウォールフィッシュ〉号から猛《もう》スピードで遠ざかり、爆轟《デトネーション》が起きても安全な最低限の距離《きょり》へと向かっていく。

ミサイルは目的地に到達《とうたつ》できなかった。その弾頭《だんとう》からすみれ色の火花が勢いよく噴出《ふんしゅつ》し、ロケットがプップツいって榴弾砲《ハウイッツァー》は宙返りしながら害を及《およ》ぼさず進路をはずれてしまった。

「くそ！　レーザーにやられた」スパローが吐《は》き捨てる。

「そうらしいな」ファルコーニは冷静に言った。

キラはいまでも爪《つめ》が嚙《か》めたらよかったのにと思った。代わりに、無意識のうちに椅子《いす》のひじ掛《か》けを握《にぎ》りしめている。

「クタインは死んだ？」キラはチェッターに尋《たず》ねた。「クタインが死んだかわかる？」

ホロディスプレイのなかで少佐が首を振《ふ》った。背後のデッキの明かりが明滅《めいめつ》している。

「死んでないようね。こちらは――」

爆発《ばくはつ》がジェリーの船を揺《ゆ》らした。「少佐、無事ですか?」ニールセンがディスプレイのほうに身を乗り出して問いかける。

動揺《どうよう》した様子で、チェッターがふたたび現れた。おだんご髪《がみ》から縮れた髪《かみ》のふさがほどけて垂れている。「いまのところは大丈夫《だいじょうぶ》です。ただ――」

「さらにジェリーが来てる」スパローが告げた。「優に二十艘《そう》は。十分もあれば着くかもしれない。もっと早いかも」

「だろうよ」ファルコーニがうなる。

「それでもあなたたちはクタインを殺さなければ。こちらではできないのだから。こちらにいるジェリーの半分は具合が悪そうよ」

「どうすれば――」

モルヴェンが言った。「クライン提督《ていとく》からあなたに通信が入っています、キャプテン・ファルコーニ」

「待たせておけ。いまは提督《ていとく》にかまってる暇《ひま》はない」

「イエッサー」この状況《じょうきょう》からすると、疑似知能の返事はばかばかしいほど陽気に聞こえた。

ホロディスプレイのなかにまぶしい黄色の光が現れ、〈バタード・ハイエロファント〉号からこっちに向かってきている。「あれはなんでしょう?」ジョラスとヴェーラが指さした。

ファルコーニは画面を拡大した。長さ四メートルほどの黒い球のようなかたまり。まるでいくつかの交差している球体が融合《ゆうごう》したかのようだ。「ミサイルのはずはない」

キラの脳裏にある記憶《きおく》がよみがえった。ドクター・カーとジェリーのクォンが戦っているのを見たあの備品室、その部屋の奥《おく》で、船体に穴があいた。〈酌量《しゃくりょう》すべき事情〉号の外から小型船がフジツボみたいにへばりつき、そこから放射されている青い光に輝《かがや》いていた穴。

「あれは搭乗《とうじょう》シャトルよ。それか脱出《だっしゅつ》ポッドかもしれない。どっちにしても、船体を切り裂《さ》きかねない」

「あれだけじゃないぞ」警戒《けいかい》している口調でヴィシャルが言った。

本当だった。さらに十あまりの球状のかたまりが向かってきている。

ファルコーニが言う。「少佐、あれを始末するのを手伝ってくれ、じゃないと――」

「やってみましょう、だけどいまはちょっと手が離《はな》せない」チェッターは答えた。

〈ハイエロファント〉の三艘《そう》の護衛船のひとつが爆発《ばくはつ》したが、残る二艘《そう》と〈ハイエロファント〉それ自体も、まだ〈ノット・オブ・マインズ〉を攻撃《こうげき》しつづけている。これまでのところ〈ノット・オブ・マインズ〉は船をひとつも失っていなかったけれど、いくつかの船は船体の裂《さ》け目から煙《けむり》や蒸気をたなびかせている。

ファルコーニが言う。「スパロー?」

「もうやってる」

キラは〈ウォールフィッシュ〉号と飛来する球体のあいだに線が光るのをオーバーレイで見守っていた。人間の目に見えるようにコンピューターで目立たせた、レーザーブラストの線。

キラは唇《くちびる》を噛《か》んだ。力になれないのが悔《くや》しくてたまらない。自分だけの船を持っていればよかったのに。そして迫《せま》りくる敵をソフト・ブレイドで引き裂《さ》けるところまで近づけたら、もっとよかったのに。

すると船内の照明がちらつき、モルヴェンが告げる。「セキュリティー侵害《しんがい》が進行中。ファイアウォールへの不正アクセス。必須《ひっす》ではないシステムを遮断《しゃだん》します。通知があるまで個人の電子機器はすべてオフにしてください」

「今度はシステムに侵入《しんにゅう》までできるっていうの?」ニールセンが叫《さけ》んだ。

ジョラスとヴェーラが言う。「私たちに――」

「――ルートアクセスを与《あた》えてくれれば――」

「――支援《しえん》できます」

ファルコーニは躊躇《ちゅうちょ》したあとでうなずいた。「コンソールにパスワードを送った」エントロピストは椅子《いす》に内蔵されたディスプレイを覗《のぞ》き込《こ》む。〈バタード・ハイエロファント〉号を取り囲む煙《けむり》のなかに赤い閃光《せんこう》が見えた——ミサイルが発射されているのだ。

警報が鳴り響《ひび》き、モルヴェンがアナウンスする。「警告、飛来物あり。衝突《しょうとつ》が迫《せま》っています」

煙《けむり》のなかからミサイルが飛び出し、近づいてくる球状のかたまりをあっという間に追い越《こ》し、いくつかは〈ノット・オブ・マインズ〉めがけて飛んでいき、残りの四発はすべて〈ウォールフィッシュ〉号に猛《もう》スピードで向かってきている。

〈ウォールフィッシュ〉号の後部から船を隠《かく》す追加のチャフが発射された。船はまだ減速していたが、こちらに向かって勢いよく飛んでくるミサイルはますます加速していて、両者のあいだにある距離《きょり》は恐《おそ》ろしいほどの速さで縮まっていく。

〈ウォールフィッシュ〉号のレーザーが突《つ》き刺《さ》す。ミサイルがひとつ爆発《ばくはつ》した（激しい爆《ばく》風《ふう》が起こり、そこで消えた）。さらにもうひとつ、今度はもっと近くで。残りは二発。

「スパ、ロ、ー」ファルコーニが歯の隙間《すきま》から押《お》し出すように呼びかける。

「わかってる」

〈ノット・オブ・マインズ〉のうち一艘《そう》が三発目のミサイルを撃《う》ち落とした。けれど四発目は、飛んでくるレーザーブラストを猛烈《もうれつ》なすばやさで上、下、横にかわしながら、まだ迫《せま》ってきている。

スパローは飛来する発射物を撃《う》ち落とそうとまばたきもせず集中し、顔に汗《あせ》を光らせている。

モルヴェンの声。「警告、衝突《しょうとつ》に備えよ」

ミサイルがすぐそこまで迫《せま》った最後の瞬間《しゅんかん》に、〈ウォールフィッシュ〉号のブラスターはついに命中し、ミサイルは船からほんの数百メートル先で爆発《ばくはつ》した。

スパローが勝利の雄《お》たけびをあげる。

船がガタガタ揺《ゆ》れて、隔壁《かくへき》が軋《きし》みを立てる。さらに警報が鳴り響《ひび》き、頭上の通気口から煙《けむり》が流れ出す。コントロールパネルの照明の半分が消えた。スピーカーから突然《とつぜん》、奇妙《きみょう》な音が聞こえてきた。雑音ではない――送信データ？

「被害状況《ひがいじょうきょう》の報告を」ファルコーニが指示する。

ディスプレイとキラのオーバーレイに〈ウォールフィッシュ〉号の見取り図が表示された。ハブリングのかなりの部分と下の貨物室も深紅色に光っている。ファジョンは憑《と》りつかれたみたいに見つめながら、コンピューターにブツブツと質問を問いかけながら唇《くちびる》を動かしている。

ファジョンは報告した。「デッキCとDに穴があいている。貨物室Aも。電気系統に深刻なダメージ。メインレーザーはオフラインになってる。再生設備、水耕栽培《さいばい》室……すべてが影響《えいきょう》を受けている。エンジン効率は28パーセント。緊急《きんきゅう》プロトコルを実施《じっし》中」マシン・ボスは身振《みぶ》りで示して外部カメラからの映像を開いた。〈ウォールフィッシュ〉号のカーブした船体のハブリングに大きな穴が内側に向かって開いていて、放電によって時々ピカッと光るだけで真っ暗な壁《かべ》や部屋が穴から見えている。

ファルコーニはこぶしを握《にぎ》り、椅子《いす》のひじ掛《か》けを殴《なぐ》った。キラはたじろいだ。彼《かれ》にとってこの船がどれだけ大切かわかっている。

「なんてこと《トゥール》」ニールセンがつぶやく。

「イタリ？」ファルコーニが吠《ほ》えるように言った。船の中央部をのぼってきているジェリーの姿がホロディスプレイに映し出される。エイリアンは無傷のようだ。「モルヴェンはどうだ？」ファルコーニはエントロピストのほうへ首を曲げる。

ふたりの目は半ば閉じられていて、インプラントの光の反射で光っている。ヴェーラが言う。「ファイアウォールは修復しました、ですが――」

「――なんらかの有害プログラムがまだ――」

「――メインフレームに残っています。それを廃棄物《はいきぶつ》管理サブルーチンに閉じ込《こ》めて、取り除こうとしています」ヴェーラが難しい顔をした。「これは非常に……」

「非常に抵抗力《ていこうりょく》が強い」とジョラス。

「そう。いまのところはヘッドを使わないようにするのがベストでしょう」

ふたたび疑似知能のアナウンスがあった。「警告、飛来物あり。衝突《しょうとつ》が迫《せま》っています」

「くそっ！」

今度はジェリーの搭乗機《とうじょうき》だった。一機は〈ウォールフィッシュ〉号にまっすぐ向かってきていて、残りは〈ノット・オブ・マインズ〉に向かっている。

「かわせるか？」ファルコーニは訊《き》いた。

ファジョンが首を振《ふ》る。「かわせない。スラスタじゃ無理。アイシ」

「榴弾砲《ハウイッツァー》は？」ファルコーニはスパローを振《ふ》り返った。

スパローは顔をしかめた。「試してもいいけど、向こうの対抗措置《たいこうそち》で失う可能性が高い」

ファルコーニは顔をしかめて小声で罵《ののし》った。ホロディスプレイにチェッターが少しのあいだだけまた現れて言う。「核《かく》は〈バタード・ハイエロファント〉号のために取っておきなさい。その船が地点防空を通過できるようやってみます」

「了解《りょうかい》……モルヴェン、推力を1Gに落とせ」

「承知しました、キャプテン。推力を1Gに低下」付随《ふずい》するアラートが響《ひび》き、身体にかかる重さが普通《ふつう》に戻《もど》ると、キラは小さく安堵《あんど》の息を吐《は》いた。と、ファルコーニがコンソールをぴしゃりと叩《たた》いて立ち上がる。「全員デッキに向かうぞ。やつらがこの船に乗り込《こ》んでくる」

3

「まずいわ」ニールセンが言った。

「どうやら連中は貨物室の穴に向かってるらしい」スパローが説明する。

ストーム・シェルターの気密扉《とびら》にノックが響《ひび》いた。ヴィシャルがドアをあけると、イタリが触手《しょくしゅ》のある身体を押《お》し込《こ》み、ドアの枠《わく》を埋《う》め尽《つ》くす。《こちらイタリ：状況《じょうきょう》は？》

《こちらキラ：待って。わからない》

「接触《せっしょく》まで六分」とファジョン。

ファルコーニはブラスター銃《じゅう》のグリップを叩《たた》いた。「損傷したエリア付近の気密扉《とびら》は封《ふう》鎖《さ》してある。ジェリーはドアを破らないと通り抜《ぬ》けられない。これで少しは時間が稼《かせ》げるはずだ。やつらがメインシャフトに入ってきたら、上から奇襲《きしゅう》をかける。キラ、きみには先頭に立ってもらう。最低でも二体を殺してくれたら、残りは俺《おれ》たちで対処できるだろう」

キラはうなずいた。いよいよ実戦だ。

ファルコーニはドアに向かいはじめた。「どいてくれ！」そう言ってイタリに手を振《ふ》ってみせる。ジェリーは理解して後ろにさがり、戸口をあけた。

《こちらキラ：〈バタード・ハイエロファント〉号のウラナウイがこの船に乗り込《こ》もうとしている》

理解の〈近香《ニアセント》〉にいくらか……熱意が加わっている。《こちらイタリ：わかった。アイディーリス、全力であなたの同形態を守りましょう》

《こちらキラ：ありがとう》

ファルコーニが命じる。「行くぞ！　行くぞ！　キラ、ニールセン、ドク、みんなの武器を取ってこい。スパロー、一緒《いっしょ》に来てくれ。さあ！」

キラはヴィシャルと並んでニールセンのあとから急ぎ足でついていき、暗い廊下《ろうか》を通って〈ウォールフィッシュ〉号の小さな武器庫へ向かう。船内の空気は熱く、プラスチックが燃えたようなにおいが漂《ただよ》っている。

クローゼットほどの広さの部屋に着くと、ブラスターと小火器のどちらもかき集めた。

キラは自分用には取らずにおくところだった。戦うことになったら、ソフト・ブレイドが最大の武器になるだろう（戦闘《せんとう》に飛び込《こ》むときはゼノをソフト・ブレイドとして考えるほうがふさわしそうだった。シードをふたたび暴力のために使おうとしていることを思うと、ひどく間違《まちが》っている気がしたのだ）。それでもやはり、もうひとつの選択肢《せんたくし》を取らないのは自信過剰《かじょう》だろうとわかっていたので、ブラスターをつかんで肩《かた》からさげた。

ぎざぎざした恐怖《きょうふ》の音が神経を責め苛《さいな》んではいたが、キラは安堵感《あんどかん》を覚えていた。待っているだけの時間は終わった。これからは生き延びることだけを考えればいい――自分自身とクルーが生き延びることだけを。それ以外のことはどうでもいい。

身体的脅威《きょうい》に直面したとき、人生はずっと単純なものになる。危険が……明白になるから。

ゼノはキラの気分に反応し、硬《かた》く分厚くなって、これから始まろうとしている混乱に対して、見えないやり方で準備していた。スーツの配分が変化したことで、キラは離《はな》れている肉体のことを思った。部屋の内部を食い尽《つ》くした黒いコーティングを。必要になったら、それらに呼びかけて招集し、ソフト・ブレイドのサイズをふたたび大きくすることもできる。

「これを」ニールセンがいくつかの缶《かん》をキラに放って寄こした。青いのがふたつと黄色いのがふたつ。「チョークとチャフ。いくつか持っておいたほうがいいわ」

「ありがとう」

高く積み上げた武器を抱《かか》えながら、三人は通路を引き返して〈ウォールフィッシュ〉号のメインシャフトへ急いだ。そこにはイタリとエントロピストたちが待っていたが、ファルコーニとスパローの姿はどこにも見当たらなかった。

ニールセンがエントロピストに装備させているあいだに、キラはイタリにブラスターかスラッグスローワーを選ばせた。エイリアンはブラスター二丁を選び、背甲《はいこう》の下から広げた骨ばった腕《うで》でつかんだ。

「キャプテン」ニールセンが警告するような口調で言う。

インターコムからファルコーニの声が聞こえてきた。「準備してるところだ。配置につけ。俺《おれ》たちもすぐに行く」

一等航海士は少しも安心していないようだ。無理もないとキラは思った。

イタリも一緒《いっしょ》に、キラたちは船長の命令に従ってチューブの周りに環状《かんじょう》に位置を取り、開いた気密扉《とびら》の脇《わき》に隠《かく》れた。

キラたちが配置についた直後に、まずスパロー、続いてファルコーニが、頭から爪先《つまさき》までパワードスーツに身を包み、近くの廊下《ろうか》から足を踏《ふ》み鳴らしながら飛び出してきた。

前もって取り決めてあったみたいに、スパローはシャフトの片側につき、ファルコーニは反対側についた。「これがいるかと思って」ニールセンが言い、ファルコーニにグレネードランチャーを投げて寄こした。

ファルコーニはぎこちなくうなずいてみせた。「助かった。恩にきるよ」

スパローとファルコーニがふたり揃《そろ》ってパワードスーツを装備しているのを見ていると、キラは迫《せま》りくるジェリーとの対決への不安がほんの少しだけ薄《うす》れるのを感じた。少なくとも、すべてが自分だけにかかっているわけじゃない。とはいえ、ふたりが最前線に立とうとするのは心配だった。特にファルコーニのことが。

照明がちらつき、一瞬《いっしゅん》、赤い非常灯があたりを照らした。「動力25パーセント、なおも低下中」ファルコーニがオーバーレイを読んだ。「くそ。あと五分で動かなくなる」

「コンタクト」ファジョンが告げ、どこか下でジェリーのポッドが衝突《しょうとつ》して、〈ウォールフィッシュ〉号が振動《しんどう》した。頭上にけたたましい音が反響《はんきょう》し、船のエンジンが停止して、キラは手すりをつかんだ。

「ショータイムの始まりだ」スパローがつぶやく。そして金属で覆《おお》われた腕《うで》を上げ、エクソに内蔵された武器をシャフトの下に向けて狙《ねら》いを定めた。

4

貨物室Aのどこからか、奇妙《きみょう》な音が連続して船尾《せんび》に響《ひび》いた。封鎖《ふうさ》された気密扉《とびら》に触手《しょくしゅ》が打ちつけられているのか、バンバンという音やカタカタいう音、ドシンという鈍《にぶ》い音がする。

キラはソフト・ブレイドのマスクで顔を覆《おお》った。深呼吸をして心を落ち着かせ、ブラスターを担いでシャフトの下に狙《ねら》いをつける。もうすぐだ……。

「やつらがドアを破ったら」ファジョンが言う。「十四秒で次の気密扉《とびら》が封鎖《ふうさ》される」

「了解《りょうかい》」スパローが返事した。彼女《かのじょ》はパワードスーツを装着しているせいで、まともに隠《かく》れることができていない。鏡になったヘルメットで顔が見えず、巨大《きょだい》な金属のゴリラみたいに戸口のほとんどを塞《ふさ》いでいる。同じくファルコーニもパワードスーツのせいで身を隠《かく》せていなかったが、よく見えるようバイザーは半透明《はんとうめい》にしてある。

バン!

スーツのマスクをしていても、キラは耳のなかに圧縮した空気が釘《くぎ》のように打ち込《こ》まれるのを感じた。頭蓋骨《ずがいこつ》の底部に鈍《にぶ》い痛みが広がり、顎《あご》を動かした。

無重力下でいままでは長いトンネルの向こう端《はし》に見えている、シャフトの底だったところから煙《けむり》が現れた。〈ウォールフィッシュ〉号の圧力警報が響《ひび》きはじめる。

キラの頬《ほほ》にそよ風が触《ふ》れた。宇宙船の上では何よりも危険な感覚だ。

周りでは、多数の腕を備えたジェリーの影《かげ》が中央シャフトに押《お》し寄せてくるのに対し、クルーがブラスターやスラッグスローワーを発射しはじめている。蔑《さげす》むべき捨て身のグラスパー。エイリアンは応戦しようとしなかった。代わりに、トンネルを横切ってもうひとつの通路に姿を消した。

数秒後、貨物室のそばにある見えない気密扉《とびら》がガンと不吉《ふきつ》な音を立てて閉められ、風がやんだ。

「くそ、やつらエンジニアリングルームに向かってる」ファルコーニがシャフトの奥《おく》を覗《のぞ》き込《こ》みながら言う。

「あそこからなら丸ごと船の機能を停止できる」とファジョン。

彼女《かのじょ》の指摘《してき》を証明するかのように、また照明がちらついたあと完全に消えて、一同はバックアップのぼんやりした赤い光の下に取り残された。

そのとき、予想だにしなかった光景がキラたちの注目を集めた。シャフトの突《つ》き当たりの戸口から、一本の触手《しょくしゅ》が伸《の》びてきている。その触手《しょくしゅ》ががっちりつかんで離《はな》さないのは、まだ冬眠《とうみん》状態で凍《こお》ったままの、ほかならぬランシブルが収容された透明《とうめい》のクライオ・ボックスだ。

バイザー越《ご》しにもファルコーニの顔が激怒《げきど》にゆがむのが見えた。「ふざけやがって、や

めろ」そう怒鳴《どな》り、いまにも飛び出して追いかけようとしたとき、ニールセンがその腕《うで》を

つかんだ。

「キャプテン」ニールセンもファルコーニに負けない激しい口調で言う。「罠《わな》だわ。行け

ばやられる」

「だが――」

「いけません」

そこにスパローが加わった。「彼女《かのじょ》の言うとおりだよ」

何かできるなら自分しかいないとキラにはわかっていた。本気で豚《ぶた》のために命を賭《か》ける

つもり？　それのどこがいけないの？　命は命だし、どこかの段階ではジェリーと対決す

るしかないのだから。いまでもかまわないはずだ。ただ、そこが〈ウォールフィッシュ〉

号じゃなければよかったけど……。

明らかにおびき寄せようとして、触手《しょくしゅ》は豚《ぶた》を左右にゆらゆら揺《ゆ》らしている。

「あのクソ野郎《やろう》ども」ファルコーニはグレネードランチャーを構えかけて、途中《とちゅう》でやめた。

「命中させられそうにない」

と、非常灯が消えて、少しのあいだキラたちは不親切な真っ暗闇《くらやみ》のなかに取り残された。赤外線でなら周囲の様子がまだ確認でき、キラはシャフトに沿って電磁場が奇妙《きみょう》に重なり合っていることに気づいた——すみれ色の力の渦巻《うずま》く噴水《ふんすい》。

「プラズマ封《ふう》じ込《こ》めフィールドの機能停止」モルヴェンがアナウンスした。「ただちに避《ひ》難《なん》してください。くり返します、ただちに——」

ファジョンがうめいた。

照明が戻《もど》り、最初は赤色、次に通常の明かりが点灯し、いつもの細長いフルスペクトル光に照らされて、目が痛いほどまぶしくなった。金属板の防護壁《ぼうごへき》をかすかな振動《しんどう》が揺《ゆ》らし、大きな怒鳴《どな》り声が〈ウォールフィッシュ〉号にとどろきわたる。

「**その豚《ぶた》を下ろせ！**」

グレゴロヴィッチ。

5

シャフトの奥《おく》の気密扉《とびら》がバタンと閉まり、ジェリーの触手《しょくしゅ》を切り離《はな》し、オレンジ色の膿《のう》漿《しょう》が飛び散った。触手《しょくしゅ》は見るからに苦痛を味わっている様子で、くねくねとのたうちながら浮《う》かんでいる。触手《しょくしゅ》はランシブルのクライオ・ボックスを壁《かべ》に放り投げた。箱はバウンドしてシャフトを何度か転がっていき、ファルコーニがどうにか捕《つか》まえた。

片端《かたはし》に一本の深いひっかき傷ができているだけで、箱もなかの豚《ぶた》も無事なようだ。

「あれに穴をあけろ」ファルコーニが触手《しょくしゅ》を指さして命じる。

ニールセン、スパロー、キラは喜んで従った。

「おかえり、共生する侵入者《しんにゅうしゃ》たちよ！」グレゴロヴィッチが高らかに言う。「こうして再会できるとは、おおなんと幸せな日だ、厄介《やっかい》な小さき肉袋《ミートバッグ》ども！　あの暗い時期はむなしい虚偽《きょぎ》のねじれた迷路のなかに失われ、きみたちはおせっかいな災難のなかをぶらつきに出かけた！　輝《かがや》くランタンが私を連れ戻《もど》したことは、きみたちにとってなんと幸運なことか。喜べ、私は生まれ変わったのだ！　フーム、この哀《あわ》れでのろまな船に何をした？　よければ、私が操縦を引き受けよう。モルヴェンは、ああ可哀想《かわいそう》なあのまやかしは、この任務には適さない。まずは私のプロセッサを感染させているこのグロテスクなエイリアンのコードを一掃《いっそう》して、さあて……片付いた。リアクターの排気《はいき》と安定化。いざ、あの汚水溜《おすいだ》めのにおいを嗅《か》ぎまわるやつらに、私の本当の力を見せるときが来た。ヒャッホー！」

「遅《おそ》かったじゃないか」ファルコーニが言う。

「ヘイ」スパローが隔壁《かくへき》をぴしゃりと叩《たた》いた。「会いたかったよ、変人」

「浮《う》かれすぎないようにね」ニールセンが警告するような目つきを天井に向ける。

「私が？　浮《う》かれる？」とシップ・マインド。「いや、いい、決してそんなことはない。では、壁《かべ》、床《ゆか》、天井、手すりから手足をすべて離《はな》して」

「あー……」とヴィシャル。

《こちらキラ：イタリ、壁《かべ》から離《はな》れて！》

緊急《きんきゅう》を告げるキラの香りに、ジェリーは充分《じゅうぶん》なすばやさで反応した。触手《しょくしゅ》を引っ込《こ》め、背甲《はいこう》の赤道に沿ってガスを小さくプップッと吐《は》き出しながら空中に浮《う》かんで身体を安定させている。

危険な低いうなりがあたりを満たし、キラはゼノの皮膚《ひふ》がむずむずチクチクするのを感じた。触手《しょくしゅ》を切り落としたあのドアの奥《おく》から、歯を軋《きし》らせる放電音が響《ひび》いてくる。ジージー、パリパリ、パチパチと音を立てる、電光の小さな衝突《しょうとつ》。

そして肉の焦《こ》げたぞっとするにおいが漂《ただよ》ってきた。

「すべて片付いた」グレゴロヴィッチはいかにも満足そうだ。「きみのイカフライのできあがりだ、スパロー。申し訳ないがファジョン、いくつか配線を直してもらわないと」

マシン・ボスは笑みを浮《う》かべた。「別にいいよ」

「さっきあたしが言ったことを聞いてたわけ？」スパローが尋《たず》ねる。

シップ・マインドはクックックッと笑った。「ああそうとも、羽根のように弱々しく、もやの立ち込《こ》めた水の上を渡《わた》って響《ひび》く声を」

「どうやって？　この船からきみだけを切り離《はな》したのに」ファルコーニが訊《き》いた。

グレゴロヴィッチは鼻をすすった。「おやおや、わかるだろう。ファジョンはささやかな秘密を持っているかもしれないが、それは私も同じだ。ひとたび不誠実な幻影《げんえい》と衰弱《すいじゃく》させる疑念が晴れてしまえば、回避《かいひ》するのは楽勝だった、ああそうとも。あれをひねって、これを叩《たた》いて、トカゲの尻尾《しっぽ》にクサリヘビの舌、そこにいたずらなトルクをこっそり」

「どうかしら。前のあなたのほうがよかった気がする」ニールセンはそう言いながらもほほ笑んでいる。

「ミスター・ファジーパンツはどうしたんだ？」ヴィシャルが訊《き》いた。

「つぼみのごとく安全だよ」とグレゴロヴィッチは応えた。「さてさて、もっと大きな問題について話し合おう。わが友よ、きみたちはこの上なく危険な苦境に身を置いている、ああそうとも」

ファルコーニは壁《かべ》に搭載《とうさい》された近くのカメラをじっと見つめている。「本当にやれるのか？」

青くて毛深い幻《まぼろし》の手がそばのスクリーンに映し出された。その手は親指を立ててみせ、シップ・マインドは答えた。「馬のように正しくて、感じの悪さは二倍。待てよ、それだと意味がわからない。フーム……だがイエス、大丈夫《だいじょうぶ》だ、キャップ！ そうじゃなかったとしても、本当に私抜《ぬ》きで腕《うで》だらけの大群を相手にしたいのか？」

ファルコーニはため息をついた。「厄介《やっかい》ないかれたやつめ」

「そのとおり」グレゴロヴィッチは自己満足した前向きな声で言った。

ニールセンが口を開く。「計画は――」

「ああ。計画なら知っている。すべての録画と録音を検討し、整理し、アーカイブに入れてある。しかしながら、その計画というやつは、気を遣《つか》って言わせてもらえば、結構で誠にろくでもない。現在のところ二十一艘《そう》のジェリーの船が飛来していて、友好的とは到底《とうてい》言えない様子だ」

「で？ その大きな脳みそに何か考えは？」スパローが訊《き》く。

「実はあるんだ」グレゴロヴィッチはささやいた。「キャプテン、行動許可を頂けますか？ きみや私やその腕《うで》のなかの豚《ぶた》が、明日の朝の光を見る可能性があるとするなら、荒《あら》療治《りょうじ》が必要だ」

ファルコーニは長いこと躊躇《ちゅうちょ》していた。けれど最後には顎《あご》をぐっと上げて言った。「やれ」

グレゴロヴィッチは笑い声をあげた。「アハハハ！　きみの信頼《しんらい》は私にとって何にも代えがたい貴重なものだ、おおキャプテン。しっかりつかまれ！　斜め宙返り《スキューフリップ》に備えろ！」

「スキューフリップ！」ニールセンが叫《さけ》ぶ。「いったい何を考え――」

キラはしっかりつかまって目を閉じると、自分も周りのすべてもさかさまにひっくり返るのを感じた。シップ・マインドが告げる。「推力の回復」足の裏がまた床《ゆか》に着き、身体が通常の重さに戻《もど》った。

「説明しろ」とファルコーニ。

落ち着いた様子でグレゴロヴィッチが話す。「〈ノット・オブ・マインズ〉はすべての敵からこの船を守ることはできない。それに彼《かれ》らは親愛なるリーダーにそむく行動もできない。となれば、われわれに残された選択肢《せんたくし》はただひとつ」

「やっぱりクタインを殺すしかない」とキラは答えた。

「まさに」グレゴロヴィッチは特にお利口さんなペットに話しかける主人と同じ誇《ほこ》らしそうな口調で言った。「だからチャンスを捉《とら》えて相手の喉《のど》を絞《し》め殺す。あの水中の堕落者《だらくしゃ》どもに人類の知恵《ちえ》というものの意味を教えてやるんだ。われわれが武器に変えられないものも爆破《ばくは》できないものもひとつもない、アハハハ！」

「〈ハイエロファント〉に激突《げきとつ》するつもりはない、ない」ファルコーニは歯を食いしばりながら言った。

「チッ、チッ。誰《だれ》が激突《げきとつ》するなどと言った?」こんな状況《じょうきょう》でありながら、シップ・マインドはやたら楽しそうに言った。「それに核融合炉《かくゆうごうろ》を使って標的をフランベもしない、それだと爆発《ばくはつ》に巻き込《こ》まれてこの船も破壊《はかい》されてしまうだろうからな。だめだ、そんなことはしない」

「はっきり言いなよ」スパローがうなる。「何を企《たくら》んでるの、グレッグ? 白状しなって」

シップ・マインドはわざとらしく咳払《せきばら》いした。「このタイミングで、グレッグと呼ぶとはね? いいさ。お好きなように、スズメちゃん。〈バタード・ハイエロファント〉号はこの船から遠ざかっていっているが、七分四十二秒あれば、私はきみたちが〈ハイエロファント〉の皮をえぐってぽっかりあけた傷口に〈ウォールフィッシュ〉号の船首を停めてみせよう」

「えっ!?」スパローとニールセンが同時に叫《さけ》んだ。

ファルコーニはエクソのなかで目を左右に光らせて、オーバーレイの表示を読んでいる。細く引き結んだ唇《くちびる》が白くなっている。

「そうだとも」グレゴロヴィッチは自信たっぷりだ。「ジェリーたちはこの船を撃《う》とうとはしないだろう、最愛の恐《おそ》るべきリーダーの船にそこまで近づいていては。そしてその場を確保したら、きみは――ここで言っているのは、どうやらきみのことだぞ、おお棘《とげ》の女王よ――勇んで出ていき、これを最後にこの煩《わずら》わしいジェリーを始末するんだ」

困惑《こんわく》した顔でヴィシャルがファルコーニとスパローを順に見やった。「〈ハイエロファント〉はこの船を撃《う》ち落とそうとしないのか？　向こうの防御《ぼうぎょ》はどうする？」

「見ろ」ファルコーニはディスプレイを示した。

そこには外から捉《とら》えた〈ウォールフィッシュ〉号の合成画像が映し出されている。チョークが船首の通気口から流れ出て、チャフの細いリボンと共にきらめき、その濃《こ》い雲が船を包んでいる。〈ノット・オブ・マインズ〉の五艘《ごそう》の船が〈ウォールフィッシュ〉号の周りを環状《かんじょう》に取り囲んでいる。キラが見ているあいだにも、〈ノット〉のレーザーが発射され、〈ハイエロファント〉から新たに打ち上げられたミサイルの一群を撃破《げきは》していった。〈ウォールフィッシュ〉号はガタガタ揺《ゆ》れたが、ほかには影響《えいきょう》を受けていないようだ。

「うまくいく？」キラは静かに問いかけた。

「これからわかる」ファルコーニはディスプレイを消した。「見ないほうがいい。よし、全員エアロックBへ。これからは自分たちの力で戦うことになる。実戦だ」彼《かれ》はランシブルのクライオ・ボックスをヴィシャルに渡《わた》した。「どこか安全なところにしまっておいてくれ。医務室がいいかもな」

ヴィシャルは豚《ぶた》を受け取りながらうなずいた。「任せてくれ、キャプテン」

ふたたび恐怖《きょうふ》がよみがえり、剃刀《かみそり》のかぎ爪《づめ》でキラのなかを這《は》いまわっている。本当にクタインのもとまでたどり着くことができたとして、ンマリルの記憶《きおく》が正しかったとすれば、オルステッドからの脱出《だっしゅつ》時のソフト・ブレイドと同じかそれ以上に大きな怪物《かいぶつ》と対決することになる。おまけにこのジェリーは賢《かしこ》い、最大級のシップ・マインドなみに賢《かしこ》いのだ。

キラは身震《みぶる》いした。

ファルコーニは気づいた。〈考えるな。――ファルコーニ〉

〈そんなの無理。――キラ〉

彼《かれ》はパワードスーツに包まれた手でキラの肩《かた》にそっと触《ふ》れ、脇《わき》を通り過ぎていった。

6

〈ウォールフィッシュ〉号は爆発《ばくはつ》しなかった。

嬉《うれ》しい驚《おどろ》きだったのは、〈ノット・オブ・マインズ〉の五艘《そう》の船がひとつ以外すべてのミサイルを食い止めたことだ。そしてそのひとつは〈ウォールフィッシュ〉号から数百メートル逸《そ》れて、金属音を立てながら虚空《こくう》へ飛んでいき、永遠に消えた。

キラはより大きな戦闘《せんとう》の様子を確かめた。恐《おそ》れていたとおり悲惨《ひさん》な状況《じょうきょう》になっている。第七艦隊《かんたい》は散り散りになり、ジェリーは容赦《ようしゃ》ない効率の良さでUMCの船を狙《ねら》い撃《う》っていた。破損あるいは破壊《はかい》された戦艦《せんかん》の数を見て、血管を冷たいものが流れるのを感じ、キラは決意を新たにした。この殺戮《さつりく》を止めさせるには、どんな犠牲《ぎせい》を払《はら》うことになったとしても、クタインを殺す以外に道はない。

それが、わたしたちが乗っているときに〈バタード・ハイエロファント〉号を爆破《ばくは》するということだったとしたら？　キラのなかにかたい決心の核《かく》が形成された。そのときはそうするまでだ。ほかの選択《せんたく》をしたところで死は免《まぬが》れられないだろう。

ジェリーと戦うしかないというのなら、簡単に殺されるつもりはない。キラは精神で接《せっ》触《しょく》を図り、部屋に生い茂《しげ》っている分のゼノを召喚《しょうかん》した。はぐれた肉体を呼び寄せて〈ウォールフィッシュ〉号の廊下《ろうか》を通り抜《ぬ》けさせ、せいいっぱい気をつけて船に損傷を与《あた》えないようにして、ほかのクルーたちと一緒《いっしょ》に待っているエアロックまで連れてくる。

しがみつき這《は》い進む黒い繊維《せんい》の潮流になってシードが波のように押《お》し寄せてくると、ニールセンがかん高い悲鳴をあげた。「大丈夫《だいじょうぶ》よ」とキラが言っても、クルーは飛びのいたままでいて、繊維《せんい》はデッキを流れてきてキラの足、脚《あし》、腰《こし》、胴《どう》へと上っていく――そうして一メートル近い厚さの生きた鎧《よろい》としてキラを包んだ。

ゼノで身体が大きくなった分、動きは制限されたが、重さは少しも感じなかった。閉じ込《こ》められているという感じもまったくない。それよりは、命令に従いたがっている筋肉に取り囲まれているかのようだ。

「ふざけんな！　ほかにあたしたちに隠《かく》してることは？」スパローが言う。

「ない、これだけ」とキラは答えた。

スパローは首を振《ふ》り、もう一度悪態をついた。イタリだけがシードの——アイディーリスの出現に動揺《どうよう》していないようだ。ジェリーはただ触手《しょくしゅ》を擦《す》り合わせ、関心の〈近香《ニアセント》〉を放っただけだ。

ファルコーニの顔にゆがんだ笑みが浮《う》かぶ。「ま、おかげで脈が戻《もど》ったよ」

「こっちは心臓発作を起こすところだ」ヴィシャルは床《ゆか》にひざまずき、メディカルバッグの中身を詰《つ》め直している。その様子から、これから起きようとしていることを残酷《ざんこく》なまでに思い知らされた。

キラは非現実的な感覚にとらわれた。あらゆる予想を超《こ》えた異様な状況《じょうきょう》に思える。まさにこの時、この場所へと自分たちを導いてきた出来事は、到底《とうてい》信じがたくあり得ないような話だ。それなのにここにいる。

エアロックの前の部屋が放電に照らされた。ファジョンがうなり、片隅《かたすみ》でいじっている四台のドローンの上に身をかがめる。「ドローンの準備は間に合いそう?」スパローが声をかけた。

マシン・ボスはドローンから目を離《はな》さずに答える。「神の思《おぼ》し召《め》しがあれば……うん」それぞれのドローンはマニピュレータの片方に溶接《ようせつ》用の付属品と、もう一方には修理用のレーザーが搭載《とうさい》されている。どちらの道具も使い方を間違《まちが》えば大怪我《けが》することになりかねないが、ファジョンは意図的に間違《まちが》った使い方をするつもりなのだろう。

「それで作戦は?」ニールセンが訊《き》く。

ファルコーニはキラを指さした。「シンプルだ。キラ、きみは先頭に立って俺《おれ》たちを掩《えん》護《ご》してくれ。こっちはきみの側面を見張って、支援射撃《しえんしゃげき》をする。オルステッドのときと同じだ。〈バタード・ハイエロファント〉号にまっすぐ切り込《こ》んでいって、立ち止まらず、振《ふ》り返らず、速度を緩《ゆる》めずクタインのところまで行く」

「もし誰《だれ》か撃《う》たれたら?」スパローは角度の鋭《するど》い眉《まゆ》を上げた。「なかに入ったらクソみたいなことになるよ、わかってるだろうけど」

ファルコーニはグレネードランチャーの台尻《だいじり》を指で叩《たた》いた。「誰《だれ》かが怪我《けが》をしたら、負傷者は〈ウォールフィッシュ〉号に送り返す」

「それは――」

「〈ウォールフィッシュ〉号に送り返せないときは、一緒《いっしょ》に連れていく」ファルコーニはひとりひとりの顔に視線をさまよわせた。「いずれにしても、誰《だれ》ひとり置き去りにはしない。誰《だれ》ひとりとして」

それを思うと勇気づけられたけれど、ファルコーニの提案どおりに実現できるものなのか、キラにはわからなかった。トリッグ……これ以上、クルーを失いたくない。これ以上、仲間たちを。彼《かれ》らの身を守るためにできることがあるのなら、たとえどれほど怖《こわ》いと思ったとしても、どんなことでもするつもりだった。

「わたしが行く」キラは言った。誰《だれ》も気づかなかったようなので、もっと大きな声でもう一度言った。「わたしが行く。ひとりで」

エアロックの前の部屋に沈黙《ちんもく》が落ち、みんながキラを見た。「そんなの絶対にだめだ」ファルコーニが言った。

キラはみぞおちに溜《た》まっていく酸っぱいものを無視して、首を振《ふ》る。「本気よ。わたしにはソフト・ブレイドがある。これがあればずっと安全でいられる――エクソで装備したあなたよりも安全だわ。それにわたしだけなら、誰《だれ》かを守ることを気にしなくて済む」

「お嬢ちゃん、い、いい、じゃあ誰《だれ》があんたを守るわけ?」スパローがキラのもとに近づいてくる。

「曲がり角からジェリーがあんたを狙撃《そげき》しようとしたら？　奇襲《きしゅう》をかけられたら？　あんたがやられたらね、ナヴァレス、みんながまずいことになるんだよ」

「それでも、どんな攻撃《こうげき》を加えられたとしたって、わたしの装備のほうがうまく対処できるはず」

「クタインは？」ニールセンが腕組《うでぐ》みをした。「あなたが言っていたような相手だとしたら、殺すためにはありったけの力をかき集める必要があるでしょう」

ファルコーニが発言する。「ソフト・ブレイドを完全に制御《せいぎょ》が利かない状態にするしかなくなる」

みんなのなかでファルコーニだけが、ナイトメアを誕生させるのにキラが担った役割を知っていて、その言葉はキラの心の奥底《おくそこ》にある恐怖《きょうふ》に刺《さ》さった。キラはいらだち、歯を食いしばった。「みんなをここにとどめておくことだってできる」脅《おど》すように、指先からのたくる巻きひげの束を上に向かって突《つ》き出してみせる。

ファルコーニの視線がますます険しくなった。「やってみればいいさ、キラ、たとえ〈ウォールフィッシュ〉号を真っ二つにすることになっても、切るか吹《ふ》き飛ばすかして身を解く方法を見つけてやる。嘘《うそ》じゃないぞ。そうして結局はきみのあとを追う……。ひとりでは行かせないぞ、キラ、これは決定だ」

キラはこの状況《じょうきょう》に押《お》し流されないよう努めた。彼《かれ》が言ったことを受け入れて前に進もうとした。でも、できなかった。もどかしさが膨《ふく》らみ、喉《のど》で息が詰《つ》まった。「それは――わたしは――あなたたちは怪我《けが》をするか殺されるかすることになるだけよ。わたしだってひとりで行くのはいいや、だけどそうするのがいちばんなの。なんでわかってくれな――」

「ミズ・キラ」ヴィシャルが立ち上がってみんなのもとに加わった。「危険は承知だよ、その上で――」丸い穏《おだ》やかな優しい目で彼《かれ》は頭を垂れた。「――心を開いて受け入れているんだ」

「でも、そうするべきじゃない」

ヴィシャルはほほ笑み、その表情の純粋《じゅんすい》さにキラは何も言えなくなった。「確かにそうだな、ミズ・キラ。だが人生はそういうものだ、だろう？　そして戦争はそういうものだ」それからキラが驚《おどろ》いたことに、彼《かれ》はハグをした。続いてニールセンもキラを抱《だ》きしめ、ファルコーニとスパローは重いガントレットをはめた手でキラの肩《かた》に触《ふ》れた。

キラは鼻をすすり、涙《なみだ》を隠《かく》そうと天井を見上げた。「わかった……わかったわ。みんなと行くことにする」〈ウォールフィッシュ〉号のクルーと一緒《いっしょ》にいられて、自分はどれほど幸運に恵《めぐ》まれているのだろう、とふと思った。みんな根はいい人たちだ、最初にこの船に乗り込《こ》んだときに思っていたよりも遥《はる》かにずっと。それに彼《かれ》らは変わった。61シグニで初めて会ったときのみんななら、いまみたいに自ら危険に飛び込《こ》んでいこうとはしていなかっただろう。

「知りたいのは、どうやってクタインを見つけるかってこと。あの船はばかみたいにでかい。何時間もさまよい歩いて、なおも収穫《しゅうかく》はなしってことになりかねない」スパローが言った。

「何か考えは？」ファルコーニはイタリのほうを見た。「イカのあんたはどうだ？　何か役に立ちそうなことはないか？」

キラがその質問を通訳すると、ジェリーは答えた。《こちらイタリ：なかに泳いで入ることができたら、そして〈バタード・ハイエロファント〉号の〈リティキュラム〉[*12]にアクセスするためのノードを見つけられれば、クタインの正確な居場所を特定できるだろう》

ファジョンは興味を持ったようだ。「〈リティキュラム〉？　それは――」

「あとにしてくれ。そのノードってやつはどんな見た目なんだ？」ファルコーニは訊《き》いた。

《こちらイタリ：正方形の星みたいなものだ。通信を容易にするために、どの船の接合点にも設置されている》

「前に見たことがあるかも」キラは初めて乗ったジェリーの船を思い出していた。

《こちらイタリ：クタインの居場所を突《つ》き止めたら、各デッキを通り抜《ぬ》けられるドロップ

チューブがある。それを使えば移動が早い》

ニールセンが質問する。「イタリ、あなたはわたしたちを助けられそうなの？　それとも遺伝子プログラムに邪魔《じゃま》される？」

《こちらイタリ：われわれがなぜそこにいるのか言及《げんきゅう》しない限りは……そう、助けられるはずだ》イタリの触手《しょくしゅ》に不安の赤い帯が混じった。

「助けられるはずだ、か」とファルコーニ。「ふん」

スパローは心配そうだ。「あたしたちに気づいたらすぐに、ジェリーは群がってくるはずだ」

「違《ちが》うな。ジェリーは彼女《かのじょ》に群がるだろう」ファルコーニはキラのほうを示した。「やつらを俺《おれ》たちの背中から追い払《はら》ってくれ、こっちはきみの背中から追い払《はら》う」

キラは決意し、この挑戦《ちょうせん》に対する覚悟《かくご》を決めた。「そうする」

ファルコーニはうなった。「とにかくこのノードを見つけないとな。それが最初の目標だ。そのあと、俺《おれ》たちの手でジェリーを殺しにいく。おい――」ファルコーニはジョラスとヴェーラを振《ふ》り返った。ふたりは片隅《かたすみ》にうずくまり、お互《たが》いの腕《うで》を握《にぎ》りながらささやきを交わし合っていた。「おたくらはどうする、クエスタント？　本当にやる気なのか？」

エントロピストたちは武器をつかんで立ち上がった。グラディエントローブを身に着けたままで、顔はむき出しになっている。彼《かれ》らはどうやって真空を、ましてレーザーブラストを耐《た》え抜《ぬ》くつもりなのだろう、とキラは不思議に思った。

「ええ、感謝します、プリズナー」ヴェーラが言う。

「ここよりほかに居たい場所などありません」とジョラス。とはいえ、エントロピストはふたりとも不安そうな様子だった。

スパローが皮肉っぽい笑い声を吐《は》き出した。「それはまた、言葉もないよ」

ファルコーニは咳払《せきばら》いをした。「感傷的になってると思わないでほしいんだが、その、きみたち以上のクルーは望めない。それだけは言っておこうと思ってな」

「そうね、あなたもなかなか立派な船長よ、キャプテン」ニールセンが言った。

「だいたいのときは」とファジョン。

「だいたいのときは」スパローも同意する。

インターコムがオンになり、グレゴロヴィッチの声がした。「接触《せっしょく》まで六十秒。繊細《せんさい》で小さなわが肉袋《ミートバッグ》たち、どうか安全の確保を。この先ガタガタ揺《ゆ》れることになる」

ヴィシャルが頭を振《ふ》った。「はあ。それは嬉《うれ》しくないな。まったくもって」ニールセンは額に手を触《ふ》れて低い声で何やらつぶやいた。

キラはオーバーレイに切り替《か》えた。前方に〈バタード・ハイエロファント〉号がみるみる迫《せま》ってくるのが見えた。近づくと、このジェリーの船はさらに巨大《きょだい》に見える。丸くて白く、膨《ふく》れた中間部に沿って軸《じく》やアンテナが突《つ》き出している。カサバ榴弾砲《ハウイッツァー》に吹《ふ》き飛ばされてできた穴から、船内に何層も積み重なったデッキが見えている。何に使われるのかわからない何十何百という部屋がいまでは冷たい宇宙空間にさらされている。船のなかに何体かのジェリーが浮《う》かんでいるのが見えた。生きている者もいたが、大半は死んで凍《こお》った膿《のう》漿《しょう》のつららに囲まれていた。

のしかかるように現れた〈ハイエロファント〉を前にして、キラは前に経験したのと同じ、あの引き寄せられる感覚をまたもや味わった。キラに応答を促《うなが》す〈消え失せし者〉による強制力。

キラは冷酷《れいこく》な笑みを浮《う》かべた。自分がこの召喚《しょうかん》にどう応じるか、クタインやグラスパーは気に入らないのではないかと思った。

グ、ラ、ス、パ、ー？　キラはソフト・ブレイド／シードの思考パターンに陥《おちい》っていた。それの何がいけない？　捕《グ》ま《ラ》え《ス》よ《パ》う《ー》とする者という呼び方はぴったりだ。ジェリーは多くの肢《あし》を備えたグラスパーで、今日キラはやつらにアイディーリスを恐《おそ》れるべきである理由を思い知らせてやるのだ。

横でイタリが具合の悪そうな香りを発しているのに気づいた。身を震《ふる》わせ、気持ちの悪

い緑と茶色を帯びている。《こちらイタリ：私にとってはここにいるだけでも大変だ、アイディーリス》

《こちらキラ：わたしの同形態を守ることだけに集中して。強く偉大《いだい》なクタインのことは心配しないで。あなたがしていることはなんの関係もない》

ジェリーは紫色《むらさきいろ》のさざ波を立てた。《こちらイタリ：いまのは助けになった、アイディーリス。感謝する》

〈ウォールフィッシュ〉号は〈バタード・ハイエロファント〉号に榴弾砲《ハウイッツアー》があけた穴に船首を前にして入っていき、溶《と》けかけたデッキが〈ウォールフィッシュ〉号のサファイアの窓の外に見える景色を暗くした。ファルコーニが言う。「なあ、グレゴロヴィッチ、元気になったことだし。俺《おれ》たちを送り出す挨拶《あいさつ》でもするか？」

シップ・マインドは咳払《せきばら》いする真似をした。「結構。ご静聴《せいちょう》願おう。空虚《くうきょ》な宇宙の主よ、危険を冒《おか》して敵との戦いに乗り出すわれらを守りたまえ。われらの手を――そして思考を導き――これらの平和の曲解に対しわれらが意志により操る武器を導きたまえ。勇気を盾《たて》とし、正義の怒《いか》りを剣《けん》とし、無防備なものを守ろうとする者たちを見てわれらが敵が逃《に》げ出さんことを、邪悪《じゃあく》なものを前にしてわれらがくじけず屈服《くっぷく》せずにいられんことを。今日は天罰《てんばつ》の日であり、われらはわが種《しゅ》の返報の道具である。神《デォ・ドゥーケ》に導かれ、剣を携《フェロー・コミタンテ》えて。アーメン」

「アーメン」ファジョンとニールセンがつぶやいた。

「祈《いの》りの言葉はそうでなきゃね！」スパローがニヤリとする。

「ありがとう、スズメちゃん」

「わたしの好みよりちょっと戦争色が強すぎるけど。でも役目は果たしてる」キラは言った。

ファルコーニはグレネードランチャーを肩《かた》に担いだ。「誰《だれ》かが聞いていたことを願おう」

〈バタード・ハイエロファント〉号の内部の真ん中に停まり、〈ウォールフィッシュ〉号は急に傾《かたむ》いた。ソフト・ブレイドで壁《かべ》に身体を固定していなければ、キラは床《ゆか》に投げ出されていただろう。ほかのみんなはよろめいて、ニールセンは片膝《かたひざ》をついた。核融合《かくゆうごう》エンジンのとどろきはやんだが、〈ウォールフィッシュ〉号は〈ハイエロファント〉の人工重力に包まれているため、重さの感覚は残ったままだった。

7

エアロックの外には、黒い茎《くき》のような生長物を囲んで半透明《はんとうめい》のピンク色の小球が並べられた、備品室らしき部屋が見えた。カサバ榴弾砲《ハウイッツァー》に蒸発させられなかった三つの壁《かべ》には、なんだかわからない器具の置かれた棚《たな》が並んでいる。格子のついた床《ゆか》にスラグのしずくが凍《こお》りつき、壁《かべ》はカーブしていて、おなじみの三枚に分かれた貝がドアの役割を果たしている。見えるものすべてが高い放射線量を受けているはずだが、いまはそのことは少しも心配していなかった……。

この部屋にはジェリーの姿が見当たらない。キラが予想していなかった幸運の到来《とうらい》だ。

「悪くないぞ、グレッグ。みんな準備はいいか？」ファルコーニが言う。

「ちょっと待って」ファジョンはまだドローンに身をかがめている。

ファルコーニは目を細くした。「急げ。ここにいたら格好の標的になる」

マシン・ボスは韓国語《かんこくご》で何やらブツブツ言った。それから背中を伸《の》ばすと、ブーンと耳ざわりな音を立ててドローンが宙に舞《ま》い上がる。「準備できた」

「いよいよだ」ファルコーニがリリースボタンを叩《たた》くと、エアロックの内側のドアが開いた。「騒《さわ》ぎを起こすときが来たぞ」

「あの……」キラはエントロピストたちを見ていた。どうやって真空で呼吸するというのだろう？

心配は無用だった。ヴェーラとジョラスは同時にフードを顔に引き下げた。生地はかたくなってかすかに光り、スキンスーツのヘルメットと同じように透《す》きとおって首の周りをがっちり密閉した。

「大した芸当だ」とスパロー。

ファルコーニがエアロックの空気を排出《はいしゅつ》して外側のドアをあけると、真空の静寂《せいじゃく》に飲み込《こ》まれた。一瞬《いっしゅん》のうちに、聞こえるのは自分の呼吸音と鼓動《こどう》だけになる。

するとイヤーピースから雑音が流れてきて、びっくりするほど近くに聞こえる声でグレゴロヴィッチが言った。「なんてことだ」

「なんてことだ？」ファルコーニの声は鋭《するど》く、無線を通してやや小さく聞こえた。

シップ・マインドは返事を渋《しぶ》っているようだった。「残念な知らせだが、親愛なる友よ、本当に残念でたまらないが、われわれを守るのに、もはや賢《かしこ》さでは足りないのかもしれない。運が尽《つ》きるのは避《さ》けがたく、運を使い果たすのはわれわれだということだ」

キラのオーバーレイに、惑星《わくせい》系の映像が現れた。最初は何を見ているのか理解できなかった。ジェリーとUMCそれぞれの船の位置を記した青と黄色のドットが赤い星座の後ろに半ば隠《かく》れている。

「な――」スパローが言いかけた。

「ああ」グレゴロヴィッチは初めて心から残念そうに言った。「ああ、ナイトメアが戦闘《せんとう》に加わることを決めた。そして今回は何か別のものも連れてきている。大きなものだ。それは全局を使って放送している。自らを……モーと名乗って」

Astrorum Irae

第5章　星の怒り《アストロールム・イラエ》

1

キラはぞっとしながら見つめていた。

オーバーレイで恐怖《きょうふ》の幻影《げんえい》を凝視《ぎょうし》している。キラの過去の過ちによって形を与《あた》えられた本物の悪夢《ナイトメア》。モー……。それは宇宙に浮《う》かんだ赤と黒の肉体のグロテスクな寄せ集めに見えた。赤むけして皮膚《ひふ》がなく、にじみ出ている体液でぬらぬら光っている。そのかたまりは〈バタード・ハイエロファント〉号よりも大きかった。キラが見てきたどんな宇宙ステーションよりも大きい。惑星《わくせい》R1の軌道《きどう》を周回しているふたつの小さな月に近い大きさだ。

その姿は枝分かれした癌《がん》のようにぐちゃぐちゃで、あまりにも混沌《こんとん》としていて法則らしきものは少しもないが、その縁《へり》に沿ってフラクタル図形っぽさが——見ようとすれば見れなくもなかった。

　モーの姿を見て、キラは瞬時《しゅんじ》に本能的な嫌悪《けんお》を感じ、続いて吐《は》き気を催《もよお》し衰弱《すいじゃく》しそうなほどの恐怖《きょうふ》を感じた。

　その忌《い》まわしい腫瘍《しゅよう》はもっと小さなコラプテッドの大軍を引き連れて、R1の軌道《きどう》の近くにFTLから出てきていた。モーとその軍勢はすでに、人間もジェリーも区別することなく攻撃《こうげき》しはじめている。

　キラは両手で自分の身体を抱《だ》き、吐《は》き気を覚えて身体を丸めてうずくまった。モーのようなものにシードが打ち勝つすべはない。相手はあまりに大きく、あまりに歪《ゆが》み、あまりに怒《いか》りに満ちている。シードを同じ大きさまで成長させる時間があったとしても、キラはゼノの身体のなかに取り込《こ》まれて消えてしまうだろう。彼女《かのじょ》だった者は存在するのをやめてしまう、あるいはシードのごく小さな一部になって取るに足らない存在になるだろう。

　そのことを思うと死そのものより恐《おそ》ろしかった。殺されるだけなら、最期のときまで自分自身でいつづけられるだろう。けれど、シードに飲み込《こ》まれてしまったら、心や体が存在することをやめるよりずっと前に、自らの破滅《はめつ》に直面することになるのだ。

　そのとき、ファルコーニが重いエクソの手を触《ふ》れて、キラを立ち上がらせてなだめるような口調で話した。「なあ、大丈夫《だいじょうぶ》だ。まだ負けたわけじゃない」

キラは首を振《ふ》り、ゼノのマスクの下で涙《なみだ》が浮《う》かんでくるのを感じた。「だめ、できない。できない。でき――」

ファルコーニはキラを強く揺《ゆ》さぶって、自分に注意を向けさせた。ソフト・ブレイドがなだらかな棘《とげ》のさざ波を立てて反応する。「そんなこと言うんじゃない。きみが諦《あきら》めたら、俺《おれ》たちもみんな死んだも同然なんだぞ」

「あなたはわかってないのよ」ファルコーニには見えていなくても、キラはオーバーレイのなかに浮《う》かんでいる出来損ないの姿を頼《たよ》りない身振《みぶ》りで示した。「あれ、あれは――」

「よせ」彼《かれ》の声は厳しかった。キラが耳を傾《かたむ》けるほど厳しかった。「一度にひとつずつ集中しろ。俺《おれ》たちはクタインを殺す必要がある。それができるか？」

キラはいくらか落ち着きが戻《もど》るのを感じながらうなずいた。「うん……できると思う」

「いいぞ。じゃあ冷静になって、ジェリーをやっつけに行こう。ナイトメアの心配はあとですればいい」

キラは自信があるふりをしようとして、恐怖《きょうふ》を無視しようとしながらも、まだ恐怖《きょうふ》で胃がねじれるのを感じていた。オーバーレイの映像を消しても、まるで網膜《もうまく》に焼きついたみたいに、モーの姿が脳裏から離《はな》れない。

キラが心のなかで命じると、ゼノはエアロックの前に彼女《かのじょ》を進ませた。「行くわよ」とキラは言った。

2

〈ウォールフィッシュ〉号の外に出てエイリアンの備品室に入ると、〈バタード・ハイエロファント〉号が回転するのに合わせて影《かげ》が回転していたが、エイリアンの船の重力場のおかげでキラは少しも回転を感じなかった。移り変わる光には宇宙特有の容赦《ようしゃ》のないくっきりとした殺風景な感じがあり、その動きはストロボのような効果を生み、方角をわからなくさせた。

「そばを離《はな》れないで」とキラは言った。

「すぐ後ろにいる」ファルコーニが答えた。

一秒も無駄《むだ》にしたくなくて、キラはストロボのフラッシュが光っている備品室を横切りはじめた。ぐるぐる回る影《かげ》のせいでめまいを覚え、足のあいだのデッキ用材に集中し、宇宙を回転していることについては考えないようにした。

半透明《はんとうめい》の球が並んだ列のあいだを移動していると――それぞれの球は直径が最低でも四メートルはあり、奇妙《きみょう》な凍《こお》ったもので満たされている――、こぶし大の爆発《ばくはつ》がキラの頭のそばのかたまりを破壊《はかい》した。

何も音はしなかったが、硬《かた》くなったゼノの表面に爆弾《ばくだん》の破片が飛び散って当たるのをキラは感じた。

「掩護《カバー》!」ファルコーニが叫《さけ》ぶ。

キラは隠《かく》れようとしなかった。代わりに、ゼノを伸《の》ばして真珠《しんじゅ》色のデッキ用材を引き剝《は》がし、近くの球とそれを繋《つな》いでいる茎《くき》を引き裂《さ》くと、すべての材料をぎゅっとまとめて詰《つ》めて、自分だけではなく背後のクルーたちも守る盾《たて》にした。オルステッドでやったのと同じことだ。ただし、いまのキラは自信と確信を持っている。前と比べると、シードを指揮するのはたやすく、コントロールできなくなることをほとんど恐《おそ》れていない。キラが望んだとおりになっていた。

視界を赤外線に切り替《か》えると、光を放つひとすじのビームが収納棚《しゅうのうだな》のあいだからくり出されて、キラの胸の真上の物質に小指ほどの大きさの白熱した穴を焦《こ》がした。その光景にぎくりとしたが、穴は浅すぎて身体に到達《とうたつ》していないことに気づいた。

前方に二体のジェリー——イカ型のペア——がいて、球のあいだに潜《ひそ》んでいた。ジェリーはぐるぐる巻いた触手《しょくしゅ》を使ってキラから急いで逃《に》げようとしながら、巨大《きょだい》なブラスターをはさみで握《にぎ》ってキラに狙《ねら》いをつけている。

だめだめ、そうはさせない、とキラは思い、ソフト・ブレイドから巻きひげを勢いよく突《つ》き出した。

巻きひげを使ってジェリーを捕《と》らえ、押《お》しつぶし、切り刻み、引き裂《さ》く。ぐちゃぐちゃになったジェリーは肉をピクピクさせて膿漿《のうしょう》をほとばしらせた。思っていたより簡単にいくかも……。

無線を通して、誰《だれ》かがゲーゲー言っているのが聞こえた。

「ついて来て!」キラは叫《さけ》び、〈バタード・ハイエロファント〉号の加圧された船内に通じている白い貝のほうへ向かった。

キラが近づいても貝は開こうとしなかったけれど、ソフト・ブレイドで三度すばやく切りつけると、三枚でできたドアを閉ざしているメカニズムを切断した。

くさびが下がって貝が分かれると、暴風が吹《ふ》きつけてきた。

キラが組み立てた盾《たて》は大きすぎて入らなかったので、しぶしぶながら手放すと、ゼノに身体を運ばせてエイリアンの船の奥《おく》へと進んでいった。イタリとクルーもすぐあとに続いた。

3

〈ハイエロファント〉の船内は、キラが乗ったことのある二艘《そう》のジェリーの船とは様子が違《ちが》っていた。壁《かべ》はもっと暗い色でくすんでいる――さまざまな灰色と青で塗《ぬ》られ、珊瑚《さんご》のような模様の細長いもので飾《かざ》られていて、こんな状況《じょうきょう》じゃなければキラは喜んで観察していただろう。

キラはがらんとした長い廊下《ろうか》に立っていた。脇《わき》に入る通路、さらにいくつかの出入口、上にも下にも通じているアルコーブのついたトンネルがある。いまではあたりに空気が存在しているので、背後の壊《こわ》れたドアから口笛を吹《ふ》くようなかん高い風の音、ファジョンのドローンのブーンという音、クジラの立てる音を思わせるクラクションのうなりが聞こえ、まるで船全体が痛みや怒《いか》り、恐怖《きょうふ》を感じて泣いているみたいだ。

吹《ふ》きつけてくる風は警戒《けいかい》の〈近香《ニアセント》〉の悪臭《あくしゅう》で満ちていて、それと共に、すべての軍務同形態はただちに影《かげ》泳ぎをするようにという命令を伝えていた。どういう意味かは知らないが。

自分たちは〈ハイエロファント〉のセンサーをすり抜《ぬ》けていて、一歩進むごとにいちいち戦わずに済むのかもしれない、と一瞬《いっしゅん》だけキラは思った。

そのとき、シュンッという音が耳に届き、キラが切り開いたドアを白い膜《まく》が横切って滑《すべ》り、風の流れをせき止めた。通路の反対側の奥《おく》に、うじゃうじゃと肢《あし》がいっぱい現れた。怒《いか》り、武装したジェリーの群れが、キラたちのほうへまっしぐらに向かってきている。

キラの心拍数《しんぱくすう》が二倍になった。これはまさに避《さ》けたいと願っていたシナリオだ。でもわたしにはソフト・ブレイドがついていて、腕《うで》となり、剣《けん》となり、盾《たて》となっている。ジェリーはわたしを止めるのに苦労するだろう。キラは星形に飛び出した巻きひげを使って廊下《ろうか》のすべての面をつかみ、壁《かべ》を内側にぐいと引き、隔壁《かくへき》から厚みのある盾《たて》を形づくって栓《せん》のように通路を塞《ふさ》いだ。

バリアの向こう側からレーザーやスラッグスローワーや鈍《にぶ》い爆発《ばくはつ》の音が響《ひび》いてきて、スパローが言う。「ド派手な歓迎《かんげい》パーティーだ！」

「イタリ！　いちばん近いノードはどこにある？」ファルコーニが尋《たず》ねる。

キラが通訳すると、ジェリーは隣《となり》に這《は》い進んできた。そしてキラがつくった間に合わせの盾《たて》の内側を叩《たた》く。《こちらイタリ：前に》

「前に！」キラは叫《さけ》び、目の前の盾《たて》を栓《せん》にして丸みを帯びた通路を塞《ふさ》いだまま、それを押《お》し進めて奥《おく》へと進んでいく。勢いの変化と、巻きひげを貫《つらぬ》く痛みを伴《ともな》わない鋭《するど》いうずきの両方から、盾《たて》の外側に受けている衝撃《しょうげき》が伝わってきている。それは危険がどこに存在するのかを知らせるソフト・ブレイドからのフィードバックとしては充分《じゅうぶん》でありながら、実際に痛みを感じるほどではなかった。

最初のドアをくぐり抜《ぬ》け、ふたつ目のドアにたどり着こうかというとき、悲鳴が響《ひび》いた。キラが振《ふ》り返ると、背後のいままでは開いているドアから一体のジェリーが飛び出してきて、獲物《えもの》を包み込《こ》もうとしているコウイカみたいに触手《しょくしゅ》を大きく広げていた。輝《かがや》くレンズを備えた白い球形のドローンが二台、ジェリーについてきている……。

エイリアンはスパローのパワードスーツに体当たりし、壁《かべ》に叩《たた》きつけた。そのあと、一度に複数のことが起き、速すぎてついていけなくなりそうなほどだった。襲《おそ》いかかってきたジェリーの身体にイタリが自分の触手《しょくしゅ》を何本か巻きつけて、スパローから引き離《はな》そうとする。ジェリーとスパローとイタリは近くの壁《かべ》に倒《たお》れ込《こ》んだ。スパローのエクソから発射されたレーザーが敵の背甲《はいこう》に一列並べて穴をあけ、ファルコーニが加勢しようと進み出たが、エイリアンの一撃《いちげき》を食らってデッキに倒《たお》されることになった。

ニールセンが船長をかばおうとして飛び出していく。ジェリーは触手《しょくしゅ》を後ろに振《ふ》り、ニールセンの胸に直撃《ちょくげき》させた。一等航海士はデッキにくずおれた。

ファジョンのドローンが溶接《ようせつ》レーザーを発射し、二台の白い球形ドローンは火花を飛び散らせて空中から落下した。それからマシン・ボスはニールセンとファルコーニの前に立ちはだかり、この頑丈《がんじょう》な体つきの女性はふたりを脅《おど》かしている触手《しょくしゅ》をつかむと、胸元で抱《だ》きしめて押《お》しつぶした。

くねくねしている吸盤《きゅうばん》で覆《おお》われた腕《うで》のなかの骨がポキッと折れた。

ヴィシャルがスラッグスローワーを撃《う》っている。バン！　バン！　バン！　と立て続けに発射し、キラはそれを骨に感じた。キラは躊躇《ちゅうちょ》し、身動きできずにいた。ソフト・ブレイドであのジェリーを攻撃《こうげき》したら、かなりの確率で同時にイタリを傷つけるか殺してしまうことになりかねない。

それはいらない心配だった。イタリは敵のジェリーをぐいと引っ張り、エントロピストの脇《わき》を通過させて通路の向こうへと投げ飛ばし、スパローから遠ざけた。

それだけの開きがあれば充分《じゅうぶん》だ。キラは密集した黒い針を飛び出させ、ジェリーを突《つ》き刺《さ》し、逃《に》げられないよう釘付《くぎづ》けにした。ジェリーはバタバタのたうち、身体をよじり、身《み》震《ぶる》いして、ついに動かなくなった。その背甲《はいこう》の下からオレンジ色の膿漿《のうしょう》がにじみ出て、水たまりをつくった。

「ミズ・オードリー！」ヴィシャルが叫《さけ》び、一等航海士のもとに駆《か》け寄っていく。

4

「ほかにも入ってこないうちに、あの戸口を塞《ふさ》ぐんだ！」ファルコーニが立ち上がりながら指示を出す。重いエクソが金属音を立ててデッキに当たり、白いデッキ用材に鈍《にぶ》い鉛色《なまりいろ》の染みを残した。

キラはソフト・ブレイドを使って壁《かべ》を何か所か大きく引き剝《は》がして曲げていき、戸口を通れないように塞《ふさ》いだ。あの戸口をくぐったあとで塞《ふさ》いでおくべきだったのに、考えが足りなかった。

予防措置《そち》の締《し》めくくりとして、カーブしたデッキから大きなかたまりを剝《は》がすと、背後の通路の爆破《ばくは》を防ぐ盾《たて》にしておく。そこまでやってから、キラはみんなのほうに注意を戻《もど》した。

ヴィシャルはニールセンの横にかがみ込《こ》み、片手でわき腹を押《お》しながら実験チップで検査をしている。「どれぐらい悪そうだ、ドク？」ファルコーニが訊《き》いた。

「肋骨《ろっこつ》が二本折れているんじゃないかと思う」とヴィシャルは答えた。

「ちくしょう」ファルコーニは通路にグレネードランチャーを向けたままにしている。

「オードリー、きみはあんな真似をするべきじゃなかったんだ。パワードスーツで装備してるのは俺《おれ》のほうなんだぞ」

ニールセンは咳《せ》き込《こ》んだ。フェイスプレートの内側に血がまだらに飛び散る。

「悪かったわ、サルヴォ。次回はジェリーがあなたをぐちゃぐちゃに潰《つぶ》すのを放っておく」

「それがいい」ファルコーニは腹立たしそうに言った。

「ぐずぐずしてるわけにはいかない」スパローがみんなのもとに加わって言う。彼女《かのじょ》のエクソは傷がついてへこんでいるが、損傷を受けたのは表面だけのようだ。前方では、キラが通路を塞《ふさ》いだ栓《せん》をジェリーが破ろうとしていて、武器を発射する鈍《にぶ》い轟音《ごうおん》が反響《はんきょう》しつづけている。

ニールセンは立ち上がろうとした。が、顔をゆがめ、ヘルメット越《ご》しにも聞こえる悲鳴をあげて崩《くず》れ落ちた。

「くそっ」ファルコーニが吐《は》き捨てる。「彼女《かのじょ》を抱《かか》えていくしかない。スパロー――」

スパローはブロンドヘアの頭を振《ふ》った。「足手まといになるだけだね。船に送り返そう。まだそこまで離《はな》れてないことだし。ここから〈ウォールフィッシュ〉号までは一直線だ」

エントロピストたちが近づいてくる。「キャプテン、よろしければ私たちが船まで彼女《かのじょ》に付き添《そ》いましょう、そのあと――」

「――またすぐに戻《もど》ってきます」

「ああもう、まったく」ファルコーニは顔をしかめている。「わかった。そうしてくれ。グレゴロヴィッチが武器庫の場所を教えてくれる。着いたら採掘《さいくつ》用の爆薬《ばくやく》を取ってきてくれ。それを使ってここの脇《わき》の通路を塞《ふさ》ごう」

ヴェーラとジョラスは小さく頭を下げた。「承知しました――」

「――仰《おお》せのとおりに」

ハイブマインドが壊《こわ》れていてもエントロピストたちは息がぴったり合っていることに、キラは感心した。いまでも意思を共有しているのかと思うほどだ。

ニールセンが痛みに顔をゆがめているのにもかまわずに、ジョラスとヴェーラは彼女《かのじょ》を立ち上がらせると、爆破《ばくは》されるのを防ぐためにキラが構築した盾《たて》を回り込《こ》んで、通路を足早に引き返していった。

「行くぞ」ファルコーニがキラを振《ふ》り向いた。「俺《おれ》たちもひとりずつジェリーにやられる前に、ノードを見つけよう」

キラはうなずき、ふたたび前進しはじめて、通りかかった貝のドアの周りには忘れずに壁《かべ》を築くようにした。

あの襲撃《しゅうげき》のせいで自信が揺《ゆ》らいでいた。あれだけの力があっても、ソフト・ブレイドはキラを全能にはしてくれなかった。そんなものには程遠い。たった一体のジェリーでも防《ぼう》御《ぎょ》をすり抜《ぬ》けて、いまではこちらの人数は三人減ってしまったのだ。キラが恐《おそ》れていたとおりに。エントロピストたちが戻《もど》ってこられる保証もない。また誰《だれ》かが怪《け》我《が》をしたらどうなる？〈ウォールフィッシュ〉号に引き返すという選《せん》択《たく》肢《し》はそろそろなくなるだろう、キラが付き添《そ》って守らない限りは。

みんなのなかで、ジェリーを食い止めるために実質的に何かできるのはキラだけだ。でき、る、の、な、ら、ば、やるべきだ。ソフト・ブレイドを使ってできることの限界を定めるものは、自身の想像力だけなのに、何をためらっているのだろう？

そう思って、キラはソフト・ブレイドを後ろ向きに広げはじめ、一同の周りに格子の檻《おり》を形づくった。うまくいけば、これでこの先は敵の攻撃《こうげき》を防げるだろう。さらに前方の盾《たて》には壁《かべ》とデッキを結合して付け足し、打ち破れない障壁《しょうへき》にできるようソフト・ブレイドの材料を強化した。

当然、自分の目では盾《たて》の向こう側が見えなかったけれど、ゼノの巻きひげを通じて向かう先に何があるのか感じ取ることができた。通路の形、空気の渦《うず》——しばしばレーザーで過熱されている——、敵のジェリーの攻撃《こうげき》によってずっと続いている衝撃《しょうげき》。

キラたちは急いで次々とドアをくぐっていき、いまも正しい方向に進んでいるのかとキラが尋《たず》ねるたびに、イタリは《前に》と答えた。

〈ハイエロファント〉の大きさに、キラは驚《おどろ》かされるばかりだった。船というより宇宙ステーションか地下基地のなかにでもいるような気がする。〈ハイエロファント〉にはどっしりとした重厚さがある。これまでどんな船に乗っていても経験したことのない、〈酌量《しゃくりょう》すべき事情〉号にさえなかった重量感が。

全員が共有している通信を通して、ファルコーニが話すのが聞こえた。「さっきの射撃《しゃげき》はなかなかのもんだったな、ドク」

「それはどうも、うん」

キラが塞《ふさ》いだばかりの貝のドアの向こう側でドンと音がして、キラたちはぎくりとした。貝が開こうとしてピクピク動き、向こう側から何かが押《お》してきてドアがこちらに向かって膨《ふく》らんだ。けれど、キラが剝《は》ぎ取って貝を塞《ふさ》ぐのに使った隔壁《かくへき》は持ちこたえて、何者であれその相手は通路に入ってくることはできなかった。

前進を続けていると、壁《かべ》が行く手を塞《ふさ》ぎ、通路がふたつの方向に分かれるのを感じた。ソフト・ブレイドを二手に分かれさせ、両側に伸《の》ばしていってどちらの通路も塞《ふさ》がせた。敵からの弾幕《だんまく》——物理攻撃《こうげき》とエネルギー攻撃《こうげき》のどちらも——は続いていたが、その大部分は分岐した左側からのものだった。

ソフト・ブレイドはそこに流れ込《こ》み、前進を妨《さまた》げていた隔壁《かくへき》の表面をあらわにした。壁《かべ》にはめ込《こ》まれた一枚のパネルが、一面に広がる星のようにきらきらと輝《かがや》いている。ありとあらゆる色に移り変わっていく小さな光の点々。

《こちらイタリ：リティキュラムだ！》ジェリーはその肢《あし》から安堵《あんど》と決意の〈近香《ニアセント》〉を発散しながら、前へと這《は》い進んでいく。《こちらイタリ：見張りを頼《たの》む、アイディーリス》ジェリーは輝《かがや》くパネルに一本の触手《しょくしゅ》を押《お》し当てた。キラが驚愕《きょうがく》したことに、その触手《しょくしゅ》は壁《かべ》に融合《ゆうごう》し、なかへ沈《しず》み込《こ》んでいってほとんど見えなくなった。

「あれがそうか？」キラの隣《となり》に立ち、ファルコーニが尋《たず》ねた。

「そうよ」だけどキラの意識はよそに向いていた。ゼノによる障壁《しょうへき》が受けている攻撃《こうげき》が激しさを増してきている。キラはあわてて壁《かべ》から剝《は》ぎ取った材料を追加して障壁《しょうへき》を強化したが、そう長くはもうジェリーを押《お》しとどめておけないだろうとわかっていた。

左側の通路に伸《の》ばした巻きひげに、痛みを伴《ともな》わない鋭《するど》い痛みを感じた。負傷したことをキラに伝えるゼノのやり方だ。キラが息をのむと、ヴィシャルが声をかけてきた。「どうしたんだ、ミズ・キラ？」

「わたし……」別の痛み、今度はさっきより強い。キラは目に涙《なみだ》をにじませて顔をゆがめ、頭を振《ふ》った。青く熱い炎《ほのお》の大釘《おおくぎ》が盾《たて》の外側の層を切り裂《さ》いている――燃え盛る太陽のような熱さが、キラの第二の肉体を溶《と》かして弱らせている。ソフト・ブレイドはキラをたくさんのことから守れるけれど、サーマルランスで切り込《こ》まれては、ソフト・ブレイドでさえも歯が立たないだろう。ジェリーたちはアイディーリスとの戦い方について、古い教訓を覚えていた。

「やつらのせいで……ちょっと苦しいことになってる」《こちらキラ：できたら急いで、イタリ》

ジェリーの皮膚《ひふ》に色の波が流れていった。やがてイタリは壁《かべ》から触手《しょくしゅ》を引き抜《ぬ》いた。エイリアンの腕《うで》の吸盤《きゅうばん》から粘液《ねんえき》の糸がしたたり落ちる。《こちらイタリ：クタインは四ンサーロ[*13]先、十四デッキ下にいる》

《こちらキラ：一ンサーロはどれだけの距離《きょり》？》

《こちらイタリ：七パルス[*14]で泳げるだけの距離《きょり》だ》

シードの記憶《きおく》から、一パルスはそれほど長くないという感覚があった。正確にはどれだけの時間なのかは言えなかったけれど。

爆発《ばくはつ》が足下のデッキを揺《ゆ》らした。「キラ」ファルコーニは心配そうな声になっている。ファジョンのドローンが彼《かれ》の肩《かた》の上に浮《う》かび、マニピュレータの下にまぶしいサーチライトを光らせている。

「みんなつかまって！　これから下に降りる。十四階下まで」キラは言った。

キラは自分でつくった格子檻《おり》のなかのあちこちに黒い棒をくり出していき、守っているみんなのあいだに配置した。ファルコーニたちがその梁《はり》をしっかりつかむと、キラはゼノをデッキに沈《しず》め、細い指のような無数の繊維《せんい》を使って床板《ゆかいた》を切り裂《さ》き、船のフロアを隔《へだ》てている配管や回路や脈打つ奇妙《きみょう》な器官を裂《さ》いていく。

危険な真似だった。圧力管を触《さわ》ってしまったら、爆発《ばくはつ》で全員が死ぬかもしれない。だけどソフト・ブレイドは危険をわかっていて、命にかかわる設備は避《さ》けるだろうという確信がキラにはあった。

数秒のうちに、全員が通れるほどの大きな穴をあけた。キラたちの下では、燃えさしのようにきらめきながら立ちのぼってくる粉塵《ふんじん》のあいだで青い影《かげ》が移り変わっている。

キラはシードがつかんでいた壁《かべ》と盾《たて》を放し、自分自身と保護している仲間たちを青い暗がりのなかへ落とした。

5

一瞬《いっしゅん》、粉塵《ふんじん》の渦《うず》で何も見えなくなった。

視界が晴れると、水で溢《あふ》れた浅い寝床《ねどこ》がホタテ貝状に並べられた、天井の低い細長い部屋が見えた。壁《かべ》は黒に近く、床《ゆか》も同じだ。隔壁《かくへき》に沿って一定の間隔《かんかく》で設置された祭壇《さいだん》のようなくぼみの上で、人間の頭ほどの大きさがある卵形の球体が柔《やわ》らかな光を発している。バシャバシャと跳《は》ねる水のなかでは、昆虫《こんちゅう》に似た小さく黒いものがすべるように動き回っている。ファジョンのドローンのまぶしいサーチライトに照らされそうになると、逃《に》げていって影《かげ》に身を隠《かく》した。

孵化《ふか》プール、真っ先にそれが頭に浮《う》かんだものの、ジェリーがなぜ宇宙船なんかにわざわざそんなものを載《の》せようとするのか、キラには想像できなかった。ジェリーには繁殖《はんしょく》のためのテクノロジーがほかにあるというのに。例えば〈転移の巣〉もそのひとつだ。

と、厚さ数センチメートルの透明《とうめい》な板がさっとプールにかぶせられ、水が漏《も》れないように密閉すると、あとは〈ハイエロファント〉から警告の〈近香《ニアセント》〉がふわっと漂《ただよ》ってきただけで、重さの感覚が完全になくなった。

「ああ、くそっ！」ファルコーニは少しじたばたしたあとで、エクソのスラスタを使って身体を安定させた。その後ろで、ほかのみんなはキラがシードでつくった棒にしがみついている。

いつもなら無重力に移るとき、キラは胃がむかむかしていた。でも今回はそれがなかった。胃の具合には何の変化もなく、いまにも墜落死《ついらくし》するかのように落下しながらしがみつくこともなかった。その代わり、いままでになかった自由を感じていた。初めて無重力が楽しくなった（あるいは、こんな状況《じょうきょう》じゃなければ楽しめていただろう）。夢のなかで空を飛んでいるみたいだ。または悪夢のなかで。

キラはこれまでずっと無重力に苦しめられてきた。それがいま変わった理由は、ソフト・ブレイドしか考えられない。なんにしても、苦しまずにすむのはありがたかった。

《こちらイタリ：重力がなければ、クタインのショールはあらゆる方向から自由にわれわれのもとへ泳いでくることができる、アイディーリス》

「そう」誰《だれ》にともなく、うなるように言った。キラはふたたびゼノを伸《の》ばしてデッキに新たな穴をあけた。剝《は》がした材料を使って、小さくて中身の詰《つ》まった盾《たて》を足下に組み立てる。よくわからないけど、下にはジェリーの大群が待ちかまえているかもしれない。

キラは巻きひげでつかみながら、次の階にみんなを引っ張り下ろした。

今回は丸天井の広い空間があり、色は青いには青いけれどキラの親指の太さにも満たない赤やオレンジの縞《しま》模様で飾《かざ》られていた。床《ゆか》から天井まで六角形の柱が一本の木みたいに集まって立っていて、その幹の周りには、白目細工みたいに輝《かがや》くケーブルからもつれた巣が吊《つ》るされてそっと揺《ゆ》れている。高度な集中の〈近香《ニアセント》〉が隅《すみ》から隅《すみ》まで充満《じゅうまん》していた。

その部屋の用途《ようと》がなんだったとしても、キラには覚えがなかった。それでも、その部屋の壮麗《そうれい》さ、バロック様式の美しさ、まったくのなじみなさに、ほんの少しだけつい立ち止まってうっとり眺《なが》めずにはいられなかった。

掘《ほ》るのを再開し、三つ目のデッキに穴をあけると、出てきたところは数枚のドアが並んでいるだけの小さめの通路だった。その通路は十数メートル先で終わっていて、円形の開けたスペースから影《かげ》になったまた別の部屋に通じている。

キラが次の床《ゆか》を引き剝《は》がそうとするのと同時に、いまやおなじみとなった〈近香《ニアセント》〉に邪魔《じゃま》された。《こちらイタリ：この方向へ、アイディーリス》そしてジェリーはさっとキラを回り込《こ》むと、あの開けたスペースへと急いで向かいはじめた。

キラは罵《ののし》り、盾《たて》の位置を変え、クルーを引きずりながら急いであとを追った。まるで敵船の斬《き》り込《こ》み要員を追い払《はら》おうと身構えながら、索具《さくぐ》にぶら下がっている船員を乗せた帆船《はんせん》になった気分だ。

円形の戸口を通り抜《ぬ》けると、壁《かべ》が開くのを感じた。キラは目の前に何があるのか見たいと思い、シードはその希望に応えてくれた。目の前が揺《ゆ》らぎ、ゼノが盾《たて》の表面に目を生やしたみたいに、キラの視界が盾《たて》の内側から周囲の部屋に切り替《か》わる。

ひょっとしたら、本当に目を生やしたのかもしれない。

視界を遮《さえぎ》るものがなくなると、ある種《しゅ》の給餌場《きゅうじじょう》が見えた。それだけはソフト・ブレイドの記憶《きおく》から認識できた。壁《かべ》沿いとアルコーブにも飼槽《しそう》、管や大桶《おおおけ》、食べられるのを待っている生物がいっぱい浮《う》かんだ透明《とうめい》な容器が並んでいる。ひとつの容器のなかには、銅《どう》のような味のするプフェニック*15がいる。別の容器には、たくさんの足があり、柔《やわ》らかくて美味しくて捕《つか》まえるのが楽しくてたまらないンウォー*16が……。

アルコーブの真ん中にはさらにいくつかのドアがあり、かたく閉ざされている。イタリはそのどれも選ばなかった。代わりに、ジェリーは触手《しょくしゅ》を後ろになびかせながら床《ゆか》の一画へ急いだ。《こちらイタリ：こっちだ》

エイリアンが床《ゆか》にあるいくつかの丸くて小さな突起《とっき》をタップすると、円盤型《えんばんがた》の蓋《ふた》がズシンと音を立てて開き、直径一メートルの真っ赤な管《チューブ》が現れた。《こちらイタリ：この方向に泳ぎなさい》ジェリーはその狭《せま》いシャフトに飛び込《こ》み、視界から姿を消した。

「まったくもう」また自分を先頭に立たせてほしいと思いながら、キラは言った。「みんな手を離《はな》して。このままだと通り抜《ぬ》けられない」

つくってあった骨組みからクルーが手を離《はな》すと、キラはドロップチューブに入れるようシードの形を直しはじめた。

完成する前に、痛みを伴《ともな》わない電光がわき腹を貫《つらぬ》いた。さらに盾《たて》にも、これは別の角度から撃《う》たれ、武器が発射されるのに合わせて爆轟《デトネーション》の音が響《ひび》いた。キラは縮みあがった。スーツ全体が縮みあがり、すばやく形成しているバリアのなかにキラを引き戻《もど》した。

アルコーブのあいだにあるドアからブンブン音を立てる球体の群れが吐《は》き出された。ドローンだ。何十台も、ブラスターやスラッグスローワー、切削《せっさく》工具で武装している。ドローンは下顎《したあご》から電気の火花を散らし、キラの身体を切り刻もうとマニピュレータをはさみのようにチョキチョキ動かしながら、集まってきている。

ドドーン！　ファルコーニのグレネードランチャーが発射され、キラは猛烈《もうれつ》な爆風《ばくふう》に煽《あお》られた。部屋の向こう側で電光が一閃《いっせん》し、大量のジェリーのマシンがばらばらと壁《かべ》に激突《げきとつ》して跳《は》ね返った。ほかのクルーも同様にレーザーやスラッグスローワーを発射している。

ファジョンのドローンの一台が爆発《ばくはつ》した。

キラは密集する棘《とげ》をくり出して突《つ》き刺《さ》した。棘《とげ》の一本一本で、ブンブンいっている球体をひとつずつ。が、いくらソフト・ブレイドがすばやくても、ドローンの動きはさらにすばやかった。攻撃《こうげき》をかわし、キラの目が追いきれない予想外のおかしな角度から飛び込《こ》んでくる。肉体はマシンのスピードや正確さには到底《とうてい》敵わない。キラの共生者の肉体でさえも。

インターコムを通して、誰《だれ》かが苦痛に叫《さけ》ぶのが聞こえた。

ドローンを追い払《はら》えたらいいのにと願いながら、キラ自身も叫《さけ》んだ。「ヤーッ!」すると、盾《たて》も含《ふく》めて、ソフト・ブレイドはその外側の表面に一気に電流を走らせた。エイリアンのドローンが五台、マニピュレータを小さなこぶしのように丸めながら、火花を散らして落下した。予想外のことではあったが、その電流は歓迎《かんげい》すべきものだった。けれど、それだけではドローンの猛襲《もうしゅう》を止めるには足りなかった。

ドローンは攻撃《こうげき》のほとんどをキラに集中させているようだった。キラはドローンが自分を殺せるとは思っていなかったものの、クルーに関しては別問題だ。ファルコーニたちを守れるほど速くドローンを破壊《はかい》することはできない。

それで、あとひとつしかない自分にできることをした。自分とクルーを包み込《こ》む空洞《くうどう》の球を頭のなかに思い描《えが》いた。

ソフト・ブレイドは従い、完璧《かんぺき》な丸いバブルをキラたちの周りにつくり出した。

「どうなってんの!?」スパローが叫《さけ》ぶ。彼女《かのじょ》のブラスターの銃身《じゅうしん》は赤熱していた。だけど、バブルは薄《うす》かった。あまりに薄《うす》すぎた。外のドローンからの攻撃《こうげき》を受けて、バブルの表面にすでに十数か所の高温部分ができているのがキラには感じ取れた。さっきとは違《ちが》って、キラには外の様子が見えず、破壊《はかい》しようにもドローンの位置が特定できずにいた。頭から五十センチメートルほど上のところで、火花の噴射《ふんしゃ》によって黒い薄膜《うすまく》に穴があいた。

こぶし大のかたまりがバブルからはずれ、一瞬《いっしゅん》、るつぼのようなまばゆい光が内部に満ちあふれた。ソフト・ブレイドは穴のほうへ流れていき、また塞《ふさ》いだ。

どうすればいいのか、キラにはわからなかった。切羽詰《せっぱつ》まって、バブルから自らを切り離《はな》して飛び出していき、クルーから攻撃《こうげき》をそらそうと覚悟《かくご》を決めた。そうすればドローンを一掃《いっそう》できるかもしれない。とはいえ、自殺行為《こうい》のようなものだろう。ドローンのすぐあとにはジェリーが迫《せま》っているはずだ……。

「ここにいて」とファルコーニに言おうとしたとき、突然《とつぜん》の大音響《おんきょう》に襲《おそ》われた。キーンと高く鋭《するど》い音が響《ひび》き、キラの歯は激しく振動《しんどう》し、その鋭《するど》く振動《しんどう》する耳をつんざくような襲撃《しゅうげき》によって歯が砕《くだ》けるのではないかと心配になった。

6

バブルの外から突《つ》き刺《さ》してくる熱が消え、レーザーパルスや投射物による集中攻撃《こうげき》もやんだ。とまどいながら、キラは穴をあけて外を覗《のぞ》いた（第二の肉体の分厚い層でしっかり頭を守りながら)。

部屋じゅういたるところで、ドローンがばらばらの方角に飛んでいったり回ったりしている。あの音のせいで呆然《ぼうぜん》としているようだ。思い出したように壁《かべ》や床《ゆか》、天井に向けて武器を発射し、マニピュレータをあてもなく弱々しく振《ふ》り動かしている。

ローブをオリガミのようにきっちり畳《たた》んだ状態で、ふたりのエントロピストが管や飼育《しいく》槽《そう》の上をキラたちのほうに飛んできているのが見えた。その手のなかにかすかな光があり、ふたりの前を圧縮された空気のゆらめく衝撃波《しょうげきは》が運ばれていく。それがあのぞっとする鋭《するど》い音の出どころだった。衝撃波《しょうげきは》にレーザーが命中し、エネルギーの爆発《ばくはつ》を屈折《くっせつ》させてエントロピストからそらしているのが見えた。銃弾《じゅうだん》も成功しなかった。弾丸《だんがん》はジョラスとヴェーラから一メートル半のところで溶《と》けた金属の火花を散らして破裂《はれつ》した。

キラには理解できなかったけれど、理解しようと立ち止まりはしなかった。形を崩《くず》して手近なドローンに打ちかかり、骨のようなケースの中心を捉《とら》える。そしてためらわずマシンを引き裂《さ》いた。

「キラ!」ファルコーニが叫《さけ》んだ。「これじゃあ撃《う》てない! そこをどいて——」

キラはバブルの開口部を広げた。

ファジョンの修理用ドローンがキラの周りに舞《ま》い上がり、アーク溶接《ようせつ》機の強烈《きょうれつ》な光の輪をつくりだし、敵の球体が近づこうとするたびに突進《とっしん》していって跳《は》ね飛ばす。ファジョンのドローンはキラの気を散らしていたかもしれない電光から何度も救ってくれた。

「少しは役に立てるよ」マシン・ボスは言った。

そのあとの数秒間は、放電、ソフト・ブレイドのくり出すスパイク、レーザーブラストが入り乱れたものになった。スパローとファルコーニはキラの後ろから発砲《はっぽう》し、ふたりでキラと同じぐらい多くのドローンを仕留めた。

エントロピストは鎧《よろい》を身に着けていないというのに、この小競り合いで驚《おどろ》くほど戦力になった。彼《かれ》らのローブはただのローブではなく、ある種のブラスターが隠《かく》されているようだ。確かなことはわからなかった。だけど彼《かれ》らは敵と戦うこと（さらに重要なことに殺すこと）ができ、それがキラにはありがたかった。

最後のドローンが機能を停止すると、キラは動くのをやめて息を整えた。ソフト・ブレイドが空気を送り込《こ》んでくれていても、充分《じゅうぶん》に吸い込《こ》むのは難しかった。それに顔をマスクで覆《おお》われていて、身体を包むゼノのかさも増えているせいで、暑すぎて頭がくらくらするほどだ。

黒曜石のように黒いバブルを崩《くず》し、何を目にすることになるのか恐《おそ》れながらクルーを振《ふ》り返った。

ファジョンは腰《こし》の左側を手で押《お》さえていた。指のあいだから血とメディフォームがにじんでいる。ムーンフェイスに険しい表情を浮《う》かべ、鼻孔《びこう》を広げて、唇《くちびる》が白くなるまで引き結んでいる。ヴィシャルはもう彼女《かのじょ》の横に浮《う》かんでいて、医療《いりょう》ケースから取り出した応急手当のキットを開封《かいふう》している。医師は自身も撃《う》たれたようだ。肩《かた》に白いメディフォームの跡《あと》がぽつんとついている。スパローは無傷のようだが、ファルコーニのエクソは左肘《ひだりひじ》の接合部がレーザーブラストで溶《と》けていて、半ば曲がった格好で固まっている。

「腕《うで》は大丈夫《だいじょうぶ》？」キラは尋《たず》ねた。

ファルコーニは顔をしかめた。「ああ。動かせないだけだ」

マシン・ボスの表情に匹敵《ひってき》するほど苦悶《くもん》に顔をゆがめながら、スパローがファジョンのもとに駆《か》け寄っていく。この小柄《こがら》な女性はファジョンの肩《かた》に手を当てたが、ヴィシャルの治療《ちりょう》の邪魔《じゃま》になるようなことは決してしなかった。

「あたしは大丈夫《だいじょうぶ》」うなるようにファジョンが言う。「あたしのために止まらないで」

様子を見守りながら、キラは唇《くちびる》を噛《か》みしめた。どうしようもない不甲斐《ふがい》なさを感じていた。それに失敗したような気分だった。わたしがもっとうまくソフト・ブレイドを使うことさえできていれば、みんなを無事に守れたのに。

キラの無言の問いかけに答えて、ファルコーニが言う。「引き返すことはできない。いまとなっては。やり遂《と》げるよりほかに道はないんだ」

キラが返事をする前に、デッキにあいた円盤型《えんばんがた》の穴からジェリーが飛び出してきた。キラはもう少しで刺《さ》しそうになったが、その香りからイタリだと気づいた。

《こちらイタリ：アイディーリス？》

《こちらキラ：いま行く》

そのとき、イタリからではなく、骨のように白く輝《かがや》くドローンが現れたのと同じ開いたドアから、〈近香《ニアセント》〉がもわっと漂《ただよ》ってきた。さらにジェリーがやって来ている、それに断じて嬉《うれ》しそうではない。

「行かないと。みんなドロップチューブに入って。わたしが最後に行く」

デッキの穴にイタリがまた急いで飛び込《こ》んだ。ファルコーニがあとに続き、ジョラスとヴェーラとスパローも入った。

「ドク、急いで！」キラは叫《さけ》んだ。

ヴィシャルは返事をしなかったけれど、医療《いりょう》ケースをてきぱき閉じた。それから壁《かべ》を蹴《け》って穴のところまでやってきて、チューブに入った。肩《かた》からストラップで下げたブラスターを引きずりながら、一秒遅《おく》れてファジョンも同じことをした。

「やっと来た」キラはブツブツ言った。

キラはこの船内を移動しながら拾っていた余分な材料をいくらか棄《す》てて、ソフト・ブレイドを身体の脇《わき》に圧縮させると、ドロップチューブに頭から飛び込《こ》んでいく。

7

クタインを殺す。

深紅のシャフトを勢いよく滑《すべ》り落ちていくあいだ、その考えがキラの頭のなかでガンガン響《ひび》いていた。キラはすばやく、猛《もう》スピードで進んでいる――オルステッド・ステーションのリニアモーターカーみたいに。

規則的な間隔《かんかく》で透明《とうめい》のパネルをさっと通過していく。それらのパネルを通して、部屋のなかが次々ちらりと見えた。揺《ゆ》れる緑で溢《あふ》れた部屋――星を背景にした海藻《かいそう》の森――、炎《ほのお》を包む金属のコイルがある部屋、なんだかわからない機械が雑音を立てている部屋、ほかにも見慣れないものや形で満ちた部屋がまだまだあった。

キラは通過しながらデッキの階数を数えていった……四。五。六。七。いまや確かに前進している。たったあと四つ降りれば、強く偉大《いだい》なクタインが待ち受けている階に着く。

あと三つ、そして――

爆轟《デトネーション》がキラをチューブの側面に叩《たた》きつけた。カーブした表面が破れ、キラはイタリやクルーたちと共に横のほうへと転がっていき、金属製のポッドの棚《たな》が並んだ奥行《おくゆ》きのある広い部屋に出てきた。

8

やめて、やめて、やめて。

キラは腰《こし》につけていたチョークとチャフの缶《かん》をあけた。キラとクルーの周りに白い煙《けむり》が破裂《はれつ》し、壁《かべ》のほうへ広がるにつれて薄《うす》れていく。事態をコントロールできるようになるまで、これでみんなを守れることを願った。

迅速《じんそく》に行動しなければ。スピードだけが生き延びる道だ。

キラは床《ゆか》に巻きひげを沈《しず》め、痛いほどガクンと急停止した。

チョークの煙《けむり》を透《す》かして、尾《お》の広がったロブスターみたいな生物が見えた。それは奥《おく》の壁《かべ》沿いを慌《あわ》てて走り、直径一メートル足らずの小さな暗い開口部へ向かっている。

あれを止めて。

キラの思考に反応し、ソフト・ブレイドは蓄積《ちくせき》したかたまりの大半を落とし、ジェリーを追ってキラを飛び立たせた。キラは極細の糸を使ってデッキをつかんで身体を引っ張り、煙《けむり》のなかを弧状《こじょう》に進んでいく。

ロブスターはピクッとしてよけようとした。

遅《おそ》すぎる。キラはゼノの三角形の刃《は》をジェリーに突《つ》き立て、モズが獲物《えもの》をもつれた茨で刺《さ》すように、刃《は》を逆立てて外側に広げてエイリアンを刺《さ》し貫《つらぬ》いた。

キラは部屋をつくづく見回した。異常なし。スパローとファルコーニのパワードスーツには焼け焦《こ》げた跡《あと》がさらに増えていたけれど、ほかに痛手はないようだ。ふたりはエントロピストたちと一緒《いっしょ》に、破壊《はかい》されたドロップチューブのそばに陣取《じんど》っている。キチューブの前のゆがんだデッキから電気のコイルがアーク放電し、道を塞《ふさ》いでいた。キラが見ているあいだにも、ファジョンがさっと近づいて、ベルトにつけていた道具を使って地獄《じごく》のような青白い光に手を伸《の》ばす。一瞬《いっしゅん》ののち、放電は消えた。

と、奥《おく》の壁《かべ》付近にヴィシャルが浮《う》かんでいるのが見えた。医師はこわばった両腕《りょううで》を身体の脇《わき》につけて、板のような姿勢で硬直《こうちょく》している。スキンスーツがセーフティモードに入って、保護のために適切な姿勢で凍《こお》りつかせているのだ。理由は明白だ――胸を覆《おお》う火傷《やけど》からメディフォームがひとすじににじんでいる。

医師の身体を空中からつかんでソフト・ブレイドで固定するつもりで、キラはそばに行こうとした。そのとき、視界の端《はし》にすばやく動く影《かげ》を捉《とら》え、注意を引かれた。鼓動《こどう》を高まらせ、身をひねる。

とぐろを巻いたヤスデのような生物が上のデッキを猛《もう》スピードで進み、背中を向けているジョラスのほうへ近づいていく。ヤスデの分節した身体に沿って何百という黒い脚《あし》が蛇腹《じゃばら》のように折りたたまれている。ねばねばしたものをしたたらせている貪欲《どんよく》な大顎《あご》の並ぶ口の前で、はさみを開いている。

キラもヴェーラもヤスデに気づいたが、ジョラスは気づいていなかった。ヴェーラが叫《さけ》び、ジョラスはなんのことだか明らかにわかっていない様子で彼女《かのじょ》を見た。

キラはもうソフト・ブレイドをくり出していたけれど、遠すぎた。

ヤスデがジョラスに飛びかかった。頭の周りをはさみで締《し》めつけ、脚《あし》で身体をがっちり捕《つか》まえる。エントロピストが押《お》し殺した叫《さけ》び声をひとつあげたあと、剃刀《かみそり》のように鋭《するど》いはさみが首を切り、頭と身体を切り離《はな》して動脈の血を飛び散らせた。

9

ヤスデはジョラスを脇《わき》に押《お》しやり、無防備なファジョンの背中に飛びかかっていく。

キラは叫《さけ》んだが、まだエイリアンのもとにたどり着けない……。

スパローがパワードスーツのスラスタを緊急噴射《きんきゅうふんしゃ》させ、ジェット噴射《ふんしゃ》のうなりを立てながらビュッと通り過ぎていく。ヤスデはファジョンを捕《つか》まえていたが、スパローはそこに体当たりし、三者は空中で横ざまに転がった。

絡《から》み合った身体のあいだでレーザーが光った。エイリアンの分節した背甲《はいこう》から膿漿《のうしょう》が扇《おうぎ》のように広がって飛び散った。さらに空気が血にも汚《よご》れ、スパローのエクソの金属が抵抗《ていこう》の鋭《するど》い軋《きし》みを立てた。

インターコムから死に物狂《ものぐる》いのあえぎが聞こえてくる。

キラは全速力で追いかけた。三者が格闘《かくとう》しているところに着くのと同時に、スパローがヤスデを向こうの壁《かべ》めがけて蹴飛《けと》ばした――飛んでいくあいだずっと、エイリアンはくねくねとのたくっている。

ドドーン！

ファルコーニがグレネードランチャーを発射し、ヤスデはオレンジ色の肉片になって吹《ふ》き飛んだ。

「怪我《けが》はどれぐらい――？」スパローとファジョンに近づきながら、キラは訊《き》こうとした。けれど、質問の途中《とちゅう》で答えはもうわかった。スパローの左脚《ひだりあし》を包んでいるパワードスーツのひどい裂《さ》け目からメディフォームがスプレーされている——膝《ひざ》が棒みたいに硬直《こうちょく》してまっすぐ固定されている。

ファジョンも負けず劣《おと》らずひどい状態だ。背中の右上をヤスデに深々と噛《か》みつかれていた。スキンスーツがすでに止血していたが、マシン・ボスは使い物にならなくなった腕《うで》をだらりと下げ、胴部《どうぶ》全体が傾《かたむ》いて見える。

その後ろでは、ヴェーラが悲鳴をあげていた。彼女《かのじょ》はジョラスの死体の隣《となり》に浮《う》かび、その身体を腕《うで》に抱《だ》いて、果てしない海でそれだけが確かなものだというようにすがりついている。

ゆがんだヴェーラの顔はあまりに痛ましく、見ていられないほどだ。キラは思わず顔をそむけた。この計画はうまくいかない。冷たい確信が告げていた。

「何かできることは？」ファルコーニがファジョンのもとに駆《か》けつけた。

「見張ってるだけでいい」スパローはファジョンの背中の上部に応急処置の包帯を当てながら、かたい声で答えた。

「うあっ！」とファジョンが声を上げる。

キラは見張っているだけでは済まさなかった。部屋の向こう側で硬直《こうちょく》して無力に浮《う》かんでいるヴィシャルの身体を捕《つか》まえ、引っ張り寄せた。医師はぐるりと目を回してみせ、動けないことへのもどかしさと恐怖《きょうふ》を感じているようだった。高熱を出しているみたいに、顔に玉の汗《あせ》を浮《う》かべている。キラはヴェーラとジョラス（と切断されたジョラスの頭）も捕《つか》まえて、そっと連れていった。ヴェーラは抵抗《ていこう》せず、ただジョラスにぎゅっとしがみつき、血に汚《よご》れた彼《かれ》のローブにバイザーの顔をうずめていた。

イタリは強風にあおられる旗みたいに触手《しょくしゅ》を後ろにたなびかせながら、身を寄せ合うこの小さな集団に加わった。

みんなをすぐ近くに集めると、キラは周りに防御《ぼうぎょ》用のドームを築こうとデッキを引き剝《は》がしはじめた。じきにジェリーたちはさらに攻撃《こうげき》を仕掛《しか》けてくるはずだが、ファジョン、ヴィシャル、ヴェーラは戦えるような状態ではなかった。

ソフト・ブレイドを床板《ゆかいた》に沈《しず》めているとき、ゼノからある奇妙《きみょう》な抵抗《ていこう》を感じ取った。キラにはその意味が理解できず、解読している暇《ひま》もなかったので、その感覚を無視して――

イタリの触手《しょくしゅ》を巻きつけられて、キラはビクッとした。吸盤《きゅうばん》でソフト・ブレイドをつかみ、その場に押《お》しとどめようとむなしい努力をしている。一瞬《いっしゅん》、キラは本能的にスパイクを飛び出させてこのジェリーを貫《つらぬ》きそうになるのをこらえなければならなかった。

《こちらキラ：いったい何を――》

《こちらイタリ：アイディーリス、いけない。やめなさい。それは安全ではない》

キラは固まり、ゼノも一緒《いっしょ》に固まった。《こちらキラ：説明して》ファルコーニがバイザー越《ご》しにこっちをじっと見つめている。「キラ、どうした？」

「はっきりさせようとしてるところ」

《こちらイタリ：この床《ゆか》には電力管がある。ほら》イタリはデッキの中央に走る一本線の印を骨ばった腕《うで》で指した。《流れが長く速い。壊《こわ》すのはとても危険だ。爆発《ばくはつ》でみんな死ぬことになる》

キラはただちにソフト・ブレイドを引っ込《こ》めた。ゼノにもっと注意を払《はら》っておくべきだった。この失敗でみんなを犠牲《ぎせい》にしていたかもしれない。《こちらキラ：上のデッキは安全？》

《こちらイタリ：その第二の肉体で攻撃《こうげき》しても安全かと？　安全だ》

そう保証されて、キラは天井を剝《は》ぎ取り、周りに分厚いドームを築くのに使った。作業しながら、ファルコーニに話す。「床《ゆか》に電力管があるの。切るのは別のところにしないと」

それから医師とマシン・ボスを指して言う。「ふたりを連れていくわけにはいかないわ」

「置いていけるわけがないだろう」ファルコーニは怒《おこ》って言い返した。

キラはファルコーニと同じような顔をしてみせたが、ドームをつくるスピードは決して落とさず、巻きひげがひとりでに動いているかのようだった。「ふたりが死んでもいいの？　わたしには守れないわ。そこまで手が回らない。船に送り返すこともできない。わたしにどうしろっていうの？」

しばし苦しげな沈黙《ちんもく》が続いた。「俺《おれ》の盆栽《ぼんさい》にしたように、ふたりを治せないか？　グレゴロヴィッチの脳にだって入ったんだろ？　骨や筋肉を治すのは難しいことか？」

キラは頭を振《ふ》った。「難しいわ。ものすごく難しい。やってみてもいいけど、ここでは、いまはやらない。たやすく間違《まちが》いを犯しかねないし、同時にジェリーに対処することもできない」

ファルコーニはしかめ面をした。「そうだが、置いていけばジェリーが――」

「ジェリーはわたしに集中する。ファジョン、ヴィシャル、ヴェーラ――少しのあいだ三人だけにしても大丈夫《だいじょうぶ》なはずよ。あとはスパローね。彼女《かのじょ》はどうなのか――」

「あたしはまだ戦える」ぶっきらぼうにスパローが言う。「心配はいらない」そしてファジョンの背中を押《お》さえて応急手当てを終わらせると、マシン・ボスの頭を抱《だ》きしめ、組み立てている骨組みにそれぞれ繋《つな》がった何十という黒い棘《とげ》の真ん中に浮《う》かんでいるキラのもとへジェットで飛んできた。

「あなたも残るべきよ。全員が残るべきよ」キラは言った。「わたしが――」

「きみをひとりにはしない」ファルコーニが言う。「話は以上だ」

ファジョンがブーツをデッキに着けてその場に固定し、怪我《けが》をしてないほうの腕《うで》でブラスターを持ち上げた。「あたしたちのことは心配しなくていい、キラ。生き延びてみせる」

《こちらイタリ：急がないと。強く偉大《いだい》なクタインが待ち構えている》

「ああもう……わかったわ。三人はドームから出て。さあ」キラがイタリに通訳している最中に、〈ハイエロファント〉が右舷《うげん》側に一メートル揺《ゆ》れて、すべての照明がちらついた。

ハッとして、キラはあたりを見回した。ほかに変化はなさそうだ。

「グレゴロヴィッチ！」ファルコーニがヘルメットの脇《わき》を叩《たた》いた。「応答しろ、グレゴロヴィッチ！」そして首を振《ふ》る。「くそっ。信号がない。動かないと」

だから動いた。キラはドームのなかから抜《ぬ》け出すと、数秒ほど大わらわで作業して、外からドームを塞《ふさ》いで強化した。それでもジェリーはドームを切り裂《さ》いてなかに入ってこられるはずだが、時間はかかるだろうし、さっき言ったことに対して確信があった。ジェリーは誰《だれ》よりもわたしに——アイディーリスに——関心がある。

金属板の最後のピースがはめ込《こ》まれ、視界が断たれるまで、ファジョンとスパローはじっと見つめ合ったままだった。それからスパローが肩《かた》をいからせ背を向けて、ナイフのような顔に人殺しでもしそうな険しい表情を浮《う》かべているのを見て、キラは出会ってから初めて本気で彼女《かのじょ》を怖《こわ》いと思った。

「クタインのところへ連れていきな」スパローはうなるように言った。

「こっちよ」キラは目の前にデッキ用材を五十センチの厚さに重ねておき、イタリが示したドアへと急いだ。

入口が開いた。その先には、金属製の狭《せま》い囲いのなかに入れられた巨大《きょだい》なダンゴムシみたいなものの列で埋《う》め尽《つ》くされている部屋がある。

キラは躊躇《ちゅうちょ》した。これも罠《わな》?

「わたしに先に行かせて」同じことをくり返してイタリにも伝えた。ファルコーニがうなずき、彼《かれ》とあとのふたり、人間とエイリアンは、後ろにさがってキラとの距離《きょり》をあけた。

キラはひとつ息を吸い、前に進んだ。

ドアをくぐると、雷《かみなり》のような爆発《ばくはつ》に目がくらみ、鋼のベルトが腰《こし》をきつく締《し》めつけ、皮膚《ひふ》を、筋肉を、骨を切断していくようだった。

10

死んでない。

キラは真っ先にそう思った。そのことに困惑《こんわく》していた。ジェリーがあの戸口に地雷《じらい》を埋《う》めていたのなら、死んでいるのが当然だ。腰《こし》はまったく痛くない。ただ圧迫感《あっぱくかん》と挟《はさ》まれるような不快な感覚が、痛みを伴《ともな》わないおびただしいうずきと共にあった。

爆発《ばくはつ》のせいでキラは回転しはじめていた。身体を動かそうとして、首と腕《うで》しか動かないことに気づく。レーザーブラストの一斉射撃《いっせいしゃげき》と銃弾《じゅうだん》を背中に浴びながら、キラは思い切って足元を一瞥《いちべつ》した。

見なければよかったと思った。

爆発《ばくはつ》はキラの腰《こし》を包んでいるゼノを五十センチの深さまで焼き抜《ぬ》いていた。その穴からずたずたになった灰白色の腸がほどけてだらりと垂れていて、愕然《がくぜん》とするほど鮮《あざ》やかな血が飛び散っている。はずみで腰《こし》をひねると、血のかたまりを通して骨の白さがちらりと覗《のぞ》き、椎骨《ついこつ》が見えた気がした。

ゼノはもう、はらわたを体内に引っ張り戻《もど》して傷口を塞《ふさ》いでいたが、死んでもおかしくないほどの怪我《けが》だ。シードの記憶《きおく》は明瞭《めいりょう》そのものだった。スーツの宿主が死ぬことは充分《じゅうぶん》にあり得るのだ。

キラが振《ふ》り向くと、神の槍《やり》みたいに、溶《と》けた金属の太矢が盾《たて》に穴をあけた。

さらにまた、無防備な心臓部の近くに。白熱したしずくが脚《あし》に飛び散った。しずくは硬《かた》くなったスーツの表面に当たって跳《は》ね返り、冷えて灰のように黒くなった。

痛みは少しも感じていなかったけれど、視界がぼやけてきて、すべてが遠く非現実的に思われた。戦えなかった。まともに考えることもできなかった。

ジェリーの寄せ集めが勢いよくこっちに向かってきているのが見えた。迫《せま》りくる触手《しょくしゅ》、かぎ爪《づめ》、グラスパー。かわす余裕《よゆう》はない、逃《のが》れる余裕《よゆう》はない――

と、ファルコーニ、スパロー、イタリが、横に並んで武器を発射する。ドドーン！　と彼《かれ》のグレネードランチャー。ババババババッ！　と彼女《かのじょ》の銃《じゅう》。ジジジッ！　とそれのレーザー。

初めは助かったと思った。だが、ジェリーの数が多すぎる。敵はグループに分かれ、スパローとファルコーニを金属の囲いの後ろの壁《かべ》のほうへと追い立て、イタリをカーブした角へ押《お》しやった。

だめ！　ねじれた身体の壁《かべ》の向こうに三人が姿を消すのを見て、キラは思った。

そのとき、ジェリーが群れをなしてキラに襲《おそ》いかかってきた。大きいやつや小さいやつ、脚《あし》があるやつ、かぎ爪《づめ》があるやつ、正体さえわからない付属器のあるやつ。星のような熱さが、キラを保護している皮膚《ひふ》を切り開こうとしていた。

キラは外に向かって突《つ》き刺《さ》そうとした。その刃《は》は何体かのエイリアンを殺したが、そのほかのやつらは避《さ》けたか、あるいは熱による打撃《だげき》がキラを阻《はば》んだかして、痛みを伴《ともな》わないうずきにスーツが萎縮《いしゅく》していた。

　キラは頑張《がんば》りつづけていたが、熱さで頭がくらくらしている。そのたいまつを避《さ》けて手を伸《の》ばし、ジェリーの鎧《よろい》の微細《びさい》な割れ目を見つけようとした。そのあいだじゅう、呆然《ぼうぜん》とするほどの嫌悪感《けんおかん》に取り囲まれていた。ジェリーの群れは揃《そろ》ってその憎《にく》しみと嫌悪《けんお》をキラにぶつけていた。《無形態《ノーフォーム》、悪身！》キラの肉体を突《つ》き刺《さ》し、引き裂《さ》き、焦《こ》がしながら、ジェリーたちは叫《さけ》んでいた。完全にひとかたまりになられているせいで、ソフト・ブレイドのもてるすべての力を出し切っても、キラは動くに動けなかった。

　だからキラは唯一《ゆいいつ》できることをした。解き放ったのだ。進んでシードに制御《せいぎょ》を引き渡《わた》し、必要なことをするよう伝えた。キラにはできないのだから、それしかない。あと数秒で意識を失うだろう――

　楯《たて》も壁《かべ》もうごめいているものも薄《うす》れて色を失った。周りで部屋が傾《かたむ》く。閃光《せんこう》と揺《ゆ》れと抑《おさ》えた音があった。けれど、そのどれにもなんの意味もなく、抽象的《ちゅうしょう》で退屈《たいくつ》な冬の展示だった。

　シードが広がっていき、これまでに一度もなかったやり方で〈バタード・ハイエロファント〉号を貪《むさぼ》り食い、新たな生を受けて飛び出し、のたくっている多数の黒い蔓《つる》の芽を出し絡《から》みつき広がっていくのをキラは感じていた。そしてキラはサイズの増大を精神的空間の拡大として意識していた。彼女《かのじょ》を彼女《かのじょ》たらしめているものが、この上なく大きな面積に引き伸《の》ばされ、スーツの神経の要求によって細く引っ張られていた。

蔓《つる》はキラが築いた防壁《ぼうへき》を貫き、痛みを伴《ともな》わないうずきの背後にそれぞれあるものに届くまで伸《の》びていった。感覚。味。理解。そしてキチン質とゼラチン質の奇妙《きみょう》な筋肉に触《ふ》れると、つかみ、握《にぎ》りしめ、ねじり、手のなかでもがいているものがもがかなくなるまで、ひねって引き裂《さ》いた。

ゆっくりと音が大きくなり、世界がふたたび色に浸《ひた》っていく。初めは赤で、壁《かべ》に飛び散った血が見えた。次は青で、天井近くで圧力警報が点滅《てんめつ》しているのに気づいた。それから黄色と緑で、血と混じった膿漿《のうしょう》に目が留まった。

頭のなかが澄《す》んでいくのと同時に、空気も澄《す》んでいった。煙《けむり》、チョーク、チャフが、いちばん大きなものでキラのこぶしほどの大きさがある隔壁《かくへき》にあいた三つの穴のほうへと流れていく。

ゼノの黒い繊維《せんい》の極薄《ごくうす》の層が部屋の大部分を覆《おお》っていて、彼女《かのじょ》は——彼女《かのじょ》は部屋の中央に浮《う》かび、身体から壁《かべ》へと伸《の》びている多数の翼桁《よくけた》や綱《つな》でそこに吊《つ》るされている。いまでは死んだダンゴムシが浮《う》いている狭《せま》い小屋のあいだに漂《ただよ》っているのは、何十というジェリーの死骸《しがい》だ。その周りには膿漿《のうしょう》と内臓があたり一面に広がっている。機器の潰《つぶ》れた破片が散らばった、ずたずたの肉片や体液によるおぞましい暴風雨前線。キラが眺《なが》めているあいだにも、漏《も》れ出ていく空気がカニ型ジェリーの死骸《しがい》を引き寄せて穴のひとつを塞《ふさ》いだ。

わたしがやったんだ。わたしが。心に深い痛みが生まれた。傷つけたり殺したりしたいと願ったことなど決してなかった。そんなことをするには、生命は尊すぎる。それなのに状況《じょうきょう》がわたしに暴力を強い、武器になることを強いた。シードにも。

耳のなかでパチパチと音がして、ファルコーニの声が聞こえてきた。「キラ！　聞こえるか？　俺《おれ》たちを離《はな》してくれ！」

11

「え？」キラが見ると、ソフト・ブレイドが部屋の外へと後ろ向きに伸《の》びて、繊維《せんい》の網《あみ》でファルコーニ、スパロー、イタリを、焦《こ》げた入口の両側の壁《かべ》にくっつけている。キラはほっと胸を撫《な》でおろした。みんな生きている。ジェリーに殺されていなかった。シードに殺されていなかった。わたしに殺されていなかった。

意識的に努めて繊維《せんい》を収縮させ、ファルコーニたちを自由にした。キラは集中することでシードのどんなパーツもコントロールすることができたが、集中力が途切《とぎ》れたとたんに、そのパーツはゼノが適切だと考えるとおりに動き、ふるまいはじめた。溢《あふ》れんばかりの知覚情報と怪我《けが》のショックが合わさって、キラは朦朧《もうろう》としていた。

「神よ」ファルコーニは内臓のあいだをジェットで進みながら、キラのほうへ近づいてきた。

「これに関しちゃ、神はなんにも関係ないと思うけどね」スパローが言う。

ファルコーニはキラの横で止まると、バイザー越《ご》しに気遣《きづか》うように見つめた。

「大丈夫《だいじょうぶ》か？」

「うん、ただ……あの――」見たくなかったけれど、もう一度キラは自分自身を見下ろした。

腰《こし》は異常なさそうだ。スーツのせいで樽《たる》のように太くて形がはっきりしないけど、どこにも怪我《けが》は見当たらない。それに感覚にも異常はない。ひとつ息を吸い、腹筋を収縮させてみる。筋肉は働いたが、切れているようで、張り方を誤って鍵盤《けんばん》を叩《たた》くとおかしな音が出るピアノ線みたいだ。

「まだ行けそう？」向こう側の入り口に武器の狙《ねら》いを定めたまま、スパローが尋《たず》ねた。

「たぶん」〈ハイエロファント〉を降りることができたら、ヴィシャルに診察《しんさつ》してもらう必要があるのはわかっていた。いちばんの問題は筋肉ではなく（それは治せる）、感染症《かんせんしょう》だ。キラの腸には穴があいていた。シードが善玉菌《きん》と悪玉菌《きん》を区別できなければ、あるいはまずい場所の善玉菌《きん》を見分けられなければ、あっという間に敗血症《はいけつしょう》になるだろう。

でも、ゼノはちゃんと区別できるかもしれない。キラは前よりもゼノを信頼《しんらい》できるようになっていた。とにかくうまくいくよう願うしかなく、運が良ければ、ショック状態で意識を失うことにはならないだろう。

キラはスーツをいくらか引っ込《こ》めて、腕《うで》を自由にした。それからファルコーニの胸当てを叩《たた》いて訊《き》く。「そこに抗生《こうせい》物質は入ってない?」

ファルコーニは片手を上げ、エクソの人差し指から小さな針を飛び出させた。キラが命じると、ソフト・ブレイドは肩《かた》の一部の肌《はだ》をあらわにした。肌《はだ》に触《ふ》れる空気が熱い。

針が皮膚《ひふ》をチクリと刺《さ》し、抗生《こうせい》物質が注入されて肩《かた》が熱くなる。ソフト・ブレイドは注射に対しては、痛みをブロックするほど重要なものとは考えていないらしい。

「イタッ」

ファルコーニの唇《くちびる》がピクッとして、ほほ笑みに近い表情が浮《う》かぶ。「ゾウでも元気になるだけの量だからな。きみにも効くはずだ」

「ありがと」スーツがまた肩《かた》を覆《おお》った。キラは背中をそらし、もう一度腹筋を収縮させた。今回は筋肉の働き方ではなく、感じ方に意識を向けながら。張り方を誤った繊維《せんい》がビュンといって新たな位置にはじかれ、指先と骨の芯《しん》に痺《しび》れが伝わり、キラはヒッと声を漏《も》らした。スパローがヘルメットの頭を振《ふ》った。「まいった！ やってくれるね、お嬢《じょう》ちゃん、あんなの見たこともない」

敬意の〈近香《ニアセント》〉。《こちらイタリ：アイディーリス》

キラはうめいた。どうすればわたしを傷つけることができるのか、ジェリーたちに知られてしまったからには、もっと賢《かしこ》くならないと。ずっと賢《かしこ》く。無鉄砲《てっぽう》に飛び込《こ》んでいくなんて、もう絶対にだめ。さっきは危うく死ぬところで、もし本当に死んでいたら、ジェリーはファルコーニ、スパロー、イタリを殺していただろう。そう思うと、アドラステイアで過ごしたとき以来感じたことのないような恐怖《きょうふ》に襲《おそ》われた。

《こちらイタリ：ここにとどまっていてはいけない、アイディーリス。クタインに近づいている、そしてクタインの護衛者たちがさらに迫《せま》ってきている》

《こちらキラ：わかってる。また下へ――》

光のちらつきに注意を引かれていると、目の前にある貝の扉《とびら》が脈動し、何かを吐《は》き出してきた。それがなんなのかキラが確かめる間もなく、みんなとその物体とのあいだを楯《たて》でさえぎる間もなく、ファルコーニが非常用ジェットを噴射《ふんしゃ》し――前に出てキラをかばい――、バン、バン、と二回大きな音が響《ひび》いた。

榴散弾《りゅうさんだん》と火花を浴びて、ファルコーニは宙返りして倒《たお》れた。

12

ファルコーニに視界を遮《さえぎ》られなくなると、ジェリーのドローンの一台が彗星《すいせい》の尾《お》みたいに煙幕《えんまく》をたなびかせながら、すばやく入口から飛び去ろうとしているのが見えた。キラはカッとなり、ぐちゃぐちゃの繊維《せんい》をくり出して床《ゆか》と天井にすじをつけていき、ドローンを包囲する。そして突《つ》き刺《さ》した。両側から六本の針に刺《さ》し貫《つらぬ》かれ、ドローンはかん高い音を立てた。

キラは震《ふる》えながら息を吸った。ファルコーニがいなかったら、あの攻撃《こうげき》で頭が吹《ふ》き飛んでいたかもしれない……。

スパローがファルコーニのパワードスーツの背中をつかみ、そばに引き寄せた。船長の右腕《みぎうで》はすっかり砕《くだ》けている。キラは割れてなかの実が見えているナッツを連想した。つらくて見ていられない。ふいに決意が固まった――これ以上、誰《だれ》も失うつもりはない。もう二度と。

ファルコーニは息をあえがせているものの、冷静なままだ。たぶんインプラントが痛みの大部分をブロックしているのだろう。パワードスーツの割れた縁《ふち》から白い泡《あわ》がスプレーされ、出血を止めて即席《そくせき》のギプスで腕《うで》を固定していく。

「ちくしょう」ファルコーニは吐《は》き捨てた。

「動ける？」キラは訊《き》いた。また振動《しんどう》が〈ハイエロファント〉を揺《ゆ》らしている。キラはそれを無視した。

ファルコーニが確かめると、エクソはピクピク動いた。「左手はまだ使えるが、ジェットがだめになってる」

「まずいわね」これで負傷者が四人と死者がひとり。キラはファルコーニ、スパロー、イタリを順番に見やった。「戻《もど》って。すぐに。みんなと一緒《いっしょ》に戻《もど》るのよ」

バイザーの奥《おく》で、ファルコーニは覚悟《かくご》を決めて首を振《ふ》っている。「そうはいくか。きみをひとりにするつもりはない」

「ねえ」キラはファルコーニをつかまえて、ヘルメットに額を押《お》し当てた。澄《す》み切ったサファイアのドームに隔《へだ》てられて、ほんの数センチ先に彼《かれ》の青い目がある。「わたしにはソフト・ブレイドがついてる。あなたたちは残っても死ぬことになるだけよ」ほかに考えていることは言葉にしなかった。自分のことだけ心配すればいいとなったら、彼《かれ》らを傷つけたり殺したりしないかと恐《おそ》れずにソフト・ブレイドを解放できる。

呼吸を数回くり返したあとで、ファルコーニは根負けした。「くそっ。わかったよ。スパロー、きみも戻《もど》れ。俺《おれ》たち全員だ」

スパローは首を振《ふ》る。「あたしはキラを――」

「これは命令だ！」

「ふざけんな！」それでもスパローは出てきたばかりの部屋へジェットを使って戻《もど》りはじめた。イタリと一緒《いっしょ》に、ファルコーニもすぐあとに続いた。

「急いで！」キラはシッシッと追いやる。「行って、行って、行って！」

急き立てられて、三人はキラが組み立てたドームに急いで戻《もど》った。ドームにジェリーが通れるぐらいの大きさをあけるのは、数秒の作業で済んだ。なかでは、ファジョンが開口部に向けてブラスターをかまえていた。

「気をつけるんだぞ」ドームに入る準備をしながら、ファルコーニが言った。

キラはパワードスーツ越《ご》しでできるせいいっぱいのハグをした。「今回の傷痕《きずあと》は残そうとしないで、いい？　約束して」

「……キラ、きみはきっとやり遂《と》げられる」

「もちろん、やってみせる」

「そこまで。もう行かないと、ほら！」スパローが言った。

《こちらイタリ：アイディーリス――》

《こちらキラ：三階下がって前ね。わかってる。そこにクタインがいる。わたしの同形態を必ず守って》

一瞬《いっしゅん》のためらいのあと、イタリは答えた。《こちらイタリ：約束する》

そしてキラはみんなが入っているドームを固く閉じた。みんなの姿が見えなくなったとき、ファルコーニが最後のメッセージを送ってきた。

「きみならやれる。自分が何者かを忘れるな」

13

キラは唇《くちびる》を引き結んだ。そう簡単に行けばいいんだけど。ゼノを蔓延《はびこ》らせることがクタインを殺す最も簡単で安全な方法なのだろうが、自分自身を見失ってしまう危険があり、新たなモーを生み出してしまう可能性もある。その危険だけは絶対に冒《おか》したくない。

何を犠牲《ぎせい》にしても、どうにかしてゼノのコントロールは維持《いじ》しておかなければならない。それでも、ゼノを使って前より多くのことができ、そのためにはある程度シードの自主性に任せることが求められた。

キラはそれが不安だった。恐《おそ》ろしくさえあった。だけど、それは必要とされるバランス技だ——一度でも足をすべらせて転落するわけにはいかない綱渡《つなわた》りだった。

キラはダンゴムシがいた部屋へ急いで引き返した。空気に血のかたまりが充満《じゅうまん》し、前がよく見えない。キラはゼノを身体のそばに引き寄せて、高密度の円柱状に圧縮した。それから巻きひげを伸《の》ばしデッキをつかんで穴をあけ、そこをくぐり抜《ぬ》けて搬送《はんそう》用シャフトに入った。

いまではキラはひとりだ。キラとシード、キラたちを包囲している船いっぱいの怒《いか》れるジェリー、そしてその先に待つ強く偉大《いだい》なクタイン。

口の端《はし》が引きつった。もしも奇跡《きせき》が起きて生き延びることができたら——人類が生き延びたら——わたしの経験について教える興味深い宇宙生物学の講義が行われることになるだろう。自分もそこにいて講義を見られることを願うばかりだ。

シャフトの床《ゆか》を途中《とちゅう》まで切り進めたとき、蝶番《ちょうつがい》のはずれたシーソーみたいに〈ハイエロファント〉が傾《かたむ》いた。壁《かべ》がガタガタいい、パンという音やシューッという音が不安になるほどいくつも聞こえた。照明が消え、ほのかな赤い非常灯が代わりに点灯する。壁《かべ》から高圧蒸気が六本の指のように噴《ふ》き出し、圧力管の破裂《はれつ》した箇所《かしょ》を示している。

シャフトのあちこちで羽目板にギザギザの穴があいているのが見えた——いままではな

かった穴が。指の爪《つめ》ほどの大きさのものも。キラの頭ほどの大きさのものも。

耳のなかの受信機がパチパチ鳴った。「……聞こえるか。くり返す、肉袋《ミートバッグ》よ、聞こえているか？」

「グレゴロヴィッチ⁉」信じられない。

「いかにも。急がねばならない、肉袋《ミートバッグ》よ。ナイトメアが迫《せま》ってきている。うち一艘《そう》はジェリーの船をひとつ破壊《はかい》した。〈ハイエロファント〉にその破片が当たったのだ。それで通信妨害《ぼうがい》が中断されたらしい」

「やられたのは味方のジェリー？」

「幸いなことに、違《ちが》う」

キラは床《ゆか》を掘《ほ》るつづきをはじめた。「ほかのみんなはひとつ上のデッキに身を潜《ひそ》めてる。みんなが〈ウォールフィッシュ〉号に戻《もど》るのを助けてあげられない？」

「もう緊密《きんみつ》に協議している。採るべき道を話し合い、計画の大筋を描《えが》き、不測の事態を考《こう》慮《りょ》してある」

支持梁《はり》を剝《は》ぎ取りながら、キラはうなった。搬送《はんそう》用シャフトのずっと先から銃弾《じゅうだん》が飛んできて、わき腹で跳《は》ね返った。キラはそれを無視した。「わかった。みんながこの船を降りたら知らせて」

「そうしよう。やつらに思い知らせてやるがいい、ヴァルナストラ」

「了解《りょうかい》」キラは食いしばった歯のあいだから言った。「思い知らせてやるわ」

シャフトの突《つ》き当たりにごった返すジェリーの群れが集まり、さらに銃弾《じゅうだん》、レーザーブラスト、投射物がキラに飛んできはじめた。ソフト・ブレイドのわき腹は充分《じゅうぶん》な厚みがあり、キラはまったく意に介《かい》さなかった。すぐそのへんにあるものをたっぷり取ってゼノの一部にしてあったので、小火器の攻撃《こうげき》など受け付けないも同然だった。傷つけたいというのなら、ジェリーはずっと大きな武器を用意する必要があるだろう。

そう考えると、キラはある程度の満足感を味わった。

シャフトのフロアを下り、ジェリーが泳げるほど大きくて水を跳《は》ね飛ばしている透明《とうめい》の管で占《し》められた、鈍《にぶ》い赤色に光るフロアを下り、部屋のあるフロアを下りると、最後のデッキに到着《とうちゃく》した。ついに来た。キラは歯をむき出した。クタインが近くにいる。このすぐ先に。

着いた階は濃《こ》い紫色《むらさきいろ》をしていて、ナイダスで見たのを思わせる模様が壁《かべ》に線で描《えが》かれている。〈消え失せし者〉の模倣《もほう》、発見した遺物の意味を理解も気にもしないグラスパーによる転用だ。

キラが感じた嫌悪《けんお》はキラ自身のものではなかった。その嫌悪感《けんおかん》はシードから来ていた。

あまりの不快さに、彼《かれ》らの無知、傲慢《ごうまん》さ、歪曲《わいきょく》された模倣《もほう》を洗い清めるために、壁《かべ》を傷つけたくなった。

キラは前進し、目にもとまらぬ速さで切りつけて次々とドアを通過して、突《つ》いたりひねったりしてジェリーを殺していき、何者にもスピードを緩《ゆる》めさせなかった。道に迷ってもおかしくなかったが、向かう先に〈近香《ニアセント》〉の厚い雲が膨《ふく》らんでいて、クタインのものだとわかった。憎悪《ぞうお》と激怒《げきど》と焦燥《しょうそう》と……満足のにおい？

理解する前に、高さがたっぷり十メートルはある円形のドアの前にたどり着いた。ジェリーの船で見てきたどんなドアとも違《ちが》って、貝ではなく金属と複合材とセラミックスとなんだかわからないその他の素材でできている。ドアの色は白く、金、銅、プラチナらしきものの線で同心円が描《えが》かれている。

ドア枠《わく》の周りに七つの固定された銃《じゅう》が配置されている。銃《じゅう》のそばの壁《かべ》には、あらゆる大きさや姿をしたジェリーが少なく見積もっても百体はいた。

キラは決して躊躇《ちゅうちょ》しなかった。まっすぐ突《つ》っ込《こ》んでいきながら、ソフト・ブレイドに目の前の隔壁《かくへき》をもぎ取らせ、銃《じゅう》に向けて黒い針を突《つ》き出し、無数のばらばらの糸を空中に放つ――糸の一本一本に肉を探させて。

据《す》え付けられた武器が耳をつんざく轟音《ごうおん》を立てて発射された。ゼノが音を鈍《にぶ》らせ、キラの周りでは部屋が静かになったように思えた。十数発の弾丸《だんがん》がキラに撃《う》ち込《こ》まれ、打ちつけられる痛みを伴《ともな》わないうずきと共に何発かがスーツの一部を破るか穴をあけるかした。

ジェリーからの攻撃《こうげき》を防ぐのには、勇ましい努力を要した。けれどキラは多くを学んでいて、大きな自信をつけていた。ジェリーたちの奮闘《ふんとう》は到底《とうてい》キラを止められるようなものではなかった。〇・五秒後、針の先端《せんたん》が据《す》え付けられた銃《じゅう》をくすぐるのを感じ、キラは銃《じゅう》を突《つ》き刺《さ》して装置を壊《こわ》した。

ジェリーの筋肉、骨、背甲《はいこう》も同じく難しいことはなかった。怒涛《どとう》の五秒間、キラはジェリーの肉の感触《かんしょく》を確かめ——自らの刃《は》がジェリーを刺《さ》し貫《つらぬ》き、その柔《やわ》らかい肉が受け入れて震《ふる》えるのを感じた。それは親密な忌《い》まわしい感触《かんしょく》で、吐《は》き気を催《もよお》したが、キラは決して止まらず、決してぐずぐずしなかった。

やがてキラはソフト・ブレイドを引っ込《こ》めた。円形のドアの前のエリアは、一面が膿漿《のうしょう》の霧《きり》とめった切りになった死骸《しがい》で埋《う》め尽《つ》くされている。キラがひとりで行った大虐殺《ぎゃくさつ》。不潔だという感覚でいっぱいになる。恥《は》ずかしさも、許しを切望する強い思いもすぐに。キラは決して信心深くはなかったが、思いがけずモーを生み出してしまったときと同じように、罪を犯したような感じがした。

だけど、ほかにどうすればよかったというのだろう？　グラスパーに殺されればよかったの？

考えている暇《ひま》はない。キラは前に進み、あらゆる方向に伸《の》ばした巻きひげでドアをつかんだ。そしてひと声叫《さけ》んでぐっと力を込《こ》め、どっしりした扉《とびら》を破って引き剝《は》がしたパーツをわきに放り投げると、それらは隔壁《かくへき》に当たってへこみを残した。

14

これまでに嗅《か》いだことがないほど強烈《きょうれつ》な〈近香《ニアセント》〉が鼻を刺《さ》した。吐《は》き気を催《もよお》し、スーツのマスクの下で目に涙《なみだ》を浮《う》かべてまばたきをする。

キラの前には巨大《きょだい》な球状の部屋があった。〈バタード・ハイエロファント〉号が推力を受けていたら床《ゆか》にあたるところから、表面がかたくなった島がひとつそびえ立っている。島を取り囲んでいるのは――包み、すっぽり覆《おお》い、包含《ほうがん》しているのは――巨大《きょだい》な水の球だ。ミッドナイトブルーで、反射する大きなシャボン玉みたいに曲がっている。その球の中央、かたくなった島の上に鎮座《ちんざ》しているのは、強く偉大《いだい》なクタインだ。

この生物は両方の意味で悪夢《ナイトメア》のようだった。もつれた触手《しょくしゅ》――それぞれ灰色と赤のまだらになっている――がでたらめに発達したオレンジ色の背甲《はいこう》の点在する肥満した重い身体から生えている。何百、いや……何千という青く縁《ふち》どられた目が折りたたまれた上半身に埋《う》もれていて、それらが一斉《いっせい》にこちらに向けられ、キラがひるむほどの鋭《するど》さでギロリとにらみつけてきた。

なるほどクタインは強く偉大《いだい》で、巨大《きょだい》だった。家より大きい。シロナガスクジラより大きい。〈ウォールフィッシュ〉号よりも大きくて、どこまでも中身が詰《つ》まっていて、重く硬《かた》くもあった。この怪物《かいぶつ》の大きさは把握《はあく》しきれないほどだ。これほど巨大《きょだい》な生物は映画やゲームのなかでしか見たことがない。夢のなかの記憶《きおく》よりも遥《はる》かに大きく、あれから何世紀にもわたって絶えず大食を続けてきた結果であることは疑いようがなかった。

それだけじゃない。ソフト・ブレイドのおかげで視力が強化された目で見ると、形を成していないかたまりであるクタインの心臓部には、ミニチュアの太陽が燃えているようだ――その硬《かた》くなった殻《から》から必死に逃《のが》れようとする定常状態の爆発《ばくはつ》。きらめく破壊《はかい》の真珠《しんじゅ》。

キラは可視光線に切り替《か》えて、また赤外線に戻《もど》した。可視光線だと、何も変わったところは見えない。クタインの身体は遠い昔の記憶《きおく》と同じ灰色がかった暗い赤色だ。けれど赤外線で見ると、燃え、光り、振動《しんどう》して輝《かがや》いている。ピカピカきらめいている。

要するに、このジェリーは体内に核融合炉《かくゆうごうろ》が埋《う》め込《こ》まれているかのようだった。

キラは自分がちっぽけで、取るに足らない存在だと感じ、到底《とうてい》敵わない気がした。勇気がくじけそうになっていた。ソフト・ブレイドがしてきたすべてのことを考えても、クタインの力に匹敵《ひってき》するとは想像できなかった。このクリーチャーは愚《おろ》かな獣《けもの》でもない。どんなシップ・マインドにも負けない狡猾《こうかつ》さで、その知能のおかげで何世紀にもわたってジェリーたちを支配してきたのだ。

その理解がキラを疑念で満たし、その疑念がキラを躊躇《ちゅうちょ》させた。

岩でできたクタインの座の周りの床《ゆか》に根付いているのは、大きなアビッサル・コンクラーベだ――緑とオレンジの斑点《はんてん》がついたフジツボのような貝が集まり、関節の多いその占《せん》有者《ゆうしゃ》たちの腕《うで》が潮流のなかで波を立てている。不快きわまりないやかましさでむせび泣き、波を立てていて、人間としてのキラの耳には苦しめられている魂《たましい》の合唱みたいに聞こえた。キラのなかのグラスパーにとっては、ンマリルにとっては、故郷を思わせる音で、プレインティブ・バージの記憶《きおく》が一気によみがえってきた。

そのとき、圧倒《あっとう》的な〈近香《ニアセント》〉の悪臭《あくしゅう》が満足から楽しみに変わった。そして悪夢のような生物はたったひと言、啓示《けいじ》的な発言をした。

《こちらクタイン∴おまえが見えている》

その瞬間《しゅんかん》、躊躇《ちゅうちょ》したのは間違《まちが》いだったとキラは気づいた。ソフト・ブレイドを呼び、巨《きょ》大《だい》なばねみたいに渦巻《うずまき》状に巻いて、クタインに一撃《いちげき》を食らわす準備をした。

けれど遅《おそ》すぎた。あまりに遅《おそ》すぎた。

ジェリーの赤道からかぎ爪《づめ》のついた腕《うで》が広げられ、背甲《はいこう》のてっぺんから黒い平板状の何かを引き抜《ぬ》いた。そして平板の狙《ねら》いをキラに定める――まずい。あれは巨大《きょだい》なレールガンだ。巡洋艦《じゅんようかん》の船首に搭載《とうさい》されていてもおかしくないほど大きな武器で、UMCの戦艦《せんかん》全体に穴をあけられるほどの威力《いりょく》がある。おしまいだ。逃《に》げる時間はなく、隠《かく》れる場所もない。せめて――

ふたつのことが連続して起こり、あまりの速さにキラは出来事の順序を把握《はあく》する暇《ひま》もないほどだった。スーツがキラの周りで位置を変え、外に向かって広がり、そして――

バン！

キラの下でデッキが波打ち、とてつもなく大きな音がひとつ響《ひび》いたあと、すべてが静まり返った。部屋の向こうでは、カーブした壁《かべ》の側面から火花を発する緑色の炎《ほのお》が噴《ふ》き出し、圧力波が水の球のなかを急速に伝わっていき、アビッサル・コンクラーベを粉砕《ふんさい》して強く偉大《いだい》なクタインをその古来の玉座から追い出そうとした。クタインは触手《しょくしゅ》をばたつかせたが、無駄《むだ》だった。

キラの右側の隔壁《かくへき》がなくなって、空気が漏《も》れていく鋭《するど》い音が聞こえた。キラが反応する間もなく、泡立《あわだ》つ水の壁《かべ》が突《つ》っ込《こ》んでくる。

水は荒《あ》れ狂《くる》う津波《つなみ》のような勢いで襲《おそ》いかかってきた。衝撃《しょうげき》で巻きひげと触角《しょっかく》がすべて引きちぎれた——スーツの主要部が残りのかたまりから引き離《はな》され、キラとスーツは白熱光を放つ宇宙空間に転がり出ていく。

「キラ！」ファルコーニが叫《さけ》んだ。

Sub Specie aeternitatis

第6章　永遠の相のもとに

1

宇宙は白かった？

キラはその明らかな矛盾《むじゅん》を無視した。まずは大事なことからだ。飛行を安定させるようソフト・ブレイドに念じると、肩《かた》と腰《こし》に沿って気体をプップッと噴《ふ》くことで応じた。回転が遅《おそ》くなり、数秒以内に〈バタード・ハイエロファント〉号の遠のいていく船体はキラの視界の一か所だけを占《し》めるようになった。

〈ハイエロファント〉の側面からはかなりの部分がもぎ取られていた。船に衝突《しょうとつ》したものがなんだったにしろ、それは船尾《せんび》のデッキの大半を吹《ふ》き飛ばしていた。またカサバ榴弾砲《ハウイッツァー》だろうか？

キラから引き離《はな》されてまだくっついていない、〈ハイエロファント〉のなかに残ったままのはぐれたソフト・ブレイドの存在が感じ取れた。それらを永遠に失ったらどうなってしまうのかを恐《おそ》れて、キラは意志の力で引き寄せた。はぐれた断片は動き出し、船の構造を這《は》うように進みはじめた。

キラは周囲を見回した。そう、宇宙は白かった。キラは赤外線で見るのをやめた。白いままだ。それに輝《かがや》いている。でも、近くの太陽の視線にまっすぐ入った宇宙空間にいる場合に想定されるほど明るく輝《かがや》いてはいない。

と、パッとひらめいて理解した。到来《とうらい》するレーザーから〈ハイエロファント〉を防御《ぼうぎょ》するための、一面の煙《けむり》のなかにいるのだ。船にとっては役立つけれど、キラにとっては不都合だ。可視光線でもどの方向も二十メートルほど先までしか見えない。

「キラ！」もう一度ファルコーニが叫《さけ》んだ。

「まだ生きてる。そっちは大丈夫《だいじょうぶ》？」

「無事だ。ナイトメアの船が〈ハイエロファント〉に突《つ》っ込《こ》んだ。それで――」

「くそ！」

「まったくだな。俺《おれ》たちは〈ウォールフィッシュ〉号に向かっているところだ。いまのところジェリーは俺《おれ》たちのことは気にしてないらしい。ジェリーの艦隊《かんたい》は残りのナイトメアを食い止めているが、時間はあまりない。チェッターが言うには、クタインはまだ生きてる。あのジェリーを殺すんだ、それもすぐに」

「わかってる。やろうとしてる」
キラは深々と息を吸い込《こ》み、クタインに対する恐怖《きょうふ》をせいいっぱい静めようとした。けれど、気を紛《まぎ》らすことはできなかった。おまけに、さらに恐《おそ》ろしい脅威《きょうい》が迫《せま》っている。ナイトメア。モー。

こんなに怖《こわ》いと思ったことはない。温めようとするソフト・ブレイドの努力もむなしく、手足が凍《こご》えるように冷たくなり、鼓動《こどう》が痛いほど速くなっている。どうでもいい。進みつづけなきゃ。止まってはだめ。

キラはまた赤外線に切り替《か》え、ゼノを使って身体をその場に固定させて、上下、周囲を見回した。クタインはとてつもない巨体《きょたい》なのに、いったいどこへ行ったの？ キラたちが放り出された部屋は〈ハイエロファント〉の奥《おく》まったところに暗い空洞《くうどう》として見えていて、その巨大《きょだい》な実がいまでは殻《から》からなくなっている。キラと同じく、クタインも船から吹《ふ》き飛ばされたのかもしれないが、あのジェリーは巨体《きょたい》のどこかに飛行姿勢制御《せいぎょ》用ジェットを隠《かく》していたのではないかという気がしていた。クタインが〈ハイエロファント〉の船体のカーブを回って飛んでいたとしたら……渦巻《うずま》く煙《けむり》のなかで見つけ出すには時間がかかるだろう。実際、長くかかりすぎる。〈ハイエロファント〉の表面は数千キロメートルもある。

「グレゴロヴィッチ」キラは観察を続けながら言う。「ここの様子が見える?」

「残念だが、〈ウォールフィッシュ〉号はまだ〈ハイエロファント〉に入ったままでね。センサーがブロックされている」

「チェッターに確認して。もしかしたら〈ノット〉が――」

直径五十センチの煙《けむり》のない細長い空間がキラの前に突然《とつぜん》現れた。〈ハイエロファント〉の船体の水平線からまっすぐ伸《の》びていて、キラの胸の前を通り過ぎ、深宇宙へと続いている。多数の渦巻《うずま》き図形が煙《けむり》を通り抜《ぬ》けて広がり、煙《けむり》を外へと押《お》しやっていき、移動させられた熱の光が靄《もや》のなかに広がっていく。

キラは罵《ののし》った。命令に応じてゼノは進路を変更《へんこう》し、破損した船のほうへキラを押《お》しやった。宇宙空間をうろうろしていたら、簡単に標的にされてしまう。早いところ身を隠《かく》さないと――

〈バタード・ハイエロファント〉号のカーブの後ろから、一本の巨大《きょだい》な触手《しょくしゅ》が現れ、敵意をもってひねったりつかんだりしようとしている。赤外線で見ると、その触手《しょくしゅ》は炎《ほのお》の舌で、吸盤《きゅうばん》は白熱を発する火口で、骨格の内部は白熱した鋳塊《インゴット》が端《はし》から端《はし》まで積み重なったしなやかな柱で、半透明《はんとうめい》の肉体のなかで輝《かがや》いている。肢《あし》の先端《せんたん》から三分の一には繊毛《せんもう》が並んでいるが、ヘビのような繊毛《せんもう》はそれぞれ数メートルの長さがあり、どれも周りとは関係なく動いたり揺《ゆ》れたりもつれたりしているため、その一本一本が静止することのない思考力を備えているみたいだ。一本目の触手《しょくしゅ》に続いて二本目が、さらに三本目、四本目と加わっていき、最後に巨大《きょだい》なクタインの姿がぬっと現れ出た。

ジェリーの皮膚《ひふ》の色は変化していた。まるで白目《ピューター》で塗装《とそう》されたみたいに、いまではなめらかで色がなくなっている。なんらかの鎧《よろい》を着けているのだろうとキラは思った。なお悪いことに、この怪物《かいぶつ》はかぎ爪《づめ》の手に船ほどの大きさのレールガンをいまでも持ったままだ。

キラは虚空《こくう》に向かって叫《さけ》び、もっと速くとソフト・ブレイドを急き立てた。〈ハイエロファント〉のむき出しのデッキのあいだに大急ぎで飛んで戻《もど》ったが、少し肩《かた》の力を抜《ぬ》こうとするのと同時に、多様な形をもつクタインの影《かげ》がキラを覆《おお》い、怪物《かいぶつ》は武器を発射した。

感覚が麻痺《まひ》するような勢いで吹《ふ》き飛ばされ、キラは倒《たお》れ込《こ》んで隔壁《かくへき》に激突《げきとつ》した。

でも、まだ生きている。

ゼノが周りでプーっと膨《ふく》らんで、巨大《きょだい》な黒い風船みたいに頭も含《ふく》めてキラの全身を包んでいたけれど、マスクと同様、視界を遮《さえぎ》ってはいなかった。キラには風船のなかの構造が感じ取れた。繊維《せんい》と棒とプラスチックのような充填物《じゅうてんぶつ》からなる複雑な基盤《きばん》——それをすべてソフト・ブレイドはわずか一秒の何分の一かでつくりあげていた。

目の前で新たな爆発《ばくはつ》が起こり、キラはあまりに激しく揺《ゆ》さぶられてぼうっとなった。今回はスーツも爆発《ばくはつ》を起こすことで飛来してきた投射物を迎《むか》え撃《う》ち、破壊《はかい》的に飛び散る金属を両脇《わき》にそらし、キラに触《ふ》れさせなかった。

キラは小さな驚《おどろ》きと共に、ゼノが軍の戦車で使われているのに似たある種の反応装甲《そうこう》を構築したことに気づいた。

笑えるものなら、キラは笑っているところだ。

ソフト・ブレイドがいつまでキラを守りつづけられるかはわからず、キラはわかるまで何もせずにいるつもりはなかった。クタインと直接対決するわけにはいかない。相手が武装しているうちは。キラが戦える唯一《ゆいいつ》の方法は、かわして、逃《に》げて、ジェリーが弾切《たまぎ》れになるのを待つことだけだ。それか、ソフト・ブレイドを使って引き裂《さ》けるほど相手に近づく方法を見つけるしかない。

キラは片手を突《つ》き出し（手は動いたけれど、風船のなかに隠《かく》れたままだ）、一本の太綱《ふとづな》を形づくり、頭上数メートルにある溶《と》けかけた梁《はり》の棚《たな》に向かって投げた。太綱《ふとづな》は梁《はり》に当たってくっつき、キラは全力でそれを引っ張り、身体を吊《つ》り上げて〈ハイエロファント〉の側面に爆発《ばくはつ》があけた穴から飛び出した。そのクレーターの縁《ふち》で一本目の綱《つな》をはずし、二本目を投げて船体を捉《とら》え、綱《つな》を引っ張って、上方に向かう勢いを前方に向かう勢いに変えた。

その綱《つな》を固定している場所を飛び越《こ》えながら、新たな綱《つな》を前方に投げ、それを次々くり返していき、ジェリーから身を隠《かく》せるまで船体をどんどんスイングして進んでいった。

怪物《かいぶつ》はあとを追ってきた。キラが最後に見たとき、クタインは催眠術《さいみんじゅつ》にかけるような優《ゆう》雅《が》さでその肢《あし》を波打たせながら飛びかかってこようとしていた。

キラは顔をゆがめ、いちばん新しい綱《つな》を強く引っ張ろうとした。が、もう自分の身体とゼノにできることの限界が来ていた。

柱をぐるりと回るテザーボールみたいに〈ハイエロファント〉の側面を回り込《こ》んで飛んでいるとき、あることを思いついた。ひとつのアイデアを。

立ち止まって実際的なことや成功の見込《みこ》みを考えはしなかった。ただ行動して祈《いの》った――しゃにむに祈《いの》った――自分のやろうとしていることがうまくいきますように、と。

さらに何本か綱《つな》をくり出してぐいと引き、榴散弾《りゅうさんだん》が船体にあけたぎざぎざの裂《さ》け目の横で止まった。そして風船をつぶし、その材料を触手《しょくしゅ》に変える。キラは触手《しょくしゅ》を使ってひっくり返った船体の一部をつかみ、切り裂《さ》いてはずした。

切ったものはそれぞれ一メートルちょっとの厚さがあり、その厚みの大半は金属の泡《あわ》みたいなものを挟《はさ》んだ複合材の薄《うす》い層でできていた。期待どおりだ。人間の船と同じように〈ハイエロファント〉の外殻《がいかく》にも、宇宙ごみ《スペース・デブリ》の衝突《しょうとつ》から保護するためのホイップルシールドがあった。この装甲板《そうこうばん》が流星塵《りゅうせいじん》を防げるのであれば、充分《じゅうぶん》な層を重ねればレールガンのような運動エネルギー兵器からの投射物も防げるはずだ。

目の前に装甲板《そうこうばん》を配置しているとき、裂《さ》け目の複雑な破壊《はかい》の跡《あと》から黒い物質が流れ出てきて、自らの意思をもってキラのほうへと這《は》い進んできた。キラはハッとしてあとずさり、この新たな敵を撃退《げきたい》する構えを取った。

と、ソフト・ブレイドのなじみある感覚に気づき、失われたゼノの一部がふたたびキラのもとに帰ってきた。

肌《はだ》に触《ふ》れる冷たい水みたいな感覚があり、はぐれた繊維《せんい》はゼノの主要部と融《と》け合い、切望していた量をこの有機体に追加した。

気を取られていたせいで、まだ四枚しか装甲板《そうこうばん》を重ねていないところで、のたくるべへモスのようなクタインが〈ハイエロファント〉の側面のてっぺんに到達《とうたつ》し、キラに向けて銃《じゅう》を発射した。

ドドーン!

キラがつくった間に合わせの盾《たて》は、装甲板《そうこうばん》の最初の三層までで飛来する投射物を阻止《そし》した。キラのスーツの肌《はだ》には塵《ちり》ひとつ届かなかった。それに衝撃《しょうげき》は大きかったが、耐《た》えられる程度にまでソフト・ブレイドが衝撃《しょうげき》をやわらげてくれた。

ジェリーの弾薬《だんやく》はあとどれだけ残っているのだろうか。

クタインはまた発射した。キラはその攻撃《こうげき》にかまわず前に進んだ。船体の部品は長くはもたないだろう。好機があるうちに捉《とら》えるしかない。

この巨大《きょだい》な生物は、身体の大きさからは考えられない速さでこっちに向かってきていた。その背甲《はいこう》の左側に沿って白い煙《けむり》が出ていて、ごちゃごちゃになった殻《から》や触手《しょくしゅ》のすべてが右に押《お》されている。あの忌々《いまいま》しい怪物《かいぶつ》は、背甲《はいこう》に反動推進エンジン《スラスター》を組み立てたか、生やしたか、くっつけたかしていた。そのせいで計画がもう少しやりにくくなったが、対処できるだろうとキラは思った。いくらジェリーが速くても、数百万キロとも知れない重い身体をソフト・ブレイドほどすばやく動かせるはずはない。

「よけてみなさいよ」キラはつぶやき、何百本という剃刀《かみそり》のように鋭《するど》い糸をくり出し〈ハイエロファント〉の表面に向かわせた。その糸は突進《とっしん》し、突《つ》き刺《さ》し、這《は》いまわり、ばらばらの角度で交差していたため、どれがどこを攻撃《こうげき》するかを予測するのは不可能だった。

強く偉大《いだい》なクタインが射程圏外《けんがい》に出る間を与《あた》えず、キラのくり出した切断糸の細い先端《せんたん》は、すぐそばにあるジェリーの触手《しょくしゅ》をくすぐってチリンと音を立てた。クタインが装備している灰色の薄《うす》い鎧《よろい》はソフト・ブレイドの繊維《せんい》とは違《ちが》ったナノ材料でできていることに気づき、キラは落胆《らくたん》した。スーツは新たな怒《いか》りを燃やした。その材料もまた、グラスパーが創造主から盗《ぬす》んだテクノロジーの一部だと認識したのだ。時間をかければ、ゼノはその鎧《よろい》の織物に穴をあけることができるはずだという確信があったが、クタインはそれだけの時間を与《あた》えるつもりはないだろう。

クタインがふたたび武器を向けてきたとき、キラは絡《から》み合う糸を触手《しょくしゅ》から触手《しょくしゅ》へと這《は》わせていき、やがてレールガンをその千倍の手のなかにつかむのを見て感じ取った。ジェリーの骨ばった腕《うで》の先についた指からレールガンをもぎ取ると、空っぽの宇宙空間の奥《おく》へと放り投げた。そのレールガンは誰《だれ》にも回収されることもなく、百万年以上も宇宙の深部を漂《ただよ》うことになるかもしれない。

ほんの一瞬《いっしゅん》、キラは自分が優位に立ったと思った。と、そのとき、クタインは邪魔《じゃま》されていない触手《しょくしゅ》の一本を後ろに回し、背甲《はいこう》の裏に装着していたに違《ちが》いない大きな白い筒《つつ》を取り出した。その筒《つつ》は短くても六メートルはあり、ジェリーがそれをキラのほうに向けたとき、筒《つつ》の奥《おく》に黒い虹彩《こうさい》が見えた。

キラは半ば叫《さけ》びながらよけようとしたが、今回、遅《おそ》すぎたのはキラのほうだった。筒《つつ》の開口部が白く光り、ゆるぎない炎《ほのお》の槍《やり》がキラのほうへ突《つ》っ込《こ》んでくる。それはスーツの繊維《せんい》を非常に乾燥《かんそう》して燃えやすいものみたいに焼き焦《こ》がした。繊維《せんい》は溶《と》けて蒸発し、キラはそれらの繊維《せんい》に押《お》し寄せる痛みを伴《ともな》わないうずきを恐《おそ》ろしくなるほど大量に感じ取った。

いまやキラは逃《に》げ出そうとしていた。クタインを押《お》しのけようとしたが、しがみついて離《はな》れず、敵は荒《あ》れ狂《くる》う炎《ほのお》を次第にキラに近づけてくる。この生物は恐《おそ》ろしく力が強かった――ソフト・ブレイドが相手でも持ちこたえられるほど強かった。

けれど、この刃《ブレイド》は柔《ソフト》らかいものでもあった。キラはクタインに攻撃《こうげき》される前に、ソフト・ブレイドを緩《ゆる》めてたわませ、水のように走らせて、どれだけ強い力でつかまれていてもすり抜《ぬ》けられるようにした。ジェリーの吸盤《きゅうばん》はキラをつかめなかった。どんなにやっても、スーツはそれを打破する方法を知っていた。

キラはもがき、かん高い叫《さけ》びをあげて、押《お》すことでも引くことでも身体を自由にすることに成功した。

九死に一生を得た思いで、キラはクタインから離《はな》れた。

クタインはキラに立て直す隙《すき》を与《あた》えなかった。あとを追って飛びかかってきて、キラは〈ハイエロファント〉の遠い船首をめざしてずっと逃《に》げていく。しんと静まり返ったなかでの追跡《ついせき》で、キラの心臓の鼓動《こどう》の音と耳ざわりな呼吸音だけが静寂《せいじゃく》の邪魔《じゃま》をして、無重力がもたらす自然の影響《えいきょう》によって恐《おそ》ろしく優雅《ゆうが》に成し遂《と》げられていた。

クタインのサイズには現実味がなかった。まるで山の大きさの怪物《かいぶつ》に追いかけられているみたいだ。考えられる名前がいくつか頭にパッと浮《う》かんでいく。クラーケン。クトゥルフ。ヨルムンガンド。ティアマト。けれど、どれも背後に迫《せま》る怪物《かいぶつ》の比類ない恐《おそ》ろしさを捉《とら》えきれていない。這《は》い進んでくるちらちら揺《ゆ》らめくヘビの群れで、肉から肉を引き裂《さ》こうとうずうずしている。

　肩越《かたご》しに振《ふ》り返ると、いまさらながらあの筒《つつ》の正体に気づいた。燃料供給を備えたロケットエンジン。ジェリーはロケットを武器として使っているのだ。

クタインはキラへの対策を立てていた。アイディーリスへの対策を。キラはなんの対策も立てていなかった。この古来の生物が与《あた》える脅威《きょうい》の本当の大きさをわかっていなかった。

　こんなときじゃなければ、ロケットエンジンを武器として使うことのばかばかしさにあぜんとしていただろう。だけどいまは、頭のなかでしている計算に含《ふく》める新たな要素のひとつに過ぎなかった。速度、距離《きょり》、角度、力、考えられる反応と行動。生き延びるための計算。

　はたと思いつく。ロケットエンジンは熱を発生させるのと同時に、かなりの推力も発生させる。それがロケットの仕組みだ。ということは、クタインはロケットエンジンを使うときに何かにつかまっておかないと、反対方向へ吹《ふ》き飛ばされることになる。確かにクタインは機動飛行のできる反動推進《スラスタ》エンジンも備えているが、ロケットほど強力ではないだろう。

「ハッ！」キラは声を漏《も》らした。

返事をするかのように、イヤーピースから雑音に続いて男性の声がした。「こちらはダンロス中尉《ちゅうい》だ。聞こえるか？」

「誰《だれ》なのよ？」

「クライン提督《ていとく》の補佐官だ。〈不屈部隊《アンリレンティング・フォース》〉からきみたちのいる位置に向けてミサイルを発射する。ジェリーを〈ハイエロファント〉の船尾《せんび》に誘導《ゆうどう》できるか？」

「わたしとクタインを揃《そろ》って吹《ふ》き飛ばすつもり？」

「いや違《ちが》う、ミズ・ナヴァレス。ピンポイント攻撃《こうげき》だ。きみに大した危険は及《およ》ばないはずだ。が、明確な照準線が必要になる」

「了解《りょうかい》。向かうわ」

すると同じチャンネルでいきなりチェッターの声が聞こえた。「ナヴァレス。必ずクタインとのあいだに充分《じゅうぶん》な距離《きょり》を取るのよ。忘れないで、友軍砲撃《ほうげき》などというものはあり得ませんからね」

「わかった」

キラはスーツを船体のほうへと突《つ》いて、そこで止まった。それから飛び上がり、迫《せま》ってくるジェリーを後ろに飛び越《こ》えたが、いつもなら胃がひっくり返るような宙返りになるはずが、いまは優雅《ゆうが》な飛び込《こ》みに感じられた。クタインはキラに向かって三本の触手《しょくしゅ》を最大限まで伸《の》ばしていたけれど、数メートル足りずに届かなかった。キラの期待したとおり、クタインはばかでかいブロートーチを使える〈ハイエロファント〉から離《はな》れようとしなかった。

ソフト・ブレイドはキラの飛翔《ひしょう》を止めて、戦艦《せんかん》の上に引き戻《もど》した。キラはソフト・ブレイドが前よりも速く効率的に自分の身体を動かしていることに気づき、このスーツが夢のなかで、有人操縦ではないドローンの機敏《きびん》さをもって、宙に高く舞《ま》い上がったり急降下したりしていたのを思い出した。この生命体が自分だけのスラスタをつくれるのでなければ、できないようなやり方で。継続《けいぞく》して生産可能な、本物のスラスタを。

それに自分がまだ息を切らしていないことにも気づいた。ありがたい。スーツが酸素を供給しつづけてくれる限り、戦いつづけることができる。

キラは〈ハイエロファント〉に沿って進み、どんどんスピードを上げていき、ついにはシャドウシールドの手前で止まれるのか自信がなくなってきた。それなのに、広大で、冷《れい》淡《たん》で、誰《だれ》にも止めることのできない高まる波のように、クタインがすぐそばまで迫《せま》っているのが感じられる。

ダンロス中尉《ちゅうい》のきびきびした声が聞こえてきた。「着弾《ちゃくだん》五秒前。退避《たいひ》せよ。くり返す、退避《たいひ》せよ」

前方を見ると、〈ハイエロファント〉めがけて流星が弧《こ》を描《えが》いて向かってきている。厚い煙《けむり》を通しても目に見えるほど明るく輝《かがや》く星が。

時間が遅《おそ》くなったように感じられ、息が止まる。いつしかキラは、どこでもいいからここ以外にいられればいいのに、と願っていた。最悪なのは、自分にはこの状況《じょうきょう》を変えられないということだ。ミサイルはキラを殺すかもしれず――殺さないかもしれない。その結果を管理することはできないのだ。

ミサイル衝突《しょうとつ》まであと一秒しかなくなったときに（それでもまだ百メートル以上離《はな》れている）、キラは船体をつかんで身体を平らにして張り付き、スーツに硬《かた》い殻《から》をつくらせた。

そうしていると、ミサイルはがっかりするようなごく小さな光を発して消え失せ、さっきまであった場所から煙《けむり》のない球形の空間が広がっていった。

やられた。キラは何が起きたのか理解できる程度には、戦闘《せんとう》中の地点防空レーザーを見てきていた。〈ハイエロファント〉のどこかに搭載《とうさい》されたブラスターがミサイルを撃《う》ち落としたのだ。

キラは船体から身体を引き剝《は》がして、クタインに押《お》しつぶされる寸前に横ざまに転がった。

嘲笑《ちょうしょう》の〈近香《ニアセント》〉に包まれる。《こちらクタイン：哀《あわ》れな》

「すまない、ナヴァレス」ダンロス中尉《ちゅうい》が言う。「ミサイルは〈ハイエロファント〉のレーザーを突破《とっぱ》できないようだ。われわれはｒ2を回り込《こ》んでいるところで、別の道を通過しようとしている。クライン提督《ていとく》からの伝言だ、きみはあのクソ野郎《やろう》を殺すか〈ハイエロファント〉を離《はな》れる方法を探すかしたほうがいい、この船は戻《もど》る途中《とちゅう》でさらにあと三発のカサバ榴弾砲《ハウイッツァー》を撃《う》ち込《こ》む予定だからな」

クタインが触手《しょくしゅ》の一本をこちらに向かって振《ふ》り、キラはかろうじて飛びのいて、筋肉と腱《けん》でできたどっしりした幹はかすめて過ぎた。そしてもう一度、怒《おこ》ったタコの強打をよけるハチドリみたいに。

渦巻《うずま》いている煙《けむり》が濃《こ》くなったかと思ったあとに晴れて、〈ハイエロファント〉は煙霧《えんむ》のなかから抜《ぬ》け出した。爆発《ばくはつ》で船から吹《ふ》き飛ばされて以来、初めて宇宙の本当の暗闇《くらやみ》が見え、キラが目にする船体も何もかもが痛いほど明るくくっきりしていた。キラは視界の端《はし》に遠い火花と閃光《せんこう》を捉《とら》えた（第七艦隊《かんたい》、ジェリー、到来《とうらい》するナイトメアのあいだで戦闘《せんとう》が続いている証拠《しょうこ》だ）。

キラは可視光線に切り替《か》えた。煙《けむり》がなくなったいま、赤外線の必要はない。

キラはのたくる怪物《かいぶつ》の前に浮《う》かんでいた。飢《う》えた捕食者《ほしょくしゃ》の前にぶら下がった小さなおもちゃだった。クタインが突進《とっしん》した。キラはかわした。キラが前に飛び出した。クタインは一瞬《いっしゅん》ロケットエンジンに点火して、焼けつくような熱さがキラを引き下がらせた。膠着状《こうちゃく》態にあり、どちらも優位に立つためのわずかな好機を狙《ねら》っていて——どちらもつけ入る隙《すき》を見つけられずにいた。

ジェリーの身体のどこかに隠《かく》された分泌腺《ぶんぴつせん》から〈近香《ニアセント》〉がほとばしり、キラの鼻を刺《さ》した。

《こちらクタイン：おまえはひとつになった肉体のことを理解していない、二形態。おまえはふさわしくない、意味がない、失敗する運命にある》

キラも同じやり方で応じ、もつれたかたまりであるクリーチャーに〈近香《ニアセント》〉を向けた。

《こちらキラ：そっちはもう失敗してるじゃない、グラスパー。コラプテッドが——》

《こちらクタイン：ンマリルの裏切りの前にそうなるはずだったように、私がアイディーリスとひとつになった暁《あかつき》には、コラプテッドは深海に沈《しず》む泥《どろ》のように私の前にひれ伏《ふ》すであろう。何者も私に抵抗《ていこう》することはできなくなる。このさざ波は混乱しているかもしれぬが、次はウラナウイの勝利となり、すべてはわがショールの力に屈服《くっぷく》するのだ》

《こちらキラ：アイディーリスは決してわたさない！》

《こちらクタイン：手に入れるぞ、二形態。おまえの殻《から》を割って開き、その身をじっくり味わわせてもらおう》

キラは叫《さけ》び、ジェリーの手からロケットを奪《うば》い取るべく後ろに回り込《こ》もうとしたが、エイリアンはキラの動きに対抗《たいこう》し、身をひねって常に武器がこちらに向くようにしている。

それは狂乱《きょうらん》の醜悪《しゅうあく》なダンスだったが、ダンスであることに変わりはなく、醜悪《しゅうあく》でありながらも、ときに優美で大胆《だいたん》な瞬間《しゅんかん》に満ちていた。クタインはあまりに大きく強く、ソフト・ブレイドには制止することができなかった（少なくともいまのスーツの大きさでは）。だからキラはつかまらないよう最善を尽《つ》くした。いっぽうエイリアンは、ソフト・ブレイドからの接触《せっしょく》を避《さ》けるためならなんでもした。あまり長いことつかまれていたら、鎧《よろい》を刺《さ》し貫《つらぬ》かれるだろうとわかっているようだった。

キラは前進した。ジェリーは後退した。ジェリーは前進した。キラは後退した。二度キラは触手《しょくしゅ》の一本をつかんだが、思い切り叩《たた》きつけられただけで、手を離《はな》すか、打ちつけられて失神する危険を冒《おか》すか、どちらかを強いられた。その打撃《だげき》はスーツの一部をちぎり取るほど強烈《きょうれつ》だった。キラとふたたび結合する前に溶《と》けて形のない小塊《しょうかい》になった小さな矢柄《やがら》と棒を。

クタインとの距離《きょり》を縮めることさえできれば、エイリアンの背甲《はいこう》をソフト・ブレイドで包んでぴたりと張り付くことさえできれば、殺せるはずなのに。けれど、どんなに頑張《がんば》ってもジェリーの防御《ぼうぎょ》を突破《とっぱ》できない。

年老いた狡猾《こうかつ》なクタインは、自分が有利だと気づいたらしく――キラが自分に与《あた》えるよりも、自分のほうがより大きな痛みをキラに与《あた》えられると気づいたらしく――〈ハイエロファント〉を伝ってキラを追いかけはじめた。ロケットトーチを発射し、でたらめなリズムで触手《しょくしゅ》を振《ふ》り回し、キラをあとずさりさせ、当たりそこなった打撃《だげき》で船体に大きな溝《みぞ》を残した。キラは退却《たいきゃく》するよりほかはなかった。このベヘモスの触手《しょくしゅ》と船体のあいだに挟《はさ》まれることになれば、いくらソフト・ブレイドが守ってくれていても、脳がぐちゃぐちゃにつぶれてしまう。キラは必死に距離《きょり》を保とうとして、じりじりと追いやられていった。

息も絶え絶えになり、スーツに覆《おお》われていても汗《あせ》をかいているのがわかった。奮闘《ふんとう》のせいで身体を濡《ぬ》らしている汗《あせ》をソフト・ブレイドはすばやく吸収した。

こんなことは続けられるはずがなかった。キラには続けられるはずがなかった。いずれキラはうっかり失敗を犯し、クタインに殺されるだろう。逃《に》げたところで、どうにもならない。逃《のが》れる場所は空っぽの宇宙しかなく、仲間たちを残してはいけなかった。ＵＭＣのことも。どんな過ちを犯したにしても、キラと同じく、彼《かれ》らも人類存続のために戦っているのだ。

キラはクタインの直近の攻撃《こうげき》をさっとかわした。どれだけ持ちこたえられるだろう？ もう何日も戦っているような気分だ。〈ウォールフィッシュ〉号が〈ハイエロファント〉に突《つ》っ込《こ》んだのはいつだった？ キラには思い出せなかった。

もう何度目になるかわからないが、キラはジェリーの背甲《はいこう》を突《つ》き刺《さ》そうとした。そして何度目になるかわからないが、原子レベルに鋭《するど》いスーツのスパイクがエイリアンの殻《から》をすべった。

キラはゼノを近くのアンテナに引っかけて、力を込《こ》めてうめきながら身体を引っ張り上げてジェリーから離《はな》れ、報復攻撃《こうげき》からかろうじて逃《のが》れた。クタインは続けてまた触手《しょくしゅ》で打ちかかり、キラはつかまらないよう戦艦《せんかん》の船首へと急ぎ、攻撃《こうげき》をよけようとした。

すると思いがけずクタインは〈ハイエロファント〉にしがみつくのをやめて、キラに飛びかかってきた。

「ああっ！」ソフト・ブレイドが反応し、キラを後ろに押《お》しやり、戦艦《せんかん》の幅《はば》の広い部分を回り込《こ》ませた。クタインはスラスタから白い煙《けむり》を噴出《ふんしゅつ》させながら追いかけてきている。クタインはキラの軌道《きどう》に合わせることに成功し、巨人《きょじん》が非難して突《つ》きつけている指みたいにロケットを伸《の》ばしながら、追い迫《せま》ってきた。

キラは〈ハイエロファント〉の船体を観察し、何かが、なんでもいいから利用できるものがないか探した。船体が損傷してぎざぎざに盛り上がっている部分が目に留まる。あそこまで行けば、投石器みたいに使って自分をジェリーの背後に飛ばすことができるかもしれない、そうすれば――

「キラ！　そこをどけ！」ファルコーニが言った。

キラは気を取られてぎこちなく身をひねり、ソフト・ブレイドに〈ハイエロファント〉のほうへ突《つ》き飛ばされて宙返りした。触手《しょくしゅ》が一本、キラのほうへと曲げられ、どれだけの距離《きょり》があるかわからないが、旗艦《きかん》の船体にあいた穴の縁《ふち》からパワードスーツを着たファルコーニの上半身が飛び出すのが見えた。ファルコーニは片手でグレネードランチャーを持ち上げ、砲身《ほうしん》が閃光《せんこう》に照らされ――

クタインのロケットエンジンが爆発《ばくはつ》し、燃料を燃やして一方に偏《かたよ》った煙《けむり》を上げながら、四方八方に液火をまき散らした。

液火を浴びてキラはびくっとした。それで怪我《けが》をするわけでもないのに、昔からの本能は無視できないものだ。

爆発《ばくはつ》によってジェリーはひっくり返ったが、驚《おどろ》いたことに、一本の触手《しょくしゅ》の先端《せんたん》で〈ハイエロファント〉にしがみついたままでいる。キラがひどくがっかりしたことに、クタインは無傷のようだった。

すさまじく激しい怒《いか》りの〈近香《ニアセント》〉がすぐそばの空間に一気に押《お》し寄せた。

クタインは戦艦《せんかん》に身体を引っ張り戻《もど》し、ファルコーニめがけて一本の触手《しょくしゅ》を振《ふ》りかぶった。ファルコーニは穴の下に頭を引っ込《こ》めて、触手《しょくしゅ》が叩《たた》きつけられてむき出しの壁《かべ》と梁《はり》を粉砕《ふんさい》する前に、ドアの向こうへ姿を消した。

「おい、あとは任せたぞ」ファルコーニは言った。

「ありがとう。ひとつ借りね」キラは〈ハイエロファント〉の数メートル手前で止まり、真っ向からクタインと向き合った。もう武器はない。あるのは触手《しょくしゅ》と巻きひげと互《たが》いに競い合うふたつの頭だけだ。キラはもう一度この巨大《きょだい》なジェリーと取っ組み合い、どちらか片方か両方が死ぬまで格闘《かくとう》する覚悟《かくご》を決めた。ソフト・ブレイドに多くの利点があっても、キラには勝てるという確信がまったくもてなかった。クタインがキラを〈ハイエロファント〉の船体に叩《たた》きつけさえすれば、それでおしまいになるだろう。

けれど、諦《あきら》めるつもりはなかった。いまは。あれだけ多くのことを乗り越《こ》えてきたあとでは。これほど多くのことがかかっている状況《じょうきょう》では。

「さあて、醜《みに》い太っちょ」キラは力を振《ふ》り絞《しぼ》りながらつぶやいた。「決着をつけましょうか」

そのとき、キラは見た。鎧《よろい》に覆《おお》われた一本の触手《しょくしゅ》にごく小さな裂《さ》け目がある――たぶん、ロケットを抱《かか》えていたのと同じ触手《しょくしゅ》だろう。ファルコーニの攻撃《こうげき》がいくらかダメージを与《あた》えていたのだ。その裂《さ》け目は冷えていく溶岩《ようがん》の表面にできた細いひび割れみたいで、隙間《すきま》から熱せられたなかの肉が見えている。

キラのなかに希望が芽生えた。たとえ小さくても、その裂《さ》け目は好機であり、キラは瞬《しゅん》時《じ》にそれを利用してクタインを殺す方法を思い浮《う》かべた。実行するのはリスクが高く、ひどく危険な賭《か》けにはなるが、これ以上のチャンスは訪れないだろう。

キラは唇《くちびる》をひきつらせて笑みに似たものを浮《う》かべた。解決策は離《はな》れることではなかった――どんな犠牲《ぎせい》を払《はら》うことになるとしても、クタインを抱《だ》きしめることで、シードとひとつになったのと同じようにクタインとひとつになることだ。解決策は分離《ぶんり》させることではなく、互《たが》いの身体を融合《ゆうごう》させることにあった。

キラは身体を前に進めようとして、スーツはそれに応じて背中に構築したスラスタを勢いよく作動させた。1Gを超《こ》える加速度でクタインのほうへ突《つ》っ込《こ》んでいき、キラは歯をむき出して虚空《こくう》に笑った。

ジェリーは防御《ぼうぎょ》のためではなく、キラをつかまえて肉体の揺《ゆ》りかごに捕《と》らえようとして触手《しょくしゅ》を上げた。キラは二本の触手《しょくしゅ》の周りをらせん状に回転し、裂《さ》け目のある触手《しょくしゅ》にしがみついた。

その時点でクタインはキラが何をしようとしているのか気づいたらしく、怒《いか》りくるった。ジェリーがその肢《あし》を〈ハイエロファント〉に叩《たた》きつけ、キラの周りで宇宙が回った。キラはぶつかる前にどうにかスーツを硬化《こうか》させたが、それでも少しのあいだ視界が暗くなり、時間が遅《おそ》くなったようで方向がわからなくなった。

ふたたび触手《しょくしゅ》が振《ふ》り上げられそうになる。急いで行動しなければ、ぺしゃんこにされてしまうだろう。それだけはわかっている、エントロピーぐらい確かなことだ。それに死ぬのはいやだったけど、クタインに勝利を収めさせるのはもっといやだった。

お腹の下に例の裂《さ》け目の感触《かんしょく》があった。表面の硬《かた》い触手《しょくしゅ》に、そこだけ柔《やわ》らかい小さな一画がある。キラは刺《さ》し、突《つ》き、ひねりながらスーツの繊維《せんい》をその傷口のなかへ送り込《こ》んでいく。触手《しょくしゅ》が痙攣《けいれん》し、キラを振《ふ》り落とそうと躍起《やっき》になって左右に激しく振《ふ》り動かした。でも、決して振《ふ》り払《はら》えない。いまだけは。

刃《は》に触《ふ》れるクタインの肉は熱く、膿漿《のうしょう》の小球が噴出《ふんしゅつ》し、濃厚《のうこう》な粘液《ねんえき》がキラの皮膚《ひふ》を覆《おお》った。キラはこの生物のなかへと繊維《せんい》を伸《の》ばしていき、ずっと奥《おく》まで伸《の》ばしていくと、やがて触手《しょくしゅ》の真ん中にある骨を見つけた。キラは骨をつかんで肉を広げ、裂《さ》け目を割って大きく広げ、エイリアンの体内へとソフト・ブレイドを注ぎ込《こ》んだ。

キラの身体に触手《しょくしゅ》が巻きつけられた。黒く湿《しめ》っていて、がっちりつかんでいる。閉所への恐怖で息が詰まり、スーツが酸素の供給を続けていても、キラはいまにも窒息しそうな気がした。

　前方で閃光《せんこう》がひらめき、クタインが別の腕《うで》を使ってキラがしがみついている触手《しょくしゅ》を切り落とそうとしていることに気づき、ショックを受けた。

　この有利な立場を失うものかと意を固くして、キラはソフト・ブレイドを前へ外へと駆《か》り立てて、必要なことをするよう念じた。

　ゼノはクタインのなかに潜《もぐ》り込《こ》みながら、千本もの繊細《せんさい》な糸を広げた。けれどキラの期待どおり、その糸は切れなかった。糸は切ることも裂《さ》くことも傷つけることもしなかった。むしろ柔《やわ》らかくしなやかで、触《ふ》れるものを……つ、く、り、変、え、た。神経に筋肉、腱《けん》に骨。それらすべてがゼノにとっての食料だった。

　クタインはじたばたと身もだえした。そののたうち回りかたときたら！　クタインは自らの肉体を通してキラを叩《たた》いていた。自分の肢《あし》をつかんでねじり、キラを押《お》しつぶそうとしている。キラの耳のなかに雷鳴《らいめい》がとどろいた。

　だが、恐《おそ》ろしくも偉大《いだい》なクタインの力は、ソフト・ブレイドのしつこさには敵わなかった。この生命体のフラクタル繊維《せんい》は、曲がり、織り、貪《むさぼ》り食いながら、クタインの肉体をつくり替《か》えていく。そしてこの生物の細胞《さいぼう》を引き裂《さ》き、乾燥《かんそう》させて圧縮し、硬《かた》くて柔軟性《じゅうなんせい》のないものにした。その結果できたものは角張っていて、完全な平面と直線と原子の精密さによる鋭《するど》いへりからなるものだった。動くことのない鈍《にぶ》くて死んでいるもので、傷つけることも害をなすこともできない。

二十メートルかもう少し先まで進むと、キラの触角《しょっかく》は背甲《はいこう》のなかに入り、筋肉が臓器と器官に取って代わられた。

ソフト・ブレイドから過去の悲しみに対する怒《いか》りが伝わってきて、そんなつもりはなかったのに、キラは無意識のうちに叫《さけ》んでいた。《こちらキラ：ンマリルのかたき！》

ゼノはまた大きくなり、倍増してさらに倍増して、いつしか広い殻《から》を埋《う》め尽《つ》くし、一立方センチメートルごとに容赦《ようしゃ》ない完璧《かんぺき》なものにつくり替《か》えていった。

クタインはもう一度身を震《ふる》わせた――身を震《ふる》わせて、やがて動かなくなった。

キラはしばし赤外線に切り替《か》えて見ると、核融合《かくゆうごう》の燃え立つような光は消えていった。

ソフト・ブレイドはまだ終わっていなかった。ジェリーの皮膚《ひふ》と背甲《はいこう》を食い尽《つ》くすまで構築を続けた。キラの周りでは、しがみついている触手《しょくしゅ》に沿って石のような血管が現れた。それらはクタインの全身へと広がっていった。

ゼノが何をしているのかわからず、キラはソフト・ブレイドを引っ込《こ》めて、安堵《あんど》を覚えながら巨大《きょだい》な死骸《しがい》を蹴《け》って身を離《はな》した。

漂《ただよ》い離《はな》れていきながら、キラは死骸《しがい》を振《ふ》り返った。

クタインがいた場所には、いまではくすんだ黒い焦《こ》げた星印《アスタリスク》が浮《う》かんでいた。切子面が、ありさ彫刻刀《ちょうこくとう》のような先端《せんたん》の、玄武岩《げんぶがん》に似た柱の巨大《きょだい》な集合だ。再構築された炭素による生命のないかたまり。ところどころ、見覚えのある回路基板の図柄《ずがら》で表面が埋《う》め尽《つ》くされている……。キラはハッとして、浮《う》かんでいるこの柱とアドラステイアで見つけた編成が類似していることに気づいた。あれもかつては生物だったのだ。かつて、遠い昔には。

キラは苦い達成感と共にクタインの遺物を見つめていた。わたしがやったのだ。わたしとシードが。数世紀にわたる支配のあとで、強く偉大《いだい》なクタインは完全に死んだ。すべてが終わった。その責任はキラたちにあった。

そのすべての知識が失われた。その記憶《きおく》に満ちたすべての歳月《さいげつ》が失われた。そのすべての希望と夢と計画が失われ、宇宙を漂《ただよ》う石のかたまりに成り果てた。

キラは奇妙《きみょう》な悲しみを覚えた。それから身震《みぶる》いして、吠《ほ》えるような笑い声を漏《も》らした。自分が何を感じているのかわからない。アドレナリンが放出されすぎていて、ハイになっているようなものだ。けれど、勝ったということは確かにわかっていた。キラとシードが勝ったのだ。

耳のなかで大勢の人々が騒《さわ》ぎ立てていて、把握《はあく》しきれないほどだ。するとチェッターの声が喧噪《けんそう》を破って聞こえてきた。「やったわね、キラ！　やった！　ジェリーは戦いを中止したわ！　ルフェットと〈ノット・オブ・マインズ〉が艦隊《かんたい》の指揮を執《と》っている。あなたはやり遂《と》げたのよ！」

よかった。これで未来に希望があるかもしれない。キラは顔についた血の汚《よご》れを拭《ふ》きとり、〈バタード・ハイエロファント〉号の船体をつくづく見渡《みわた》しながら身体の向きを変えた。「グレゴロヴィッチ、どこに――」

近くの星からの光を遮《さえぎ》り、影《かげ》がかかった。それと共に、氷のような冷たさが骨の髄《ずい》まで染み込《こ》んだ。その障害物を見て、キラの勝利感は消え去った。

肉のように赤い四艘《そう》の船が頭上を航行している。傷ついた船体が生肉みたいにてらてら光っている。ナイトメアだ。

2

恐怖《きょうふ》に鼓動《こどう》が激しくなり、キラは身を隠《かく》そうと必死になり、岩のようなクタインの死骸《しがい》の横をすばやく通り過ぎて〈ハイエロファント〉に引き返していく。ナイトメアがさらに迫《せま》っている。十艘《そう》以上いて、〈不屈部隊《アンリレンティング・フォース》〉のミサイルにも劣《おと》らぬ速さで飛ばしている。一面の星を背に、そのシルエットは染みのように見える——虚空《こくう》の暗闇《くらやみ》に紛《まぎ》れてしまいそうな影《かげ》。そしてその後ろには、遠すぎて見えないけれど、ぬらぬらしたモーのかたまりがすぐにやって来ていて、飽《あ》くことを知らない目的のためにこっちに近づいてきているのだとわかった。

なんらかの救いが見えるかもしれないという希望を捨てきれず、キラはあたりを見回した。

キラの足のあいだには、ジェリーが採掘《さいくつ》していた惑星《わくせい》、R1があり——エアロックのドアほどの大きさに見えていて、赤さび色に雲がマーブル模様をつけている——、そこからいくらか離《はな》れたところに月であるr2とr3があり、母惑星《わくせい》の周りを爪先《つまさき》回転している。その後ろには、UMCとジェリーの連合軍がナイトメアと大規模な戦いをくり広げていることを示す火花や閃光《せんこう》が見えた。パッと光が燃え上がるたびに、キラは胸を刺《さ》された。それらの光は、何百とまではいかなくても、何十という意識を有する存在の死を表すものだとわかっていたから。それにナイトメアも、そのことにどれだけの価値があるにしても。距離《きょり》があるせいで、誰《だれ》が勝っているのかわからない。見えるのは爆発《ばくはつ》だけで、個々《ここ》の船は見えない。けれど第七艦隊《かんたい》にとってもジェリーにとっても戦況《せんきょう》はかんばしくないことが直感でわかった。ナイトメアが多すぎる上に、モーまで相手にしなければならない。

頭上を通過していった四艘《そう》のナイトメアの船は、太陽よりもまぶしい青白色をした核《かく》の炎《ほのお》の上でスピードを落とした。船は曲がり、船首を前にして〈ハイエロファント〉に向かっていき、キラのいるところから数百メートル後ろに接触《せっしょく》した。

船体に激しい振動《しんどう》が伝わっていく。

これから起ころうとしていることに恐《おそ》れおののき、キラはしばしぎゅっと目を閉じた。どうすることもできない。いまできる唯一《ゆいいつ》のことは、戦って、〈ウォールフィッシュ〉号のクルーが無事に逃《に》げられるのを願うことだけだ。ナイトメアが降参するかモーがキラを貪《むさぼ》り食うかするまで、ひたすら戦うしかない。チャンスさえあれば、モーはキラを貪《むさぼ》り食うはずだ。

キラはひとつ深呼吸をした。もう半分死んだような気分になっている。ソフト・ブレイドのおかげで身体は無事でも、無事と健全は異なる二つの概念《がいねん》で、いまのキラを表すのに健全とは言い難かった。

キラが命じると、ゼノは〈ハイエロファント〉に戻《もど》る穴を裂《さ》き開きはじめた。

「ストップ！　驚《おどろ》かずに聞いてくれ」ファルコーニが言う。「ジェリーの船が二艘《そう》とＵＭＣの巡洋艦《じゅんようかん》が一艘《そう》、モーを攻撃《こうげき》しようとしてる」

キラは首筋がチクチクするのを感じた。くるりと回って、あの怪物《かいぶつ》がいるはずだとわかっている空の四分円のほうを向く。キラは息を詰《つ》めて待った。

〈ハイエロファント〉のずっと向こうのほうで、船体から小さな爆発《ばくはつ》が起こった。入口の破壊《はかい》とか、そういったものだろう。

「何が起きてる？」キラは訊《き》いた。

少ししてからファルコーニの返事があった。「モーが雲の屁《へ》をこいたところだ。レーザーはそう簡単には届きそうにないな。待て……いまミサイルでモーを攻撃《こうげき》しようとしてる。大量に発射して」張り詰《つ》めた静寂《せいじゃく》が続いた。しばらくして、がっかりしているのがわかる声で言う。「ミサイルはうまくいかない。モーのやつ、ハエみたいに狙《ねら》い撃《う》ちやがった。くそ。二十数艘《そう》のナイトメアの船がモーのところへ戻《もど》ろうとしてる。ジェリーかUMCがモーの船を撃破《げきは》すれば、長くは……ああ、くそっ！　くそっ！」星のあいだに、ミニチュアの超《ちょう》新星みたいに光が燃え上がるのが見えた。

「あれは——」

「モーは粒子《りゅうし》ビームと組み合わせた、とんでもなく強力なある種のレーザーを持っているらしい。ジェリーの船を二艘《そう》、爆発《ばくはつ》させた。チョークとチャフに穴をあけて。どうもUMCの巡洋艦《じゅんようかん》はこれから——」

さらに三筋の光が明滅《めいめつ》したあと、ビロードを背景にその破壊《はかい》的な脅威《きょうい》の割には小さくなって消えた。

抑揚《よくよう》のない声でファルコーニが話す。「こっちもだめだ。巡洋艦《じゅんようかん》は榴弾砲《ハウイッツァー》を二発撃《う》った。直撃《ちょくげき》するはずだったが、モーはビーム兵器を使って撃《う》ち返し、破壊《はかい》した。迎《むか》え撃《う》って核爆《かくばく》発《はつ》をそらしやがったんだ！」

「どうやって撃破《げきは》すればいいの？」キラは絶望的な気分と戦いながら尋《たず》ねた。身体の下で〈ハイエロファント〉の船体が振動《しんどう》した。

「できそうにないな。圧倒《あっとう》できるほどの数の船を近づける方法がないし――」

ファルコーニが話しているとき、キラの視界の右上あたり、靄《もや》のかかったオレンジ色の点であるr2のそばに、チカチカ輝《かがや》く光の群れが現れた。

キラはこぶしを握《にぎ》りしめ、手のひらに爪《つめ》を食い込《こ》ませた。そんなはずはない。そんなことがあっていいはずがない。「グレゴロヴィッチ。あれは何？」

「ああ。見たんだな？」グレゴロヴィッチは沈《しず》んだ口調で言う。

「ええ。なんなの？」

「またナイトメアだ」

それは聞くのを恐《おそ》れていた言葉で、ハンマーで強打されたみたいだった。「数は？」

「二百二十四」

3

「そんな——」声が出なくなり、存在の重さに耐《た》えられず、キラは目を閉じた。それから歯を食いしばり、覚悟《かくご》を決めて不快な現実に向き合おうとした。

無意識のうちにキラは〈バタード・ハイエロファント〉号から離《はな》れて、船体の上に浮《う》かびながら考えていた。考えなければならない。何が起きているのかある程度理解するまでは、行動できない気がしている。

耳のなかにファルコーニの声がした。「キラ、何をしてるんだ？　早くこっちに戻《もど》ってこないと——」

キラは無視し、彼《かれ》の声は遠くなっていき聞こえなくなった。

ひとつ息を吸う。そしてもうひとつ。

もはや勝てるはずがなかった。死ぬかもしれないけれど敵を追い払《はら》える可能性もあると承知しながら戦うのは、まあわかる。死ぬだろうし勝利を収めるのは不可能だと承知しているとなれば、話はまったく別だ。

キラは叫《さけ》びたくなるのをこらえた。これだけのことをしてきたのに、これだけのものを失い、犠牲《ぎせい》にしてきたのに、ここで負けるなんて間違《まちが》っている。着いたばかりの二百二十四艘《そう》のナイトメアが自然の理《ことわり》そのものへの侮辱《ぶじょく》だというように、何をどう考えても不公平な気がした。

もうひとつ息を吸う。今度はさっきよりも長くゆっくりと。

キラはウェイランドの温室を思い浮《う》かべた――花と土の香り、日射しを浴びてゆるやかに漂《ただよ》う塵《ちり》、暑い夏のトマトの味――それに家族のことも。そしてアランのことも、ふたりで描《えが》いていた未来のこと、決して実現することはないのだと、もうずっと前に受け入れるしかなかった未来。

それらの思い出はほろ苦い痛みを残した。すべてが終わり、キラ自身の終わりも急速に近づいているようだ。

目に涙《なみだ》が溢《あふ》れた。鼻をすすり、星を見つめる、無限に広がる天体に橋を架《か》けている銀河の輝《かがや》く帯を。宇宙はあまりに美しく、胸が痛くなるほどだ。あまりにも美しすぎる。それでいて同時に醜《みにく》さにも満ちている。エントロピーの無情な要求から生まれたものもある。意識を有するすべての存在に生まれつき備わっているらしい残酷《ざんこく》さから生まれたものも。そのすべてがなんの意味もなさなかった。まったくの華々《はなばな》しく恐《おそ》ろしい無意味なことで、絶望と神秘の念を呼び起こすのにふさわしい。

その完璧《かんぺき》な例。銀河を眺《なが》めてその輝《かがや》きに驚嘆《きょうたん》しているうちにも、新たなナイトメアの船が視界に入ってきている。深紅の肉体でできた魚雷《ぎょらい》型の腫瘍《しゅよう》。その船に遠くから引っ張られているのをキラは感じた。肉体が肉体を引き寄せる一体感が、おへそを引っ張っている針金のように——キラの本質を引っ張っている。

ふいに新たな感情が生まれた。決心。それと共に、悲しみも。わかっていたからだ。キラは前にはしなかった選択《せんたく》をした。何もせず成り行きに任せることもできたし、関節をねじり取って新たな型に押《お》し込《こ》むこともできた。

それは選択《せんたく》でもなんでもなかった。

その道を食べなさい。それがキラのすることだ。その道を食べて、最低限必要なことを回避《かいひ》する。望んでいることではなかったけれど、キラの望みはもはや重要ではない。その行動によって、第七艦隊《かんたい》のみならず、友も、家族も、全人類も助けることができるのだ。

それは選択《せんたく》でもなんでもなかった。

キラと〈ウォールフィッシュ〉号のクルーが生き延びられないのだとしたら、せめてモーの拡大を阻止《そし》できるかやってみることはできる。いま大事なことはそれだけだ。何もせず放っておけば、宇宙がまばたきをする一瞬《いっしゅん》のうちに、堕落《だらく》したシードは銀河全体に広がって、それを止めるのにジェリーや人間ができることはほとんどないだろう。

キラの選択《せんたく》には確かな美しさもあった。心に訴《うった》える均整美が。鮮《あざ》やかな一撃《いちげき》で、キラの存在が抱《かか》えているすべての問題を解決することができる。アドラステイアであの隠《かく》れた部屋に転がり落ちてから、キラだけではなく人の住むすべての宇宙を苦しめてきた問題を。シードはその真の目的を教えてくれたが、いまキラは自分自身の目的も理解していて、半分に分かれたふたつの存在の目的が一致《いっち》していた。

「グレゴロヴィッチ」虚空《こくう》の静寂《せいじゃく》のなかで、キラの声は衝撃《しょうげき》的に響《ひび》いた。「あのカサバ榴弾砲《ハウイッツァー》はまだ残ってる？」

Exeunt V

退場V

1

「キラ」ファルコーニが呼びかけてくる。「どうなってる？　こっちの画面だときみの姿が見えない」

「〈ウォールフィッシュ〉号に無事戻《もど》れた？」

「かろうじてな。それで——」

「言ったでしょ。カサバ榴弾砲《ハウイッツァー》がいるの」

「なんのために？　ナイトメアに空から撃《う》ち落とされる前に、さっさとここから逃《に》げないと。マルコフ・リミットに直行すれば、もしかしたら逃《に》げ——」

「だめ」キラは静かに言った。「ナイトメアから逃《に》げられるはずがない、それはあなたもわかってるはずよ。さあカサバ榴弾砲《ハウイッツァー》を寄こして。モーを止める方法がわかった気がするの」

「どうやって!?」

「わたしを信じてくれる?」

通信の向こうではかりにかけて躊躇《ちゅうちょ》している間があった。「信じるよ。だが、きみが殺されるのは見たくない」

「選択肢《せんたくし》はあまりないのよ、サルヴォ……。あの爆弾《ばくだん》をわたしにちょうだい。急いで」

ファルコーニはしばらく黙《だま》っていた――断るつもりだろうかとキラが思いはじめるほど長いあいだ。けれど、やがて口を開いた。「カサバ榴弾砲《ハウイッツァー》を発進させた。〈ハイエロファント〉の暗い側から五百メートルのところに着くはずだ。そこまで行けそうか?」

「たぶん」

「よし。きみが船尾《せんび》に足を向けて〈ハイエロファント〉に背を向けているとしたら、榴弾砲《ハウイッツァー》は七時の方角にある。グレゴロヴィッチが目標指示レーザーを使って照らしている。赤外線でばっちり見えるはずだ」

キラが暗闇《くらやみ》を見渡《みわた》すと、あった。虚空《こくう》のなかにぽつんと明るい小さな点がひとつ。手が届きそうなほど近くに見えるが、そうじゃないことはわかっている。比較《ひかく》基準が何もないと、距離《きょり》を判断するのは常に難しい。

「見つけたわ。すぐ向かう」そう言っているうちにも、ソフト・ブレイドは休止中の爆弾《ばくだん》のほうへキラを押《お》し進めていく。

「よかった。具体的に何をするつもりなのか説明してくれないか？　頼《たの》むから、俺《おれ》が予想していることとは違《ちが》うと言ってくれ」

「待って」

「待って!?　勘弁《かんべん》しろよ、キラ、いったい――」

「集中したいの。少し時間をちょうだい」

ファルコーニはうめき、邪魔《じゃま》するのをやめた。

キラはひとりごとを言った。「もっと速く。もっと！」頭のなかでソフト・ブレイドを急き立てる。ナイトメアが調べに来るまで、時間はごくわずかしかない。こっちが先にカサバ榴弾砲《ハウイッツァー》にたどり着くことさえできれば……

キラの前でミサイルが大きくなってきた。球根状の弾頭《だんとう》と側面にステンシルで赤く刷られた太い筒《つつ》。メインエンジンは停止しているが、噴射口《ふんしゃこう》は余熱でまだ白熱している。

カサバ榴弾砲《ハウイッツァー》が胸にぶつかり、キラはうっという低いうなりと息を漏《も》らした。榴弾砲《ハウイッツァー》をつかみ、両手で抱《だ》きしめる。筒《つつ》が太すぎて、回した手と手が触《ふ》れ合わない。ぶつかった衝《しょう》撃《げき》でキラとミサイルは回転しはじめたけれど、シードがすぐに安定させた。

目の端《はし》にナイトメアの船が見えた。さっき〈ハイエロファント〉に近づいてきていた船が、いまではスピードを出してこっちに向かってきている。

ファルコーニの声が耳に入った。「キラ?」

「見えてる」

「俺《おれ》たちが――」

「そこにじっとしてて。干渉《かんしょう》しないで」

外側のケースに無数の繊維《せんい》を潜《もぐ》り込《こ》ませ、スーツでカサバ榴弾砲《ハウイッツァー》を包みながら、キラは猛烈《もうれつ》に頭を回転させていた。繊維《せんい》を使ってこの爆弾《ばくだん》を構成しているワイヤーやスイッチ、さまざまな構造に触《ふ》れて確かめていく。そして貯蔵されたプルトニウムの熱を感じ、放射能の温かい風呂《ふろ》を感じ、そこから栄養を摂《と》った。

なんとかしてナイトメアに阻止《そし》されるのを阻止《そし》しなければならない。キラが戦おうとすれば、ナイトメアはさらに援軍《えんぐん》が来るまでこちらを食い止めておこうとするだろう。おまけに、バグハントから脱出《だっしゅつ》するときに、ナイトメアの一体に触《ふ》れて我を失ったときのことを思い出した。またあんな危険を冒《おか》すわけにはいかない。モーに近づくまでは。

ナイトメアの船がキラに対して相対的に速度を落として止まり、逆推進スラスタのまぶしい明りを浴びせた。キラからほんの数十メートルのところだ。この距離《きょり》だと、剝《は》げた外装の下に脈打つ血管が見える。その船を見ているだけでも、同情の痛みを覚えて身がすくんだ。

ある考えが頭のなかで騒《さわ》いでいた。自分から生まれたのではない考えが。声は届けど、返事はまだ来ない。りゅう座σ星でジェリーの船に乗ったとき、スーツがいかにして召喚《しょうかん》に応じたかを思い出した。すると、さらに多くの記憶《きおく》がよみがえり、キラは別の時代の別の場所に運ばれていった。遠く離《はな》れた忘れられた銀河の一部で、それだけが正しく適切なことだとして、主人の召喚《しょうかん》を感じ、それに応えていた頃《ころ》に。それが自分の義務だとして。

そのとき、やるべきことがわかった。

キラは力を振《ふ》り絞《しぼ》り、シードを通じてナイトメアとその創造主であるモーにメッセージを送った。使える限りの力を使い、信号を前へと押《お》し進めて、こう伝えた。さがって！ 欲しいものはあげる。わたしの仲間たちを行かせてくれたら、わたしはそっちに行く。約束する。

2

キラのそばの船は声でも行動でも反応を返さなかった。けれど攻撃《こうげき》も仕掛《しか》けてこず、キラが加速して〈バタード・ハイエロファント〉号から離《はな》れていっても、ナイトメアの真紅の船はその場にとどまっていた。

少しして、ひとつの返事を受け取った。荒々《あらあら》しい無言のほえ声、痛みや怒《いか》り、激しい飢《き》餓《が》に満ちた傷ついた叫《さけ》びだけを伝える信号を。モーの声だと気づき、キラの背筋に冷たいものが走った。

シードはその送信信号の出どころを突《つ》き止めさせてくれた。全身のあらゆる本能に逆らって、キラはそっちへ向かって加速していく。

「キラ！」ファルコーニが鋭《するど》い声で言う。「何をしたんだ？」

「ひとつになるとモーに伝えたの」

「……それで、やつは信じたのか？」

「わたしを通してくれるぐらいには」

と、チェッターが口を開いた。キラは少佐が聞いていることにさえ気づいていなかった。

「ナヴァレス、アイディーリスをコラプテッドのかぎ爪《づめ》にかけさせるわけにはいかない。引き返しなさい」

「コラプテッドはもうアイディーリスを手に入れてる。少なくとも、一部は」キラはまばたきし、顔を覆《おお》っているマスクに水分が逃《に》がされるのを感じた。「サルヴォ、あなたなら説明できるでしょう。ナイトメアが、コラプテッドが、広がるのを防がないと。モーを止められたら、戦えるチャンスが生まれるはず。わたしたちみんなで。人間とジェリーで」

「なあ、待ってくれ。選択肢《せんたくし》がこれだけのはずはないだろう。もっといい方法があるはずだ」ファルコーニが言った。

ニールセンも会話に加わり、キラは彼女《かのじょ》の声がもう一度聞けて嬉《うれ》しかった。「キラ、みんなを救うためだけに自分を犠牲《ぎせい》にするなんてだめ」

キラは明るく笑った。「そうよね。そっくりそのままお返しするわ」

「何を言ってもやめる気はないのか？」ファルコーニがいらだちに顔をしかめているのが目に浮《う》かぶようだった。

「何かほかにアイデアがあれば、提案は聞くけど」

「いかれた最高の離《はな》れわざのアイデアをケツから引っ張り出して、ナイトメアを皆殺《みなごろ》しにするとか」

「わたしのお尻《しり》は素敵かもしれないけど、そこまで素敵じゃないのよね」

「そいつはどうかな」

「あはは。ねえ、わからない？　これがわたしのいかれた最高の離《はな》れわざなのよ。パターンを破ろうとしてるの。平衡《へいこう》状態をリセットしようとしてるの。そうじゃなきゃ、誰《だれ》にとってもあまりよくない結果に終わることになる。あなたたちに責任はない。こうなることは止められなかったの。誰《だれ》にもね。きっとわたしがアドラステイアでスーツに触《さわ》った瞬間《しゅんかん》から、こうなるのが必然だったのよ」

「予定説ってやつか？　陰気《いんき》な考え方だ……。本気でやるつもりなのか？」

「ナイトメアはいまあなたたちを撃《う》ってない、でしょう？」

「ああ」

「じゃあそうね、本気よ」

ファルコーニはため息をつき、キラはその声に疲《つか》れを聞き取った。彼《かれ》が血と膿漿《のうしょう》で汚《よご》れたパワードスーツを身に着けて、〈ウォールフィッシュ〉号の管理室でホロディスプレイの横に浮《う》かんでいる様子を想像する。胸が痛くなった。いまこのとき、ファルコーニと〈ウォールフィッシュ〉号のクルーたちと別れることは、家族と別れること以上につらかった。ファルコーニとみんなはすぐそこにいる。家族は遠くにいて、その存在が抽象《ちゅうしょう》的なものになっている——もうずっと前にさよならを言った、ぼんやりした亡霊《ぼうれい》みたいに。

「キラ……」ファルコーニは悲しみを募《つの》らせた声で言った。

「こうなることになってるの。できるうちに〈ウォールフィッシュ〉号でここを離《はな》れて。ナイトメアは邪魔《じゃま》しないはずよ。行って、早く」

長い間があり、ファルコーニがニールセンやチェッターと言い合っている声が聞こえそうなほどだった。ついにファルコーニは硬《かた》い声でしぶしぶ言った。「了解《りょうかい》した」

「あと、この榴弾砲《ハウイッツァー》を起爆《きばく》する方法を教えてほしいんだけど」

それに続く間はさらに長いものだった。やがて返事があった。「グレゴロヴィッチの説明によると、側面にアクセスパネルがある。なかにキーパッドがあるはずだ。起爆《きばく》コードはデルタ-セブン-イプシロン-ガンマ-ガンマ――」キラはファルコーニがすらすら続けていく指令コードの記号列を必死に暗記した。「エンターを押《お》してから、避難《ひなん》するのに十秒ある」

けれどキラは避難《ひなん》できるはずがなく、ファルコーニもキラと同じぐらいそのことがよくわかっていた。や、や、や、やるだけやるのはもちろんだけど、核爆発《かくばくはつ》から走って逃《のが》れられるとまでは、シードの能力に幻想《げんそう》を抱《いだ》いていなかった。

シードとミサイルを融合《ゆうごう》させることに意識を集中する。どこまでが有機体でどこからがカサバ榴弾砲《ハウイッツァー》か区別がつかなくなるまで、丁寧《ていねい》に織り合わせていく。爆弾《ばくだん》にくまなく入り込《こ》んでいくと、ロケットのベルのなかの微細《びさい》な溶接《ようせつ》やプルトニウムの入った容器の傷まで、あらゆるパーツが感じ取れた。慎重《しんちょう》に作業を進め、完了《かんりょう》すると、モーでさえもシードをこの核爆弾《かくばくだん》から切り離《はな》すのは難しいだろうと満足した。

それからモーを探した。まだ遠すぎて見えなかったけれど、いまにも土砂降りの雨を降らせそうな厚い雲を広げ、水平線で高まりつつある嵐《あらし》のように、その存在は感じ取れた。

キラとモーの距離《きょり》はみるみる縮まっていったが、キラが望むほど速くはなかった。モーに考えを変える隙《すき》を与《あた》えたくない――まだ思考というものが残っているなら。シードはもう力を出し尽《つ》くしてせいいっぱいのスピードで押《お》しているが、キラは推進させるものを何も持っていないので、推力に限界があった。

ほかに何ができるだろう？

その答えを思いついたとき、キラは不敵な笑みを浮《う》かべた。

キラは思い描《えが》いたイメージに集中し――イメージとアイデアに――、それをできるだけ頭のなかに保持しつづけながらシードに印象付けた。

ゼノはキラの意図をすぐに捉《とら》え、満足のいくスピードで応えた。

カーブした繊細《せんさい》な四本の肋材《ろくざい》がカサバ榴弾砲《ハウイッツァー》の頂部から発出して外へ広がり、大きなXを形づくる。肋材《ろくざい》はどんどん伸《の》びて広がっていき、次第に細くなっていって、ついには見えないほどの細さになった。キラにはそれが大きく広げた手の指みたいに感じられた。指先が三十、四十メートル離《はな》れ、その距離《きょり》はさらに広がっていく。

それぞれの肋材《ろくざい》の根元を起点に、鏡になった膜《まく》が形成されはじめた。膜《まく》はシャボン玉のように薄《うす》く、静かな水面よりもなめらかだ。膜《まく》は上へ外へとすべっていき、隣《とな》り合った肋《ろく》材《ざい》を繋《つな》いで、最後には最も遠い弧を描《えが》いた先端《せんたん》に到達《とうたつ》した。反射した自分の姿が見える——カサバ榴弾砲《ハウイッツァー》の側面にくっついている背の低い黒いかたまり、銀河のほの暗い広がりを背景にした顔も特徴《とくちょう》もないもの。

右手を上げ、自分に向かって振《ふ》ってみる。反射した自分の片割れの姿は見ていて面白かった。あまりに奇怪《きっかい》な状況《じょうきょう》で、そのばかばかしさに笑ってしまった。笑わずにいられるだろうか？　自らを核爆弾《かくばくだん》に接着して太陽帆《ソーラーセイル》を生やしているなんて、ふさわしい反応は面白がることしかない。

帆《ほ》は広がりつづけた。質量はないに等しかったが、その外観はキラを小さく見せた。キラは銀の翼《つばさ》の中央に吊《つ》るされた小さな繭《まゆ》で、現実に囲まれた潜在《せんざい》能力だ。風に運ばれていく自生する種。

ゆっくり、慎重《しんちょう》に、重々しく向きを変えると、帆《ほ》は太陽の光を捉《とら》え、その光は目のくらむような輝《かがや》きを放って反射した。膜《まく》に当たる光子の圧力が感じられ、それはキラを前へと進め、太陽から遠ざけ、船や惑星《わくせい》から遠ざけて、赤黒い染みに見えるモーのほうへと向かわせていく。太陽風はさほどの推力をもたらさなかったけれど、いくらかは推進させ、キラは飛行速度を上げるためにできるだけのことはやったので満足だった。

「うおっ」ファルコーニが声を上げる。「そんなことができるとは知らなかった」

「わたしも」

「綺麗《きれい》だな」

「モーとの接触《せっしょく》予定時刻を教えてくれる？」

「十四分後だ。高温で向かってきてるぞ。なあ、こいつは巨大《きょだい》だ。〈バタード・ハイエロファント〉号よりもでかい」

「わかってる」

あとに続く沈黙《ちんもく》のなかに、ファルコーニのもどかしさが感じ取れた——本当に言いたいことをこらえて口にしないようもがいているのが。「いいのよ」最後にキラはそう言った。

ファルコーニはうなった。「いや、いいはずがない、だが俺《おれ》たちにはどうすることもできない……。待ってくれ、クライン提督《ていとく》から話があるそうだ。繋《つな》ぐぞ——」

カチッという音がして、本人がいるみたいに、クライン提督《ていとく》の大きな声がイヤーピースから聞こえてきた。「きみがやろうとしていることについて、チェッターの説明を聞いた。モーについても。きみは勇敢《ゆうかん》な女性だ、ナヴァレス。われわれの船はどれもモーのところまで突破《とっぱ》して行けそうにないから、いまのところきみが最良の選択肢《せんたくし》だ。きみがこの作戦を成功させられれば、ナイトメアを倒《たお》す可能性が現実のものになるかもしれない」

「それが狙《ねら》いです」

「大したものだ。巡洋艦《じゅんようかん》を四艘《そう》そちらに送っているが、きみがモーと接触《せっしょく》するより前にたどり着くことはできないだろう。きみが成功したら、残りの始末を手伝い、必要であれば救助もする」

必要であれば。でも、たぶん必要にはならないだろう。

「クライン提督《ていとく》、よかったらひとつお願いがあるんですが」

「言ってみろ」

「第七艦隊《かんたい》の船がひとつでも無事に戻《もど》れたら、〈ウォールフィッシュ〉号のクルーが不起《き》訴《そ》になるよう取り計らってもらえませんか？」

「何も保証はできないが、ナヴァレス、口添《くちぞ》えして郵便船で伝えさせよう。このコルドバできみたちが成し遂《と》げたことに基づけば、オルステッド・ステーションから無許可で飛び立ったことは見逃《みのが》されるだろう」

「感謝します」

通信の向こうで爆発音《ばくはつおん》が響《ひび》き、クライン提督《ていとく》は言った。「もう行かねば。幸運を祈《いの》る、ナヴァレス。通信終わり」

「了解《りょうかい》」

キラのイヤーピースは静かになり、しばらくは誰《だれ》も話しかけてこなかった。ファルコーニかグレゴロヴィッチに呼びかけたい気持ちもあったけれど、我慢《がまん》した。彼《かれ》らと——誰《だれ》でもいいから誰《だれ》かと——話したいと思うのと同じぐらい、集中する必要があった。

3

十四分間は不安に感じる早さで過ぎた。キラの後ろでは、継続《けいぞく》中のナイトメアと人間とジェリーの戦いを示す閃光《せんこう》がひらめきつづけているのが見えた。防御《ぼうぎょ》している艦隊《かんたい》はR1のふたつの月の周りに集まって、この岩の小惑星《しょうわくせい》を防衛に利用しながら、深紅の船の大軍をかわそうとむなしく奮闘《ふんとう》している。

十四分が経過するよりずっと前に、モーの姿が見えてきた。初めは宇宙のビロードを背景に動いているくすんだ赤い星として。それは大きくなっていき、腕《うで》と脚《あし》、それに密集しすぎて睫毛《まつげ》のように見える触手《しょくしゅ》の森で縁取《ふちど》られた、もだえ苦しんでいる節くれだった樹木状の腫瘍《しゅよう》になった。個々《ここ》の肢《あし》の多くがクタインの全身よりも大きい。伸《の》ばすと数十メートル、ときには数百メートルにもなった——自らの重みで押《お》しつぶされた、ゆがんだ肉の大きな幹だ。いやになるほど大きく開いた傷のように肢《あし》のあいだに埋《う》もれているのは、モーの口だった。隆起《りゅうき》したくちばしの周りできつく引っ張られた、ぎざぎざした皮膚《ひふ》の切り込《こ》みで、開くと曲がった歯——骨のように白く、不快なほど人間らしい——がずらりといくつも並んでいて、吐《は》き気を催《もよお》す脈打つ赤さへと続いている。

モーは本物の船というより、宇宙に浮《う》かんでいる肉でできた島みたいだった。震《ふる》える怒《いか》りに満ちた、苦痛と誤った成長による山。

自分の行動が生み出した忌《い》まわしいものを見て、キラは縮みあがった。なぜモーを殺せるなどと思ったのだろう？　あれに比べたら、カサバ榴弾砲《ハウイッツァー》さえもがちっぽけで不充分《ふじゅうぶん》に思える。

だけどいまさら引き返すことはできない。進路は定まっていた。キラとモーは衝突《しょうとつ》することになっていて、この広い全宇宙の何者もそれを変えることはできない。

キラは信じられないほど自分が小さくなった気がしておびえていた。これがわたしの破《は》滅《めつ》の運命、そして逃《のが》れることは決してできない。「くそ」キラはささやき、脚《あし》ががくがくするほど激しく身を震《ふる》わせた。

それから、イヤーピースが拾えるぐらい大きな声で言う。「幸運を祈《いの》ってて」

光の遅延《ちえん》によって数秒が過ぎてから、スパローの声がした。「そいつのケツを蹴飛《けと》ばしてやりな、お嬢《じょう》ちゃん」

「ファイト！」とファジョン。

「あなたならできるわ」とニールセン。

「きみのために祈《いの》っているよ、ミズ・キラ」とヴィシャル。

「この上なく煩《わずら》わしい、横腹に刺《さ》さった棘《とげ》になることだ、おお困った肉袋《ミートバッグ》よ」とグレゴロヴィッチ。

「でかいってだけで、そいつを殺せないことにはならない」とファルコーニ。「急所に命中させればそいつは死ぬ……キラ、俺《おれ》たちみんながついてるからな。幸運を祈《いの》るよ」

「ありがとう」それはキラという存在を形づくる原子のひとつひとつから出た言葉だった。

ファルコーニが言っていたことは正しい、そして初めからそれがキラの計画だった。モーの一部を吹《ふ》き飛ばしただけでは、この生物を止めるのになんの役にも立たない。シードみたいに、モーはどうやら果てしなく再生できるようだ。そう、モーを止める唯一《ゆいいつ》の確実な方法は、それを支配している知能を破壊《はかい》することだ――カーとジェリーのクォンの傷ついた肉体の邪悪《じゃあく》な結合を。彼《かれ》らを治そうとする誤った試みにより、ゼノはふたつの脳をぐちゃぐちゃにして合わせ、いびつな統一体として縫《ぬ》い合わせた。その統一体に手が届けば――苛《さいな》まれたその知力のかたまりに手が届けば――自分の過ちを正してモーを終わらせる可能性は充分《じゅうぶん》にあるはずだとキラは思っていた。

だけど簡単にはいかないだろう。簡単にいくはずがない。

「神《トゥール》よ導きたまえ」キラはつぶやき、太陽帆《ほ》をたたんで、シードに自分とミサイルを包む小さな硬《かた》い殻《から》を形成させた。

地獄《じごく》のようなモーの肉体でできた景色が目の前にぼうっと見えた。目当ての脳が正確にはどこにあるのか見当もつかなかったけれど、大きくなりすぎたその肉体の真ん中に近いところだろうと予想した。間違《まちが》っているかもしれないけど、攻撃《こうげき》するのにそれ以上ふさわしい場所はほかに思いつかなかった。いちかばちか賭《か》けてみるしかない。

モーの身体から何本かの最大級の触手《しょくしゅ》が持ち上げられ、重そうにのろのろとキラのほうへ伸《の》びてくるように見えたが、実際には、その大きさからすると恐《おそ》ろしいほどの速さだった。

「くそ!」

キラは進路を修正し、軌道《きどう》を横向きにそらして改め、触手《しょくしゅ》のあいだをくぐり抜《ぬ》けた。何千という小さな肢《あし》がキラの下で揺《ゆ》れていて、捕《つか》まえようと無益な努力をしている。もし捕《つか》まっていたら、シードがどんなに頑張《がんば》って守ろうとしても、キラは引き裂《さ》かれていただろう。

〈近香《ニアセント》〉の雲が漂《ただよ》い流れてきて、死と腐敗《ふはい》、キラの肉を食べたいという熱っぽく残酷《ざんこく》な欲望を嗅《か》ぎ取り、吐《は》きそうになった。

キラのなかに怒《いか》りが湧《わ》き上がった。この肥大した悪性腫瘍《しゅよう》の思うままに食べられるなんて、そんなことには絶対にさせない。ひどい消化不良も起こさせずには。

キラの前では、モーの表面から髪《かみ》の毛のように黒い巻きひげが生えはじめていた。シードの巻きひげに似ている。ただしこっちは木の幹ぐらい太く、剃刀《かみそり》のように鋭《するど》い枝角が先端《せんたん》についている。

左！　とキラは念じ、ゼノはスラスタを噴射《ふんしゃ》してキラの身体を下にひねって脇《わき》に移動させ、激しく振《ふ》り動かされている巻きひげから遠ざけた。

キラはモーの中心に近づいていた。あとほんの数秒で……。

キラの横で、振《ふ》り動かされている肢《あし》の森とじくじくした肉の丘《おか》から、巨大《きょだい》な黒いくちばしが波打ちながら上に向かってきて、嚙《か》みつこうとして、カチカチ鳴って――間違《まちが》いない――無言の欲求不満のうなり声をあげた。開いた口のなかから凍《こお》ったつばの雲が吐《は》き出された。

キラは叫《さけ》び、シードがもたらす最後のスピードに乗って、隆起《りゅうき》し血を流しているいぼのあるモーの身体にまっすぐ突《つ》っ込《こ》んでいく。「これでも食らえ！」食いしばった歯のあいだから言葉を押《お》し出した。

けれど衝突《しょうとつ》する前の最後の瞬間《しゅんかん》、キラの頭にあったのは挑戦《ちょうせん》というより祈《いの》りだった。お願い。お願いだから計画を成功させて。お願いだからわたしに罪を償《つぐな》わせて、モーを止めさせて。お願いだからわたしの命が無駄《むだ》だったことにしないで。お願いだから仲間たちを生き延びさせて。

お願いします。

4

シードがモーに触《ふ》れた瞬間《しゅんかん》、怒《いか》りに満ちた遠吠《とおぼ》えがキラの頭をいっぱいにした。どんなハリケーンよりもうるさく、どんなロケットエンジンよりもうるさい――あまりのうるささに、頭蓋骨《ずがいこつ》に痛みを感じるほどだ。

その衝突《しょうとつ》の勢いは、これまで経験してきたどんな緊急噴射《きんきゅうふんしゃ》よりも激しかった。視界が赤くチカチカし、骨同士が激しくぶつかり合い、体液、腱《けん》、軟骨《なんこつ》が押《お》しつぶされ、関節が悲鳴を上げた。

衝突《しょうとつ》によってキラとカサバ榴弾砲《ハウイッツァー》がどれほど深くまで運ばれたかはわからなかったが、充分《じゅうぶん》な深さではないことはわかっていた。ミサイルを起爆《きばく》する前に、モーの隠《かく》された核《かく》に近づく必要がある。

キラは攻撃《こうげき》されるのをぐずぐず待ちはしなかった。外へと打ちつけ、かつてないほどシードを解放した。モーは怒《おこ》っていた。それならこっちもだ。キラは怒《いか》りを思い切り発散させて、恐怖《きょうふ》、いらだち、悲しみの一滴一滴《いってきいってき》を攻撃《こうげき》の燃料にした。

ゼノは同じ反応を返し、回転する丸鋸《まるのこ》みたいに切りつけて、周りの肉に穴をあけた。熱い血のかたまりを浴びせられ、キラの頭のなかのほえ声は痛みとパニックの両刃《りょうば》になった。すると肉が硬《かた》くなり、容赦《ようしゃ》ない力で内側に押《お》しつけてくる。キラは抵抗《ていこう》し、モーが組織だけでできているのであれば、成功していたかもしれない。だけど、違《ちが》った。この癌《がん》のような腫瘍《しゅよう》はシードを構成するのと同じ物質で覆《おお》われていた。ダイヤモンドの硬《かた》さの黒い繊《せん》維《い》の網《あみ》で、無慈悲《むじひ》な意思をもって動き、広がり、切りつけ、引っ張り、締《し》めつけている。

ふたつのゼノが触《ふ》れ合うと、荒々《あらあら》しく競い合って格闘《かくとう》した。初めはどちらも優位に立てずにいるようで、両者の力はほぼ互角《ごかく》だったが――キラが驚《おどろ》き慌《あわ》てたことに――キラの第二の肌《はだ》は攻撃《こうげき》してくる糸と溶《と》け合いはじめた。ゼノが溶《と》け込《こ》みたがっていることに気づき、キラの驚《おどろ》きは恐怖《きょうふ》に変わった。シードにとっては、キラと結合している部分とモーと結合している部分には、なんの違《ちが》いもなかった。同じ有機体の片割れ同士で、ふたたび完全体になることを求めていた。

シードの外側の表面がモーに溶《と》け込《こ》みつづけ、掌握《しょうあく》する感覚まで溶《と》け込《こ》んでいき、キラは焦《あせ》って悲鳴をあげた。と、火花を散らす千本のワイヤーに触《ふ》れたかのように、身体に衝《しょう》撃《げき》が走ってキラは痙攣《けいれん》した。口のなかに銅の味のする熱い血が溢《あふ》れる。

神経に知覚情報が一気に流れ込《こ》み、一瞬《いっしゅん》キラは自分がどこにいるのかまったくわからなくなった。

自分の身体を感じられるのと同じように、モーを感じられた。肉の上に積み重ねられた肉、その大部分が、むき出しの神経の痛みに加え、すべてが機能していない寄せ集められた肢《あし》、筋肉、内臓の苦しみにずきずきしている。人間とジェリーのパーツが適切な機能や構造などおかまいなしに接合されていた。血のためにつくられた血管から膿漿《のうしょう》がにじみ、もっと濃《こ》い分泌液《ぶんぴつえき》のためのスポンジ状の組織から血が噴《ふ》き出ていた。骨が腱《けん》や軟骨《なんこつ》、その他の骨にこすれていた。位置の間違《まちが》った腸に触手《しょくしゅ》が押《お》しつけられていた。そして肉体が悲鳴を上げてすべてが震《ふる》えていた。

モーの全身に織り交ぜられたゼノの繊維《せんい》——その身体を支えて維持《いじ》している——がなければ、この忌《い》まわしい存在は数秒とまでは言わなくても数分以内に死んでいたはずだ。

痛みと共にあるのは激しい飢《う》えだった——食べ、育ち、果てしなく広がりたいという原始的な切望で、まるでシードに内蔵されていた防止装置が壊《こわ》れてはずれてしまったみたいに、拡張したいという欲望だけが残っていた。さらに、モーの感情にはある種のサディスティックな歓喜《かんき》があり、そのことにキラは驚《おどろ》かなかった。身勝手さは親切よりも根本的なものだ。キラにとって予想外だったのは、そこに伴《ともな》う子どものように不思議そうな混乱だ。カーとクォンの結合した精神から生まれた知能は、状況《じょうきょう》を理解できずにいるようだった。わかっているのは、苦しみと憎《にく》しみ、それにこの宇宙のあらゆる惑星《わくせい》と小惑星《しょうわくせい》をくまなく覆《おお》い尽《つ》くすまで繁殖《はんしょく》したいという欲望だけだ――その子孫が空のすべての星の周りの空間を凝固《ぎょうこ》させ、出来損ないの性器から種を蒔《ま》いた、その生命、生命、**生命**にすべての光線が吸収されるまで。

それを強く望んでいた。そして必要としていた。

キラはモーに抵抗《ていこう》し、精神、肉体、シードを使って抵抗《ていこう》し、暗闇《くらやみ》に向かって叫《さけ》んだ。自身の怒《いか》りと憎《にく》しみでこの怪物《かいぶつ》に対抗《たいこう》し、死に物狂《ものぐる》いの欲求すべてを注いで周りの肉を破壊《はかい》し、捕食者《ほしょくしゃ》の締《し》めつける顎《あご》に捕《と》らえられた獣《けもの》のように戦った。

キラの試みは何も成し遂《と》げなかった。モーを前にしては、キラの怒《いか》りは火山に対するロウソクだった。キラの憎《にく》しみは荒《あ》れ狂《くる》う嵐《あらし》にかき消される悲鳴だった。

モーの不可解な力はキラを閉じ込《こ》めた。拘束《こうそく》した。目をくらませた。あらゆる奮闘《ふんとう》を阻《そ》止《し》した。どんな力にも対抗《たいこう》し、圧倒《あっとう》した。シードはキラの周りで溶《と》けていき、モーに加わって原子がひとつ、またひとつと消えていった。そしてキラが懸命《けんめい》に戦うほどに、ゼノはすばやく消え去った。

モーがむき出しの皮膚《ひふ》に——シードのものではなく、キラの本当の皮膚《ひふ》に——近づいたとき、時間切れだとキラは気づいた。行動しなければ、いまやらなければ、これまでしてきたすべてのことが無になるだろう。

新たなパニックに逆上しながら、キラは残されたシードでカサバ榴弾砲《ハウイッツァー》の制御《せいぎょ》装置を手探りした。あった。ゼノの巻きひげが触《ふ》れたボタンは四角く固い。

キラは起動コードを叩《たた》いて入力しはじめた。

すると……巻きひげを失った。だらんとなって、侵食《しんしょく》する闇《やみ》のなかへと水のように流れていった。肉体と肉体が再結合し、救済への唯一《ゆいいつ》の希望までもが。

キラは失敗した。完膚《かんぷ》なきまでに。人類が勝利するただひとつの可能性だったかもしれないものを、最大の敵に引き渡《わた》した。

キラの怒《いか》りはさらにまぶしく燃え上がったが、それは無益で希望のない怒《いか》りだった。やがてゼノの最後のわずかな分子が昇華《しょうか》して、熱く、血にまみれ、つかみかかりながら、モーの中身がキラの上に崩《くず》れ落ちてきた。

5

キラは悲鳴を上げた。

モーの繊維《せんい》はキラを引き裂《さ》こうとしていた。皮膚《ひふ》、筋肉、内臓、骨、何もかもを。キラの身体は引きちぎられ、誰《だれ》も着ていないスーツみたいに切り刻まれた。

シードはまだキラのなかに浸透《しんとう》したままで、ようやく本格的にモーに抗《あらが》いはじめ、キラを守ろうとするのと同時に、ずっと前に失った肉体を融合《ゆうごう》させようとしている。けれど、それらは矛盾《むじゅん》する要請《ようせい》であり、たとえシードがキラの防御《ぼうぎょ》だけに専念していたとしても、モーの力をかわすには、残されているシードは少なすぎた。

キラの感じている無力さは完全なものだった。同じく敗北感も。すべてを燃やし尽《つ》くす苦悶《くもん》が——キラ自身のものも、モーのものも——比較《ひかく》すると薄《うす》れた。正当な理由があれば、キラは想像しうるどんな痛みにも耐《た》えられたはずだったが、敗北して肉体に加えられる危害は何千倍もひどかった。

こんなの間違《まちが》っている。すべてが間違《まちが》っている。アランの死やほかのチームメイトの死、〈酌量《しゃくりょう》すべき事情〉号での襲撃《しゅうげき》とモーの誕生、十か月半にわたる戦いで死んでいった意識を有する無数の存在――人間、ジェリー、ナイトメアも。あれだけの痛みと苦しみは、なんのためだったの？　間違っている。何よりも最悪なのは、シードの図柄《ずがら》がひどくゆがんで誤ったものになり、その遺産として――キラが広げられることによって――死と破壊《はかい》と苦痛が残ることになるのだ。

怒《いか》りは悲しみに変わった。もうキラはほとんど残されていない。あとどれだけ意識を保てるかわからなかった。数秒か。もっと短いかもしれない。

ファルコーニと、ふたりで過ごしたあの夜のことが、心にふっとひらめいた。塩の味がした彼《かれ》の肌《はだ》。身体に押《お》しつけられた彼《かれ》の身体の感触《かんしょく》。自分のなかに感じた彼《かれ》の温かさ。あのひとときは、キラが他人と分かち合った最後の普通《ふつう》で親密な経験だった。

手の下で収縮する彼《かれ》の筋肉が見え、その後ろには、コンソールデスクに置かれていたのは、節くれだった盆栽《ぼんさい》の木――〈ウォールフィッシュ〉号に残されていた唯一《ゆいいつ》の生きている緑。だけど、あそこにはなかった、違《ちが》う？……

緑。その光景はウェイランドの庭を思い出させた。生命に満ち、かぐわしく、はかなくて、言い尽《つ》くせないほど貴重なもの。

そして最後の最後にキラは降伏《こうふく》した。敗北を受け入れて、怒《いか》りを放棄《ほうき》した。戦うことにもはやなんの意味もなかった。それに、キラにはモーの痛みと、怒《いか》りの理由が理解できた。

それらは突《つ》きつめてみれば、キラ自身の抱《かか》えているものとさほど違《ちが》いはなかった。涙《なみだ》を流すことができるのなら、キラは涙《なみだ》を流していただろう。死の間際に、存在の極限状態に、キラはぽっと温かさに包まれた。その温かさは鎮《しず》め、清めて――贖罪《しょくざい》の純粋《じゅんすい》さのなかに変形する力があった。

あなたを赦《ゆる》す、と彼女《かのじょ》は言った。そしてモーを拒絶《きょぜつ》するのではなく、抱《だ》きしめて、心を開いて自分のなかに迎《むか》え入れた。

ある変化が……。

モーの繊維《せんい》が彼女《かのじょ》に触《ふ》れたところ――冷酷《れいこく》な意図で彼女《かのじょ》の肉体をばらばらにしている――、そこで動きがいったん止まった。活動の休止。そしてキラはこの上なく不思議なことを感じた。シードがモーに流れ込《こ》んでいく代わりに、いまではモーがシードに流れ込《こ》みはじめ、シードに加わり、シードになろうとしている、いる。

キラは物質の流入を受け入れ、わが子を胸に抱《だ》くように引き寄せた。押《お》しとどめていた組織のものと一緒《いっしょ》に、痛みが鎮《しず》まった。手を伸《の》ばすにつれ自意識が広がっていき、それと同時に目の前に景色が開けていくみたいに、新たに発見した意識が広がった。

モーの怒《いか》りは二倍になり、さらに倍増した。この忌《い》まわしい存在は変化に気づいていて、その憤怒《ふんぬ》には際限がなかった。そのゆがんだ身体に内在する力の限りを尽《つ》くしてキラに打ちかかった。キラを打ち砕《くだ》き、押《お》しつぶし、ひねり、切りつけた。けれどモーのフラクタル繊維《せんい》はキラを取り巻くと、ゆるんでシードに加わり、キラの支配下に入った。

苦悶《くもん》に苛《さいな》まれたモーの精神から発せられるほえ声にはこの世の終わりのような力があった。中心から爆発《ばくはつ》している抑制《よくせい》されない純粋《じゅんすい》な憤怒《ふんぬ》の新星。この生物は発作を起こしているみたいに痙攣《けいれん》したが、いくら激怒《げきど》しようとキラの進行を遅《おく》れさせたり阻止《そし》したりすることはできなかった。

キラはもうナイトメアと戦っていなかったから。ありのままでいることを許し、その存在とそれを生み出すのに自分が果たした役割とを認めていた。そのことで、苦悶《くもん》するモーの肉体を癒《い》やした。

届く範囲《はんい》が伸《の》びていくにつれ、キラは自分がどんどん薄《うす》く伸《の》ばされて、増大していくシードのかたまりのなかに消えていくのを感じた。今回は、それを制御《せいぎょ》しなかった。解放することがモーに対抗《たいこう》できる唯一《ゆいいつ》の方法だったので、今度ばかりは自由にさせた。

奇妙《きみょう》な明瞭《めいりょう》さがキラの意識を飲み込《こ》んでいた。自分が誰《だれ》なのかもどうなったのかも言えなかったけれど、すべてを感じることができていた。押《お》しつけられているモーの肉体、上空で輝《かがや》いている星の光沢《こうたく》、漂《ただよ》っている〈近香《ニアセント》〉の層、そしてすべてを包んでいる、まるで生きているみたいに脈動するすみれ色の発光の帯。

その血まみれの肉の襞《ひだ》の奥深《おくふか》くへと、シードが近づいていくと、モーの精神はますます逆上して暴れ、のたうちもがいた。この肉の山の大部分はいまでは彼女《かのじょ》のものになっていて、彼女《かのじょ》はその脳の場所を探して切り離《はな》しながら、数々の苦痛をやわらげるために大量のエネルギーを傾《かたむ》けていた。

カーとクォンの堕落《だらく》した意識の近さが感じ取れた。それはいらだって取り乱していて、もし機会が与《あた》えられれば、この結合した狂気《きょうき》は新たに生まれ出て、銀河一帯に苦しみを広げつづけるだろう。

彼女《かのじょ》もシードも、そんなことが起きるのを許すわけにはいかなかった。

そこだ。骨の破片、そのあいだのより柔《やわ》らかな肉、ほかのどんなものとも違《ちが》っていて、灰色の内部から神経の密集した網《あみ》が広がっている。そこだ。取り除くにあたっても、そのなかの思考の力は彼女《かのじょ》（とシード）をひるませるのに充分《じゅうぶん》なほどだった。グレゴロヴィッチにしたように、この組織の小丘《しょうきゅう》と自分を繋《つな》いで治せたらいいのにと願ったが、モーの精神はまだあまりにも強力すぎた。またシードの制御《せいぎょ》を失う危険性がある。

だめ。ただひとつの解決策は切断することだ。

彼女《かのじょ》は繊維《せんい》の刃《は》を硬《かた》くし、それを振《ふ》りかぶって――

青白色のほの暗い星の周りにある、近くの惑星《わくせい》のひとつから、ある信号が彼女《かのじょ》に届いた。

それは電磁波のバーストだったが、どんな声よりもはっきり聞こえた。暗号化された情報の層が圧縮された、口ごもりながら止まる鋭《するど》い声。

彼女《かのじょ》の奥深《おくふか》くで、カサバ榴弾砲《ハウイッツァー》の回路を電流が駆《か》け巡《めぐ》った。それからズシンと重い音を立てて、ミサイル内部の機械の一部が位置を変えた。そして恐《おそ》ろしい確信と共に彼女《かのじょ》は気づいた——起爆《きばく》。

逃《のが》れる時間はなかった。何をする時間もなかった。

アラン。

闇《やみ》のなかで、光が花開いた。

第6部
クワイイータス
〔解放〕

Q u i e t u s

わたしは分かたれた驚異を目にしてきた、広大なものを
それに小さなものを、たいていの者が目にするより多く。わたしの平和は築かれている
わたしの呼吸は遅くなっている。これ以上は望めまい。
日々の物事の先へ手を伸ばすのは
この人生で価値のあることだ。わたしたちのような種は
遠く離れた境界線のあいだに探し求めるものであり
さいはての島に上陸したときには
さらに遠くを探求するものである。ここまでだ。
静寂が大きくなっている。わたしの力は消え失せて、太陽系は
色褪せた輝きとなり、いまわたしは待っている
船の上に身を横たえて休むヴァイキングだ。
炎はわたしを見送ろうとしなくても、寒さと氷に見送られ
わたしは永遠にひとり漂うだろう。
古代の王にも黒と灰色の金属で装飾された
このような威厳ある棺台を手に入れた者はなく
陰気な墓を美しい財宝で飾られた者もない。
わたしは革ひもを確かめる。腕を組み、準備する
未知の世界へ、ふたたび冒険に乗り出すため
終わりに向き合い
死を免れないこの領域を超えることに満足し
じっと待ち、ここで眠ることに満足している——
星の海で眠ることに。

——さいはての島へ[*17] 48-70行　ハロー・グランツァー

第1章 認識

Recognition

1

彼女《かのじょ》はいた。

どうやって、どこに、何者だったのか、それはわからない……けれど、彼女《かのじょ》はいた。知識が不足していることを思い煩《わずら》いはしなかった。彼女《かのじょ》は存在した、そして存在こそが満足だった。

彼女《かのじょ》の意識は震《ふる》える薄《うす》い感覚で、あまりにも広範囲《こうはんい》にわたって伸《の》ばされているかのようだった。実体がない感じがした。暗闇《くらやみ》に覆《おお》われた海を漂《ただよ》うぼやけた認識だ。

しばらくは、それで充分《じゅうぶん》だった。

やがて自身の膜《まく》が硬《かた》くなってきたことに気づいた、初めはゆっくりと、だが次第にスピードを増して。すると、すべての疑問を生む疑問が湧《わ》いてきた。なぜ？

肉体が固まりつづけるのにつれて、思考も強く、より明瞭《めいりょう》になっていく。それでもまだ混乱が支配していた。何が起きているのだろう？　自分にはわかっているはずなのだろうか？　ここはどこ？　実在する場所にいるのか、それとも想像のなか？

神経が繋《つな》がっていく衝撃《しょうげき》は刺《さ》すような痛みを引き起こし、彼女《かのじょ》を照らしている光のように鋭《するど》かった。というのも、いまではさまざまな光源から光が射していた。暗闇《くらやみ》のなかに起こる冷たい火花と、果てしなく燃える輝《かがや》く大きな球体。

さらに衝撃《しょうげき》が続き、痛みの集中攻撃《こうげき》を前にして、考えることさえままならなくなった。そのあいだもずっと、彼女《かのじょ》は大きくなり続けていた。集合。合体した存在。

ある記憶《きおく》がよみがえってきた。それと一緒《いっしょ》に、さまざまな記憶《きおく》のなかのその記憶《きおく》が。三年生の解剖学《かいぼうがく》の講義に出席し、膵臓《すいぞう》の内部構造について、むかつく疑似知能がだらだらとしゃべりつづけていたこと。彼《かれ》の二列前にいる学部生の輝《かがや》く赤毛を見ていたこと……。

どういう意味だろう？　どう――

さらに記憶《きおく》が。ハブドームの裏手にある温室のなかで、イサーを追いかけてトマトの苗《なえ》木《ぎ》の並ぶあいだを走っていたこと……それから、同形態の脇《わき》を通り過ぎて深海平原《アビッサル・プレイン》に飛び込《こ》んでいったこと、くちばしをゼエゼエ言わせながら伸《の》びすぎたランプライン*18の周りを旋《せん》回《かい》していたこと……彼《かれ》をUMCに入らせたくない叔父《おじ》と口論していたこと、そのあいだ彼《かの》女《じょ》はラプサン社の入社試験を受けるため座っていて、〈転移の巣〉に入って新たな形態を取りインディアン座ε星の光の下で忠誠を誓《ちか》いコンサーティーナにかけて走形態ハウスマットダブルショット従軍記念略章四点査察〈近香《ニアセント》〉異端渦巻《いたんうずま》く排気《はいき》と共に――

彼女《かのじょ》／彼《かれ》／それに口があったなら、悲鳴を上げていただろう。ツナミのような映像、香り、味、感覚のなかに、自分が自分であるという意識のすべてが失われた。どれもが意味をなさず、どれもが彼《かれ》らのように感じられ、彼《かれ》らだった。

恐怖《きょうふ》が彼女《かのじょ》／彼《かれ》／それの息を詰《つ》まらせ、取り乱し、あがいた。

それらの記憶《きおく》のなかで、ひと組の記憶《きおく》はほかよりもわかりやすくてまとまりがあり――緑の草木に、愛と孤独《こどく》と太陽系外惑星《わくせい》での仕事に費やした長い夜が混ざったもの――、彼《かの》女《じょ》／彼《かれ》／それは嵐《あらし》のなかの命綱《いのちづな》みたいにその記憶《きおく》にしがみついた。そこから自意識を構築しようとした。

簡単なことではなかった。

すると、どうしようもない混乱のどこからか、ひとつの言葉が浮上《ふじょう》して、彼女《かのじょ》／彼《かれ》／それは自分たちのものではない声でそれが語られるのを聞いた。「キラ」

……キラ。打たれた鐘《かね》のようにその名は響《ひび》いた。彼女《かのじょ》はその名で自らを包み込《こ》み、自分の核《かく》を守る鎧《よろい》にして、彼女《かのじょ》／彼《かれ》／それが内なる一貫性《いっかんせい》らしきものを得る手段として使った。

その一貫性《いっかんせい》がなければ、彼女《かのじょ》は何者でもなかった。意味も物語も持たない異なる衝動《しょうどう》を集めただけのものだ。だから彼女《かのじょ》はその名前をしっかりつかんで離《はな》さず、進行している狂《きょう》気《き》のただなかで個性の外形を維持《いじ》しようとした。キラが何者なのかはまだ答えが出ていなかったけれど、少なくとも、自分自身をどう定義すればいいのか模索《もさく》するあいだ、その名前は彼女《かのじょ》の中心に据《す》えられる固定点となった。

2

時間は奇妙《きみょう》な不規則さで進んだ。わずかな時間が過ぎているのか、計り知れないほどの長い歳月《さいげつ》が過ぎているのか、彼女《かのじょ》にはわからなかった。もうもうと立ち込《こ》める蒸気が凝結《ぎょうけつ》するみたいに、彼女《かのじょ》の肉体は拡大しつづけ、構築し、集まり、生じていった。

手足を感じ、内臓も感じた。激しい暑さと、くっきりした影《かげ》のなかで、壊《こわ》れそうな寒さ。皮膚《ひふ》が反応して厚くなり、きわめて繊細《せんさい》な組織も保護するのに充分《じゅうぶん》な鎧《よろい》を形成していった。

ほとんどのあいだ、彼女《かのじょ》の視線は内側に向けられたままだった。競い合う声の合唱は頭のなかで騒《さわ》ぎつづけていて、それぞれのかけらが支配しようともがいていた。彼女《かのじょ》の名前は本当はカーというのではないかと思うこともあった。クォンではないかと思うことも。それでも彼女《かのじょ》の自意識は必ずキラに戻《もど》ってきた。それだけがほかの声に屈《くっ》せず持ちこたえられるほどの大きな声だった——興奮したわめき声を鎮《しず》めて苦痛をやわらげることができる、なだめるような声。

彼女《かのじょ》はどんどん大きくなり、その後もさらに大きくなり、ついには肉体に加える材料がなくなった。大きさは定まったが、配置は意のままに変えられた。違和感《いわかん》があったり、場《ば》違《ちが》いだと感じたりしたものは、自分の好きなように移動させるか成形するかした。

精神が落ち着いてきて、物事の形がもっと意味をなしはじめた。遠い昔、ウェイランドで暮らしていたときのことをいくらか思い出した。宇宙生物学者として働いていたこと、アラン——愛しいアラン——と出会ったこと、その後、アドラステイアでシードを見つけたことを思い出した。それでいて、カーだったときのことも思い出した。ジュリアン・オールダス・カー、UMCNの医師、あまり愛情深くないふたりの親の息子、彫刻《ちょうこく》されたベリルナッツの熱心な収集家。同様に、ウラナウイのクォンだったときのことも思い出した、〈ノット・オブ・マインズ〉の忠実なしもべ、ストライク・ショール・ファー[*19]の一員、美味しいプフェニックに目がない。けれども、カーとクォンの記憶《きおく》はどちらも曖昧《あいまい》で不完全だった——飢《う》えたモーとして一体化して過ごした時間の遥《はる》かに鮮《あざ》やかな記憶《きおく》に圧倒《あっとう》されていた。

彼女《かのじょ》の身体に震《ふる》えが走った。モー……。そのことを考えると、頭のなかにさらに情報が押《お》し寄せてきた。痛みと怒《いか》りと満たされない期待への苦悩《くのう》に満ちた情報が。

彼女《かのじょ》と彼《かれ》らはどうしてまだ生きていられたのだろう？

3

とうとう彼女《かのじょ》は意識を周囲に向けた。

彼女《かのじょ》は見たところなんの動きもない虚空《こくう》に浮《う》かんでいた。宇宙ごみも、気体も、塵《ちり》も、そのほかの残存物も、周囲には何もなかった。彼女《かのじょ》はひとりぼっちだった。

彼女《かのじょ》の身体は小惑星《しょうわくせい》の地表みたいに黒く外殻《がいかく》で覆《おお》われていた。シードの繊維《せんい》が彼女《かのじょ》をひとつに固めていたが、彼女《かのじょ》はただの繊維《せんい》以上の存在だった。肉体でもあり、内部は柔《やわ》らかく傷つきやすかった。

いまではできていた目のおかげで、この惑星《わくせい》系一帯の磁力の帯が見えた。太陽風の揺《ゆ》らめくかすみも見えた。すべてを照らす太陽はぼやけた青白色で、それを見ていると何かを思い出すような……わからない、けれどなじみがあり、懐《なつ》かしさを覚えた——その懐《なつ》かしさは彼女《かのじょ》／カー／クォンからではなく、シードから生じているものだったが。

彼女《かのじょ》は視野を広げた。

光り輝《かがや》くたくさんの船がこの惑星《わくせい》系を占《し》めていた。いくつかは見覚えがあるようだった。ほかは見覚えがなかったが、知っている型の船だった。グラスパーの船か、二形態の船か……あるいはモー――つまり彼女《かのじょ》が誤り与《あた》えた肉体の船だった。彼女に責任があった。そして彼女《かのじょ》の肉体でできた肉体がほかの船への攻撃《こうげき》を再開し、この惑星《わくせい》系の至るところに破《は》壊《かい》、苦痛、死を広げていくさまを彼女《かのじょ》は見ていた。

状況《じょうきょう》を完全には理解していなくても、これが間違《まちが》っているということはわかっていた。だから彼女《かのじょ》はわがままな子どもたちに声をかけ、この戦争を終わらせようとそばに呼び寄せた。

従うものもあった。彼《かれ》らはエンジンから激しい炎《ほのお》の旗をなびかせながら彼女《かのじょ》のもとに飛んできて、到着《とうちゃく》すると、彼女《かのじょ》は彼《かれ》らを抱《だ》きしめ、傷を癒《い》やし、心をなだめ、その肉をもとあったところに戻《もど》した。彼女《かのじょ》は彼《かれ》らの母親だったから、世話をするのは彼女《かのじょ》の務めだった。

反抗《はんこう》するものもあった。彼女《かのじょ》は自分の一部を送り出して追いかけさせ、捕《つか》まえて懲《こ》らしめて、彼女《かのじょ》が待っているところへ連れ戻《もど》した。誰《だれ》も逃《に》げなかった。悪さをしたからといって、彼女《かのじょ》は子どもたちを嫌《きら》っていなかった。むしろ可哀想《かわいそう》に思い、歌を歌ってあげて、彼《かれ》らの恐《おそ》れ、怒《いか》り、たくさんの痛みをやわらげた。彼《かれ》らの苦しみはすさまじく、彼女《かのじょ》は泣けるものなら泣いていただろう。

彼女《かのじょ》が手に負えない子どもたちを集めているとき、グラスパーと二形態のなかにはレーザーやミサイル、固形の投射物で彼女《かのじょ》を撃《う》ってくる船もあった。相手がモーなら怒《いか》りを買っただろうが、彼女《かのじょ》は違《ちが》った。グラスパーと二形態は理解していないのだとわかっていたから。攻撃《こうげき》されて、少しばかり煩《わずら》わしさを感じただけだ。彼《かれ》らを少しも恐《おそ》れてはいなかった。彼《かれ》らの武器ではいまの彼女《かのじょ》を傷つけることはできなかった。

彼女《かのじょ》が残りの肉体を引き寄せているあいだ、多くの生物の船があとに続いた。彼《かれ》らは安全だと思っているらしい距離《きょり》を取って、彼女《かのじょ》の前に格子を形成した。安全ではなかったが、彼女《かのじょ》はそのことを自分のなかにしまっておいた。

何百という信号が船から放射され、彼女《かのじょ》に向けられた。その電磁ビームは虹《にじ》色のエネルギーでできたまぶしい円錐《えんすい》となって彼女《かのじょ》の視界のなかでちらちら光り、それらが運んでくる音と情報は無数の蚊《か》の飛び回る音みたいだった。

それを見せられていると気が散り、ただでさえ考えるのに苦労していたのに、さらに困難になった。彼女《かのじょ》はいらだち、どの種族でもその意味を理解できるはずのたったひと言を発した。

「待って」

そのあと信号はやみ、彼女《かのじょ》は神聖な静寂《せいじゃく》のなかに残された。キラは満足して、ふたたび意識を内側に向けた。まだ理解できていないこと、解明しなければならないことが山ほどあった。

4

彼女《かのじょ》は少しずつ、最近の出来事について理路整然とした全体像を把握《はあく》していった。バグハントを訪れたときをもう一度生きた。オルステッド・ステーションからもう一度脱出《だっしゅつ》し、コルドバへ長い旅をして、そのあとに続いた戦いをくり返した。

カサバ榴弾砲《ハウイッツァー》が爆発《ばくはつ》した。それだけは間違《まちが》いないと感じていた。そして、どうにかして――どうにかして――シードは彼女《かのじょ》の意識のいくらかを、それにカーとクォンの意識も、核地獄《かくじごく》の真ん中から救い出した。

彼女《かのじょ》は……キラ・ナヴァレスだった。けれど、それ以上のものでもあった。一部はカー、一部はクォン、そして一部はシードでもあった。

頭のなかで錠《じょう》が開いたみたいで、いまではアクセスできるようになった知識の倉庫があることに気づいた――シードの知識。〈消え失せし者〉の時代からの知識。ただし、彼《かれ》らは自らをそう名乗ってはいなかった。それよりも、自分たちのことをこう思っていた……〈古の者《オールド・ワン》〉*20と。先に現れた者と。

彼女《かのじょ》を救う過程で、彼女《かのじょ》とゼノは最終的に完全に一体化していた。それだけではなくて、これについても彼女《かのじょ》はいまでは理解していた。シードの能力には層があり、ゼノがある程度の大きさになるまでは（いまや彼女《かのじょ》はそれを遥《はる》かに上回っていた）、その大半が隔《へだ》てられていて得ることができなかった。

そういうわけで、かつてはただのキラであり、いまでは遥《はる》かに大きく遥《はる》かに偉大《いだい》になった彼女《かのじょ》は、宇宙の暗闇《くらやみ》のなかに浮《う》かんで、考え、観察し、目の前に広がっている分岐した可能性について熟考した。その道は藪《やぶ》のようにもつれあって成長していたけれど、シードの指針が彼女《かのじょ》を導く助けになるだろうとわかっていた。それは彼女《かのじょ》自身の指針でもあったからだ――命は尊いものだということは。彼《かれ》らの道徳律はすべてがその基本原則に基づいていた。命は尊いもので、それを守るのも、道理に合っていればそれを広めるのも、彼女《かのじょ》の務めだった。

彼女《かのじょ》は思案しながら、この惑星系《わくせいけい》の船がどう配置されているかに目を留めた。ひとつの軸《じく》に人間が、もうひとつの軸《じく》にウラナウイがいて、そして彼女《かのじょ》に武器を向けたままでいるのと同じく、彼《かれ》らはそれと等しい分だけ互《たが》いに武器を向けたままでいた。彼女《かのじょ》を中央にして、ふたつの艦隊《かんたい》が向き合っていた。停戦は簡単なことではなかった。強く偉大《いだい》なクタインの死があっても、戦争の炎《ほのお》はちょっとしたことでまた火がつくだろう。このふたつの種族を結束させたのはモーの存在のほかになく、どちらも本質的には無慈悲《むじひ》で血に飢《う》えた拡張主義者だった。彼女《かのじょ》はキラとして生きたことから、それにショール・リーダー・ンマリルとして生きたことから、そのことを知っていた。

彼女《かのじょ》はこの戦争に対する責任も感じていた。カーでありクォンである彼女《かのじょ》は。モーとその子孫だった彼女《かのじょ》は。いまではコルドバの星の周回軌道《きどう》に浮《う》かんでいる彼女《かのじょ》は。

そして彼女《かのじょ》は、不幸な子孫たちがまだ星のあいだを動き回り、人間とウラナウイに恐怖《きょうふ》や苦痛、死をまき散らしていることを知っていた。それにキラだった彼女《かのじょ》は、家族のことを心配していた。それだけではなかった。彼女《かのじょ》はモーがのさばっていた惑星《わくせい》のことを覚えていた。生物の住む星が一個丸ごと、誤り導かれた肉体が使えるように変えられていた。そこにはマシンもあり、船もあり、あらゆる種類の危険な装置があった。

そのことを考えると心が痛んだ。

彼女《かのじょ》は望んでいた……平和を、あらゆる形で。人間とウラナウイが団結し、金属と苦痛ではなく緑と幸福の香りのする空気を吸える、命の贈《おく》り物を与《あた》えたかった。

そのとき、自分のなすべきことがわかった。

「見ていて、邪魔《じゃま》をしないで」と彼女《かのじょ》は待機している艦隊《かんたい》に言った。

初めがいちばん苦労した。隠《かく》されていたシードの知識を引き出して、この惑星《わくせい》系に強力な信号を発信した。泣き声ではなく、嘆願《たんがん》でもなく、指令を。モーがつくったものに向けた殺害指令を。それを受信すると、コラプテッドの細胞《さいぼう》は解かれ、その身体は分解され、彼《かれ》らを構成している有機化合物に還元《かんげん》されるはずだった。シードがつくったものは、元に戻《もど》すことができた。

浄化《じょうか》が必要であり、彼女《かのじょ》はこの暴力と苦しみを止めるのにそれより早い方法を思いつかなかった。その任務は彼女《かのじょ》に課せられていて、たとえどれほど悲しくても、そうすることを避《さ》けるつもりはなかった。

それが済むと、彼女《かのじょ》は自らの肉体の代行者を形成し、ウラナウイが採掘《さいくつ》していた惑星《わくせい》の周りに放置されて浮《う》かんでいる損傷した船へと送り出した。彼女《かのじょ》の別の部分は、必要な材料を採集するという目的のもと、小惑星帯《しょうわくせいたい》に派遣《はけん》した。

このドローンたちがそれぞれの職務を遂行《すいこう》するあいだ、彼女《かのじょ》は主となる自分の肉体に取り組み、目的に適《かな》うよう再構築しはじめた。核《かく》となる部分の周りに、残されたもとの身体を保護するための装甲《そうこう》した球体を形成した。そこから、当たった陽光を残らず吸収するよう設計した、磨《みが》きあげられた黒いパネルを突《つ》き出した。力。目的を達成しようと思ったら、彼女《かのじょ》には力が必要だった。シードには自らの力が豊富にあったが、彼女《かのじょ》の心にあることのためには足りなかった。

どんな心？　心はない……。彼女《かのじょ》はひとり笑った、宇宙の静かな歌のように。

暗号化されたシードの知識を引き出しながら、彼女《かのじょ》は必要なマシンを原子レベルから組み立てはじめた。パネルから集めたエネルギーを使って、彼女《かのじょ》は自分のなかに太陽を燃やした。UMCの最大の戦艦《せんかん》を飛ばすのにも充分《じゅうぶん》な大きさの核融合炉《かくゆうごうろ》を。その人工の星のエネルギーを使って、彼女《かのじょ》は反物質《アンチマター》をつくりはじめた――人間やウラナウイの効率の悪い技術でできる量を遥《はる》かに超《こ》えて。〈古の者《いにしえ》〉は、どちらの種《しゅ》もまだ存在さえしないうちから、アンチマターを生産する方法を習得していた。アンチマターを燃料にして、宇宙の構造をゆがめて超光速《ちょうこうそく》空間から直接エネルギーを吸収することを可能にする、改良したトルクエンジン*21をつくった。シードはそうやって自らにエネルギーを供給していたのだ、と彼女《かのじょ》は理解するに至った。

彼女《かのじょ》の代行者たちが破損した船を手に入れたとき、その船に置き去りにされていた負傷した人間やウラナウイを見つけることがあった。負傷者はしばしば攻撃《こうげき》してきたが、どんなに抗撃《こうげき》されようと、彼女《かのじょ》はそれにかまわず怪我《けが》の手当てをしたあとで、その船にあったか彼女《かのじょ》が自分でつくるかした脱出《だっしゅつ》ポッドに乗せて、置き去りにされたクルーをそれぞれの種族のもとへ送り出した。

ドローンたちが船や石を引いて戻《もど》ってくると、キラはそれらに含《ふく》まれる材料を貪《むさぼ》り食い――モーがしていたように――、彼女《かのじょ》の周りに形づくられている建造物に加えた。

これに対して、見守っている艦隊《かんたい》は不安を募《つの》らせ、いくつかの船は彼女《かのじょ》と話をしようと強力な信号を光らせてきた。

「待って」と彼女《かのじょ》は言った。彼《かれ》らは待った。人間もウラナウイもさらに後退し、彼女《かのじょ》に近づかないようにしていたが。

エネルギーと大きさを費やして、キラは建造することに全力を注いだ。完全に機械だけで建造しているわけではなかった。梁《はり》や支柱や金属製の桁《けた》に加えて、シードに有機体のループで満たされた特別な部屋をつくらせた――完成品に必要な生きている材料の生産をはじめる、熱せられたバイオリアクターの。どんな鋼より強い木。種やつぼみや卵などなど。銅線と同じぐらい有効に電気を送ることが可能な、這《は》ってまといつく蔓《つる》。菌類《きんるい》の超《ちょう》伝導体。それにシードの膨大《ぼうだい》な経験から引き出した動植物の完全な生態系で、それが全体として調和して作用するだろうとキラとシードは信じていた。

彼女《かのじょ》はすばやく動いたが、時間がかかった。日々が過ぎていき、艦隊《かんたい》はまだじっと見守っていて、彼女《かのじょ》はそれでも建造した。

彼女《かのじょ》の中心にある核《かく》からは、前、後ろ、左、右に四本の巨大《きょだい》な支柱が伸《の》びていて、等しい長さの腕《うで》が十字に交差している状態になっていた。彼女《かのじょ》はその十字を一メートルずつ伸《の》ばしていき、やがてそれぞれの支柱は三・五キロメートルの長さになり、巡洋艦《じゅんようかん》を飛行させられるほど太くなった。それから彼女《かのじょ》はシードによって十字の先端《せんたん》に大きな赤道リングを付けさせて、見えない球体の表面を抱《かか》え込《こ》むみたいに、それぞれの支柱の端《はし》から肋材《ろくざい》を上にも下にも生やして内側にカーブさせていった。

その頃《ころ》にはシードはとてつもなく大きくなっていて、ひとりの人間やウラナウイのサイズの身体に閉じ込《こ》められているのをキラは想像もできないほどだった。彼女《かのじょ》の意識は建造物全体を包み込《こ》み、彼女《かのじょ》は常にどの部分も認識していた。きっとシップ・マインドはこんなふうに感じているのだろう、と彼女《かのじょ》は想像した。感覚入力の要求に適《かな》うよう、彼女《かのじょ》の本質は広がっていき、その拡大に伴《ともな》って、これまでに決して経験したことのない考えの広さが生まれた。

建造はまだ進行中だったけれど、彼女《かのじょ》はもう待つつもりはなかった。すっかり時間が減ってしまっている。それに、見ている者は誰《だれ》でも、彼女《かのじょ》が何をつくろうとしているのかわかっていた。人間やウラナウイが建てたどんなものよりも大きな宇宙ステーションだ。その一部はメタリックな灰色をしていたが、大部分は緑と赤で、この大きなステーションを形づくっている有機材料を反映していた。このステーションはどんな人間とも変わらない生き物で、何世紀とまでは言わなくても、このさき何十年も成長と発達を続けていくはずだとキラにはわかっていた。

だけど、どんな庭とも同じように、世話をする必要があった。

彼女《かのじょ》は核《かく》の近くにあるいくつかの部屋に注意を払《はら》い、真空状態で密閉し、人間とウラナウイの両方が快適に過ごせる空気で満たし、どちらの種族にも適した重力を与《あた》え、ふさわしいと思える様式に仕上げた。最後の部分については、ウラナウイと〈古の者〉、それにキラだった部分の彼女《かのじょ》からデザインの要素を取り、それぞれのなかから最も彼女《かのじょ》の好みに合う要素を選んで組み合わせていた。

命令に従って、一対の代行者がかつてクタインだった固くなった核《かく》を彼女《かのじょ》のもとに持ってきた。強く偉大《いだい》なクタイン。その身に起きたことをウラナウイは気にしないだろう――彼《かれ》らは肉体に無関心だ――が、彼女《かのじょ》は気にした。黒くなった残骸《ざんがい》を取り、その肉体の物質をふたたびつくり変えた。鉛《なまり》の柱から、目がくらむほどの輝《かがや》きを放つ、青白色の七つのクリスタルの破片をつくった。それぞれのクリスタルを別々の部屋に置き、戒《いまし》め、記念の品、再生のシンボルとしての役目を持たせた。

そしてとうとう彼女《かのじょ》は沈黙《ちんもく》を破った。「クライン提督《ていとく》、ショール・リーダー・ルフェット、あなたたちと話がしたい。いらっしゃい。ここに会いに来て。ファルコーニ、あなたもよ、それと……トリッグを一緒《いっしょ》に連れてきて」

Unity

第2章　結束《ユニティ》

1

キラは三艘《そう》の宇宙船が近づいてくるのを見つめていた。UMCSの〈不屈部隊《アンリレンティング・フォース》〉、超光速船《SLV》〈ウォールフィッシュ〉号、それに訳すと〈静かな波の下の速い流れ〉号という名前になる、戦いで傷ついたウラナウイの船。

それぞれの船は見た目が大きく異なっていた。〈不《ふ》屈《くつ》部隊〉は長さも幅《はば》もあり、レーザー、ミサイルランチャー、レールガンのハードポイントが船体にずらりと並んでいる。船体は黒っぽいつや消しの灰色に塗《ぬ》られていて、ラジエーターのシルバーの混じった光り輝《かがや》くダイヤモンドとくっきりとしたコントラストをなしている。〈ウォールフィッシュ〉号はずっと短く小型で、ずんぐりとさえしていて、船体はおなじみの茶色で、何年も流星塵《じん》の衝突《しょうとつ》を受けてきたことですり減ってへこみができていて、ウラナウイが貨物室に侵入《しんにゅう》するときに切り開いた大きな穴がひとつあいている。UMCの戦艦《せんかん》と同じように、〈ウォールフィッシュ〉号にもラジエーターのフィンが配置されていて、その多くが壊《こわ》れてしまっていた。最後にウラナウイの船だが、こちらは貝のように白く磨《みが》きあげられた球体で、傷は船首についたブラスターの焦《こ》げ跡《あと》だけだった。

三つの船はキラが彼《かれ》らのために育てておいたドッキングポートに近づくと、姿勢制御《せいぎょ》スラスタを使って減速した。ビロードの背景のなかを、ハチのように忙《いそが》しそうに彼女《かのじょ》のドローンの群れが通り過ぎていく。訪問者と同じぐらいドローンに対しても注意を向けていたが、キラは核《かく》のなかにぐらりと傾《かたむ》くような奇妙《きみょう》な感覚を覚えずにはいられなかった。

これは不安？　そのことにキラは驚《おどろ》いた。これほどの存在になっても、ファルコーニにどう思われるかをまだ気にしているのだ。

それにファルコーニだけではなかった。〈ウォールフィッシュ〉号のエアロックが開くと、ニールセン――いまでもあばらに包帯を巻いたままだ――とエントロピストのヴェーラも含《ふく》む、クルー全員がぞろぞろ出てきた。車輪付きの荷台にトリッグのクライオ・チューブを載《の》せて運んでいて、それを見てキラは喜んだ。

〈不屈《ふくつ》部隊〉から吐《は》き出されたのはクライン提督《ていとく》……それにパワードスーツをフル装備し

たＵＭＣＮの海兵隊の一部隊だ。同様に、船を降りるショール・リーダーのルフェットにも武装したウラナウイの一団が付き従っている。このグラスパーたちからは不安と好奇心《こうきしん》の〈近香《ニアセント》〉が放出されていた。彼《かれ》らのなかにはイタリと、ただひとりの人間の姿もあった。チェッター少佐の表情はいつものように読めない。

「こちらへ」とキラは言い、彼《かれ》らが面している通路をエメラルドの明かりで照らした。

人間もウラナウイも彼女《かのじょ》の案内に従った。彼女《かのじょ》は壁《かべ》と床《ゆか》と天井から彼《かれ》らを見守っていた。彼女《かのじょ》はそれらすべてであり、さらにたくさんのものでもあった。ファルコーニはよくわかっていない様子だったけれど、元気で肩《かた》の傷ももう痛くなさそうなのを見て、キラは安心した。クラインはなんの感情も表に出さなかったが、目を左右にキョロキョロさせて、不測の事態に備えて警戒《けいかい》していた。

海兵隊員を除き、人間は全員スキンスーツを着用してヘルメットをしっかり装着している。ウラナウイはいつもどおり、現在の形態が保護してくれると信じていて、環境《かんきょう》には少しも譲歩《じょうほ》しなかった。

訪問者たちを迎《むか》え入れるためにつくった謁見《えっけん》室に一同が入ると、クライン、ルフェット、ファルコーニがキラの姿を見られるよう形成しておいた肉体に、彼女《かのじょ》は見る力を移した。そうするのが礼儀《れいぎ》に思われた。

その部屋は天井が高くて幅《はば》は狭《せま》く、アーチ形の天井と、クォンのおかげで知っていた（それに好きだったから）珊瑚《さんご》に似た生長物、ンナー[*22]の柱が二列並んでいる。壁《かべ》は磨《みが》きあげられた金属の円材で骨組みが組み立てられていて、色はダークグレーで、〈古《いにしえ》の者〉だけが……そしていまは彼女《かのじょ》だけがその意味を知る模様を描《えが》いた青い線で装飾《そうしょく》されている。その骨組みを埋《う》めているのは、木と蔓《つる》と黒っぽい葉をつけた植物で飾《かざ》られた曲線状の広い区画だ。

それらはキラである彼女《かのじょ》が考えたものだった。陰《かげ》になった暗い片隅《かたすみ》に置かれている花も。花びらが紫色《むらさきいろ》で花喉《のど》に斑点《はんてん》のある、うなだれている植物。〈真夜中の星座《ミッドナイト・コンステレーション》〉、故郷とアランー――かつて彼女《かのじょ》だった存在のすべての思い出として。

床《ゆか》には、どこまでも渦《うず》を巻くフラクタルの螺旋《らせん》にして花の形をくり返した。彼女《かのじょ》はその出来栄えを気に入り、満足感を味わった。

螺旋《らせん》のあいだに、クタインからつくったクリスタルのひとつが置かれている。切子面のある美しい凍《こお》った炎《ほのお》。いまなお手を伸《の》ばし求めている、生命をとどめたもの。

ンナーの上の枝からいくつかのグローライト[*23]が吊《つ》るされていて、熟した果実が脈動して金色の柔《やわ》らかな雰囲気《ふんいき》を醸《かも》し出している。床《ゆか》に届く波状の光のなかで、香りのよい大量の花粉が煙《けむり》のように渦《うず》を巻いた。小穴のある柱の真ん中で、ちょろちょろと流れる水の音が響《ひび》いているが、それを除くと部屋はしんと静まり返って神聖な空気が漂《ただよ》っている。

キラは何も要求せず、最後通告も出していなかったが、クラインは兵士たちにひと言伝え、海兵隊員たちはアーチした入口のそばで配置につき、提督《ていとく》は進みつづけた。ルフェットも護衛者（イタリも含《ふく》む）に同じことをさせ、人間とウラナウイはチェッター少佐も一緒《いっしょ》に進み、〈ウォールフィッシュ〉号のクルーがあとに従った。

彼《かれ》らが謁見《えっけん》室の奥《おく》に近づいてくると、キラはグローライトを明るく照らし、夜明け前の影《かげ》を消して自分の姿がみんなに見えるようにした。

訪問者たちは足を止めた。

彼女《かのじょ》は根っこみたいな構造の壁《かべ》に新しい身体を埋《う》め込《こ》んでいて、そこからみんなを見下ろした。シードの、生命を与《あた》える驚《おどろ》きに満ちたシードの、光沢《こうたく》のある黒い繊維《せんい》で隅々《すみずみ》まで縫《ぬ》い合わされ、豊かな緑に包まれている。

「ようこそ」キラは挨拶《あいさつ》した。口と舌を使ってしゃべるのはおかしな感じがした。出てきた声を聞くと、さらにおかしな感じだった。覚えている自分の声より深みがあり、カーとクォンのどちらの声の響《ひび》きも含《ふく》まれている。

「ああ、キラ。いったい何をしたの？」ニールセンが言った。バイザーの奥《おく》の表情は不安そうだ。

「大丈夫《だいじょうぶ》なのか？」ファルコーニが眉《まゆ》を寄せていつものしかめ面を見せる。

クライン提督《ていとく》が咳払《せきばら》いした。「ミズ・ナヴァレス――」

「ようこそ」とキラは言い、ほほ笑んだ。とにかく、そうしようと努めた。ほほ笑み方を覚えている自信がなかった。「あなたに来てもらったのは、クライン提督《ていとく》、それにショール・リーダー・ルフェット、人間とジェリーの代表者として務めてもらうためです」

《こちらルフェット：私はもうショール・リーダーではない、アイディーリス》チェッターが話を聞いている人間のためにウラナウイの言葉を通訳した。

「ではあなたをどう呼べば、ルフェット？」キラはみんなが理解できるよう、英語と〈近香《ニアセント》〉の両方で話した。

《こちらルフェット：強く偉大《いだい》なルフェットと》

キラの背中に冷たい風の息がかかり、ステーションの背骨にチクチクと小さな痛みが走った。「クタインが死んだいま、あなたがクタインの地位を引き継《つ》いだのね」それは質問ではなかった。

ウラナウイは触手《しょくしゅ》を赤と白に輝《かがや》かせ、誇《ほこ》らしそうに揉《も》み合わせた。《こちらルフェット：そのとおりだ、アイディーリス。ウラナウイのすべての〈アーム〉がいまでは私の支配下にある》

クライン提督《ていとく》がもぞもぞと身体を動かした。イライラしてきているようだ。「これはなんの真似なんだ、ナヴァレス？　なぜわれわれをここに来させた？　きみは何をなんのために建造している？」

苔《こけ》むした小川を流れる水音に似た音楽のような響《ひび》きで、彼女《かのじょ》は小さく声を立てて笑った。

「なぜかって？　これからあなたたちに話すことのためよ。共通の土台がない限り、人間とジェリーは争うことになる。ナイトメア、コラプテッドは共通の敵だったけれど、いまではその敵がいなくなった」

《こちらルフェット：それは確かなのか、アイディーリス？》

ルフェットが本当に訊《き》きたがっていることが彼女《かのじょ》にはわかった。モーは本当に死んだのか？　彼女《かのじょ》／それはまだ脅威《きょうい》になるのか？　「ええ、確かだと約束できる。わたしと結びついているこのスーツ、あなたたちがアイディーリスとして知っているもの、そしてクライン提督《ていとく》がソフト・ブレイドとして知っているものは、もう二度とあんな問題は起こさない。それに、この惑星《わくせい》系の外にいるコラプテッドに、ある指令を送ってある。その指令が届いたとき、コラプテッドはどんな生物に対しても脅威《きょうい》ではなくなる」

提督《ていとく》は疑っているようだ。「どうやってそんなことを？　それはつまり――」

「わたしが言っているのは」キラは彼《かれ》らの頭上に声を響《ひび》きわたらせた。「コラプテッドをつくり変えたということ。もう彼《かれ》らのことを心配する必要はない」

「殺したのね」ニールセンが抑《おさ》えた口調で言う。ほかのみんなは満足と不安を同じぐらい感じているようだ。

キラは首を曲げた。「ほかに選択肢《せんたくし》はなかった。だけど問題は残ってる。人間とジェリーは理由がなければ、決して同盟を組んだままでいられない。だから、わたしがその理由を用意したの。この共通の土台をつくることで」

「これ？」クラインは部屋のなかを見回した？「この場所か？」

彼女《かのじょ》はまたほほ笑んだ。二度目はもっと簡単にこの表情をつくることができた。「これは宇宙ステーションです、提督《ていとく》。船ではなく。武器でもなく。わが家よ。〈古《いにしえ》の者〉——〈消え失せし者〉——のやり方でこれを建てたの。彼《かれ》らの言葉では、マー・イネスと呼ばれる。わたしたちの言葉では、これは〈結束《ユニティ》〉よ」

「〈ユニティ〉」クラインは言葉を噛《か》みしめるように言った。

キラはできる範囲《はんい》でうなずいた。「提督《ていとく》、これは和解のための場所なんです。時間と共に成長して花を咲《さ》かせつづける、呼吸をして生きているものよ。人間に適した部屋があり、ジェリーに適した部屋がある。ほかの生物もここで暮らして、ケアテーカー*24が〈ユニティ〉のさまざまな部分を管理することになっている」

するとチェッターが自分の意見を口にした。「このステーションを大使館として使ってほしいということなの？」

「それだけじゃなく、ふたつの種族の中心地としても。ここには何百万人も住めるほどのスペースがある。もっとかもしれない。平和を乱さない限り、誰《だれ》が来ても歓迎《かんげい》する。それでもまだ心配だと思うなら、こう考えてみて。わたしはジェリーにも理解できない方法と手順で〈ユニティ〉を建造した。ここで過ごす者はこのステーションを研究することができる……わたしを研究することも。それだけでも充分《じゅうぶん》な動機になるはずよ」

クライン提督《ていとく》は困惑《こんわく》しているようだ。しばし腕組《うでぐ》みをして、頬《ほほ》の内側を吸っていた。

「このゼノがまた暴れ出して、ステーションにいる者を皆殺《みなごろ》しにしないという保証はどこにある？」

ルフェットの触手《しょくしゅ》が紫色《むらさきいろ》に波立った。立腹した反応だ。

《こちらルフェット：二形態よ、アイディーリスはもう約束をした。その懸念《けねん》には根拠《こんきょ》がない》

「本当にそうか？　ナイトメアに殺された、何十億とまでは言わなくても、何百万もの人々は、そうは言わないだろうな」

《こちらルフェット：よくも――》

キラが壁《かべ》の葉っぱをサラサラ揺《ゆ》らすと、その柔《やわ》らかなささやきに会話が止まり、みんなは固まってキラを振《ふ》り返った。「クライン提督《ていとく》、わたしにはなんの保証もできない、でもわたしがあなたの艦隊《かんたい》の船を発見して、乗っている人たちを救出して治すのを見たでしょう」

提督《ていとく》は頭を傾《かたむ》けた。「確かにな」

「時には無条件に信じてみることも必要よ。いちかばちかやってみるしかないことが」

「危険な賭《か》けだぞ、ナヴァレス」

チェッターがクラインを見やった。「ジェリーとかかわりを持たないことのほうが損失になりますよ」

クラインの顔に苦々しい表情が浮《う》かぶ。「だからといって、外交関係を築くのにここがふさわしい場所だということにはならんし、民間人がコルドバに近づくなど許されるはずがない。情報部が徹底《てってい》的に調査するまでは。それに私にはこのような協定の交渉《こうしょう》をする権限がない。私ではなく連盟と交渉《こうしょう》してもらわねばならんが、それには時間がかかるだろう。連盟は誰《だれ》かをここに派遣《はけん》してきみと直接話をさせるだろう。つまり、この件がまとまるまでに短くても一か月半はかかることになる」

彼女《かのじょ》は言い返さずに、ウラナウイを見た。《こちらキラ：あなたはどう、強く偉大《いだい》なル

フェット？》

　このウラナウイの身体は赤とオレンジにパッと色づいた。《こちらルフェット：〈アームズ〉はあなたの申し出を謹《つつし》んで受け入れるだろう、アイディーリス。このような建造物を研究できるなど、いまのさざ波でも前のさざ波でもなかった機会だ。このステーションに何体のウラナウイが滞在《たいざい》できるのか、教えてもらえればただちに手配しよう》

　チェッターが通訳すると、クラインは覚悟《かくご》を決めた。「そうか……いいだろう。連盟が詳細《しょうさい》について調べるのはあとでいい、だがジェリーたちに襲《おそ》いかかられるようなことでもあればおしまいだ。ジェリーがどれだけの数をここに配置するとしても、こっちも同じだけの人数を連れてくる許可をもらいたい」

　今回は、ほほ笑まないほうがいいとキラにはわかっていた。「もちろんです、提督《ていとく》。ただしひとつだけ条件があります」

　クラインは身をかたくした。「その条件とは？」

「〈ユニティ〉に住んだり訪問したりしようとする全員に適用されることです。武器は禁止。もしも持ち込《こ》んだら、その武器を破壊《はかい》して持ち主を追い出すつもりよ」

《こちらルフェット：むろんだ、アイディーリス。あなたの望みに従おう》

　クラインは首を傾《かし》げた。「だったら、例えば修理ボットはどうなんだ？　整備用レーザーは？　使い方次第で、フォーク一本だって死をもたらす武器になりかねない」

これだから人間は。「常識の範囲《はんい》で、提督《ていとく》。無力化してある限りはパワードスーツも許可しましょう。だけど間違《まちが》えないで、人間でもジェリーでも、このステーションで誰《だれ》かが戦いを始めたら、わたしがきっと終わらせる」その声は深みを増し、壁《かべ》にこだました。まるで〈ユニティ〉のすべてが彼女《かのじょ》の喉《のど》だというみたいに。ある意味、実際そうだった。

宇宙焼けをしていても、クラインの頬《ほほ》は青ざめた。「了解《りょうかい》した。私のクルーには決して問題を起こさせない、ナヴァレス。約束しよう」

《こちらルフェット：〈アームズ〉に忠実な形態も同じく》

グローライトの色と明るさ、楽しそうに水の流れる音、葉っぱのサラサラという心地よい音で、キラは自分の喜びを伝えた。「じゃあ、話は決まりね」キラは満足し、ファルコーニと〈ウォールフィッシュ〉号のクルーに注意を移すと、ひとりずつ順番に見回していく。

スパローはスキンスーツの上からわき腹を掻《か》いた。「まったく、キラ、あんたってやつはなんでも半端《はんぱ》なことはしないんだね」

「スパロー」

次にヴィシャルが口を開く。「どうやって生き延びたんだ、ミズ・キラ？　間違《まちが》いなくカサバ榴弾砲《ハウイッツァー》で死んでしまったと思っていたんだが」

その言葉に、クライン提督《ていとく》はますます落ち着かない様子になった。あの爆発《ばくはつ》を許可したのは提督《ていとく》だったとキラは確信していた。けれど、どうでもよかった。いまさら誰《だれ》かのせいにしたところでどうにもならないし、カサバ榴弾砲《ハウイッツァー》を爆発《ばくはつ》させたのは理にかなった選択《せんたく》だった。モーを止めなければならなかったのだから。

物思いにふけりながら、彼女《かのじょ》は言った。「もしかしたら死んだのかもしれない。一時的なことだったとしても」

ファジョンがうなり、頭をすばやく動かして十字を切った。「あんたは、あんたなの？」

再構成されたキラの脳に、ばらばらの記憶《きおく》がひらめいていく。灰色の待機房《ぼう》。鏡になった窓。膝《ひざ》の下の冷たい格子。目の前でちらちら揺《ゆ》れて起動するホロディスプレイと、灰色の制服を着て立っているチェッター少佐。そして少佐が言う。「あなたはいまでも自分が自分だと感じる？」

キラは小さな笑い声を漏《も》らした。「そうよ……そして違《ちが》う。わたしは過去の自分を超越《ちょうえつ》した何かになっている」

マシン・ボスはサーマルランスみたいに熱い視線でキラを貫《つらぬ》いた。「そうじゃない。キラ、あんたはあんたなの？　ここが」そう言いながら、胸を叩《たた》く。「大事なところ。あんたの魂《たましい》は変わってない？」

キラは考え込《こ》んだ。「わたしの魂《たましい》？　その質問にはどう答えればいいのかわからないわ、ファジョン。でも、いまわたしが望んでいるのは、前に望んでいたのと同じことよ。平和と、命が栄えること。それでわたしは同じ人物だということになる？……そうかもしれない。違《ちが》うかもしれない。変化は必ずしも悪いことじゃない」

それでもファジョンは心配そうだ。「うん、変化は悪いことじゃない。それにあんたが言っているのはいいことだよ、キラ、だけど人間であるというのがどういうことなのか、それを忘れないで」

「忘れたいなんて少しも思ってない、ない」キラが言うと、マシン・ボスは嬉《うれ》しいというほどではなくても、少なくとも満足そうではあった。

キラはヴェーラに視線を移した。エントロピストは前腕《ぜんわん》を胸の前で組み、グラディエントローブのたっぷりした袖口《そでぐち》に手をしまい込《こ》んで立っている。まるで大病を患《わずら》っているみたいに、目の下には濃《こ》いくまができ、頬《ほほ》はこけている。

「クエスタント・ヴェーラ、パートナーを亡くされたことにお悔《く》やみ申し上げます。気持ちは……わかります」

エントロピストは唇《くちびる》を引き結び、うなずくと、深くお辞儀《じぎ》をした。「感謝します、プリズナー・キラ。ありがたいお心遣《こころづか》いを」

キラも頭を下げた。「もうプリズナーではありません、クエスタント」

エントロピストは驚《おどろ》いてハッとした顔になる。「なんですって？　それはまさか……どういう意味です？」

だけどキラは返事をしなかった。代わりに、またファルコーニを見た。「サルヴォ」

「キラ」ファルコーニは暗い声で答えた。

「トリッグを連れてきてくれたわね」

「もちろんだ」

「サルヴォ、わたしたちを信じている？」

ファルコーニはためらい、そしてうなずいた。「信じてなければ、あいつを連れてきてない」

その言葉にキラという存在の中心が温かくなった。キラはまたほほ笑んだ。それはたちまちお気に入りの表情になっていた。「だったら、もう一度わたしを信じて」

フラクタルの床《ゆか》から、キラは巻きひげの茂《しげ》みを生やし――今回は黒ではなく緑色だ――、トリッグのクライオ・チューブの周りへと伸《の》ばした。スパローとファジョンが悪態をつきながらチューブから飛びのき、部屋の後方で整列している武装した海兵隊員が身をこわばらせ、武器を持ち上げた。

「武器を下ろせ！」クラインが怒鳴《どな》った。「休め！」

キラは決してほほ笑みを崩《くず》さず、巻きひげはトリッグのチューブに絡《から》みつき、くねくねとねじれながら包んでいき――豊かな緑の下に埋《うず》めた。

「キラ」ニールセンが穏《おだ》やかな口調で言う。戒《いまし》めているのではなく、怒《おこ》っているのでもなく、心配している。

「信じて」自分の手足である蔓《つる》を使って、キラはクライオ・チューブのなかに手を伸《の》ばし、トリッグの傷ついた肉体に千本の異なる糸を走らせ、損傷の原因を探していく。あった。焼けた細胞《さいぼう》、切れた筋肉、傷ついた腱《けん》、破裂《はれつ》した血管、切断された神経――彼《かれ》の身体が受けた数々の損傷は、キラにとってこのステーションの内部構造と同じぐらいたやすく感じ取れた。

どうしてこんなことが難しいと思っていたのだろう？　信じられないほどだ。

そして彼女《かのじょ》は凍《こお》りついたトリッグの身体に必要なエネルギーを注ぎ込《こ》み、シードを導いて傷を治させた。すべて問題なさそうになると、トリッグの口から人工呼吸器をはずし、腕《うで》から管を取りはずして、半年以上にわたって彼《かれ》を休眠《きゅうみん》状態に保ち続けてきた装置から切り離《はな》した。

ゆっくりと慎重《しんちょう》に、母親の雌鶏《めんどり》が産んだばかりの卵を扱《あつか》うようにそっと、トリッグの身体を温めた。焚《た》きつけの火が完全な炎《ほのお》になって燃え上がるみたいに、彼《かれ》の代謝の熱が上昇《じょうしょう》していくのを感じ、とうとう彼《かれ》はサポートなしの最初の息を吸った。

そこで彼女《かのじょ》はトリッグを離《はな》した。蔓《つる》が床《ゆか》に引っ込《こ》んでいき、スキンスーツの下に穿《は》くような灰色の保温性下着一枚という姿のトリッグが、青白い身体を胎児《たいじ》のように丸めているのが見えた。溺《おぼ》れている人が水面に顔を出すみたいに、彼《かれ》は息をあえがせて、唾《つば》のかたまりをペッと吐《は》いた。その唾《つば》は存在したことなどなかったみたいに溶《と》けて消えた。

「トリッグ！」ニールセンが声を上げ、彼女《かのじょ》とヴィシャルは彼《かれ》のほうに身をかがめた。スパロー、ファジョン、ファルコーニも近くに集まって見守っている。

「こ――ここはどこ？」トリッグの声は弱々しくしゃがれている。

「それはちょっと説明するのが難しいな」ヴィシャルが言う。

ファルコーニがベストを脱《ぬ》いでトリッグの肩《かた》にかけた。「ほら、これでちょっとは暖かくなるだろう」

「ええ？　なんでみんなスキンスーツを着てるのさ？　ここはどこ？」と、スパローが脇《わき》にどいて、トリッグは壁《かべ》に吊《つ》り下げられたキラを見た。トリッグはぽかんと口をあけた。

「あれは……キラ、きみなの？」

「おかえりなさい」その声には温かさが溢《あふ》れていた。「あなたが持ちこたえられるかわからなかったのよ」

トリッグは柱で装飾《そうしょく》された部屋を見回した。目をぱちくりさせている。「これ、ぜんぶきみの？」

「そうよ」

トリッグは立ち上がろうとしたが、膝《ひざ》ががくがくして、ファジョンが腕《うで》をつかんでいなければ倒《たお》れていただろう。「気をつけて」彼女《かのじょ》は低い声で言った。

「ぼく……ぼくは……」トリッグは首を振《ふ》った。そして悲しそうな顔をしてファルコーニを見る。「ここはまだバグハント？」

「いや。違《ちが》う。〈ウォールフィッシュ〉号に戻《もど》ってドクに検査してもらうんだ、それから休んだあと、おまえが見逃《みのが》したことをぜんぶ話してやるから」

「ワクワクするね」スパローが乾《かわ》いた口調で言う。

「イエッサー。いまはすごく休みたい気分だし。ハンマーを持った二人組に殴《なぐ》られたような感じなんだ。ぼく――」トリッグはルフェットを見て、部屋の後ろのほうに残りのウラナウイもいるのに気づき、口をつぐんだ。ギャッと叫《さけ》んであとずさりしようとしたけれど、またファジョンに腕《うで》をつかまれて、その場から動けなくなっていた。「ジェ、ジェ、ジェリー！　大変だ、みんな――」

「わかってる」ニールセンがなだめるような口調で話す。「大丈夫《だいじょうぶ》よ。トリッグ、待って、わたしを見て。大丈夫《だいじょうぶ》。深呼吸して、落ち着くのよ。ここにいるのはみんな仲間だから」

トリッグはためらい、何を信じていいのかわからないみたいにみんなを見回している。

するとスパローが肩《かた》を軽くパンチした。「言ったでしょ、ワクワクするって」

「物は言いようだな」ファルコーニがつぶやいた。「だがニールセンの言ったとおりだ。ここにいるのはみんな仲間だよ」ファルコーニは一瞬《いっしゅん》キラに視線を投げたあと、またすぐトリッグに目を戻《もど》した。

それでトリッグは緊張《きんちょう》を解き、ファジョンを引っ張ろうとするのをやめた。「イエッサー。すみませんでした」

「無理もないさ」ファルコーニはトリッグの背中をぽんぽんと叩《たた》いた。

それからキラはほかの来訪者たちに注意を戻《もど》した。「クライン提督《ていとく》、強く偉大《いだい》なルフェット、わたしに何ができるか見たでしょう。クルーのなかにほかにも負傷者がいれば――あなたたちには治せない怪我《けが》を負った者がいれば――ここに連れてくれれば、トリッグにしたのと同じことをしましょう」

《こちらルフェット：比類なき寛大《かんだい》さだ、アイディーリス、だが治療《ちりょう》の施《ほどこ》しようがないほ

ど負傷したウラナウイは、怪我《けが》に苦しむよりも新しい形態に転移するだろう》

「お好きなように」

クラインは眉間《みけん》に深いしわを寄せた。「それはなんとも親切な申し出だが、ナヴァレス、生物学的封《ふう》じ込《こ》め規約によって許可が――」

「生物学的封《ふう》じ込《こ》め規約」キラは穏《おだ》やかな声で言う。「それはもうすっかり破られているでしょう。そう思いませんか、提督《ていとく》？」

クラインはますます顔をしかめた。「きみの言うことはもっともだが、そんな隔離違反《かくりいはん》をすれば、連盟は私を軍法会議にかけるだろう」

「わたしがもう治療《ちりょう》した人たちを検査したはずよ」

「当然だ」

「結果は？」

「何も」クラインはうなった。「異常はひとつも見つからなかった」

「だったらいいでしょう」

クラインは首を振《ふ》った。「いや、だめだ。〈酌量《しゃくりょう》すべき事情〉号はゼノが表に現れる前のきみにも、なんの異常も見つけられずにいた。だから私がこの状況《じょうきょう》をどうしても心配しないわけにはいかないことを許してほしい、ナヴァレス」

キラはほほ笑んだけれど、今度は喜びからではなく、自分は脅威《きょうい》ではないのだと示したかったからだった。「ここでは連盟にはなんの権力もないわ、このさきも。この惑星系《わくせい》はわたしのもので、〈ユニティ〉のもので、連盟もジェリーもここでは法に従わせることはできない。わたしの保護を受けているあいだ、提督《ていとく》、あなたは自由な人間なのよ——良心に従ってどんな選択《せんたく》も自由にできる」

「自由な人間ときたか」クラインは鼻を鳴らして首を振《ふ》った。「思うところがあるようだな、ナヴァレス」

「かもしれない。提督《ていとく》、わたしはあなたを思いやって申し出ているわけじゃなく、あなたのクルーのためを思っているの。苦しんでいて、治せない人がいれば、わたしが助けられる。それだけのこと。決めるのはあなたよ」

キラはクラインから目をそらし、部屋の後方近くにいるウラナウイを見た。「イタリ、無事な姿を見られてよかった。〈バタード・ハイエロファント〉号での助力に感謝しているわ」

ウラナウイの触手《しょくしゅ》に鮮《あざ》やかな色のさざ波が走った。《こちらイタリ：役に立てて嬉《うれ》しく思う》

キラは前方に視線を戻《もど》した。「強く偉大《いだい》なルフェット、最近の出来事においてイタリの尽力《じんりょく》がなければ、決してクタインを倒《たお》すことはできなかったでしょう。お願いしたいことがあるのだけど、イタリに孵化《ふか》の権利を与《あた》えて、望みどおりの形態を選ぶことを許可してほしい」

同意の〈近香《ニアセント》〉が届いた。《こちらルフェット：妥当《だとう》な要求だ、アイディーリス。認めよう》

イタリは青と紫《むらさき》になった。《こちらイタリ：感謝する、アイディーリス》

キラも喜びの〈近香《ニアセント》〉で応じた。そして残りの来訪者たちに視線を移す。「言うべきことは言いました。では、仕事に戻《もど》らないと。お引き取りを、また話す準備ができたら連絡《れんらく》します」

クライン提督《ていとく》はきびきびとうなずき、背を向けて部屋の後ろへと歩いていった。ルフェットは立ち止まって触手《しょくしゅ》で礼儀《れいぎ》を示す身振《みぶ》り——キラがクォンの記憶《きおく》で覚えている、触手《しょくしゅ》をくねらせて色をパッと光らせるというもの——をしてから、あとに続いた。最後の最後に、〈ウォールフィッシュ〉号のクルーも出ていったけれど、その前にファルコーニはもう一度キラを見て言った。「キラ、きみは大丈夫《だいじょうぶ》そうなのか？」

キラは愛情をもってファルコーニを見下ろし、部屋全体が彼《かれ》のほうに身をかがめているみたいだった。「きっと大丈夫《だいじょうぶ》、サルヴォ。なんの問題もない。すべて順調よ」全存在をかけて本気で言っていた。

「だったらいいんだが」けれど、彼《かれ》は納得していない様子だった。

2

訪問者たちが出ていくと、キラはステーションの外の建築に戻《もど》った。ルフェットの約束したウラナウイはすぐに到着《とうちゃく》し、キラは彼《かれ》らを水のある区画に案内した。その直後、クラインがＵＭＣの研究者の代表団を派遣《はけん》してきた。キラは拡大する身体の枠《わく》のなかに彼《かれ》らのためにも住居を提供し、マー・イネスのフルーツも勧《すす》めた。研究者たちはそのフルーツを受け取るには受け取ったものの、食べてみようとはせず、四六時中スキンスーツを身に着けたままで、そうして過ごすのはかなり不快なはずだった。関係ない。無理に信用させるのはキラの役割ではなかった。ウラナウイは身の安全をほとんど心配しておらず、キラのもてなしを喜んで受け入れた。それは彼《かれ》らとシードとの歴史や互《たが》いに似たところがあるためなのか、彼《かれ》らが肉体そのものを軽視しているためなのか、キラにはどちらとも言えなかった。

ウラナウイと一緒《いっしょ》にチェッターもやって来た。なぜＵＭＣに戻《もど》らなかったのかと尋《たず》ねると、彼女《かのじょ》は答えた。「ジェリーとあれだけの時間を過ごしたあとで、UMCIはわたしが元の仕事に就くことを決して許そうとしなかったのよ。彼《かれ》らにしてみれば、わたしは取り返しがつかないほど損なわれているんですって」

「じゃあどうするつもり？」キラは訊《き》いた。

元少佐は周囲のステーションを身振《みぶ》りで示す。「また戦争が起きないよう、人間とジェリーの連絡係《れんらくがかり》を務めるわ。ルフェットはわたしをUMCと連盟に対する通訳とまとめ役に任命し、クライン提督《ていとく》も同意したから」彼女《かのじょ》は肩《かた》をすくめた。「ここで少しは役に立てそうよ。チェッター大使。素敵な響《ひび》きだと思わない？」

キラはそう思った。チェッターが新しい仕事に抱《いだ》いている期待と、共に分かち合う未来に対する楽観的な考えに、心を励《はげ》まされた。

ステーションの外には船が集まりつづけていた。人間の船、ウラナウイの船、コルドバじゅうから必要なものを運んでくるためにキラが建造した船。蜜《みつ》で溢《あふ》れた花に集まるミツバチみたいに、船はキラの周りに密集していて、それを見ると誇《ほこ》らしさを覚えた。

〈ウォールフィッシュ〉号からキラに信号が発信された。好奇心《こうきしん》から返事をすると、懐《なつ》かしいグレゴロヴィッチの声がキラの隠《かく》れた耳に満ちた。

「ごきげんよう、おお肉袋《ミートバッグ》よ。いまやきみもわたしと同類だ。このクルミの殻《から》に閉じ込《こ》められている気分はいかがか？」

「わたしはクルミの殻《から》を超越《ちょうえつ》しているわよ、シップ・マインド」

「ほっほう！　それは大胆《だいたん》な主張だな」

「本当よ」キラは言った。「あなたは自分自身のすべてをどうやって見失わないようにしているの？　あまりにも……多くのことがありすぎて」

驚《おどろ》くほど真面目な返事が返ってきた。「時間はかかるものだ、おお棘《とげ》の女王よ。時間と努力。自分をしっかり持てるまで、決して性急な判断を下さないことだ。私が変わってから、新しい自分が何者なのかわかるまでに一年半かかった」グレゴロヴィッチはくすくす笑って、真剣《しんけん》な空気を壊《こわ》した。「本当の自分などわかった試しはないがな。わかる者などいるものか？　風に吹《ふ》かれる小枝のように、われわれは環境《かんきょう》の変化と共に変化するものだ」

キラはしばらくのあいだそれについて考えていた。「ありがとう、グレゴロヴィッチ」

「当然のことだ、ステーション・マインド。話がしたいときはいつでも連絡《れんらく》するといい、私が聞こう」

キラはグレゴロヴィッチのアドバイスを真剣《しんけん》に受け止めた。〈ユニティ〉の作業に取り組みながらも、倍以上の努力をして、再構成された脳に散らばっている混乱した記憶《きおく》を探り、どれが自分のなかのどの部分のものなのか突《つ》き止めようともがいた。自分が本当は何者なのかを知ろうともがいた。モーの記憶《きおく》には特に注意を払《はら》い、それらを調べているときに、冷たい恐怖《きょうふ》で満たされるような発見をした。

嘘《うそ》、そんな。

思い出したのだ。コルドバ－1420に来る前に、モーは敗北の可能性に備えて予防措《そ》置《ち》を取っていた（敗北するとは思えなかったが）。恒星間《こうせい》空間の最も暗い奥深《おくふか》くで、その肉体とシードの肉体から七つの化身《アバター》を形成していた――生き、考え、自分で決定できる、七体のモーのコピー。モーはその悪意と怒《いか》りに満ちたクローンを、どこに行き着くかも知らないまま送り出していた。

キラは前に広めた殺害指令のことを考えた。きっとあれなら……。けれどそのときシードから、その指令はモーの化身を止めることはできないはずだというゆるぎない確信が伝わってきた。というのも、彼《かれ》らはシードだからだ――モーがそうだったように、ゆがんでいて壊《こわ》れているが、それでも基礎《きそ》となる物質は同じだった。コラプテッドとは違《ちが》って、モーをつくり変えることはできなかったように、モーの有害な子どもたちをたった一本の線でつくり変えることはできないはずだ。シードは自身に対してそんな力を備えていなかった。〈古《いにしえ》の者〉は自らの創造物にその力を与《あた》えるのは適切ではないと考え、〈蒼《あお》き杖《つえ》〉という形で自分たちだけのものにすることを選んだ。

けれど杖《つえ》は壊《こわ》れ、たとえかけらを持っていたとしても、直すことはできないはずだとキラにはわかっていた。その知識はキラのなかにはなく、それもまた〈古《いにしえ》の者〉のしたことだった。

彼《かれ》らは至高の存在であることを過信していたのだ、とキラは思った。

その状況《じょうきょう》について熟考していると、ますます恐怖《きょうふ》が募《つの》った。モーの子孫は行く先々に不幸を広げていき、惑星《わくせい》をコラプテッドで覆《おお》い尽《つ》くし、存在するあらゆる生命を転化させるか上書きするかしていくだろう。七つの化身はこの銀河系のすべての存在にとって実存する脅威《きょうい》を表している……。彼《かれ》らの遺産は苦痛に満ちたものになるだろう――シードに与《あた》えられたはずのものとは何もかもが真逆だ。

そのことがキラの頭を悩《なや》ませつづけた。

残念ながら、この余生は思い描《えが》いていたようにはならないことをキラは悟《さと》った。モーのことはキラに責任があり、星のあいだに放たれた死をもたらす七つの矢についても同じだった。

Decession

第3章 離《り》脱《だつ》

1

キラは躊躇《ちゅうちょ》せず行動した。時間は限られていて、無駄《むだ》にするつもりはなかった。周りに集まった船に向かって、彼女《かのじょ》は言う。「離《はな》れて」そのあとは慌《あわ》ただしい動きがあり、船長たちはそれぞれの船を後ろへ下がらせた。

彼女《かのじょ》はステーションの肋材《ろくざい》に沿ったスラスタに点火し、ウラナウイが採掘《さいくつ》していた惑星《わくせい》に向かって、ゆっくりと重々しく移動させはじめた。UMCはあの惑星《わくせい》をR1と呼んでいたが、まともな名前をもらうに値するとキラは思っていた。とはいえ、命名するのは〈ユニティ〉に住む人々にゆだねることにした。この惑星系《わくせいけい》の住人として、彼《かれ》らにはその権利がある。

ステーションが位置を変えはじめると、ルフェットとクライン提督《ていとく》の両方からキラに信号が送られてきた。「ナヴァレス、何をしてるんだ？」クラインは尋《たず》ねた。

「R1の高軌道《きどう》に移動させているの。そっちのほうが〈ユニティ〉を置くには良い場所だから」

「了解《りょうかい》だ、ナヴァレス。飛行経路の安全を確保する。次からは、前もって知らせてくれるとありがたい」

《こちらルフェット：何か手伝う必要はあるか、アイディーリス？》

「いまのところは何もないわ」

2

〈ユニティ〉の移動には数日かかった。キラはその時間を使って、必要な準備をした。そしてステーションを目的の軌道《きどう》に設置すると、もう一度〈ウォールフィッシュ〉号のクルーを召喚《しょうかん》した。

彼《かれ》らはすぐにやって来た。セントラルハブの近くのドックにあの古いオンボロ船が入ると、〈ウォールフィッシュ〉号の損傷のほとんどが修理されていることにキラは気づいた

(といっても、いくつかのラジエーターは相変わらず針の先端《せんたん》のような破片の域を出ていなかったが)。

キラの通路を歩きながら、クルーはそわそわと興奮しておしゃべりをしていたが、スキンスーツの外部スピーカーをオフにしたままだったので、しゃべっていることを明かすものは唇《くちびる》の動きだけだった。それでもキラは気になって、彼《かれ》らのバイザーを見えない平行光で照らして、声の振動《しんどう》が読めるようにした。

「――なんの用だと思う?」トリッグは興奮した声だ。

ファルコーニがうめいた。「その質問はもう三回目だぞ」

「ごめん」トリッグはちょっと恥《は》ずかしそうに言った。

ニールセンが言う。「わたしたちがやるべきことについて、クラインはずいぶんはっきりと――」

「お偉方《えらがた》が何を思おうと知るもんか。あたしたちが話してるのはキラのことなんだ。ジェリーでも、ナイトメアでもない、キラだ」スパローが言う。

「確かにそうだと言えるか?」ファルコーニが問いかけた。

一瞬《いっしゅん》の沈黙《ちんもく》があった。が、スパローはこぶしで胸を叩《たた》いた。「ああ。彼女《かのじょ》はあたしたちの背中を守ってくれた。なんといっても、トリッグを治してくれたんだ」

「その結果、俺《おれ》たちはまだ隔離《かくり》されている」とファルコーニ。

ファジョンがかすかな笑みを浮《う》かべた。「人生は決して完璧《かんぺき》じゃない」

それを聞いて船長は笑い、ニールセンも笑った。

謁見《えっけん》室にクルーが入ってくると、キラは視力と聴力《ちょうりょく》をつくり変えた身体に戻《もど》した。クルーたちはキラの前で止まり、彼女《かのじょ》は下を向いてほほ笑みかけた。温かい香りを漂《ただよ》わせる白とピンクの花びらが、はらはらと舞《ま》い落ちていく。「ようこそ」

ファルコーニは頭を下げた。口元にゆがんだ笑みが覗《のぞ》く。「どういうわけか、きみにお辞儀《じぎ》をするべきだという気がするんだ」

「お願いだからやめて。誰《だれ》に対しても、何に対しても、お辞儀《じぎ》なんてするべきじゃない。あなたたちはしもべじゃないし、絶対に奴隷《どれい》なんかじゃないんだから」

「まったくそのとおりだ」スパローがキラに小さく敬礼してみせた。

キラはトリッグを見た。「気分はどう?」

なんでもないと見せかけようとして、トリッグは肩《かた》をすくめた。頬《ほほ》の血色が戻《もど》っている。

「かなりいいよ。あんなにいろいろ見逃《みのが》しちゃったなんて、それがとにかく信じられないけど」

「それは最悪のことではないわよ。この半年間、わたしもできることなら眠《ねむ》っていたかった」

「うん、わかってるよ。たぶんそうなんだろうけど、でもさあ。オルステッドでリニアモーターカーから飛び降りるとか！　ものすごく興奮しただろうな」

スパローが鼻を鳴らした。「そうとも言えるかもね。別の言い方をすれば、最悪のほぼ自殺行為《こうい》だけど」

トリッグは一瞬《いっしゅん》ニヤッと笑ってから、もっと真面目な様子になった。「だけど改めて、ぼくの怪我《けが》を治してくれてありがとう、キラ。本当に」

「力になれてよかった」キラは言い、反応して部屋が輝《かがや》くように見えた。それからキラはヴィシャルに目を移した。肩《かた》と肩《かた》が触《ふ》れ合いそうなほどの近さで、ニールセンの隣《となり》に立っている。「トリッグのことで、わたしが見落としていたことはなかった？　わたしのせいで引き起こされた問題はない？」

「元気だってば！」トリッグは主張し、胸を張ってみせた。

医師は首を振《ふ》った。「トリッグは健康そのものだ。血液検査も神経反応の結果も、これ以上は改善しようがないほど良好だった」

ファルコーニがうなずく。「真面目に、きみに借りができたな、キラ。きみのために俺《おれ》たちができることがあれば、なんでも——」

咎《とが》めるように葉っぱがざわめき、ファルコーニの言葉をさえぎった。「わたしがいなければ、こんなことは何も起きなかったんだと考えたら、貸し借りなしになるでしょう」

ファルコーニはクックッと笑った。彼《かれ》の笑い声がまた聞けて嬉《うれ》しかった。「確かにそうだな」

トリッグが片足立ちでぴょんぴょん跳《と》んだ。興奮ではち切れんばかりになっているようだ。「彼女《かのじょ》に話しなよ」ヴィシャルとニールセンを見て促《うなが》す。「ほら！　じゃなきゃ、ぼくが言っちゃうよ！」

「わたしに何を話すの？」キラは興味を持った。

ニールセンは恥《は》ずかしがっているようで、難しい顔をつくった。

「きっと信じないぞ」とファルコーニ。

するとヴィシャルがニールセンの手を取って、前に進み出た。「ミズ・キラ、発表したいことがあるんだ。ミズ・オードリーと私は婚約《こんやく》した。彼女《かのじょ》のほうから私に言ってくれたんだよ、ミズ・キラ。私に！」

ニールセンは顔を赤らめて、柔《やわ》らかくほほ笑んだ。「本当なのよ」そう言って、見たことのないような温かなまなざしで医師を見つめた。

いままではキラはめったなことでは驚《おどろ》かなかった。星の回転にも、原子核《げんしかく》の崩壊《ほうかい》にも、発生する現実の下敷《したじ》きとなっているところでたらめな量子ゆらぎにも。だけどこれには驚《おどろ》いた、とはいえ――振《ふ》り返ってみれば――まったくの予想外というわけでもないだろう。

「おめでとう」心からの思いを込《こ》めて言った。宇宙の広大さに比べたら、ふたつの存在の幸せは小さなことかもしれないけれど、突《つ》きつめればこれ以上に大切なことなどあるだろうか？　苦しみは避《さ》けられない、でも誰《だれ》かを大切に思って、相手からも大切に思われることは――誰《だれ》にとっても至上の幸福に最も近づくことかもしれない。

ヴィシャルは頭をうなずかせた。「ありがとう、ミズ・キラ。ちゃんとした式を挙げられるようになるまで、結婚《けっこん》はしないんだ、母と姉と大勢の招待客を招いて、料理も――」

「さあ、どうなることかしら」ニールセンは小さくほほ笑んだ。

医師もほほ笑みを返し、彼女《かのじょ》の肩《かた》を抱《だ》いた。「うん、そんなに長くは待てないな。いつか貨物船を買って、自分たちの運送会社を立ち上げようかとも話してるんだよ、ミズ・キラ！」

「何をするにしても、ふたりで一緒《いっしょ》にするのよ」ニールセンはヴィシャルの髭《ひげ》をそった頰《ほほ》にキスをし、彼《かれ》もキスを返した。

ファルコーニは顎《あご》を掻《か》こうとして、バイザーに指が当たった。「邪魔《じゃま》くさいな」彼《かれ》はうなり、ヘルメットを解錠《かいじょう》して頭からはずした。

「キャプテン！」ファジョンは憤慨《ふんがい》したような声をあげた。

ファルコーニは手を振《ふ》った。「大丈夫《だいじょうぶ》だ」そして顎《あご》を掻《か》くと、無精ひげに爪《つめ》がザリザリこすれる音が謁見《えっけん》室に響《ひび》きわたった。「知ってのとおり、俺《おれ》たちみんながちょっとばかり衝撃《しょうげき》を受けてるんだが、ふたりは、あれだ、すごく幸せそうだし、俺《おれ》たちも嬉《うれ》しいよ」

「そうだね」トリッグは沈《しず》んだ声を出した。一等航海士をちらりと見やり、小さなため息をつく。

ファルコーニが空気を嗅《か》いだ。「いい香りだな」

キラは前よりも甘《あま》くほほ笑んだ。「頑張《がんば》ってるのよ」

「さてと」これから重いウエイトを持ち上げようとしているみたいに、スパローが肩《かた》をぐるぐる回した。「キラ、なんであたしたちをここに呼んだの？　ただおしゃべりするため？　悪いけど、それはあんたらしくない」

「そうだな、俺《おれ》も気になってる」ファルコーニは幹のような柱を指でこすり、顔の前に持ち上げて指についたかすをまじまじ眺《なが》めた。

キラはひとつ大きく息を吸った。その必要はなかったけれど、そうすることで考えに集中できた。「ふたつの理由があって、みんなに来てもらったの。ひとつめは、モーに関する事実について話すため」

「続けてくれ」ファルコーニは警戒《けいかい》しているようだ。

キラは話した。モーの記憶《きおく》のなかに見つけた、あの七つの邪悪《じゃあく》な種《しゅ》の秘密について説明した。話しているうちに、みんなの顔は青ざめて表情がこわばっていった。

「そんな！」ニールセンが叫《さけ》んだ。

「あんなやつがあと七体も、神《トゥール》のみぞ知るどこかをさまよってるっていうわけ？」スパローさえもがその可能性にたじろいでいるようだ。

キラはしばし目を閉じた。「そのとおりよ。それにシーカーもまだどこかをさまよっていて、良からぬことをするつもりなのは間違《まちが》いない。連盟もジェリーもこんな脅威《きょうい》には対処できない。とにかく無理よ。わたしだけが――シードだけが――彼《かれ》らを止められる」

「で、きみはどうするつもりなんだ？」ファルコーニがひどく静かに言う。

「もちろん、やるべきことを。彼《かれ》らを捜《さが》し出す」

しばらくのあいだ、部屋のなかで聞こえるのは花びらが落ちる柔《やわ》らかい音だけだった。

「どうやって？　どこにいてもおかしくないのに」とスパロー。

「どこにもいないわけじゃない。どうやって捜《さが》すかについては……まだ言いたくない」

「そうか」ファルコーニは言葉を引き出した。「じゃあ、俺《おれ》たちをここに呼んだもうひとつの理由は？」

「贈《おく》り物をわたすため」そしてキラは壁《かべ》から降り、きつく身体を包んでいた根っこのような繊維《せんい》の網《あみ》から自分を解放した。足が床《ゆか》に着き、〈バタード・ハイエロファント〉号以来初めて、キラは支えなしにまっすぐ立った。身体はステーションの壁《かべ》と同じ暗緑色の物質で、髪《かみ》は風もないのに風に吹《ふ》かれているかのように波打っている。

「わわっ」トリッグが声を上げる。

ファルコーニが進み出て、アイスブルーの目で探るようにキラを見つめた。「本当にきみなのか？」

「〈ユニティ〉のほかのどれとも同じわたしよ」

「それでいい」ファルコーニはキラをきつく抱《だ》きしめた。キラはステーションの遠く離《はな》れた支柱の上でも、その抱擁《ほうよう》を感じていた。

ほかのクルーたちも集まってきて、触《さわ》ったり、ハグしたり、背中を（軽く）叩《たた》いたりした。「ねえ、脳はどこにあるの？」トリッグは驚《おどろ》きに目を見開いている。「頭のなかにあるのかな？　それとも、あそこに？」そう言って、キラが降りてきた壁《かべ》を指さす。

「トリッグ！　アイシ。礼儀《れいぎ》がなってないよ」ファジョンがたしなめた。

「いいのよ」キラはこめかみに触《ふ》れた。「いくらかはここに、でも大部分はあそこにある。普通《ふつう》の頭のなかには収まらないから」

「シップ・マインドと似たようなもんだね」とファジョン。

キラは頭をうなずかせた。「似たようなものよ」

「なんにしろ、あんたの無事な姿を見るのは嬉《うれ》しいよ」とスパローが言った。

「同じく」とニールセン。

「たとえ茹《ゆ》でたホウレンソウみたいな見た目でもね」スパローは笑いながらつけ加えた。

それからキラは一歩下がって距離《きょり》を取った。「聞いて」みんなは耳を傾《かたむ》けている。「これからは、あまりあなたたちの力になれなくなると思う、だからできるうちにできることをしておきたくて」

「そんなことはしなくてもいいのに」ファルコーニが言う。

キラは彼《かれ》にほほ笑みかけた。「しなくちゃいけないことだったら、それは贈《おく》り物にはならないでしょ……。トリッグ、あなたはいつもエイリアンに興味を持っていたわね。だから、これをあなたに」

すると足元の床《ゆか》から、緑色の木の棒が一本生えてきて、伸《の》びていってやがてトリッグ自身と同じぐらいの背丈《せたけ》にまでなった。そのてっぺんの近くには、編み込《こ》まれた枝のなかに、コマドリの卵ほどの大きさのエメラルドらしきものが埋《う》め込《こ》まれていて、内側から光り輝《かがや》いている。

キラがつかむと、それは床《ゆか》から取れてキラの手中に収まった。ところどころに小さな葉っぱが生えていて、新鮮《しんせん》な樹液の香りがあたりに充満《じゅうまん》した。

「これを」キラはその木の杖《つえ》をトリッグにわたした。「これは〈蒼《あお》き杖《つえ》〉ではなく、〈緑の杖《つえ》〉よ。[*25] 必要ならそれを使って戦うかもしれないけど、武器ではない。シードの一部が入っていて、大切にしてうまく扱《あつか》えば、どんな不毛の地でもほとんどなんでも育てることができるはずよ。ジェリーと話すこともできるし、この杖《つえ》を植えたところにはどこでも、生命が花開く。この杖《つえ》にできることはほかにもあって、あなたが価値のある管理人だと証明すれば、その答えも見つかるかもしれない。UMCの手にわたらないようにしてね」

トリッグの顔が畏《おそ》れと驚《おどろ》きに輝《かがや》いた。「ありがとう」彼《かれ》は言った。「ありがとう、ありがとう、ありがとう。まさかこんな——ああ、すごいや。ありがとう！」

「それにもうひとつ」キラは杖《つえ》の頂を撫《な》でた。「一日に一回、この杖《つえ》は果実を実らせる。ひとつだけ、赤い果実を。多くはないけれど、飢《う》えずに済むには充分《じゅうぶん》な量よ。トリッグ、もう二度と食べ物の心配をする必要はないわ」

それを聞いて、トリッグは目に涙《なみだ》を浮《う》かべ、杖《つえ》をつかんで引き寄せた。「決して忘れないよ」もごもごとつぶやいた。

きっと忘れないだろうとキラは思った。

キラは次に移った。「ファジョン」ひとつは白、ひとつは茶色のふたつのオーブを脇《わき》から取り出した。それぞれがキラの曲げた手のひらにすっぽり収まるほどの大きさだ。キラは茶色のほうをマシン・ボスにわたした。「これは〈古《いにしえ》の者〉の技術の一部よ。これを使えば、だいたいどんなマシンでも修理することができる」

マシン・ボスは下唇《したくちびる》を噛《か》み、手のなかのオーブを見つめている。「アイシ。これはあたしの船を丸ごと食べない？」

キラは笑って頭を振《ふ》った。「いいえ、これはシードとは違《ちが》う。手に負えない勢いで広がることはないわ。だけど使うときは気をつけて、ときどき勝手に……改良を加えようとするかも」

ファジョンは腰《こし》につけた袋《ふくろ》のひとつにオーブをしまい、ボソボソとお礼を言った。頬《ほほ》がまだらに赤くなっていて、マシン・ボスにとってこの贈《おく》り物がどれほど意味があったのか、キラにはわかった。

キラは満足して、次に医師に白いオーブをわたした。「ヴィシャル、これも〈古《いにしえ》の者〉の技術の一部よ。これを使えば、ほとんどの傷は治せる。だけど使うときは気をつけて――」

「――ときどき勝手に改良を加えようとするかもしれない」ヴィシャルは優しい笑みを浮《う》

かべて言った。「ああ、わかったよ」

キラも笑顔を返した。「よかった。それがあればバグハントでトリッグを救えていたかもしれない。必要になるときが来ないことを願うけど、もしもそんなときが来たら……」

「そんなときが来たら、持っていないより持っているほうがいい」ヴィシャルは両手を合わせてオーブを包み込《こ》み、頭を下げた。「ありがとう、ミズ・キラ、心から感謝するよ」

次はスパローだ。キラは手を下に伸《の》ばし、腿《もも》の脇《わき》から真っ黒な短剣《たんけん》を取りはずすと、小《こ》柄《がら》な女性にわたした。ナイフの刃《は》にはシードに似た繊維状《せんいじょう》の模様がうっすら入っている。

「これは武器よ」

「そりゃそうでしょ」

「これは金属探知機では発見できない。X線もマイクロ波も検知しない。でも、これが特別なのはそこじゃない。このナイフはどんなものでも切ることができる」

スパローは疑うような顔をした。「本当に？」

「本当に。時間はかかるかもしれないけど、どんなに硬《かた》い物質でも切ることができるのよ。それとノー、わたしがシードでしたように、これのコントロールを失う心配はない」

スパローは新たな興味をもって短剣《たんけん》に目をやった。手の甲《こう》の周りでナイフをひっくり返し、柄《え》をつかんで、ユーティリティポーチの端《はし》のほうで切れ味を試した。約束どおり、刃《は》はスパッとポーチを切り、切るときには刃《は》にかすかな青い光が走った。「便利だね。ありがとう。こういうのがあれば、過去に何度かハマったピンチを切り抜《ぬ》けられただろうに」

ニールセンへの贈《おく》り物は簡単には決められなかった。「オードリー……あなたの病気を治すことはできる。シードにはどんな組織もつくり直し、どんな遺伝子コードも割り当て直す能力がある。だけど、それをすれば――」

「わたしの脳の大半を変えなければならなくなる」ニールセンは悲しそうにほほ笑んだ。「わかってるわ」

「あなたの人格や記《き》憶《おく》を変えることはないかもしれないけど、そうならないと約束はできない、たとえシードがあなたを傷つけることを望んでいなくても。むしろその真逆だけれど」

一等航海士は震《ふる》える息を吸うと、顎《あご》を上げて首を振《ふ》った。「いいえ。申し出には感謝するわ、キラ、でも結構よ。その危険は冒《おか》したくない。自分が何者かを知るのは簡単なことではないし、いまのわたしが気に入ってるの。それを失ってまで治したくはない」

「ごめんなさい。もっとできればよかったのに」

「いいの。もっと大変なことと向き合っている人たちが大勢いる。わたしは大丈夫《だいじょうぶ》よ」

ヴィシャルが彼女《かのじょ》を抱《だ》きしめた。「それに、ミズ・キラ、ミズ・オードリーを助けるために私が全力を尽《つ》くすよ。学校ではずっと遺伝子組み換《か》えを専攻《せんこう》していたんだ、そうとも」ニールセンの表情がやわらぎ、彼女《かのじょ》も彼《かれ》を抱《だ》きしめ返した。

「それを聞けてよかったわ。あなたを治すことはできなくても、あげられるものはある。実を言うと、ひとつじゃないの、婚約《こんやく》したということだし」

ニールセンは断ろうとしたけれど、キラはおかまいなしだった。ひざまずいて床《ゆか》の上にふたつ同じ大きさの円をなぞる。どちらも直径四、五センチ足らずだ。キラが触《ふ》れたところに金色の線が形づくられ、どんどん明るく輝《かがや》いていき、目が痛くて見ていられないほどにまでなった。

やがて光が弾《はじ》けて消えた。その場所にはふたつの指輪が残されている。金、緑、それに輝《かがや》くサファイアで飾《かざ》られている。キラはその指輪を手に取り、ニールセンに差し出した。

「あなたとヴィシャルに、早めの結婚祝《けっこんいわ》い。無理にそれを使う必要なんてないけど、もし使うのであれば、その指輪の利点がわかるはずよ」

「綺麗《きれい》ね」ニールセンは指輪を受け取った。「ありがとう。でも、わたしにはどちらも大きいみたい」

キラはほくそ笑んだ。「試してみて」

ニールセンはふたつの指輪のうちひとつを指にすべらせると、悲鳴を上げた。リングが指を締《し》めつけていき、最後にはぴったりだけどきつすぎないサイズになった。

「めちゃくちゃいいじゃん」トリッグが言う。

キラはにっこりした。「でしょ?」そしてすぐそばの柱に近づき、そのわきのアルコーブからふたつのものを取りはずした。キラはひとつめをニールセンに差し出した。ざらざらした白い貝殻《かいがら》みたいな手のひらサイズのディスク。貝の表面にはめ込《こ》まれているのは、豆粒《まめつぶ》ぐらいのたくさんの青いビーズだ。「最初からあげようと思っていたのはこれなの」

「これは何?」ニールセンはディスクを受け取りながら尋《たず》ねた。

「安心。今度また苦痛の発作が起きたときには、これをひとつ取って――」キラはビーズをトントンと叩《たた》いた。「――食べてみて。ひとつだけ、それ以上はだめ。あなたを治すことはできないけど、まともに動けるようにして、いろいろなことをもっと楽に、耐《た》えられるものにしてくれる」

「ありがとう」ニールセンは感極まったような声で言った。

キラは頭を傾《かたむ》けた。「充分《じゅうぶん》な時間を与《あた》えれば、そのビーズは再生するから、あなたがどんなに長生きしても、一生なくなることはないわ」

ニールセンの目に涙《なみだ》があふれた。「本当に、キラ……感謝しているわ」

彼女《かのじょ》の後ろでヴィシャルが言った。「きみは親切すぎる、ミズ・キラ。親切すぎる。だが心の奥底《おくそこ》から感謝しているよ」

それからキラはもうひとつのものを取り出した。ありふれたQドライブだ。「それと、これも」

一等航海士は首を振《ふ》った。「もう充分《じゅうぶん》すぎるぐらいよくしてもらったわ、キラ。これ以上は受け取れない」

「これは贈《おく》り物じゃなくて」キラは穏《おだ》やかに言った。「これはお願い……もし同意してくれたら、あなたをわたしの法定代理人に任命したいの。そのために、このドライブにはわたしの代理人としてあなたに権限を与《あた》える書類が入ってる」

「キラ！」

キラはニールセンの肩《かた》をつかみ、その目を覗《のぞ》き込《こ》む。「わたしは七年以上ラプサン社に勤めてきて、お給料はかなりよかった。アランとわたしはそのお金をアドラステイアでの新生活に使うつもりでいたけど……いまとなってはなんの役にも立たない。わたしのお願いはこういうこと。ウェイランドにいるわたしの家族がまだ生きていたら、そのお金が届くようにしてほしい。生きていなかったら、そのビッツはあなたたちのものよ」

ニールセンは口を開いたが、言葉が出てこないようだ。やがて力強くうなずき、言った。

「任せて、キラ。全力を尽《つ》くすわ」

元気づけられて、キラは続けた。「会社が面倒《めんどう》をかけるかもしれないから、クライン提《てい》督《とく》を立ち会わせて公証人として認証してもらってる。これで弁護士にうるさく口出しされずに済むはずよ」キラがQドライブをニールセンの手に押《お》しつけると、一等航海士はそれを受け取った。

そしてニールセンはキラを思い切り抱《だ》きしめた。「約束するわ、キラ。これをご家族に届けられるよう、できることはなんでもする」

「ありがとう」

ニールセンが身を離《はな》すと、キラはひとりで立っているファルコーニのもとへ行った。彼《かれ》は眉《まゆ》を片方上げてみせたあと、疑っているように腕《うで》組《ぐ》みをした。「で、俺《おれ》には何をくれるつもりなんだ、キラ？　アイドーロンのリゾート行きチケット？　〈ウォールフィッシュ〉号に振《ふ》りかけられる妖精《ようせい》の魔法《まほう》の粉か？」

「もっといいものよ」キラが片手を上げると、部屋の脇《わき》にあるアーチ形の戸口からステーションのケアテーカーが四体、台車をゴロゴロと押《お》しながらやって来る。台車に載《の》せられているのは密封《みっぷう》された箱で、軍隊的な灰色に塗《ぬ》られてUMCのシンボルマークのスタンプが捺《お》されている。

「あれはなんだ？」トリッグが〈緑の杖《つえ》〉でケアテーカーを指しながら言う。

その生物は小さくて二足歩行して、二重関節の後ろ脚《あし》とT－レックスの短い腕《うで》が前についている。その指は繊細《せんさい》で透《す》き通るように青白い。しなやかな尾《お》が後ろに伸《の》びている。光沢《こうたく》のある亀《かめ》の甲《こう》のようなもので皮膚《ひふ》が保護されているが、幅《はば》が狭《せま》い頭の中央の隆起《りゅうき》に沿って、羽根飾《かざ》り――赤と紫《むらさき》の――がついていた。背中には四枚のトンボの羽が平らになっている。

「彼《かれ》らはこのステーションを管理してる。このステーションから生まれたと言ってもいいかもしれないわね」キラは言った。

「つまり、きみから生まれたってことか」ファルコーニが言う。

「ある意味では、そうね」ケアテーカーはキラたちの横に台車を置くと、さえずりを交わしながら退いていった。キラは箱の蓋《ふた》をあけ、ずらりと並んだ反物質《アンチマター》の缶《かん》を見せた。それぞれの缶《かん》の脇《わき》には、満タンで使用可能であることを示す緑色のライトがついている。

ニールセンが息をのみ、ファジョンが声を上げた。「神よ《トゥール》！」

キラはファルコーニに話す。「あなたと〈ウォールフィッシュ〉号に。反物質《アンチマター》を。いくつかは解体した船から回収したもの。残りはわたしが製造して封《ふう》じ込《こ》めポッドのなかに移したものよ」

ファルコーニは呆然《ぼうぜん》とした顔でその箱をざっと見た。「これだけあれば――」

「数年間は〈ウォールフィッシュ〉号に動力を供給できる」キラは言った。「そうよ。それか、もしものときに備えてこれを売ってビッツを貯めてもいい。お好きにどうぞ」

「ありが――」

「まだ終わりじゃない」キラがまた手を上げると、ケアテーカーが別の台車を押《お》しながら戻《もど》ってきた。こちらには黒い土でいっぱいになった鉢《はち》が載《の》せられていて、その鉢《はち》からは、地球やアイドーロン、ウェイランドのものとは似ても似つかない奇妙《きみょう》な野生の植物が並んで生えていた。光を放っているものもあれば、動いているものもあり、また別のもの――赤い石のような植物――は鼻歌を歌っている。

「水耕栽培《さいばい》室を撤去《てっきょ》しなきゃいけなかったでしょう、だから代わりになればと思って」キラは言った。

「俺《おれ》は――」ファルコーニは頭を振《ふ》った。「きみの気遣《きづか》いは嬉《うれ》しいが、どうすればどこかへ持っていけるっていうんだ？　クライオ・ポッドは足りないし――」

「FTL航行中もこの鉢《はち》が植物を保護してくれる。本当よ」キラはそう話すと、また別のQドライブをファルコーニに手渡《てわた》した。「この植物の世話の仕方と、植物ごとに詳細《しょうさい》な情報が入ってる。きっと役に立つと思う」

キラは初めてファルコーニの目に涙《なみだ》が光るのを見た。彼《かれ》は植物のひとつ――開いた口の周りで小さな触手《しょくしゅ》を振《ふ》っている、食虫植物に似たまだらの有機体――に手を伸《の》ばしたけれど、思い直して手を引いた。「感謝してもしきれないよ」

「あとふたつあるの」キラは言う。「ひとつめは、これ」そしてトランプぐらいのサイズの、小さな長方形の金属を差し出した。「ヴェーラとエントロピストたちの研究用に」

ファルコーニは長方形の金属を引っくり返した。これといった特徴《とくちょう》はなさそうに見える。

「これは？」

「正しい方向に向けるもの、それがなんなのか理解できたらね」キラはほほ笑んだ。「彼《かれ》らはいずれ理解するはずよ。ふたつめは、これ」キラはファルコーニの頰《ほほ》を両手で包み、そっと、繊細《せんさい》に、思いを込《こ》めて、唇《くちびる》にキスをした。「ありがとう、サルヴォ」とささやく。

「どうして？」

「わたしを信じてくれたから。信頼《しんらい》してくれたから。実験体じゃなく、ひとりの人間としてわたしを扱《あつか》ってくれたから」キラはもう一度キスすると、後ろにさがって両手を横に上げた。背後の壁《かべ》から蔓《つる》が広がり、キラの身体を優しく包み込《こ》み、持ち上げて待ち受けているくぼみに戻《もど》した。

「贈《おく》り物はこれですべて」キラはふたたびステーションを構成するものとして溶《と》け込《こ》んだ。そうしていると安心感があった。「もう行って、それと、忘れないで。時間と運命がどこへ導こうと、わたしはみんなを友だちだと思っていることを」

「キラ、きみは何をするつもりなんだ？」ファルコーニは首を伸《の》ばしてキラを振《ふ》り返りながら問いかけた。

「いずれわかるわ！」

3

出入り口からクルーが出ていき、廊下《ろうか》を通ってドッキングエリアに戻《もど》っていくと、キラはグレゴロヴィッチを呼び出した。彼《かれ》がインターコムを通じて会話を聞いているのはわかっていた。「あなたにも贈《おく》り物があるの。あなたがよければ」

「おや、そうなのか？　それは何かな、おお指輪を授けし者よ？」

「身体よ。新しい身体、あなたが望む大きさで、金属でも有機体でも、好みに合うどんな姿かたちでも。教えてくれれば、シードがつくるわ」

キラが驚《おどろ》いたことに、シップ・マインドはすぐには返事をしなかった。それどころか黙《だま》り込《こ》んでいて、キラには彼《かれ》の沈黙《ちんもく》が物理的なものとして聞き取れた。信号の向こう側の熟考と不確定の圧力。「考えてみて――どこでも行きたいところに行けるようになるのよ、グレゴロヴィッチ。もう〈ウォールフィッシュ〉号に閉じ込《こ》められる必要はなくなる」

ようやくシップ・マインドは答えた。「そうだな。だが、ことによるとそれが私の望みなのかもしれない。キラ、きみの申し出は魅力《みりょく》的だよ、すばらしく魅力《みりょく》的だ。恩知らずだと思わないでほしいんだが、いまのところ、私の居場所はここにあるようだ、ファルコーニ、ニールセン、トリッグ、ファジョンとスパローと共に。彼《かれ》らは私を必要としているし、それに……嘘《うそ》ではない、彼《かれ》らのような肉袋《ミートバッグ》に私のデッキを走り回らせてやるのはいいものだ。いまならきみにも理解できるだろう。身体があるのもいいが、身体はいつでも手に入る。このクルーや仲間たちはいつでも手に入るものではない」

キラには確かに理解でき、彼《かれ》の返事を尊重した。「気が変わったら、この提案は有効だから」

「きみに出会えてよかった、おお花の女王よ。きみは棘《とげ》だらけで問題のある人物だが、きみと一緒《いっしょ》にいると人生はより面白い……私にはきみのようにたったひとりでモーの悪党どもを追うという選択《せんたく》はできなかっただろう。そのことで私はきみを賞賛している。そのうえ、きみは私に自由への道を示してくれた。きみは私自身から私を救ってくれた、かくして私はまた、きみに永遠に感謝する。遥《はる》かな未来にきみが自分自身を見つけたら、われわれがきみを覚えているように、きみもわれわれを思い出してくれ。そしてもし時間の流れが情け深いものであり、私の思考がいまでも健全なものであれば、このことを知っておいてほしい——きみはいつでも私の助けを頼《たよ》ってくれていい」

それに対して、キラは「ありがとう」とだけ答えた。

4

訪問者たちが去り、心が遥《はる》かに落ち着くと、キラは計画の次の段階に取りかかりはじめた。構想としては単純だった。実行するとなると、モーの破壊《はかい》のあとで覚醒《かくせい》しながら試してきたどんなことよりも複雑かつ危険なことだった。

初めに、自分をステーションの外殻《がいかく》近くに移動させた。そこで材料を——生物と無生物を——集め、〈ユニティ〉の中心にあるものと等しい第二の核《かく》を形成した。それから、これが何よりも難しいところだったが、自分の脳を等しくないふたつに分けた。

クォンとカーであるすべてを切り離《はな》し、〈ユニティ〉の中心に置いた。キラ、シード、モーであるすべては、自分のもとに引き寄せた。いくつかの重複は避《さ》けられず——彼女《かのじょ》はいまでもカーの医学検査やホームワールドの水中で狩《か》りをして過ごしたクォンの時間を覚えていた——、いくつかの漏《も》れや見落としは免《まぬが》れがたかった。それでも最善は尽《つ》くした。

恐《おそ》ろしいプロセスだった。ひとつ行動するたびに、キラは自身の決定的な部分を断ってしまうかもしれないと心配だった。あるいは、必要なのかさえわからない記憶《きおく》へのアクセスを断ち切ってしまうかもしれないと。あるいは、自分を死なせてしまうかもしれないと。それでもやはり、最善を尽《つ》くした。これまで学んできたように、選択《せんたく》するしかないときもあるのだ。どんな選択《せんたく》であっても、たとえどちらが正しい道なのか明らかではないようなときでさえも。人生はめったにそういう贅沢《ぜいたく》をさせてくれない。

彼女《かのじょ》は昼も夜もなく働き、やがて自分だとおぼしきすべてが選んだ頭のなかに収まった。小さく、限られた頭に。小さくなった感じがしたけれど、それと同時に、ステーションから注ぎ込《こ》まれるあらゆる知覚情報から解放されて気が楽になった。

最後にもう一度クォン／カーの意識を確認して——眠《ねむ》っている子どもの様子を確かめる母親のように——、それから自分自身をマー・イネスから切り離《はな》し、宇宙空間を進むのに新しく建造した核融合核《かくゆうごうかく》を使い、近くの小惑星帯《しょうわくせいたい》に向かって出発した。

いつものように、クラインとルフェットが答えを求めて騒《さわ》ぎ立てた。だからキラは死をもたらすモーの七つの種《たね》について話し、自分の意図を説明した。「彼《かれ》らを捜《さが》しに行ってくる」

クラインは早口で言った。「だが、このステーションはどうなる？」

《こちらルフェット：そうだ、アイディーリス、私もこのショール・リーダーと同じく懸《け》念《ねん》している。このステーションほど重要なものを防御《ぼうぎょ》せずにおくわけにはいかない》

キラは笑った。「それは違《ちが》うわ。カー‐クォンに任せておくから」

「なんだって？」とクライン。

《こちらルフェット：なんだって？》

「いまは〈ユニティ〉を彼《かれ》らだった部分の私が見守っている。彼《かれ》らが世話をして、必要なときがくれば、守りもする。彼《かれ》らを怒《おこ》らせないことをお勧《すす》めしておくわ」

《こちらルフェット：新たなコラプテッドを生み出そうというのか、アイディーリス？》

「こんなことは言いたくないが、私もジェリーと同意見だ。新たなモーを置いていくつもりなのか？」

キラは声を硬《かた》くした。「モーはどこにもいない。カー‐クォンからシードを残らず除去したから。いまの彼《かれ》らは別のものよ。未発達で不確かな何かだけど、これだけは言っておく――モーを駆《か》り立てた怒《いか》りと苦痛は少しも残っていない。残っていたとしても、それはわたしのなかにあって、彼《かれ》らのなかにはない。クライン提督《ていとく》、ルフェット、ここにいるのは新たに生まれた生物なの。しかるべく扱《あつか》えば、嬉《うれ》しい驚《おどろ》きがあるはずよ。わたしを失望させないで」

5

小惑星帯《しょうわくせいたい》に到着《とうちゃく》すると、キラはスピードを落として最大級の小惑星《しょうわくせい》の近くで止まった。直径数キロメートルの金属性の大きな岩のかたまりで、長年にわたる数えきれないほどの衝突《しょうとつ》によってくぼみができている。

彼女《かのじょ》はそこに停泊《ていはく》し、ふたたび建造しはじめた。今回、キラは存在する青写真を利用した。シードのすべての記憶《きおく》の奥底《おくそこ》に埋《う》もれているのを見つけたもの。〈古の者〉のテクノロジーで、彼《かれ》らの文明の絶頂期に考案されていて、キラの目的に完璧《かんぺき》に適していた。シードを使って、キラは小惑星《しょうわくせい》を貪《むさぼ》り食い——自分が求めているとおりに適応させ——〈古の者〉の概略図《がいりゃくず》を使って、一艘《そう》の船をつくった。

人間の船とは違《ちが》い、四角くもなく、ひょろ長くもなく、ラジエーターが並んでもいなかった。ウラナウイの船とも違《ちが》い、丸くもなく、白くもなく、真珠《しんじゅ》のような光沢《こうたく》もなかった。そういうものとはまったく違《ちが》っていた。全然。キラの船は矢のような形で、長くて鋭《するど》く、葉っぱを思わせる流れるような線があった。蔓《つる》とうねがあり、広がった船尾《せんび》に沿って扇形《おうぎがた》に膜《まく》が広がっていた。〈ユニティ〉と同様に、この船も生き物だった。繊細《せんさい》な動きで船体が広がったり縮んだりし、まるで周囲のすべてを見ているかのように、この船には認知感覚があった。

ある意味、船は確かに周りを見ていた。この船はキラの身体の延長なのだから。キラの目として働き、キラはその目を通して、さもなければ不可能だった遥《はる》か遠くまで見わたすことができた。

完成すると、ＵＭＣの戦艦《せんかん》の半分以上の大きさで、遥《はる》かに重装備の船をキラは手に入れた。こちらも動力はトルクエンジンで、そのおかげでモーのどの忌《い》まわしい子孫の最高速度にも勝るはずだと自信が持てた。

そのあと、キラはこの惑星系《わくせい》をもう一度だけ最後に眺《なが》めた。コルドバの星を、惑星《わくせい》Ｒ１とその高軌道上《きどう》に浮《う》かぶ〈ユニティ〉の緑の枠組《わくぐ》みを。完全に友好的ではないにしても、少なくとももう撃《う》ち合いはしていない、そこに密集した人間とウラナウイの艦隊《かんたい》を。

そしてキラはほほ笑んだ、すばらしいと思ったから。

心のなかで折り合いをつけ、最後の別れを告げる。失われたすべてのものに対する無言の哀悼《あいとう》。彼女《かのじょ》は船の向きを変え、その星から遠ざからせ——モーの最後の記憶《きおく》へと向かわせて——、どうなるのかもほとんどわからないまま、その道を進みはじめた。

Exeunt VI

退場VI

1

キラはひとりぼっちではなかった。いまはまだ。

広がる虚空《こくう》を進んでいくあいだ、四艘《そう》のUMCの戦艦《せんかん》と三艘《そう》のウラナウイの巡洋艦《じゅんようかん》がすぐそばに編隊を組んでついてきていた。ほとんどの船がどこかしら傷ついている。爆発《ばくはつ》の傷やすす汚《よご》れがあり——人間の船の場合は——FTLテープや応急溶接《ようせつ》、何よりもクルーの祈《いの》りによって持ちこたえていた。それでもこれらの船は彼女《かのじょ》に同行できるほどには宇宙航行に耐《た》えられるものだった。

クライン提督《ていとく》とルフェットはマルコフ・リミットまでずっとキラに護送船をつけておくと決めているようだ。護衛のためというよりは監視《かんし》のためだろう、とキラは薄々《うすうす》感づいていた。キラに話し相手を与《あた》えるためでもあるのかもしれない。そのことはありがたかった。キラを打ちのめすものがあるとすれば、それは静寂《せいじゃく》と孤独《こどく》だ……。

ひとたびマルコフ・リミットに到達《とうたつ》してしまえば――彼女《かのじょ》の船は人間やウラナウイの船よりもずっとその星に近かった――彼女《かのじょ》は護衛船をあとに残して飛び去ることになる。彼《かれ》らは超光速空間《ちょうこうそく》で彼女《かのじょ》に追いつく術を持たなかった。そのあとは、キラは本当にひとりぼっちになる。

それは決断を下したときから覚悟《かくご》していたことだ。それでもやはりその現実にくじけそうになった。意識のなかからカーとクォンを取り除いたことで、心ががらんとしていた。彼女《かのじょ》は複数ではなく、一個人に戻《もど》っていた。シードがある種の話し相手であるとはいえ、普通《ふつう》の人間との交流の代わりにはならなかった。

ひとりで働くのを苦にしたことはなかったけれど、ラプサン社に派遣《はけん》されたどんなに寂《さび》しい入植地でも、話したり飲んだりする相手がいた。精神的にも肉体的にも、喧嘩《けんか》したりファックしたりいろいろとぶつけ合ったりする相手が。このさきに待ち受けている長い旅では、そういうことがまったくできない。それを怖《こわ》いとは思わなかったが、心配ではあった。いまのところは自分のなかで安心できていても、孤独《こどく》な時間が長くなれば、船が難破したときのグレゴロヴィッチのように精神が不安定になるだろうか？　それによって、モーみたいになりはしないだろうか？

シードの表面にさざ波が走り、キラは寒くも暑くもないのに身震《みぶる》いした。暗い揺《ゆ》りかごのなかで、キラは目をあけた、本当の目を、そして上にあるカーブした表面を見つめた。植物でもあり、動物でもある、ざらつきのある肉体の地図を。指先でその形をなぞり、その進路を感じ、道を読んだ。

しばらくすると、また目を閉じて〈ウォールフィッシュ〉号に信号を送り、ファルコーニを呼び出した。

彼《かれ》は光による遅延《ちえん》のなかで可能な限りすぐに返事をした。「やあ、キラ。どうしてる？」

キラは抱《かか》えている不安を打ち明けた。「それだけの時間と空間を過ぎたら、自分がどうなるかわからなくて」

「誰《だれ》だってそうさ……だが、これだけは言っておく。キラ、きみは正気を失いはしない。そんなことにはならないほど、きみは強い。それにシードのなかで自分を見失うこともない。だってそうだろ、モーでさえきみを殺せなかったんだ。それに比べれば、こんなの朝飯前だ」

暗闇《くらやみ》のなかで、キラはほほ笑んだ。「あなたの言うとおりね。ありがとう、サルヴォ」

「誰《だれ》かを一緒《いっしょ》に行かせようか？　きみと銀河を飛び回りたいっていうやつなら、ＵＭＣもジェリーも志願者にはこと欠かないはずだ」

キラはその考えを真剣《しんけん》に検討し、ファルコーニからは見えないのに首を振《ふ》った。「ううん、これはわたしひとりでやらなきゃいけないことだから。誰《だれ》かがここにいたら、その人たちを守らなきゃって心配でたまらなくなるだろうし」

「きみが決めることだ。気が変わったら、知らせてくれればそれでいい」

「そうする……。ひとつ残念なのは、わたしたちとジェリーのあいだで物事がどういう結果になっていくか、この目で見届けられないことよ」

「きみが〝わたしたち〟って言葉を使うのを聞けて嬉《うれ》しいよ。きみが自分をまだ人間だと思ってるのか、クラインは疑っているようだったからな」

「わたしのなかの一部はそうよ」

ファルコーニはうなった。「きみが辺境を越《こ》えるつもりなのはわかってるが、それでもこっちにメッセージを送ることはできるし、こっちも同じく送る方法を見つけるよ。時間はかかるかもしれないが、それでもできる。連絡《れんらく》を取り合うことは重要だ」

「やってみるわ」けれど、連盟からもウラナウイからもメッセージが届くことはないだろうとわかっていた。キラの居場所がわかっていたとしても、信号が届くころには、キラはどこか先に進んでいるはずだ。モーの化身に導かれて人間の居住する宇宙空間に戻《もど》ってくることにでもなれば可能だろうが、そんなことにだけはならないよう心から願っていた。

それでも、ファルコーニが気にかけてくれるのは、キラにとって意味のあることだった。おかげでいくらか心が安らいだ。未来に何が待ち受けていようと、それに立ち向かう覚悟《かくご》はできている。

ファルコーニとの通信を終えると、キラは〈不屈部隊《アンリレンティング・フォース》〉に呼びかけた。キラの頼《たの》みを聞き入れて、クライン提督《ていとく》はキラのメッセージ（UMCが機密事項《じこう》だと判断した情報を除いて）をウェイランドの家族のもとに届けることを約束した。ウェイランドに届くぐらい強力な信号を放送するのはキラにとって簡単なはずだったが、家の受信アンテナでその信号を受け取って解釈《かいしゃく》できるようなエネルギー波をどうやって構築すればいいのかがわからなかった。

返事が来るまで待てればいいのにと思った。だけど、どんなにうまくいったとしても、返事を受け取るまでに三か月以上はかかるだろう。家族が見つかったとすれば……そしていまでも生きていたとすれば。自分はそれを決して知ることはないのかもしれないと気づき、胸が痛くなった。

マルコフ・リミットをめざして猛《もう》スピードで進むあいだ、〈ウォールフィッシュ〉号から送られてきた音楽を聴《き》いていた。いくつかはバッハだったが、惑星《わくせい》の回転と星の動きにマッチしている感じがする、長くゆるやかなオーケストラ曲もあった。ともすればはっきりしなくなる時間に、音楽が構造を与《あた》えてくれた――感情を持たずに進む大自然の語りとなって。

彼女《かのじょ》は生きているケースのなかでまどろみ、いつしか眠《ねむ》ったり起きたりしていた。本物の睡眠《すいみん》の一歩手前まで行っていたが、まだ意識を明け渡《わた》す覚悟《かくご》ができず、眠《ねむ》りから逃《のが》れていた。いまはまだ。周囲の空間がゆがみ、残りの宇宙から彼女《かのじょ》を孤立《こりつ》させるまでは。

2

マルコフ・リミットに到達《とうたつ》したとき、準備はできているという感覚を船のなかに感じ取った。キラの周りで現実という織物が薄《うす》くなってきて、より柔軟《じゅうなん》になったように感じられ、旅立ちのときが迫《せま》っているのだとわかった。

この惑星《わくせい》系を最後にもう一度見渡《みわた》した。後悔《こうかい》、不安、興奮がキラのなかで掻《か》き乱れている。けれど目的は正しく、そのことがキラの決意を固くした。未知へと飛び込《こ》んで、邪悪《じゃあく》な種を根絶し、新たな命をこの銀河じゅうに広めること。抱《いだ》くのに良い目的だった。

トルクエンジンに切り替《か》えて、ＦＴＬに移る準備をすると、船体に低いうなりが広がった。

うなりがピークになったまさにそのとき、パチパチと音を立ててメッセージが入ってきた。〈ウォールフィッシュ〉号、ファルコーニからだ。「キラ、きみがFTL航行に入るところだとUMCに聞いた。ここからはひとりぼっちになる気がしているだろうが、それは違《ちが》う。俺《おれ》たちみんながきみのことを思っている。そのことを忘れるなよ、いいな？　船長からきみへの直接命令だ。悪夢のケツを蹴《け》飛《と》ばしてこい、そのあと無事に生きて帰って――」

うなりがやみ、星がねじれ、暗い鏡がキラを包み、船と同じぐらいの大きさの球のなかに孤立《こりつ》させた。そしてすべてが静かになった。

意に反してキラは悲しくなり、その悲しみを感じることを自分に許し、喪失《そうしつ》を認めて、その感情にふさわしい敬意を表した。彼女《かのじょ》の一部は抵抗《ていこう》していた。彼女《かのじょ》の一部はまだ言い訳をしていた。ほどほどの時間内にモーの使者たちを見つけて撲滅《ぼくめつ》できれば、まだ故郷に帰って平和な人生を手に入れられるかもしれない。

ひとつ息を吸った。いいえ。済んだことはそれまでだ。もう取り返しはつかないし、自分で選んだことも、ファルコーニが言っていたように、自分ではどうにもできないことも、後悔《こうかい》しても仕方がない。

時間だ。彼女《かのじょ》は目を閉じ、これからのことにまだ心は乱れていたけれど、ついに眠《ねむ》りに身をゆだねた。
その眠《ねむ》りのなかで、夢はひとつも見なかった。

3

……

……

……

エメラルド色の船が暗闇《くらやみ》を通り抜《ぬ》けていく。広大な宇宙に紛《まぎ》れた輝《かがや》く小点。同行する船はなく、護衛も仲間も警戒《けいかい》しているマシンもない。天空にその船だけで、すべてが静まり返っている。
船は航行しているが、動いているようには見えない。永遠にその状態を保たれた、水晶《すいしょう》のなかで凍《こお》りついた鮮《あざ》やかで優美な蝶々《ちょうちょう》。死ぬことも変わることもない。
かつてそれは光よりも速く飛んだ。かつて何度も。いまは違《ちが》う。そうでなければ、船が追っている香りは繊細《せんさい》すぎてたどれなかった。

計り知れないほどの時間、銀河がその軸《じく》を中心に回った。

すると閃光《せんこう》が。

最初の船の前にもう一艘《そう》の船が現れた。この新来者は汚《よご》れてへこみがあり、継《つ》ぎ当てをした船体で不格好な見た目だ。その船首には、色褪《いろあ》せた文字でひとつの言葉が綴《つづ》られている。

二艘《そう》の船は一秒の何分の一かだけすれ違《ちが》い、その相対速度はとてつもない速さだったため、一方からもう一方へごく短い通信を送る時間しかなかった。

その通信は男性の声で、こう言った。「きみの家族は生きている」

それから新来者は行ってしまい、彼方《かなた》に消えた。

孤独《こどく》な船のなか、エメラルドの繭《まゆ》に包まれて、ひとりの女性が横たわっている。彼女《かのじょ》の目は閉じていて、肌《はだ》は青ざめ、血は凍《こお》り、心臓は動きを止めていたけれど――それにもかかわらず、顔にほほ笑みが浮《う》かんだ。

そうして彼女《かのじょ》は航海を続けた。穏《おだ》やかにじっと待ち、そこに眠《ねむ》りながら。星の海に眠《ねむ》りながら。

用語解説〈下巻〉

＊1―**アイゴ**：憐れみ、嫌悪、いらだち、軽い不快感、驚きなど、さまざまな感情を表現するのに使われる韓国語の感嘆詞。言葉によるため息みたいなもの。

＊2―**Qドライブ**：量子準位メモリースティック

＊3―**オービタルリング**：惑星の周りに配置された大きな人造の環。ほとんどどんな距離でもつくれるが、最初のリングは通常は低軌道につくられる。基本的概念はシンプルだ。赤道を周回する回転式ケーブルがあり、周回しない超伝導の骨組みが前述のケーブルを包んでいる。その骨組みは必要に応じてケーブルを加速／減速させるのに使われている。定置型の宇宙エレベーターを含め、ソーラーパネルや建造物を外側の骨組みに設置することができる。骨組み／リングの外側の表面の重力は惑星の標準に近い。軌道の内外に大きな質量のものを運ぶ安上がりで実用的な手段。人間とウラナウイの両方に利用されている。

＊4―**ベリルナッツ**：特定ブランドの食事パックに使われている宝石みたいな殻に包まれた食用のナッツ。アイドーロン原産の遺伝子操作された品種。

＊5―**オロスシダ**：アイドーロン原産の植物。暗緑色で、渦巻状のシダ類に似たコイル形状の若芽から葉が成長する（だからこの名がついた）。

＊6―**コルドバ**：ウラナウイが前進作戦基地と人間を観察するための長期的な偵察基地として利用している橙赤色の矮星。

＊7―**ハイ・ルファー**：ペラギウスにある有名な隆起。温和な気候のため、ウラナウイの孵化プールとして人気の高い立地。のちに、〈古の者〉がそこに築いたいくつかの遺物が発見され、社会政治的・宗教的な計り知れない重大性が見出された。〈アームズ〉が結集し統治形態が優勢になる前、ウラナウイ・コンクラーベ（のちのアビッサル・コンクラーベ）があった場所。

＊8―**孵化プール**：ウラナウイが卵を孵す浅い潮だまり。いまでは移動や利便性のため人工プールとして複製されている。孵化にあたって、幼いウラナウイは闘争的で共食いをする。わずかな強いものだけが生き残るのだ。

＊9―**『サマン・サハリ』**：ファーソンズ・コンバイン（この恒星系が植民地化された初期にケンタウルス座α星周辺の小惑星に確立された集産主義の自由保

有地）でつくられた低くゆったりした歌。

＊10―**アジュンマ：**中年や高齢の女性、あるいは若くても既婚である女性を指す韓国語。アジュンマはしばしば感情的で横柄であるという型にはめられている。

＊11―**シード：**自己編成の遺伝的潜在能力。果てしない虚空に灯る生命の火。

＊12―**リティキュラム：**ウラナウイが使う船内ネットワーク。

＊13―**ンサーロ：**長さを表すウラナウイの単位。七パルスで泳げる距離と定義されている。（〈サイクル〉[中＊33]と〈パルス〉[＊14]も参照）

＊14―**パルス：**ウラナウイの計時の標準単位。四十二秒に等しい。（〈サイクル〉[中＊33]も参照）

＊15―**プフェニック：**ペラギウスに生息する魚に似た動物。身が銅のような味がすることで知られている。ウラナウイに広く食べられているご馳走。

＊16―**ンウォー：**ペラギウスに生息する足の多い海水動物。甲殻類のような殻を備え、雑食性。群れをなさない習性で知られている。

＊17―**『さいはての島へ』：**ハロー・グランツァー（フッター派）による宇宙族《スペーサー》の詩。

＊18―**ランプライン：**プレインティブ・バージの奥底で明かりを照らす海藻のような生長物。

＊19―**ストライク・ショール・ファー：**ウラナウイ軍の名前のある艦隊（各アームごとにひとつ艦隊がある）。

＊20―**古の者《オールド・ワン》：**シードや〈グレート・ビーコン〉など、銀河系のオリオン腕の至るところで発見されている無数の技術的遺物をつくるのに貢献した、意識を有する種族。二対の腕を持つ人間の形をしていて、立つと二メートルぐらいの高さがあった。どうやら絶滅したようだ。彼らの種族は並外れた進化を遂げていて、知られている限りの知覚力のあるどの種族よりも前から存在していたことが、証拠によって示されている。（〈いと高き方〉[上＊105]と〈蒼き杖〉[上＊104]も参照）

＊21―**トルクエンジン：**〈古の者〉によって発明された、発電機と推進エンジン。〈古の者〉が設計した宇宙船を駆動するのと同様に、〈ユニティ〉に電力を供給するのに使われている。その宇宙空間のエネルギー密度が低くても超光速空間からエネルギーを抽出できるよう、流体の時空の膜に回転力《トルク》を与えること〟によって作動する。こうしてゆがめることは、亜光速空間をワープして進むことや、FTL航行のためのマルコフ・バブルを形成する

ことにも利用できる。

*22―**ンナー**：ペラギウス原産の珊瑚に似た有機体で、一般に装飾要素としてウラナウイに使われている。変種のなかには、未成熟な形態のウラナウイの精神に軽度の影響を与える透明のコーティングを分泌するものもある。

*23―**グローライト**：シードによって育てられた生物発光灯。

*24―**ケアテーカー**：〈ユニティ〉に暮らす高度な知性を備えた生体力学的生物。整備全般と簡単な建造を担っている。ある種の統合されたハイブマインドを有すると考えられている。

*25―**緑の杖**：シードのかけらで、独立した命を与えられている。

*26―**『エントロピー原理』**：エントロピズムの主要なテキスト。主旨書として始まり、のちに天文学、物理学、数学の重要さを第一に説いた、あらゆる既知の科学知識の概要を含む哲学論文に発展した。（エントロピズム[*28]も参照）

*27―**イリヤ・マルコフ**：二一〇七年に統一場理論の概要を説明したエンジニアで物理学者。これによって現代のFTL航行が可能になった。

*28―**エントロピズム**：宇宙の熱的死への信仰と前述の死を免れるか遅らせることへの願望によって生まれた、状態を持たない疑似宗教。二十一世紀半ばに数学者のジャラール・スニャーエフ・ゼルドビッチによって創始された。エントロピストは膨大な科学研究の資源に専心し、直接的あるいは間接的に、数々の重要な発見に貢献してきている。隠し立てしない信奉者はグラディエントローブを着ていることが特徴。エントロピストは目的を追求することを励行するばかりで、どの政府にも忠誠を誓っていないため、ひとつの組織として制御しがたい。彼らの技術は一貫して主要な人間社会の少なくとも数十年先を行っている。「自らの行動によって、私たちは宇宙のエントロピーを増やしている。自らのエントロピーによって、私たちは来るべき闇[上*108]からの救済を捜し求めている」（ノバ・エナジウムも参照）

補遺

〈付録1〉 時空と超光速

『エントロピー原理』[*26]（改訂版）より抜粋

……基本的事項の概略を述べておくことが必要である。のちの本格的な研究のため、これを入門書兼簡易参照ガイドとして役立てられたい。

＊

超光速航行《FTL》は現代をまさに定義するテクノロジーである。この技術なくしては、当代の船で数世紀かけて飛行するか、到着時に現地で入植者を育てる自動化された種まき船でもなければ、太陽系を超えた広がりはあり得なかっただろう。最も強力な核融合炉でさえも、いまわれわれがしているように星間を飛び回るには加速《デルタV》が足りない。

昔から理論化されてはいたものの、二一〇七年にイリヤ・マルコフ[*27]が統一場理論（UFT）を体系化するまで、超光速航行は実用化に至らなかった。その後すぐに実験に基づいた裏付けが取れ、二一一四年にFTLドライブの最初の試作機が組み立てられた。

マルコフの優れていたところ、それは二十一世紀の変わり目にフローニング、メホリック、ゴティエが、あくまで理論上の研究で概要を説明していた時空の流体的な性質を認め、異なる光の領域の存在を証明してみせたことだ。それまでは、一般相対性理論研究の壁となっていた。

アインシュタインの特殊相対性理論の公式によれば（ローレンツ変換とあいまって）、実際の質量を持つ粒子はどれも光の速度まで加速することはできない。そのためには無限のエネルギーが必要になるばかりか、そうすることは因果律を破ることにもなるが、のちに実際的証明によって示されているように、天地万物は非量子スケールにおいて因果律を破らない。

しかしながら、特殊相対性理論は質量のない粒子が常に光の速度で移動すること（すなわちフォトン）も、光よりも速く移動すること（すなわちタキオン）も決して妨げるものではない。それがまさに数学の示していることだ。特殊相対性理論のいくつかの方程式を組み合わせることによって、光速より遅い粒子、光速の粒子、光速より速い粒子のあいだの根本的な相対的対称性が明確になる。光速より速いものに関しては、固有質量の代わりに相対論的質量を用いることで、光速より速い質量とエネルギーを想像上の特性ではなく定義することができる。

このことから現在の物理的空間モデルが得られる（図1）：

ここでv＝cの垂直の漸近線は流体時空の膜を表している（ごくわずかだがゼロではない厚みを持つ）。

このグラフを考察することによって、いくつかのことが直覚的にすぐわかる。第一に、光速

図1●正エネルギー対速度

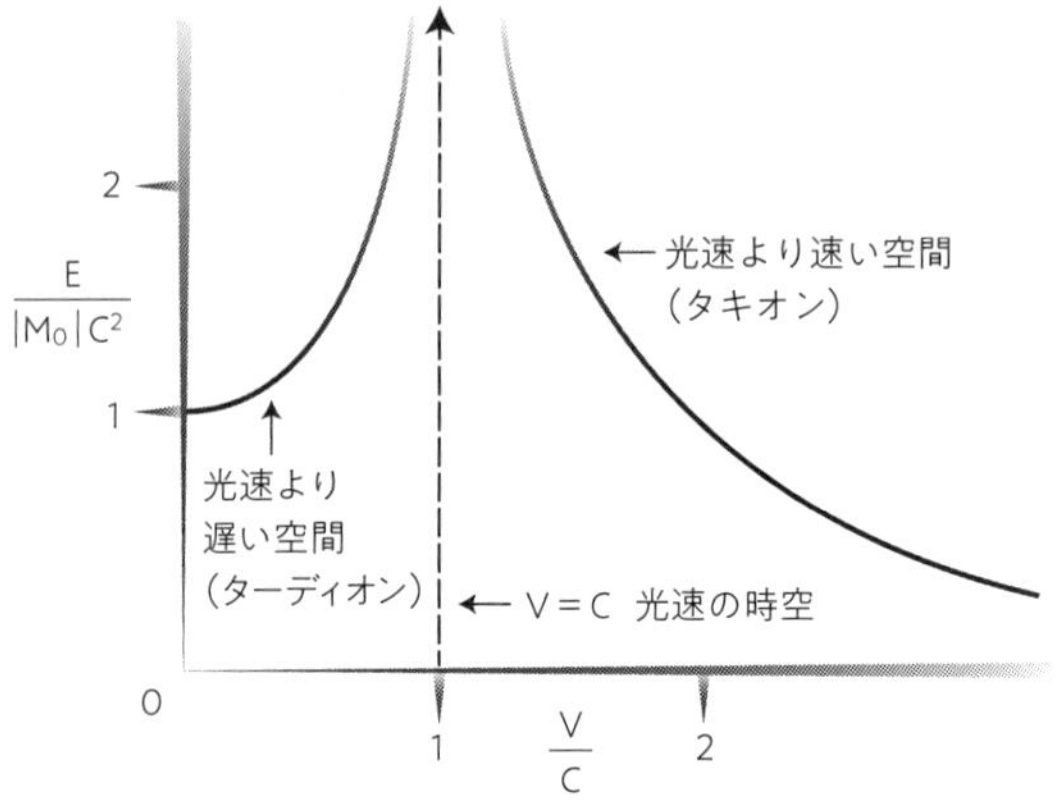

より遅い粒子が決して光速度cに到達できないのと同じく、光速より速い粒子も光速に到達できない。通常、光速より遅い空間では、エネルギーを消費すること（例えば、宇宙船の後ろから推進剤を発射すること）によって進行速度が光速に近づく。光速より速い空間でも同じだ。しかしながら、光速より速い空間では、光速は起こり得る最速ではなく最も遅いスピードであり、質量を持つ限り、そこまで速度を落とすことは決してできない。

光速より速い空間では速度の上昇によってcから遠ざかっていくので、タキオンの速度に上限はないが、粒子の完全性を維持するのに必要な最小限のエネルギーを与えることから（思い出してほしい、光速より速い空間では、少ないエネルギー＝より速い）、実質的な限度はある。光速より遅い空間では、静止質量は正で実在し、特殊相対性理論によるとvがcに近づくにつれて増加する。

光速空間では、静止質量はゼロであり、ｖは常に＝ｃで、光速より速い空間では、静止質量は想像上はｖ＝ｃだが、ｃより速く進むとき、正となって実在し、減少する。

ここから推測されるのは、時間の遅れの逆転が加速に影響を与えるということだ。光速より遅くても速くても、あるものが光速度ｃに近づくとき、それはより大きな宇宙ではゆっくり老化する。つまり、ｃの99％で猛スピードで進む宇宙船よりも、この宇宙は古くなるのが遥かに早い。しかし、光速より速い空間においては、ｃに近づくのは減速することを意味する。もし減速ではなく加速し、ｃの何倍もの速さで進むとしたら、それ以外の宇宙に比べてどんどん早く老化していくことになる。光速より速い空間で船がマルコフ・バブルに包まれていなければ、当然このことがＦＴＬ航行の大きなデメリットになっていただろう（これについてはのちほど詳しく取り上げる）。

このグラフから見て取れるように、光速より遅い空間で速度がゼロになることは起こり得る。運動が相対的であるときに、これは何を意味するだろうか？　それが傍観者であっても、向かおうとしている目的地であっても、どの基準点を選んだとしても、自分は静止している。光速より遅い空間での速度ゼロは、平行移動させると光速より速い空間での約1・7ｃになる。速いが、まだ多くの超光速粒子の速度よりも遅い。実際、低級のマルコフ・ドライブでさえ51・1ｃが可能である。とはいえ、できるだけ早く目的地に到着したければ、追加の速度1・7ｃを得るため、目的地に向けてＦＴＬ航行に移行する前に宇宙船を完全に停止させるだけの価値がある加速だ。

マルコフ・バブルなしに、光速より遅い質量を光速より速い質量に直接転化させることが可能だとしたら、冷やすことを除いてはそれ以上加速する（すなわち前述の質量のエネルギー状態をさらに縮小する）実用的な方法はひとつもないため、1・7ｃは達成可能な最高速度になるだろう。例えば、推進剤をタンクに吸い込むことはできないのだ。これもまたマルコフ・バブルを使えなければ、ＦＴＬ航行の二番目に大きなデメリットになるだろう。

三つ目のデメリットは、光速より速い空間にある物体は、私たちの親しんでいる生活を維持するのが不可能になるほど、光速より遅い空間にあるときとは根本的に異なる動きをするという事実だ。これもやはり、マルコフ・バブルで回避できる。

この三つの異なる連続体――光速より遅い空間、光速空間、光速より速い空間――は同じ時空に同時に存在し、宇宙のあらゆる地点で部分的に重なり合っている。光速空間は光速より遅い空間と光速より速い空間を隔てる流体の膜のなかに存在し、ふたつのあいだで干渉する媒体としての役割を果たしている。この膜は半透性で、両側に明確に限定された面があり、その上にすべての電磁力が存在している。

膜それ自体と、こうした三次元空間の全体が、越光エネルギー量子（ＴＥＱ）でできている。ＴＥＱとは、端的に言えば、実体をつくり上げる最も基礎的な建築用ブロックである。量子化された実体であるＴＥＱは、プランク長1、プランクエネルギー1、質量0を有する。その運

図2●簡略化した時空の図

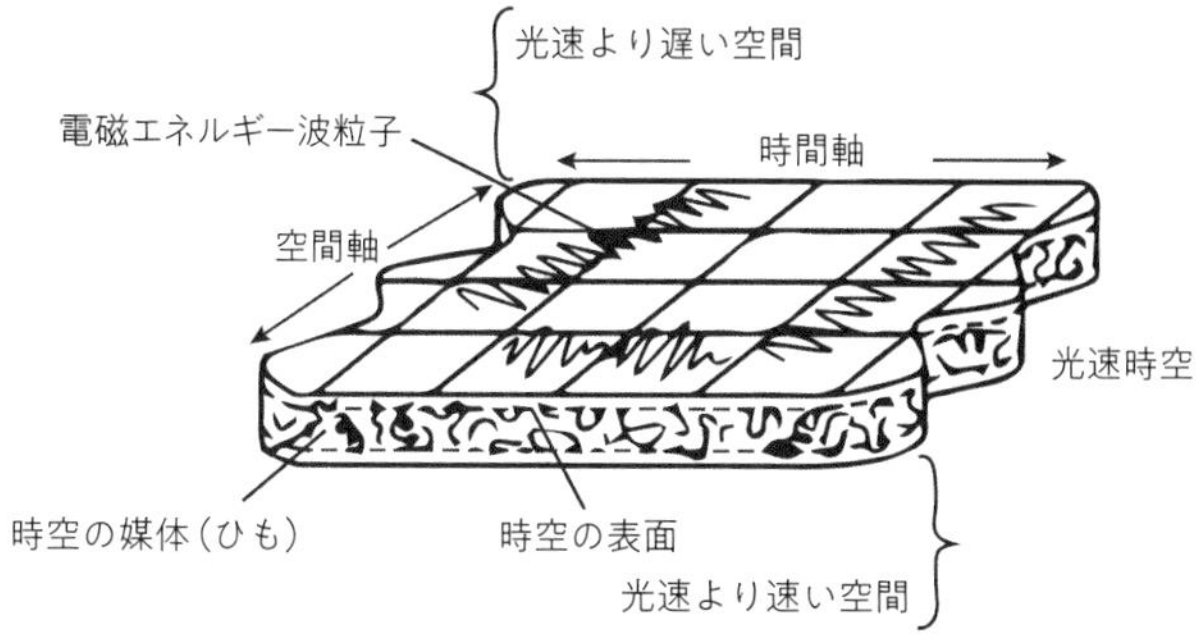

動と相互作用はほかのすべての粒子と場を生じさせる。

全体として見ると、ＴＥＱは――それに時空そのものは――準流体のように作用している。流体のように、光速の膜は以下のものを示している‥

・圧力
・密度と圧縮性
・粘弾性
・表面と表面張力

これらひとつひとつについてあとで詳しく考察していくが、いまは粘弾性が重力と慣性を生じさせる性質であり、あらゆる相対運動を可能にするものだということに注目しておけばそれでよい。

質量が増大するにつれ、時空の膜を置換しはじめ、膜はその物体の下で薄くなる。これが重力だ。同じく、この膜は変化に抵抗し、つまり力が加えられたときに置換するのに時間がかかる（時空の粘性は境界となる層のあいだで摩擦を起こすことになり、それがレンズ・サーリング効果、別称〝慣性系の引きずり〟の理由になっている）。

光速より遅い空間と光速より速い空間は時空の膜によって物理的に隔てられているため、光速より遅い空間の質量と光速より速い空間の質量は同時に同じ座標点を占めることが可能だが、（a）光速より速い空間のすべての物質はｃよりいくらか速く動く、（b）共通の膜は質量すなわち重力からの時空の置換を意味し、対立する領域において等しく反対の効果がある、ということから、この配置は一時的なものになる。

実例を挙げて説明しよう。光速より遅い空間では、惑星は時空の織物の上に押しさげられて、誰もが知るところの重力井戸を生み出す。同時に、そのくぼみは光速より速い空間の重力〝丘〟となり――時空の織物の反対側に等しい突出として現れることになる。逆もまた真なり。

これにはいくつかの結果が伴う。第一に、ひとつの空間の領域にある質量は、もういっぽうに反発する効果を持つ。恒星、惑星、そのほかの光速より遅い空間の重力体は、光速より速い空間に移行するとき、もはやアトラクターとして作用しなくなる。その真逆だ。

光速より速い空間の質量についても同じことが言える。しかし、光速より速い空間はより低い正味エネルギー密度を包含するため（＞ｃの基本的速度を持つタキオンの自然な副作用）、光速より速い空間に存在する根本的に異なる法則と粒子を前提とすると、何が起きるかといえば、より高密度の光速より遅い物質によって生じた重力丘が、タキオンの質量を外へと追いやって拡散させる。エレルトが確認したように（二一二二年）、局所的な光速より速い物質の大多数が銀河系を取り巻く広大なハローのなかに存在している。このハローは銀河系に正の圧力をもたらし、おかげで銀河は飛散せずにすんでいる。

光速より速い物質が私たちの光速より遅い領域に与える重力効果は長いこと謎だった。初期の試みではそれらを説明しようとして、いまではすたれた〝ダークマター〟や〝ダークエネルギー〟という仮説が立てられた。今日では、銀河のあいだに集中している光速より速い物質は、ずっと続いている宇宙の膨張の原因であり、銀河自体の形状と運動にも作用していることがわかっている。

タキオン物質が光速より速い同等の恒星や惑星と合体するのかどうかは不明のままだ。数学は肯定しているが、これまでのところ、観測に基づいた確証はなかなか得られずにいる。銀河の縁は最速のドローンでさえも到達できないほど遠く、現世代のＦＴＬセンサーはその距離から個々の重力体を見つけ出せるほどには感度が高くない。いずれはそれも変わって、光速より速い物質の性質について、きっといつかは遥かに多くのことがわかるようになるだろう。

質量の誘導された時空の置換によって引き起こされる井戸／丘のもうひとつの結果は、一般にマルコフ・リミットとして知られている効果である。その説明の前に、ＦＴＬ航行と通信が実際にどのようにして機能するのか、簡単に復習しておくことが有用だろう。

光速より遅い空間から光速より速い空間にスムーズに移行するためには、潜在する時空の膜を直接操ることが必要である。これは膜と連結している（というよりも、膜を構成するＴＥＱと連結している）特別に条件づけられた電磁場を経由して行われる。

ゲージ理論のなかで、通常の電磁場は可換体《アーベル》として説明することができる。つまり、この場の性質はそれを発生させているものとは異なっている。これは電磁放射だけではなく電子／陽子にも言えることで、電子や分子のなかの斥力もそうだ。非アーベル体であるのは、強い核力や弱い核力といったものだ。それらは構造上より複雑であり、結果として、高度な内部対称性を示している。

もうひとつの、より直接的に関連する非アーベル体は、時空の膜の内面的な一貫性、表面張力、粘弾性と結びついているものだ。これらはＴＥＱの内部運動と相互作用から生じ、その詳細はここで扱う範囲を遥かに超えている。

いずれにしても、アンテナや開口アンテナから放射される波動エネルギーの分極を変調することによって、あるいは交流電流の周波数をトロイダル形状の電流駆動に調整することによって(これがマルコフ・ドライブで使われている方法だ)、通常の電磁放射をアーベル体から非アーベル体に転化させることは可能だと証明されている。こうすることで、マクスウェルの展開した方程式のなかで説明されているように、ＳＵ（２）の対称で非アーベル形の場が基礎をなす電磁放射が生じる。これが共通の量を媒介とした時空の場と直交方向で繋がっている。〝ベクトルポテンシャル〟(ターディオンとタキオンがパケットの長さに沿って反対の運動方向を示し、条件づけられた電磁場が光速より遅い時空の表面と光速より速い時空の表面の両方と相互に作用している、直交するもの)だ。これはよく〝直角に直線で飛行する〟と描写される。

電磁場が時空の織物と繋がると、媒体の密度を操作することが可能になる。適切な量のエネルギーを注入することによって、時空そのものをさらに薄く透過性の高いものにできる。ある程度まで行くと、低圧の領域に拡大/上昇する高圧の泡《バブル》みたいに、光速より遅い空間のエネルギー密度はその影響を受けた領域を光速より速い空間に入らせる。

条件づけられた電磁場が維持される限り、包まれた光速より遅い空間は光速より速い空間のなかにとどめておくことができる。

光速より遅い空間の観察者の視点では、バブルのなかのすべてが消え失せ、時空の膜の反対側から突出した重力の〝丘〟によってのみ存在を感知できる。

バブルのなかにいる観察者は、外側の光速より速い空間と交流するバブルの表面が完璧な球形の鏡になったものに囲まれているのを見ることになる。

超光速の観察者の視点では、完璧な球形で、完璧に反射するバブルが光速より速い空間にパッと現れることになる。

質量と運動量はずっと維持されたままである。もともとの飛行方向は光速より速い空間でも光速より遅い空間と同じであり、もともとのスピードは光速より速いエネルギー等量に転化される。

ひとたび電磁場が途切れると、バブルは消えうせて、なかのすべてが光速より遅い空間に戻る（きっとみなさんがよく知っているプロセスだ）。飛行中にバブルのなかに蓄積した熱と光が放出されることから、このプロセスはまぶしい閃光と熱エネルギーの爆発を伴うことが多い。

マルコフ・バブルの具体的な特徴について、いくつか言及しておくべき点がある。

・バブルの表面は完璧な鏡として作用するので、ＦＴＬ航行中に宇宙船から熱を発散することはほとんど不可能である。ＦＴＬ航行の前にクルーや乗客をコールドスリープさせておくことが必要なのはそのためだ。

・それを踏まえると、ＦＴＬ航行中に核融合炉を稼働させるのは実際的ではない。そういうわけで、マルコフ・ドライブ――充分な力のある条件づけられた電磁場を発生させて維持するために、わずかとは言えない量の動力を必要とする――は前述の動力を発生させるのに、保存された反物質《アンチマター》を頼みにしている。排熱《はいねつ》を最小限にする効率的なやり方だ。

・マルコフ・ドライブとそれを囲む宇宙船はＦＴＬの基準に照らすと大量の圧縮されたエネルギーを包含しているが、光速より速い空間が認めるのはバブルの表面を通じて現れるものだけだ。だからマルコフ・ドライブが効率的であればあるほど（すなわち条件づけられた電磁場を発生させるのに費やすエネルギーが少ないほど）、より速く飛行することができる。

・不幸にもＦＴＬにある大きなかたまりと衝突した場合、マルコフ・バブルは即座に破裂して光速より遅い空間に即座に戻ることになり、その位置によっては大惨事となる可能性もある。

・マルコフ・バブルを発生させるのに費やすエネルギーが少ないほど、バブルはますます壊れやすいものになる。恒星や惑星の周りにあるような巨大な重力の丘は、バブルを崩壊させて宇宙船を光速より遅い通常空間に放り戻すほど強力だ。これはマルコフ・リミットとして知られている。充分な計算によってその限界は引き下げることができるが、完全に取り除くことはできない。現在のところ、マルコフ・ドライブは1/100,000 g以上の強さの重力場では作動させられない。そのため太陽系では、宇宙船はＦＴＬに入る前に木星の軌道の半径と同じ距離まで飛び出していく必要がある（実際に木星の近くにいる場合は、さらに遠くまで飛んでいかなければならないが）。

マルコフ・リミットは厄介なものではあるが——数週間か数か月間をクライオで過ごしたあと、さらに数日間をじっとしていなければならないのを喜ぶ者などいない——、実は利点もあることが証明されている。マルコフ・リミットがあるおかげで、誰もＦＴＬから小惑星の都市にまっすぐ降下することはできず、さらにひどい事態も避けられている。マルコフ・リミットがなければ、すべての宇宙船はすでにあるよりも遥かに多くの潜在的な脅威にさらされることになり、奇襲に対する防衛は本質的に不可能になるだろう。

重ね合わせるように配置された爆弾を時空の粘弾性が妨げることも幸いである。光速より速い空間にいる船が1/100,000ｇ以下の光速より遅い空間にあるかたまりの上を飛ぶとして、船がちょうどその瞬間に光速より遅い空間に戻ったら、船とそのかたまりは等しい力で互いを押しやり、交差することを防ぐ。もし交差していれば、結果として起こる爆発は反物質《アンチマター》の爆発と同等のものになるはずだ。

宇宙船がひとたび光速より速い空間に入ったら、普通は直線飛行が最も実際的な選択だ。しかし、バブルのいずれかの面のエネルギー密度を慎重に増加させることによって、限定された機動的飛行は可能である。その面の宇宙船を減速させることになり、こうして船全体の向きを変える。だが、これはゆるやかなプロセスであり、長距離を飛行する際の進路の小さな修正にしか適していない。さもなければ、バブルを不安定にさせる危険がある。より大きな変更のためには、光速より遅い空間に戻って新たな方向に向かわせてから、入り直したほうがよい。

ＦＴＬ航行中の方向の変化はすべて、光速より遅い空間に戻るにあたって反映されることになる。同じく、全体の運動量／速度のどんな変化も、逆比例した変化として反映される。

技術的には、光速より速い空間にいる二艘の船がドッキングするのは可能だが、実際に速度を揃えることの難しさに加え、マルコフ・バブルを結合させる数学的計算もあり、ドローンで行われることはあっても、クルーを乗せた船で挑戦しようとするほど無謀な者は、私たちの知る限りいない。

マルコフ・バブルのなかにいる船は、周囲の光速より速い空間を直接見ることは決してできないが、ある程度の知覚情報を得ることは可能だ。適切な周波数でバブルを振動させることによって、膜の外側に光速より速い粒子が生み出され、これらをレーダーの形式としても信号を送る仕組みとしても利用することができる。慎重に測定することで、粒子がバブルに衝突したときの戻りを感知でき、それによって粗雑な方法ではあるが光速より速い空間と情報を交換することが可能になる。

これはＦＴＬ通信やＦＴＬセンサーが機能するのと同じやり方だ。どちらもマルコフ・バブルを維持できる恒星や惑星のずっと近くで使われるかもしれないが、バブルのときと同じように、結合した重力の丘が険しすぎて、スピードが非常に遅くエネルギーが非常に強力なＦＴＬ信号でなければ登れない地点がある。

バブルの保護のため、船はＦＴＬに入る前の慣性系を維持し、つまり光速より速い空間のむき出しの粒子が経験するような極度の時間の遅れを経験しない。いかなる相対論的効果も一切経験しない（有名な〝双子のパラドクス〟の双子のひとりがＦＴＬ航行で太陽系からケンタウルス座α星へ行って戻ってきたら、双子は同じ速度で老化する）。

当然、このことから因果律の疑問が湧いてくる。

特殊相対性理論に対するすべての方程式が指しているように、なぜＦＴＬ航行はタイムトラベルを可能にしないのか、と訊く者がいるかもしれない。その答えは、ＦＴＬ航行はタイムトラベルを可能にはしないからであり、それがなぜわかるかというと……ＦＴＬ航行はタイムトラベルを可能にしないからだ。

ふざけていると思われるかもしれないが、ロビンソンと〈ダイダロス〉号のクルーが初めてＦＴＬ航行をするまで、その論争は決着していなかったのが事実だ。タイムトラベルについての疑問にはっきり答えるには経験的な実験が必要で、その事実のあとにようやく証明となる数学と物理学が完全に展開された。

わかったのはこういうことだった。光速より速い旅がどんなに速くても――その宇宙船がどんなに数多く飛行したとしても――もとの地点に出発するより前に戻ることは絶対にできない。さらに言えば、ＦＴＬ信号で過去に情報を送ることもできない。出発と帰還のあいだには常にいくらかの時が経過している。

なぜそういうことになるのか？　光円錐とローレンツ変換について熟知していれば、光速を超えることで過去を訪れて自分の祖父を殺すこと（あるいは同じぐらい不合理な別のこと）が可能になるはずなのは明々白々である。

だが、それはできない。

このことを理解するための鍵は、三つの光の領域がすべて同じ宇宙に属するという事実にある。見たところ隔てられている（私たちのいる光速より遅い通常空間から見えているように）ようでいて、この三つの領域はより大きな結合した全体の一部である。物理法則の局部的な侵犯は特定の環境で起こっているように見えるかもしれないが、包括的な規模で見れば、これらの法則は守られている。例えば、エネルギー保存と運動量保存は三つの光の領域で常に維持されている。

それに加えて、ある程度重なっている部分もある。光のバリアの片側で起きた重力のゆがみは、反対側に鏡映しの影響を及ぼすことになる。このようにして、光速より遅い空間で動いている物体は、同等の光速より速い空間に光速より遅い空間の重力のゆがみを残す。ゆがみによる波はなんであろうとcに伝搬するが、重力の中心の運動はc未満になる。光速より速い空間の重力質量についても逆もしかりで、光速より速い空間の時空の波の跡を光より遅い通常空間に残す（もちろん、マルコフ・ドライブの発明前にはそのような光速より速い空間の航跡は感知されなかったが、ほとんどの場合において、それは極度の弱さと、銀河本体からの光速より速い物質の大半の距離の結果だった）。

注意：光速より遅い空間でcより速く動いているものはすべて因果律の侵害を分類するのに理論上利用できるように、光速より速い空間でcより遅く動いているすべてのものも同様であると覚えておくことが重要だ。光速より速い空間において、cは情報の最低速度だ。それ以上であれば、どんなに速く進もうと相対性と非同時性が維持される。マルコフ・ドライブが存在しなくても、自然現象が時空の膜の両面で光速のバリアを侵害していると思われる状況がいまはあるが、それでもやはり、因果律の侵害を引き起こしてはいない。

ふたたび疑問が湧いてくる。それはなぜなのか？

その答えはふたつの要素からなる。

ひとつ：光速より遅い領域でも光速より速い領域でも、実際の質量を持つ粒子は決して光速のバリアを破ることはない。もし破っていたら、旧来の物理学で予測されたパラドクスや因果律の破れという破れを経験していただろう。

ふたつ：越光エネルギー量子《TEQ》は光速より遅いあらゆる粒子の基礎をなしているように、光速より速いあらゆる粒子の基礎もなしている。その名前が物語っているとおりTEQは三つすべての領域に同時に存在することが可能で、光速より最も遅い粒子と同じぐらい遅く動くことも、光速より最も速い粒子と同じぐらい速く動くことも可能だ――事実、非常に速く、粒子の一貫性を維持するのに必要なエネルギーの下方の境界に制限されるだけで、その場合でも、ＴＥＱはプランクエネルギー１であることからより速く動くことができる。

こうしてＴＥＱの発見によって、私たちは光速より遥かに速い情報の伝達を可能性にするものを得ている。普通、これは光速より速い領域でのみ起こることだが、ＴＥＱにはそのようなスピードがあり、しばしば時空の膜のなかの位置を変えながら光速より遅い速度から光速より速い速度に移り変わっている。これらの変化は小さな規模で見られる量子の奇妙さの多くの原因となっている。

いわば観察者が情報収集のためＴＥＱを利用している光円錐は、光子だけを利用しているよりも遥かに幅広くなる（幅広いが、完全ではない。ＴＥＱの速度は有限である）。より幅広い光円錐――あるいはＴＥＱの円錐――は、同時に考えられる一連の事象を拡大する。三つの光の領域すべてにわたって（統一体としてみなしたとき）非同時性と相対性は維持されるものの、ＴＥＱの計り知れない速度は非同時性とみなされる事象と、光速より速い粒子の最速ではない部分にあるものを遥かに小さな数に減らす。そして理論上だとこの宇宙は基本的に相対的存在のままだが、実際には大多数の事象が順序づけられて因果関係を示すものとみなされるかもしれない。

これはつまり、船がＦＴＬ航行に入るとき、マルコフ・バブルは光速より速い粒子／物体であり、そのように働くため、光速より速い空間にいかなる因果律の侵害ももたらすはずがないということを意味する。そして船が光速より遅い空間に戻ったとき、飛行時間は常にＴＥＱの最高速度（すなわち情報の速度）よりも遅いため、因果律の侵害は起きない。

光速より遅い空間でパラドクスが起きるとしたら、なんの矛盾もなく次々と因果関係として事象が生じているのが見出される。遠くからだと、発信される前のもとの地点に情報を送り返すことができそうに見えるかもしれないが、見えるという言葉を心に留めておくことだ。実際には、そんなことは不可能である。試してみても、戻ってくる信号はＴＥＱのプランク時間の一単位より決して速くは届かないだろう（ＴＥＱのプランク時間は、プランク長の一単位を横切るＴＥＱの最高速度の時間の長さとして定義される）。

結果として、光速より遅い空間で因果律の侵害の可能性を見るときはいつも、本質的には蜃気楼を見ているのだ。そして前述の可能性を利用しようとしても、必ず失敗することになる。

これにより、光速より遅い私たちの宇宙に数々の錯覚が観測されている。マルコフ・ドライブが発明されるまで（あるいは、ＦＴＬの重力信号を検知する前まで）、このことはまったく問題にならなかった。ＦＴＬ航行とＦＴＬ通信が不可能だったため、相対性がずっと維持されていた。この問題に本格的に取り組みはじめるのに、充分な速さの相対論的速度まで宇宙船を加速することも実現していなかった。光速より遅い領域と光速より速い領域の両方に出入りすることができるようになったいま、ようやく真実が明らかになったのだ。

現代のＦＴＬ航行による光の痕跡が近くの星に届きはじめ、強力な望遠鏡を使ってそこから観察している者は、一見すると規則に反してどこからともなくぱっと現れた船と信号の混乱した連続する像を見ることになるだろう。しかしながら、光子ではなくＴＥＱを観察することで、実際の事象の秩序が確立されるかもしれない（またはその像の出どころへ物理的に移動することによって）。

光速より遅い空間での因果律の侵害を妨げている正確な仕組みは、ＴＥＱの最高速度である。それが破られない限り（破れるような仕組みはひとつもわかっていない）、ＦＴＬ航行は決して過去へのタイムトラベルを可能にしないだろう。そして私たちはそのことに感謝するべきだ。因果関係のない宇宙はまったくのカオスになるだろうから。

＊

概要が終わったので、ここからは条件づけられた電磁場を使って慣性効果を減少させ、知覚される重力を減少あるいは増大させる理論上の可能性について考察していこう。現在の反物質《アンチマター》の生産レベルでは、まだ非現実的ではあるが、将来的には、これを手段にして——

〈付録Ⅱ〉　宇宙空間における艦船の戦い

地球のＵＭＣ海軍アカデミーでチャン教授が行った講義を書き写したもの（二二四二年）

＊

みなさん、こんにちは。着席。

これから六週間にわたって、きみたちは艦船における戦いの方法と手段について、ＵＭＣがその知識を結集した最高の教育を受けることになる。宇宙空間での戦いは、空中や水中での戦いの二倍の難しさではない。三倍や四倍の難しさではない。完全に桁違いの難しさだ。

無重力は人間の脳が直角的に理解できる環境ではない。きみたちのなかには船やステーションで育ったものもいるだろうが、だとしてもしかるべき教育なくしては理解できない慣性飛行の特徴がある。きみたちが古き良き光よりも遅い空間ではどんなに抜け目ないとしても、超光速《ＦＴＬ》はそんなルールをエアロックから放り出し、血まみれのぐちゃぐちゃになるまで踏みつぶしてしまう。

きみたちの船と、共に戦う船の機動的な飛行能力は、戦える場所、戦える相手、それに――

必要とあらば――退却の必要を定める。宇宙とは、たびたび言われてきているように、大きいだけではなく、きみたちには想像もつかないほど大きなものだ。標的との距離を詰めることができなければ、敵に攻撃は効かない。高度な相対運動でＦＴＬから抜け出すことが有利になる場合が多いのはこのためだ。だが、常にというわけではない。状況は変化し、きみたちは将校として、そうした判断を下すことが求められる。

きみたちはＵＭＣの核融合炉の能力と限界を学ぶことになる。ゲームや映画でどんなものを見てきたとしても、個人の宇宙戦闘艦という概念が時代遅れなだけではなく、そんなものは決して存在しない理由を学ぶことになる。ドローンやミサイルのほうが安上がりなばかりか、遥かに有効だ。マシンはどんな人間よりもずっと大きな重力加速度に耐えられる。確かに、小型の宇宙船で海賊行為などを行う当地のカルテルの一員や急進的な鉱山労働者を捕まえることも時にはあるが、われわれの新型の巡洋艦や戦艦といった本物の軍艦と対決した場合、彼らは必ず敗北する。

敵と実際に交戦するとき、戦闘は船によって異なるシステム間の戦略上の相互作用となる。チェスのゲームであり、敵に同じことをされる前に相手を無力化するか破壊するのに充分な攻撃を加えることが目的である。

われわれが使用する武器システムにはそれぞれ異なるメリットとデメリットがある。ミサイルは短距離から中距離の攻撃に最適だが、長距離の交戦にはスピードが遅すぎ、わずかな燃料しか運べない。発射したときには、敵はいなくなっている。地点防空レーザーは飛来するミサイルを阻止することはできるが、ある程度の数だけで、レーザーが過熱するまでのあいだだけだ。カサバ榴弾砲《ハウイッツァー》も短距離から中距離向けの武器だが、ミサイルとは違って、発射されたらレーザーでは阻止できない。実際、鉛とタングステンでできた厚さ十メートルか二十メートルの強固な壁でなければ、カサバ榴弾砲《ハウイッツァー》の放射線ビームを阻止することはできないだろう。マイナス面はその大きさだ。船の武器倉庫に収まる分のカサバ榴弾砲《ハウイッツァー》しか運ぶことができない。また、長距離の場合だと榴弾砲《ハウイッツァー》からのビームが広がり、ブリザードのなかの湿った屁ほどの威力になってしまう。中距離から長距離の場合、キールレーザーが頼りになる。ただし、これも過熱には気をつけておかねばならず、敵はチョークとチャフで応戦して到来するパルスを分散させることができる。宇宙において運動兵器は事実上、無限の射程距離に対応できるのだから、マスドライバーや貫通型核兵器はどんな距離でも使えるが、実際には敵にかわすだけの時間がない近距離での交戦か、撃ってきていることに敵が気づかないほど長距離の攻撃時にしか役に立たない。

単数あるいは複数のどの武器を用いるにしても、船の熱負荷の最大量を考慮しながら使用する必要がある。キールレーザーをもう一度発射するのか、それともまた回避の噴射をするのか？いくらか英熱量《BTU》を減らすため、危険を覚悟で射撃戦中にラジエーターを広げるのか？　敵に追われているとしたら、ＦＴＬに入る前にリスクを冒してどれだけのあいだ船を冷まそうとするのか？

船対陸の戦闘は船対船とは違ったことが求められる。軌道上の防衛プラットフォームやハブリング、転用された小惑星などの静止した軍事施設はすべて独自の戦略が必要となる。敵船に乗り込むことを決めたとしたら、自分の部隊および船を守る最善の方法とは？

物理的な戦闘に加えて、電子戦にも対処しなければならない。敵はコンピューターシステムを破壊してきみたちに背かせることをきっと試みるだろう。敵は見通し線内通信を使ってシステムハンドシェイクを開始することも可能だから、通信妨害では保護できないかもしれない。

宇宙で交戦するときは、これらすべてのことや、ほかにもさまざまなことを考慮に入れなければならない。環境がきみたちを殺したがる。敵がきみたちを殺したがる。そして、これらの基本を習得しなければ、自分自身の本能と知識不足がきみたちを――それに周りにいるみんなを――殺すだろう。

さて、きみたちのなかにはこう思っている者もいるだろう。「シップ・マインドや疑似知能がこうしたことの大半をさばいてくれるんじゃないのか？」答えはイエス、彼らはさばいてくれるだろう。だが、いつもというわけにはいかない。シップ・マインドには手がない。彼らが動かしたり調整したりできるものは限られていて、疑似知能についてはなおさらだ。緊急時には、人間にしかできないことがある。それに敵の仕業でシップ・マインドや船のコンピューターシステムが無力化されたという事例は多数ある。そういうことになったら、これらの決断はきみたちに委ねられるのだ、次世代のＵＭＣＮの将校諸君。

これからの六週間は、きみたちの人生における最も過酷な六週間になるだろう。それは意図されたことだ。ＵＭＣは、自分自身だけではなく仲間のクルーの命も危険にさらしかねない宇宙船に、資格のない者を乗せるつもりはない。いますぐ脱落して、ブーツがピカピカに磨き上げられていることと、口をぽかんとあけていないことだけを心配していれば済む下士官に戻ったほうがいい。こうした責任を負うことができないと思うなら、立ち上がって出ていけ。ドアはすぐそこだ、誰も、私も、きみたちの上官も、ＵＭＣも、いま出ていったからといってきみたちを少しも馬鹿にしないぞ……。誰もいないのか？　よかろう。これから一か月半にわたって、私と補佐の者がきみたちを締め上げる。やめておけばよかったと思うことになるだろう。だが、その時間を乗り越えて、懸命に取り組み、知識の代償として血と命を失った者たちの間違いから学べば、将校の星をつける可能性は充分にある——肩章をつけて、それに見合う働きをする可能性が。

だから熱心に学び、このプログラムが終わるころには、きみたちひとりひとりが宇宙における戦闘の知識で私を感心させてくれることを期待している。

本日はここまで。解散。

〈付録Ⅲ〉年表

一七〇〇 - 一八〇〇（推定）

・サンダリング

二〇二五 - 二〇五四

・地球で最初のスペース・エレベーターの開発・建造。その直後には、太陽系（ソル）の探査の増加と経済発展が続いた。火星に人類初着陸。月面基地に加え、太陽系の至るところに複数の宇宙ステーションが建設される。小惑星採鉱の開始。

二〇五四 - 二一〇四

・スペース・エレベーターの稼働によって、太陽系の植民地化が加速。フッター派拡大開始。金星に初めての空に浮かぶ都市が設立される。火星に恒久的な（自立してはいないが）前哨基地の設置。太陽系一帯にさらに多くの居住地やステーションが建造される。地球の周りにオービタルリングの建設開始。

・核分裂を動力源とする核熱ロケットが太陽系での輸送の主な形態となる。
・数学者のジャラール・スニャーエフ・ゼルドビッチがエントロピズム[*28]の基礎的教訓を発表。
・太陽系一帯での法の執行がますます困難になってくる。太陽系外の入植地と太陽系内の惑星とのあいだで衝突が起こりはじめる。国連と個々の政府によって国際的な宇宙法が増加し、さらに発展していく。火星と小惑星の鉱山業者のあいだに民兵が発足する。宇宙に本社を置く企業は投資対象を保護するため民間の警備会社を利用するようになる。この時点で宇宙は完全に武装された。
・金星と火星は政治的にも資源的にも地球と緊密に連携したままだが、独立運動が起こりはじめる。
・宇宙に建造された巨大な太陽電池が太陽系一帯に安価な電力を供給する。オーバーレイ、インプラント、遺伝子改良が経済力のある人々のあいだで一般的になる。
・強力な核融合ドライブが旧式の核分裂ロケットに取って代わり、太陽系の飛行時間を劇的に短縮する。

二一〇四-二一五四
・〈フィンク＝ノットルの敬虔なイモリ大商店〉創立。

・幹細胞注射が開発され、事実上、人類を生物学的に不死にする。これによって、入植者を乗せた自立式の亜光速船がケンタウルス座α星へと飛び立つことになる。
・それからすぐに、イリヤ・マルコフが統一場理論（ＵＦＴ）を体系化する。二一一四年、ＦＴＬドライブの実用試作機が構築された。実験船〈ダイダロス〉号が初めてＦＴＬ航行に成功。
・ＦＴＬ航行の可能な船がケンタウルス座α星に向けて出発し、入植者の亜光速船を追い越す。初めての太陽系外の入植地がスチュワートの世界のケンタウルス座α星に設立される。
・局所的な超光速物質の大多数が銀河系を取り巻く広大なハローのなかに存在することをエレルト（二一二二）が確認する。
・さらにいくつか太陽系外の入植地があとに続く。初めはシン－ザー。次にアイドーロン。いくつかの都市／前哨基地は企業が資金を供給している。いくつかは地球の国家が。いずれにしても、入植地は初め太陽系からの供給に多大に依存していて、入植者の大半は必要となるさまざまな備品を購入したあと借金まみれになる。

二一五四－二二三〇

・ウェイランド入植

・二一六五年－二一七九年頃（推定）、サル・ホーカー二世が火星でニューマニズムを創始。
・発展するにつれ、入植地は地球と太陽系からの独立を主張するようになる。現地で派閥争いが起こる（例えば〝シン－ザーの騒動〟）。地球との関係は厄介なものになっていく。金星は〝ツァーンの攻撃〟で独立を勝ち取ろうとして失敗している。
・ルスラーン入植。

二二三〇

・キラ・ナヴァレス誕生。

二二三四－二二三七

・イドリス船長と輸送船〈アダムラ〉号のクルーによってタロスⅦの〈グレート・ビーコン〉が発見される。
・多くの疑念や反対を受けながら、星間連盟が創設される。いくつかの入植地／自由保有地は加盟していない。星間安全保障法の可決からＵＭＣの創設と多くの人道支援部隊の統合に至る。最も有名なところではシン－ザーの惑星政府を含め、独立の維持を主張するいくつかの集団とのあいだに主権争いが勃発。

・ウェイランドを襲った猛烈な冬の嵐によって、ナヴァレス家の温室が大きな被害を被る。

二二三七－二二五七

・二二四九年の終わり頃に起きたサーシャ・ペトロヴィッチの汚職事件の結果として、ルスラーンの知事マクシム・ノヴィコフが辞任。

二二五七－五八

・衛星アドラステイアの調査とそれに続く出来事。

あとがきと謝辞

1

こんにちは、みなさん。

長い旅だったね。さあ、なかに入って、ホロディスプレイのそばの席に座って楽にして。疲れただろう。横の棚に金星のスコッチがあるよ……そう、それ。良かったら一杯どうぞ。

きみたちが回復するあいだに、ひとつ話をさせてもらおう。いや、その話じゃなくて、別の話。話は二〇〇六、七年までさかのぼる（歳月を経て日付が曖昧になっている）。僕は二作目の小説『エルデスト』を書き終えて、そろそろ三作目の『ブリジンガー』を完成させるというところだったが、三部作のはずが四部作に延びて、この〈ドラゴンライダー〉シリーズにさらに数年を費やさなければならないことにいらだち、じりじりしていた。もちろんこのシリーズが大好きだったし、喜んで完成させようとはしていたけれど、それと同時に、何か別のことに挑戦してみたかった――いや、挑戦する必要があった。創作を成功させるには規律が不可欠だが、変化がもたらす価値も忘れるわけにはいかない。新しいことへの挑戦によって、僕たちは学び、成長し、仕事に対する興奮を維持できるものだ。

だから、アラゲイジアの地で日々を過ごし、エルフとドワーフとドラゴンについて書いているあいだ、僕は別の場所での別の冒険を夜な夜な夢見ていた。その夢のひとつは、ガス惑星の軌道を回る衛星でエイリアンのバイオスーツを発見した女性にまつわるものだった……。

ざっくりしたアイディアで、スケッチ以外の何物でもなかった。それでも、この物語がどうやって始まり（キラがスーツを見つけるところ）、どうやって終わるのか（彼女が宇宙を漂っていくところ）、最初の最初からずっとわかっていた。難しいのは、そのあいだの部分をすべて考えつくことだ。

僕は『ブリジンガー』を書き終えると、『星命体』の出だしを執筆してみた。その初期の原稿を見せたら、きっと笑われるだろう。それは不完全で形を成していなかったが、この物語の核となるものは確かにそこにあり、発掘されるのを待っていた。

その執筆はいったん脇に置いて、『インヘリタンス』のプロモーションをしなければならなかった。それが二〇一二年の半ばまでかかった（好評な本／シリーズのツアーは小さなことではない）。それも終わり、十五歳から二十八歳まで取り組みつづけてきたシリーズが完結して、僕には休息が必要だった。

半年間は書かなかった。そのあと、また前のように創作したくてうずうずしてきた。僕は急いで脚本を書いた（うまくいかなかった）。たくさんの短編を書いた（そのうちのひとつは、のちに〈ドラゴンライダー〉シリーズの続編となる『アラゲイジアの物語』に収録された）。そして未来史のための科学的土台のリサーチを始めた。

二〇一三年のほとんどをそのリサーチに費やした。僕は物理学者でも数学者でもないから——大学にさえ行っていないのだ——、自分の求める知識レベルに到達するまで、かなりの労力を注がなければならなかった。どうしてそこまでするのか？　魔法がファンタジーにつきものであるように、科学は、そう、サイエンスフィクションにつきものだからだ。それが物語のルールを定め、何があり得ることで何があり得ないことかをはっきりさせる。それに僕は『星命体』をこのジャンルへのラブレターとして構想していたが、背景の土台を揺るがすような技術的な表現方法は避けたかった。主には、宇宙船にタイムトラベルを見込まない超光速飛行をさせたくて、知られている物理的現象をあからさまに否定したくなかった（ところどころでいくつかのルールを曲げるのはかまわなかったが、完全な破損は僕には受け入れられなかった）。もちろん、物語自体がしっかりしていなければ、作中の世界の組み立ても何もあったものではない。それこそが何よりも難しい部分ではないかと思う。

種々の個人的な理由から、『星命体』の初稿の執筆は二〇一六年一月までかかった。三年間（ぐらい）の本当に大変な仕事だった。完成にあたって、僕の最初の読者、ただひとりの姉であるアンジェラから、この作品は - とにかく - ダメ、と告げられた。自分自身で原稿を読んでみて、残念ながらアンジェラは正しいとわかった。

二〇一七年は原稿の書き直しで慌ただしく過ぎていった。何をしても根源的な問題は修正できなかった。この書き直しは、喩えて言うなら、〈タイタニック〉号のデッキチェアを並べ替えるようなもので、船の構造的な完全性が傷つけられるという事実を変えるのになんの役にも立たなかった。

問題はこういうことだ――〈ドラゴンライダー〉シリーズに長期にわたって取り組みつづけてきたため、構想を練るということをしていなかったせいで、プロットづくりの技術が錆びついてしまっていたのだ。『エラゴン』とその続編の物語を創作しているあいだに鍛えたその問題を解決する筋肉は、それから十年間の歳月を経て萎縮してしまっていた。それに、正直に言おう、〈ドラゴンライダー〉シリーズの成功のあとで、僕はもしかしたら、『星命体』を書きはじめるにあたって少しばかりうぬぼれていたのかもしれない。「あれができたんだから、これが問題になるはずがない」と。

ハッ！　人生、運命、神――どう呼んでもいいが、現実というやつは人に屈辱を味わわせてくれるものだ。

この状況は二〇一七年の終わりに山場を迎え、書き直した原稿が成功していないことをエージェントのサイモンと当時の編集者のミシェルから優しく知らされた。

そのとき、僕は諦めそうになった。こんなに時間と労力を注ぎ込んだというのに、ほとんど振り出しに戻るなんて……くじけてしまう。だけど僕という人間は意志の強さが特徴だ。常識で考えればやめておいたほうがいいようなときでも、どうしてもプロジェクトを諦めたくないのだ。

だから二〇一七年十一月に、僕はデッキチェアを並べ替えるのをやめて、代わりに物語の基本となる青写真に立ち返った。そしてすべてに問いかけた。一週間半で、登場人物、動機、意味、象徴学、テクノロジー……ありとあらゆることを調べ、詳細に分析したメモを二百ページ以上にわたって（手書きで）書き留めた。

この物語をより強固に支える新たな骨組みができたと感じられるようになってから、ようやく僕はまた書きはじめた。第一部「エクソジェネシス〔外起源〕」のほとんどは変わっていない。第二部のある程度も。でも、そのあとはすべて一から書き直した。『星命体』の第一稿にはバグハントは出てこなかった。太陽系を訪れていなかった。コルドバに飛んでいなかった。ナイトメアも、モーも、〈ユニティ〉も出てこず、はくちょう座61番星の先の壮大な冒険もなかった。

本質的に、僕はまったく新しい作品――しかも短いものではない――を二〇一八年と二〇一九年の上半期にわたって執筆した。同時期に、『アラゲイジアの物語』の執筆と編集にも取り組み、アメリカとヨーロッパをプロモーションツアーで周り、〈バーンズ・アンド・ノーブル〉のライター・イン・レジデンス【訳注：一定期間、作家が住居を提供されて講演や創作活動を行うシステム】として二〇一九年の丸一年間はアメリカでツアーを続けた。ふうっ！

『星命体』の執筆と編集は、僕の人生で群を抜いて困難な創作への挑戦だった。物語の伝え方を学び直し、何年も苦労して書いた作品を書き直し、いくつもの個人的・専門的な挑戦を乗り越えなければならなかった。

それだけの価値があったか？　あったと思う。それにここで学んでふたたび手に入れたスキルを新しい作品に活かすのを楽しみにしている。その作品は、すべてが順調に運べば、執筆と刊行に実質九年もかからないだろう。

このプロジェクトの歴史を振り返ってみると、夢みたいに感じられる部分が少なくない。とてつもない時間が過ぎた。とてつもない不安と努力と野心。エディンバラのみすぼらしいアパートメントと、もう少しだけ明るいバルセロナのアパートメントで半々に過ごした冬に、僕はこの作品の第一稿を書き終えた。修正はモンタナに住んでいるときに取り組んだが、仕事や生活で回った世界中のさまざまな場所でも行った。最終的な編集をしたのは、パンデミックのさなかのことだ。

最初に『星命体』のアイディアを思いついたとき、僕は二十代半ばだった。いまでは三十代後半になっている。書きはじめたころは、髭に白髪は一本もなかった。それどころか、髭も生やしてなかった！　いまでは白いものがちらほら交じりはじめている。おまけに結婚までして、それはそれでまた違った形の冒険だ……。

『星命体』は完璧じゃないが、僕が書ける限りこれが最高の版で、最終的な出来栄えを誇りに思っている。『アエネーイス』の翻訳をしたロルフ・ハンフリーズの序文を引用すると、「執筆にあたって、叙事詩の範囲に求められるのは、計画的な多様性、計算された不均一さ、時にはのんきな無頓着さである」。

まったくもってそのとおり。彼がさらに続けている言葉も好きだ。

「最終的な見直しには常に最も気力を奪われるもので、ウェルギリウスは、むべなるかな、十年以上かけてこの詩に取り組んできて、もう一度これを見直すこと以外なら、死ぬことも含めてどんなことでもするという境地に達していた……どのみち、誰が叙事詩に完璧を求めるというのだろう?」

まさに僕も同じ気持ちだ。とはいえ、この作品の不完全さを楽しんでもらえることを願っている。

というわけで。以上が僕の物語についての物語だ。夜も更けたし、きみは金星のスコッチをそろそろ飲み終わりそうだね。とりとめのない話を長々とさせてもらった。だけど、きみが床に就く前に、最後にいくつかの点だけ。

1：〈ドラゴンライダー〉シリーズのファンだったら、『星命体』のなかにこのシリーズに関する言及がいくつかあることに気づいたかもしれない。きみの気のせいじゃないよ。それに、そう、イナーレはきみが思っている彼女だ(この名前に聞き覚えがない人は、僕のウェブサイト paolini.net. でジョードの手紙を調べることをお勧めする)。

2：『星命体』をさらに深く掘り下げたければ、この物語のなかで数字の7がどんなふうに使われているかに注目してみるといい（可能な限り、すべての数字が7の倍数か、合計すると7になっている）。この小説の外でも、7が入っている場所を見つけ出すと面白いかもしれない。

3：章タイトルのアルファベット一文字目を並べてみるとお楽しみがある。

もう充分だ。言いたいことは言った。風は冷たく、星はまばゆく、この物語は終わりに到達した、キラにとっても僕にとっても。

その道を食べなさい。

2

本作の執筆にあたって、幸いなことに大勢の人たちに支えてもらった。彼らがいなければ、『星命体』が陽の目を見ることは決してなかっただろう。彼らとは：

父は僕が何か月もぶっ通しで原稿に没頭しているとき、万事を滞りなく進めてくれた。母は忍耐と編集（とんでもない量の編集！）と継続的なサポートで貢献してくれた。姉のアンジェラは僕が次善の策で満足することを決して許さず、（数あるなかでも）グレゴロヴィッチの話の筋を修正するのに必要な喝を入れてくれた。カルは用語集のページにあるかっこいいロゴ（シン-ザー以外）や、ほかにも山ほどコンセプトアートをつくってくれた。妻のアッシュの継続的なサポート、ユーモア、愛、いくつもの芸術的な貢献（シン-ザーのロゴも含む）に感謝している。それに、正気の人間なら読むはずがないほど何度もこの本を読んでくれた家族みんなに、心からお礼を言いたい。

アシスタント（そして友人）のイマヌエラ・マイヤー、意見とサポート、ゴージャスなアートワークに感謝している。りゅう座の星、はくちょう座61番星、バグハントの一部の地図と、本当に素晴らしいフラクタル図形の見返し／地図は彼女によるものだ。

エージェントのサイモン・リップスカーは――最初の最初から――この本をたゆまず支持してくれ、どんなものになるかわかってくれていた。ありがとう、サイモン！

大切な友人であるミシェル・フレイ、初期の段階の原稿をいくつか読んで、うまくいっていないと僕に伝える気の進まない役割を担ってくれた。彼女の意見がなければ、思い切って飛んでみてうまくいったバージョンを書くことは決してできなかっただろう。

〈マクミラン〉社のドン・ワイスバーグ、〈ランダムハウス〉社にいたころから僕を知っていて、だからこそ、YAでしか知られていなかった人間が書いた大人向けの小説に賭けてくれた。ありがとう、ドン！

〈トーア〉社の僕の編集者、デビ・ピライとウィリアム・ヒントン。僕が思っていたより遥かに強く駆り立ててくれた……そのおかげで本が良いものになった。編集部のアシスタントのレイチェル・バスとオリバー・ドハティ、コピー・エディターのクリスティーナ・マクドナルドにも感謝を。

宣伝／マーケティング担当のルシール・レッティーノ、アイリーン・ローレンス、ステファニー・サラビアン、キャロライン・パーニー、サラ・レイディ、レナータ・スウィーニー。きみがこの本について耳にすることがあれば、それは彼らのおかげだ！

デザイン／制作を担当したミシェル・フォイテック、グレッグ・コリンズ、ピーター・リューティエン、ジム・キャップ、ラファウ・ギベック。彼らがいなければ、この本は予定通り出版できなかっただろうし、きっとこれほどの出来栄えにならなかっただろう。この本に携わってくれた〈トーア〉のほかのみんなにも感謝を伝えたい。

ゴージャスなカバーイメージを手掛けてくれたリンディー・マーティンにも感謝を。

専門分野の面において。グレゴリー・メホリックは寛大にも三空間《トライスペース》理論を僕のＦＴＬシステムに使わせてくれた（加えていくつかの図表も、付録Ｉのために描き直してある）。どういう仕組みなのか、僕がその特性について理解するのに苦心しているとき、彼は山のような質問に答えてくれた。フィクションのために一、二か所で彼の理論を歪曲して申し訳ない。ごめん、グレッグ！　リチャード・ゴティエ――ＴＥＱのアイディアを生み出した――と、Ｈ・デビッド・フローニング・ジュニアは条件づけられた電磁場の技術的な基本原理を発明し、僕はそれをマルコフ・ドライブの基盤として使わせてもらった。最後になるが忘れてはならないのは、ウィンチェル・チャンと〈アトミック・ロケッツ〉のウェブサイト（www.projectrho.com/rocket/）に。現実的なSFを書きたいと思う者にとって最高の情報リソースだ。それがなければ、この作品に登場するアイディアはずっとつまらないものになっていただろう。

フェリックス・ホーファーの家族が、寛容にも彼の名前をこの本のなかで使わせてくれたことを特に記しておきたい。フェリックスは僕の読者のひとりで、残念なことに十八歳の誕生日を迎えた直後にオートバイの事故で亡くなった。僕らは何度か手紙のやり取りをしたことがあり、それで僕はフェリックスを追悼して、彼の名前が生きつづけるようできるだけのことをしたかった。

いつものように、親愛なる読者のみんな、きみたちに最大の感謝を。きみたちがいてくれなければ、何ひとつとして実現しなかっただろう！　だから改めて、ありがとう。また近いうちにやろう。

クリストファー・パオリーニ
二〇二〇年九月一五日

星命体

(下)

星の海に眠る

2022年7月19日　第1刷発行

著者
クリストファー・パオリーニ
訳者
堀川志野舞
発行者
松岡佑子
発行所
株式会社静山社
〒102-0073 東京都千代田区九段北1-15-15
電話・営業 03-5210-7221
https://www.sayzansha.com
装画
星野勝之
ブックデザイン
鈴木成一デザイン室
組版
アジュール
印刷・製本
中央精版印刷株式会社

Published by Say-zan-sha Publications, Ltd.
ISBN978-4-86389-655-0 Printed in Japan